बच्चे
हमारा भविष्य

बच्चे
हमारा भविष्य

हिलेरी रोधम क्लिंटन

प्रभात प्रकाशन, दिल्ली™
ISO 9001:2008 प्रकाशक

प्रकाशक • **प्रभात प्रकाशन**™
4/19 आसफ अली रोड,
नई दिल्ली-110002

संस्करण • प्रथम, 2009
अनुवाद • श्री वीरेन वर्मा
मूल्य • छह सौ रुपए
मुद्रक • भानु प्रिंटर्स, दिल्ली

BACHCHE *HAMARA BHAVISHYA* (Hindi Translation of 'It Takes a Village')
by Hillary Rodham Clinton Rs. 600.00
Published by Prabhat Prakashan, 4/19 Asaf Ali Road, New Delhi-2 by arrangement with the original publisher, Simon & Schuster, Inc.
ISBN 978-81-7315-715-8

उस परिवार के लिए
जिसमें मेरा जन्म हुआ,
उस परिवार के लिए
जिसकी मैं सदस्य बनी,
और उस परिवार के लिए
जो हमने मिलकर बनाया।

हाँ, हमें बच्चे अवश्य चाहिए!
वयस्कों को अपने जीवन में बच्चे चाहिए, जिनको वे सुन सकें और जिनकी देखभाल कर सकें, अपनी कल्पनाशक्ति को जीवंत रख सकें और अपने हृदय को युवा और उस भविष्य को एक यथार्थ बना सकें जिसके लिए वे सतत कार्य कर रहे हैं।

—मार्गरेट मीड

प्रस्तावना

दस वर्ष पहले जब मैंने 'इट टेक्स ए विलेज' पुस्तक लिखी थी, तब मैं व्हाइट हाउस में रह रही थी और बिल के पहले कार्यकाल के तीन वर्ष पूरे हो चुके थे। उस समय प्रथम महिला की भूमिका के गुरुतर भार को निभाने की हर संभव कोशिश कर रही थी, साथ ही महिलाओं और बच्चों के लिए आजीवन निभानेवाली नीतिगत पैरवी को भी जारी रखे थी। बिल राष्ट्रपति के रूप में अपने दूसरे कार्यकाल की तैयारी कर रहे थे और हमारी उत्साही बेटी चेल्सी अपने स्कूल, चर्च, बैले और मित्रों के साथ व्यस्त थी। अब चेल्सी अपने कैरियर एवं अपने निजी जीवन के साथ एक महिला है और बिल एक नागरिक, जो अपने फाउंडेशन तथा 'क्लिंटन ग्लोबल इनीशिएटिव' के जरिए विश्व की ज्वलंत चुनौतियों से जूझ रहे हैं।

यद्यपि हमारे जीवन बदल चुके हैं, फिर भी एक परिवार के रूप में हम अब भी एक-दूसरे पर निर्भर रहते हैं। मैंने एक बार सोचा था कि व्हाइट हाउस से ज्यादा समय का अभाव कभी नहीं होगा; परंतु मैं गलत थी। सौभाग्य से चेल्सी न्यूयॉर्क में ही रहती और काम करती है, इसलिए हम सब अकसर एक-दूसरे से मिलते रहते हैं। मेरी सत्तासी वर्षीय माँ अब भी स्वस्थ हैं और हमारे साथ ही रहती हैं। बिल और मैं सप्ताहांत या छुट्टियों में जितनी संभव हों उतनी फिल्में देखने के लिए, दूर तक टहलने के लिए और उस बातचीत को जारी रखने के लिए समय निकाल लेते हैं, जो हमने पैंतीस वर्ष पहले शुरू की थी। हमेशा की तरह हम सब एक साथ भोजन करना पसंद करते हैं, चाहे हमारी किचन टेबल हमारे प्रिय रेस्टोरेंट की एक बूथ ही क्यों न हो।

अब चेल्सी बड़ी हो चुकी है। मैं पीछे मुड़कर देखती हूँ तो पहले से अधिक स्पष्ट महसूस करती हूँ कि जीवन में हर कदम पर हम गाँव से कितने लाभान्वित हुए और चेल्सी कितनी भाग्यवान् कि उसे पालक के रूप में सिर्फ दो ही लोग नहीं मिले, बल्कि अनेक सरोकारी लोग मिले और मैंने अब तक ऐसे माता-पिता नहीं देखे जो इसी तरह से

न सोचते हों।

'एक बच्चे को पालने के लिए पूरा गाँव चाहिए।' यह अफ्रीकी कहावत मुझे सार रूप में इस निष्कर्ष तक ले गई कि हम चाहे इस बात को पसंद करें या न करें, लेकिन हम एक ऐसी अन्योन्याश्रित दुनिया में रह रहे हैं, जहाँ हमारे बच्चे जो कुछ देखते, सुनते, महसूस करते और सीखते हैं वही तय करता है कि वे किस तरह बड़े होंगे और क्या बनेंगे। 9/11 के बाद के पाँच वर्षों ने मेरे इस विश्वास को पुष्ट किया है—दुनिया में कहीं भी जिस तरह बच्चों का पालन-पोषण होता है, वह हमारे जीवन और हमारे बच्चों के भविष्य को प्रभावित कर सकता है।

इस पुस्तक के मर्म में एक माँ के रूप में मेरे अपने अनुभव और मेरा यह विश्वास है कि अपने बच्चों के जीवन में सर्वाधिक प्रभाव माता-पिता का होता है। बच्चों के लिए किए दशकों के कार्य ने मुझे सिखाया है कि कोई परिवार शून्य में स्थित नहीं होता। सर्वोत्तम माता-पिता बनने के लिए कई लोगों को सहारे की जरूरत होती है और खेद की बात यह है कि माता-पिता हर बच्चे को नहीं मिल पाते।

इस पुस्तक और अपनी आत्मकथा 'लिविंग हिस्ट्री' में मैंने अपनी माँ के कठोर बाल्यकाल के बारे में लिखा है। किशोर वय में माता-पिता ने छोड़ दिया। अपने दादा-दादी के दुर्व्यवहार से पीड़ित जब वे महज तेरह वर्ष की थीं तब उन्हें एक माँ की सहायक के रूप में कार्य करना पड़ा। हाई स्कूल की पढ़ाई के साथ दूसरे परिवार के बच्चों की देखभाल करना आसान काम नहीं; परंतु एक सुदृढ़ और परिवार के साथ रहने से मेरी माँ को ऐसे सूत्र मिल गए, जिनकी जरूरत अपना परिवार चलाने में और बाल विकास में पड़ती है, जिनकी उन्हें बाद में स्वयं अपना परिवार चलाने और बच्चे पालने के लिए आवश्यकता थी।

अपनी माँ के बचपन के बारे में जानकारी ने मेरे भीतर यह दृढ़ विश्वास जगाया कि प्रत्येक बच्चा अपनी ईश्वर-प्रदत्त संभावना तक पहुँचने का अधिकारी है और हमें किसी बच्चे को निराश नहीं करना चाहिए।

अपने बच्चों को जानकारी, सहारा और संरक्षण देने के लिए हम सब दो तरह के लोगों पर निर्भर करते हैं। पहले वे, जिन्हें हम जानते हैं और दूसरे वे, जिन्हें हम नहीं जानते। जिन्हें हम जानते हैं उनमें शिक्षक, डॉक्टर, पड़ोसी, पुरोहित शामिल होते हैं। जिन्हें हम नहीं जानते उनमें पुलिस से लेकर अग्निशामक, नियोक्ता, मीडिया आदि और राजनेता शामिल होते हैं। पिछले दस वर्षों में विज्ञान ने सिद्ध किया है कि भारी कठिनाइयों के बावजूद बच्चे कितने ऊर्जावान् हो सकते हैं। और यही वह बिंदु है जहाँ से बच्चों को सहायता देने और उनके सामने अनुकरणीय आदर्श रखने के लिए वयस्कों की भूमिका आरंभ होती है।

इस छोटी सी पुस्तक ने शीर्षक लेखकों की कल्पना को अनगिनत अवसर दिए,

जो मजेदार शीर्षकों से प्रकट होते हैं, यथा—'एक परेड के लिए पूरा गाँव चाहिए', '(संसाधनों की) शून्य बरबादीवाला समुदाय बनाने के लिए पूरा गाँव चाहिए' और मेरा चिर पसंदीदा 'एक सूअर पालने के लिए पूरा गाँव चाहिए।' अधिक महत्त्वपूर्ण यह है कि पुस्तक इस विषय पर संवाद आरंभ करने में सहायक रही कि माता-पिता और बृहत्तर समुदाय—गाँव—किस तरह से बच्चों की जिंदगियों को ढालते हैं। लोगों ने इस संदेश को दिल से लगाया। 'प्रथम महिला' के रूप में मेरी यात्राओं के दौरान लोगों ने मुझे बताया कि और अधिक सामुदायिक भागीदारी को प्रोत्साहित करने के लिए उनके पी.टी.ओ. ने 'बच्चे : हमारा भविष्य' के नारे को अपना लिया है। बच्चों के लिए अस्पताल में मैंने कर्मचारियों को बटन पर पट्टी लगाए देखा, जिस पर लिखा था, 'यही वह गाँव है जो बच्चों की देखभाल करता है।' अफ्रीका के एक आधिकारिक दौरे पर एरीट्रिया के अस्करा में हवाई जहाज से उतरते ही महिलाओं के एक बड़े समूह ने रंग-बिरंगी तख्तियों से मेरा स्वागत किया, जिन पर लिखा था, 'हाँ, सचमुच इसके लिए पूरा गाँव चाहिए।'

आज के इलेक्ट्रॉनिक गाँव ने माता-पिता के दायित्व निभाने और हमेशा से कठिन रही तथा अगली पीढ़ी तैयार करने की चुनौती को निश्चित रूप से और अधिक जटिल बना दिया है। जब 'इट टेक्स ए विलेज' प्रकाशित हुई थी, इंटरनेट मुख्यत: वैज्ञानिकों तक सीमित था, आइपॉड या पी.एस.पी. किसी के पास नहीं होता था और सेल फोन ईंट के बराबर जितने भारी होते थे। नए-से-नए यंत्र बेतहाशा तेज गति से बाजार में आ रहे हैं और मीडिया अपने सॉफ्टवेयर से बच्चों को इतना सराबोर कर रहा है जितना पहले कभी नहीं हुआ था। इनमें से कई परिवर्तन सकारात्मक हैं—जब मैं कॉलेज में थी, मेरे लिए कोई फोन कॉल एक विरली चीज थी और हवाई यात्रा साल में एक बार भी विलासिता थी। अब मैं ऐसे पैरेंट्स को जानती हूँ, जो काम की वजह से अकसर बाहर रहते हैं और कंप्यूटर तथा वीडियो हुक-अप के जरिए अपने बच्चों को हर दिन देख व उनसे बात कर पाते हैं। मैं सोचती हूँ कि बिल जब अपने चुनाव-प्रचार में जुटे हुए थे तब इन सुविधाओं को कितना पसंद करते और चेल्सी के जन्म पर मेरे माता-पिता को इस प्रकार के संपर्क से कितनी खुशी हासिल हुई होगी। वे साथ जो नहीं रहते थे। परंतु यह जानकारी कि छह वर्ष से कम आयु के एक-तिहाई बच्चों के कमरों में टी.वी. सेट हैं, कि फैशन उद्योग अपनी नवीनतम स्टाइलों का विपणन किशोरावस्था से पूर्व की लड़कियों को लक्ष्य बनाकर कर रहा है और यह कि विश्व व्यापी वेब के जरिए शिकारी हमारे बच्चों को निशाना बना रहे हैं, मुझे इस बात के लिए अनुगृहीत बना देती है कि चेल्सी का पालन-पोषण मीडिया से कम सराबोर समय में हुआ था।

किशोर वय के लड़के-लड़कियों के साथ छोटे बच्चों के कमरों में भी फोन, कंप्यूटर और टेलीविजन हैं तथा उनके झोलों में आइपॉड व सेल फोन। ये नई प्रौद्योगिकियाँ

माता-पिता के लिए इस बात पर नजर रखना और भी मुश्किल बना देती हैं कि उनके बच्चे क्या देख-सुन रहे हैं, जब तक कि वे कंप्यूटर पर बिताए उनके प्रत्येक मिनट और आइपॉड के प्रत्येक गाने पर अपनी आँखें व कान न लगाए रखें। एक दशक का शोध इस बात की पुष्टि करता है कि हिंसा और उन्मुक्त यौन दृश्यों से भरे प्रसार माध्यम लड़के व लड़कियों दोनों में ही अस्वस्थ भावनाएँ जगाते हैं, परंतु इस प्रौद्योगिकी के हमारे बच्चों पर पड़नेवाले संपूर्ण प्रभावों के बारे में हम अब भी नहीं जानते। द चिल्ड्रन एंड मीडिया रिसर्च एडवांसमेंट एक्ट (CAMRA) जिसे सीनेट में मैंने पेश किया था, बच्चों के संज्ञानात्मक, सामाजिक, शारीरिक और मनोवैज्ञानिक विकास पर इलेक्ट्रॉनिक मीडिया से होनेवाले प्रभावों पर शोध को समन्वित व वित्त-पोषित करेगा। इसमें टी.वी., वीडियो गेम्स और इंटरनेट शामिल हैं।

पिछले एक दशक में शैशव काल में होनेवाले बच्चों के विकास के बारे में हमने बहुत कुछ जाना है। वैज्ञानिक अब कहते हैं कि बुद्धि—और भावनात्मक विकास—का आधार बिलकुल आरंभिक अवस्था में और सबसे ज्यादा एक या दो प्रमुख व्यक्तियों के अटूट, विश्वासोत्पादक प्यार व देखरेख से बनता है। वे इस बात की पुष्टि करते हैं कि सीखने की कम-से-कम कुछ क्षमता भावनात्मक लगाव की क्षमता में से पैदा होती है। हम जो कुछ भी बनते हैं, उसे बनाने के लिए हमारे जीन्स वातावरण के साथ क्रिया-प्रतिक्रिया करते हैं; बच्चों के विकास में प्रकृति और परवरिश साथ-साथ कार्य करते हैं।

हम जानते हैं कि सामान्य रूप से माता-पिता अपने बच्चों के साथ अधिक समय बिताना चाहते हैं—माताएँ स्वयं को कम समय देती हैं, ताकि वे अपने बच्चों के साथ ज्यादा रह सकें और अधिकाधिक संख्या में पिता कहते हैं कि परिवार उनकी पहली प्राथमिकता है। चालीस वर्ष से कम आयु के पुरुषों द्वारा यह कहे जाने की अधिक संभावना है कि अपने परिवार के साथ समय बिताने के लिए वे अपना वेतन तक छोड़ देंगे। यही नहीं, नए शोध के अनुसार विवाहित पिता अपने बच्चों की देखरेख में सन् 1965 में जितना समय देते थे, उससे दो गुना समय अब देते हैं। यह एक बड़ा सकारात्मक परिवर्तन है।

फिर भी, अपने परिवारों को प्राथमिकता देने के मार्ग में आर्थिक और समय संबंधी दबाव नई बाधाएँ खड़ी करते हैं। जब पारिवारिक आमदनी स्थिर हो जाती है तो अपने बच्चों की भौतिक आवश्यकताएँ पूरी करने तथा स्वास्थ्य, शिक्षा, मकान और अन्य मूलभूत सेवाओं की बढ़ती हुई लागत से निपटने के लिए माता-पिता को देर तक काम करना पड़ता है। आरंभिक वर्षों में माता-पिता में से किसी एक का घर पर रहना कठिन से कठिनतर होता जा रहा है। यह बात उन पर भी लागू होती है, जिनके लिए ऐसा करना बेहद जरूरी है। बच्चों को अच्छी शुरुआत दे सकनेवाली देखभाल के बारे में जितना पता चल रहा है उससे माता-पिता उतने ही चिंतित होते रहते हैं कि वे उस

कसौटी पर खरे उतर रहे हैं या नहीं। हमारी कर नीतियाँ बच्चों के पालन-पोषण की लागत को नहीं दरशातीं और इसीलिए बच्चे के जीवन के पहले वर्ष में माता या पिता के घर पर रहने को संभव बनाने के लिए खासकर ऐसे माता-पिताओं की, जो बच्चों की देखभाल के लिए सरकारी सहायता पर निर्भर रहते हैं, कर में दी गई छूट को बढ़ाया जाना चाहिए, ताकि वे सब्सिडी की राशि को घर में रहते हुए बच्चों की देखभाल के लिए खर्च कर सकें। मैं परिवार और चिकित्सा अवकाश अधिनियम का दायरा भी बढ़ाना चाहती हूँ, ताकि वे परिवार जिन्हें इसकी आवश्यकता हो, अपनी नौकरी छूटने के भय से मुक्त होकर उसका इस्तेमाल कर सकें। अब समय आ गया है कि हमारी राष्ट्रीय राजनीति पारिवारिक मूल्यों पर केवल बात करने से ज्यादा कुछ करे। अपने बच्चों का इस तरह पालन-पोषण किया जाए कि वे जीवंत व उत्पादक नागरिक बन सकें। हमें परिवारों को महत्त्व देना चाहिए, न केवल उनके लिए बल्कि हम सभी के लिए। हमारे बच्चों के दैनंदिन जीवन में दो गंभीर खतरे आज इस कदर प्रवेश कर गए हैं, जो दस वर्ष पहले ऐसे नहीं थे। बहुत छोटे बच्चे भी आतंकवाद के डर और युद्ध-बोध के साथ जीते हैं। मैं उन परिवारों के कई लोगों से मिली जो 9/11 के शिकार बन गए थे तथा उस दिन की घटनाओं और उसके बाद जो कुछ हुआ, उसने उनके जीवन बदल दिए। मेरी पीढ़ी शीत युद्ध और वियतनाम युद्ध के साथ बड़ी हुई—हमारी उम्मीद थी कि हमें फिर कभी वैसे डर से दो-चार नहीं होना होगा। जब हम यह सोचते हैं कि हम अपने बच्चों के लिए किस तरह की दुनिया छोड़ रहे हैं तो आतंक को फैलने से रोकने के लिए न केवल अपनी सैन्य शक्ति को बढ़ाने और अपनी मातृभूमि की रक्षा करने की काररवाइयों बल्कि अपने मूल्यों से जुड़े रहकर अन्य देशों और संस्कृतियों से सहयोग बढ़ाने के बारे में भी विचार करना चाहिए।

वैश्विक जलवायु परिवर्तन, अनर्थकारी पर्यावरणीय घटनाओं तथा घातक बीमारियाँ किन्हीं राष्ट्रीय सीमाओं को नहीं जानतीं। इनके प्रसार के बारे में वयस्कों से ज्यादा जागरूकता बच्चों में है। वैकल्पिक ऊर्जा स्रोतों में निवेश करके, जलवायु परिवर्तन के लिए जिम्मेदार प्रदूषण को कम करके, पर्यावरण को स्वच्छ बनाकर और नए रोजगारों का सृजन करके हम अपने बच्चों को सुरक्षित भविष्य दे सकते हैं। परंतु इन और ऐसी अन्य चुनौतियों से निपटने की हमारी क्षमता पिछले पाँच वर्षों में डगमगा गई है। इसलिए कि 3 लाख करोड़ डॉलर का संघीय कर्ज हो गया है। यह कर्ज आज जन्म लेनेवाले प्रत्येक बच्चे के नन्हे कंधों पर 28,000 डॉलर का बोझ डाल रहा है।

एक अवधारणा के रूप में 'बच्चे : हमारा भविष्य' जितनी अर्थपूर्ण आज है, उतनी पहले कभी न थी। एक बच्चे के बेहतर पालन-पोषण के लिए एक स्थानीय सहायता समूह के गठन से ऐसे हालात पैदा करने होंगे जिनमें दुनिया के सभी बच्चों को आशा और अवसर प्राप्त हो सके। इसके लिए हमें वैश्विक रूप से एकजुट होना होगा।

हमारे सामने भारी जिम्मेदारियाँ हैं। मुझसे अमूमन पूछा जाता है कि क्या मेरे पति के शासन काल के दौरान हमारे देश ने देश के भीतर और बाहर जो प्रगति की थी, उसे उलटने के लिए उठाए गए कदमों से मैं हतोत्साहित हो जाती हूँ? मैं कहती हूँ—निश्चित रूप से; परंतु इससे मैं पराजित अनुभव नहीं करती। बच्चों में फिर से उठ खड़े होने की विशिष्टता होती है। वही विशिष्टता हमारे देश की भी है। मुझे विश्वास है कि हम फिर वापसी कर सकते हैं और अगली पीढ़ी को ऐसा भविष्य दे सकते हैं जो और भी बेहतर व उज्ज्वल हो।

लगभग छह वर्षों से मैं सीनेट में हूँ और वहाँ रहकर मैंने बहुत कुछ सीखा है, कभी-कभी बड़ी कीमत चुकाकर। मैंने समझ लिया है कि जब भी किसी विषय पर मैं सीनेट की स्वीकृति चाहती हूँ तो सबसे उपयोगी सवाल, जो मैं अपने आप से कर सकती हूँ वह यह है—क्या यह हमारे बच्चों के लिए अच्छा है? हमारे बच्चों के लिए क्या अच्छा है, इस पर विधि निर्माता भिन्न मत रख सकते हैं, परंतु फिर भी उपर्युक्त सवाल सर्वोत्तम द्विदलीय लिटमस परीक्षण है। बच्चों से जुड़े मुद्दों पर सीनेट में मेरे कई समर्थक सबसे पक्के और विलक्षण हैं। परंतु मेरा यह भी विश्वास है कि हमारे विधि निर्माता और नागरिक अपना वोट देते समय उस प्रश्न को नियमित रूप से पूछें तो हमारे बच्चों का भविष्य अधिक सुरक्षित व उज्ज्वल होगा।

मुझे जब प्रेरणा की जरूरत होती है तो मैं क्वींस के रूबेन रेफेलोव जैसे युवाओं की ओर देखती हूँ, जिसने सुनामी-पीड़ितों की राहत के लिए कुछ ही महीनों में एक हजार से अधिक डॉलर इकट्ठे कर लिये तथा एच.आई.वी. एड्स से लड़ने के लिए और अधिक अमेरिकन सहायता का अनुरोध करनेवाली याचिका पर चार सौ विद्यार्थियों के हस्ताक्षर हासिल कर लिए। मेरे सिनेट कार्यालय का एक पूर्व प्रशिक्षु जीलानी फ्रीमेन आठ से अठारह वर्ष की आयु तक छह भिन्न अनाथालयों में पला। बाद में उसने स्नातकोत्तर की डिग्री हासिल की और अब वंचित बच्चों की एक और पीढ़ी के लिए अवसर जुटाने में लगा हुआ है। एक और लड़की है निकॉल अपोलो, कठिन परिस्थितियों में हार न माननेवाली एक अनुकरणीय लड़की। निकॉल के माता-पिता ने मेरे सीनेट कार्यालय से उस बीमा कंपनी से चल रही उनकी लड़ाई में सहायता करने के लिए कहा, ताकि उसकी बोन मैरो का ट्रांसप्लांट करके उसकी जान बचाई जा सके। वह लड़ाई कामयाब रही और जब निकॉल ठीक हो रही थी, उसकी माँ ने मुझे लिखा—'कैंसर से पीड़ित एक बच्चे के इलाज के लिए पूरा गाँव चाहिए।'

'बच्चे : हमारा भविष्य' के मेरे प्रिय अध्यायों में से एक वह है जिसका शीर्षक है, 'एक बच्चे को जो सर्वोत्तम उपकरण आप दे सकते हैं वह है फावड़ा।' वह हमारे बच्चों को ऐसे हुनर सिखाने के बारे में है, जो कठिन स्थितियों में उनके काम आ सकें और 'जिंदगी की समस्याओं के ढेर से वे उस बेलचे के जरिए निकल सकें।' यह मेरे पिता का

मुहावरा है। मैं जब भी मुसीबतों से घिरी, वे कहते थे, 'हिलेरी, अब इस संकट से बाहर निकलने के लिए तुम कैसे रास्ता बनाओगी ?' पिछले पाँच वर्षों में जिंदगी ने इस देश के सामने कई गंभीर चुनौतियाँ पेश की हैं और स्वयं हमने अपने लिए बड़े-बड़े गड्ढे खोद लिये हैं। प्रत्येक नागरिक को, चाहे वह किसी भी राजनीतिक दल का हो, हमारे बच्चों और उनके उज्ज्वल भविष्य के प्रति एक नई प्रतिबद्धता का हिस्सा बन जाना चाहिए। मुझे विश्वास है कि किसी भी राजनीतिक विचारधारा को माननेवाले अमेरिकी कुछ बेहतर करना चाहते हैं और मैं समझती हूँ कि गाँव की यह धारणा और हमारे बच्चों के प्रति उसकी सामूहिक जिम्मेदारी आज उससे कहीं ज्यादा आवश्यक है जितनी वह वर्ष 1996 में थी। मेरे मन में कोई संदेह नहीं है कि हम इन चुनौतियों का सामना कर सकते हैं और एक ऐसी पीढ़ी का निर्माण कर सकते हैं जो सशक्त, चुस्त व सुरक्षित हो—हमारे अपने समाज में और अंतरराष्ट्रीय स्तर पर भी। कई तरह से, हर चीज और हर व्यक्ति तक उनकी ऑनलाइन पहुँच, विदेशों में अध्ययन करने, भाषाएँ सीखने में उनकी बढ़ती रुचि और अपनी स्वाभाविक जिज्ञासा के जरिए हमारे बच्चे हमारी राष्ट्रीय सीमाओं के पार एक अंत:-संबद्ध विश्व में अग्रणी भूमिका निभा रहे हैं।

'बच्चे : हमारा भविष्य' के इस संस्करण में मूल संस्करण में उल्लिखित कुछ अध्यायों और टिप्पणियों को अद्यतन करने के लिए एक 'नोट्स' सेक्शन का समावेश किया गया है तथा बातचीत जारी रखने के लिए एक वेबसाइट (www. ittakesavillage book. com) भी शुरू की गई है। बच्चों के विकास पर हुए नए शोध यह स्थापित करते हैं कि एक बच्चे का परिवेश उसके आई क्यू (बुद्धिलब्धि) से लेकर उसकी भावी व्यवहार-शैली तक सबकुछ प्रभावित करता है। ये अध्ययन शिशुओं को स्तनपान कराने, परिवार के सभी सदस्यों द्वारा साथ बैठकर भोजन करने तथा बच्चों को आक्रामक दृश्य, हिंसा एवं खुले यौन संबंध दिखानेवाले मीडिया से बचाने के लिए के सशक्तीकरण के महत्त्व की पुष्टि करते हैं। इसे देखने से बच्चों में मोटापा, समय-पूर्व यौनाचार के साथ-साथ आक्रामक व्यवहार की वृत्ति बढ़ जाती है। इस सबसे उसमें अवसाद का जन्म होता है। गुणवत्तापूर्ण आरंभिक शिक्षा तथा हेडस्टार्ट (आरंभिक लाभ) जैसे कार्यक्रमों की पहले की तुलना में आज अधिक आवश्यकता है और हमें इनका विस्तार करना चाहिए। फेडरल रिजर्व अर्थशास्त्री रॉब ग्रुनेवाल्ड तथा नोबेल पुरस्कार प्राप्त अर्थशास्त्री जेम्स हेकमेन के एक अध्ययन के अनुसार, उच्च गुणवत्तापूर्ण स्कूल-पूर्व कार्यक्रम न्यूनतम लागत के प्रभावी सार्वजनिक व्यय हैं, जिनसे अगली पीढ़ी में परनिर्भरता कम होगी और जीवन भर उनकी बढ़ी हुई आय सुनिश्चित होगी।

'बच्चे : हमारा भविष्य' का यह सहज संदेश सदा की तरह आज भी प्रासंगिक है—इस अभियान में हम सब साथ हैं। जब तक हम अपनी चुनौतियों का सामना करते हैं और अपने बच्चों के मामले में कभी पस्त नहीं होते, हम ऐसे विश्व का निर्माण कर

सकते हैं जहाँ न्याय, आशा और शांति आतंक व भय पैदा करनेवाली ताकतों पर भारी पड़ते हों। हम अपने बच्चों को एक बार फिर इस महान् सपने और इस वादे में साझेदार बना सकते हैं कि यदि आप कड़ी मेहनत करेंगे और नियमानुसार चलेंगे तो आप इस देश में अवश्य सफल होंगे। परंतु, काम बहुत बड़ा है और उसे पूरा करने के लिए गाँव के प्रत्येक सदस्य की जरूरत होगी।

—हिलेरी रोधम क्लिंटन

आभार

एक पुस्तक को दुनिया में लाने के लिए कठिन परिश्रम की जरूरत पड़ती है। इस 'बच्चे : हमारा भविष्य' पुस्तक को पूरा करने में कई लोगों ने मेरी मदद की है, कभी-कभी तो बिना जाने ही। उनकी संख्या इतनी अधिक है कि मैं व्यक्तिगत रूप से उनका आभार व्यक्त करने का प्रयत्न भी नहीं करूँगी—इस डर से कि किसी का नाम न छूट जाए। इसके बजाय मैं उन सभी को धन्यवाद देना चाहूँगी जिन्होंने मुझे प्रोत्साहन और परामर्श दिया, पढ़कर अपनी प्रतिक्रिया व्यक्त की, उन्हें जिन्होंने एकाधिक बार टाइप किया, संपादन किया, कॉपी एडिट की, प्रूफरीडिंग की, डिजाइन किया, टाइपसेट और मुद्रण किया—और उनका, जिन्होंने इस कार्य को पूरा करने में योगदान दिया। इस पुस्तक में व्यक्त किए गए विचार मेरे अपने हैं और वे गलतियाँ भी, जो उसमें रह गई हों। फिर भी, मैं अपने विचारों—चाहे वे सार्वजनिक और निजी बहसों व कार्यसूचियों में कितना भी योगदान दें—के लिए परिवार और मित्रों, शिक्षकों और सहपाठियों, सहयोगियों और सलाहकारों की एक लंबी कतार की ऋणी हूँ; उन अथक और अकसर अघोषित विशेषज्ञों एवं एडवोकेट्स की भी जिनकी रचनाओं को जानने का मुझे सौभाग्य प्राप्त हुआ है और सबसे बढ़कर उन लाखों परिवारों और बच्चों की, जो कल के गाँवों का निर्माण कर रहे हैं।

भारत की जनसंख्या में बहुत बड़ी संख्या में बच्चे और युवा हैं। यदि इनका लालन-पालन ठीक प्रकार से हो और इन्हें संस्कारों की विरासत का महत्त्व और मूल्य मालूम पड़ जाए तो ये बेहतर भारत और बेहतर विश्व बनाने में अपना सकारात्मक योगदान दे सकते हैं। मेरी यह विचारप्रधान पुस्तक भारत के प्रतिष्ठित प्रकाशक 'प्रभात प्रकाशन' के माध्यम से हिंदी पाठकों को उपलब्ध हो रही है। इसके लिए मैं प्रकाशक डॉ. पीयूष कुमार और उनके समस्त सहयोगियों को यह पुस्तक सुरुचिपूर्ण ढंग से सुंदर कलेवर में प्रकाशित करने के लिए उनका धन्यवाद और इस पुस्तक की सफलता के लिए अपनी हार्दिक शुभकामनाएँ देती हूँ।

अनुक्रम

आभार **17**

1. चाहिए पूरा गाँव 21
2. कोई परिवार एक द्वीप नहीं है 33
3. हर बच्चे को एक हिमायती चाहिए 43
4. बेल कर्व की भ्रांति 59
5. बच्चे निर्देशों के साथ नहीं आते 73
6. दुनिया बहुत जल्दी में है, बच्चे नहीं 91
7. सस्ती रोकथाम महँगी सघन चिकित्सा से बचाती है 107
8. सुरक्षा : सबसे जरूरी 123
9. सर्वोत्तम औजार, जो आप बच्चे के हाथ में दे सकते हैं, वह है फावड़ा 139
10. बच्चे जन्मजात आस्तिक होते हैं 157
11. बचपन में ही सेवाभाव जाग्रत् होता है 169
12. बच्चे अपने आप में एक पूरा रोजगार हैं 185
13. बच्चों का पालन-पोषण बच्चों का खेल नहीं 201
14. शिक्षा=अपेक्षाएँ 217
15. देखना ही सत्य है 241
16. हर व्यवसाय पैतृक व्यवसाय है 255
17. बच्चे भी नागरिक हैं 269
18. आइए, हम एक ऐसा विश्व बनाएँ, जो हमारे बच्चों के लायक हो 281

टिप्पणियाँ *283*

फोटो साभार *295*

1

चाहिए पूरा गाँव

हम केवल अपने लिए नहीं जी सकते। हमारा जीवन हजारों अदृश्य धागों से जुड़ा हुआ है और यही संवेदनशील संबंध हमारे क्रियाकलाप के कारण बन जाते हैं और परिणामों के रूप में वही हम तक वापस आ जाते हैं।'

—**हर्मन मेलविले**

बच्चे इतने सबल नहीं होते कि अपना जीवन इच्छानुसार ढाल सकें। वे एक साथ दो तरह के लोगों पर निर्भर करते हैं। पहले वे जिन्हें, वे जानते हैं; दूसरी श्रेणी में वे आते हैं जिन्हें, वे जानते तो नहीं, लेकिन उनके रोजमर्रा के फैसले उन्हें प्रभावित करते रहते हैं। चाहे हम इसे स्वीकार करें या न करें, यह निर्णय लेने की जिम्मेदारी हम पर है कि क्या हमारे बच्चे एक ऐसे राष्ट्र में बड़े होंगे जो न केवल पारिवारिक मूल्यों की बल्कि परिवारों और बच्चों की भी कद्र करता हो।

पिछले पच्चीस वर्षों में काफी समय मैंने बच्चों के कल्याण के कार्यों में लगाया है। मेरे काम ने मुझे सिखाया है कि उन्हें हमारे और अधिक समय, ऊर्जा एवं संसाधनों की जरूरत है। परंतु कोई भी अनुभव इतनी स्पष्टता से यह पाठ सिखाने में उतना कामयाब नहीं हुआ जितना स्वयं मेरा माँ बनना। जब चेल्सी विक्टोरिया क्लिंटन पहली बार मेरे हाथों में आई तो मैं उसके प्रति प्यार और जिम्मेदारी की भावना से अभिभूत हो

गई। चेल्सी का होना एक चमत्कार की तरह था। इसके लिए पढ़ी हुई किताबों अथवा अध्ययन किए बच्चों या जिन बच्चों के हक में मैंने काम किया, इनमें से कोई भी बात मुझे इस चमत्कार के लिए पहले से तैयार न कर सकी। पहली बार मुझे लेखिका एलिजाबेथ स्टोन के शब्दों का अर्थ समझ में आया—'एक बच्चे को जन्म देने का फैसला करना एक अद्‌भुत सोच है। यह हमेशा के लिए इस बात का फैसला करना है कि आपका हृदय आपके शरीर से बाहर निकलकर अठखेलियाँ करता रहे।'

सन् 1975 में विवाह करने के बाद बिल और मैं तुरंत ही परिवार बढ़ाना चाहते थे; परंतु भाग्य हमारा साथ नहीं दे रहा था। चिर-प्रतीक्षित लंबी छुट्टियों के तुरंत बाद सन् 1979 में हमने एक फर्टिलिटी क्लीनिक में अपॉइंटमेंट लिया। और ईश्वर की लीला देखिए। उन्हीं छुट्टियों में मैं गर्भवती हो गई। (मैंने अपने पति से अकसर मजाक किया है कि यदि हम छुट्टियों पर और गए होते तो हमारे और भी बच्चे होते।)

बिल उस समय आर्कांसास के गवर्नर थे और मेरी गर्भावस्था की इतनी दूर-दूर तक चर्चा हुई थी कि मैं सोचने लगी कि प्रसव के समय शायद पूरा राज्य ही वहाँ होगा। बहुत लोग आए भी, यद्यपि जहाँ तक मैं जानती हूँ, किसी ने फोटो नहीं लिये अन्यथा यह पक्की बात है कि आप अब तक उन्हें देख चुके होते। मित्रों ने हमें सलाह दी कि उन्होंने अपनी गर्भावस्था और माता-पिता का दायित्व कैसे वहन किया था। एक हट्टे-कट्टे पूर्व फुटबॉल खिलाड़ी की यह सलाह मेरी पसंदीदा सलाहों में से एक है—'बच्चे को फुटबॉल समझो और उसे कसकर पकड़े रहो।' हमने सलाह पुस्तिकाएँ पढ़ीं और अपने डॉक्टरों, दाइयों व नर्सों से अंतहीन सवाल पूछे।

मैंने बिल को लमाज क्लासेज में प्रवेश लेने के लिए राजी कर लिया, जहाँ वह और पहली बार बाप बननेवाले अन्य लोगों की तरह बचाव की मुद्रा में अपने सीने पर हाथ बाँधे बैठे थे और सहज दिखने की कोशिश कर रहे थे। हमारे प्रशिक्षक ने पूछा कि उनमें से कितने लोगों ने कभी शिशु की देखभाल की जिम्मेदारी ली है या शिशु को अपने हाथों में लिया है या उसे नहलाया या उसकी लँगोटी बदली है? उनमें से कुछ बुदबुदाए, परंतु मुश्किल से ही कोई हाथ ऊपर उठा। फिर प्रशिक्षक ने पूछा कि एक शिशु की जिम्मेदारी लेने से कितने लोगों के होश उड़ जाते हैं? एक दबी सी हँसी उभरी और कई बाँहें हवा में लहराईं।

सारी तैयारियों के बावजूद जब मेरी प्रसव-पीड़ा तीन हफ्ते पहले शुरू हो गई तो मैं इसके लिए तैयार न थी। गवर्नर बिल क्लिंटन लमाज निर्देशों की सूची हाथ में लिये मुझे अस्पताल ले जाने के लिए भागदौड़ करते रहे। सूची में एक मद थी बर्फ के टुकड़ों

से भरा एक छोटा सा प्लास्टिक बैग, ताकि प्रसव-पीड़ा के दौरान मैं बर्फ चूस सकूँ। जैसे ही मैं हड़बड़ी में कार में सवार हुई, मैंने देखा कि कोई व्यक्ति बर्फ की एक बड़ी सिल्ली कार पर चढ़ा रहा था और मुझे याद है कि उस औरत ने, जिसे सहारा देकर ऊपर चढ़ाया गया, कहा था—'मैंने बर्फ के लिए कहा था, परंतु यह तो हद हो गई।'

चेल्सी के जन्म ने हमारा जीवन बदल दिया। वह खुशी—और विनम्रता—की सर्वोत्तम सौगात लेकर आया, जिसकी कोई भी दंपती आशा कर सकता है। हर एक बच्चे की तरह शुरुआत से ही चेल्सी अपने किस्म की एक अलग ही बच्ची थी। जन्म से ही उसके चेहरे पर दृढ़ता का भाव था जो, उसके भीतर की सघन एकाग्रता दरशाता था। हालाँकि इसकी जानकारी हमें बाद में मिली, जिसका बाद में हमें भरपूर परिचय मिला। मैंने ईश्वर से प्रार्थना की, ताकि मैं उसके लिए एक अच्छी माँ साबित हो सकूँ।

जो भी अनिश्चितता और संदेह मेरे मन में थे, वे विस्मय और आनंद से मिश्रित थे। एक शाश्वत सत्य मेरे सामने प्रकट होना आरंभ हो गया था—मातृत्व में जीवन के हर पहलू को पुन:परिभाषित करने की शक्ति है—विवाह, व्यवसाय, परिवार और मित्रों के साथ संबंध। शक्ति और आशा के वे क्षण हमारे जीवन में आते हैं, जो हमारे वास्तविक स्वरूप से हमारा साक्षात्कार करा देते हैं—हम क्या हैं, क्या नहीं हैं, क्या हो सकते थे।

उस समय से ही, जब मैं स्वयं एक बालिका थी, मुझे बच्चों के साथ रहना, उनके चेहरों में झाँकना और उनकी कही हुई कहानियाँ सुनना अच्छा लगता था। कई अन्य बच्चों (अंग्रेजों) की तरह मैंने अपने दो छोटे भाइयों की देखभाल करके बच्चों को पालना सीख लिया था। अपनी किशोरावस्था में मैंने दूसरे बच्चों की देखभाल भी की और तेरह वर्ष की आयु में मुझे एक 'वास्तविक' पेशेवर काम मिला, गरमी की सुबहों में एक पार्क में खेल-खेल में बच्चों को कुछ सिखाने का काम। अपने चर्च के जरिए मैंने उन प्रवासी खेत-मजदूरों के बच्चों की देखभाल का काम किया, जब उनके माता-पिता मेरे घर से निकट फलों के बागों और सब्जियों के खेतों में काम कर रहे होते थे।

कॉलेज में मैं बच्चों की ट्यूशन करती थी और बाद में लॉ कॉलेज में बाल विकास पर अध्ययन करने के लिए मुझे नियमित पाठ्यक्रम में एक अतिरिक्त वर्ष पढ़ाई करने की अनुमति मिल गई। सड़क किनारे रहनेवाले बच्चों को देखकर मुझे अचरज होता था और वयस्क होने तक उनकी यात्रा के प्रति चिंता भी। विधि की एक प्रोफेसर और चिल्ड्रेंस डिफेंस फंड में एक स्टाफ एटर्नी के रूप में और अपनी निजी प्रैक्टिस में भी बच्चों के जीवन की सबसे नाजुक अवस्थाओं में भी बच्चों पर निवेश करने में हमारी असफलता को मैंने प्रत्यक्ष देखा। न तो व्यक्तिगत और न राष्ट्रीय कार्यसूचियों में बच्चों

के हित में कार्य करने को बहुधा प्राथमिकता दी गई। इसके दुष्परिणाम हममें से कोई भी देख सकता है—हौसला तोड़ देनेवाली गरीबी से बच्चों की संभावनाओं का अंत, महँगी स्वास्थ्य सेवाओं से बच्चों के स्वास्थ्य का अंत, तलाक और अभिरक्षण की लड़ाइयों में बच्चों की भावनाओं का अंत, भारी बोझ से दबे अनाथालयों से बच्चों के भविष्य का अंत, दुराचार और हिंसा से बच्चों का ही अंत और अपने बच्चों की उपेक्षा करके समाज द्वारा आत्मघात।

और फिर प्यार करने, आचरण करने और चिंता करने के लिए मेरा अपना भी एक बच्चा था। अधिकांश माँओं की तरह हमारे परिवार में चिंता करने के लिए मैं हूँ। जहाँ पहले मैं हफ्ते में पाँच दिन चिंतित रहा करती थी, चेल्सी के आने के बाद सप्ताहांत भी मेरी चिंताओं की परिधि में आ गए। मेरे सामने सबसे बड़ी चुनौती अपनी बेटी को हर उस व्यक्ति या चीज से बचाने की इच्छा को नियंत्रित करने की थी, जो उसे चोट पहुँचा सकती थी या निराश कर सकती थी। जैसा कि माता-पिता जानते हैं, यह एक असंभव अभियान है। जीवन के बारे में पहले से कुछ कह पाना संभव नहीं है—और स्वतंत्रता के प्रति एक बच्चे की प्रवृत्ति अंत में बहुत शक्तिशाली सिद्ध होती है।

चार वर्ष की आयु में गरमियों के एक ऐसे दिन जो मुझे असाधारण रूप से ठंडा लगा, मेरी बेटी ने स्वेटर पहनने के मेरे अनुरोध को ठुकरा दिया। 'मुझे ठंड नहीं लग रही है, मम्मी।' उसने कहाँ, 'हो सकता है, आपको लग रही हो; परंतु मेरा थर्मामीटर अलग है।' चेल्सी अपने मन की बात कह लेती है, जब उसे लगता है कि मैं मातृ-सुलभ चिंता की स्वीकार्य सीमाओं को पार कर रही हूँ। परंतु जहाँ तक आज अमेरिका में बच्चों के पालन-पोषण का सवाल है, अन्य कई माता-पिताओं की तरह मैं सोचती हूँ कि चिंता के कई कारण हैं।

हम कहीं भी नजरें दौड़ाएँ, बच्चों पर अत्याचार होते देखते हैं—हिंसा और उपेक्षा से; परिवार टूटने से; शराब, तंबाकू, सेक्स और मादक द्रव्यों की लालसा से; लालच, भौतिकवाद और आध्यात्मिक खालीपन से। ये समस्याएँ नई नहीं हैं, परंतु हमारे समय में ये आसमान छू रही हैं। इस निराशाजनक पृष्ठभूमि में बच्चों को स्वस्थ बनाए रखने तथा भावनात्मक और व्यावहारिक दोनों तरह से परिवार चलाने का संघर्ष अब विकट हो गया है। यही संघर्ष मेरे हृदय, दिमाग और जीवन में चल रहा है।

अपने बेटे-बेटियों के प्रति पहली और मुख्य जिम्मेदारी माता-पिता की होती है—उनके भोजन की, लोरियाँ सुनाकर उन्हें सुलाने की, मोटरसाइकिल चलाना सिखाने की, उनकी प्रतिभाओं को निखारने की, उनके आध्यात्मिक विकास की और रोजाना ऐसे

अनगिनत निर्णय लेने की, जो यह तय करते हैं कि उनमें क्या कुछ बनने की संभावना है। मुझे एक ऐसे परिश्रमी पिता, जो अपने परिवार को प्राथमिकता देते थे और एक माँ जो मेरे और मेरे दो छोटे भाइयों के प्रति समर्पित थी, का वरदान मिला था। साथ ही मुझे सहृदय पड़ोसियों, ध्यान रखनेवाले डॉक्टरों, चुनौतीपूर्ण पब्लिक स्कूलों, सुरक्षित सड़कों और एक ऐसी अर्थव्यवस्था का भी वरदान मिला था, जो मेरे पिता की नौकरी के लिए लाभदायक थी। हमारे परिवार के सौभाग्य का एक बड़ा भाग मेरे माता-पिता के सीधे नियंत्रण से बाहर था, परंतु उन अन्य वयस्क लोगों की पहुँच के भीतर था जिनके क्रियाकलापों ने मेरे जीवन को प्रभावित किया।

बच्चे जितने परिवार के सदस्य होते हैं उतने ही दुनिया के भी। जन्म लेने के क्षण से ही वे बहुत सारे अन्य 'वयस्क' लोगों पर निर्भर हो जाते हैं—दादा-दादी, नाना-नानी, पड़ोसी, शिक्षक, मंत्री, नियोक्ता, राजनीतिक नेता—और भी कितने ही लोग जो उनके जीवन को प्रत्यक्ष या अप्रत्यक्ष रूप से छूते हैं। वयस्क उनकी देखरेख करते हैं; उनके भोजन, वायु और जल की गुणवत्ता पर नजर रखते हैं; उनके टी.वी. पर आनेवाले कार्यक्रमों का निर्माण करते हैं। वे व्यवसाय चलाते हैं, जिनमें उनके माता-पिता नौकरी करते हैं और उनके हित में कानून बनाते हैं। हममें से हर एक प्रत्येक बच्चे के जीवन में अपनी भूमिका निभाता है। दरअसल एक बच्चे के पालन-पोषण के लिए पूरा गाँव चाहिए।

इस पुस्तक के शीर्षक के लिए मैंने यह पुरानी अफ्रीकी कहावत चुनी, क्योंकि वह यह अमर संदेश देती है कि बच्चे तभी तरक्की करेंगे जब उनके परिवार तरक्की करेंगे और पूरा समाज उनके विकास के लिए कोई कसर नहीं छोड़ता। मेरे लिखना शुरू करने के बाद शीघ्र ही एक मित्र ने कार्टून भेजे (जो आगे दिए गए हैं), जिसके बारे में मैं हर उस बार सोचती हूँ जब कोई यह कहता है कि बच्चे परिवार के बाहर किसी की जिम्मेदारी नहीं हैं।

जिस बुद्धिमान व्यक्ति ने पहली बार यह कहावत पेश की होगी, वह निस्संदेह आज के आधुनिक गाँव को देखकर चकरा जाए। पुराने समय और स्थानों में—और हमारी अपनी संस्कृति में हाल तक—'गाँव' का अर्थ एक वास्तविक भौगोलिक इकाई था, जहाँ व्यक्ति एवं परिवार साथ रहते और काम करते थे। कई लोगों के मन में यह शब्द अब भी सड़क किनारे लगे ऐसे साइनबोर्ड का चित्र ले आता है, जिस पर 'होमटाउन—यू.एस.ए., जनसंख्या 5,340' लिखा होता है और साथ में स्थानीय चर्च या नागरिक क्लब के प्रतीक चिह्न दिए होते हैं। यद्यपि हममें से अधिकांश लोगों को गाँव अब वैसा

नहीं दिखाई देता। हमारी संस्कृति इतनी भाग-दौड़ से भरी हो गई है कि एक आधुनिक गाँव का चित्र बनाना भी मुश्किल हो गया है। विस्तारित परिवार एक घर में तो दूर, एक गाँव में भी नहीं रहते। कई समुदायों में अपराध और दूसरे डर हमें दरवाजों के पीछे बंद रखते हैं, जहाँ आँगन और चबूतरों पर बैठकर हम पड़ोसियों से गप लड़ाया करते थे, अब कम रोशनीवाली बैठकों में हम वीडियो देखते हैं। मुख्य सड़क पर टहलने के बजाय हम कारों और गुमनाम मॉल्स में घंटों व्यतीत करते हैं। हम अब नागरिक समूहों, चर्चों, यूनियनों, राजनीतिक दलों—यहाँ तक कि बौलिंग लीग्ज में भी पहले की तरह शामिल नहीं होते।

समकालीन गाँव के क्षितिज उसकी भौगोलिक सीमाओं से कहीं दूर तक विस्तारित होते हैं। जन्म लेते ही हम रेडियो, टी.वी., समाचार-पत्र, पुस्तकें, फिल्में, कंप्यूटर, सी.डी., सेल्युलर फोन और फैक्स मशीन के जरिए अधिसंख्य व्यक्तियों और प्रभावों से जुड़ जाते हैं। प्रौद्योगिकी हमें उस निर्वैयक्तिक वैश्विक गाँव से जोड़ देती है, जो उसी का बनाया हुआ है।

मानव की अजेयता की घोषणा करता यह प्रौद्योगिकी-जनित विश्व कई लोगों को अमानवीय और रूखा लगता है। इसलिए इसमें कोई आश्चर्य नहीं है कि लोगों के मन में वर्तमान की समस्याओं से भागकर 'पुराने अच्छे दिनों' में लौट जाने की इच्छा जनमती रहती है। परंतु हम जीवन में गाँव की निरंतर उभरती उपस्थिति तथा सामूहिक जीवन में उसके महत्त्व से अपनी आँखें मूँद लेते हैं। गाँव को अब केवल नक्शे में दिखाए गए एक स्थान या गाँववासियों तथा संस्थाओं की सूची के रूप में परिभाषित नहीं किया जा सकता। यह उन मूल्यों और आपसी संबंधों का एक संजाल है, जो हमारे जीवन को संबल देते हुए प्रभावित करता है।

किंग फीचर्स सिंडीकेट की विशेष अनुमति से पुनर्मुद्रित।

प्रथम महिला होने के विशेषाधिकारों में से एक है दुनिया में घूमने और यह देखने का अवसर प्राप्त होना कि स्वयं अपनी और अपने बच्चों की सहायता के लिए व्यक्तिगत व सामूहिक रूप से लोग क्या कर रहे हैं। मुझे माताओं, पिताओं, दादा-दादी, नान-नानी, नागरिक क्लबों, स्काउट दलों, पी.टी.ए. तथा चर्च समूहों से बात करने का सौभाग्य प्राप्त हुआ। इन चर्चाओं से मैं जानती हूँ कि सभी स्थानों पर अमेरिकी लोग एक-दूसरे के साथ सहयोग करने के नए रास्ते खोज और पा रहे हैं।

उदाहरण के लिए, स्कूल जाते बच्चों को सुरक्षा प्रदान करने के लिए पूरे देश में बस्तियाँ संगठित हो रही हैं। व्यावसायिक समूह परिवार-हितैषी नीतियाँ अपनाते हैं, बच्चों की देखभाल केंद्र खोलते हैं, माता-पिताओं को मार्गदर्शन और विवाह परामर्श की व्यवस्था करते हैं। चर्च, सिनागॉग और अन्य धार्मिक संस्थाएँ अपनी पारंपरिक गतिविधियों में एरोबिक्स क्लासेज, रिकवरी ग्रुप्स और इंटर-जेनरेशनल डे केयर सेंटर आदि को शामिल कर उनका विस्तार कर रही हैं। शिक्षक-अभिभावक संघों में फिर से नई जान आ गई है। हमारी प्रौद्योगिकी भी रेडियो, टॉक शो, ई-मेल और इंटरनेट के जरिए एक-दूसरे के करीब आने के नए तरीके पेश कर रही है।

मानवीय संबंधों के जो संजाल हम बनाते और जिन पर निर्भर रहते हैं, वही आधुनिक समय के गाँव हैं; परंतु उनका दायरा शहर की सीमाओं से बहुत व्यापक है। उनमें से कई पूरे राष्ट्र को अपनी परिधि में लेते हैं। वे ही 'सभ्य समाज', एक ऐसी अभिव्यक्ति जिसका उपयोग समाज-वैज्ञानिक समान उद्‌देश्यों के लिए मिल-जुलकर काम करने के अर्थ में करते हैं, के आधार हैं। उनकी संभावनाओं का उपयोग हम सबकी भलाई के लिए करते हैं या एक-दूसरे से दूरी और अलगाव को बढ़ने देते हैं, यह हमारे आज चुने गए विकल्प पर निर्भर करेगा।

सरल समाधानों के लिए भूतकाल में देखने की प्रवृत्ति से हम आगे नहीं बढ़ सकते हैं। यदि कोई स्वर्ण-युग रहा भी हो तो हम उसे आज के व्यस्ततम, निर्वैयक्तिक और जटिल विश्व पर अधिरोपित नहीं कर सकते। इसके बजाय हमारे सामने चुनौती यह है कि मूल्यों पर सर्वसम्मति कैसे बनाई जाए और सुदृढ़ परिवारों व समुदायों के निर्माण के लिए व्यक्तिगत और सामूहिक रूप से आज क्या किया जाए। एक प्रजातंत्र में इस प्रकार की सर्वसम्मति बनाने के लिए अतिवादी रुख अपनाए बिना दूसरों के दृष्टिकोण पर गंभीरता से विचार करना और व्यक्तिगत अधिकारों तथा आजादियों को व्यक्तिगत उत्तरदायित्व और कर्तव्यों से संतुलित किया जाना जरूरी है।

ऐसी सर्वसम्मति की सच्ची कसौटी यह होगी कि हम बच्चों की देखभाल कैसे

करते हैं। एक बच्चे के लिए गाँव उसकी निजी संपत्ति होना चाहिए। एक शिशु का डाइपर बदलते समय उससे बात करना, एक बच्चे को चम्मच भर कुछ खिलाने के लिए हवाई जहाज का अभिनय करके उसे आकर्षित करना, गेंद फेंककर एक किशोर से उसे झिलवाना और उसकी फेंकी गई गेंद को झेलना—इस तरह के काम हैं जो साइबर स्पेस में नहीं किए जा सकते। उनके लिए उन प्यार करनेवाले वयस्कों की उपस्थिति जरूरी है जो बच्चों के विकास, उनके पालन-पोषण और उनके कल्याण के प्रति समर्पित हों। उस सँभाल में भाग लेने और उसका समर्थन करने के लिए हम जो कुछ भी करते हैं—जिस तरह से हम अपने बच्चों की देखभाल करते हैं, उससे लेकर अपने काम-धंधे तक, जिन कारणों से हम उसमें शामिल होते हैं और जिस तरह के कानूनों का हम समर्थन करते हैं—वह अमेरिका के बच्चों के अनुभवों में प्रतिदिन प्रतिबिंबित होता है। इसके परिणामों में हम अमेरिकी चरित्र को साफ-साफ पढ़ सकते हैं।

हम अपने और अन्य लोगों के बच्चों की कितनी अच्छी तरह देखभाल करते हैं, यह केवल नैतिकता का प्रश्न नहीं है; इसमें हमारे अपने हित भी दाँव पर लगे हुए हैं। बृहत्तर समाज के प्रभावों से कोई परिवार अछूता नहीं रह सकता। मैं और मेरे पति चेल्सी को चाहे जितना संरक्षण दें या चाहे जैसे तैयार करें, अन्य बच्चों का पालन-पोषण कैसे हो रहा है, इस बात से उसका भविष्य भी प्रभावित होगा। मैं उसे एक ऐसे अमेरिका में बड़ा होते हुए नहीं देखना चाहती जिसमें आमदनी, नस्ल या धर्म को लेकर तीक्ष्ण भिन्नताएँ हों। मैं उसे उस व्यक्ति से मिलनेवाली पीड़ा की संभावना को कम-से-कम करना चाहूँगी जिसने अपने बचपन में प्यार, अनुशासन, अवसरों और उत्तरदायित्व का पर्याप्त अनुभव न किया हो। मैं चाहती हूँ कि उसके माता-पिता की तरह उसके मन में भी यह विश्वास हो कि अमेरिकी सपना हर उस व्यक्ति की पहुँच में है, जो कड़ी मेहनत करने और जिम्मेदारी उठाने के लिए तैयार हो। मैं चाहती हूँ कि वह एक ऐसे अमेरिका में रहे, जो अपने नागरिकों के लिए अब भी सशक्त और संभावनाओं में भरा है तथा विश्व में आशा और अवसरों से भरपूर एक देश की ख्याति के अनुरूप बना रहेगा।

मैं यह जानने का ढोंग नहीं करती कि प्रत्येक अमेरिकी बच्चे को कैसे पोषित और संरक्षित किया जाए, ताकि वह अपनी ईश्वर-प्रदत्त संभावना को पूरी तरह साकार कर सके। परंतु मैं यह जानती हूँ कि हम पर्याप्त रूप से वह नहीं कर रहे हैं, जो कारगर है। यह पुस्तक लिखे जाने के समय अमेरिका के प्रति पाँच बच्चों में से एक गरीबी में जीता है; 1 करोड़ बच्चों को निजी या सार्वजनिक स्वास्थ्य सेवाएँ उपलब्ध नहीं हैं; हत्या और आत्महत्या प्रतिवर्ष लगभग 7 हजार बच्चों की जान ले लेते हैं; प्रति चार बच्चों में से एक

अनब्याही माँओं की संतान होते हैं। इनमें से कई स्वयं बच्चियाँ होती हैं, 1,35,000 बच्चे प्रतिदिन स्कूलों में पिस्तौल या रिवॉल्वर लेकर आते हैं। ऐसा कोई सामाजिक वर्ग नहीं जिसके बच्चे दुराचार, उपेक्षा और मानसिक समस्याओं से पीड़ित नहीं होते हैं।

यद्यपि सार्वजनिक मंचों से यह घोषणा की जाती है कि बच्चे हमारे सबसे महत्त्वपूर्ण संसाधन हैं, हम इन कीमती जिंदगियों को इस तरह जाया होने देते हैं, जैसे उनका कोई महत्त्व न हो। बच्चों के मुद्दे 'नरम' माने जाते हैं, जो कोमल-हृदय लोगों (सामान्यतः महिलाओं) के कार्यक्षेत्र में आते हैं और हमारे देश के सामने खड़ी बृहत्तर आर्थिक और सामाजिक समस्याओं के हाशिए में होते हैं। ये मुद्दे नरम नहीं हैं। वे कठोर हैं—हमारे सामने उपस्थित कठोरतम मुद्दे। वे स्वभावतः हम क्या हैं और क्या बन जाएँगे, इस बात से बहुत सघनता से जुड़े हुए हैं। आप स्वयं चाहे माता या पिता न हों, परंतु अमेरिका के बच्चों के साथ जो कुछ होता है, वह आपके वर्तमान व भविष्य को प्रभावित करता है।

ये शब्द लिखते समय मैं अपनी सारी खूबसूरती और गंदगी, आशाओं और निराशाओं से भरे इस वाशिंगटन शहर में स्थित व्हाइट हाउस की खिड़की से बाहर देख रही हूँ। महाशक्ति की छाया में कितने ही लोग स्वयं को शक्तिहीन समझते हैं। जब मैं अपनी बच्ची और देश के सभी बच्चों के बारे में सोचती हूँ तो ये विरोधाभास मुझे घेर लेते हैं। इन बच्चों के प्रति मेरी चिंता बढ़ी है, परंतु यह भी महत्त्वपूर्ण है कि उनके भविष्य के प्रति मेरी आशा भी बढ़ी है।

अभी कुछ वर्ष पहले तक भी हम जितना जानते थे, उससे कहीं अधिक अब जानते हैं कि मानव मस्तिष्क कैसे विकसित होता है और बच्चों में चरित्र, संवेदना और बुद्धि विकसित करने के लिए उनके वातावरण में कौन सी बातें जरूरी हैं। इस ज्ञान को जब हम व्यवहार में लाते हैं तो चमत्कारिक नतीजे हासिल होते हैं। इसलिए भी कि जब मैं पढ़ती, यात्रा करती और दुनिया भर के लोगों से बात करती हूँ तो यह उत्तरोत्तर स्पष्ट होता जाता है कि लगभग हर समस्या, जिसका सामना बच्चे आज करते हैं, कहीं-न-कहीं किसी के द्वारा सुलझाई जा चुकी है। और अंत में, इसलिए कि मैं कई माता-पिताओं और नागरिकों में इस बात की तत्परता का अनुभव कर रही हूँ कि राजनीतिक विवादों पर शोर कम किया जाए और उन बातों पर ध्यान दिया जाए जो वास्तव में प्रभावकारी हों।

एक पुरानी कहावत मुझे प्रिय है—यदि आप अब तक हाथ ही मल रहे हैं तो आप शर्ट की बाँहें चढ़ाकर काम पर नहीं लग सकते। इसलिए, यदि आप बच्चों के बारे में मेरी तरह चिंतित हैं, मेरी ही तरह आप भी यह जानने के लिए उत्सुक हैं कि हम अपने

शब्दों से मेल खाती हुई काररवाई कैसे कर सकते हैं, तो मैं आपके साथ अपनी कुछ प्रतिबद्धताएँ बाँटना चाहूँगी, जो मैंने अपने जीवन में विकसित की हैं—न केवल एक वकील और नागरिक की हैसियत से बल्कि एक माँ, बेटी, बहन और पत्नी के रूप में भी—कि हमारे बच्चों की क्या-क्या जरूरतें हैं, जो हम पूरी कर सकते हैं और उनके प्रति हमारे क्या दायित्व हैं।

यह पुस्तक एक जीवन-वृत्तांत नहीं है—शुक्र है कि उसके लिए आपको इंतजार करना होगा, न ही यह एक पाठ्य पुस्तक या विश्वकोश है; इसका प्रयोजन वैसा नहीं है। यह मेरे निजी विचारों का एक विवरण है, बच्चों पर मेरे सतत चिंतन का प्रतिबिंब। आप मुझसे सहमत हों या न हों, मुझे आशा है कि यह हमारे बीच एक ईमानदार वार्तालाप को आगे बढ़ाएगी।

यह पुस्तक बच्चों के माता-पिताओं और इस देश के नागरिकों, जिनका विश्वास है कि बच्चे ही महत्त्व रखते हैं, के लिए एक यात्रा का आमंत्रण है। जैसा कि जैकी केनेडी ओनासिस ने कहा है—'यदि आप अपने बच्चों का ठीक से पालन नहीं करते तो मैं नहीं समझती कि बाकी आप कुछ भी करें, उसका बहुत महत्त्व होगा।' यह हममें से प्रत्येक के लिए सच है, चाहे हम माता-पिता हों या नहीं—और एक राष्ट्र के रूप में हम सभी के लिए इसका जरूरी महत्त्व है।

आगे के पृष्ठों में बच्चों के भावनात्मक और ज्ञानात्मक विकास के बारे में जो कुछ ज्ञात है, उसके कुछ निहितार्थों पर विचार करेंगे। बच्चों का पालन-पोषण बेहतर ढंग से करने के लिए हम उन बड़े और छोटे विचारों की पड़ताल करेंगे, जिन्हें हम तब भी अपने घरों, स्कूलों, अस्पतालों, व्यवसायों, मीडिया, चर्चों और सरकारों में लागू कर सकते हैं जब परिस्थितियाँ हमारे खिलाफ प्रतीत होती हों। सबसे बढ़कर, एक-दूसरे के परिवारों और स्वयं अपने परिवार को सहारा देने और सुदृढ़ करने के लिए हम एक गाँव के रूप में एकजुट होने के उपाय सीखेंगे। इनमें से अधिकांश सबक आसान हैं और कुछ तो स्वतः सिद्ध ही प्रतीत होंगे। परंतु यह स्पष्ट है कि हममें से कई लोगों को ये सबक अभी सीखने और उन्हें अपने परिवारों व समुदायों पर लागू करने हैं।

ये सबक परिवार, मित्रों और पड़ोसियों से प्राप्त होते हैं; समर्पित स्वैच्छिक कार्यकर्ताओं व पेशेवरों से और उन कई पुरुषों व स्त्रियों से, जिनका जुनून है बच्चे के सपनों और संभावनाओं को पूरा होते हुए देखना। काश, मेरे पास इतना स्थान होता कि मैं उनमें से कुछ और लोगों से आपको परिचित करा पाती, बच्चों की सहायता करने के जिनके संकल्प ने मेरे हृदय को छू लिया है और उन नवीकृत उपायों के एक अंश से

अधिक का वर्णन कर पाती, जो मेरे बच्चे और हम सभी के बच्चों के जीवन व भविष्य को सँवारने के लिए हमारे गाँव अपना रहे हैं!

कुछ सबक उन देशों से प्राप्त हुए हैं जिनकी यात्रा करने का मुझे अवसर मिला है। कोपेनहेगन की सड़कों पर स्टोर्स के बाहर लावारिस हालत में खड़े शिशु-वाहन जिस तरह से डेनमार्क के बच्चों की सुरक्षा की स्थिति बयाँ करते हैं, वैसा कोई शोध अध्ययन भी न कर पाता और यह जानने में मुझे बहुत समय लगा कि डेनिश एवं अन्य संस्कृतियाँ हमें क्या सिखा सकती हैं। जैसा इलीनॉर रूजवेल्ट ने कहा है, 'प्राचीनतम से लेकर नवीनतम सभ्यताओं में से एक भी ऐसी नहीं होगी जिससे हम कुछ सीख न सकते हों।'

शायद सबसे महत्त्वपूर्ण पाठ मैंने अपनी बेटी और उसके मित्रों तथा सारी दुनिया के बच्चों से सीखे हैं। बच्चों के पास हमारे साथ बाँटने के लिए बहुत से पाठ हैं—इस तरह के अध्याय कि उनकी जरूरतें क्या हैं, कौन सी बात उन्हें खुश करती है, दुनिया को वे किस नजरिए से देखते हैं। यदि हम उनकी सुनें तो समझ पाएँगे। उन्होंने मुझे जो पहला और सर्वोत्तम पाठ पढ़ाया है, यह पुस्तक उसी के बारे में है—'एक बच्चे को पालने के लिए पूरा गाँव चाहिए।'

□

2

कोई परिवार एक द्वीप नहीं है

> हिमकण प्रकृति की सबसे नाजुक चीजों में से एक हैं; परंतु जब वे एक-दूसरे से जुड़ जाते हैं तो देखिए, वे क्या कर सकते हैं।
>
> *—वर्न एम. केली*

मैं चाहती हूँ कि आप मेरे परिवार के बारे में थोड़ा-बहुत जानें, इसलिए भी कि हर व्यक्ति की तरह मेरे अनुभव ही मेरे विचारों के जनक रहे हैं। हम चाहे माता-पिता हों या नहीं, हम सभी कभी बच्चे रहे हैं और यही अकेला तथ्य हमें उनके पालन-पोषण के विषय पर अपनी राय बनाने में सहायक होता है।

मैं जिस परिवार में बड़ी हुई, वह ऐसा लगता था मानो 1950 के दशक के टेलीविजन सिटकॉम 'फादर नोज बेस्ट' से सीधे उठाया गया हो। मेरे पिता ह्यूज एल्सवर्थ रोधम एक छोटे से आत्मनिर्भर जुझारू व्यवसायी थे। उनकी एक स्क्रीन प्रिंटिंग मशीन थी और वे परदे के कपड़े भी बेचते थे। वे अकेले ही काम करते थे। कभी-कभी वे मेरी माँ या हम बच्चों का भी सहयोग लेते या मजदूरों को दिहाड़ी पर रखते थे। वे कड़ी मेहनत करते थे और उन्होंने कभी किसी गंभीर वित्तीय संकट का सामना नहीं किया। परंतु कई उन लोगों की तरह, जो महामंदी के समय जवान हुए थे, उन्हें भी हमेशा चिंता रहती थी कि शायद उन्हें भी कठिन स्थितियों का सामना करना पड़े। 'क्या आप चाहते हैं कि हम दीन गृहों में चले जाएँ?' उनका जाना-पहचाना जुमला था।

तीन भाइयों में मँझले और उनके परिवार के दोनों पक्षों के ढेरों सदस्यों के बीच

वह स्क्रैंटन पेंसिलवानिया में पले। उन्होंने पेन स्टेट में दाखिला लिया, जहाँ वे डेल्टा अप्सिलॉन एक निष्ठावान् सदस्य थे। उन्होंने शिक्षा में डिग्री लेकर सन् 1935 में ग्रेजुएशन किया। कॉलेज के बाद उनका पहला जॉब अपने जन्मस्थान स्क्रैंटन में मिला, जहाँ वे जालीदार परदे बेचते थे, परंतु पूरे मध्य-पश्चिम अमेरिका में वस्त्र बेचने का बेहतर काम मिलने पर वे शिकागो आ गए।

बचपन में हमारा एक प्रिय मनोरंजन था, 'तुम लोगों के जन्म से पहले' के समय की उनकी कहानियाँ सुनना। हमें यह सुनकर खूब मजा आता कि अपने लड़कपन में कैसे वे एक स्थानीय कोयले की खदान में उतर जाते थे और उन खच्चरों, जो जीवन भर खदानों में काम करने के कारण अंधे हो चुके थे, को बाहर की दुनिया में ले आते थे। वे मालगाड़ियों पर सवार हो जाते और जैसे ही वह धीमी होती, कूदकर उतर जाते। परंतु एक बार एक ट्रेन ने इतनी जल्दी रफ्तार पकड़ ली कि वे सीधे बिंघमटन, न्यूयॉर्क पहुँच गए। आज कोई लड़का यह सब करे तो 'अपराधी' करार दिया जाए।

एक बार चालक से अनुरोध कर वे बर्फ से भरे एक ट्रक के पिछले हिस्से में बैठकर यात्रा कर रहे थे कि किसी वाहन ने उस ट्रक को टक्कर मार दी। नतीजतन उनके पाँव का निचला हिस्सा और पैर बुरी तरह टूट गया। उनकी माँ सख्त स्वभाव की थीं। वे उनके कमरे में मोरचा लगाकर बैठ गईं और अपने जीजा, जो एक कंट्री डॉक्टर थे, के आने तक किसी को कमरे में घुसने नहीं दिया। फिर उन्होंने डॉक्टर को 'मेरे बेटे के पाँवों को बचा लीजिए' का अनुरोध किया। उन्होंने वैसा ही किया। मेरे पिता का बचपन खेलकूद के कैरियर के साथ बहुत गतिशील रहा तथा हाई स्कूल और कॉलेज में फुटबॉल में पदक भी हासिल किए। कभी-कभी माँ को सबकुछ पता होता है!

पर्ल हार्बर के बाद मेरे पिता ने नौसेना में प्रवेश लिया, एक मुख्य पेटी ऑफिसर बन गए और शिकागो के उत्तर में स्थित ग्रेट लेक्स नेवल बेस में रंगरूटों को प्रशिक्षण देने लगे। उन्होंने और मेरी माँ डोरोथी हॉवेल ने सन् 1942 में विवाह किया। वे पहले शिकागो में एक अपार्टमेंट में रहे, वहीं सन् 1947 में मेरा जन्म हुआ। जब उन्होंने पर्याप्त धन की बचत कर ली तो पार्क रिज शहर में एक मकान खरीद लिया। मेरे पिता तब और बाद में भी संपत्ति गिरवी रखने या उधार लेने में विश्वास नहीं रखते थे।

अपने पालन-पोषण और विश्वास से मेरे पिता एक पक्के मेथोडिस्ट थे, जो प्रत्येक रात्रि को अपने पलंग के बाजू में घुटनों के बल बैठकर प्रार्थना करते थे। वे एक परंपरागत रिपब्लिकन भी थे जो, बिल क्लिंटन से मिलने तक हर मतदान बूथ पर उत्साह से 'आर' का बटन दबाते थे।

मैंने अपने पिता को बाहरी दुनिया के लिए घर के प्रतिनिधि के रूप में देखा। वे दुनिया को प्रतिस्पर्धी मानते थे। वे मुझे और मेरे दोनों छोटे भाइयों ह्यूज और टोनी को जिंदगी के हर वह साधन देने के लिए कृत संकल्पित थे, जो जीवित रहने और आगे

बढ़ने के लिए जरूरी होते हैं। इसका अर्थ था—अन्य बातों के अतिरिक्त, ऐसे उपनगर में रहने के लिए अधिक संपत्ति कर चुकाना, जहाँ उनके बच्चे अच्छे स्कूलों में पढ़ सकें। इसका अर्थ था समय-समय पर कठोर सच्चाइयों से रूबरू कराना, जैसे यह दिखाने के लिए कि उनकी दृष्टि से, जिन लोगों में आत्मानुशासन और अपने जीवन को पटरियों पर रखने की प्रेरणा की कमी थी, उनका क्या हाल हुआ। इसका यह भी अर्थ था कि हमसे ऊँची अपेक्षाएँ रखकर हमें ठेलना, ताकि हम उन्हें पूरा कर सकें।

जब मैं अपने जूनियर स्कूल से सीधे 'ए' ग्रेड लेकर आती थी तो मेरे पिता की टिप्पणी बस इतनी ही होती थी, ''अच्छा! हिलेरी, ऐसा लगता है, तुम एक आसान स्कूल में जा रही हो।'' मुझसे अपेक्षित परिणाम का दर्जा बढ़ाकर वे मुझे और ज्यादा मेहनत करने के लिए प्रोत्साहित करते थे और वास्तव में ऐसी टिप्पणियाँ मुझे प्रेरित करती थीं। मैंने बाद में महसूस किया कि नेक इरादे से किया गया यह प्रेरक उपाय मुझसे अलग प्रवृत्ति के बच्चे पर बिलकुल विपरीत प्रभाव भी डाल सकता था, जो अंत में यह निर्णय करता कि उसके लिए जो लक्ष्य निर्धारित किए जा रहे हैं, उन्हें वह कभी प्राप्त नहीं कर पाएगा।

मेरे पिता की पैरेंटिंग तकनीक मेरी तुलना में मेरे भाइयों पर ज्यादा भारी पड़ती थी, शायद इसलिए कि वे लड़के थे। मेरे भाई उनकी नायक-पूजा करते थे और मेरे पिता उन्हें उन प्रशिक्षण-पद्धतियों के लिए उपयुक्त पात्र समझते थे, जो मेरे पिता ने नेवी में युवा अभ्यर्थियों को युद्ध के लिए तैयार करने के लिए इस्तेमाल किया था। बेटी के साथ और क्या किया जाए, इस संबंध में वे उतने निश्चित नहीं थे। वे हमसे अकसर कहा करते थे, ''जब तुम काम कर रहे हो तो जमकर काम करो। जब खेल रहे हो तो दिल लगाकर खेलो। दोनों के बीच संशय न रखो।''

मेरे पिता अपने स्वयं के परिवार के प्रति समर्पित थे और प्रतिवर्ष अगस्त में स्क्रैंटन के बाहर विनोला झील उनसे मिलने के लिए हमें ले जाते थे। हम अपने दादा की कॉटेज में रहते थे, जिसमें न बाथरूम था, न गरम पानी, न शॉवर। हम बच्चों को इससे कोई फर्क नहीं पड़ता था। कॉटेज के पीछे खड़े पर्वत की खोज करने, सस्कैहना नदी में मछली पकड़ने और स्वच्छ बने रहने के लिए तैरने में हमें बड़ा आनंद आता था।

हमारा पूरा खानदान रोजाना आनेवाले दोस्तों और पड़ोसियों के साथ कॉटेज के आँगन में बैठकर घंटों गपशप करता या पिनोचले खेलता रहता था। वहाँ बिताई छुट्टियों में जो बातें मुझे अच्छी लगती थीं, उनमें से एक थी अपने दादा के साथ समय बिताना। वे दुरहन काउंटी, इंग्लैंड से एक लड़के के रूप में अमेरिका आए थे और ग्यारह वर्ष की आयु में लेस मिलों में काम करना शुरू कर दिया था। पत्राचार पाठ्यक्रमों के जरिए उन्होंने हाई स्कूल का डिप्लोमा हासिल किया था। पचास वर्ष तक एक ही जगह नौकरी करने पर मिली सोने की एक हाथ घड़ी पर उन्हें गर्व था। जब मेरी दादी का देहांत हुआ

तब मैं बहुत छोटी थी; परंतु मेरे दादा, उनके भाइयों और भाभियों ने परिवार द्वारा इंग्लैंड व वेल्स में बिताए जीवन की कहानियाँ सुना-सुनाकर हमें सराबोर कर दिया था। वे छुट्टियाँ इसलिए भी मेरे बचपन का एक अहम हिस्सा थीं कि अपने पिता के साथ बिताए सर्वोत्तम समय में वे दिन भी शामिल थे।

मेरे पिता हमें लगातार याद दिलाया करते थे कि उनकी पीढ़ी और दुनिया के अधिकांश लोगों की तुलना में हम कितने फायदे में थे। "तुम लोग कभी नहीं जान पाओगे कि तुम कितने खुशकिस्मत हो!" यह वह मुहावरा था, जो मैंने अनगिनत बार उनके मुँह से सुना था। वह और मेरे अधिकांश मित्रों के पिता ऐसे आदमी थे, जिन्होंने अपने कर्ज चुकाकर अपने परिवार को ऐसी आर्थिक सुरक्षा देने में अपनी पूरी शक्ति लगा दी थी, जो उन्हें नहीं मिली थी। यदि मेरे मित्र या मैं अतिरिक्त जेब-खर्च माँगने या जेब-खर्च का अग्रिम माँगने की मूर्खता कर बैठते तो हमें वही क्लासिक भाषण सुनने को मिलता था कि पैसे पेड़ पर नहीं लगते और किस तरह वे बर्फ में से होकर मीलों पैदल चलकर स्कूल जाया करते थे। हम सभी के पिता यही सोचते थे कि उनकी तुलना में हमारा जीवन बहुत आरामदायक था।

जब मोहल्ले के हम सब बच्चों के पिता हमें आइस-स्केटिंग के लिए डेस प्लेंस रिवर ले जाते थे तो वे आग के इर्द-गिर्द शराब पीते हुए शेयर मार्केट के किस्से सुनाते और राजनीतिज्ञों की शिकायतें करते थे। उन्हें देखकर और उनकी बातें सुनकर हम बहुत कुछ जान लेते थे, हालाँकि वे बातें हमसे नहीं की जाती थीं। उनमें से कोई भी 'क्वालिटी टाइम' की व्याख्या नहीं कर सकता था। हमारे दैनंदिन जीवन के एक भाग के रूप में वे बस हमारे साथ होते थे—डिनर पर, सप्ताहांत में, छुट्टियों में। परिवार का वित्तीय भार उठाकर, हमें मजबूत बनाकर, आनेवाले खतरों से हमें सावधान कर और हमारी राह सुगम बनाकर वे हमें यौवन की अनजानी भूमि पर ले जाने के लिए मार्गदर्शन देकर अपना पारंपरिक पैतृक कर्तव्य पूरा करते थे।

असीम प्यार और प्रोत्साहन देकर जो हमारा रास्ता सुगम बना दे और पिता द्वारा आरोपित दबावों को संतुलित कर दे, वह माँ होती है। मेरी माँ भी ऐसी ही परंपरागत भूमिका निभा रही थीं। वे हमारे दैनिक जीवन को संगठित करतीं और जीवटता के साथ हमारी जरूरतें पूरी करती थीं। वे स्कूल के हर समारोह और खेलकूद प्रतियोगिता में शामिल होतीं और हमारा मनोबल बढ़ातीं, चाहे हम जीत रहे हों या उलटे-सीधे हाथ-पैर चला रहे हों। वे संडे स्कूल में पढ़ातीं, हमारे पब्लिक स्कूल में सहायता करतीं और लंच के समय जब हम घर लौटते तो भोजन के साथ तैयार मिलतीं। वे हमारे मित्रों का सत्कार करतीं, हमें लाइब्रेरी ले जातीं और यह सुनिश्चित करतीं कि हम अपना काम पूरा कर लें।

मेरी माँ को ज्ञानार्जन का शौक था और वे हमारे स्कूल प्रोजेक्ट्स पर चर्चा करने तथा हमारे पेपर्स टाइप करने में घंटों व्यतीत करती थीं। उनके पास कॉलेज में प्रवेश लेने

के लिए पैसे नहीं थे; परंतु बाद में उन्होंने कर्ज लेकर कॉलेज का कोर्स किया। परंतु जो घंटे मैंने उनके साथ बिताए, मैंने अपने जीवन के कुछ सबसे महत्त्वपूर्ण सबक सीखे—सबसे बढ़कर यह कि बिना शर्त प्यार और प्रोत्साहन मिलना क्या होता है।

दूसरे परिवारों की तरह मेरा परिवार भी परिपूर्ण नहीं था। परंतु हम कितने भी अपूर्ण क्यों न रहे हों, व्यक्तियों और एक इकाई के रूप में प्रतिबद्धता व सुरक्षा के बोध से हम एक-दूसरे से जुड़े हुए थे। मेरी माँ और पिता ने वह सब किया, जो कोई भी माता-पिता सर्वोत्तम तरीके से करते हैं। उन्होंने अपना समय, ऊर्जा एवं पैसा अपने बच्चों को समर्पित कर दिया और हमें एक बेहतर जीवन देने के लिए सदैव तत्पर रहे।

□

सन् 1994 में कार्नेगी कॉरपोरेशन ने 'स्टार्टिंग पॉइंट्स' नामक एक विस्तृत रिपोर्ट जारी की, जिसमें उन हालात का ब्योरा दिया गया है, जो अमेरिका के सबसे छोटे नागरिकों—शिशुओं और ठुमककर चलनेवाले बच्चों—के विकास में बाधक हैं। रिपोर्ट में बाल विकास विशेषज्ञ कार्नेगी कॉरपोरेशन के अध्यक्ष डॉ. डेविड हैंबर्ग बच्चों को 'प्लांट' करने के लिए आदर्श भूमि की व्याख्या इस प्रकार करते हैं—"एक अविच्छिन्न, सुसंबद्ध, नाभिकीय परिवार जो तनाव में भी विश्वसनीय हो।" जिस परिवार में मैं पली-बढ़ी, वह इस व्याख्या की याद दिलाता है।

मेरे और मेरे भाइयों के पालन-पोषण में मेरे परिवार को गाँव से भी भरपूर सहयोग मिला। हमारा समुदाय हमारे परिवार का प्रत्यक्ष विस्तार था। हम अपने मित्रों के घरों और अहातों में लगातार जाते-आते रहते थे। हम सॉफ्ट बॉल, कर्ब बॉल और चेंज एंड रन खेलते, साथ ही ओलंपिक्स की तर्ज पर टीमें बनाकर बाकायदा मैच खेलते थे और यह सब अपने माता-पिता की सजग देखरेख में।

गरमियों की रातों में हमारे माता-पिता एक-दूसरे के अहातों या आँगन में बैठकर गपशप करते और हम बच्चे खेलते। कभी-कभी कुछ पिता लबादा ओढ़कर हमें भूत-प्रेतों की कहानियाँ सुनाते। हम स्काउट या स्कूल के अनुसार दल बनाकर मार्च करते हुए या साइकिलों पर सवार होकर कस्बे में मुख्य बाजार से होते हुए हॉलिडे परेड के रूप में पार्क में जाते, जहाँ हम सब बच्चों को पॉप्सिकल्स दिए जाते।

हमारे रिश्तेदार भी गाँव के नियमित सदस्य थे। परिवार में किसी के बीमार पड़ने या अन्य कोई हादसा होने पर दादा-दादी, चाचा-चाची और चचेरे-ममेरे भाई सब इकट्ठे हो जाते थे। नौ वर्ष की आयु में जब मेरे भाई टोनी को वातजन्य ज्वर हुआ तो वह महीनों बिस्तर पर रहा। हमारे दादाजी स्क्रैंटन से आकर टोनी के पास बैठकर ताश खेलते या तब तक जोर से पढ़कर कुछ सुनाते जब तक उनका गला न बैठ जाता।

बहुत से सहृदय जिम्मेदार वयस्क और भी थे, जो यह सुनिश्चित करने के लिए कि समुदाय के सभी बच्चों की आवश्यक देखभाल हो, अपना भरपूर योगदान देते थे। लाइब्रेरियंस से क्रॉसिंग गार्ड्स और स्काउट लीडर्स भी हमारा ध्यान रखते, यह सुनिश्चित

करते कि हमारे पास पर्याप्त काम और उसे करने के लिए जगह हो।

वयस्कों में इस बात पर सर्वसम्मति थी कि बच्चों से व्यवहार करते समय उनका संयुक्त चेहरा सामने आना चाहिए। वयस्कों का दबदबा हमारे जीवन को एक ढाँचा भी देता था और बगावत करने के लिए एक लक्ष्य भी। हम जानते थे कि नियम क्या हैं, यद्यपि कभी-कभी हम उन्हें तोड़ते भी थे।

बच्चों के लाभ के लिए सामुदायिक संसाधनों की व्यवस्था की जाती थी। प्रत्येक स्कूल के आस-पास की भूमि पूरे साल बच्चों के लिए पार्क और खेल के मैदान के रूप में इस्तेमाल की जाती थी। किशोर वय के लड़के-लड़कियों द्वारा आयोजित खेलों तथा कला और शिल्प कार्यक्रमों को चलाने के लिए गरमियों की सुबह स्कूल खोल दिए जाते थे। हमारे जीवन में चर्च की उपस्थिति महत्त्वपूर्ण थी। मेरे भाई और मैं संडे स्कूल के लिए नियमपूर्वक चर्च जाते थे और युवाओं की सामूहिक बैठकों, एथलेटिक प्रतियोगिताओं या नाटकों के रिहर्सल के लिए हफ्ते में कम-से-कम एक बार फिर चर्च जाते थे।

चर्च हमें अपनी मध्यम वर्गीय संपूर्णतः गोरे लोगों के उपनगर से बाहर की दुनिया के दर्शन भी कराता था। संडे स्कूल के शिक्षक हमें सिखाते थे कि ईश्वर की दृष्टि से पूर्वग्रह गलत चीज है और यह भी कि ईश्वर ने इतने अलग तरह के लोग इसीलिए बनाए हैं कि हम उनके भिन्न सौंदर्य और सौगातों का उसी तरह आनंद ले सकें जैसे हम बगीचे में अलग-अलग तरह के फूलों और फलों का लेते हैं। इन साधारण परंतु प्रभावशाली पाठों को हमारे युवा मिनिस्टर सर्विस और वर्शिप एक्सचेंज के लिए हमें अश्वेत और स्पेनिश-भाषी किशोरों से मिलवाने के लिए डाउन टाउन शिकागो ले जाते थे। जब मार्टिन लूथर किंग जूनियर भाषण देने के लिए शिकागो आए तो उन्होंने हमारे एक समूह को उनसे मिलवाने की भी व्यवस्था की थी।

मेरा गाँव इतना सुरक्षित था कि मेरे लिए उन लोगों के जीवन की कल्पना करना भी मुश्किल था, जिनसे खुशनसीबी दूर थी। मेरे चर्च ने मुझे इतने ठोस अनुभव कराए कि मैं असमानता और अभ्यास की वास्तविकता का सामना करने के लिए विवश हो गई। यद्यपि उस समय मुझे इस बात का पता नहीं था, मेरे गाँव ने विस्तृत होना आरंभ कर दिया था। बड़ी होते हुए पारिवारिक जीवन के जिस स्थायित्व को मैंने जाना था, वह निस्संदेह दुनिया के उस सौभाग्यशाली टुकड़ों तक सीमित नहीं था।

मैंने अपनी मित्र और चिल्ड्रंस डिफेंस फंड की अध्यक्ष मैरियन राइट एडलमैन से 1940 और 1950 के दशकों में दक्षिण कैरोलिना के अलग-थलग बेनेट्सविले में बिताए उनके बचपन के बारे में बात की है। अपनी पुस्तकों 'द मेजर ऑफ अवर सक्सेस' और 'गाइड माइ फीट' में उन्होंने संबंधों के उस संजाल, जिसे उनके परिवार ने बनाए रखा और साथ ही उस संजाल से उनके परिवार को भी जो सहारा मिला, उसका वर्णन किया है। उनके माता-पिता ने पाँच बच्चों का पालन-पोषण और एक चर्च का संचालन ही नहीं किया, अनाथ बच्चों का पालन किया, बीमारों व बुजुर्गों की सेवा की और वे

अश्वेत समुदाय में नेता थे। मैरियन और उनके परिवार ने नस्लवाद की कई पाशविक घटनाओं का सामना किया, परंतु सहारे के लिए उनके पास एक मजबूत सहारा था—उनका धार्मिक विश्वास और एक-दूसरे के प्रति उनकी वचनबद्धता। उनका एक सुदृढ़ परिवार था, जिसका आधार वह गाँव था जिसने बृहत्तर समाज की बुराई और अन्याय के खिलाफ उन्हें समर्थन दिया।

भले या बुरे के लिए वे परिवार और वह परिवेश ही हमारी पृष्ठभूमि होता है, जिनके बीच हम पूरा जीवन बिता देते हैं। परिवार ही हमारे भविष्य को आकार देते हैं; हमारे आरंभिक पारिवारिक अनुभव, हमारी सोच एवं व्यवहार पर चिर स्थायी प्रभाव डालते हैं और कुछ हद तक उसे तय करते हैं। इसके साथ ही बृहत्तर समाज में जो शक्तियाँ काम कर रही होती हैं, वे हमारे परिवारों को आकार देती हैं—और गाँव भी यही करता है, चाहे वह एक उपनगर हो या मलिन बस्ती। इसीलिए हमारे लिए उन व्यक्तिगत व सामाजिक शक्तियों को समझने का प्रयत्न करना महत्त्वपूर्ण है, जिनसे हमारे परिवारों का निर्माण हुआ है—और यह भी कि किस तरह वे हमारे जीवन और हमारे गाँव को आकार देते हैं।

जो लोग 1950 के दशक के मूल्यों की वापसी चाहते हैं। उनके मन में उस प्रकार के परिवार और बस्ती की ललक है, जिनमें मैं पली थी। पुरानी यादें बेचने वाले नॉर्मन रॉकवेल पचास वर्ष पहले का मनोहर अमेरिकी जीवन बेचते हैं, जहाँ हर घर में स्थायी माता-पिता, दो बच्चे, एक कुत्ता एवं एक बिल्ली होते थे और वे सब एक ऐसे घर में रहते थे जिसमें तराशा हुआ लॉन तथा ड्राइव वे में एक स्टेशन वैगन खड़ी हो। उस समय जीवन सादगी से भरा लगता था और हमारे सामाजिक मूल्य स्पष्ट थे।

उन यादों से लगाव को मैं समझती हूँ। जब यह दुनिया असहनीय हो जाती है तो मैं स्वयं ऐसा ही महसूस करती हूँ। उन दिनों के जीवन में कई अच्छाइयाँ थीं। परंतु वास्तव में हमारा भूतकाल इतना निर्दोष भी नहीं था। अफ्रीकी मूल के उन अमेरिकी बच्चों से पूछिए, जो अलग-थलग बस्तियों में पले-बढ़े या उन आप्रवासियों से जो पसीना बहानेवाले फैक्टरियों और चालों में रहकर जीवित रहने के लिए संघर्ष करते थे, महिलाओं से पूछिए जिनके सामने सीमित विकल्प थे और जिनके काम की मजदूरी कम दी जाती थी। उन सुंदर घरों में पले हुए लोगों से उन गोपनीय बातों और निराशाओं के बारे में पूछिए, जिन्हें वे छिपाते थे।

उन दिनों 'जिस तरह का जीवन हुआ करता था' के प्रति ललक न केवल उस समय की वास्तविकताओं की बल्कि उस बृहत्तर परिवेश की भी अनदेखी करती है जिसमें आज के परिवार तलाक, भेदभाव, देश की पतनोन्मुख आर्थिक दशा, शहरीकरण, उपभोक्तावाद और प्रौद्योगिकी के कुप्रभावों के बीच संघर्ष कर रहे हैं। जब भी कोई व्यक्ति 'पारिवारिक मूल्यों' के ह्रास पर क्षोभ व्यक्त करता है तो मैं उन परिवर्तनों के बारे में सोचती हूँ, जो 1950 के दशक में उस वक्त शुरू हुए थे, जब मैं एक बच्ची थी और

जिन्होंने नाटकीय रूप से हमारी जीवन-शैली को बदल दिया जैसे स्वचालित वाहनों ने पिछली पीढ़ी के लोगों की जीवन-शैली बदल दी थी।

प्रौद्योगिकीय क्रांति जिस तरह अच्छे या बुरे परिवर्तन लानेवाली थी, उनका पूर्वानुमान कोई नहीं लगा पाया था। टेलीविजन का आगमन इसका सबसे प्रत्यक्ष उदाहरण है। हमारा पहला टी.वी. सेट हमें सन् 1951 में मिला था। वह एक मोहक नवीनता थी और मेरे पिता की शिकायत थी कि यदि उन्होंने रोक न लगाई तो हम सुबह छह बजे से लेकर देर रात तक टी.वी. देखते रहेंगे। परंतु उस समय पारिवारिक जीवन में टी.वी. की उपस्थिति और उसका प्रभाव वैसा नहीं था जैसा आज हो गया है।

एक और बड़ी नवीनता थी फास्ट-फूड रेस्टोरेंट्स। हम लोग इलिनॉइस के डेस प्लेंस स्थित अमेरिका के सबसे पहले मैक्डॉनल्ड्स फ्रेंचाइजी के समीप ही रहते थे। मुझे याद है कि कैसे हैंबर्गर की बिक्री दरशानेवाले साइन बोर्ड पर हर हफ्ते संख्या बढ़ जाती थी। परंतु हममें से अधिकांश तब भी डिनर घर पर ही करते थे, टेबल के इर्द-गिर्द एक-दूसरे के सामने बैठकर सामूहिक भोज के 'तौर-तरीकों का पालन' करते हुए। भोजन के लिए बाहर जाना—चाहे एक हैंबर्गर के लिए ही—एक विशिष्ट यादगार अवसर होता था। आज मैं ऐसे उम्रदराज लोगों को जानती हूँ, जो अपने काम में इतने व्यस्त हैं कि वे आपको यह नहीं बता पाएँगे कि उन्होंने पिछली बार अपने परिवार के साथ बैठकर बिना टी.वी. चलाए कब भोजन किया था।

1950 के दशक के आरंभ से हमारा बाहर घूमना-फिरना भी बढ़ गया। जब राष्ट्रपति आइजनहॉवर ने रक्षा प्रयोजनों से देश के बृहत् संघीय राजमार्ग तथा एयरपोर्ट निर्माण कार्यक्रम हाथ में लिये तब बहुत कम लोगों ने कल्पना की होगी कि वे सड़कें और एयरपोर्ट पारिवारिक जीवन को कितना प्रभावित करेंगे। मैंने पहली हवाई यात्रा तब की जब मैं हाई स्कूल में थी; मेरे भतीजे शैशवकाल में ही पूरे देश पर उड़ चुके थे।

नई सड़कों ने मेरे जैसे उपनगरों में रहनेवाले अधिकाधिक लोगों के लिए रोज शहर जाकर काम करना तथा और ज्यादा दूर जाकर बसना संभव बना दिया। राजमार्गों के निर्माण से कई विद्यमान बस्तियाँ उजड़ गईं और कुछ का आर्थिक जीवन अस्त-व्यस्त हो गया। कंपनियों द्वारा अपने श्रमिकों और कर्मचारियों को देश में कहीं भी स्थानांतरित करने से उनके लिए अपने चचेरे-ममेरे भाई-बहनों और दादा-दादी, नाना-नानी से नियमित रूप से मिलना बहुत कम हो गया। हम उन कुछ खुशनसीब लोगों में शामिल थे, जिन्होंने एक ही जगह जड़ें जमाकर रहना पसंद किया।

उन्हीं दिनों दूरसंचार के क्षेत्र में भी प्रगति आरंभ हुई थी। मेरे आसपास के घरों में सामान्यत: एक ही टेलीफोन लाइन पर एक फोन भूतल पर और एक प्रथम तल पर होता था। बच्चों को एक सीमित समय के लिए ही फोन इस्तेमाल करने की इजाजत मिलती थी और वह भी घर के सार्वजनिक भाग में। हम अपने टेलीफोन के दास नहीं थे; यदि किसी ने फोन किया और हम घर में नहीं होते तो वह महत्त्वपूर्ण बात होने पर बाद में

दोबारा फोन कर लेता था। किसी के पास आंसरिंग मशीन नहीं थी। हम जो कुछ कर रहे हों उसमें बाधा डालने या वहाँ बैठे लोगों से विमुख करने के लिए सेलफोन नहीं थे।

कई तरह से मेरे जैसे परिवार दोनों तरह से फायदे में थे—नई प्रौद्योगिकी और विपुल उत्पादन से उत्पन्न हुई समृद्धि तो थी, परंतु इन बदलावों ने कुछ ही दशकों में घरों और व्यक्तियों में जो बिखराव व चिंताएँ पैदा की, उससे हम बचे हुए थे। हम सामान्यत: पिता की एकल आय पर एक चिंतारहित आरामदायक जीवन-स्तर हासिल कर पाते थे। सीमित शिक्षा के बावजूद लोगों को काम मिल जाता था और इस बात की चिंता किए बिना कि स्वचालित यंत्रों एवं सूचना प्रौद्योगिकी का उपयोग उन्हें व्यर्थ बना देगा, वे सेवानिवृत्ति तक नौकरी में बने रहने की आशा रखते थे। देश के पूरे श्रमिक वर्ग का एक-तिहाई संगठित था तथा श्रमिकों और प्रबंधकों की आमदनियों में जो अंतर था, उसे पार किया जा सकता था।

सबसे बढ़कर, हम यह महसूस करते थे कि हम सब एक ही उद्यम के अंग हैं। शायद शीत युद्ध हमें एक-दूसरे के साथ ले आया था, परंतु साथ तो हम थे ही। सोवियत 'स्पुतनिक' के लॉञ्च होने के बाद जब तत्कालीन अमेरिकी राष्ट्रपति आइजनहॉवर ने हमसे अपील की थी कि हम गणित व विज्ञान का और अधिक अध्ययन करें तो हमें ऐसा महसूस हुआ मानो सोवियत संघ से पीछे न रहने के उपक्रम में राष्ट्रपति और देश को हमारी आवश्यकता थी। तत्कालीन राष्ट्रपति केनेडी के समाज-सेवा के आह्वान ने भी हममें से कई लोगों को प्रेरित किया। हमें प्रत्येक नेता और संस्था के इरादों व कृत्यों पर नुक्ताचीनी करने या उन पर अविश्वास करने की दैनिक सीख नहीं दी जाती थी।

हममें से उन लोगों, जो उस युग में बड़े हुए जिसमें ऐसे आदर्शों का पालन किया जाता था जिनके लिए आज के लोग लालायित हैं, के लिए यह स्वीकार करना कठिन है कि इसी तथ्य ने अनजाने में उन्हीं शक्तियों को मुक्त कर दिया, जो कभी-कभी हमें अपने ही घरों और समुदायों से कटा हुआ महसूस कराती हैं। बृहत्तर समाज से कभी-कभी हम स्वयं को इतना कटा हुआ महसूस करते हैं कि हम कल्पना भी नहीं कर सकते कि वह गाँव अब कहीं मौजूद होगा। परंतु प्रत्येक युग अगली पीढ़ी के गाँव को जन्म देता है।

हमारे परिवारों की तरह जो संस्कृति हमें विरासत में मिलती है, वह मुख्यत: उन घटनाओं और निर्णयों का उत्पाद होती है, जिनके चयन में हमारा कोई हाथ नहीं होता। यह बात नहीं है कि संस्कृति हमारी नियति है, जैसे कि परिवार भी हमारी नियति नहीं है। कठिनतम परिस्थितियों में भी परिवारों ने प्रगति की है और कठोरतम परिवारों में व्यक्तियों ने भी। परंतु समाज हमारा संदर्भ है; हम खालीपन में नहीं जीते। आज भी उन तरीकों से, जिन्हें हम न तो महसूस कर सकते हैं और न पहचान सकते हैं, वह गाँव आकार ले रहा है जिसमें हमारे बच्चे अपने बच्चों का पालन करेंगे। यह हम पर निर्भर है कि किस तरह की विरासत हम उनके लिए छोड़ जाना चाहते हैं, उस पर सावधानी से विचार करें। □

3

हर बच्चे को एक हिमायती चाहिए

> यदि मुझे बच्चों के माता-पिता से कोई एक बात कहनी हो तो वह यही होगी कि एक बच्चे को ऐसे व्यक्ति की जरूरत होती है,जो उसमें विश्वास रखता हो, चाहे वह कुछ भी करे।
>
> *—एलिस केलिहर*

बड़ी होती हुई मैं जिन लोगों को जानती थी, उनमें से अधिकांश के परिवार मेरे परिवार जैसे ही थे। के.जी. से लेकर हाई स्कूल पास करने तक मेरा कोई भी घनिष्ठ मित्र ऐसा नहीं था जिसके माता-पिता में तलाक हो गया हो। परंतु एक व्यक्ति था, जिसे मैं बहुत अच्छी तरह जानती थी, जो तलाक की संतान थी—मेरी माँ।

मेरी माँ का जन्म सन् 1919 में शिकागो में हुआ था, जब उनकी माँ केवल पंद्रह वर्ष की थीं और उनके पिता सत्रह वर्ष के। पाँच वर्ष बाद उनकी बहन का जन्म हुआ; परंतु बच्चों के पालन-पोषण की जिम्मेदारी उठाने के लिए दोनों ही बहुत छोटे थे और दोनों ने निर्णय किया कि अब वे शादीशुदा नहीं रहना चाहते। जब मेरी माँ केवल आठ वर्ष की थीं और उनकी बहन मुश्किल से तीन वर्ष की, उनके पिता ने दोनों को अपने माता-पिता के साथ रहने के लिए ट्रेन से अकेले लॉस एंजिल्स भेज दिया। वे लोग इंग्लैंड के आप्रवासी थे।

जब मेरी माँ ने पहली बार मुझे बताया कि तीन दिनों की उस यात्रा में कैसे उन्होंने अपनी बहन की देखभाल की थी, तो मुझे विश्वास नहीं हुआ था। बाद में, जब मैं स्वयं

माँ बनी तो मुझे इस बात पर बड़ा क्रोध आया कि सन् 1920 के अपेक्षाकृत अधिक सुरक्षित दशक में भी किन्हीं बच्चों के साथ ऐसा बरताव किया गया था।

मेरी माँ आज भी सत्तर वर्ष पहले दक्षिणी कैलीफोर्निया में बिताए जीवन की साफ तसवीर खींचती हैं। वे उन संतरे के बागों की खुशबुओं का वर्णन करती हैं, जिनमें से गुजरकर वे स्कूल जाया करती थीं और ट्राम पकड़कर समुद्र तट पर जाने की उत्तेजना का भी। परंतु मौज-मस्ती की वे यादें कठोरता में लिपटी हुई थीं। उनकी दादी एक कठोर तथा अनुशासनप्रिय महिला थीं, जो उन्हें हमेशा डाँटती-फटकारती रहती थीं और उनके दादा को तो उनसे कोई मतलब ही नहीं था। उनके पिता वहाँ कभी-कभी आते थे और उनकी माँ दस साल तक उनके जीवन से गायब रहीं।

फिर भी, मेरी माँ सहयोगियों और एक मददगार 'गाँव' से वंचित नहीं थीं। एक दयालु शिक्षिका देखती थी कि उनके पास अकसर दूध के लिए पैसे नहीं होते थे, इसलिए वह दूध का एक अतिरिक्त डिब्बा खरीद लेती थीं और मेरी माँ को यह कहकर दे देती थीं कि उनकी दूध पीने की इच्छा नहीं थी। रिश्ते की एक परदादी बेले मेरी माँ को उपहार देतीं और समय-समय पर उन्हें दादी के उपहास व कठोरताओं से बचाने के लिए हस्तक्षेप करती थीं।

जब वह चौदह वर्ष की थीं, मेरी माँ ने मेरे दादा-दादी का घर छोड़ दिया और रहने-खाने के बदले एक परिवार में बच्चों की देखभाल का काम करने लगीं। इस स्थिति में हाई स्कूल की कक्षाओं में उपस्थित रहना संभव था, परंतु स्कूल के बाद की गतिविधियों में भाग लेना नहीं। बच्चों के लिए नाश्ता तैयार करने के लिए वह सुबह बहुत जल्दी उठ जाती थीं और रात को उनके सो जाने के बहुत देरे बाद तक अपना होम वर्क करती थीं। उस परिवार को बच्चे सँभालने का उनका तरीका पसंद था उन्होंने मेरी माँ की प्रतिभा को पहचाना और हाई स्कूल की पढ़ाई पूरी करने के लिए उन्हें प्रोत्साहित किया।

उन बच्चों की माँ स्नातक थीं। उन्होंने उन्हें पढ़ने के लिए पुस्तकें दीं और आगे पढ़ने की चुनौती स्वीकार करने के लिए कहा। समझाया कि अच्छी शिक्षा प्राप्त करना कितना महत्त्वपूर्ण है। उस महिला ने उनके सामने एक अच्छी पत्नी, माँ और गृहलक्ष्मी का आदर्श प्रस्तुत किया। मेरी बहुत इच्छा थी कि मैं ग्रेट-आंट बेले और उस महिला से मिल पाती, जिसने मेरी माँ को काम दिया था। उन्होंने मेरी माँ की जो सहायता की और प्रोत्साहन दिया था, जिससे वे अपने ही परिवार से मिले अविश्वास और निराशा से उबर पाई, उसके लिए मैं उनके प्रति अपनी कृतज्ञता व्यक्त करती। उन्होंने वे घाव ठीक किए जो मेरी माँ के साथ जीवन भर रहते। और फिर भी, अपने आरंभिक जीवन में मेरी माँ ने जो तकलीफें झेलीं, उन्हीं से बहुत हद तक उनके चरित्र का निर्माण हुआ था। उन्हीं चुनौतियों से उनमें सामाजिक न्याय की तीव्र चेतना तथा उनकी हैसियत या पृष्ठभूमि की

परवाह किए बिना सभी लोगों के प्रति आदर-भाव आया। उन्हीं में से उन्हें ज्ञान प्राप्त करने का जुनून और उससे मिलनेवाले आनंद का बोध भी आया।

हाई स्कूल करने के बाद मेरी माँ वापस शिकागो आ गईं और कई जगह सेक्रेटरी की नौकरी की। इन्हीं में से एक नौकरी के दौरान वे मेरे पिता से मिलीं। और उन्होंने मिलना-जुलना शुरू कर दिया। जब मेरे पिता नेवी में थे, मेरी माँ ने काम करना जारी रखा। जब युद्ध समाप्त हुआ तो मेरे पिता ने अपना व्यवसाय शुरू कर दिया। मेरी माँ उनके काम में हाथ बँटाने लगीं और हम तीनों का पालन-पोषण किया।

सन् 1971 में लॉ स्कूल में जब मैं अपने पति से पहली बार मिली तब मैंने स्वयं को अपनी माँ की कहानी पर गहराई से सोचते हुए पाया। उन्हीं की तरह बिल उन्हीं हालात में पले थे जिन्हें आदर्श नहीं कहा जा सकता। हमारे समय की महान् मौलिक प्रतिभाओं में से एक, उनकी माँ स्व. वर्जिनिया केली एकमात्र संतान के रूप में अर्कांसास के होप में पलीं। हाई स्कूल के बाद उन्होंने नर्सिंग की पढ़ाई की और युद्ध के दौरान वे बिल के पिता, टेक्सास के विलियम ब्लाइथ से मिलीं। यूरोप की रणभूमियों में उनके जाने से ठीक पहले सितंबर 1943 में उनका विवाह हुआ।

सन् 1945 में जब वे वापस आए तो वे और वर्जिनिया शिकागो चले आए। मुझे अकसर लगता है और लगने पर अचरज भी होता है कि क्या वर्जिनिया केली और मेरी माँ वहाँ एक-दूसरे के पास से गुजरे होंगे, शायद मुख्य बाजार के मार्शल फील्ड के विशाल डिपार्टमेंटल स्टोर की पंक्ति में।

वर्जिनिया गर्भवती हुईं और अपने बच्चे को जन्म देने के लिए अपने परिवार व मित्रों के बीच होप चली गईं। उनके पति की योजना थी कि जैसे ही उनका नया फ्लैट तैयार हो जाएगा, वे भी उन्हीं के पास होप चले जाएँगे। कार से अर्कांसास जाने के लिए वे शिकागो से निकले और 17 मई, 1946 की अँधेरी बरसाती रात में मिसौरी में सिकेस्टन के बाहर एक जानलेवा कार दुर्घटना के शिकार हो गए।

यद्यपि अपने पति की मृत्यु से वर्जिनिया की दुनिया उजड़ गई थी, तथापि वे अपने बच्चे की उत्तम परवरिश के लिए सबकुछ करने के लिए कृतसंकल्प थीं। तीन महीने बाद वर्जिनिया के पिता जेम्स एल्ड्रिज कैसिडी के जन्मदिन 19 अगस्त को विलियम जेफर्सन ब्लाइथ इस दुनिया में आए। अस्पताल से निकलकर वे दोनों वर्जिनिया के माता-पिता के घर चले गए, जिन्होंने बिल के प्रथम छह वर्षों तक के पालन-पोषण की जिम्मेदारी उठाई। मतभेदों के बावजूद वर्जिनिया और उनकी दृढ़ निश्चयी माँ एडिथ वैलेरिया ग्रिशम कैसिडी एक बात पर एकमत थे—बिल के प्रति समर्पण भाव।

अपने बच्चे को एक बेहतर जीवन देने के उद्देश्य से नर्स-एनेस्थेटिस्ट की डिग्री को एक प्रोग्राम में भाग लेने के लिए वर्जिनिया होप छोड़कर न्यू ऑर्लियंस चली गईं। इसका अर्थ था एक वर्ष के लिए बिल को अपने माता-पिता की देखरेख में छोड़ जाना।

वर्जिनिया अकसर कहा करती थीं कि अपने बेटे से दूर रहना उन्हें मृत्यु के समान लगता था। बिल की सबसे आरंभिक यादों में से एक थी सप्ताहांत में अपनी नानी के साथ ट्रेन पकड़कर अपनी माँ से मिलने जाना। बिल को याद है कि रविवार को जब वे वापस जाने के लिए निकलते थे तो उनकी माँ सड़क किनारे घुटनों के बल बैठकर रोते हुए उन्हें विदा करती थीं।

बिल का परिवार सीमित साधनों वाला था; परंतु वे समझते कि एक बच्चे के बौद्धिक, सामाजिक एवं भावनात्मक विकास के लिए उसके आरंभिक वर्ष कितने महत्त्वपूर्ण होते हैं। उनकी नानी, जिन्होंने पत्राचार पाठ्यक्रम के जरिए नर्सिंग में एक डिग्री हासिल की थी, उनकी ऊँची कुरसी पर ताश के पत्ते चिपकाकर उनकी सहायता से संख्याओं के बारे में उनसे सवाल पूछती थीं। वे हर रोज उन्हें जोर से पढ़कर सुनाती थीं और उनके के.जी. में प्रवेश लेने से पहले पढ़ना सीखने के लिए उन्हें प्रोत्साहित करती थीं। बिल के नाना, जिन्होंने केवल स्कूली शिक्षा ही पाई थी, छोटे-मोटे कामों और अपनी छोटी सी परचून की दुकान पर बिल को साथ ले जाकर उनके साथ बहुत समय बिताते थे, रास्ते में दोस्तों के साथ बैठकर गपशप भी करते थे। बिल के मिलनसार स्वभाव का काफी श्रेय निश्चित रूप से उन आरंभिक दिनों में शहर भर में बतियाते फिरने को जाता है।

यद्यपि मैं बिल के नाना-नानी से कभी नहीं मिली, मैं जानती हूँ कि बिल के प्रति उनके गहरे प्यार ने बिल को उस पिता द्वारा छोड़ी गई रिक्तता को भरने में सहायता की जिसे उन्होंने कभी न जाना था तथा उन तकलीफों को उठाने के लिए भी तैयार किया, जो बिल ने बाद में झेलीं।

चार वर्ष की आयु में बिल के जीवन में नाटकीय परिवर्तन आया। वर्जिनिया ने एक कार डीलर रोजर क्लिंटन से शादी कर ली और वे लोग होप में अपने स्वयं के एक छोटे से घर में रहने लगे। लगभग आरंभ से ही यह शादी बहुत आशाजनक नहीं थी। रोजर को बहुत ज्यादा शराब पीने और पीकर नीचता व मारपीट पर उतर आने की आदत थी। वर्जिनिया ने उसके हाथों जो दुर्व्यवहार और हिंसा झेली, उसका वर्णन उन्होंने अपनी भाव-प्रवण आत्मकथा 'लीडिंग विद माइ हार्ट' में किया है।

मैंने वर्जिनिया से एक बार पूछा था कि वह रोजर की पत्नी क्यों बनी रहीं? उन्होंने बताया कि वह इस विश्वास के साथ बड़ी हुई थीं कि विवाह आजीवन निभाने की चीज है और तलाक गलत है। उन्होंने यह भी बताया कि अधिकांश समय—जब वह पिए हुए नहीं होते थे—रोजर का व्यवहार मधुर व विनोदपूर्ण होता था। फिर भी, सन् 1962 में उन्होंने रोजर को तलाक दे दिया, जब शराब पीने के बाद उनका क्रोधोन्माद वर्जिनिया के लिए असहनीय हो गया। परंतु तीन महीने बाद ही उस पर तरस खाकर और अपना व्यवहार बदल लेने के उसके वादे पर विश्वास करके बिल की सलाह के खिलाफ उन्होंने उससे दोबारा शादी कर ली। बिल ने रोजर को अपनी माँ पर दोबारा हाथ उठाने

या डराने के खिलाफ साफ-साफ चेतावनी दी। वे अब तक डील-डौल में अपने सौतेले बाप से बड़े हो गए थे।

जब बिल सात वर्ष के थे, रोजर और वर्जिनिया अर्कांसास के तुलनात्मक रूप से बड़े शहर हॉट स्प्रिंग्ज में रहने के लिए चले गए थे। यद्यपि वर्जिनिया रोजर पर भरोसा करके निश्चिंत नहीं हो पाती थीं। वह अपने माता-पिता से अब नियमित सहायता की अपेक्षा नहीं कर सकती थीं; परंतु क्लिंटन खानदान में बड़ी संख्या में अंकल, आंटियाँ और अन्य लोग थे, जिन्होंने कई वर्षों तक बिल को पारिवारिक सहयोग दिया। वर्जिनिया ने, जब वह काम पर गई होती थीं तब बिल और बाद में उनके भाई रोजर की देखभाल के लिए अपनी एक पड़ोसन श्रीमती वाल्टर्स को वेतन पर रख लिया था। एक पूर्णकालिक नौकरी और अनंत पारिवारिक तनावों के बावजूद वर्जिनिया इस बात का ध्यान रखती थीं कि उनका घर आसपास के बच्चों के लिए स्वर्ग बन जाए, जहाँ के बास्केट शूटिंग कर सकें, संगीत सुन सकें, ताश खेल सकें या बस गपशप कर सकें। 'नर्सिंग होम' से घर लौटते ही वह उनमें शामिल हो जाती थीं।

चूँकि बिल अब इतने बड़े हो चुके थे कि वह अपने सौतेले पिता के व्यवहार से शारीरिक व भावनात्मक रूप से स्वयं को दूर रख सकें, वह अपने घरेलू जीवन के तनावों से निपटने में सफल रहे। उन्होंने अन्य वयस्क लोगों से भी अपने संबंध विकसित कर लिये थे। उनकी माँ जिन डॉक्टरों के साथ काम करती थीं, उनमें से कुछ बिल में विशेष दिलचस्पी लेते थे और उन्हें सलाह देने के लिए समय निकालते थे। बिल ने भी पढ़ाई और संगीत की प्रतिभा को निखारने में सहायता की। और हालात चाहे जितने विकट हों, उनकी माँ अपने काम करने तथा आत्मानुशासन व अदम्यता का उदाहरण प्रस्तुत करने के लिए हर सुबह जल्दी उठ जाती थीं।

मानव परिवार कई स्वरूप धारण करता है और ऐसा हमेशा हुआ है। क्लिंटन परिवार पारंपरिक ढाँचे का नहीं था। परंतु यदि कोई कहे कि वह एक वैध परिवार नहीं था या उसमें 'पारिवारिक मूल्यों' का अभाव था तो यह उसकी धृष्टता होगी। बिल के मन में यह संदेह कभी नहीं रहा कि उनकी माँ और उनके जीवन में आए अन्य वयस्कों ने उन्हें जी-जान से प्यार नहीं किया। उनके परिवार की अपनी समस्याएँ थीं। मेरे परिवार की भी थीं और मैं समझती हूँ, आपके परिवार की भी होंगी। परंतु जैसा कि मनोवैज्ञानिक यूरी ब्रॉनफेन ब्रेनर हमें याद दिलाते हैं, "एक सबसे महत्त्वपूर्ण चीज जो बच्चों को जीवन की दौड़ में बने रहने में सहायता करती है, वह है उनके जीवन में किसी ऐसे व्यक्ति का होना, जो उनके लिए पागल हो।" इस मामले में बिल और मैं दोनों सौभाग्यशाली थे।

उस तरह का प्यार जीवन के बहुत से अभावों की भरपाई कर सकता है, परंतु वह सबकुछ ठीक नहीं कर सकता। वर्जिनिया अपने दूसरे बेटे रोजर जूनियर को भी उतना ही प्यार करती थीं जितना बिल को। रोजर का जन्म 1957 में हुआ था। अपने भरपूर प्यार

के बावजूद वह उसे उसके पिता की शराब की लत के दुष्परिणामों से बचा नहीं पाईं। अपने विकास में उसने जिन समस्याओं का सामना किया, वे अस्थिर परिवारों के बच्चों के लिए सामान्य हैं, चाहे वह अस्थिरता उनके माता-पिता के साथ रहने के कारण हो या तलाक के कारण।

सफल माता-पिता बनने का कोई निश्चित फॉर्मूला नहीं है। कई अकेले माता या पिता, सौतले पिता या माँ और 'मिले-जुले' परिवार बच्चों का पालन-पोषण उत्तम तरीके से करते हैं। परंतु आमतौर पर उनका काम ज्यादा मुश्किल होता है। और आज के समय में माता-पिताओं को बृहत्तर परिवार या एक सुसंबद्ध समुदाय से सहयोग मिलने की संभावना बहुत कम है। अब बहुत कम आंट बेले, दादा-दादी, नाना-नानी या अन्य नजदीकी रिश्तेदार बचे हैं, जो मुसीबत में काम आ सकें और हममें से कई लोग पड़ोसियों से सहायता तो दूर, उनसे दु:ख-दर्द सुनने की भी अपेक्षा नहीं रख सकते।

अमेरिकन परिवारों की अस्थिरता बच्चों के स्वस्थ विकास के लिए बड़ा जोखिम पैदा करती है। तलाक की दर धीरे-धीरे कम हो रही है, परंतु अधिकांश विवाहों का सच 'जब तक मौत हमें जुदा न करे' के स्थान पर 'जब तक मुश्किलें सामने नहीं आतीं' हो गया है। और विवाहेतर संबंधों से जनमे बच्चों की संख्या में विस्फोटक वृद्धि हुई है। सन् 1960 में बीस में से एक बच्चा वैसा था, अब प्रति चार में एक है।

इतने बड़े पैमाने पर हो रहे सामाजिक बदलावों का खामियाजा सबसे ज्यादा बच्चे झेलते हैं। तलाक और विवाहेतर संबंधों से उत्पन्न संतानें जीवन में जो विभ्रम और उथल-पुथल पैदा करती हैं, उनकी विधिवत् जानकारी उपलब्ध है। बच्चों पर किए गए राष्ट्रीय सर्वेक्षण, जिसने सात से लेकर ग्यारह वर्ष तक की आयु के बच्चों के एक समूह का दस वर्ष तक अवलोकन किया, के परिणामों और हाल में किए गए अध्ययनों ने पक्के तौर पर यह दरशाया है कि जहाँ कई वयस्कों ने तलाक या एकल मातृत्व/पितृत्व से लाभ होने का दावा किया है, अधिकांश बच्चे इससे लाभान्वित नहीं हुए हैं।

माता-पिता में से किसी एक के साथ या सौतेले परिवारों में रहनेवाले बच्चों में भावनात्मक और व्यवहार संबंधी समस्याएँ होने की आशंका माता व पिता दोनों के साथ रहनेवाले बच्चों की तुलना में दो से तीन गुना अधिक होती है। माता-पिता में से किसी एक के साथ रहनेवाले बच्चों में हाई स्कूल से पढ़ाई छोड़ देने, किशोरावस्था में गर्भधारण करने, मादक द्रव्यों का सेवन करने, हिंसक आचरण करने और कानून-व्यवस्था से टकराव होने की आशंका अधिक होती है। माता या पिता का पुनर्विवाह भी अकसर स्थिति में सुधार नहीं लाता।

इसके अतिरिक्त, तलाक और विवाहेतर संबंधों से जनमी संतानों ने अमेरिकी बच्चों में गरीबी की दु:खद वृद्धि में भारी योगदान दिया है। दुर्भाग्य यह है कि यह दर आज प्रति पाँच बच्चों में एक के अनुपात की है। जहाँ तलाक अकसर पुरुषों की आर्थिक

स्थिति सुधारने में सहायक होता है, वहाँ आमतौर पर माँ और बच्चों की आर्थिक स्थिति बिगाड़ देता है। वैसे भी, पुरुषों को कदाचित् ही बच्चों की जिम्मेदारी दी जाती है।

विवाहेतर संबंधजनित संतानों और तलाक की वजह से बच्चों के दैनिक जीवन से पिताओं के गायब हो जाने के फलस्वरूप दूसरे परिणाम भी सामने आते हैं। लड़कियों में अवसाद और सहमे हुए व्यवहार के प्रकट होने की आशंका अधिक होती है, जबकि लड़कों में पढ़ाई छोड़ देने तथा शैक्षिक और व्यवहार संबंधी समस्याएँ पैदा होने की। जैसा कि सीनेटर डेनियल पैट्रिक मोयनिहन ने तीस वर्ष से अधिक समय पहले चेतावनी दी थी, बच्चों—विशेष रूप से लड़कों—के जीवन में पिताओं की अनुपस्थिति हिंसा व आक्रामकता में वृद्धि लाती है तथा विवाह और जिम्मेदार पैरेंटिंग ऐतिहासिक रूप से समाज में सभ्यता व सौम्यता का संचार करते आए हैं। एक बच्चे की प्रार्थना चिल्ड्रंस डिफेंस फंड के 'लोगो' के रूप में इस्तेमाल की गई है—"प्रिय ईश्वर, मुझ पर दया करो। समुद्र इतना विशाल है और मेरी नौका इतनी छोटी।" जिन बच्चों के पिता नहीं हैं या जिनके पिता तलाक के बाद उनके जीवन में आते व जाते रहते हैं, वे सबसे तूफानी समंदर में सबसे नाजुक कश्तियाँ हैं।

यह विचित्र है कि उनमें से कई लोग समलैंगिकों के अधिकार और अन्य चीजें, जो 'पारिवारिक मूल्यों' के लिए खतरा समझी जाती हैं, के खिलाफ जोर-शोर से विरोध प्रकट करते हैं, परंतु तलाक के बारे में मुँह नहीं खोलते। क्रिश्चियन कोलीशन के सामने पूर्व शिक्षा सचिव विलियम बेनेट की इस स्वीकारोक्ति का स्वागत करने के लिए उनकी सभी टिप्पणियों से सहमत होना जरूरी नहीं है कि तलाक बच्चों पर भारी पड़ते हैं—"जहाँ तक अमेरिका के बच्चों को हानि पहुँचाने का सवाल है, आप समलैंगिक आंदोलन ने जो कुछ किया है, उसकी तुलना तलाक के साथ नहीं कर सकते। बच्चों पर पड़नेवाले कुप्रभावों के मामले में समलैंगिक आंदोलन उसके आसपास भी नहीं है।"

शायद सबसे अकाट्य सबूत स्वयं बच्चों के मुख से आते हैं। हाल ही में मुझे लूसियाना के एक पंद्रह वर्षीय लड़के का पत्र मिला। उसके माता-पिता ने तलाक ले लिया था। "मैं आप सभी वयस्कों और इस देश की विधिक प्रणाली पर अविश्वास करने लगा हूँ।" उसने लिखा, "मुझे ऐसा लगता है कि आप लोग बातें तो बहुत करते हैं, परंतु उससे ज्यादा कुछ नहीं करते।" उसके माता-पिता का अलग होना एक इकाई के रूप में परिवार के साथ और अलग-अलग व्यक्तियों के साथ क्या कुछ कर रहा था, इसका वर्णन उसने जारी रखा। "मैं भरसक कोशिश करता हूँ कि मैं अपने पिता और समाज व्यवस्था के प्रति एक क्षुब्ध क्रोधित युवा न बनूँ।" उसने मुझसे कहा, "परंतु मेरी माँ और मेरे लिए यह न्यायोचित नहीं है कि मेरे और मेरे नन्हे भाई के लिए वे माँ और पिता दोनों की भूमिका अदा करें। मुझे इसमें कोई तुक नजर नहीं आती।" हममें से किसी को भी नहीं आनी चाहिए।

मेरी व्यक्तिगत आकांक्षा है कि प्रत्येक बच्चे को एक समूचा भरोसेमंद परिवार मिले। परंतु बहुत कुछ है, जो हम विवाहों को बचाने तथा तलाकशुदा और एकल माता-पिताओं के बच्चों को सहारा देने के लिए कर सकते हैं। इस संबंध में जो कुछ घटित हो रहा है, उसे दरशाने के लिए कुछ उदाहरण दिए जा रहे हैं।

इस देश में तलाक के बारे में वर्षों तक बेरुखी दिखाने के बाद अपने विवाह बचाए रखने के लिए अधिकाधिक जोड़ों को सहायता देने के उत्साहजनक कदम उठाए जा रहे हैं। ऐसे जमीनी अभियान, जो परिवार के कल्याण के लिए पुरुषों से और अधिक जिम्मेदारी उठाने का आग्रह करते हैं, पूरे देश में चलाए जा रहे हैं। ये अभियान और उनके नेता जितनी विविधता लिये हुए हैं (और कभी-कभी विवादास्पद भी रहे हैं) उसे देखते हुए उन्हें जितना जन-समर्थन मिला है, वह व्यक्तिगत जवाबदेही के सवाल पर जनता का व्यापक सरोकार प्रदर्शित करता है। एक गैर- सांप्रदायिक धार्मिक संस्था प्रॉमिस कीपर्स ने ऐसे पुरुषों से फुटबॉल स्टेडियम भर दिए हैं जो अधिक नैतिक जीवन जीने के लिए मार्गदर्शन व प्रोत्साहन चाहते हैं। 16 अक्तूबर, 1995 को आयोजित मिलियन मैन मार्च ने कैपिटल मॉल को उन पुरुषों से भर दिया जिन्होंने प्रायश्चित्त और समझौते की सच्ची भावना से अपनी, अपने परिवारों और समुदायों की जिम्मेदारी लेने का संकल्प लिया।

सारे देश की शैक्षिक और धार्मिक संस्थाओं में वैवाहिक सामंजस्य पर सेमिनार आयोजित किए जा रहे हैं। सन् 1995 में दिए गए स्टेट्स ऑफ द यूनियन भाषण में राष्ट्रपति ने मैरीलैंड के दो ए.एम.ई. सियोन धर्म गुरुओं रेवरेंड्स जॉन और डायना चेरी के कार्यों की सराहना की। अपने प्रवचनों तथा विवाह-पूर्व और वैवाहिक परामर्श के जरिए उन्होंने विवाहित जोड़ों को साथ रहने या फिर से एक हो जाने में महत्त्वपूर्ण भूमिका निभाई है। अपने परिवार की जिम्मेदारी स्वीकार करने और उसका आनंद लेने की सीधी अपील के कारण उनके चर्च में पुरुष सदस्यों की संख्या असाधारण रूप से अधिक है।

अमेरिकन बार एसोसिएशन ने द फर्स्ट इयर एनीवर्सरी कोर्स नामक एक पायलट प्रोजेक्ट शुरू किया है, जो नए विवाहित जोड़ों को उन समस्याओं की पहचान करने में मदद करता है, जिनके विवाह के आरंभिक वर्षों में उभरने की आशंका अधिक होती है। यह कोर्स संकटग्रस्त जोड़ों को वकीलों और मानवीय संबंध विशेषज्ञों के साथ संचार और बातचीत के सत्रों में भाग लेने का अवसर प्रदान करता है।

एसोसिएशन के फेमिली लॉ सेक्शन के एक पूर्व प्रमुख लिन गोल्ड-बिकिन का 'द पार्टनर्स प्रोजेक्ट' हाई स्कूल के विद्यार्थियों को उनके विवाह से बहुत पहले ही संचार और बातचीत में कुशलता सिखाने के लिए तैयार किया गया एक व्यावहारिक वीडियो कोर्स है। प्रत्येक सत्र एक अलग विषय पर केंद्रित होता है—उदाहरण के लिए, परिवार

की आमदनी बढ़ाने में सहयोग देना या घरेलू हिंसा। आम घरेलू झगड़ों का नाट्य रूपांतर करके विद्यार्थी बारी-बारी से विभिन्न भूमिकाएँ निभाते हैं—यदि पति और पत्नी दोनों थके हों तो खाना कौन बनाएगा या कौन तय करेगा कि पैसा कहाँ खर्च किया जाना है। प्रशिक्षक विद्यार्थियों से प्रत्येक कथानक में छिपी समस्या की पहचान करने और फिर उसके समाधान के लिए विकल्प बताने के लिए कहते हैं। यदि मंचित झगड़ा किसी एक पार्टनर को तलाक के लिए सोचने तक ले जाता है तो उनकी अटॉर्नी से मुलाकात दिखाई जाती है तथा किशोरों को उन कठोर सच्चाइयों से परिचित कराया जाता है, जो वैवाहिक संबंध टूटने से सामने आती हैं।

तलाक और बच्चों पर पड़नेवाले उसके कुप्रभावों के बारे में मेरी उग्र भावनाएँ मेरे अपने वैवाहिक जीवन में कई बार कुछ ज्यादा बोल जाने और पछताने का कारण बन गई हैं और इसके बजाय मेरे सोच ने यह दिशा ले ली कि एक बेहतर पत्नी और पार्टनर बनने के लिए मुझे क्या करना चाहिए। मेरे पति ने भी ऐसा ही किया है। एक-दूसरे के प्रति आदर भाव और गहरे प्यार के साथ अपने विवाह को सफल बनाने के लिए बिल और मैंने काफी प्रयास किए हैं। चेल्सी के रूप में मिले वरदान ने हमारी प्रतिबद्धता और बढ़ा दी है।

मैं यह नहीं कर रही हूँ कि तलाक के कारण ही नहीं होते। जो अपमान और हिंसा वर्जिनिया केली ने झेली, वह एक ऐसी चीज है, जिसे किसी भी पार्टनर या बच्चे को सहन नहीं करना चाहिए। परंतु तलाक अभी जितना आसान है और उसके परिणाम इतने भीषण कि जिन लोगों के बच्चे हैं, उन्हें तलाक देने से पहले अपने आप से पूछना चाहिए कि क्या उन्होंने विवाह को बचाने का भरसक प्रयत्न किया है और क्या वे कुछ और भी कर सकते थे?

इसीलिए जहाँ बच्चों के भविष्य का सवाल है, मैं बिना किसी गंभीर गलती या बिना प्रतीक्षा-समय का उपयोग किए तलाक के बारे में दुविधाग्रस्त हूँ। हमें 'उत्तेजित भावनाओं के शांत होने की अवधि' और साथ ही पति-पत्नी की शिक्षा व परामर्श की अनिवार्यता की ओर लौट जाना चाहिए।

तलाक से उत्पन्न होनेवाली कई कठिनाइयों में से एक है उसका सार्वजनिक मामला बन जाना। वह कोर्ट में चला जाता है। बच्चे के अभिरक्षण के बारे में निर्णय लेना होता है। व्यक्तिगत भावनाएँ कैसी भी हों, इस प्रक्रिया में शामिल प्रत्येक व्यक्ति, विशेष रूप से दोनों पार्टनरों, का यह दायित्व है कि वे उस पीड़ा को कम करने का प्रयास करें।

जिन लोगों ने बच्चों का पालन-पोषण किया है, वे जानते हैं कि बच्चे एक स्थिर जीवन-शैली की सुरक्षा को कितना पसंद करते हैं। तलाक होने के बहुत समय बाद भी बच्चे आमतौर पर उम्मीद लगाए रहते हैं कि उनके माता-पिता में मेल हो जाएगा। तलाक के साथ आनेवाली चिंताओं का तकाजा होता है कि माता-पिता वह सब करें, जो

उनके वश में हो, ताकि अतिरिक्त अनिश्चितता से बचा जा सके। उन्हें यह याद रखना चाहिए कि छोटी-छोटी बातें अकसर सबसे ज्यादा महत्त्व रखती हैं—समय पर भोजन तैयार करना, बच्चों के होमवर्क में मदद करना, बच्चों के सोने से पहले उन्हें कहानियाँ सुनाना, सप्ताहांत में सैर के लिए कहीं जाना, साथ-साथ प्रार्थना करना। बच्चों की आवश्यकताओं को प्राथमिकता दी जानी चाहिए।

बच्चों की भावनाओं को ध्यान में रखते हुए वयस्कों को स्वयं अपनी भावनाओं पर नियंत्रण रखना चाहिए, चाहे वे वैवाहिक संबंधों को तोड़कर स्वयं को हलका और खुश महसूस कर रहे हों या पार्टनर द्वारा छोड़ दिए जाने के कारण क्रुद्ध या चिड़चिड़ा महसूस कर रहे हों। इसके लिए जागरूकता और स्व-नियंत्रण का होना जरूरी है, हालाँकि ऐसा रहना उथल-पुथल भरे समय में बहुत कठिन होता है।

शालीनता और शिष्टाचार के कुछ साधारण कृत्य बहुत महत्त्वपूर्ण हो सकते हैं जैसे बच्चे से दूसरे पार्टनर की आलोचना करने से इनकार करना। बच्चे के लिए एक संतोषजनक जीवन-स्तर की व्यवस्था करना, चाहे आपके पूर्व पार्टनर के प्रति आपकी भावनाएँ कैसी भी हों। आपका बच्चा आर्थिक सुरक्षा पाने का अधिकारी है। बच्चे के साथ आपने जो और जितना समय बिताने का वादा किया है, उसे पूरा करना। उस समय का उपयोग बच्चे के जीवन में शामिल होने के लिए करना, चाहे खेलकूद की गतिविधियों में उपस्थित रहकर या स्कूल प्रशासन को सहयोग देकर या बस में बैठकर बातचीत करके। बच्चे का जन्मदिन या छुट्टियाँ मनाने के लिए प्रयास करना और उसकी स्कूली गतिविधियों में उपस्थित रहना, वयस्कों के मतभेदों से बच्चे को बचाए रखना।

एक वकील के रूप में मैंने तलाक के मामले निपटाए हैं और दोनों पक्षों के बीच मतभेदों को सुलझाते हुए उन्हें कोर्ट से बाहर रखने की पूरी कोशिश की है। कितनी ही बार मैंने समझदार लोगों को भी बदले की भावना, ईर्ष्या या लोभ के वशीभूत होकर अनर्गल बातें करते और बच्चों को मोलभाव करने का जरिया बनाते हुए देखा है। बच्चे की अभिरक्षा के लिए लड़ने या उससे मिलने की अनुमति न देने की धमकी देकर बच्चे के हित या संपत्ति के विभाजन को लेकर एक अभिभावक द्वारा दूसरे को दबाते हुए देखकर मुझे अकसर मध्यस्थता के लिए किंग सोलोमन को बुलाने की इच्छा होती थी।

जब दो स्त्रियाँ एक ही बच्चे की माँ होने का दावा कर रही थीं तो वे बुद्धिमान राजा के सामने लाई गईं। राजा ने आदेश दिया कि उस बच्चे के दो टुकड़े कर दिए जाएँ, ताकि एक-एक भाग उन दोनों को दिया जा सके। एक औरत ने राजा सोलोमन से चीखकर कहा कि बच्चे को मारने के बजाय उसे दूसरी औरत को दे दिया जाए। बच्चे की अभिरक्षा को लेकर हो रहे विवाद से ऊपर रखकर उसने स्वयं को उसकी असली माँ साबित कर दिया। कितना अच्छा होता, यदि आज के माता-पिता, तलाक

के केस लड़नेवाले वकील और जज बच्चों का हित तय करने के काम को इतनी प्राथमिकता देते।

फिर भी, कुछ आशाजनक संकेत हैं। कुछ अदालतें तलाक देनेवाले माता-पिताओं के बच्चों पर तलाक के संभावित परिणामों के बारे में जानने के लिए उनके द्वारा कुछ कक्षाओं में उपस्थित रहना जरूरी बना देती हैं। उन्हें अपने वैवाहिक झगड़ों से बच्चों को दूर रखने, संवाद शुरू करने तथा एक प्यार भरे एवं मददगार तरीके से माता-पिता के दायित्व निभाने का प्रशिक्षण दिया जाता है।

कोलंबस, ओहियो का पैरेंट एजुकेशन प्रोग्राम तलाक को जिस तरह से लोक स्वास्थ्य के एक मुद्दे के रूप में लेता है, उसकी मैं सराहना करती हूँ, ''क्योंकि वह 40 प्रतिशत अमेरिकी बच्चों में तनाव का एक मुख्य कारण है और इनमें से कई बच्चों में चिरस्थायी कठिनाइयाँ पैदा कर सकता है। स्वाभाविक रूप से वे उसके विकास को अवरुद्ध कर सकती हैं। तेईस राज्यों ने पहले की स्वैच्छिक चाइल्ड कस्टडी मीडिएशन प्रोग्राम शुरू कर दिए हैं और चार अन्य राज्यों में राज्यव्यापी मध्यस्थता कार्यक्रमों में भागीदारी अनिवार्य बना दी गई है।''

मिशिगन में तलाक सहित सभी घरेलू संबंधों के मामलों में फ्रेंड ऑफ द कोर्ट सिस्टम बच्चों की कस्टडी, उनसे मुलाकातों और उनके पालन-पोषण से संबंधित पहलुओं की जाँच करके अपनी अनुशंसाएँ तैयार करता है। मिशिगन की कुल जनसंख्या देश की जनसंख्या की लगभग 4 प्रतिशत ही है, फिर भी इस अकेले राज्य ने कई बार किसी भी अन्य राज्य के मुकाबले बच्चों को कहीं अधिक अवलंब प्रदान किया है—वर्ष 1993 में देश के कुल अवलंब का 10 प्रतिशत। इसके साथ ही यह राज्य 'नॉन कस्टोडियल माता-पिताओं को केवल एक बिल अदायक व्यक्ति से अधिक' समझने के अपने दर्शन के अनुसार विजिटेशन अधिकारों को सख्ती से लागू करता है।

पूरे गाँव—मित्रों, शिक्षकों, मध्यस्थों, परामर्शदाताओं और धर्मगुरुओं—का यह दायित्व है कि वे तलाक की अवधि में और उसके बाद बच्चों की हिमायत करें, विशेष रूप से जब माता-पिताओं ने बच्चों को बेसहारा छोड़ दिया हो। मेरी माँ के कठोर बचपन से पार पाने के उद्देश्य से उनकी सहायता के लिए उनके जन्मजात संबंधियों से बाहर के लोगों ने उन्हें काफी सहारा दिया। इसी तरह, लूसियाना के उस किशोर, ने जिसने मुझे पत्र लिखा था, को अपने परिवार के एक मित्र के रूप में अपना रोल मॉडल मिल गया।

दीर्घावधि में हवाई में बच्चों पर किए गए एक अध्ययन ने इस बात की जाँच की कि गरीब और टूटे हुए परिवारों के कुछ बच्चे कठिनाइयों के सामने क्यों जीवटता दिखा पाते हैं, जबकि दूसरे कई बच्चे ऐसा नहीं कर पाते। अध्ययन में पाया कि जीवटता कई बातों पर निर्भर होती है, जिनमें मुख्य है बच्चे के जीवन में आए लोगों की विश्वसनीयता और परिवार को मिलनेवाला सामाजिक अवलंब।

यद्यपि बच्चों के संबंध अपनी माँ से विशेष पाए गए। अपने सहोदरों, दादा-दादी, नाना-नानी, अन्य वयस्क संरक्षकों, शिक्षकों, धर्मगुरुओं और पड़ोसियों से उनके संबंध भी महत्त्वपूर्ण थे। अध्ययन में यह भी बताया गया कि आरंभिक बालपन के बाद भी व्यवहार और वृत्ति में सकारात्मक परिवर्तन लाए जा सकते हैं, ''यदि बड़ा बालक या किशोर नए अनुभवों और उन लोगों से रूबरू होता है, जो उसके जीवन में एक अर्थ रखते हैं, वे ही उसके जीवन में प्रतिबद्धता और उसके लिए प्रयोजन भी प्रदान करते हैं।''

कोई भी स्थिर मति और बच्चों के हितों के प्रति समर्पित व्यक्ति ऐसी प्रतिबद्धता के लिए प्रयोजन प्रदान कर सकता है। जब बच्चे के पिता या माँ को मदद की जरूरत हो, गाँव में रहनेवाले लोग उसके बच्चे को अपने संरक्षण में ले सकते हैं और उसे अनौपचारिक रूप से या बिग ब्रदर्स/बिग सिस्टर्स या बॉय तथा गर्ल स्काउट्स जैसी संस्थाओं के जरिए उन्हें मार्गदर्शन और सहारा दे सकते हैं।

उस विकट समय में, जब बच्चों को पर्याप्त रूप से माता-पिता का संरक्षण नहीं मिलता तो गाँव को वह जिम्मेदारी उठानी होती है। वह उन जिम्मेदारियों को हम सभी की ओर से सरकार को दिए गए प्राधिकार के जरिए निभाता है। इसका अर्थ है कि राष्ट्रीय स्तर पर चल रही समाज-कल्याण सेवाएँ उनके कर्मचारियों तक ही सीमित नहीं हैं। बच्चों को संरक्षण देने के लिए वे हमारी ओर से परिवारों में हस्तक्षेप करते हैं। और हमारे फॉस्टर केयर एंड एडॉप्शन सिस्टम के किसी भी निष्पक्ष आकलन से यह सिद्ध नहीं होता कि हम अपने बच्चों की देखभाल अच्छे ढंग से कर रहे हैं।

किसी भी दिए गए समय में लगभग 4.5 लाख निराश्रित बच्चे सरकारी देखरेख में हैं, जिनमें से लगभग 1 लाख बच्चे अपने परिवारों से कभी नहीं जुड़ेंगे। बहुत लंबे समय तक बहुत अधिक बच्चे निराश्रित रहेंगे। हमारे पास पर्याप्त संख्या में योग्य पालक माता-पिता नहीं हैं और जो हैं वे अकसर उन बच्चों के साथ आत्मीय संबंध बनाने के लिए प्रोत्साहित नहीं किए जाते, जिनका भविष्य अब भी अनिश्चित है। बच्चों की देखरेख के लिए नियुक्त कर्मचारी अपने हिस्से में आए बच्चों की भारी संख्या और उनमें से कई बच्चों द्वारा सहे गए भारी शारीरिक व मानसिक आघातों से स्वयं को अभिभूत महसूस करते हैं।

बच्चों से प्यार करनेवाले कई लोग इनमें से कई बच्चों को स्थायी घर उपलब्ध कराने के लिए उत्सुक हैं। परंतु अमेरिकी दत्तक प्रक्रिया जटिल नियमों, कालातीत मान्यताओं तथा संस्थागत निष्क्रियता का एक दु:स्वप्न बनकर रह गई है। सार्वजनिक दत्तक-ग्रहण में वर्षों लग सकते हैं और निजी दत्तक-ग्रहण कई लोगों की जेब पर बहुत भारी पड़ सकते हैं। एक महिला ने मुझे पत्र लिखकर बताया कि कैसे उसने और उसके पति ने बच्चे को गोद लेने के लिए हजारों डॉलर खर्च कर दिए हैं वे दोनों संगीतकर्मी हैं

और मानते हैं कि वह बच्चा 'उनके जीवन में आनंद की वर्षा कर सकता है।' जब उसके चचेरे भाई की किशोर पुत्री ने बच्चे को जन्म दिया और उसे पालने में असमर्थ थी, उस बच्चे को गोद लेने के लिए यही जोड़ा आगे आया। इतने आसान मामले—जहाँ बच्चा और उसके माँ-बाप उसी विस्तारित परिवार के सदस्य थे और सभी पक्ष दत्तक के लिए राजी थे—की कानूनी फीस और कागजी काररवाई में 4,000 डॉलर से अधिक का खर्च आया।

अन्य लोगों के सिर पर ऐसे विरले मामलों की तलवार लटकती रहती है, जिनके माँ-बाप दत्तक प्रक्रिया पलटने के लिए मुकदमा दायर कर देते हैं। मैं न्यू मेक्सिको की एक चालीस वर्षीय समाचार-वाचक से मिली, जो एक बच्चा गोद लेना चाहती थी, परंतु बेबी रिचर्ड जैसे कुख्यात मामलों से हतोत्साहित थी। इस मामले में बच्चा अपने दत्तकग्राही माता-पिता के साथ तब तक खुश रहा जब तक कि उसके जन्म के पिता ने उसकी अभिरक्षा का केस जीत नहीं लिया। इस तरह के मामले कितने भी विरले हों, वे हमारी दत्तक प्रणाली में लोगों का विश्वास कम करते हैं और बच्चे गोद लेने के लिए उन्हें दूसरे देशों की ओर अभिमुख करते हैं; जबकि हमारे अपने देश के इतने बच्चे समुचित देखरेख और प्यार से वंचित रहते हैं। राष्ट्रीय दत्तक माह के दौरान व्हाइट हाउस के ईस्ट रूम में हुए एक समारोह में तेरह वर्षीय डिएना मॉपिन ने इन बच्चों की आकांक्षाओं के बारे में बहुत सटीक बात कही—"मेरे पास एक जगह होगी जिसे मैं अपना घर कह सकूँगी, मेरे पास एक कमरा होगा जिसे मैं अपना कह सकूँगी, मेरे पास एक परिवार होगा जिसे मैं प्यार कर सकूँगी और जिससे प्यार पा सकूँगी।"

अंतर्नस्लीय दत्तक-ग्रहण के खिलाफ एक ऐतिहासिक पूर्वग्रह ने अमेरिका में बच्चों को गोद लेना और भी कठिन बना दिया है, जिसका अर्थ है गोद लिये जाने वाले बच्चों का उसी नस्ल के माता-पिता से मेल बिठाए जाने तक इंतजार करना। यद्यपि कई दत्तक ग्राही माता-पिता उन बच्चों के पालन को प्राथमिकता देंगे, जो उन्हीं की सांस्कृतिक व नस्लीय पहचान रखता हो; परंतु कई अन्य लोग इस तरह की प्राथमिकता नहीं रखते और एक भिन्न पृष्ठभूमि के बच्चे को सहर्ष स्वीकार कर लेते हैं। आज 'एक चर्च, एक बच्चा' जैसे समूहों के प्रयासों के बावजूद ऐसे अल्पसंख्यक बच्चों की संख्या उन समान नस्ल के उपलब्ध घरों से बहुत अधिक है, जिन्हें घर की जरूरत है। इन बच्चों को अनाथालयों में सड़ते रहने से बचाने के लिए मेरे पति ने एक कानून पर हस्ताक्षर किए हैं तथा संघ द्वारा वित्त-पोषित एजेंसियों को, दत्तक ग्राही माता-पिताओं को बच्चे सौंपते समय नस्ल को एकमात्र आधार बनाने से रोकने के लिए नए दिशा-निर्देश तैयार करने के आदेश जारी कर दिए हैं।

गाँव इसे और आगे ले जा सकता है। अनाथालयों में पल रहे बच्चों का पुनर्वास उनके अपने घरों में कराके या उनकी दत्तक व्यवस्था करके दोनों में से जो भी उनके

ज्यादा हित में हो, पाँच वर्ष तक हम उनकी संख्या में प्रतिवर्ष 1 लाख की कमी करने के लक्ष्य को लेकर चल सकते हैं। बच्चों के शारीरिक या यौन शोषण के मामलों में हम माता-पिता के अधिकार अधिक तीव्रता से समाप्त करने के लिए राजी हो सकते हैं। बच्चों से संबंधित मामले कोर्ट के जरिए जल्दी निपटाने के उद्देश्य से पहले से ही भारग्रस्त सामाजिक कार्यकर्ताओं, वकीलों और जजों का कार्यभार बाँटने के लिए हम योग्य नागरिकों को नियुक्त कर सकते हैं। हम बच्चे के माता या पिता द्वारा दत्तक दिए गए बच्चे को फिर से प्राप्त कर लेना, विशेष रूप से तब जब बच्चा दत्तक ग्राही परिवार से अत्यधिक घुल-मिल गया हो, अधिक कठिन बना सकते हैं। हम यह सुनिश्चित कर सकते हैं कि सरकार बच्चे को गोद लेने की लागत का एक भाग वहन करना जारी रखे। हम वेंडी के प्रेसीडेंट डेव थॉमस की तरह जो दत्तक-ग्रहण की लागत के एक भाग को व्यवसायों द्वारा भी वहन करवा सकते हैं, इसमें अधिक-से-अधिक व्यवसायों को ला सकते हैं। इन और दूसरे तरीकों से हम यह सुनिश्चित कर सकते हैं कि नियमों, धन, त्वचा के रंग, यहाँ तक कि माता-पिता के अधिकारों और वयस्कों के विशेषाधिकारों को बच्चों के लिए अत्यावश्यक प्यार एवं सुरक्षा के मुकाबले कम महत्त्व दिया जाए।

आधुनिक परिवारों के ढाँचे से संबंधित चर्चाएँ अकसर इस बिंदु की अनदेखी करती हैं। यद्यपि एक नाभिकीय परिवार, जिसमें वयस्क माता-पिता के साथ उनकी जैविक संतानें रहती हैं, बहुत समय से बच्चों की आवश्यकताओं को पूरा करने का उपाय सिद्ध हुआ है; लेकिन वही एकमात्र ढाँचा नहीं है, जो भूतकाल में और वर्तमान में भी सबसे स्थायी और प्रभावी रहा हो। मैं ऐसे कई सफल वयस्कों को जानती हूँ, जैसे मेरी माँ और मेरे पति—ये ऐसे परिवारों में पले थे जो पारंपरिक ढाँचे से मेल नहीं खाते थे। अन्य कई लोग जैविक और प्रतिनियुक्त माता-पिताओं, यहाँ तक कि अनाथालयों और संस्थाओं में पले लोग भी फले-फूले हैं। एक परिवार बाहरी लोगों को कैसा दिखाई देता है, यह उतना महत्त्वपूर्ण नहीं है जितना यह कि क्या वयस्क लोग यह जानते हैं कि जीवन में सकारात्मक विकास करने के लिए उनके बच्चों की जरूरतें क्या हैं और क्या वे अपनी आपसी और बच्चों के प्रति जिम्मेदारियों को पूरा करते हैं?

फिर भी, अधिकांश बच्चों की आवश्यकताएँ पूरी करने तथा उन वयस्कों के लिए एक आदर्श प्रस्तुत करने के लिए जो कठिन परिस्थितियों में अपने बच्चों का पालन-पोषण कर रहे हैं, प्रत्येक समाज को निर्णायक रूप से बड़ी संख्या में पारंपरिक आदर्शों के अनुरूप परिवारों की आवश्यकता होती है। आज अमेरिका में हम पर इस निर्णायक संपदा को खो देने का खतरा मँडरा रहा है। बच्चों का पालन-पोषण कभी आसान नहीं रहा है, परंतु आज जब अधिकांश वयस्क लोग समझ-बूझकर माता या पिता बनना पसंद करते हैं, उन बच्चों के प्रति और भी अधिक प्यार व आदर दरशाना हमारा दायित्व है, जिन्हें हम इस दुनिया में लाते हैं।

हम जिन परिवारों में पले-बढ़े हैं, उनके मजबूत और कमजोर बिंदु चाहे जो रहे हों, पारिवारिक खुशियों का दूसरा मौका हमें तब मिलता है जब हम स्वयं अपने परिवार की रचना करते हैं। बिल और मैंने रोजर एवं उसकी पत्नी मॉली और मेरे छोटे भाई टोनी तथा उसकी पत्नी निकॉल को हर्ष के साथ माता-पिता बनते देखा है। हम दोनों के भाइयों ने बच्चों के पालन-पोषण से जुड़े रोजमर्रा के कामों में भाग लेने की तत्परता दिखाकर हमें प्रभावित किया है, विशेष रूप से रोजर ने जिसने एक नकारात्मक उदाहरण द्वारा एक पुत्र के जीवन में पिता के महत्त्व को समझ लिया है। प्रत्येक माता-पिता गलती करते हैं, कभी-कभी तो गंभीर गलती; परंतु बाद के वर्षों में यदि हमें सुकून भरे अनुभव होते हैं, जैसे रोजर को अपनी माँ, भाई, विस्तारित परिवार और पत्नी से हुए। हम अपनी परवरिश के दौरान हुए कष्टदायक अनुभवों से भी कुछ सीख सकते हैं।

हममें से वे लोग, जो एक फलते-फूलते पारिवारिक जीवन के निर्माण के लिए पर्याप्त परिश्रम करते हैं—और उतने ही भाग्यशाली भी हैं—आनंद व सुरक्षा के एक ऐसे स्रोत के स्वामी हैं कि हम उसे अन्य कम भाग्यशाली लोगों के साथ बाँट सकते हैं। अपने सौभाग्य का विस्तार करके हम एक ऐसे गाँव का निर्माण करते हैं, जो बच्चों को हमारी प्रथम निष्ठा के रूप में स्वीकार करता है और यह सुनिश्चित करने का प्रयास करता है कि हर एक बच्चे का कम-से-कम एक हिमायती हो।

□

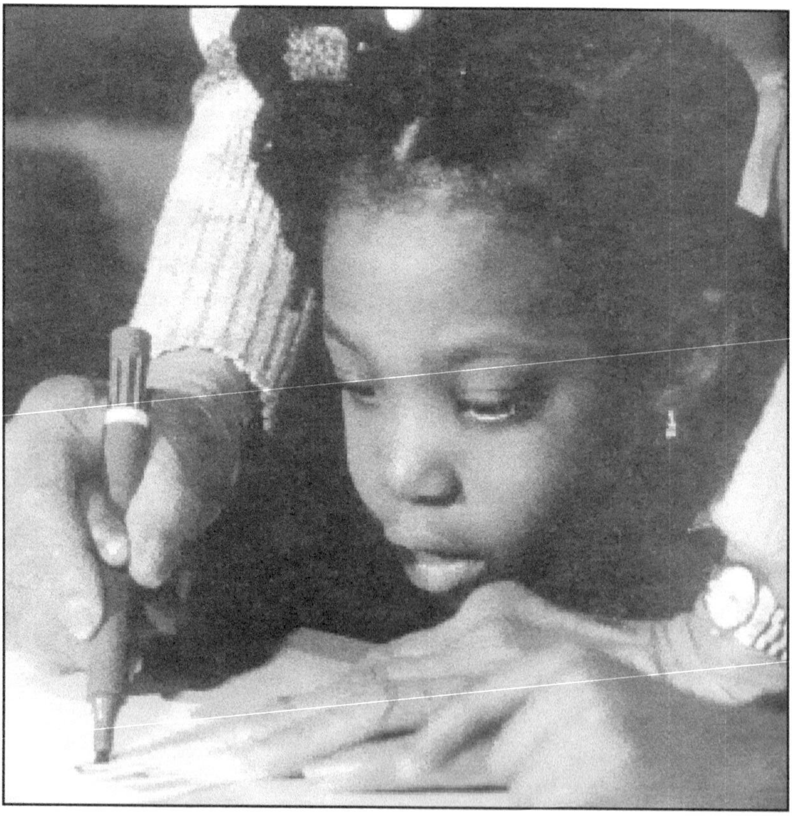

4

बेल कर्व की भ्रांति

> *सर्वोत्कृष्ट बुद्धिमत्ता और सभी के विकास से बढ़कर हमारी कोई सुरक्षा नहीं हो सकती।*
>
> *—बुकर टी. वाशिंगटन*

मेरे भाई ह्यूज ने एक बार मुझे एक पेशेवर फुटबॉल कोच के बारे में बताया था, जो वसंतकालीन प्रशिक्षण के पहले सत्र में खिलाड़ियों के सामने खड़े होकर फुटबॉल हाथ में लेकर उनसे कहता है—"सज्जनो, यह एक फुटबॉल है।"

मुझे यह कहानी विशेष रूप से पसंद है, क्योंकि यह हमें याद दिलाती है कि जिन कार्यों को हम बरसों से करते आए हैं, उन्हें भी उत्कृष्ट रूप से करने के लिए हम भी थोड़ी सी कोचिंग का उपयोग कर सकते हैं। पैरेंटिंग के मामले में भी यह कम-से-कम उतना ही सच है जितना फुटबॉल के मामले में।

न्यूरोसाइंस, मॉलीक्युलर बायोलॉजी और मनोविज्ञान के क्षेत्रों में हाल की खोजों ने शोधकर्ताओं को इस बात की एक नई समझ दी है कि मानव मस्तिष्क कब और कैसे विकसित होता है। उनके निष्कर्ष एक निर्णायक प्रकार की कोचिंग है, जो बच्चों के माता-पिताओं और उनकी देखभाल करनेवाले अन्य व्यक्तियों को यह सिखाती है कि एक बच्चे के विकास की पूरी संभावनाओं तक कैसे पहुँचा जाए। शेष गाँव ऐसी सूचनाओं व विचारों को अपना सकता है एवं हमारे समुदाय के प्रयासों और हमारे राष्ट्र की नीतियों को बच्चों के हित में सकारात्मक दिशा दे सकता है। सबसे बढ़कर ये नई जानकारियाँ

यह स्पष्ट कर देती हैं कि एक बच्चे का चरित्र और उसकी संभावनाएँ उसके जन्म के समय से ही निर्धारित नहीं हो जाते।

□

बच्चे खास तरह से क्यों सोचते, महसूस करते और व्यवहार करते हैं—इस संबंध में हमारे विश्वास उनके प्रति हमारे व्यवहार पर गहरा प्रभाव डालते हैं। यदि वे विश्वास ठीक न हों तो परिणाम गंभीर हो सकते हैं।

कानून की पढ़ाई के दौरान दुराचार के शिकार बच्चों के इलाज के लिए दिशा-निर्देश तैयार करने में मैंने कनेक्टिकट के येल-न्यू हैवन हॉस्पिटल के स्टाफ के साथ मिलकर कार्य किया। कभी-कभी तो ये बच्चे आपातकालीन चिकित्सा कक्ष में उनके ऐसे माता-पिताओं द्वारा ही लाए गए, जिन्होंने स्वयं ही बच्चों को वे जख्म दिए थे। माता-पिताओं ने अकसर इस बात से इनकार किया कि वह काम उन्होंने किया था; परंतु कभी-कभी उन्होंने उसे उचित ठहराने का प्रयास किया। एक बाप, जो बुरी तरह से घायल अपने तीन वर्षीय बेटे को लेकर आया था, उसने बताया कि लड़के के सिर से 'भूत उतारने' के लिए उसने उसे मारा था। इस बीभत्स कार्य के पीछे उसका यह विश्वास था कि बच्चे या तो अच्छे पैदा होते हैं या बुरे। इस अजीब सोच के अनुसार यदि बच्चे का मूल स्वभाव ही 'बुरा' है, जो लगातार रोते रहने जैसे व्यवहार से प्रकट होता है तो उसे सजा दी जानी चाहिए और जरूरी हो तो उसे पीटा भी जाना चाहिए। (ध्यान दें कि यह 'इलाज' सामान्यत: 'बुरे' बच्चों को बुराई के चरम तक पहुँचाने में मदद भी करता है।)

उसी वर्ष मैंने येल चाइल्ड स्टडी सेंटर में बच्चों का अध्ययन भी किया। वहाँ मुझे जिन लोगों के साथ कार्य करने का सौभाग्य प्राप्त हुआ, उनमें से एक थीं डॉ. सैली प्रॉवेंस, जो शिशु-व्यवहार के क्षेत्र में अग्रणी थीं। एक ऐसी माँ के साथ उन्हें काम करते देखना मुझे याद है, जो अपने सात माह के ऐसे बेटे को लाई थी जिसे खाने और सोने में दिक्कत हो रही थी। वह बदहवास थी और डर रही थी कि कहीं उसके बच्चे की हालत और ज्यादा न बिगड़ जाए। वह समझ नहीं पा रही थी कि बच्चे को तकलीफ क्या है; परंतु उसे एक 'बुरा' बच्चा मानकर उसकी उपेक्षा करने के बजाय उसमें बुद्धि थी कि वह उसे वहाँ ले आई।

डॉ. प्रॉवेंस के सवालों के जवाब में उस महिला ने बताया कि उसका प्रथम प्रसव एक लड़की के रूप में हुआ था। यह एक सुखद अनुभव था और उसकी बेटी एक 'आसान' बेबी थी। परंतु उसकी द्वितीय गर्भावस्था देर तक चलनेवाली वैवाहिक और जीवन की दूसरी परेशानियों से ग्रस्त थी। डॉ. प्रॉवेंस ने उस महिला को यह समझने में सहायता दी कि यद्यपि उसकी बेटी की तुलना में उसके बेटे का स्वभाव भिन्न और कठिन था, वह बेटे के साथ जिस समस्या का सामना कर रही थी, वह बेटे के उस पैने

एहसास के कारण थी, जो वह माँ के समीप होने पर उसकी तनावग्रस्त मन:स्थिति के कारण करता था। माँ और बेटा दोनों एक दुष्चक्र में फँस गए थे और जैसे-जैसे महीने बीत रहे थे, बच्चे के स्वस्थ विकास की संभावनाएँ तेजी से कम हो रही थीं।

डॉ. प्रॉवेंस के मार्गदर्शन से उस महिला ने अपने बेटे के साथ अपने व्यवहार में बदलाव किया। उसने सीखा कि बच्चे के चिड़चिड़ा होने पर उसे छाती से चिपटा कर कैसे शांत किया जाए। उसने और भी कोमल स्वर में उससे और ज्यादा बतियाना शुरू कर दिया। बच्चे के साथ उसके नए तौर-तरीकों ने बेटे को सहज व संवादी बना दिया, जिससे उसके प्रति माँ का रुख और भी नरम हो गया तथा एक माँ के रूप में उसका आत्मविश्वास भी बढ़ गया।

केवल माता-पिताओं को ही बच्चों के विकास के संबंध में विशेष प्रशिक्षण की जरूरत नहीं होती, गाँव के अन्य लोगों को भी होती है। कई बाल संस्थाओं—उदाहरण के लिए, द कार्नेगी कौंसिल ऑन चिल्ड्रन, द चिल्ड्रंस डिफेंस फंड और अर्कांसास एडवोकेट्स फॉर चिल्ड्रन—के साथ वर्षों तक कार्य करते हुए मैंने कई समर्पित लोगों को यह सुनिश्चित करने के लिए प्रयासरत देखा कि बच्चों के कल्याण से संबंधित व्यावहारिक निर्णय अद्यतन ज्ञान पर आधारित हों।

लगभग पंद्रह वर्ष पहले मैंने एक अर्कांसास दंपती का प्रतिनिधित्व किया। वे चार वर्षीय बालक को गोद लेना चाहते थे, जो तीन वर्ष से उनकी परवरिश में था। एक शिशु के रूप में उसकी जन्मदाता माँ द्वारा उस बालक की घोर उपेक्षा हुई थी, क्योंकि वह मानसिक समस्याओं से ग्रस्त था। जब वह एक वर्ष से भी कम उम्र का था, उसकी माँ ने उसे एक स्थानीय सामाजिक सेवा एजेंसी के हवाले कर दिया था, ताकि वह एक दूसरे राज्य में बस गए अपने प्रेमी के पास जा सके। उस विशिष्ट कालखंड में उस शिशु ने अपने साथ हुए दुर्व्यवहार के सारे लक्षण प्रकट किए—अपने जन्म से लेकर अब तक उसका वजन बहुत कम बढ़ा था, वह कोई प्रतिक्रिया व्यक्त नहीं करता था और मानवीय संपर्क से बचता था।

परंतु अपने पालक परिवार में बालक फलने-फूलने लगा। उसका वजन बढ़ा और वह लोगों को अपने शरीर को स्पर्श करने देने लगा। उसने चलना सीखा और लोगों से बात करने लगा। उसे पालनेवाले माता-पिता को उससे प्यार हो गया और उन्होंने उसे गोद लेने का निश्चय किया, यद्यपि उन्होंने राज्य के साथ एक प्रथागत संविदा पर हस्ताक्षर किए थे। इसके अनुसार बच्चों के पालकों को अपनी देखरेख में लाए बच्चों को गोद लेने की मनाही थी। इस प्रथा को तोड़ने की अनिच्छुक राजकीय एडॉप्शन एजेंसी ने उनके अनुरोध को ठुकरा दिया। परंतु इसके साथ ही एजेंसी ने बालक को उसकी जन्मदाता माँ को भी बच्चा वापस न देने का निर्णय लिया। उसकी जन्मदात्री ने एक याचिका दायर कर कहा था कि अब वह मानसिक समस्याओं से उबर गई है। ऐसे में

वह बच्चे की परवरिश में समर्थ है और उसे बच्चा वापस दिया जाए। इसके बजाय राज्य की योजना थी कि उस बालक को उस परिवार से दूर करके उन अजनबियों में से किसी को सौंप दिया जाए, जिनके नाम एडॉप्शन सूची में थे।

मैंने बच्चे को पालनेवाले माता-पिता की ओर से तर्क दिया कि उसकी जन्मदात्री माँ के जैविक अधिकार और अपने संविदात्मक करार संबंधी राज्य के दावे दोनों के मुकाबले बच्चे के सर्वोत्तम हित को वरीयता दी जानी चाहिए। मैंने जजों से अनुरोध किया कि वे अपने पालक माता-पिता की देखभाल के दौरान हुई बच्चे की प्रगति और साथ ही उनसे अलग कर दिए जाने की दशा में उसके शारीरिक, बौद्धिक और भावनात्मक विकास पर पड़नेवाले संभावित परिणामों के बारे में एक बाल मनोवैज्ञानिक के साक्ष्य को रखने की अनुमति दें। न्यायाधीश महोदय, जिनके अपने बच्चे और नाती-पोते थे, इस बात के अधिक कायल नहीं थे कि बच्चों के विकास के संबंध में उन्हें कुछ सीखना बाकी है, फिर भी वे ऐसा साक्ष्य सुनने के लिए राजी हो गए।

मनोवैज्ञानिक ने समझाया कि बच्चे ने जिस तरह का स्नेहपूर्ण और सुरक्षात्मक लगाव अपने पालक परिवार के साथ विकसित कर लिया था, उससे उसे एकाएक वंचित कर देना उसके भावनात्मक विकास को अपूरणीय क्षति पहुँचा सकता है। उन्होंने उन आम लक्षणों और संताप के उन चरणों की व्याख्या की, जो इस आयु में इतनी भारी क्षति से पैदा हो सकते हैं—क्रोध और शत्रुता, मानवीय संपर्क से विरक्ति की वापसी, अवसाद तथा भावनात्मक अलगाव। अपने मनोवैज्ञानिक विकास के इस चरण में बालक यह सोचने की ओर भी प्रवृत्त होगा कि जिस पालक परिवार को वह इतना प्यार और उस पर इतना विश्वास करने लगा था, उसने उसे जानबूझकर ठुकरा दिया था। बाल मनोवैज्ञानिक के साक्ष्य ने पूरी अदालत को अपनी गिरफ्त में ले लिया तथा जज के इस निश्चय में उसकी बड़ी भूमिका रही कि पालक परिवार द्वारा बच्चे को गोद लिया जाना उसके सर्वाधिक हित में है।

जब मुझे ये अनुभव हुए थे, मुझे लगा, बच्चों के भावनात्मक व ज्ञानात्मक विकास को समझने में शोधकर्ताओं की महत्त्वपूर्ण भूमिका है। दुर्भाग्यवश, इस तरह की जानकारी का एक बड़ा भाग पर्याप्त संख्या में लोगों को ज्ञात नहीं है। मैं इस शोध के बारे में जो कुछ ज्ञात है, उसका सारांश यहाँ देना चाहूँगी।

सबसे महत्त्वपूर्ण प्रगति का एक भाग जीव विज्ञान के क्षेत्र में हुआ है, जिसमें मस्तिष्क कैसे विकसित होता है, इस पर शोधकर्ता अपनी पकड़ बनाने लगे हैं।

जन्म के समय एक शिशु का मस्तिष्क अपने पूर्ण स्वरूप से बहुत दूर होता है। जन्म से कुछ दिनों और हफ्तों में मस्तिष्क की कोशिकाओं में महत्त्वपूर्ण संबंध बनने शुरू हो जाते हैं। ये संबंध, जिन्हें सूझयुग्मन (सिनेप्सेज) कहा जाता है, मस्तिष्क को कठिनतर कार्य करने में सक्षम बनाएगा। एक नवजात शिशु का मस्तिष्क परदा उठने से ठीक पहले

के ऑर्केस्ट्रा की तरह होता है, जिसमें भाषा, विचारों और वृत्तियों में स्वयं को अभिव्यक्त करने के लिए अरबों वाद्य तत्परता से सजग हो जाते हैं।

मस्तिष्क कोशिकाओं के संपर्क सूत्र स्थापित होने में जीवन के प्रथम तीन वर्ष निर्णायक होते हैं। परंतु वे शून्य में निर्मित नहीं होते। शिशुओं के मस्तिष्क को भी खुराक की उतनी ही आवश्यकता होती है जितनी उनके शरीर को। प्रकाश और हलचल देखना, प्यार भरी बातें सुनना और सबसे बढ़कर स्पर्श किया जाना तथा गोद में लिया जाना उसकी जरूरत है।

जैसा कि विज्ञान लेखक रॉनाल्ड कोटुलक ने 'शिकागो ट्रिब्यून' में प्रकाशित अपने पुलित्जर पुरस्कार प्राप्त लेखों की श्रृंखला में लिखा, ''दिमाग का असली भोजन बाहरी दुनिया है, जिसे वह अपनी संवेदी प्रणाली, दृष्टि, श्रवण, सूँघने, स्पर्श करने और स्वाद के जरिए छोटे-छोटे टुकड़ों और बड़े निवालों में चट कर जाता है।'' वे हार्वर्ड यूनिवर्सिटी के स्कूल ऑफ पब्लिक हेल्थ के मनोचिकित्सक फेल्टन अर्ल्स को उद्धृत करते हैं, जो इस बात को और स्पष्ट करते हैं, ''जिस तरह से हमारा पाचन-तंत्र कई तरह के खाद्य पदार्थों से अपना अनुकूलन कर लेता है, उसी प्रकार मस्तिष्क भी कई तरह के अनुभवों से अपना अनुकूलन कर लेता है।''

इस प्रक्रिया को और स्पष्ट करने के लिए कोटुलक साइबरस्पेस से एक साम्य दरशाते हैं। यदि हम मस्तिष्क को एक सबसे शक्तिशाली और परिष्कृत कंप्यूटर मान लें तो बच्चे का परिवेश उसके अनुभवों को उसमें प्रवेश करानेवाले की-बोर्ड की तरह काम करता है।

इस कंप्यूटर की स्मृति इतनी क्षमता के साथ आती है कि प्रथम तीन वर्षों में वह इतनी सूचनाएँ संचित कर सकता है जितनी कि आदमियों की एक फौज मिलकर उतनी सूचनाएँ फीड नहीं कर सकती। परंतु तीन या चार साल बीतने पर उसकी गति धीमी हो जाती है। कंप्यूटर फिर भी नई सूचनाएँ ग्रहण करता रहेगा, परंतु एक घटती हुई दर से। जैसे-जैसे हम परिपक्व होते हैं, यह प्रक्रिया धीमी होती जाती है और आयु बढ़ने पर हमारी मस्तिष्क कोशिकाएँ तथा सूत्र-युग्मन नष्ट होने लगते हैं।

परंतु मस्तिष्क को दुनिया के किसी भी कंप्यूटर से भिन्न दरशानेवाला तत्त्व है अपने आसपास की दुनिया के साथ उसका नाजुक और सतत संबंध। मस्तिष्क एक मशीन नहीं बल्कि शरीर का एक अंग है और उसका 'हार्डवेयर' जन्म के समय और उसके बाद भी एक लंबे समय तक गढ़ा जाता रहता है। उचित उद्दीपन से मस्तिष्क के सूत्र-युग्मन तेजी से बनने लगते हैं, जो दो वर्ष की आयु में वयस्कता प्राप्त कर लेते हैं और अगले कई वर्षों में उससे कहीं आगे निकल जाते हैं। बच्चे को जिस गुणवत्ता का प्यार और उद्दीपन प्राप्त होता है, वह न केवल इन सूत्र-युग्मकों की अंतिम संख्या बल्कि वे ज्ञानात्मक व भावनात्मक बुद्धि के विकास हेतु किस तरह गुँथे गए हैं, यह भी

तय करता है। जो सूत्र-युग्म उपयोग में नहीं लाए जाते, वे नष्ट हो जाते हैं। जैसा कि न्यूरोसाइंटिस्ट बॉब जैकब्स कहते हैं—"आपको उसका उपयोग करना ही है, अन्यथा आप उसे खो देंगे।" यदि हम मस्तिष्क को एक सबसे महत्त्वपूर्ण मांसपेशी के रूप में लें तो भी हम समझ सकते हैं कि उसे विकसित होने के लिए वहाँ कोई हलचल जरूरी है। जिस प्रकार शिशुओं के लिए अपने हाथ-पैर चलाना जरूरी है, उसी प्रकार उनके मस्तिष्क के सभी भागों के व्यायाम के लिए उन्हें नियमित बहुमुखी उद्दीपन की भी आवश्यकता होती है।

उदाहरण के लिए, जब माता-पिता शिशुओं से बात करते हैं तो वे मस्तिष्क कोशिकाओं को खुराक देते हैं, जो सुने गए स्वरों को प्रोसेस करते हैं और इस तरह से माता-पिता बच्चे की भाषा के विकास में सहायक होते हैं। शिकागो विश्वविद्यालय के एक अध्ययन में बताया गया है कि दो वर्ष की आयु में उन बच्चों का शब्द-ज्ञान अधिक था जिनकी माताएँ उन बच्चों के शैशवकाल से ही उनसे अकसर बातें किया करती थीं, बजाय उन बच्चों के जिनकी माताएँ उनसे कम बतियाती थीं।

मैं आपको जो कुछ संप्रेषित कर रही हूँ, वह वैज्ञानिकों के विचार से एक विकासशील मस्तिष्क के भीतर क्या घटित होता है, उसका एक ढाँचागत विवरण मात्र है; जिन प्रक्रियाओं का मैं ठीक से वर्णन कर सकूँ, ये उनसे कहीं अधिक जटिल हैं और वे अब तक पूरी तरह से समझी भी नहीं गई हैं। परंतु यह स्पष्ट है कि अधिकांश बच्चे जब तक अपना प्री-स्कूल शुरू करते हैं, उनके मस्तिष्क की संरचना तैयार हो चुकी होती है। इस समय से लेकर किशोरावस्था तक विकास की यदा-कदा 'तेज दौड़' के साथ मस्तिष्क सीखने के लिए तुलनात्मक रूप से तत्पर बना रहता है, परंतु किसी व्यक्ति के आरंभिक वर्षों में सीखने की जो अद्‌भुत गति होती है, उसे वह जीवन में कभी प्राप्त नहीं कर पाता।

फिर भी, जब तक हमारा मस्तिष्क स्वस्थ बना रहता है, सीखने के लिए काफी सूत्र-युग्मक बचे रहते हैं। जीवन की सांध्य वेला में भी और लंबे समय तक मानसिक 'जंक फूड' की खुराक के बाद भी मस्तिष्क पोषक आहार एवं उचित उद्दीपन की प्रतिक्रिया देने की क्षमता बनाए रखता है। परंतु तंत्रिका विज्ञान की भाषा में व्यक्तिगत बलिदान और सामाजिक संसाधनों की दृष्टि से बचपन से ही मस्तिष्क को एक अच्छी शुरुआत देना, आयु बढ़ने पर बुद्धि के लिए तेज दौड़ लगाने से कहीं कम खर्चीला है।

एक विकासशील मानव अंग के रूप में जैविक शोध के द्वारा मस्तिष्क का जो चित्र उभरकर आना शुरू हुआ है, वह मनोविज्ञान जगत् के कुछ महत्त्वपूर्ण निष्कर्षों से भी मेल खाता है। बुद्धि की परिभाषा या उसके अवयव का अध्ययन, अन्वेषण विवादों, भ्रामक सूचनाओं और गलत व्याख्याओं से भरपूर है—फिर भी इसका इस क्षेत्र में पर्याप्त स्वागत हुआ है।

कुछ क्षेत्रों में इस बात का दावा करना कि बुद्धि की मात्रा और गुणवत्ता व्यक्ति के जन्म से ही तय हो जाती है कि वह हमारे अपरिवर्तनीय आनुवंशिक गुणधर्म का एक भाग है, फैशनेबल हो गया है—एक ऐसा दावा जिसे चार्ल्स मरे और रिचर्ड हर्नस्टीन ने सन् 1994 में प्रकाशित अपनी पुस्तक 'द बेल कर्व' के जरिए और भी सशक्त बना दिया है। यह दृष्टिकोण राजनीतिक रूप से सुविधाजनक है—यदि कोई चीज व्यक्ति की बौद्धिक क्षमता या संभावना को बदल नहीं सकती तो उन लोगों के लिए कुछ भी करने की जरूरत नहीं है, जो अपना जीवन कम संसाधनों से शुरू करते हैं या लगभग प्रतिकूल परिस्थितियों में जी रहे हैं। परंतु शोध इस बात के काफी सबूत देता है कि यह दृष्टिकोण न केवल अवैज्ञानिक बल्कि कपटी भी है। यह बात उत्तरोत्तर स्पष्ट होती जा रही है कि प्रकृति और सायास विकास का प्रश्न यह या वह की बहस नहीं है, जैसे कि दोनों तथा और बहस के विषय नहीं हैं।

नेशनल इंस्टीट्यूट ऑफ मेंटल हेल्थ के पूर्व निदेशक डॉ. फ्रेडरिक गुडविन ने अध्ययनों के हवाले से कहा है कि विकासात्मक समस्याओं के चलते 'जोखिम-युक्त' वर्ग के बच्चों को शुरुआत में ही सकारात्मक विकासोन्मुख परिवेश प्रदान किया गया। परिणाम था—उन बच्चों के आई क्यू नंबर 20 पॉइंट तक बढ़ गए। ऐसे ही एक अध्ययन, जो एबिसिडेरियन प्रोजेक्ट के नाम से जाना जाता है, 1970 के दशक में नॉर्थ कैरोलिना यूनिवर्सिटी के मनोवैज्ञानिक और शिक्षाविद् क्रेग रैमी के नेतृत्व में किया गया था।

रैमी ने सौ से भी अधिक नवजात शिशुओं का एक समूह बनाया। इनमें अधिकांश अफ्रीकी मूल के अमेरिकी थे। उनके माता-पिताओं में से अधिकांश ने हाई स्कूल से आगे पढ़ाई नहीं की थी और जिनकी औसत आई क्यू 85 थी। उनमें से अधिकांश समाज कल्याण विभाग की राशि पर गुजारा कर रहे थे।

चार महीने की आयु में इनमें से आधे बच्चे एक प्री स्कूल में डाल दिए गए, जिसमें बच्चों की तुलना में वयस्कों का अनुपात अधिक था। परंतु जिस तरह बच्चों की देखभाल की गई, केवल वही विशिष्ट नहीं था। वयस्क जब बच्चों से बात करते थे तो वे ऐसे शब्दों का उपयोग करते थे, जो वर्णनात्मक थे और उन बच्चों की शिक्षा के उस चरण से मेल खाते थे। वे लोग ठीक वही कर रहे थे जो सजग माता-पिता अपने पुत्रों और पुत्रियों के साथ संप्रेषण करने के लिए करते हैं।

इस समूह के बच्चों को अच्छा पौष्टिक आहार, शैक्षिक खिलौने तथा बहुत सारे अन्य उद्दीपकों के साथ ही अपने परिवेश को समझने के अवसर दिए गए थे। एक 'होम-स्कूल रिसोर्स टीचर' स्कूल से संबंधित पाठों और गतिविधियों में बच्चों की सहायता कैसे की जाए, इसका प्रशिक्षण देने के लिए दो हफ्तों में एक बार परिवार में जाकर उनके माता-पिताओं से मिलता था।

जब बच्चे तीन वर्ष के हुए तो जो बच्चे इस प्रायोगिक समूह में थे, उन्होंने आई

क्यू टेस्ट में मूल समूह के अन्य आधे भाग के बच्चों की तुलना में औसत रूप से 84 के मुकाबले 101 पॉइंट अर्थात् 17 पॉइंट अधिक अर्जित किए। इस प्रभावशाली उपलब्धि से भी अधिक महत्त्वपूर्ण है उसकी दीर्घकालिकता। आई क्यू में यह अंतर दस वर्ष बाद भी जारी रहा, जब बच्चे कई तरह के स्कूलों में पढ़ रहे थे। भविष्य में इन बच्चों का कैसे विकास होता है, यह जानने के लिए डॉ. रैमी अब भी उनका अवलोकन जारी रखे हुए हैं।

जब आप उन लोगों की बात सुनें, जो यह तर्क देते हैं कि हमारा देश कमजोर स्थिति के बच्चों और उनके परिवारों के लिए विस्तृत आरंभिक शिक्षण कार्यक्रम लागू करने का खर्च नहीं उठा सकता तो इस शोध को याद रखें। एक गाँव के रूप में यदि हम उनके बच्चों के मस्तिष्क विकसित करने के लिए परिवारों की सहायता न करने का निर्णय लेते हैं तो हमें कम-से-कम यह स्वीकार करना चाहिए कि हम साक्ष्य के आधार पर नहीं बल्कि किसी और एजेंडे पर कार्य कर रहे हैं। और हमें यह भी स्वीकार करना चाहिए कि बच्चों के जीवन की बेहतरी के लिए हम अपने सभी संसाधनों का उपयोग नहीं कर रहे हैं।

□

मस्तिष्क की प्रक्रियाएँ ज्ञानात्मक बुद्धि को कैसे प्रभावित करती हैं, इस पर होनेवाली कोई भी चर्चा बुद्धि के प्रथम प्रस्फुटन की केवल आधी कहानी कहती है। इसका दूसरा आधा भाग हम अन्य लोगों के साथ कैसे बरताव करते हैं, इससे संबंध रखता है, जिसे अब 'भावनात्मक बुद्धि' कहा जा रहा है।

अर्कांसास गवर्नर की कोठी में रहने का अद्भुत पहलू था उन सजायाफ्ता कैदियों को जानने का अवसर, जिन्हें घर और यार्ड में काम करने के लिए लगाया गया था। गवर्नर की कोठी में कैदियों को काम पर लगाया जाना एक पुरानी परंपरा थी। मुझे भरोसा दिया गया कि उन कैदियों की अच्छी तरह जाँच कर ली गई है। यह भी कि हत्या कर चुके कैदियों को प्राथमिकता दी जाती थी। गवर्नर की कोठी में काम करनेवाले सजायाफ्ता खूनियों के अपराध आमतौर पर उन लोगों अकसर उनके पड़ोस में रहनेवाले युवकों के साथ असहमति से उपजते थे, जिन्हें वे जानते थे या वे उन लोगों के साथी रहे होते थे, जिन्होंने कोई और अपराध करते समय किसी को मार डाला था।

मैंने आपराधिक मामलों में कई मुवक्किलों का बचाव किया था; परंतु जेल में जाकर उनसे मिलना या किसी अदालत में उनके बगल में बैठना उस तरह का अनुभव नहीं था जैसा किसी सजायाफ्ता खूनी को हर सुबह किचन में काम करते देखना। मैं आशंकित थी; परंतु उस परंपरा का तब तक पालन करने के लिए राजी हो गई जब तक मैं अपने और अपने परिवार के प्रति कैदियों के व्यवहार को अपनी आँखों से न देख लूँ।

मैंने देखा और जितना उन्हें जाना उससे बहुत कुछ सीखा। हम नियमों का पालन

सख्ती से करते थे और जो कैदी किसी नियम को तोड़ता था, उसे वापस भेज दिया जाता था। सचमुच संपत्ति संबंधी अपराधों में जेल गए कैदियों की तुलना में हत्यारे कैदियों ने बहुत कम समस्याएँ खड़ी कीं। वास्तव में हम जितने साल वहाँ रहे, उनमें से कुछ लोगों के साथ हमारे दोस्ताना संबंध हो गए, जैसे—अफ्रीकी मूल के अमेरिकी पुरुष अपनी आयु के चौथे दशक में थे और पहले ही अपनी सजा के बारह से अठारह वर्ष तक पूरे कर चुके थे।

मैं अचरज करती थी कि उनके अनुभव और चारित्रिक विशिष्टताएँ कैसी रही होंगी, जो उन्हें ऐसे हिंसक व आत्मघाती मूल्यों की ओर ले गईं और उन्हें जेल का मुँह देखना पड़ा। जितना अधिक और अच्छी तरह मैंने उन्हें जाना, उससे मेरा यह विश्वास और भी पक्का हो गया कि उनके अपराध निम्न स्तरीय आई क्यू या नैतिक मूल्यों पर चलने में उनकी अक्षमता की उपज नहीं थे। यद्यपि उन्होंने हाई स्कूल की पढ़ाई भी पूरी नहीं की थी, फिर भी उनके दिमाग गतिशील और जिज्ञासु लगते थे। उनमें से कुछ सनकी और तेज-तर्रार थे। अपने काम के दौरान आनेवाली समस्याओं को सुलझाने में अच्छे विवेक का परिचय देते थे और उन्हें साफ तौर पर सही व गलत की पहचान थी। मुझे अचरज होता था कि किस बात ने उन्हें अपराध करने के लिए प्रेरित किया होगा?

अब, जबकि मैंने डेनियल गोलमैन की पुस्तक 'इमोशनल इंटेलिजेंस' पढ़ ली है, उस बात को बेहतर ढंग से समझ सकती हूँ जिसपर मैं तब केवल अचरज किया करती थी।

गोलमैन मनोविज्ञान और तंत्रिका-विज्ञान के क्षेत्र में नए शोध की ओर हमारा ध्यान आकृष्ट करते हैं। वे बताते हैं कि मानवीय व्यवहार को तय करने के लिए हमारे 'दो दिमाग'—बौद्धिक और भावनात्मक—किस तरह साथ-साथ काम करते हैं। मानवीय व्यवहार के लिए दोनों प्रकार की बुद्धि आवश्यक हैं और जैसा कि माता या पिता या शिक्षक आपको बता सकते हैं, दोनों लगातार काम करते रहते हैं। तार्किक बुद्धि को यदि दूसरों के प्रति संवेदनशीलता—भावनात्मक बुद्धि—से नियंत्रित न किया जाए तो वह विध्वंस, मादक द्रव्यों का व्यापार करनेवाले गिरोह चलाने या सतत हत्याकांडों का रूप ले सकती है।

भावना की शक्ति भी खतरनाक है, यदि उस पर बुद्धि की लगाम न लगाई जाए। जो लोग अपनी भावनाओं पर नियंत्रण नहीं रख पाते, अकसर आवेगपूर्ण प्रतिक्रिया व्यक्त करते हैं। सामनेवाले का ऐसा कोई प्रयोजन न होने पर भी वे उनकी बातों में धमकी व अपमान देखते हैं और हिंसक प्रतिक्रिया व्यक्त करते हैं। गोलमैन के शब्दों—में ऐसे लोग 'भावनात्मक (रूप से) अनपढ़' होते हैं। एटॉर्नी जनरल जेनेट रीनो द्वारा हाल ही में जारी किए गए एक अध्ययन के भाग के रूप में आपराधिक गैंग के कई सदस्य हथियारों के अवैध उपयोग का स्वरूप जानने के उद्देश्य से साक्षात्कार लिये जाने

पर इस शब्दचित्र से काफी मेल खाते थे। एक-तिहाई से अधिक सदस्यों ने कहा कि जो कोई उनके प्रति असम्मान दिखाता है, उसे गोली मार देने को वे यथोचित मानते हैं।

ज्ञानात्मक बुद्धि की तरह भावनात्मक बुद्धि का विकास भी जैविकी और आरंभिक अनुभवों के परस्पर प्रभावों पर निर्भर जान पड़ता है। आरंभिक अनुभव—विशेष रूप से शिशुओं को किस तरह गोद में लिया, स्पर्श किया, दूध पिलाया जाता है; उनसे किस तरह बात की जाती है और उन्हें निहारा जाता है—मस्तिष्क की बनावट, जो उनकी भावनाओं और व्यवहार को दिशा देगी, में अहम भूमिका निभाते हैं। कुछ विशेषज्ञ यह अनुमान लगाते हैं कि तनावपूर्ण अनुभवों के कारण भावनात्मक रूप से अनपढ़ लोगों के दिमागों के तार आरंभ से ही कस जाते हैं, जो दिमागी मशीन को बाधित करते हैं और इससे जीवन भर उन पर भावनात्मक 'हाई जैकिंग' का खतरा मँडराता रहता है।

हममें से अधिकांश लोग आदतन आवेगपूर्ण हिंसक प्रतिक्रिया व्यक्त नहीं करते हैं, परंतु भावनाओं के वशीभूत होकर हम सभी समय-समय पर चीखने- चिल्लाने लगते हैं, अतार्किक भय और आशंका से घिरे रहते हैं या किसी और तरह से अभिभूत हो जाते हैं। विचारशील मनुष्य होते हुए भी हम भावनात्मक आवेगों को तर्कसंगत सोच पर क्यों हावी होने देते हैं ?

गोलमैन की व्याख्या के अनुसार—अस्थायी मनोवेग मस्तिष्क से सबसे पुराने, सबसे आदिम भाग में स्थित एक संरचना 'एमिगडला' से उद्भूत होते हैं। एमिगडला हमारी भावनाओं का आवास समझी जाती है। यह दिमागी संरचना एक 'आंतरिक सुरक्षा प्रणाली' की तरह काम करती है। वह हमारी इंद्रियों के जरिए आनेवाले ऐसे संकेतों की पहचान कर उन्हें हमारे मन के भीतर आने से रोकती है, जो अतीत में हमारे डरावने या कष्टदायक अनुभवों से जुड़े हुए हों।

एमिगडला जब भी ऐसे उद्दीपकों की पहचान करता है, वह मस्तिष्क के प्रत्येक महत्त्वपूर्ण भाग में आपातकालीन अलार्म भेजकर तत्क्षण अपनी प्रतिक्रिया व्यक्त करता है। यह अलार्म कई आत्मरक्षात्मक प्रतिक्रियाओं को जन्म देता है। शरीर ऐसे हार्मोंस का स्राव शुरू कर देता है, जो 'लड़ने या भागने' की त्वरित आवश्यकता का संकेत देते हैं और एक व्यक्ति के बोध को उच्चतम सजगता के स्तर पर ले आते हैं। हृदय क्षेत्र की रक्त-संचरण प्रणाली, मांसपेशियाँ और आँतें अति सक्रिय हो जाते हैं। हृदय गति और रक्तचाप बहुत अधिक बढ़ जाते हैं, साँस धीमी हो जाती है। यहाँ तक कि स्मरण प्रणाली भी फास्ट गियर में चली जाती है और इस आपातकालीन स्थिति के अनुकूल कोई उपाय तलाशने के लिए वह अपने अभिलेखागार को खँगाल डालती है।

'एमिगडला' हमारी भावनात्मक स्मृतियों के स्टोर हाउस का काम करता है। जो स्मृतियाँ वह संगृहीत करता है, वे विशेष रूप से स्पष्ट होती हैं, क्योंकि वे उस न्यूरोकेमिकल और हार्मोनल इंप्रिंट के साथ एमिगडला में आती हैं जो तनाव, चिंता या अन्य गहन

उत्तेजनाओं का सहगामी होता है। गोलमैन कहते हैं—''इसका अर्थ है कि प्रभावी रूप से मस्तिष्क की दो स्मृति प्रणालियाँ होती हैं, एक साधारण तथ्यों के लिए और दूसरी उत्कट भावनाओं से जुड़े तथ्यों के लिए।'' वे आगे कहते हैं—''निश्चित रूप से विकास की दृष्टि से भावनात्मक स्मृतियों के लिए एक विशिष्ट प्रणाली बहुत समझदारी से भरी है, क्योंकि प्राणियों को विशेष स्पष्टता से उन बातों की याद दिलाती है जो उनमें भय या आनंद उत्पन्न करते हैं। परंतु भावनात्मक स्मृतियाँ वर्तमान के लिए दोषपूर्ण दिशासूचक हो सकती हैं।''

यह समस्यामूलक भी है, क्योंकि एमिगडला आतंक के बोध का बटन अकसर ऐसे अनुभवों से जुड़ी यादों के लिए दबाकर अनावश्यक व्यग्रता पैदा कर देता है, जो उस समय की परिस्थितियों से मेल नहीं खाते। उदाहरण के लिए, शैशवकाल में, जब समझ और भाषा मुश्किल से ही विकसित हुई थी, उस समय की दारुण घटनाएँ वयस्क होने के बहुत बाद तक व्यक्ति में कष्टदायक प्रतिक्रियाएँ उत्पन्न करती रह सकती हैं।

एक आदिम मस्तिष्क से क्रमशः विकसित मस्तिष्क का विचारशील और विश्लेषणपरक भाग निओकॉर्टेक्स कहलाता है। यह 'एमिगडला के उफानों के लिए डेंपर स्विच का काम करता है।' अधिकांशतः निओकॉर्टेक्स हमारी भावनात्मक प्रतिक्रियाओं को नियंत्रण में रखता है। परंतु सूचनाओं को संसाधित करने में निओकॉर्टेक्स अधिक समय लेता है। इससे पहले कि निओकॉर्टेक्स यह समझ सके कि हुआ क्या है, यह एमिगडला-प्रेरित तात्कालिक अतिवादी प्रतिक्रियाओं को हावी हो जाने का अवसर दे देता है। जब ऐसा होता है तब मस्तिष्क का बिल्ट-इन नियामक तंत्र ध्वस्त हो सकता है।

अधिकांश लोग शैशवकाल से ही भावनात्मक 'हाई जैकिंग' से बचने का उपाय खोज लेते हैं। यदि उनके आसपास सहारा और प्यार देनेवाले वयस्क होते हैं तो वे ऐसे संकेत ग्रहण कर लेते हैं, जो उनमें आत्मानुशासन और संवेदना विकसित करने में उन्हें सक्षम बना सकें। यूनिवर्सिटी ऑफ वाशिंगटन की डॉ. जेराल्डीन डॉसन के अनुसार—भावनात्मक विकास का प्रमुख समय आठ और अठारह महीने की आयु प्रतीत होता है। यह वह समय है जब शिशु अपने प्रथम गहरे लगावों का निर्माण कर रहे होते हैं। ज्ञानात्मक विकास की तरह ही परिवर्तन की खिड़की किशोरावस्था और उसके बाद तक खुली रहती है; यद्यपि उसका प्रवेश द्वार समय के साथ सँकरा होता जाता है। परंतु जिन बच्चों ने गाली-गलौज, उपेक्षा और हिंसा के कष्टदायक अनुभव इकट्ठे कर लिये हैं, वे बाद के वर्षों में विध्वंसक और समाज- विरोधी प्रवृत्तियाँ प्रकट करने के दबाव से निपटने के लिए अपने विवेकी मस्तिष्क का सहयोग प्राप्त करने में कठिनाई अनुभव कर सकते हैं।

गोलमैन के सारभूत प्रश्न—हम अपनी भावनाओं में बुद्धि का समावेश कैसे कर सकते हैं, यानी हम सड़कों पर सभ्य आचरण और सामुदायिक जीवन में संवेदना कैसे

ला सकते हैं?—इसका संभावित उत्तर यह हो सकता है कि यह बात कठिन तो है, फिर भी भावनात्मक बुद्धि के तत्त्व सिखाने के लिए कोई भी समय विलंबित नहीं है। काम के उत्तरदायित्व से उपजे अनुशासन, कारागार व्यवस्था और गवर्नर की कोठी से जुड़े लोगों के प्रबुद्ध सहयोग ने हत्या के आरोपियों को अपनी भावनाओं व आचरण की बेहतर समझ विकसित करने और उन पर नियंत्रण करने में सहायता की।

देश भर में कई स्कूल संवेदना और आत्मानुशासन के शिक्षण को अपने पाठ्यक्रमों में शामिल कर रहे हैं, जिसे सामाजिक सिद्धांतविद् एमितइ एट्ज़ियॉनी 'चारित्रिक शिक्षा' कहते हैं। कनेक्टिकट के न्यू हेवन में पब्लिक स्कूलों में पढ़ने वाले सभी बच्चों की दिनचर्या में सामाजिक विकास के तत्त्व को समाविष्ट कर दिया गया है। बच्चे सामाजिक निपुणता विकसित करने और उसमें वृद्धि करने की तकनीक, क्रोध जैसी भावनाओं की पहचान करने और उनपर काबू पाने तथा समस्याओं का रचनात्मक समाधान निकालना सीखते हैं। यह कार्यक्रम उपलब्धियों का स्तर बढ़ाने, अच्छे अंक प्राप्त करने और साथ ही आचरण में सुधार लाने में सक्षम प्रतीत होता है।

जैविकी और मनोविज्ञान के तथ्यों के आधार पर हम धीमी गति से काररवाई कर रहे हैं। परंतु शोध की तुलना में व्यवहार बहुत पीछे है। जैसा कि डॉ. क्रेग रैमी टिप्पणी करते हैं—"यदि हमारे पास इसी स्तर का ज्ञान कैंसर के किसी विशिष्ट स्वरूप या हाइपरटेंशन या कोई अन्य बीमारी के बारे में होता तो निश्चित रूप से हम अधिक ऊर्जा से काम कर रहे होते।"

विज्ञान की शब्दावली में, यदि बीसवीं सदी भौतिकी की सदी रही है तो निश्चित रूप से इक्कीसवीं सदी जैविकी की होगी। वैज्ञानिक न केवल मानव की आनुवंशिक संरचना का पता लगा रहे हैं, बल्कि नई प्रौद्योगिकियाँ उन्हें जीवंत संरचनाओं की प्रकृति को समझने और मस्तिष्क की कार्य-प्रणाली में सक्षम बना रही हैं। जिस प्रश्न पर हम सभी को विचार करना चाहिए वह है, क्या हम इस बदले हुए ज्ञान का समुचित उपयोग कर पाएँगे? क्या हम इस ज्ञान को सभी माता-पिताओं तक पहुँचाने के उपाय खोज पाएँगे, ताकि बच्चों के पालन-पोषण में वह उनकी सहायता कर सकें या आवश्यक होने पर जरूरी प्रशिक्षण प्राप्त कर सकें? क्या हम कामकाजी माताओं और पिताओं को इतना समय दे पाएँगे कि वे अपने शिशुओं के मस्तिष्क का पोषण कर सकें? क्या हममें इतनी दूरदर्शिता और राजनीतिक इच्छाशक्ति होगी कि हम बच्चों के लिए अधिक और बेहतर स्कूल पूर्व आरंभिक शैक्षिक कार्यक्रम आयोजित कर सकें, विशेष रूप से ऐसे घरों के बच्चों के लिए जिनमें पर्याप्त 'मानसिक पोषण' की व्यवस्था नहीं है। क्या हम प्राथमिक शालाओं के विद्यार्थियों को विदेशी भाषाएँ, गणित और संगीत सीखने की चुनौती देंगे, ताकि बच्चे के आरंभिक जीवन में ही ब्रेन कनेक्शंस सुदृढ़ हो सकें? अपने चारों ओर बढ़ती हुई हिंसा और टूटते हुए घरों को देखते हुए भी हम ऐसा क्यों नहीं करेंगे?

अगले कुछ अध्यायों में मैं इस बात की खोज करूँगी कि बच्चों के जीवन के प्रथम कुछ वर्षों—एक ऐसी अवधि जो, हम अब जानते हैं, उन्हें एक शुरुआत देने के लिए कितनी महत्त्वपूर्ण है—में परिवारों में क्या कुछ होता है। शोधकर्ताओं के बीच इस बात पर मतभेद हो सकते हैं कि कुछ विशिष्ट अनुभव बच्चे के विकास को कहाँ तक प्रभावित करेंगे; परंतु मैंने अब तक ऐसा कोई शोध अध्ययन नहीं देखा, जो इस बात का प्रतिवाद करता हो कि परिवार की परिधि में उपलब्ध जीवन की गुणवत्ता शिशुओं और छोटे बच्चों पर इतना गहरा प्रभाव डालती है कि यही एक तथ्य यह तय कर देता है कि वे अपने संपूर्ण जीवन में आनेवाली परिस्थितियों का किस तरह सामना कर पाएँगे। इसके विपरीत, यह शोध एक बच्चे के प्रारंभिक वर्षों में रचनात्मक प्रेरणाओं के निर्णायक महत्त्व को रेखांकित करता है।

परंतु यदि परिवार अस्त-व्यस्त है, यदि माता-पिता अवसादग्रस्त और उदासीन हैं या बच्चों की देखभाल करनेवाले व्यक्ति लगातार बदलते रहते हैं, जिसके कारण बच्चे किसी पर निर्भर नहीं रह सकते तो बच्चों के आरंभिक जीवन के अत्यावश्यक कार्य करने की उनकी क्षमता बाधित होगी। अगली बार जब आप किसी व्यक्ति को इस अर्थ में 'निवेश' शब्द का उपयोग करता सुनें कि हमारे परिवार के नन्हे, नाजुक सदस्यों के लिए हमें कुछ करना चाहिए तो उस निवेश के बारे में सोचिए जो बच्चो के जीवन के प्रथम हफ्तों, महीनों और वर्षों के दौरान आपका 'गाँव' करने में सक्षम है। जैसे-जैसे बच्चे ज्ञानात्मक और भावनात्मक विकास के निर्णायक चरणों से गुजरेंगे, वे निवेश हम सभी को असाधारण लाभांश प्रदान करेंगे।

□

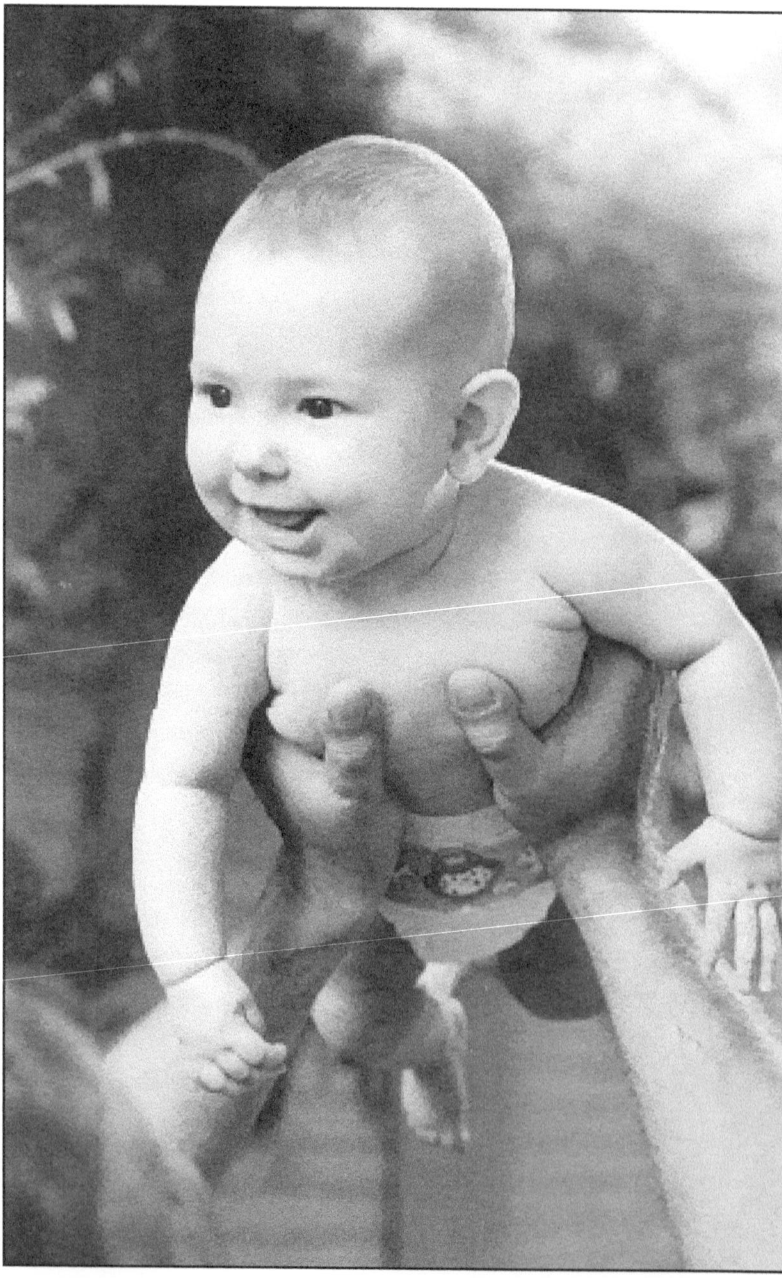

5

बच्चे निर्देशों के साथ नहीं आते

> हम जीवन की रस्सी की बाजीगरी गाँठें खोलकर ही सीखते हैं।
>
> —*ज्याँ ट्रमर*

वहाँ मैं हॉस्पिटल के एक बेड पर व्यग्रता से बच्ची को स्तनपान कराने की कोशिश कर रही थी। मुझे सिखाया गया था कि किसी नतीजे पर पहुँचने से पहले अपने शरीर के ऊपरी भाग को आगे-पीछे, ऊपर-नीचे करके देख लूँ। मुझे लगा कि मैं कर लूँगी, तभी मेरी दृष्टि चेल्सी पर पड़ी और उसकी नाक से कुछ झाग-सा निकलता देख मैं बहुत डर गई। मुझे ऐसा लगा जैसे उसका दम घुट रहा हो या उसे ऐंठन हो रही थी। मैंने घबराकर वहाँ जितने बटन थे, सभी दबा डाले।

तुरंत एक नर्स आई। उसने धैर्य से स्थिति का जायजा लिया, फिर मुसकराहट को दबाते हुए बोली, "अगर आप इसका सिर इस तरह थोड़ा उठाकर रखें तो आपका काम बन जाएगा।" चेल्सी दूध तो पी रही थी, लेकिन मैंने उसे ठीक से गोद में नहीं लिया था, इसलिए वह साँस के साथ नाक के रास्ते दूध बाहर निकाल रही थी।

जब मैं गर्भवती थी तब कई महिलाओं की तरह मैंने भी पुस्तकें पढ़ी थीं—बढ़िया पुस्तकें, जो बच्चों के शरीर, मस्तिष्क एवं चरित्र का समुचित विकास सुनिश्चित करने के लिए आरंभिक महीनों व वर्षों में क्या करना और क्या नहीं करना चाहिए, इसकी जानकारियों से भरी होती थीं। परंतु हर माता या पिता को शीघ्र ही पता चल जाता है कि अमूर्त रूप से अवधारणाओं को समझ लेना और वास्तव में शिशु आपकी गोद में हो तब

क्या करना, इन दोनों बातों में जमीन-आसमान का फर्क है। शिशु आपकी सुविधा के लिए आसान निर्देशों के साथ नहीं आते।

मुझे अच्छी तरह से याद है कि चेल्सी को हॉस्पिटल से ले आने के बाद एक रात वह जोर-जोर से रोती रही थी। हम जो कुछ भी कर सकते थे, किया; मगर कुछ नहीं हुआ। अंत में, मैंने उसे अपनी गोद में लिया, उसके छोटे से परेशान चेहरे को ध्यान से देखा और बोली, ''चेल्सी, अब यह हम दोनों के लिए नया अनुभव है। मैं इससे पहले कभी माँ नहीं रही और न तुम इससे पहले नन्ही गुड़िया। इन हालात में हम जितना कुछ कर सकते हैं, उसमें एक-दूसरे की मदद कर रहे हैं।''

मार्गरेट मीड ने अपनी क्लासिक पुस्तक 'कमिंग ऑफ एज इन समोआ' में उल्लेख है कि एक समोआई माँ अपनी माँ के गाँव में बच्चे को जन्म दे, चाहे वह शादी के बाद अपने पति के गाँव चली गई हो। नवजात शिशु की देखभाल के लिए उसके पिता की माँ या बहन को भी वहीं जाना होता है, जबकि उसकी माँ की देखभाल के लिए उसके ननिहाल के लोग होते हैं। अपने सामूहिक अनुभवों के आधार पर अपने बच्चों को यह बताकर कि उनके समय में यह दायित्व कैसे पूरा किया गया था, वे उनका मातृत्व या पितृत्व के चरण में प्रवेश करना सुगम बनाते हैं।

हमारे अपने अमेरिकी अनुभव में परिवार आसपास ही रहते थे, जिससे गर्भावस्था और नवजात शिशु के आरंभिक महीनों के दौरान वे अपने अनुभवों का लाभ और सहयोग दे सकें। स्त्रियाँ मुख्य रूप से घरों में कार्य करती थीं और इसलिए नई माताओं की मदद करने तथा उन्हें मातृत्व की जिम्मेदारियों का अभ्यस्त बनाने के लिए वे होती थीं। परिवार बड़े होते थे और बड़े बच्चों से अपने छोटे भाई-बहनों की देखभाल की अपेक्षा की जाती थी—और यह भूमिका उनको भावी पितृत्व या मातृत्व के लिए तैयार करती थी।

आज के समय में उनके लिए जो पैसा खर्च कर सकते हैं, परामर्श, उपकरणों और पेशेवर विशेषज्ञता की कोई कमी नहीं है। उदाहरण के लिए, यदि बच्चे को स्तनपान कराने में कोई समस्या है तो लेक्टेशन विशेषज्ञ, आधुनिकतम ब्रेस्ट पंप तथा इस विषय पर अनगिनत किताबें उपलब्ध हैं। परंतु सहज बुद्धि से दिए गए सरल निर्देशों का कोई विकल्प नहीं है, जिसकी मैं पुष्टि कर सकती हूँ। अनुभवहीन माता-पिताओं की सहायता के लिए व्यक्ति व कार्यक्रम बहुत कम और कभी-कभी होते हैं; यद्यपि इस प्रकार की सहायता की लागत असाधारण रूप से कम है। हम उस बात पर पर्याप्त ध्यान नहीं दे रहे हैं, जो हमारी सर्वोच्च प्राथमिकता होनी चाहिए थी—लोगों को सर्वोत्तम माता-पिता बनाने के लिए उन्हें शिक्षित और सक्षम बनाना। माता-पिताओं की शिक्षा और सशक्तीकरण उन्हें नियोजित तरीके से परिवार बढ़ाने के लिए साधन और प्रोत्साहन देने से आरंभ होता है, ताकि अपने बच्चों के पालन-पोषण के लिए उनके पास पर्याप्त शारीरिक, वित्तीय

और भावनात्मक संसाधन हों। ऐसा करने के सर्वोत्तम प्रतिमानों में से कुछ हमें विदेशों में देखने को मिलते हैं। विशेष रूप से इंडोनेशिया के ग्रामीण क्षेत्र में स्थित एक क्लीनिक की मुझे याद आती है, जहाँ मैं गई थी।

हर महीने पेड़ों के नीचे खाली स्थानों पर टेबलें लगाई जाती हैं तथा डॉक्टर और नर्सें वहाँ क्लीनिक चलाते हैं। अपने बच्चों का परीक्षण करवाने, मेडिकल परामर्श लेने और सूचनाओं के आदान-प्रदान के लिए स्त्रियाँ वहाँ आती हैं। एक विशाल पोस्टरबोर्ड चार्ट प्रत्येक परिवार द्वारा उपयोग किए जा रहे परिवार नियोजन के तरीके को दरशाता है, ताकि स्त्रियाँ उनसे जुड़ी समस्याओं और परिणामों की तुलना कर सकें।

यह और सारे देश में फैले ऐसे हजारों कामचलाऊ स्वास्थ्य केंद्रों द्वारा दिए गए मार्गदर्शन ने माताओं को अपने बच्चों पर अधिक समय और ऊर्जा खर्च करने के लिए प्रेरित किया है, इससे पहले कि वे और बच्चों के बारे में सोचें। बच्चों के पिता भी इन केंद्रों से प्रभावित हुए हैं। उनके द्वारा पिता की भूमिका का आकलन उनके प्रत्येक बच्चे को प्राप्त जीवन की गुणवत्ता की कसौटी पर किए जाने की अधिक संभावना है—बजाय इसके कि उन्होंने कितने बच्चे पैदा किए हैं।

यह सामुदायिक स्वास्थ्य सेवा कार्यक्रम सरकार द्वारा वित्त-पोषित है। इसका समर्थन देश के महिला संगठनों और मुसलिम नेता भी करते हैं। यह इस बात का एक अद्भुत उदाहरण है कि परिवारों की सहायता के लिए गाँव—स्थानीय समुदाय और बृहत्तर समाज दोनों—किस तरह अपने मूलभूत संसाधनों का उपयोग करते हैं। परिवार नियोजन से जुड़े मुद्दों से निपटने के ईमानदार, खुले और यथार्थवादी तरीके जो मैंने इंडोनेशिया में देखे, उसने मुझे कई अन्य स्थानों पर देखे तरीकों से तुलना करने का आधार दे दिया।

अधिकांश पश्चिमी यूरोपीय देशों में काम-वासना के प्रति खुलापन और गर्भ-निरोधक उपायों की आसान उपलब्धता को किशोर वय की और वयस्क स्त्रियों में अनिच्छित गर्भ तथा गर्भपात की दर को कम करने का श्रेय दिया जाता है। इसके विपरीत सारी दुनिया में 10 करोड़ से अधिक स्त्रियाँ परिवार नियोजन की सेवाएँ प्राप्त नहीं कर पाती हैं या उनका उपयोग नहीं कर रही हैं, क्योंकि वे गरीब और अशिक्षित हैं। प्रतिवर्ष 2 करोड़ स्त्रियाँ असुरक्षित गर्भपात करवाती हैं।

अक्तूबर 1995 में, जब मैं सल्वाडोर डॉ. बहिया, ब्राजील के साइला बल्बीना मैटरनिटी हॉस्पिटल गई तो वहाँ एक अनोखा उदाहरण देखा। मुझे पता चला कि वहाँ भरती की गई स्त्रियों में से आधी बच्चे को जन्म देने के लिए वहाँ थीं, जबकि शेष आधी वे स्त्रियाँ थीं, जो अपने आप किए गए गर्भपात के परिणामों का इलाज करवा रही थीं। मैं गवर्नर और राज्य के स्वास्थ्य मंत्री से मिली, जिन्होंने गरीब स्त्रियों को परिवार नियोजन की सुविधाएँ उपलब्ध कराने के लिए एक अभियान छेड़ दिया था। जैसा कि मंत्रीजी ने

मुझे बताया, ऐसी सुविधाओं तक धनवान् स्त्रियों की पहुँच हमेशा से रही है।

हम सोच सकते हैं कि इस मामले में हमारा देश इतनी बुरी हालत में नहीं है; परंतु आँकड़े कुछ और ही कहानी कहते हैं। अमेरिका की किशोर वय की पाँच लड़कियों में से दो बीस वर्ष की आयु तक गर्भ धारण कर लेती हैं और अमेरिका में प्रतिवर्ष 15 लाख गर्भपात कराए जाते हैं। यह त्रासदी की बात है कि हम अपने परिवार को प्लान करने की तुलना में सप्ताहांत के मनोरंजन की प्लानिंग पर अधिक विचार करते हैं। और यह दु:खद है कि गर्भपात की गरम राजनीति के कारण हमारा देश परिवार नियोजन पर शोध तथा गर्भ-निरोधक उपायों को सुलभ बनाने के लिए पर्याप्त रूप से सक्रिय नहीं है। विडंबना यह है कि यहाँ और पूरे विश्व में समझदार परिवार नियोजन वैध व अवैध गर्भपातों की माँग कम कर देगा तथा काफी संख्या में लड़कियों और गर्भस्थ शिशुओं की जान बचा लेगा।

हमेशा की तरह कीमत बच्चे चुकाते हैं। जब बहुत कम आयु में संतान हो जाती है या बढ़े हुए परिवारों का खर्च चलाने के साधन न होते हुए भी परिवार बढ़ जाते हैं और माता-पिता अपने दायित्वों को पूरा नहीं कर पाते तो उन पर पड़े बोझ और चिंताओं से बच्चे प्रभावित होते हैं। परिवार नियोजन केवल बच्चों की संख्या ही सीमित नहीं रखता, बल्कि वर्तमान और भविष्य में जन्म लेनेवाले बच्चों का कल्याण भी सुनिश्चित करता है।

काहिरा दस्तावेज, जिसका प्रारूप सन् 1994 में हुए जनसंख्या और विकास अंतरराष्ट्रीय सम्मेलन में तैयार किया गया था, इस बात की पुष्टि करता है कि "किसी भी स्थिति में परिवार नियोजन के उपाय के रूप में गर्भपात का प्रचार नहीं किया जाना चाहिए।" और वह "सभी विवाहित जोड़ों और व्यक्तियों को स्वतंत्रता एवं जिम्मेदारी से अपने बच्चों की संख्या उनके बीच अंतर और उनके जन्म का समय तय करने तथा ऐसा करने के लिए पर्याप्त सूचना व साधन प्राप्त करने के मूलभूत अधिकार" की पहचान करता है। जबरदस्ती या इस अंतरंग निर्णय को लेने में स्त्रियों और पुरुषों के साथ कोई जबरदस्ती या भेदभाव नहीं किया जाना चाहिए। परंतु एक बार गर्भ धारण कर लेने के बाद बच्चे को निर्बाध रूप से जन्म देने में सहायता देना हम सबकी जिम्मेदारी है।

☐

नवजात शिशुओं की गहन चिकित्सा इकाई, जहाँ समय-पूर्व जनमे बच्चों को रखा जाता है, इससे गुजरने से बढ़कर हृदय-विदारक कोई अनुभव नहीं है—वेंटिलेटिंग मशीनों की घर्र-घर्र, इधर-उधर भागते लोग, हॉस्पिटल कक्षों की गंधों के साथ मिली-जुली नवजात बच्चों की गंध, झुर्रीदार नन्हे शरीरों में प्रवेश कराई गई नलियों का जाल। अपने जीवन में वाशिंगटन, शिकागो, लिटिल रॉक, बोस्टन, ऑकलैंड, मियामी में मैं कई बार ऐसी कई इकाइयों से गुजर चुकी हूँ। सभी जगह एक जैसे दृश्य होते थे।

विश्व स्वास्थ्य संगठन द्वारा सन् 1992 में कराए गए एक अध्ययन के अनुसार शिशु मृत्यु-दर के मामले में दुनिया के राष्ट्रों में अमेरिका का स्थान चौबीसवाँ था। इसका अर्थ है, जापान के नेतृत्व में तेईस देशों ने यह सुनिश्चित करने के लिए कि उनके बच्चे कम-से-कम अपना पहला जन्मदिन मना सकें, हमसे बेहतर कार्य किया है। इटली के नेतृत्व में सत्रह देशों ने माताओं के स्वास्थ्य के मामले में हमसे अच्छा कार्य दिया है। इन परिणामों से हमें आश्चर्य नहीं होना चाहिए, क्योंकि अमेरिका की कुल गर्भवती स्त्रियों में से लगभग एक-चौथाई, जिनमें से कई किशोर वय की हैं, को प्रसव-पूर्व सेवाएँ न के बराबर उपलब्ध हैं।

हम जानते हैं कि जिन स्त्रियों को प्रसव-पूर्व देखभाल, विशेष रूप से पहली तिमाही में, प्राप्त होती है उनके द्वारा पूरी अवधि पर स्वस्थ तथा सामान्य वजनवाले बच्चों को जन्म दिए जाने की संभावना अधिक होती है; जबकि जिन स्त्रियों की प्रसव से पहले पर्याप्त देखभाल नहीं होती उनके द्वारा साढ़े पाँच पौंड से कम वजन के बच्चों (जो 'जन्म के समय कम वजनवाले' परिभाषा के अंतर्गत आते हैं) को जन्म दिए जाने की अधिक संभावना होती है। और ऐसी उन स्त्रियों, जिन्हें शराब या मादक द्रव्य के सेवन, धूम्रपान और पौष्टिक आहार संबंधी प्रसव-पूर्व उचित सलाह नहीं मिलती, ये भी कम वजनवाले बच्चों को जन्म देती हैं। सन् 1991 में जनमे कुल बच्चों में ऐसे बच्चों का प्रतिशत केवल 7 था; परंतु मरनेवाले कुल शिशुओं में से 61 प्रतिशत इन बच्चों का था, क्योंकि अधिक वजनवाले बच्चों की तुलना में इन बच्चों की अपने पहले जन्मदिन से पहले मर जाने की आशंका इक्कीस गुना ज्यादा थी। प्रसव से पहले की अपर्याप्त देखभाल उन समस्याओं को भी जन्म दे सकती है, जिनसे बचा जा सकता था, जैसे—जन्मजात असामान्यताएँ, श्वास नली में संक्रमण और सीखने में कठिनाई।

छोटे बच्चों के इलाज के लिए उच्च प्रौद्योगिकी चिकित्सा पर हम अरबों डॉलर खर्च करते हैं। सन् 1988 में जन्म के समय सामान्य वजनवाले बच्चे की तुलना में उसके जीवन के प्रथम वर्ष में एक कम वजनवाले बच्चे पर 15,000 डॉलर अधिक खर्च किए जाते थे। यह एक आधुनिक चमत्कार ही है कि हम उन हजारों बच्चों को बचाने में सक्षम हैं, जो यदि कुछ वर्ष पहले जन्म लेते तो मर जाते और यह भी कि हम हजारों और बच्चों को सामान्य रूप से विकसित होने में सहायता कर सकते हैं। परंतु कई मामलों में प्रसव से पहले अच्छी देखभाल और आपातकालीन प्रसूति संबंधी सुविधाओं द्वारा ही इस खर्चीली आधुनिक चिकित्सा से बचा जा सकता था।

☐

अमेरिका में कई गर्भवती महिलाओं को प्रसव-पूर्व देखभाल या तो उपलब्ध नहीं है या वे उनकी सामर्थ्य से अधिक महँगी हैं। वे या तो अलग-थलग ग्रामीण क्षेत्रों में रहती हैं या शहरी बस्तियों में। उन्हें नौकरी पर रखनेवाले उन्हें बीमा सुरक्षा नहीं देते और

उनके परिवारों की आय इतनी नहीं होती कि वे ऐसी सेवा की कीमत दे सकें। जिन परिवारों को बीमा सुरक्षा मिली हुई है, वे भी कभी-कभी चिकित्सा व्यय को अपनी सामर्थ्य से बाहर पाते हैं। एक दंपती ने मुझे अपनी कहानी सुनाई—आय के स्रोत सीमित होने के कारण उन्होंने बच्चों और गृह स्वामी का स्वास्थ्य बीमा करवा लिया, परंतु गृह स्वामिनी का नहीं करवाया। जब वह महिला अनपेक्षित रूप से गर्भवती हो गई, उन्होंने अपनी बचत में से अस्पताल के बिल अदा किए और प्रसव पूर्व देखभाल एवं एनेस्थीसिया का खर्च बचाने का निर्णय किया। इस विशुद्ध आर्थिक निर्णय ने माँ और बच्चे दोनों को जोखिम में डाल दिया।

कई स्त्रियों को यह पता भी नहीं है कि उन्हें प्रसव-पूर्व देखभाल प्राप्त करनी चाहिए। वे किशोर वय की बालिकाएँ हो सकती हैं, जिनके बच्चे के पिता ने जिम्मेदारी लेने से इनकार कर दिया हो या जो अपनी गर्भावस्था को व्यग्रता से अपने घरवालों से छिपाना चाहती हों। वे ऐसी स्त्रियाँ हो सकती हैं जिनके पति, परिवार, मित्र या अन्य व्यक्ति इतने संवेदनशील और जागरूक न हों कि चिकित्सा सुविधाएँ लेने के लिए उन्हें प्रोत्साहित करें या कम-से-कम गर्भावस्था के दौरान उन्हें धूम्रपान, शराब और ड्रग्स के सेवन से रोकें। आमतौर पर ऐसी स्त्रियाँ, जिनका पहले से ही अस्त-व्यस्त जीवन गर्भधारण करने से और भी जटिल हो गया हो, अंतिम क्षण तक ऐसी सुविधाओं पर खर्च करने से बचती हैं और अपने बच्चे की सेहत को और ज्यादा जोखिम में डाल देती हैं। अंततः हम स्त्रियों को अपनी और अपनी सेहत की जिम्मेदारी लेनी होगी; परंतु हममें से कई को गाँव से सहायता और समर्थन की आवश्यकता होगी। हमारे नजदीकी लोग यह काम कर सकते हैं। हम सब ऐसे उदाहरणों से परिचित हैं, जहाँ परिवार और मित्रों ने एक गर्भवती स्त्री को दृढ़ता से लगातार शराब और सिगरेट से दूर रहने के लिए कहा है। परंतु देखभाल के ये अनौपचारिक तरीके उन औपचारिक संस्थाओं का विकल्प नहीं हैं, जिनका मुख्य उद्‍देश्य सभी स्त्रियों और बच्चों के लिए अच्छे स्वास्थ्य की व्यवस्था करना है।

ऐसे सक्रिय गाँवों के उदाहरण उन देशों में देखे जा सकते हैं, जहाँ राष्ट्रीय स्वास्थ्य सेवा संगठन माताओं एवं शिशुओं के लिए प्रसव-पूर्व और पश्चात् देखभाल की उपलब्धता सुनिश्चित करता है। ऑस्ट्रिया और फ्रांस जैसे कुछ यूरोपीय देश माँ की वित्तीय पात्रताओं को उनके द्वारा नियमित रूप से मेडिकल चेकअप कराए जाने से जोड़ देते हैं।

जहाँ यह संदेहास्पद है कि हमारा देश जल्द ही प्रसव-पूर्व देखभाल की औपचारिक व्यवस्था स्थापित करके उसे मॉनिटर कर सकेगा, कुछ कार्य ऐसे हैं, जो हम अभी कर सकते हैं। जो हम सभी के लिए चिकित्सा व्यय कम करके हमारे बच्चों को जन्म से पहले ही शुरू होकर आजीवन स्वस्थ जीवन के लिए तैयार कर सकेंगे।

कुछ राज्यों, स्वास्थ्य योजनाओं, सामुदायिक समूहों तथा व्यवसायों ने महिलाओं

द्वारा प्रसव-पूर्व देखभाल प्राप्त करने के लिए प्रोत्साहन देने की अपनी व्यवस्थाएँ कायम की हैं। अर्कांसास में गर्भवती स्त्रियों को कूपन बुक वितरित करने की योजना में हमने स्थानीय व्यापारियों का सहयोग लिया। इस 'हैत्पी बर्थडे बेबी बुक' में नौ महीनों के गर्भकाल और एक बच्चे के जीवन के पहले छह महीनों में से प्रत्येक के लिए कूपन होते थे। प्रत्येक महीने की प्रसव-पूर्व या पश्चात् जाँच के बाद संबंधित स्वास्थ्य सेवा प्रदाता एक कूपन को मान्यता देता है, जिसके बदले में दूध या डायपर जैसे उत्पाद मुफ्त या घटे दरों पर प्राप्त किए जा सकते हैं।

अर्कांसास के स्वास्थ्य विभाग ने इस कूपन बुक को प्राप्त करने के लिए एक टोल-फ्री फोन नंबर देते हुए टी.वी. और रेडियो पर विज्ञापन अभियान चलाया था। इसके आकलन के अनुसार राज्य की प्रति दस गर्भवती महिलाओं में से सात ने ये कूपन बुक्स प्राप्त की थीं। आरंभिक रिपोर्टें दरशाती हैं कि जिन महिलाओं ने इस योजना में भाग लिया था, उनके द्वारा जन्म दिए गए शिशुओं में कम वजनवाले बच्चों की संख्या के संदर्भ में व्यवसायियों ने भी यह समझना आरंभ कर दिया है कि निरोधक स्वास्थ्य सेवाएँ दीर्घावधि में स्वास्थ्य सेवाओं की लागत को कम कर देती हैं। उनमें से कई ने प्रसव-पूर्व स्वास्थ्य सेवाएँ प्राप्त करने के लिए अपनी महिला कर्मचारियों को प्रोत्साहन देना शुरू कर दिया है। उदाहरण के लिए, टेक्सास प्रांत के डलास स्थित हैगर एपेरल कंपनी कर्मचारियों द्वारा गर्भावस्था के दौरान किए गए चिकित्सा व्यय की शत-प्रतिशत प्रतिपूर्ति करती है, यदि उन्होंने गर्भकाल की प्रथम तिमाही में प्रसव पूर्व स्वास्थ्य सेवा प्राप्त की है। सेन फ्रांसिस्को स्थित लेवी स्ट्रॉस 'हेल्थलाइन' नामक संगठन, जो फोन करनेवाली महिलाओं को मुफ्त सूचनाएँ व सलाह देता है और उन महिलाओं की स्क्रीनिंग करता है, जो सामान्य पूर्णावधि प्रसव की कतार में है, अर्थात् किसी तरह के जोखिम से मुक्त हैं। उन्हें एक टोल-फ्री नंबर पर फोन करने के लिए नकद 100 डॉलर की प्रोत्साहन राशि प्रदान करता है।

ऐसी बीमा कंपनियाँ, जो प्रबंधित स्वास्थ्य सेवा योजनाएँ ऑफर करती हैं, गर्भवती महिलाओं के लिए स्वस्थ जीवन-शैली सिखानेवाली क्लासेज तथा शिशुओं की देखभाल संबंधी प्रशिक्षण में भाग लेने के लिए प्रोत्साहन के रूप में कार सीटों या डायपर सेवा की लागत वहन करती हैं। अन्य बीमा कंपनियाँ गर्भवती महिलाओं द्वारा चौबीस घंटे में कभी भी फोन किए जाने पर उन्हें नर्सों या मिडवाइफों की सेवा उपलब्ध कराती हैं।

ऐसे उपक्रमों, जो गर्भवती महिलाओं का अन्य विशेषज्ञों से फोन पर या व्यक्तिगत रूप से संपर्क कराते हैं, का उत्साह से स्वागत किया गया है। अच्छे माता-पिता बनने के लिए लोग सीखना चाहते हैं।

साउथ कैरोलिना में 1980 के दशक के आरंभ से ही रिसोर्स मदर्स कार्यक्रम गर्भवती किशोरियों को समीप ही रहनेवाली अनुभवी माताओं से जोड़ता आ रहा है।

वयस्क स्त्रियाँ बच्चे के जन्म से पहले और बाद में बुनियादी दक्षता जैसे बच्चे को नहलाना, उनके डायपर बदलना एवं स्तनपान कराना तथा शिशुओं से बोलकर और बिना बोले संवाद कायम करना, सिखाने के लिए नवयुवतियों से मिलती हैं। किशोरियाँ गर्भावस्था के दौरान मादक द्रव्यों के सेवन से होनेवाले कुप्रभावों के बारे में परामर्श और बच्चे की सुरक्षा व विकास के बारे में सूचनाएँ प्राप्त करती हैं।

रिसोर्स मदर्स कार्यक्रम शिशुओं के स्वास्थ्य में सुधार लाने तथा बाल शोषण, (जो अकसर बच्चे के पालन-पोषण से संबंधित माँगों के प्रति माता-पिता की अज्ञानता से उपजता है) को कम करने और दोनों को प्रभावित करने में सफल रहा है। यह कार्यक्रम माँ और बच्चे के स्वास्थ्य के लिए राज्य व संघीय सरकार की निधियों एवं मेडिकएड द्वारा समर्थित है।

टेक्सास के सैन एंटोनियो में सन् 1973 में एवांस नामक कार्यक्रम पचास माताओं को बुनियादी पालकीय दक्षता सिखाने से आरंभ हुआ था। सन् 1994 तक यह कार्यक्रम सैन एंटोनियो, ह्यूस्टन तथा रियो ग्रैंड वैली में मेक्सिकन-अमेरिकन समुदायों के पाँच हजार व्यक्तियों की सेवा कर रहा था। सरकारी आवासीय परियोजनाओं, प्राथमिक शालाओं और उसके अपने परिवार सेवा केंद्रों से संचालित एवांस बुनियादी दक्षता सिखाने के लिए न केवल प्रोजेक्ट ग्रेजुएटों का सहयोग लेता है, बल्कि बाल विकास, अंग्रेजी भाषा सिखाने तथा रोजगार प्रशिक्षण कार्यक्रम के लिए क्लासेज भी लगाता है।

एवांस कम आयु के पिताओं को अपने बच्चों से जोड़ने और उनके प्रति जिम्मेदार बने रहने पर विशेष जोर देता है। जैसे-जैसे शिशु आरंभिक बाल्यावस्था में प्रवेश करते हैं, वह युवा परिवारों की प्रगति पर नजर रखने और परिवार के भीतर संवाद जारी रखने के लिए उनके घरों में अपने कार्यकर्ता भेजता रहता है। जिन युवा माता-पिताओं तक वह पहुँचता है, उनके सकारात्मक रवैए और उनके द्वारा यह सीखे जाने से इस कार्यक्रम की सफलता का आकलन किया गया है। माता-पिता के रूप में उनकी जिम्मेदारियाँ बच्चों के लिए अधिक पोषक और खुशनुमा वातावरण तैयार है। अगले कुछ वर्षों में डलास, कॉर्पस क्रिस्टी, अल पासो और लैरेडो में केंद्र स्थापित करने के लिए हाल ही में एवांस को शासकीय अनुदान दिया गया है।

माता-पिताओं एवं उनके बच्चों की सफलता और अच्छे स्वास्थ्य के लिए रिसोर्स मदर्स व एवांस जैसे कार्यक्रम भारी योगदान देते हैं। उत्तम मातृत्व या पितृत्व की माँगों को पूरा करने के लिए माता-पिता अधिक तैयारी के साथ अपने घरों में जाएँ, इसके लिए अस्पताल ही बहुत कुछ कर सकते हैं।

फिलीपींस के एक प्रवास के दौरान मैं मनीला की निर्धनतम बस्तियों में से एक में चल रहे डॉ. जोस फैबेला मेमोरियल हॉस्पिटल में गई। पिछले एक दशक से हॉस्पिटल ने नवजात शिशुओं को एक अलग नर्सरी में नहीं, उनकी माताओं के साथ ही रखा है।

प्रसूति वार्ड में दर्जनों नई माताएँ अपने नवजात बच्चों को निहारती हुई बिस्तरों पर लेटी होती हैं। माताएँ और उनके नन्हे शिशु एक-दूसरे का स्पर्श, परस्पर घुलना-मिलना तथा एक विशिष्ट घनिष्ठता बनाना सीखते हैं।

हॉस्पिटल के डॉक्टर और नर्सें प्रत्येक माँ को धैर्यपूर्वक स्तनपान कराना सिखाते हैं। मैंने विस्मयपूर्वक एक या दो दिन की आयु के शिशुओं को मुँह सिकोड़े हुए कप से दूध पीते भी देखा। मुझे बताया गया कि यह पता चलने पर कि मलिन अस्वच्छ बस्तियों में रहनेवाली गरीब माताओं के लिए दूध की बोतलों और निप्पलों को स्टेरिलाइज (निर्जीवीकृत) करना कितना कठिन था, हॉस्पिटल ने उन माताओं को शिशुओं को कप से दूध पिलाने का प्रशिक्षण दिया, जो स्तनपान नहीं करा सकती थीं। बच्चे के दूध के कप को साफ रखना उनके लिए अधिक आसान और सुविधाजनक था। नर्सरी को बंद करने से बचाए गए धन से हॉस्पिटल ने बुनियादी पालकीय निपुणताएँ सिखाने के लिए अतिरिक्त कर्मचारियों को नियुक्त किया।

हाल के दशकों में अमेरिकी अस्पतालों ने भी बच्चों की देखभाल अस्पताल से ही शुरू कर देने के लिए माता और पिता दोनों को प्रोत्साहित करने के लिए कुछ परिवर्तन किए हैं। लेबर तथा डिलीवरी दोनों के लिए अस्पताल ने प्रसूति कक्ष बनाए हैं। पिताओं को उस कक्ष में आने की अनुमति है। बच्चे के जन्म के समय उन्हें भी वहाँ उपस्थित रहने के लिए कहा जाता है। डिलीवरी सेवा प्रदान करनेवाले अधिकांश अस्पताल नए माता-पिताओं को बुनियादी पालकीय निपुणताएँ सिखाने के लिए कक्षाएँ चलाते हैं।

नवजात शिशुओं के माता-पिताओं के संपर्क में आनेवाले प्रथम बिंदु के रूप में अस्पतालों के पास यह एक सहज अवसर व दायित्व है कि वे बच्चों और उनके माता-पिताओं को जीवन में एक अच्छी शुरुआत देने में मदद करें। बच्चे की समुचित देखभाल के संबंध में मन में जो भी प्रश्न हो, उन्हें पूछे बिना किसी माँ को अस्पताल नहीं छोड़ना चाहिए। बटुए के आकार का एक कार्ड, जिसमें बच्चे के लिए आवश्यक टीकों की सूची, वे कब और कहाँ प्राप्त हो सकते हैं और उनकी कीमत क्या है, एक उपयोगी चीज है, जिसे हॉस्पिटल उपलब्ध करा सकते हैं। वे उस क्षेत्र में उपलब्ध सस्ते बाल रोग चिकित्सकों की सूची भी उपलब्ध करा सकते हैं।

शायद सबसे महत्त्वपूर्ण बात है, यह तय करने के लिए कि क्या माता-पिता को अतिरिक्त परामर्श या सहायता की जरूरत है ? अस्पतालों को बच्चे और माता-पिता के संबंधों का मूल्यांकन करना चाहिए। किशोर वय की माताओं के मामले में यह बेहद जरूरी है। हवाई में ऐसा ही एक अभिनव कार्यक्रम 'हेल्दी स्टार्ट' शुरू किया गया है, जो वर्तमान में राज्य में प्रतिवर्ष जन्म लेनेवाले 16 हजार बच्चों में से आधे से अधिक की छानबीन करता है।

हेल्दी स्टार्ट के कर्मचारी नए माता-पिताओं से मिलने की इच्छा प्रकट करते हैं।

अधिकांश इस मुलाकात के लिए राजी हो जाते हैं, बल्कि कृतज्ञ भी होते हैं कि कोई उनकी इतनी परवाह करता है कि उनसे बात करना चाहता है। कर्मचारी उनके पारिवारिक इतिहास और वर्तमान स्थिति के बारे में पूछते हैं तथा संभावित समस्याओं को नोट करते जाते हैं। ''हमारी नजर उन माता-पिताओं पर होती है, जो अपने बचपन में दुराचार या उपेक्षा के शिकार रहे हों।'' हेल्दी स्टार्ट के संस्थापकों में से एक तथा हवाई फेमिली स्ट्रेस सेंटर के निदेशक गेल ब्रेकी स्पष्ट करते हैं। ''शोध के जरिए हम जानते हैं कि यह पीढ़ी-दर-पीढ़ी के एक पैटर्न के अनुसार चलता है।''

यदि वह परिवार जोखिमवाले वर्ग में समझा जाता है तो हेल्दी स्टार्ट का एक कर्मचारी उनके घर जाकर और अधिक जानकारी लेता है। वह उनके बच्चे की विकास संबंधी आवश्यकताओं को समझने में माता-पिता की सहायता करता है तथा यह सुनिश्चित करने के लिए कि उस परिवार की आवश्यकताएँ पूरी की जाएँ, अन्य एजेंसियों के साथ एक संपर्क-सूत्र के रूप में कार्य करता है—वैवाहिक परामर्श से रोजगार संबंधी प्रशिक्षण और मादक द्रव्य सेवन के इलाज तक। हेल्दी स्टार्ट पिछले पाँच वर्षों में तीन हजार से अधिक परिवारों में चाइल्ड एब्यूज की दर 1 प्रतिशत से भी कम रखने में सफल रहा है। चाइल्ड एब्यूज की राष्ट्रीय दर 4.7 प्रतिशत है।

हेल्दी स्टार्ट सहमति के आधार पर कार्य करता है, सरकारें भी लोक-कल्याण या चिकित्सा लाभों को होम विजिट्स या पैरेंट एजुकेशन के विकसित करने पर स्वरूपों में विचार कर सकती हैं। उसकी सफलता सिद्ध हो जाने पर भी हेल्दी स्टार्ट का वित्तपोषण निश्चित नहीं है। जब संघीय बजट में कटौती की जा रही है तथा लागत का और अधिक भाग वहन करने के लिए राज्यों को विवश किया जा रहा है तो रोग-निरोधक कार्यक्रमों में निवेश पर जेलों, आपातकालीन चिकित्सा या राजनीतिक रूप से अधिक लाभ देनेवाले कार्यक्रमों को वरीयता दिया जाना तय है।

यह जानना दिलचस्प होगा कि सभी पश्चिमी यूरोपीय देश किसी-न-किसी रूप में होम हेल्थ विजिटर की सेवाएँ प्रदान करते हैं। अपनी राष्ट्रीय स्वास्थ्य सेवा के जरिए जनता को होम विजिट्स को सेवाएँ प्रदान करने का इंग्लैंड का लंबा इतिहास रहा है। माँ और नवजात बच्चे के हॉस्पिटल से घर आने के बाद कम-से-कम दस दिनों तक हर दिन स्थानीय अस्पताल से एक प्रशिक्षित नर्स घर पर आती है। एक 'फैमिली हेल्थ विजिटर' अर्थात् एक पूर्ण अर्हता-प्राप्त नर्स, जो सामान्यत: स्थानीय चिकित्सालय से संबद्ध होती है, भी बच्चे के जन्म से लेकर पाँच वर्ष की आयु में उसके स्कूल जाने तक अनुरोध करने पर टेलीफोनिक परामर्श या होम विजिट के लिए उपलब्ध होती है।

मेरी एक अमेरिकन मित्र, जो अपनी गर्भावस्था के दौरान इंग्लैंड में रह रही थी, शीघ्र ही होम विजिट्स की व्यवस्था की प्रशंसक बन गई। बच्चे के जन्म से पहले वह आश्वस्त थी कि वह जो भी पुस्तकें पढ़ रही थी, वे सारी आवश्यक जानकारी देने के

लिए काफी थीं। उसने सोचा कि वैसे भी बच्चे के इस दुनिया में आने से पहले उसकी माँ के वहाँ पहुँचने की योजना थी। परंतु उसकी माँ इतनी बीमार हो गईं कि यात्रा करने लायक न रहीं और मेरी मित्र ने स्वयं को बच्चे के साथ अकेले पाया। मेरी ही तरह उसने जान लिया कि उसने जो कुछ भी पढ़ा था, वह दिलचस्प होते हुए भी उसके कई सवालों का जवाब नहीं दे पाता था। जब नर्स ने उसके दरवाजे पर दस्तक दी तो मेरी मित्र ने उस स्त्री को घर के भीतर खींच लिया और उसके सामने अपनी परेशानियों का पिटारा खोल दिया, ''वह एक घंटे से ज्यादा क्यों नहीं सोती? क्या वह कभी भी अपनी आँखें खोल पाएगी? आप क्या समझती हैं, वह मुझे सुन पाती है?''

एक होम विजिटर के पक्ष में जितना कहा जाए, कम होगा, चाहे वह विजिटर कोई समाज-सेवक हो या किसी कार्यक्रम की नर्स हो अथवा कोई चाची हो, जो शनिवार को बस पकड़कर अपनी भतीजी और उसके बच्चे को देखने आई हो। पहली बार माँ या बाप बने व्यक्तियों को बात करने तथा सहायता व प्रोत्साहन पाने के लिए लोगों की आवश्यकता होती है।

□

इलेक्ट्रॉनिक गाँव भी नौसिखिए माता-पिताओं की सहायता में एक भूमिका निभा सकता है। रेडियो और टी.वी. स्टेशन भी कार्यक्रमों, गानों एवं गरमागरम टॉक शोज के बीच बच्चों की देखभाल संबंधी संदेश प्रसारित कर सकते हैं। टॉप टेन गानों के काउंटडाउन के बीच 'आपके काम की खबर' जैसे संदेश की कल्पना कीजिए—''तो आपके घर में एक नया प्यारा सा बच्चा आ गया है। उस बेचारे को इतना न रोने दीजिए कि उसका गला बैठ जाए। जरा सोचिए कि आपको कैसा लगता यदि आप भूखे, गीले या बस अनमने होते और कोई आपकी सुध लेनेवाला न होता? तो एक नन्हे बच्चे के साथ ऐसा न कीजिए। वह अभी-अभी इस दुनिया में आया है। उसके यों जार-जार रोने पर रोक लगाइए और उस पर कुछ ध्यान दीजिए, अभी।''

बच्चों की देखभाल से संबंधित कुछ आम दृश्यों से युक्त वीडियो, जैसे—एक शिशु के मुँह से डकार कैसे निकलवाएँ, यदि उसकी आँखों में साबुन चला जाए तो क्या करें, कान के दर्द से परेशान बच्चे को कैसे राहत पहुँचाएँ—दिखाया जाना चाहिए। डॉक्टर के ऑफिस या क्लीनिक में, चिकित्सालयों में, मोटर वाहन कार्यालयों में या ऐसे किसी भी स्थान में, जहाँ लोग इकट्ठे होते हों और उन्हें किसी बात का इंतजार हो—ऐसी जगहों पर ऐसे वीडियो दिखाना उपयोगी हो सकता है।

मैंने न्यूयॉर्क सिटी के साउथ ब्रोंक्स स्थित हाइब्रिज कम्युनिकेयर सेंटर को एक अभिनव प्रयोग करते देखा। वह यहाँ के गरीब निवासियों को बुनियादी चिकित्सा सेवाएँ उपलब्ध कराता है। हाइब्रिज माता-पिताओं को चौबीस घंटे टोल-फ्री फोन नंबर से युक्त एक कार्ड ऑफर करता है, जो उन्हें एक डॉक्टर या नर्स से जोड़ देता है। यह पता चलने

के बाद कि कोई मेडिकल समस्या इतनी गंभीर है कि उसमें आपातकालीन चिकित्सा या क्लीनिक में जाँच कराया जाना आवश्यक है तो वे तुरंत परामर्श या सहायता प्रदान करते हैं। कुछ ही महीनों के संचालन के बाद हॉटलाइन ने स्थानीय अस्पताल के आपातकालीन कक्ष में जानेवालों की संख्या बहुत कम कर दी थी।

क्या आप प्रत्येक समुदाय में ऐसी हॉटलाइन की कल्पना कर सकते हैं? उसे प्रायोजित करने के लिए स्थानीय अस्पताल अपने संसाधनों को मिल-बाँटकर उपयोग कर सकते हैं। यदि माता पिता के पास कोई ऐसा व्यक्ति है, जिससे वे अपने बच्चे की मेडिकल समस्या के बारे में बात कर सकें—बजाय सहायता के लिए उस एकमात्र स्थान पर जाने के, जहाँ का ध्यान सबसे पहले आता है, अस्पताल का आपातकालीन चिकित्सा कक्ष—तो घंटों की व्यग्रता और लाखों डॉलर की चिकित्सा लागत से बचा जा सकता है।

□

एक नव-प्रसूता को प्रसव के प्रभावों से उबरने में समय लगता है, चाहे उसके पास कितने ही परामर्श हों। फिर भी, अमेरिकन बीमा कंपनियों द्वारा माँ और नवजात शिशु को जितनी जल्दी हो सके, अस्पताल से छुट्टी देने का दबाव बढ़ता जा रहा है। जहाँ बीमा कंपनियाँ लागत कम करने के नए उपाय तलाश रही हैं, जटिलता-रहित मामलों में प्रसूता को अकसर चौबीस घंटे बाद और सीजेरियन प्रसव के तीन दिन बाद ही छुट्टी दे दी जाती है। कई स्त्रियों के लिए बच्चे को ठीक से स्तनपान कराने या उसके आगमन के साथ आनेवाले नए परिवर्तनों और सोने के समय में बदलाव के साथ तालमेल बिठाना तो दूर, प्रसव की थकान उतारने के लिए भी इतना समय बहुत कम है।

अपने सीजेरियन ऑपरेशन के बाद तीन दिनों तक मैं मुश्किल से चल-फिर पाती थी। सौभाग्यवश मेरी और चेल्सी की देखभाल के लिए बिल ने हॉस्पिटल में ही अपने रहने की व्यवस्था कर ली थी। परंतु प्रसव के पाँच दिनों बाद लगभग घर लौटते ही तेज बुखार तथा एक संक्रमण की वजह से उठे दर्द के कारण मुझे फिर डॉक्टर के पास जाना पड़ा।

मेरी एक मित्र को लेबर के समय रक्तस्राव शुरू हो गया और उसे एनेस्थीसिया के तहत एक आपातकालीन सीजेरियन ऑपरेशन से गुजरना पड़ा। उसे जुड़वाँ बच्चे होते थे। प्रसव के बाद वह गंभीर रूप से एनीमिया का शिकार हो गई और उसे गहन चिकित्सा में रखा गया। इतना होने पर भी उसकी बीमा कंपनी ने मेडिकल फैक्टर्स की 'चेक लिस्ट' के आधार पर निर्णय लेते हुए कहा कि वह तीन दिनों से अधिक हॉस्पिटल खर्च वहन नहीं करेगी। अंततः कंपनी ने इस अवधि से अधिक दिनों का व्यय स्वीकार किया, परंतु केवल इसलिए कि मेरी मित्र के डॉक्टर ने फोन पर उनसे घंटों बहस की कि उसे घर भेजना चिकित्सा की दृष्टि से असुरक्षित है। कुछ डॉक्टर ऐसी लड़ाइयाँ नहीं लड़ेंगे; क्योंकि उन्हें डर होता है कि जिन स्वास्थ्य सेवा प्रबंधक कंपनियों से उन्हें बिजनेस मिलता है, वे बाद में उन्हें ड्रॉप कर देंगी।

एक और मित्र की पत्नी को एक जटिल प्रसव के बाद बीमा कंपनी ने सात दिनों के हॉस्पिटल खर्च की अनुमति दी थी। परंतु बीमा कंपनी का आग्रह था कि इस मामले में बेबी को माँ से अलग गिना जाएगा। जब मेरे मित्र से कहा गया कि बच्चे को तीन दिन बाद ही हॉस्पिटल छोड़ना होगा तो उसने पूछा, ''क्या आप यह उम्मीद करते हैं कि तीन दिन की आयु का बच्चा चलकर पार्किंग तक जाएगा और गाड़ी चलाकर घर पहुँच जाएगा?''

बीमा कंपनियों का कहना है कि हॉस्पिटल में एक बच्चे के समय को सीमित रखने से न केवल पैसों की बचत होती है बल्कि उन्हें हॉस्पिटल के कीटाणुओं से संक्रमण का खतरा भी कम होता है। दूसरी ओर, अधिकांश विशेषज्ञ इस पर सहमत हैं कि माँ और नवजात शिशु की मेडिकल जोखिम के आकलन के लिए कम-से-कम अड़तालीस घंटों का समय आवश्यक है। सामान्यत: नव-प्रसूताएँ और शिशु, जिन्हें चौबीस घंटों में ही डिस्चार्ज कर दिया जाता है, मेडिकल जटिलताओं के शिकार नहीं होते। परंतु यदि शिशु किसी संक्रमण या कोई और समस्या—जैसे पीलिया, जो इलाज के अभाव में स्थायी ब्रेन डैमेज या मौत का कारण बन सकता है, जो जन्म के दूसरे या तीसरे दिन ही प्रकट होती है, का शिकार हो जाए तो क्या होगा? यदि अपने पहले बच्चे की माँ ठीक से स्तनपान कराना न सीख पाए, जिसका परिणाम बच्चे के शरीर में पानी की कमी या अन्य कोई गंभीर समस्या हो सकता है, तब क्या होगा? प्रसूति विशेषज्ञों एवं स्त्री रोग विशेषज्ञों के अमेरिकन कॉलेज तथा बाल रोगों की अमेरिकन अकादमी ने सन् 1992 में प्रसव-पूर्व और पश्चात् देखभाल संबंधी दिशा-निर्देश जारी किए हैं, जिनके अनुसार हॉस्पिटल से छुट्टी देने का निर्णय लेने से पहले माँ और शिशु की मेडिकल स्थिरता, क्या माँ ने शिशु को ठीक तरह से आहार देना सीख लिया है, उसे अन्य बुनियादी बातों की जानकारी दे दी गई है तथा अपने और बच्चे के स्वास्थ्य के लिए समुचित फॉलोअप काररवाइयों और सेवाओं की उपलब्धता के बारे में उसे बता दिया गया है, इन सभी बातों को ध्यान में रखना आवश्यक है। ये सब बातें माताओं और बच्चों की देखभाल करनेवाले डॉक्टरों एवं नर्सों के आकलन पर निर्भर हैं, न कि अकाउंटेंट्स के, जो बिलों का भुगतान करते हैं या स्वयं मरीजों के (प्रसवकाल के चकरा देनेवाले माहौल में कुछ माताएँ समय से पहले अस्पताल छोड़ने का निर्णय ले सकती हैं और कुछ अनुमति मिलने पर हफ्तों वहाँ रहना पसंद कर सकती हैं)।

बीमा कंपनियाँ ध्यान दिलाती हैं कि अधिकांश नव-प्रसूताएँ एक नर्स द्वारा होम विजिट दिए जाने की पात्र होती हैं, जो उनके अस्पताल छोड़ने के बाद की किसी समस्या की पहचान करने में सहायक हो सकती हैं। परंतु वास्तविकता यह है कि अधिकांश बीमा कंपनियाँ प्रत्येक मरीज के लिए केवल एक होम विजिट का जिम्मा लेती हैं; कई अन्य प्रसव के बाद के दिनों में नर्स से केवल फोन पर बात करने का खर्च उठाती हैं। और ऐसे मामले भी प्रकाश में आए हैं, जिनमें नर्स या होम विजिटर कभी पहुँचे ही नहीं।

न्यू जर्सी के एक सेवानिवृत्त ट्रांजिट वर्कर डोमिनिक ए. रजीरो जूनियर ने इस वर्ष के आरंभ में न्यू जर्सी लेजिस्लेचर को यह कहानी सुनाई—एक निरापद गर्भावस्था और प्रसव के बाद उसकी भतीजी को अट्ठाईस घंटे बाद अस्पताल से छुट्टी दे दी गई। परंतु घर पहुँचकर उसकी बच्ची मिशेलिना की हालत अचानक बिगड़ गई। दूसरे दिन एक नर्स को विजिट के लिए आना था, परंतु वह नहीं आई। जब परिवार ने फोन किया तो उन्हें बताया गया कि विजिटिंग नर्स को यह पता नहीं था कि बच्चे का जन्म हो गया था। परिवार ने कई बार बालरोग विशेषज्ञ को फोन किया जिसने बताया कि बच्चे को मामूली पीलिया की शिकायत है और उसका परीक्षण किए जाने की आवश्यकता नहीं है। एक ऐसे संक्रमण से दो दिन की उस बच्ची की मृत्यु हो गई, जिसका इलाज किया जा सकता था।

इसका श्रेय अंशत: रजीरो की गवाही को जाता है कि न्यू जर्सी में अब ऐसा कानून है, जो यह सुनिश्चित करेगा कि बीमा कंपनियाँ जटिलता-रहित प्रसव के मामलों में माताओं के कम-से-कम अड़तालीस घंटे तथा सीजेरियन प्रसवों के मामलों में कम-से-कम छियानबे घंटे हॉस्पिटल में रहने का खर्च वहन करेंगी। पिछले वसंत में मैरीलैंड ने ऐसा ही एक कानून पास किया है और अब कांग्रेस एक विधेयक पर विचार कर रही है, जो ऐसे प्रावधानों को देश भर में लागू करेगा। यह कोई दलगत मुद्दा नहीं है। जब मैरीलैंड में यह कदम उठाया गया तब वहाँ एक डेमोक्रेटिक गवर्नर और विधायिका थी और न्यू जर्सी में यह विधेयक एक रिपब्लिकन विधायिका द्वारा पास किया गया और एक रिपब्लिकन गवर्नर द्वारा साइन किया गया। कांग्रेस में लंबित इस कानून के प्रायोजकों में दोनों ही दलों के सदस्य शामिल हैं। यद्यपि कुछ लोगों का कहना है कि ऐसा कानून अवांछित सरकारी दखलंदाजी का एक और उदाहरण है, इस बात से इनकार करना मुश्किल है कि नव-प्रसूताओं और शिशुओं के स्वास्थ्य का मुद्दा इतना महत्त्वपूर्ण है कि उसे सरकार द्वारा संरक्षण दिया जाए।

☐

पैरेंटिंग का विस्मय, चिंताएँ और कार्य एक शिशु के शारीरिक स्वास्थ्य के प्रति सरोकार तक ही सीमित नहीं हैं। उसका भावनात्मक स्वास्थ्य और विकास भी उतनी ही सजगता की माँग करते हैं। मनीला के एक जच्चा-बच्चा वार्ड में मैंने शिशु के जन्म के तुरंत बाद ही शिशु और माता-पिता के बीच आरंभिक संपर्क व आत्मीयता बढ़ाने में विशेष दिलचस्पी लिये जाते हुए देखा। वहाँ माताओं और शिशुओं को देखकर मुझे याद आया कि कैसे चेल्सी के जन्म के कुछ मिनटों बाद उसे साफ-सुथरी करके गोद में लेने के लिए मुझे और उसके पिता को थमा दिया गया था। उस आरंभिक संपर्क से अपने बच्चे के प्रति हमारी आजीवन प्रतिबद्धता की शुरुआत हुई।

वर्ष 1940 और, 50 के दशकों में हॉस्पिटल में बच्चों को जन्म देनेवाली अधिकांश अमेरिकी स्त्रियों की तरह मेरी माँ भी प्रत्येक डिलीवरी के समय सामान्य एनेस्थीसिया में रखी गई थीं। वह स्तनपान नहीं कराती थीं, क्योंकि उन दिनों स्तनपान को प्रोत्साहन नहीं

दिया जाता था और उन्हें याद नहीं है कि मेरे जन्म से एक दिन बाद, जब वे नर्सरी तक चलकर आने लायक हुईं, उससे पहले उन्होंने मुझे देखा हो। बच्चे के जन्म के तुरंत बाद उससे आत्मीयता बढ़ाने के महत्त्व के बारे में उन्हें संदेह होना स्वाभाविक है; परंतु बच्चे के जीवन के प्रथम वर्ष में उसके साथ मनोवैज्ञानिकों की शब्दावली में, एक 'सुरक्षादायक अनुराग' स्थापित कर लेने के महत्त्व का वे पूरे दिल से समर्थन करती हैं। सुरक्षादायक अनुराग उस प्यार और विश्वास का आधार है, जिसे बच्चे आत्मीय, विश्वसनीय तथा संवेदनशील देखभाल के फलस्वरूप विकसित कर लेते हैं। वह एक बच्चे के जीवन के पहले कुछ मिनटों में नहीं बल्कि पहले हफ्तों और महीनों में विकसित होता है।

प्रसिद्ध अमेरिकी बालरोग विशेषज्ञ डॉ. टी. बेरी ब्रेज़ल्टन बताते हैं कि जापान के गोटो द्वीप समूह के द्वीपों में कैसे एक नव-प्रसूता अपने बच्चे को चिपटाकर रजाई लपेटे एक महीने तक बिस्तर पर रहती है। इस अवधि में उसकी केवल एक जिम्मेदारी होती है—अपने नवजात बच्चे को गोद में लिये रहना और दूध पिलाना। सभी महिला रिश्तेदार उसकी देखभाल करती हैं। इस अवधि में उसे एक बच्चा ही समझा जाता है और उससे नरमी व दुलार से बात की जाती है।

व्यक्तिगत रूप से मैं दुलराने से बचना चाहूँगी और एक महीने तक रजाई में घुसकर रहना मुझे बहुत लंबा समय जान पड़ता है; परंतु जिस तरह से यह प्रथा एक नव-प्रसूता के सबसे महत्त्वपूर्ण कार्य—अपने बच्चे को कम-से-कम एक वयस्क व्यक्ति के साथ सुरक्षादायक अनुराग स्थापित करने में उसकी मदद करना—का उत्सव मनाती और समर्थन करती है, उसकी मैं प्रशंसा करती हूँ। अपने जीवन के प्रथम वर्ष में शिशु जो सुरक्षादायक अनुराग स्थापित कर लेते हैं, वह उन्हें ऐसी सुरक्षा और विश्वास प्रदान करता है, जो दुनिया को जानने तथा अन्य लोगों के साथ भावनात्मक संबंध बनाने के लिए आवश्यक होगा।

शिशुओं की आवश्यकताओं के प्रति जरा भी सजगता—जब वे रो रहे हों तब उन्हें उठा लेना, जब वे भूखे हों तब उन्हें आहार देना, छाती से लगा लेना, गोद में लेना—उन्हें ऐसा सकारात्मक उद्दीपन प्रदान करती हैं, जिसके लिए उनके मस्तिष्क और शरीर बेताब रहते हैं। मियामी यूनिवर्सिटी के एक मनोवैज्ञानिक ने समय-पूर्व जनमे बच्चों के दो समूहों का अध्ययन किया। शिशुओं के दोनों समूहों को आधुनिकतम चिकित्सा सुविधाएँ और समुचित पौष्टिक आहार दिया गया, परंतु एक समूह को प्रतिदिन पैंतालीस मिनट तक प्यार भरी थपथपाहट भी दी गई। वे शिशु, जिनको प्रतिदिन प्यार भरा स्पर्श मिलता था, उनका वजन बढ़ा और उनका विकास इतनी तेजी से हुआ कि वे दूसरे समूह की तुलना में छह दिन पहले ही घर जाने लायक हो गए। (इस साधारण मानवीय स्पर्श, जिसका परिणाम था उन शिशुओं की अस्पताल से जल्दी छुट्टी ने चिकित्सा लागत में 3,000 डॉलर प्रतिदिन बचाए।)

कोमल आत्मीय, सतत स्पर्श जो शिशुओं में लगाव जगाता है, समय और बाहरी तनावों से मुक्ति भी दिलाता है। माता-पिता जितनी हड़बड़ी में और त्रस्त होंगे, अपने नवजात शिशुओं की माँगों के प्रति उनमें उतना ही कम धैर्य होगा। निस्संदेह, शिशुओं के पास अपने माता-पिताओं के तनावों, चाहे वे वैवाहिक अनबन के कारण हों या अवसाद या रुपए-पैसे की चिंताओं के कारण, को जानने का कोई उपाय नहीं है। परंतु हम जानते हैं कि शिशुओं को तनावों का बोध होता है और वे उनमें एक निराशा की भावना को जन्म दे सकते हैं, जो बाद में उनके विकास में बाधक बनें।

लगाव का अध्ययन करनेवाले मुख्य केंद्रों में से एक, यूनिवर्सिटी ऑफ मिनीसोटा के शोधकर्ताओं ने लगभग दो सौ व्यक्तियों का उनके जन्म से लेकर बीस वर्ष तक के जीवन का अध्ययन किया है। उनके नतीजे भावनात्मक बुद्धि के क्षेत्र में शोध कर रहे वैज्ञानिकों के इस निष्कर्ष को प्रतिध्वनित करते हैं—कि आक्रामकता और सुरक्षादायक लगाव के अभाव में संबंध है। मनोवैज्ञानिक एलेन श्रॉफ की व्याख्या के अनुसार, ''बच्चों में हिंसा की प्रवृत्ति को समझने के लिए आपको यह भी समझना होगा कि अधिकांश बच्चे एवं व्यक्ति हिंसक क्यों नहीं होते और यह अन्य लोगों के साथ संबंध या संवेदना से जुड़ा हुआ है····उसकी बुनियाद मजबूती से बच्चे के आरंभिक संबंधों और शायद सबसे अधिक मजबूती से उसके जीवन के आरंभिक वर्षों में होती है।''

पैरेंटिंग के अन्य पहलुओं की तरह शिशु के साथ सुरक्षादायक लगाव की स्थापना स्वाभाविक रूप से घटित नहीं भी हो सकती है, सिवाय इस अर्थ में कि हम अपने बच्चों के साथ आमतौर पर वही करते हैं, जो हमारे साथ हुआ था, जब तक कि कोई व्यक्ति या हमारा कोई अनुभव किसी दूसरे मॉडल से हमारा साक्षात्कार न करा दे। फिर भी, एक खुले दिमाग और प्रबुद्ध मार्गदर्शन से अधिकांश माता-पिता, अपने विशिष्ट स्वभाव के बावजूद, अपने बच्चों के साथ बेहतर संप्रेषण की कला सीख सकते हैं।

बाल विकास विशेषज्ञ डॉ. सैली प्रवेंस को मैंने येल चाइल्ड स्टडी सेंटर में काम करते हुए देखा। उनमें बच्चों को गोद में लिये जाने या दूध पिलाने के समय उनकी प्रतिक्रिया के तरीके से उनकी असुविधा दरशानेवाले सूक्ष्म संकेतों को समझने तथा माता-पिता को भी यह तकनीक सिखाने, ताकि वे अपने व्यवहार को तदनुसार ढाल सकें, की विलक्षण प्रतिभा थी।

एक एकमार्गी शीशे के पीछे खड़े होकर उन्हें एक माँ के साथ काम करते देखना मुझे याद है, जिसका बच्चा लगातार रो रहा था और माँ से दूर रहने के लिए अपने बदन को सिकोड़ रहा था। बच्चे को देखकर ऐसा मालूम होता था मानो वह स्वयं को अंतरिक्ष में प्रक्षेपित कर रहा हो। मैंने देखा कि किस तरह डॉ. प्रॉवेंस ने शिशु को शांत किया और जितना कोमल परंतु साथ ही दृढ़ता से उन्होंने उसे स्पर्श किया, वैसे ही उससे बात भी की। उन्होंने जो कुछ किया, उसी को सीधे-सादे निर्देशों में बदल दिया। उदाहरण के

लिए, उन्होंने माँ को यह कहते हुए कि वह बच्चे को इतनी कठोरता से न पकड़े, उसे यह बताया कि बच्चे को किस तरह हाथों में लेना चाहिए; उसे केवल अपनी उँगलियों के सिरों से पकड़ने के बजाय अपने पूरे हाथ का इस्तेमाल करना चाहिए। यदि इस प्रकार के प्रत्यक्ष निर्देश और अधिक माता-पिताओं को सुगमता से उपलब्ध हों तो कई व्यवहार जन्य और भावनात्मक समस्याओं से निपटा जा सकता है।

बच्चों के जीवन के पहले हफ्तों और महीनों में उनकी भलाई सुनिश्चित करने के लिए माता-पिताओं को जितने समय की दरकार है, उसे उपलब्ध कराने के लिए गाँव भी बहुत कुछ कर सकता है। परिवार और चिकित्सा अवकाश अधिनियम वह पहला विधेयक था, जिसे कानून का रूप देने के लिए राष्ट्रपति के रूप में मेरे पति ने 5 फरवरी, 1993 को साइन किया था। यह कानून उन लोगों के लिए है, जो पचास या उससे अधिक श्रमिकोंवाली इकाइयों में काम करते हैं। यह उन्हें बारह हफ्तों तक अवकाश का हकदार बनाता है। अपने नवजात शिशु परिवार के एक बीमार सदस्य या स्वयं के ही स्वास्थ्य की गंभीर समस्या की देखभाल करने के लिए अपने स्वास्थ्य संबंधी लाभों को प्राप्त करता है और इस बीच लिये गए अवकाश पर उसकी नौकरी नहीं जा सकती है। यद्यपि छुट्टी के दिनों का वेतन नहीं दिया जाता और छोटी फर्में इसके दायरे में ही नहीं आतीं। यह अच्छे श्रमिकों को परिवार के अच्छे सदस्य बनने का अवसर देने के लिए एक राष्ट्रीय प्रतिबद्धता की दिशा में एक बड़ा कदम है—न केवल एक बच्चे के जन्म या उसे गोद लेने के बाद बल्कि जब आपके बच्चे, माता/पिता या पति/पत्नी को आपकी आवश्यकता हो।

मेरे पति और मैंने उन सैकड़ों अमेरिकियों की बातें सुनी हैं, जिन्हें इस ऐतिहासिक कानून से लाभ मिला है। एक लड़की, जो व्हीलचेयर पर थी और अपने पिता के साथ व्हाइट हाउस देखने आई थी। उसके पिता ने राष्ट्रपति से बात करने की इच्छा प्रकट की। उसकी छोटी सी लड़की ल्यूकेमिया की बीमारी से मरणासन्न थी। उसने नौकरी खोने की चिंता किए बिना कुछ समय बेटी के साथ रह पाने के लिए मेरे पति को धन्यवाद दिया। यह सही मायनों में 'पारिवारिक मूल्यों' वाला कानून है। जब बच्चों को माता-पिता की आवश्यकता हो, विशेष रूप से उनके जीवन के प्रारंभिक, नाजुक हफ्तों और महीनों में, तब उनका अपने बच्चों के पास रहना संभव बनाने एवं उसे प्रोत्साहित करने में हम और भी आगे जा सकते हैं। उत्पादों की तरह बच्चे निर्देशों के साथ नहीं आते; परंतु माता-पिता द्वारा उनकी सर्वोत्तम देखभाल कैसे की जाए, यह समझने का महती और तात्कालिक उत्तरदायित्व जरूर लेकर आते हैं। पैरेंटिंग की जिम्मेदारी अपने सभी पहलुओं में स्वाभाविक रूप से नहीं आती; परंतु आप उसके लिए तैयार हों या न हों, वह आती जरूर है। गर्भवती महिलाओं, नव प्रसूताओं और बच्चों के पिताओं के प्रति यह गाँव का दायित्व है कि आगे आनेवाली महत्त्वपूर्ण और चुनौतीपूर्ण जिम्मेदारियाँ निभाने के लिए वह अपने सारे संचित अनुभव, बुद्धिमत्ता एवं संसाधन उन्हें उपलब्ध कराए। □

6

दुनिया बहुत जल्दी में है, बच्चे नहीं

हमारी जरूरत की ज्यादातर चीजें प्रतीक्षा कर सकती हैं, लेकिन बच्चा नहीं कर सकता। अभी उसकी हड्डियाँ आकार ले रही हैं; उसके रक्त का निर्माण हो रहा है; उसका मस्तिष्क विकसित हो रहा है। उसके मामले में हम कुछ भी कल पर नहीं डाल सकते। उसका नाम ही है आज।

—गैब्रीला मिस्ट्राल

एक मदर्स डे पर, जब चेल्सी लगभग चार वर्ष की थी, हम लोग लिटिल रॉक के चर्च में थे। बच्चों को संबोधित एक विशेष प्रवचन के दौरान धर्मोपदेशक ने सभी बच्चों को चर्च के सामने इकट्ठा किया और उनमें से प्रत्येक से पूछा, ''यदि आज आप अपनी मम्मी को दुनिया की कोई भी चीज देने में समर्थ होते तो क्या देते?'' चेल्सी की बारी आई तो उसने बेहिचक कहा, ''जीवन बीमा।'' इसके साथ ही सभा समाप्त हो गई और प्रवचन के बाद एक बीमा एजेंट ने हमारे पास आकर मुझे एक पॉलिसी बेचने का प्रस्ताव किया।

मैंने बाद में चेल्सी से पूछा कि उसने वह जवाब क्यों दिया था? पता चला कि उसने किसी को जीवन बीमा के बारे में बात करते हुए सुना था और उसने सोचा कि उसका अर्थ यह था कि आप हमेशा जीवित रहेंगी। ये 'बच्चे कुछ भी बोलते हैं' जैसी ही एक घटना थी; परंतु मेरे लिए वह एक सर्वोत्तम कल्पनीय मदर्स डे सौगात थी। यह छोटी सी बच्ची मुझे हमेशा जीवित देखना चाहती थी। जीवित रहने का अर्थ है—इस तरह से

सदैव प्यार किया जाना नहीं है!

निस्संदेह, बच्चे हमसे हमेशा चिपके नहीं रह सकते और न हम उनसे। इससे बहुत पहले कि वे हमें पूरी तरह खो दें, समर्पणों की एक शृंखला उनके गर्भनालबद्ध होने के आरंभ से होती है। उनकी आजादी की खातिर हम उन्हें छोड़ते चले जाते हैं। इसी क्रम में हम उन्हें भले या बुरे के लिए शिक्षकों, नियोक्ताओं और उनके जीवन साथियों के हवाले करते जाते हैं।

हमारा यह सोचना सही है कि दुनिया में पड़नेवाला उनका हर कदम उन्हें हमसे दूर ले जाता है। जैसे-जैसे बच्चे विकास करते हैं, उनका आत्मबोध जाग्रत् होता जाता है। नाम से पुकारे जाने पर वे उस ओर अभिमुख होते हैं, दर्पण में अपनी छवि को पहचानने लगते हैं और डिनर टेबल पर अपने नियत स्थान पर पहुँच जाते हैं। चलना, एक गेंद को किक मारना या किसी को बाय-बाय करना उन्हें स्वयं से परे जगत् का बोध कराते हैं। वे कहाँ रुक जाते हैं और कहाँ से दुनिया शुरू होती है, इसकी समझ भी उनमें अपने आप आती रहती है।

अपने आरंभिक जीवनकाल में वे वयस्कों को ईश्वर जैसा सर्वशक्तिमान समझते हैं, जो सचमुच उन्हें वह सब उपलब्ध कराते हैं, जिससे उनका विकास होता है। ठुमककर चलनेवाला एक बच्चा जब अहाते में किसी गिलहरी को भागते देखता है तो खुशी से भरकर अपने पिता या माँ से अनुरोध करता है, 'और।' और प्रत्येक माता या पिता उस असहाय स्थिति से परिचित हैं, जब कोई बीमार बच्चा अपने कान या गले के दर्द को छूमंतर करने या एक खरोंच को फूँक मारकर ठीक कर देने के लिए कहता है।

बच्चों द्वारा हमें इतना शक्तिशाली समझ लिये जाने से हम अपने बच्चों को अपने विस्तार के रूप में देखने लगते हैं। अकसर उनके जरिए हम अपनी कमियाँ पूरी करने या अतीत में हमारे साथ जो अन्याय हुए हैं, उनका प्रतिकार करने की कोशिश करते हैं। अगर आप अपने नाखून चबाते हैं तो आपके बच्चे को यह नहीं करना चाहिए। यदि आप गणित में कमजोर हैं तो आप उसे आइंस्टीन बनाना चाहते हैं। यदि आप क्रोधी स्वभाव के हैं तो आप प्रार्थना करते हैं कि वह धैर्य का एक अवतार बने। ऐसी चाहत समझी जा सकती है; आखिर हम सब मानव हैं। परंतु माँ-बाप बनना बचपन में लौट जाना नहीं है और बच्चे हमारे ही लघु स्वरूप नहीं हैं। आरंभ से ही उनका एक व्यक्तित्व है और वे जैसे भी हैं या बननेवाले हैं, उसी रूप में उनका सम्मान किया जाना चाहिए।

बच्चे जैसे-जैसे बड़े होते हैं और सीखते हैं, उन्हें स्वयं अपनी शक्ति का बोध होने लगता है। माता-पिता के लिए उनका व्यक्तित्व बनते हुए देखना सुखद है, परंतु वह पीड़ादायक भी हो सकता है। किस माँ या पिता ने चलना सीख रहे अपने बच्चे के कहीं सिर टकराने पर या अपने पाँच वर्षीय बालक के स्कूल जाना शुरू करने के दिन के दर्द को महसूस नहीं किया है? अपनी बेटी की बढ़ती हुई आत्मनिर्भरता या बेटे की बिलकुल

भिन्न रुचियों को हमारी अपनी रुचियों पर एक टिप्पणी के रूप में न लेना कठिन है।

यह देखकर हमें आश्चर्य हुआ कि चेल्सी को हॉट डॉग्स या हैंबर्गर पसंद नहीं थे—जब भी हम मैकडॉनल्ड्स में जाते थे तो वह केवल चिकन मैकनगेट्स खाती थीं। बिल वैसे तो लगभग हर खेल का मजा लेते हैं, लेकिन चेल्सी को सॉकर और सॉफ्ट बॉल खेलते देखकर बहुत खुश होते थे। जब हाई स्कूल में उसने टीम स्पोर्ट्स के बजाय बैले पर ध्यान केंद्रित करने का निर्णय लिया तो उन्हें निराशा हुई; परंतु उसने अपना मन बना लिया था।

क्या अपरिहार्य स्वतंत्रता का अर्थ यह है कि जैसे-जैसे बच्चे बड़े होते हैं, उन्हें हमारी जरूरत कम होती जाती है? सच्चाई इससे ठीक विपरीत है। हर कदम पर उन्हें हमारी जरूरत होती है। विरोधाभास यह है कि एक स्वायत्त व्यक्ति बनने के लिए बच्चे चाहते हैं कि हम उनसे बातें करें, उनकी बातें सुनें, उन्हें पढ़कर सुनाएँ, उनके साथ खेलें, उन्हें सिखाएँ, मतलब यह कि उनके साथ समय बिताएँ।

वे लमहे, जब एक बच्चा किसी आश्चर्यजनक अंतर्दृष्टि का परिचय देता है, विकास का कोई ऊँचा सोपान चढ़ता है जैसे पहली बार कोई पत्र स्वयं ड्राफ्ट करना या पहली बार बाइक चलाना खुशी से भर देते हैं और अविस्मरणीय होते हैं परंतु वे उतने आम नहीं होते जितने टी.वी. विज्ञापनों में दिखाए जाते हैं। 'महत्त्वपूर्ण' क्षण लंबी अवधि तक साथ रहने से ही उपजते हैं, जो हमें घटनाहीन लग सकते हैं, परंतु जो बच्चों के भावनात्मक और बौद्धिक दोनों तरह के विकास में अहम भूमिका निभाते हैं।

□

शनिवार की एक दोपहर को, जब चेल्सी लगभग दो वर्ष की थी, बिल उसे गोद में लिये घूम रहे थे और उससे बात करने की कोशिश कर रहे थे; परंतु टेलीफोन की घंटी बजने से बार-बार उनकी बातचीत में व्यवधान आ रहा था। अंत में, जब बिल एक बार फिर टेलीफोन कॉल रिसीव करने के लिए आगे बढ़े तो चेल्सी ने उनकी नाक पर काट लिया। शायद वह उनका ध्यान खींचना चाहती थी।

कहने की आवश्यकता नहीं कि उन्हें चेल्सी का संदेश मिल गया। बच्चों को हमारे समय की जरूरत होती है, बहुत सारे समय की। वास्तव में बाल विकास विशेषज्ञों का मत है, ''बच्चों के लिए प्यार करनेवाले कुछ वयस्कों का 'बिना जल्दबाजी' का समय उतना ही महत्त्वपूर्ण है जितना कि अच्छा स्वास्थ्य और सुरक्षित परिवेश।'' वयस्कों के लिए समय बहुआयामी है। हम गुजरी हुई बातों पर सोचते रहते हैं, भविष्य की चिंता करते हैं—और अब वर्तमान किस तेजी से भाग रहा है, उस पर दुःख प्रकट करने की प्रवृत्ति बढ़ रही है। ऑफिस या फैक्टरी का कार्य उस समय को भी हथिया लेता है जो परिवार, फुरसत या अन्य गतिविधियों के लिए नियत होता था। आंशिक रूप से इसका कारण है आर्थिक तनावों के कारण व्यवसायों के आकार को छोटा व चुस्त बनाना और

कार्यभारों में वृद्धि करना, जो काम पर आने-जाने में और कार्यस्थल पर ओवरटाइम के रूप में लोगों की दिनचर्या पर कहर ढा रहा है। ये बदलाव लोगों के भावनात्मक और आध्यात्मिक जीवन को भी प्रभावित करते हैं। इस बात का बढ़ता एहसास कि हमारे जीवन में बहुत कम चीजें स्थिर या स्थायी हैं—परिवार, पड़ोस, नौकरी या हमारे मूल्य—हमारी प्राथमिकताओं को धूमिल कर देता है। हममें से कई उस वर्ग का भाग बन चुके हैं, जिसे श्रम मंत्री रॉबर्ट राइक 'चिंतित वर्ग' कहते हैं; चिंता करते रहना ही जिनकी जीवन-शैली है।

हम श्रम बचानेवाली नई-नई युक्तियों से लैस आधुनिक प्रौद्योगिकी को भी बीपर्स, बजर्स और बेल्स के जरिए निजी जिंदगी को बँधुआ बनाने की अनुमति देते हैं। कार्य कम करने के बजाय अब हम अपने व्यवसाय का संचालन अपने बाथटब या कार से भी कर सकते हैं। और इस बात से शर्मिंदा होने के बजाय हममें से कई लोग डींग हाँकते हैं, ''बॉय, पिछले हफ्ते तो मैंने खुद को लगभग मार ही डाला था। मैंने अस्सी घंटे काम किया····।'' यहाँ तक कि कार्यस्थल से बाहर का हमारा जीवन भी विश्रामदायक कम और ड्यूटी जैसा ही बन गया है। हम चाहें तो एक दिन में चौबीस घंटे खरीदारी या इंटरनेट पर सर्फिंग कर सकते हैं।

जो घर में रहती हैं और वे, जो बाहर जाकर काम करती हैं, दोनों ही प्रकार की अमेरिकी माताएँ अपने बच्चों से बात करने या उन्हें पढ़ाने पर औसत रूप से एक दिन में आधा घंटा से भी कम समय व्यतीत करती हैं और पिता तो पंद्रह मिनट से भी कम। अधिकांश माता-पिता जानते हैं कि यह अपर्याप्त है। सन् 1993 के एक अध्ययन में दो-तिहाई कामकाजी माता-पिताओं ने कहा कि वे अपने बच्चों के साथ पर्याप्त समय नहीं बिताते। एक और अध्ययन में पाया गया कि जो समय माता-पिता और बच्चे साथ बिताते भी हैं, उसका एक बड़ा भाग टी.वी. देखने में व्यतीत होता है। जो माताएँ घर पर रहती हैं, वे कामकाजी माताओं की तुलना में बच्चों के साथ टी.वी. देखने में ज्यादा समय बिताती हैं। और सभी माताओं के लिए टी.वी. से बचा हुआ समय बच्चों से बातें करने में नहीं, घर के कामकाज में गुजरता था।

बच्चों से बात करने के लिए यदि हम कुछ मिनट भी निकालें तो वे हमें बताएँगे कि हम जीवन में बहुत अधिक तेज चाल से चल रहे हैं, जो न हमारे लिए अच्छा है, न उनके लिए। जरा अवलोकन कीजिए कि एक बच्चा अपने आसपास होनेवाली घटनाओं और प्रकृति से मिल रहे संदेशों को कितने शांत भाव से आत्मसात् करता है। उसके लिए हर पल महत्त्वपूर्ण है।

बच्चों, विशेष रूप से छोटे बच्चों, के लिए वर्तमान बहुत अधिक उपस्थित रहता है। उनके माता-पिता के पास उनके सिवाय भी बहुत काम है, यह बात उनकी समझ से परे है। और यह स्वीकार करना चाहे हमारे लिए असुविधाजनक हो, उन्हें जितनी जरूरत

और कद्र हमारे 'क्वांटिटी टाइम' की है उतनी 'क्वालिटी टाइम' की नहीं है। इसका अर्थ यह नहीं कि जब तक हम जाग रहे हैं, उन्हीं से संबंधित कार्य करते रहें। परंतु जो अन्य लोग हमारे बच्चों से जुड़े होते हैं, उनसे हम एक सीमा तक ही अपेक्षा कर सकते हैं और माता-पिता की नियमित देखभाल का कोई विकल्प नहीं है।

□

जीवन के आरंभिक वर्ष केवल महत्त्वपूर्ण ही नहीं, वे बच्चों के व्यक्तित्व-निर्माण में किसी अन्य अवधि की तुलना में अधिक निर्णायक हैं। बोलना शुरू करने से पहले ही बच्चे वयस्कों द्वारा भेजे गए संदेशों के प्रति अत्यंत संवेदनशील होते हैं। जिस तरह से हम उन्हें स्पर्श करते हैं और जब हम उन्हें नहला रहे हों या उनकी नैपी बदल रहे हों, उस समय की हमारी बातों के स्वर से उन्हें पता चल जाता है कि क्या उनके सान्निध्य में हमें आनंद आता है? क्या हम ध्यान से काम कर रहे हैं या बेमन से केवल उन क्रियाओं से गुजर रहे हैं? क्या हम उनके संदेश सुन रहे हैं?

मुझे वह छोटा सा बच्चा अच्छी तरह से याद है, जिसका येल चाइल्ड स्टडी सेंटर में प्रेक्षण और उपचार चल रहा था, क्योंकि वह अन्य लोगों से संवाद नहीं कर पाता था। उसका इलाज करनेवाले मनोचिकित्सक का विश्वास था कि उसकी समस्या कल्पना एवं वास्तविकता में भेद न कर पाने की थी और उस बालक के माता-पिता भी इस निदान से सहमत थे। एक दिन उस लड़के का पिता उसे नाव द्वारा माइन नदी की सैर कराने ले गया। एकाएक ही वह लड़का चिल्लाने लगा, "वो देखो, वहाँ एक व्हेल है, व्हेल।" उसके पिता ने देखने की भी जरूरत नहीं समझी और बोला, "ठीक है, ठीक है।" परंतु बाद में पता चला, वहाँ सचमुच एक व्हेल थी।

इस कहानी को मैंने 'व्हेल-व्हेल चिल्लानेवाला लड़का' का शीर्षक दिया है। इसका संदेश स्पष्ट है, परंतु उसे दोहराना अनुचित न होगा। बच्चों के साथ अपने संबंधों में यदि हम पूर्वधारणाओं को ले आएँगे तो हम वह नहीं सुन पाएँगे, जो वे कहने की कोशिश कर रहे हैं। यदि हम उन्हें ज्यादा—और ज्यादा ध्यान से सुनें तो हमारे समाज में बहुत कम क्रुद्ध, दिशाहीन और व्यक्तित्वहीन वयस्क होंगे। और इस बात की संभावना बढ़ेगी कि हम उनसे और अधिक सजगता से बात करें।

उदाहरण के लिए, आप किसी भी खेल के मैदान पर रेत पर बैठे बच्चों के माता-पिताओं को देख सकते हैं, जो अपने बच्चों के चलने-फिरने, भोजन करने, बोलने और टॉयलेट ट्रेनिंग को लेकर उनकी प्रगति के बारे में नोट्स का आदान-प्रदान कर रहे होते हैं। बच्चे केवल अपनी रफ्तार से ही विकसित नहीं होते, उनमें अलग-अलग विशेषताएँ होती हैं। मेरी एक मित्र के दो वर्षीय दो जुड़वाँ बच्चे हैं। उसने बताया कि उसकी छोटी सी बेटी शब्दों का उच्चारण तुकबंदी में करती थी और धुआँधार बोलती थी; जबकि उसका बेटा कम बोलता था। वह ब्लॉक्स की सहायता से गगनचुंबी इमारतें बना लेता था

और तीन फीट ऊँची बास्केट पर रखी गेंद को शूट कर सकता था।

जिन बच्चों की दूसरे बच्चों के साथ लगातार तुलना की जाती है, वे अपनी विकासात्मक गतिविधियों में हिम्मत हार जाते हैं या प्रयास करना ही छोड़ देते हैं। बच्चों के द्वारा अपने विशेष अंदाज में प्रतिभा प्रकट किए जाने का मौन उत्सव बनाने के बजाय हम अकसर उनकी विशिष्टता को आलोचना और टिप्पणी का विषय बना देते हैं। जहाँ बच्चों का शब्द-ज्ञान 'इट्सी बिट्सी स्पाइडर' तक पहुँचा, हम उनकी रैंकिंग शुरू कर देते हैं, 'वह गाती अच्छा है', 'इसे स्वरों की समझ नहीं है।' हम सभी बच्चों को प्रोत्साहित क्यों नहीं कर सकते? अंतत: जिन बच्चों का महान् गायक बनना तय है, वे इसी समूह में से उभरेंगे। इसी बीच दूसरे बच्चे—यहाँ तक कि मेरे जैसे स्वर के मामले में बहरे बच्चे भी—अपनी मौज के लिए और दूसरों से जुड़े रहने के लिए अपनी गायकी का आनंद लेते रह सकते हैं। (हाई स्कूल में जब मैंने 'बाय-बाय बर्डी' गायन और नृत्य शो में भाग लेने की इच्छा प्रकट की तो मुझे इस शर्त पर एक भूमिका दी गई कि मैं समूह में नाच सकती हूँ, पर गा नहीं सकती। मुझे होंठ हिलाने से कोई एतराज नहीं था। उस शो का हिस्सा बन जाने से ही मैं बहुत खुश थी।)

☐

सन् 1982 की गरमियों में एक गरम दिन अर्कांसास के गवर्नर के पद पर उनकी उम्मीदवारी के लिए मैं और बिल, चेल्सी के साथ, चुनाव प्रचार कर रहे थे। चुनाव के संबंध में लोगों से बात करते हुए हम एक छोटे से कस्बे की गलियों में घूम रहे थे। महिलाओं और बच्चों के एक समूह के पास जाकर मैंने अपना परिचय दिया। चेल्सी मेरा हाथ पकड़े थी। एक महिला अपने शिशु को गोद में लिये थी। उससे मैंने कहा, "मैं शर्त लगाती हूँ कि इसके साथ खेलने और हर समय बातें करने में आपको बहुत मजा आता होगा।" उस स्त्री ने ताज्जुब से मेरी ओर देखा और बोली, "मैं इससे क्या बात करूँगी? यह तो अभी जवाब नहीं दे सकती है।"

दो शोधकर्ताओं बेट्टी हार्ट और टॉड रिस्ले ने अपना जीवन यह समझने के लिए समर्पित कर दिया कि बच्चे कैसे सीखते हैं। उनके पास बच्चों से बात करने के महत्त्व के बारे में हमें बताने के लिए बहुत कुछ है। अपनी पुस्तक 'मीनिंगफुल डिफरेंसेज' में वे बताते हैं कि उन्होंने भिन्न सामाजिक, आर्थिक और शैक्षिक पृष्ठभूमिवाले जोड़ों को कैसे इस बात के लिए राजी कर लिया कि वे अगले ढाई वर्षों की अवधि में प्रतिमाह एक घंटा अपने शिशुओं के प्रति क्रिया-प्रतिक्रियाओं को रिकॉर्ड करने की अनुमति देंगे।

जहाँ आमदनी और शैक्षिक पृष्ठभूमि की दृष्टि से परिवार भिन्न थे, वे सभी स्थिर और सुसंचालित थे। शोधकर्ताओं ने पाया कि गरीब माता-पिता और कम पढ़े-लिखे माता-पिता भी अपने बच्चों के प्रति उतने ही समर्पित थे जितने कि समृद्ध माता-पिता। फिर भी, अपने बच्चों के साथ उनकी परस्परता कम थी तथा एक इकाई के रूप में

परिवार इतने सुसंगठित नहीं थे। उदाहरण के लिए, वे चिड़ियाघर या संग्रहालय जैसे स्थानों पर कम जाते थे।

विभिन्न परिवारों के बीच जो सबसे बड़ा अंतर था, वह था उन घरों में बातचीत की मात्रा। माता-पिता जितने ही समृद्ध और शिक्षित थे उतना ही अधिक वे अपने बच्चों से बात करते थे तथा बच्चों का शब्द-ज्ञान बढ़ाने की दृष्टि से वे उतने ही प्रभावशाली थे। जिस रफ्तार से वे जा रहे थे, सबसे अधिक शिक्षित और समृद्ध माता-पिताओं के बच्चे तीन वर्ष की आयु तक 3 करोड़ शब्द सीख चुके होंगे, सबसे पिछड़े परिवारों के बच्चों से तीन गुना से भी ज्यादा।

जिस तरह से माता-पिता अपने बच्चों से बात करते थे, उसमें भी महत्त्वपूर्ण अंतर था। सर्वाधिक आमदनीवाले और शिक्षित माता-पिता औसत रूप से अधिक स्वीकारात्मक तरीके से बात करते थे—'यह अच्छी बात है', 'हाँ, यह ठीक है', 'मैं तुम्हे प्यार करता/करती हूँ' जैसे प्रकट और आत्म-स्वीकारोक्तियों के जरिए। श्रमिक वर्ग के माता-पिता सामान्यत: अपने बच्चों की प्रशंसा करते थे, परंतु उनकी बारंबारता कम होती थी और वे अस्वीकृति प्रकट करनेवाले जुमले जैसे—'यह बुरी बात है', 'तुम गलत हो', 'बस करो', 'दफा हो जाओ', 'चुप रहो' ज्यादा इस्तेमाल करते थे। गरीब माता-पिता अपने बच्चों की तारीफ और भी कम तथा उनकी आलोचना और भी ज्यादा करते थे।

बच्चों की भाषाई उपलब्धियाँ उनके परिवारों की आर्थिक व शैक्षिक हैसियत पर कम और उनके माता-पिता उनसे जिस तरह से संवाद करते थे, उस पर अधिक निर्भर जान पड़ती थीं। आर्थिक स्थिति से निरपेक्ष जिन बच्चों के माता-पिता उनसे अधिक समय तक और स्वीकारात्मक तरीके से बात करते थे, उनका शब्द-ज्ञान, जैसा कि तीन वर्ष की आयु में मापा गया था, काफी अधिक था। तीसरी कक्षा में किए गए अनुसरणात्मक परीक्षण में इस बात की पुष्टि की गई कि आरंभिक अवस्था में हुआ भाषा से परिचय बाद में भी कायम रहा और वह नस्ल या स्कूलिंग जैसे अन्य कारणों से उपजा प्रतीत नहीं होता है।

हमारे जैसे समाज में यह निष्कर्ष बहुत महत्त्व रखता है, जहाँ जो बच्चे अभिव्यक्ति और विश्लेषण की प्रतिभा विकसित कर लेते हैं, उन्हें बाद के जीवन में अच्छे वेतनवाली नौकरियाँ मिलने की संभावना अधिक होती है। इससे हममें आशा जागनी चाहिए कि सभी माता-पिता, चाहे उनकी आमदनी या शिक्षा कुछ भी हो, को बच्चों से किस तरह बात करनी चाहिए। इसके बारे में कुछ सामान्य नियमों का पालन करके ही अपने बच्चों को जीवन में एक अच्छा बौद्धिक आरंभ दे सकते हैं। न केवल ज्यादा बात करना बल्कि रचनात्मक रूप से बातें करना—शब्द-चित्रों की रचना करना, उन्हें मौखिक रूप से या पढ़कर सुनाना तथा सकारात्मक रूप से बोलने के लिए प्रेरित करना—ऐसा काम है, जो माता-पिता कर सकते हैं।

बच्चों के साथ दैनिक सामान्य आदान-प्रदान में भी माता-पिता शिक्षक के रूप में कार्य करते हैं और घर बच्चे की पहली और सबसे महत्त्वपूर्ण कक्षा होती है। वास्तव में, मानव इतिहास के अधिकांश समय में आत्मरक्षा के हुनर सिखाने, जीविकोपार्जन के प्रशिक्षण, पैरेंटिंग और बच्चों को एक बृहत्तर विश्व के नागरिक बनाने के लिए घर ही एकमात्र स्कूल हुआ करता था। औद्योगिक क्रांति के बाद अधिकांश विकसित समाजों में शैक्षिक दक्षताओं और ज्ञान के प्रसार का अधिकांश भार औपचारिक शिक्षण संस्थाओं पर डाल दिया गया है। परंतु माता-पिता अब भी एक निर्णायक भूमिका निभाते हैं।

यद्यपि हमेशा की तरह माता-पिता द्वारा दिया गया शिक्षण बच्चे के लिए पहली सीढ़ी का काम करता है। हार्ट एवं रिस्ले का मत है कि जैसे-जैसे कम समृद्ध और कम शिक्षित माता-पिता यह समझने लगे हैं कि अधिक समृद्ध घरों के बच्चों के अनुभव का लाभ उनके बच्चे भी उठा सकते हैं, उनकी यह माँग बढ़ गई है कि एक प्रौद्योगिकी-संपन्न समाज ने उन पर बेवजह भारी जिम्मेदारी डाल दी है, इसलिए उसे पूरा करने के लिए मदद दी जाए। वैसे वे अपने बच्चों की उतनी मदद तो करते ही हैं जितनी कर सकते हैं।

□

आरंभिक शिक्षण और सीखने का अधिकांश भाग साँचे में गढ़ा हुआ नहीं होता। 'बचपन में ज्ञानार्जन खेल-खेल में ही होता है।' डॉ. टी. बेरी ब्रेजल्टन कहते हैं। परंतु इसका अर्थ यह नहीं कि बिना विचारे या योजना बनाए ज्ञानार्जन की प्रक्रिया में पंख लग जाएँगे। बच्चों को ऐसी गतिविधियों की आवश्यकता होती है, जो उन्हें शारीरिक, भावनात्मक, बौद्धिक और संवेगी रूप से गतिशील रखे, न कि टी.वी. सेट के सामने घंटों निष्क्रिय बैठे रहने दें। छोटे बच्चे ऐसे खेलों में मजा लेते हैं, जो नैसर्गिक और उकसानेवाले हों, बजाय परिणाम-केंद्रित खेलों के। छोटे बच्चे छोटे और सरल खेल पसंद करते हैं। उन्हें महँगे और जटिल खिलौनों की जरूरत नहीं होती। अकसर नन्हे किचन उपकरणों से युक्त अलमारी का एक खाना या जुराब से बनाई गई एक कठपुतली उन्हें घंटों मगन रखने के लिए काफी है।

बच्चों के लिए सीधी-सादी परंतु कल्पनाशील गतिविधियाँ खोज निकालने में मेरी माँ माहिर थीं। मुझे याद है कि कैसे एक बार उन्होंने गत्ते का एक बॉक्स लेकर उसे रेत से भर दिया और उसमें एक लघु जगत् की रचना करने के लिए सारी दोपहर मेरी सहायता करती रहीं। एक झील बनाने के लिए हमने रेत पर एक छोटा सा दर्पण रख दिया और जंगल का आभास देने के लिए कुछ हरी घास व पत्तियाँ रख दीं, फिर मैं कल्पना करने लगी कि मेरी गुड़ियाओं के लिए वह एक साहसिक वन-विहार स्थल बन जाएगा। कभी-कभी मेरी माँ और मैं घर के पिछले अहाते को ही पिकनिक स्थल बना लेते तथा बादलों के बनते-बिगड़ते स्वरूपों को देख-देखकर और अन्य पिकनिक

गतिविधियों में घंटों बिता देते थे।

जिन सहज गतिविधियों का हम आनंद लेते थे, वे ही चेल्सी के साथ मेरी पसंदीदा गतिविधियाँ बन गईं। गवर्नर की कोठी के पिछले अहाते में रजाई पर लेटकर पक्षियों और बादलों को निहारते हुए हम घंटों व्यतीत करते थे। जब आसपास कोई नहीं होता था, हम सामनेवाले बरामदे में भी पीठ के बल लेटे ऊपर लटके क्रिस्टल फानूस में सूरज की किरणों से दिखते, ओझल होते इंद्रधनुषों को देखते रहते थे।

जैसे-जैसे बच्चे बड़े होते हैं, खेल तब भी उनके बौद्धिक उद्दीपन का कार्य करते हैं। देर तक चलनेवाले बारिश के दिनों में ताश के लंबे खेलों, मोनोपोली और क्यू मेरे भाइयों, मुझे और हमारे दोस्तों को घंटों व्यस्त रखते तथा गणित व तर्कशास्त्र की मौलिक अवधारणाओं को पुष्ट करते थे।

छोटी आयु में ही बच्चों में आसानी से विज्ञान में रुचि विकसित की जा सकती है। जैसा कि हर माँ और पिता जानते हैं, बच्चे जीवंत प्राणियों को देखकर बहुत खुश होते हैं। अपने बच्चे के साथ पौधे लगाना या पालतू जानवर की देखभाल करना महत्त्वपूर्ण शिक्षा तो देता ही है, समय का सार्थक उपयोग भी कराता है। स्थानीय नेचुरल हिस्ट्री म्यूजियम में रखे डायनासोर किसी भी स्कूल-पूर्व बच्चे को ललचाने के लिए अचूक आकर्षण हैं। भवन के पिछले भाग में थर्मामीटर और बैरोमीटर लगा देना मौसम को समझने की शुरुआत कर सकता है।

वयस्क जिन क्रियाओं को काम समझते हैं, उन्हें अकसर आसानी से बच्चों के लिए खेल बनाया जा सकता है। कई बच्चों को 'वास्तविक' गतिविधियाँ उतनी ही मनोरंजक लगती हैं जितने खिलौने। वैसे गतिविधियाँ शिक्षाप्रद भी होती हैं। उदाहरण के लिए, सारणी बनाने का कार्य गणना का अभ्यास करने का अवसर देता है। मिठाइयाँ तैयार होने की प्रतीक्षा करना घड़ी देखना सीखने के लिए प्रेरित करता है। व्यंजन बनाने की विधि को चरणबद्ध तरीके से जोर से पढ़ने और नाप-तौलकर सामग्री देते जाने से बड़े बच्चों को व्यावहारिक अभ्यास और उन्हें समझने का अवसर मिलता है।

मेरे प्रिय सिद्धांतों में से एक यह है कि छोटे बच्चों के द्वारा जूते के फीते बाँधना सीखना आँखों और हाथों में तालमेल विकसित करने का एक अच्छा तरीका है। चेल्सी के आसपास खड़ा कोई भी वयस्क व्यक्ति बड़े धैर्य से उसे जूते के फीतों के साथ संघर्ष करते देखता था। उसकी दादी वर्जिनिया सोचती थीं कि मेरा सिद्धांत उसका काफी समय बरबाद कर रहा था, जिसे खेलने में बिताया जा सकता था और उन्होंने चेल्सी के लिए वेल्क्रो फास्टनर्स से युक्त एक जोड़ी जूते खरीद लिये; परंतु मैंने वे जूते चेल्सी को तब तक नहीं पहनने दिए जब तक वह फीता बाँधने में माहिर न हो गई। यह अब कुछ अजीब लग सकता है, परंतु उस समय उसके चेहरे पर उपलब्धि का भाव देखकर मुझे बहुत खुशी हुई, जब उसने हम सबको दिखाया कि वह अपने आप क्या-क्या कर

सकती थी।

छोटी आयु में ही बच्चों में उनकी क्षमता के प्रकटन को प्रोत्साहित करने से उनमें न केवल विशिष्ट निपुणताएँ विकसित होती हैं, बल्कि और यह भी उतना ही महत्त्वपूर्ण है, उन व्यक्तिगत प्रवृत्तियों का भी विकास होता है, जो बाद के वर्षों में ज्ञानार्जन के लिए आवश्यक हैं—आत्मविश्वास, प्रेरणा, प्रयास, उत्तरदायित्व, पहल शक्ति, अध्यवसाय, सेवाभाव, टीम वर्क, सहज बुद्धि और समस्याओं के समाधान की क्षमता। द होम एंड स्कूल इंस्टीट्यूट की संस्थापक डोरोथी रिच इन प्रवृत्तियों को 'मेगास्किल्स' कहती हैं। उनके अनुसार, ये प्रवृत्तियाँ ही हमारे आत्मसम्मान तथा नैतिक व आध्यात्मिक कोड का आधार हैं। यही जीवन भर हमारा मार्गदर्शन करते हैं।

बच्चों को केवल शैक्षिक तरीके से ही नहीं, हर तरह से सीखने के लिए प्रोत्साहित किया जाना चाहिए। उनमें सहज जिज्ञासा और नए सत्यों के उद्घाटन से लगाव होता है, जिसे पल्लवित किया जाना चाहिए, ताकि वे हमेशा बने रहें। ज्ञानार्जन की खातिर ही ज्ञानार्जन की प्रशंसा करें और उसे प्रोत्साहन दें, चाहे वह बादलों को निहारना हो या यह जानना कि पतंग कैसे आसमान में टँगी रहती है या नए रंग बनाने के लिए रंगों का मिश्रण करना। किसी क्षेत्र या कला के प्रति बच्चे के उत्कट लगाव की पहचान करने और उसे उस ओर प्रवृत्त करने से वह न केवल स्कूल से बल्कि जीवन से अधिकतम हासिल कर सकेगा।

किशोर वय के बच्चों के लिए यह विशेष रूप से महत्त्वपूर्ण है। अधिक आयु के बच्चों के साथ पारस्परिक हित विकसित करना संवाद का मार्ग खुला रखने और साथ ही उनके बौद्धिक व नैतिक विकास पर पड़ रहे प्रभावों का बल देने का अच्छा उपाय है। माता-पिता अकसर यह समझने में असफल रहते हैं कि जहाँ किशोरों को कुछ स्वतंत्रता की आवश्यकता होती है, वे यह भी जानना चाहते हैं कि जो बातें उनके लिए महत्त्व रखती हैं, उनमें वयस्कों की दिलचस्पी और सहायता करने की इच्छा है या नहीं।

छोटे बच्चे किसी बात को दोहराए जाने और एक परिचित पैटर्न की दिनचर्या पसंद करते हैं। मैंने चेल्सी को कितनी बार 'गुडनाइट मून' पढ़कर सुनाई या कितनी बार उसके साथ 'साउंड ऑफ म्यूजिक' देखी, इसकी गिनती नहीं कर सकती। जब भी जूली एंड्रयूज का वह गाना सुनाई देता—'डो, ए डीयर, ए फीमेल डीयर', चेल्सी की आँखें चमक उठतीं और वह बोल पड़ती, "वो देखो मम्मी, मेरा प्रिय गाना।"

यह पता होना कि अगला आइटम क्या होगा, बच्चों में सुरक्षा का भाव पैदा करता है। जानी-पहचानी कहानियाँ, संगीत, खिलौने और दिनचर्या—ये सब हर दिन होनेवाले अजूबे हैं, जिनसे उन्हें जुड़े हुए होने का बोध होता है। और किसी चीज को बार-बार दोहराना सबसे महत्त्वपूर्ण उपकरणों में से एक, जिसका उपयोग वे सीखने के लिए करते हैं।

फिर भी, कई माता-पिताओं के लिए दोहराने की यह क्रिया कभी-कभी एक सिरदर्द बन जाती है। मैंने पाया कि इस उबाऊपन को स्वीकार करना उसको लेकर होनेवाले अपराध-बोध से बेहतर है। मैं अपनी माँ की उस झिड़की को याद रखने की कोशिश करती थी कि जो कुछ मुझे तुच्छ और उबाऊ लगता है, वही बच्चे के लिए उस दिन की सबसे बड़ी घटना हो सकती है।

नियमित दिनचर्या—समय-सारणी के अनुसार किए जानेवाले कुछ कार्य—बच्चे के लिए उतनी ही आवश्यक है जितना मुक्त खेलने का समय। डॉ. ब्रेजल्टन एक सरल दिनचर्या प्रस्तावित करते हैं, जो अद्भुत परिणाम ला सकती है। उनकी सलाह है कि जब माता-पिता काम करके घर लौटते हैं तब उन्हें तुरंत ही कुछ समय अपने बच्चों पर केंद्रित गतिविधियों में लगाना चाहिए। सारा दिन काम करने के बाद यदि आप भी मेरी तरह ही सोचते हैं तो यह एक दुष्कर आदेश प्रतीत हो सकता है। परंतु यदि इसी स्थिति में घर में प्रवेश करते ही अप्रत्याशित रूप से आप किसी वयस्क परिचित को घर में बैठा देखें तो आप एक कुरसी खींचकर उससे बात करने लगेंगे। और यदि ऑफिस टाइम के बाद भी आपसे कोई जरूरी कार्य निपटाने के लिए कहा जाए तो उसके लिए भी आप पंद्रह मिनट का समय निकाल ही लेंगे। हम किसी वयस्क या ऑफिस के लिए समय निकालने (चाहे वह हमें कितना भी उबाऊ या अप्रिय लगे) को जितना महत्त्व देते हैं उतना अपने ही बच्चों के साथ समय बिताने को क्यों नहीं देते?

परिवार के साथ बैठकर भोजन करने की हमारे दैनिक जीवन की चिर-सम्मानित और महत्त्वपूर्ण प्रथा दु:खद रूप से टेलीविजन, फास्ट फूड, माइक्रोवेव और ओवरटाइम की भेंट चढ़कर अमेरिकी भूमि से गायब होती जा रही है। इसी कारण कि हमारा जीवन इतनी भागदौड़ से भरा है। बिल, मैं और चेल्सी कोशिश करते हैं कि दिन में कम-से-कम एक बार, आम तौर पर डिनर, हम साथ बैठकर करें। बारी-बारी से प्रार्थना करने के बाद हमने सारे दिन क्या किया, किस बात ने हमें उमंग व जोश से भर दिया और कौन सी बात हमें दु:खी कर रही है, इन सबका लेखा-जोखा लेने के लिए इससे बेहतर कोई समय नहीं होता। उदाहरण के लिए, आज शाम बिल ने कांग्रेस में बजट पर हुई चर्चा के बारे में बात की और चेल्सी ने अपने इतिहास के पेपर के बारे में। हम तीनों ने थैंक्स गिविंग समारोह के आयोजन के बारे में बात की।

हम खुशकिस्मत हैं कि हम 'स्टोर के ऊपर ही रहते हैं', जैसे कि बहुत से परिवार रहा करते थे। दूसरी ओर—जिस आसान, गतिशीलता और दैनिक गतिविधियों को हम मानकर चलते थे, उन्हें हमें छोड़ना पड़ा। जब चेल्सी छोटी थी तो प्रत्येक शनिवार मैं उसे बैले क्लास ले जाती थी। घर लौटते समय मैं उसे लंच के लिए या किसी छोटे-मोटे काम पर अपने साथ ले जाती थी, जिसमें हमें बात करने और साथ रहने का मौका मिलता था। उस तरह का अनौपचारिक समय निकालने के लिए अब हमें कठिन प्रयास करने पड़ते

हैं। कुछ देर गपशप करने या एक-दो बाजी ताश खेलने के लिए हम शाम को अपने-अपने होमवर्क में से कुछ समय निकालना नहीं भूलते हैं।

मॉर्मंस चर्च के सदस्य जिस तरह से हफ्ते में एक रात्रि पारिवारिक गतिविधियों के लिए सुरक्षित रखते हैं, उसकी मैं प्रशंसक हूँ। जब चेल्सी छोटी थी, बिल और मैंने इस विचार पर अमल किया। उस दिन हम क्या करेंगे, इसका फैसला हम बारी-बारी से करते थे। हम लघु गोल्फिंग के लिए जाते (अनुमान लगाइए, यह किसका आइडिया था?), सिनेमा देखते, दूर तक टहलते, पार्कों में खेलते और इसी तरह की सीधी-सादी गतिविधियों में भाग लेते।

एक यादगार रात्रि को चेल्सी चाहती थी कि हम नारियल खरीदने के लिए जाएँ। उसने नारियल कभी चखा नहीं था, परंतु उसकी पसंदीदा क्यूरियस जॉर्ज कहानियों में अकसर उसका उल्लेख होता था। हम एक नजदीकी स्टोर तक पैदल गए और एक नारियल घर ले आए और उसे फोड़ने के लिए संघर्ष करते रहे; यहाँ तक कि हथौड़े का भी इस्तेमाल किया, परंतु वह नहीं टूटा। अंत में हम गवर्नर की कोठी के पार्किंग स्थल तक गए, जहाँ बारी-बारी से उसे सड़क पर तब तक फेंकते रहे जब तक कि वह फूट न गया। वहाँ के गाड्‌र्स को कुछ समझ नहीं आया कि हम कर क्या रहे थे; बाद में हम घंटों उस बात पर हँसते रहे।

□

सोने के समय अधिकांश बच्चों के नखरे होते हैं और चेल्सी भी कोई अपवाद नहीं थी। वह बहुत छोटी थी, तभी से बिल और मैं बारी-बारी से उसे कुछ पढ़कर सुनाते और उसके साथ प्रार्थना करते। हमने स्वयं से वादा किया था कि हम चाहे जितना थके हुए हों, इस नियम का उल्लंघन नहीं करेंगे। ऐसी भी रातें आईं जब हममें से एक दूसरे को जगाकर कहता था, ''आपकी बारी।''

परंतु मैं नहीं समझती कि हम इस नियम के महत्त्व को पूरी तरह से समझते थे, जब तक कि चेल्सी पहली कक्षा में नहीं आ गई। बिल और मैं कुछ चिंतित थे कि घर पर वह हमारे सामने पढ़ने से हिचकिचाती प्रतीत होती थी। हमने इस बात का उल्लेख एक मुलाकात के दौरान उसकी शिक्षिका, एक संवेदनशील और अंतर्दृष्टि से संपन्न महिला, से किया। उसने भी ध्यान दिया था कि चेल्सी पढ़ने के लिए उत्साहित नहीं थी। कोई बात थी, जो उसे पढ़ने से विमुख करती थी। शिक्षिका ने हमसे अनुरोध किया कि चेल्सी पर दबाव न डालें और तब तक प्रतीक्षा करें जब तक वह स्वयं ही यह निर्णय न ले ले कि वह पढ़ने के लिए तैयार है।

चिंतित होते हुए भी हमने उसकी सलाह मान ली। अंततः हमने समझ लिया कि चेल्सी स्वयं भी चिंतित थी। उसे डर था कि यदि उसने खुद पढ़ना सीख लिया तो हम लोग उसे पढ़कर सुनाना बंद कर देंगे। जब हमने उसे विश्वास दिलाया कि जब तक

वह चाहेगी, हम उसे पढ़कर सुनाते रहेंगे तो वह निश्चिंत हो गई और स्वयं पढ़ने में रुचि लेने लगी।

साथ-साथ पढ़ना बच्चों और माता-पिता दोनों के लिए हमेशा ही एक सुखद और सार्थक अनुभव है। आप अपने बच्चे को पढ़कर सुनाने के लिए बीस मिनट का भी समय निकालते हैं और पिता दिन भर में बच्चों के साथ जितनी देर भी बात करते हैं, दोनों में बुनियादी अंतर यह होता है कि पढ़कर सुनाने में जितना समय बिताते हैं, उसके मुकाबले इस गतिविधि में टोका-टाकी कम होती है। (अपने छोटे भाई-बहनों को पढ़कर सुनाने से उन्हें भी मूल्यवान् अभ्यास का अवसर मिलता है।)

इस अति महत्त्वपूर्ण गतिविधि को गाँव भी प्रोत्साहन दे सकता है। अमेरिकन लाइब्रेरी एसोसिएशन तीन वर्षीय एक राष्ट्रीय प्रदर्शन परियोजना चला रहा है, जिसका उद्देश्य है कम आमदनी और कम साक्षरतावाले माता-पिताओं की ऐसे बच्चों की परवरिश में मदद करना जो 'पढ़ने के लिए ही पैदा हुए हैं'। पढ़ने में रुचि पैदा करने के लिए यह कार्यक्रम वयस्कों के बीच कार्य करता है और बच्चों के लिए पढ़ना कितना महत्त्वपूर्ण है, यह बात उन्हें समझाता है। बच्चों की पुस्तक विक्रेताओं का संघ 'दिन के सबसे महत्त्वपूर्ण बीस मिनट एक बच्चे के साथ पढ़िए' नामक कार्यक्रम का संचालन कर रहा है। इस परियोजना के एक पहलू ने बाल रोग विशेषज्ञों को माता-पिता और पढ़ने की आयु में पहुँचे बच्चों के लिए जोर से पढ़ना 'निर्धारित' करने के लिए प्रेरित किया है।

पढ़कर सुनाए जाने के अतिरिक्त बच्चों को कहानियाँ सुनना बहुत प्रिय होता है। कहानियाँ सुनाना सुविधाजनक भी है। आप कार में, डॉक्टर के कार्यालय में, बाथटब में, किसी पंक्ति में प्रतीक्षा करते समय भी कहानियाँ सुना सकते हैं। बच्चों का मन लुभाने के लिए कहानियों का सुगठित या बहुत अच्छा होना जरूरी नहीं है। चेल्सी के आसपास के वास्तविक चरित्रों को लेकर ही बिल कहानियाँ गढ़ लेते थे, हमारे समुद्र-तट पहुँचने पर उसने जो सेल बोट देखी, वह 'जॉर्ज, द सेल बोट' बन गई, जिसने दुनिया भर में साहसिक कारनामे किए। मैं उसे ऐसी कहानियाँ सुनाती थी जिनकी नायिकाएँ बहादुर बालिकाएँ होती थीं और जो एक सींगवाले प्राचीन ग्रंथों में वर्णित जानवर को बचातीं तथा आग उगलनेवाले राक्षस को मार देती थीं। बिल और मैं कहानी सुनाते अकसर रुककर उससे पूछते थे कि उसके विचार से आगे क्या हुआ होगा, ताकि वह खुद भी कहानी सुना सके।

जिस तरह का व्यवहार बच्चों के साथ किया जाता है, उसी से वे दूसरों के साथ व्यवहार करना सीखते हैं। यदि हम चाहते हैं कि वे सजग, स्नेही, उदार और आदरभाव से युक्त वयस्क के रूप में विकसित हों तो उनके प्रति हमारे व्यवहार में भी यही गुण प्रकट होने चाहिए। और यदि हम अपने बच्चों को जिज्ञासु स्वतंत्र चिंतक भी बनाना

चाहते हैं, जो अपने विशिष्ट चरित्र और प्रतिभाओं के लिए रचनात्मक और उर्वर माध्यम खोज सकें तो बुद्धिमानी इसी में होगी कि बहुत छोटी आयु से ही उनके साथ किए जानेवाले व्यवहार में हम इन गुणों का प्रदर्शन करें।

समय के साथ माता-पिता जान लेते हैं कि इस आदर्श व्यवहार का चलन दो-मार्गी पथ है। एक बच्चे को खेलता देख कितनी बार आपने सोचा है—काश, इतनी ऊर्जा मुझमें होती! बच्चे जो कुछ भी करते हैं, उसमें अपनी पूरी जान झोंक देते हैं। न केवल उनके बदन लचीले और अनथक होते हैं, किसी तरह से उनके जीवन भी हमारी अपेक्षा अधिक समेकित होते हैं। चूँकि वे भविष्य के बजाय वर्तमान और उत्पाद के बजाय प्रक्रिया में अधिक विश्वास रखते हैं, उन्हें असफलता या उपहास का भय नहीं होता, जब तक कि हम ही उन्हें अन्यथा न सिखाएँ। बच्चों के साथ समय बिताना हमारे बोध में और गहराई लाता है तथा हमें ऊर्जा से भर देता है।

बड़े होकर हममें से कई उन्हीं गतिविधियों को त्याग देते हैं, जिनसे हमें आनंद मिलता था। गुमनाम कहानी लेखिका एक शिक्षिका कई पत्रिकाओं से अस्वीकृत होकर लिखना छोड़ देती है। केवल सप्ताहांत में पेंटिंग करनेवाला कलाकार अपने वाटर कलर्स को एक तरफ रख देता है। एक प्रतियोगी तैराक अपने शरीर का स्वाभाविक क्षय सहन नहीं कर पाती और कलाबाजियाँ खाना बंद कर देती है। हम किसी तरह स्वयं को भरोसा दिला देते हैं कि जो गतिविधियाँ हमारे बिजली के बिल नहीं भर सकतीं या हम पर नहीं फबतीं, वे बचकानी हैं।

बच्चे ही हमें चीजों को उनके नैसर्गिक रूप में देखना सिखाते हैं। वे हमें उन्मुक्त आनंद का मार्ग दिखाते हैं। प्राकृतिक विदूषक के रूप में वे हमें याद दिलाते रहते हैं कि जीवन मनोरंजक स्थितियों से भरपूर है। वे चाहे रेत के महल बना रहे हों या नए प्रकार के लोगों और जानवरों की कल्पना कर रहे हों, वे हमेशा कुछ नया करने की जुगत में रहते हैं। इन सब तरीकों से वे हमें याद दिलाते हैं कि जीवन में वास्तव में महत्त्वपूर्ण क्या है और ऐसा करके वे हममें नई जान फूँक देते हैं।

इस घटना को बहुत समय नहीं हुआ जब अर्कांसास के दौरे पर उस आदमी से मेरी अचानक मुलाकात हो गई जिसे बिल और मैं कुछ वर्ष पहले जानते थे। वह हाई स्कूल से आगे नहीं पढ़ा था, परंतु एक मेहनती आदमी था जो भोजन पकाकर, सामूहिक भोज की व्यवस्था कर पेंटिंग और छिटपुट काम करके अपना गुजारा करता था। वह हाल ही में पिता बना था और मैंने उससे पूछा कि क्या वह अपनी नन्ही बेटी से बात करके आनंदित होता है? उसने कहा कि वह स्वभाव से ही कम बोलनेवाला और शरमीला व्यक्ति था, जो एक शिशु से बात करना तो दूर, किसी से भी ज्यादा बात नहीं कर पाता था। ''मैं उस प्राणी से बात करके बड़ा मूर्ख लगूँगा जो मेरा कहा हुआ एक शब्द भी न समझता हो।'' उसने कहा, ''जो भी हो, मुझे तो यह समझ ही नहीं आता कि मैं उससे

क्या बात करूँ।''

मैंने सुझाया कि वह और उसकी पत्नी अपनी बेटी को अपने दिन भर के अनुभव या टी.वी. पर वे क्या देख रहे थे, यहाँ तक कि रास्ते में पड़नेवाले पेड़ों, फूलों तथा सामने से गुजरी कारों और बसों के बारे में बताएँ।

वह कुछ अनिश्चित-सा दिखा, फिर भी उसने कोशिश करने का वादा किया। मैं उसकी अनिश्चितता को समझ सकती थी। वह अपनी बेटी से कितना भी प्यार करता हो, अपने आरंभिक दिनों, महीनों और वर्षों में उसे दी गई तवज्जो को वह सचेत रूप से ब्योरेवार याद नहीं रख पाएगी। बड़ी आयु के बच्चे भी चुनी हुई बातों को ही याद रखते हैं; जिन ब्योरों को हम बहुमूल्य समझते हैं, वे हमेशा वही नहीं होते जिन्होंने उन पर सबसे अधिक प्रभाव डाला हो। परंतु जो समय हम बच्चों के साथ बिताते हैं—और किस तरह—वह माता-पिता के अनुग्रह से अधिक कुछ है। वह बच्चों के भविष्य में एक निवेश—एक ऐसा निवेश जो हम बाद में नहीं कर सकते। जैसा कि मनोचिकित्सक और लेखक रॉबर्ट कोल्स ने कहा है—''जिन बच्चों पर कोई ध्यान नहीं देता, वे उसी दुनिया के दुश्मन बन जाते हैं।'' परंतु जिन बच्चों को अपने परिवार और गाँव से तवज्जो मिल जाती है, वे सुदृढ़ शरीर, दिमाग और चरित्र के जरिए उससे हजार गुना समाज को लौटा देंगे।

□

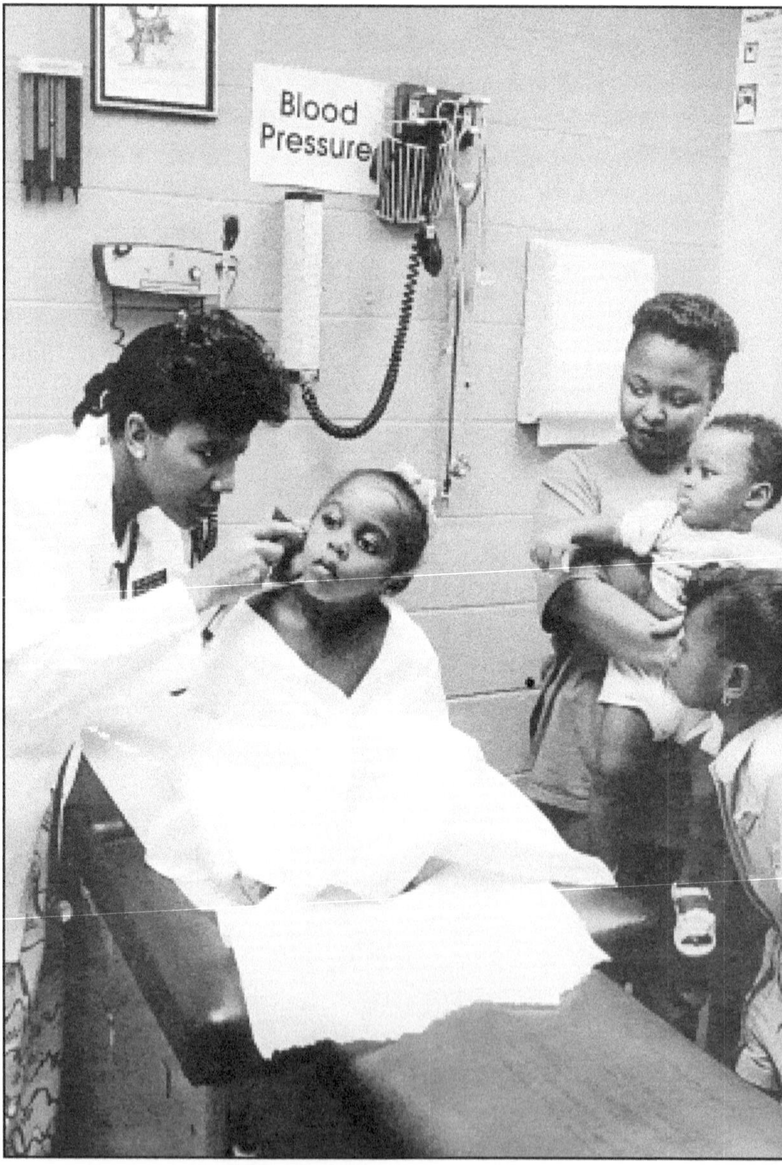
Blood
Pressure

7

सस्ती रोकथाम महँगी सघन चिकित्सा से बचाती है

> स्वास्थ्य पहली प्राथमिकता है। यदि आपका स्वास्थ्य अच्छा नहीं है तो न आप मुकाबला कर सकते हैं, न बचाव, न ही अच्छी शिक्षा या कुछ भी और प्राप्त कर सकते हैं।
>
> —*सारा मॅक्लेंडन*

अ कांसास चिल्ड्रंस हॉस्पिटल की मेडिकल डायरेक्टर डॉ. बेट्टी लोव अमेरिकन एकेडमी ऑफ पेडियाट्रिक्स और सबसे बढ़कर चेल्सी के डॉक्टरों में से एक रही हैं। उन्होंने पिछले दो दशकों में मुझे बहुत कुछ सिखाया है। उनकी मेडिकल सुविज्ञता और यथार्थवादी दृष्टिकोण मुझे आश्वस्त करता था। रोकथाम-मूलक स्वास्थ्य के बारे में उनके सहज बोध ने मेरे सोचने के तरीके को बदल दिया।

वर्षों पहले हम दोनों ही बच्चों की आवश्यकताओं के बारे में लिटिल रॉक जूनियर लीग को संबोधित कर रहे थे। हमारे भाषणों के बाद श्रोताओं में से एक महिला ने डॉ. लोव से पूछा कि बच्चों का स्वास्थ्य सुधारने के लिए वे क्या करेंगी ? बिना हिचकिचाहट के उन्होंने जवाब दिया कि वे उनके लिए साफ पेयजल और स्वच्छ रहन-सहन सुनिश्चित करेंगी; पौष्टिक आहार, रोग-निरोधक टीके एवं व्यायाम और आवश्यकता पड़ने पर एक डॉक्टर की उपलब्धता।

डॉ. लोव ने समझाया कि उनके अस्पताल में इलाज के लिए आनेवाले अधिकांश बच्चे उनकी देखभाल की असफलता के कारण वहाँ थे। इसके कई कारण हो सकते हैं, जैसे—वह शहर, जो कुछ घरों के पीछे सीवरेज पिट की सफाई करने में असफल रहा; वे माता-पिता, जो बच्चों को रोग-निरोधक टीके लगवाने या एक छोटे बच्चे को ठीक से आहार देने में असफल रहे; वे डॉक्टर, जिन्होंने मेडिकएड या बीमा-रहित लोगों के इलाज को स्वीकार नहीं किया; वह सामाजिक कार्यकर्ता, जो किसी बच्चे को दुराचार या उपेक्षा से बचाने में असफल रहा; वह मकान मालिक, जो वादे के मुताबिक सर्दियों में घर को उष्णता प्रदान करने या गरमियों में घर के सामने से कूड़ा हटवाने में असफल रहा; वह शिक्षक, जो किसी उग्र या अवसादग्रस्त किशोर को समय रहते उपचार के लिए न भेज सका।

स्वास्थ्य सेवाओं को छोड़कर शायद ही ऐसा कोई क्षेत्र होगा, जो गाँव और व्यक्ति तथा पारस्परिक और व्यक्तिगत उत्तरदायित्व के बीच संबंध को इतनी स्पष्टता से दरशाता हो। हममें से प्रत्येक व्यक्ति यह जानता है कि यदि अच्छा स्वास्थ्य हमारा लक्ष्य है तो हमें अपने शरीर एवं अपने बच्चों के शरीर का ध्यान रखना चाहिए और हममें से कई वही करने की कोशिश करते हैं। यद्यपि हम यह भी जानते हैं कि स्वास्थ्यप्रद पर्यावरण के लिए और हमारे या हमारे बच्चों के बीमार या घायल होने की दशा में चिकित्सा सुविधाओं के लिए हम दूसरों पर निर्भर हैं। परंतु इन बातों का ज्ञान न तो व्यक्तियों और न समाजों को हमेशा काररवाई की ओर ले जाता है।

बाल रोगों से बचने के लिए उन्हें टीका लगवाना हमारे सामने आई चुनौतियों का एक अच्छा उदाहरण है। बाल रोगों की अमेरिकन एकेडमी की सलाह है कि बच्चे जब एक, दो, चार, छह, नौ, बारह व अठारह महीनों के हों और फिर दो, तीन व चार वर्ष पूरे करने पर रोगों की रोकथाम संबंधी चेकअप तथा उपयुक्त टीकाकरण के लिए उन्हें स्वास्थ्य केंद्रों पर ले जाया जाना चाहिए। इन लक्ष्यों की दिशा में हम कुछ वर्ष पहले जहाँ थे, उससे बहुत आगे आ चुके हैं। हमारी राष्ट्रीय टीकाकरण दर पिछले किसी भी समय से ऊँची है और इसी के परिणामस्वरूप हमने टीके से रोकी जा सकनेवाली प्रत्येक बीमारी की अब तक की न्यूनतम या उसके आसपास की दर प्राप्त कर ली है।

कुछ सुधार तो टीकाकरण के लिए बढ़ी हुई धनराशि और मेरे पति के कार्यभार ग्रहण करने के बाद हुए शिक्षा अभियानों के कारण हुआ है। हम जानते हैं कि भूतकाल में जब भी टीकाकरण की धनराशि में कटौती की गई है, गंभीर बीमारियों का प्रभाव बढ़ा है। 1980 के दशक में जब टीकाकरण के लिए संघीय धनराशि में कटौती की गई थी, 1989 और 1991 के बीच खसरे की महामारी ने 55,000 लोगों को अपनी चपेट में ले लिया था, जिनमें से कई बच्चों सहित 130 व्यक्तियों की मृत्यु हो गई थी। महामारी से निपटने की चिकित्सा लागत 15 करोड़ से अधिक थी, कटौती से 'बचाई गई' राशि से

कहीं ज्यादा।

टीकाकरण के लिए धन उपलब्ध कराना सबसे अहम बात है, क्योंकि वे महँगे हैं तथा और भी महँगे होते जा रहे हैं। वर्ष 1983 में टीकों के पूरे कोर्स की निजी लागत 27 करोड़ थी। आज स्वयं टीकों की लागत ही इससे दस गुना है तथा उनकी प्रशासनिक लागत भी लगभग इतनी ही है। यद्यपि लगभग सभी प्रबंधित स्वास्थ्य पॉलिसियाँ टीकाकरण की लागत को शामिल करती हैं, लगभग आधी परंपरागत स्वास्थ्य बीमा पॉलिसियाँ इन्हें वहन नहीं करतीं।

मैं वर्मोंत की उस महिला को कभी नहीं भूलूँगी। उससे मैं बोस्टन के एक स्वास्थ्य सेवा फोरम में मिली थी। वह पति के साथ एक डेरी फार्म चलाती थी। बीमारी से बचाने के लिए अपने पशुओं को टीके लगवाना उसके लिए कानूनी रूप से बाध्यकारी था। परंतु वह अपने स्कूल पूर्व बच्चों को टीके लगवाने का खर्च नहीं उठा पाती थी। उसने कहा, ''इस समय मेरे डेरी फार्म के पशु मेरे बच्चों से बेहतर स्वाथ्य सेवाएँ हासिल कर रहे हैं।''

सुविधा भी एक घटक है। कुछ समय पहले तक डॉक्टर ऐसे मरीजों को, जिनके पास पर्याप्त धन या बीमा नहीं होता था, उन्हें सार्वजनिक चिकित्सा केंद्रों पर भेज देते थे, जहाँ परिवार अपने बच्चों को मुफ्त टीकाकरण के लिए ले जा सकते थे। परंतु इसका अर्थ यह नहीं कि परिवार वहाँ जाते ही थे। उदासीन स्वास्थ्यकर्मियों, स्वास्थ्य केंद्रों के असुविधाजनक कार्य-समय और लंबे इंतजार के कारण कई माता-पिता अपने बच्चों के टीकाकरण को टालते रहते थे।

सन् 1993 में कांग्रेस ने टीकाकरण दरों में सुधार हेतु एक बृहत्तर प्रयास के एक भाग के रूप में बच्चों के लिए टीकाकरण का एक कार्यक्रम शुरू किया, जो निजी डॉक्टरों/अस्पतालों के जरिए जरूरतमंद बच्चों के लिए मुफ्त टीकों की व्यवस्था करता था। इस पहल में जनता को शिक्षित करने, अस्पतालों का कार्य-समय बढ़ाने, अतिरिक्त कर्मचारियों की भरती करने और स्वास्थ्य सेवाओं का विस्तार करने के लिए राजकीय वित्त-पोषण शामिल है। परंतु इन साहसिक प्रयासों पर बजट कटौती का खतरा मँडरा रहा है।

अब भी बहुत कुछ किया जाना बाकी है। टीकाकरण दरों में हम अब भी कई विकसित देशों और यहाँ तक कि कुछ विकासशील देशों से पीछे हैं। और यद्यपि आज के प्रति चार दो वर्षीय बच्चों में से तीन का समुचित टीकाकरण होता है (1991 के चार में से एक से बढ़कर), यह फिर भी 14 लाख ऐसे बच्चों को छोड़ देता है जिन्हें सभी आवश्यक टीके नहीं लगे हैं।

अधिकांश माता-पिता जानते हैं कि एक बच्चे के स्कूल में प्रवेश लेने के लिए टीके लगवाना जरूरी है, परंतु उनमें से कई और कई स्वास्थ्य सेवा प्रदाता भी यह नहीं

जानते कि आवश्यक टीकों का 80 प्रतिशत तो दो वर्ष की आयु तक पहुँचने से पहले ही लगा दिया जाता है। इसीलिए गाँव को एक शहरी उद्घोषक—और एक शहरी प्रेरक चाहिए।

सामुदायिक सेवा संगठन किवानिज इंटरनेशनल 'यंग चिल्ड्रन—प्रायोरिटी वन' नामक एक अंतरराष्ट्रीय परियोजना के जरिए प्रसव-पूर्व विकास से लेकर पाँच वर्ष तक की आयु के बच्चों की आवश्यकताओं का ध्यान रखने के लिए कार्य करती रही है। अन्य प्रयासों के अतिरिक्त इस परियोजना ने एक राष्ट्रीय लोक शिक्षण अभियान शुरू किया है, जिसमें होर्डिंग्स तथा लोक सेवा घोषणाओं में मेरे पति को 'ऑल देयर शॉट्स, व्हाइल दे आर टॉट्स' का संदेश देते हुए दिखाया/सुनाया गया है, यह सुनिश्चित करने के लिए कि बच्चों को सभी आवश्यक टीके समय पर लगा दिए जाएँ। दो महिलाओं की मैं भारी प्रशंसक हूँ। उन्होंने दो दशकों से भी अधिक समय तक अभियान चलाया है। मेरी एक प्रतिष्ठित पूर्ववर्ती, रोजेतिन कार्टर, कर्तव्यनिष्ठा में संवेदना की मूर्ति हैं तथा अर्कांसास के वरिष्ठ यू.एस. सीनेटर की पत्नी बेट्टी बंपर्स बच्चों की एक ऊर्जावान् समर्थक हैं। उन्होंने यह सुनिश्चित करने के लिए कि सभी अमेरिकी बच्चों को समय पर टीके लगाए जाएँ, आवश्यक धन और ऊर्जा निवेश करने हेतु अमेरिकी नागरिकों को राजी करने के लिए उत्साह व समर्पण भाव से कार्य किया है। सन् 1989 में जब खसरे की महामारी फैली, उन्होंने अग्रणी नागरिकों, स्वास्थ्य सेवा प्रदाताओं तथा स्थानीय, राज्य और राष्ट्रीय स्तर के निर्वाचित प्रतिनिधियों को साथ लेकर यथासमय टीकाकरण के महत्त्व पर प्रकाश डालने और पूरे देश में टीकाकरण कार्यक्रम की स्थापना व प्रसार का संदेश देने के लिए 'एवरी चाइल्ड बाय टू' नामक एक टीकाकरण शिक्षण कार्यक्रम आरंभ किया।

हम जानते हैं कि स्कूल में प्रवेश लेने से पहले यह सबूत देना अनिवार्य बनाना कि बच्चों की टीके लगवा दिए गए हैं, इस बात की गारंटी देता है कि पाँच या छह वर्ष की आयु तक बच्चों को सभी टीके लगवा दिए जाएँ। जो राज्य और शहर इसी तरह के अनुपालन की मंशा रखते हैं, टीकाकरण के प्रयासों को सामाजिक सेवा कार्यक्रमों के साथ जोड़ रहे हैं। मैरीलैंड का एक कार्यक्रम उन परिवारों को जो सरकारी अनुदान पाते हैं, द्वारा अनुदान प्राप्त करने से पहले टीकाकरण का सबूत पेश किए जाने को अनिवार्य बनाता है—एक ऐसी अनिवार्यता, जिसकी मैंने एक लंबे समय से वकालत की है। शिकागो, न्यूयॉर्क और डलास में हाल के किए गए अध्ययन दरशाते हैं कि टीकाकरण सेवा को स्त्रियों, शिशुओं और बच्चों के लिए स्पेशल सप्लिमेंटल न्यूट्रीशन प्रोग्राम (डब्ल्यू.आई.सी.) के साथ समन्वित कर देने से टीकाकरण दरों में काफी सुधार होता है।

यदि हम गायों के घर आने से पहले बछड़ों को टीका लगाना सुनिश्चित कर

सकते हैं तो बच्चों के लिए भी ऐसा कर सकते हैं।

निस्संदेह, गायें हाइयोडर्मिक सिरिंज को देखकर चिल्लाती नहीं हैं। बच्चों को यह समझाने के लिए कि टीके की चुभन उनके अपने हित में है, गाँव से भी अधिक कुछ चाहिए। बच्चे को पहले ही यह समझा देना कि टीके का प्रभाव उस पर कैसा होगा। यह बात उसकी प्रिय गुड़िया या कुछ भरकर बनाए गए जानवर पर प्रत्यक्ष प्रदर्शन करके समझाई जाय तो ज्यादा प्रभावी होगी। मैं ऐसे माता-पिताओं को जानती हूँ, जो बच्चे के टेडी बियर को भी 'टीका' लगवाने के लिए डॉक्टर के ऑफिस ले जाते हैं। इससे जब टेडी बियर को सुई लगाई जाती है तब बच्चा उससे सहानुभूति प्रकट करता है और जब बच्चे की बारी आती है तो उसे टेडी बियर की संवेदना का सहारा होता है।

बाल रोग विशेषज्ञों की सलाह है कि पाँच, छह, आठ और दस वर्ष पूरे होने पर बच्चों का परीक्षण जारी रहना चाहिए। शैशवकाल से ग्यारहवें वर्ष तक (सर्वाधिक विराम काल) उनका परीक्षण प्रतिवर्ष किया जाना चाहिए। बच्चों को स्वस्थ रखने के लिए कुछ ऐसे कदम हैं, जो सभी उठा सकते हैं। बुनियादी स्वास्थ्य रक्षक आदतें, जैसे बार-बार हाथ धोने से लेकर पौष्टिक आहार और व्यायाम, रोकथाम-मूलक देखभाल के अंग हैं।

सबसे पहले हम आहार की चर्चा करें, जो हमें सबसे प्रिय है। यह देश आहार के ही सपने देखता है, हमेशा उसी के खयालों में डूबा रहता है। मेरिंज (चीनी-युक्त भुनी हुई अंडे की सफेदी) के बीच चमकते हुए लेमन टार्ट्स (एक तरह की कचौरी), बार्बीक्यू सॉस में डूबी हुई पसलियाँ, सुनहरे भूरे फ्राइड चिकन, मक्खन में तैरते हुए कुचले हुए आलू और चॉकलेट की ऊँची पहाड़ियाँ हमें आकर्षित करती हैं।

खाने के प्रति हमारा यह जुनून राष्ट्रव्यापी है और वैसा ही उसे लेकर हमारा अपराध-बोध। कोई भी पत्रिका उठाकर देख लीजिए या टी.वी. पर आनेवाले हास्य कलाकारों की पंच लाइनें सुनिए, आप इस धारणा से बच नहीं सकेंगे कि अमेरिकी आत्मा मुख्य रूप से आहार और बॉडी वेट के प्रति मोहग्रस्त है। और इसके कुछ कारण हैं—प्रति तीन वयस्कों में से एक मोटापे का शिकार है। 1970 के दशक में प्रति चार में से एक से अधिक और रोग नियंत्रण केंद्रों द्वारा 1988 से 1991 के बीच कराए गए एक सर्वेक्षण के अनुसार प्रति पाँच किशोरों में से एक मोटापे का शिकार था।

इसके साथ ही अनुमान लगाया गया है कि प्रति बारह अमेरिकी बच्चों में से एक भूख से पीड़ित है। इसलिए यद्यपि हम यहाँ स्वास्थ्य से जुड़ी उन समस्याओं से बचाव पर केंद्रित करेंगे, जो ज्यादा खाने और कम व्यायाम करने से पैदा होती हैं। हमें अपने उन देशवासियों के बारे में नहीं भूलना चाहिए, जिनकी टेबल पर खाने के लिए पहले

ही बहुत कम है। इसलिए यह निर्णायक होगा कि हम डब्लू.आई.सी. आहार टिकटों और स्कूल लंचों जैसे सरकारी कार्यक्रमों के जरिए सुपात्र व्यक्तियों, विशेष रूप से गर्भवती महिलाओं, शिशुओं, छोटे बच्चों और स्कूली बच्चों को इमदादी पोषण उपलब्ध कराते रहें।

मैं एक 'क्लीन प्लेट' युग में बड़ी हुई थी। आज, जब मैं सन् 1959 के आसपास की अपनी पारिवारिक डाइनिंग टेबल की ओर मुड़कर देखती हूँ—भाप से पकाए गए मीट और आलुओं से भरी प्लेट—और बचपन में उससे पैदा हुए कैलोरी संकट की ओर। इससे बचने के लिए मेरे भाई व मैं पैदल या साइकिल से स्कूल और शहर भर में जाते-आते तथा घंटों खेलते रहते थे। हमसे उम्मीद की जाती थी कि हमें जो कुछ परोसा गया है, उसे चट कर जाएँ। यदि हम खाने से जी चुराते तो हम एक टूटे हुए ग्रामोफोन रिकॉर्ड की तरह दूर देशों में भूख से मरते बच्चों की घिसी-पिटी कहानियाँ सुनने को मजबूर होते। हमें कहा जाता कि हमारे ठुकराए खाने को वे लोग खुशी से खा लेंगे। मेरा भाई ह्यूज मुँह में भोजन भरकर गाल फुलाकर अपना पेट फुल होने का ऐलान करने में माहिर था। टोनी अपने हिस्से का भोजन पापा द्वारा बताए किसी भी देश को भेजने के लिए तैयार था। अंत में, डाइनिंग टेबल से छुटकारा पाने के लिए हमें परोसा हुआ भोजन खाना ही पड़ता था।

हाल के दशकों में पारिवारिक जीवन के अन्य कई पहलुओं की तरह पेंडुलम दूसरे सिरे की ओर चला गया है—इस मामले में पौष्टिक आहार के 'क्लीन प्लेट' सिद्धांत से 'नो प्लेट' के सिद्धांत तक। कई परिवार अपने घर में शायद ही दिन में एक बार भी टेबल पर साथ बैठकर भोजन करते हैं। ऑफिस या स्कूल के लिए भागते हुए बड़ों और बच्चों द्वारा सुबह एकाध सैंडविच गटक लेना, लंच के समय बर्गर या फ्राइड चिकन से काम चला लेना और रात में घर लौटते समय जनरल स्टोर से लाए गए टिंड फूड को टी.वी. देखते हुए चबाना ज्यादा आसान व्यवस्था है।

अधिकांश वयस्क और किशोर, जो अत्यधिक मद्यपान या धूम्रपान नहीं करते हैं, आहार और शारीरिक गतिविधियों के जरिए दीर्घकाल तक स्वस्थ रहने की दिशा में दूर तक जा सकते हैं। जैसा कि पूर्व सर्जन जनरल डॉ. सी. एवरेट ने कहा है, "यदि हम जनता को अपना वजन संतुलित बनाए रखने के लिए प्रेरित कर सकें तो समकालीन अमेरिका में मृत्यु और विकलांगता के प्रमुख कारणों में से एक पर काबू पाने की दिशा में एक महत्त्वपूर्ण कदम उठा चुके होंगे।"

बचपन से ही पौष्टिक आहार खान-पान संबंधी आदतों का निर्णय माता-पिता करते हैं, ज्यादा आसान है। परंतु यह भी महत्त्वपूर्ण है कि अल्पाहार व्यापक रूप से एक

सनक न बन जाए। सभी माता-पिता जानते हैं कि आहार के मामले में बच्चे विभिन्न 'चरणों' से गुजरते हैं और इसलिए उन्हें धीरज रखना चाहिए। जब चेल्सी प्री-स्कूल में थी तब कुछ हफ्ते ऐसे भी थे जब वह लंच में अंगूर और व्हाइट ब्रेड पर ग्रेप जेली की परतवाले सेंडविच के सिवाय कुछ नहीं खाती थी। उसकी कक्षा का कुछ दिन अवलोकन करने के बाद चाइल्ड केयर लाइसैंसिंग डिवीजन की एक सरकारी कर्मचारी ने प्रधान शिक्षिका से पूछा कि घुँघराले बालोंवाली उस गोरी लड़की के माता-पिता हर रोज उसे अपर्याप्त लंच के साथ क्यों भेजते हैं। समझदारी दिखाते हुए शिक्षिका ने उसके माता-पिता का नाम बताए बिना ही कहा कि वह उनसे बात करेगी।

हमारे बच्चे क्या और कितना खाते हैं, इस बारे में हमारे माता-पिता जितने कठोर हुआ करते थे, उतने आज के अधिकांश माता-पिता नहीं हैं; परंतु इस उदारता का परिणाम कुपोषण नहीं होना चाहिए। लोगों पर प्रतिदिन पोषण संबंधी ढेरों जानकारी की वर्षा किए जाने के बावजूद—या उसी के कारण बच्चों को क्या खिलाएँ, इस पर सोचना तो दूर लोगों के लिए स्वयं अपना आहार तय करना भी मुश्किल हो गया है। इतनी जानकारियों के बावजूद खान-पान संबंधी अपनी आदतों को बदलना सुखद नहीं होता। 'हेडस्टार्ट' के शिक्षकों ने मुझे बताया कि स्वास्थ्यप्रद आहार के बारे में बच्चों को बताने के बाद कुछ माता-पिताओं की शिकायत थी कि बच्चों ने जिस प्रकार के आहार का अनुरोध किया था, वे उसका खर्च नहीं उठा सकते या उनके घरों में 'वैसी चीजें' नही खाई जातीं।

यह जरूरी नहीं है कि पोषक आहार महँगा हो। अपने टी.वी. कार्यक्रम 'शेप अप अमेरिका' के दौरान डॉ. कुप स्वास्थ्यवर्धक आहार को एक परिवार की जीवन- शैली का एक स्थायी अंग बनाने की सलाह देते हैं, न कि यदा-कदा की जानेवाली 'डाइटिंग' की। जहाँ तक आहार संबंधी जानकारियों का सवाल है, पिछले दशक में एक क्रांति घटित हुई है और हममें से कई लोग बुनियादी बातों को समझते हैं—मीट, वसा और शर्करा की अपेक्षा हमें अनाज, फलियाँ, मछली, फल एवं सब्जियाँ अधिक मात्रा में खानी चाहिए। अपने भोजन की प्लेटों को एक सीमित मात्रा में भरने के लिए हमें अपने परिवारों को प्रोत्साहित करना चाहिए—उदाहरण के लिए, मीट की मात्रा ताश की एक गड्डी से अधिक न रखने में ही समझदारी है और दोबारा लेने की तो सोचें भी नहीं। नए पोषक आहार चार्ट हमें कम वसा-युक्त दूध और चीज तथा ऐसे उत्पाद चुनने में हमारी मदद करते हैं, जिनमें वसा कम और फाइबर ज्यादा हो। कई रेस्तराँ स्वास्थ्यप्रद हलके भोजन का विकल्प प्रस्तुत करते हैं।

सारा दोष वंशानुक्रम या धीमे मेटाबॉलिज्म के गले मढ़ने के बजाय अपने वजन

का ध्यान खुद रखने के लिए हमें बच्चों को शिक्षित करना चाहिए। यद्यपि आहार विज्ञान एक सुनिश्चित विज्ञान नहीं है और स्वस्थ बने रहने के लिए आवश्यक प्रकार और मात्रा पर हममें मतभेद हो सकते हैं, ये शारीरिक तत्त्व बहुत कम लोगों के मोटापे का कारण बनते हैं। दरअसल (मेरे सहित) हममें से अधिकांश लोग व्यायाम बहुत कम करते हैं और खाते ज्यादा हैं। यदि आपके बच्चों को वजन घटाने की जरूरत है तो उन्हें एक व्यावहारिक लक्ष्य देने और उस लक्ष्य तक पहुँचने के लिए एक विवेकपूर्ण योजना बनाने में उनकी सहायता कीजिए। किशोर वय की लड़कियों, जो स्वयं को हमेशा स्थूल समझती हैं, जबकि वास्तव में वे वैसी नहीं होतीं, उनके माता-पिताओं को इस बात का विशेष ध्यान रखना चाहिए कि उनकी लड़कियाँ अत्यधिक डाइटिंग न करें और न अपने वजन के प्रति कोई ग्रंथि विकसित होने दें। रोग-नियंत्रण केंद्रों के सर्वेक्षण के संचालकों में रहे रिचर्ड ट्रायनो हमें याद दिलाते हैं, ''छरहरेपन की संस्कृति पहले ही व्यापक रूप ले चुकी है, जो इस आयु-समूह में खान-पान संबंधी गड़बड़ी पैदा कर रही है।'' उनके सामने कुपोषण का गंभीर खतरा है।

डॉ. कूप जैसी सलाहें मैंने हजार बार सुनी हैं और मैं जानती हूँ कि अपने खान-पान में और सुधार कर सकती हूँ। व्हाइट हाउस में आने के बाद से शासकीय समारोहों और परिवार के लिए ऐसा भोजन बनाने के लिए मैंने शेफ वॉल्टर स्किब की पाक कला का सहारा लिया है, जो एक साथ ही पोषण संबंधी दिशा-निर्देशों और राष्ट्रपति की सत्कार भावना दोनों की माँग पूरी करती है। पारिवारिक भोजन के लिए हमने एक टेबल दूसरे तल पर स्थित सर्विंग किचन में लगा दी है, जहाँ हम अकसर (परंतु हमेशा नहीं) सब्जियों, अनाज से बने पदार्थ, फल, हलके मीट और मछली का सेवन करते हैं। परंतु अमेरिकियों, विशेष रूप से बच्चों और किशोरों के वजन में नाटकीय वृद्धि के लिए केवल आहार ही जिम्मेदार नहीं है। इसके लिए भोज्य पदार्थों का अविवेकपूर्ण चयन और बहुत ही कम व्यायाम, इनका संयोजन ही मुख्य रूप से दोषी है। कई अमेरिकी घरों में गोल-मटोल किशोरों की एकमात्र सक्रिय मांसपेशी जबड़ा ही प्रतीत होती है। इससे वे हर घंटे उच्च कैलोरी-युक्त नॉनफूड पदार्थ चबाते चले जाते हैं। रोग नियंत्रण केंद्रों का एक अध्ययन इस तथ्य की पुष्टि करता है और दरशाता है कि बच्चों और किशोरों का औसत वजन बढ़ने की अवधि में उनकी शारीरिक गतिविधियाँ कम हो गई थीं।

सन् 1990 में कराए गए यूथ रिस्क बिहेवियर अध्ययन में हाई स्कूल के केवल 37 प्रतिशत विद्यार्थी ऐसे पाए गए, जो हफ्ते में तीन या अधिक बार कम-से- कम बीस मिनट तक कठोर व्यायाम करते थे। 1970 के दशक के 60 प्रतिशत से काफी कम। मेरा गृह राज्य इलिनॉइस के.जी. से लेकर बारहवीं कक्षा तक पढ़नेवाले सभी विद्यार्थियों के

लिए शारीरिक शिक्षा अनिवार्य बनानेवाला अंतिम राज्य है। यद्यपि इलिनॉइस विधानमंडल ने हाल ही में एक कानून पास किया है, जो स्थानीय स्कूल जिलों को इस अनिवार्यता से मुक्त होने के लिए आवेदन करने की अनुमति देता है। अधिकांश राज्यों में शारीरिक शिक्षा का कार्यान्वयन स्थानीय स्कूल जिलों पर छोड़ दिया गया है और इसके परिणाम उत्साहवर्धक नहीं हैं। केवल आधे अमेरिकी किशोर शारीरिक शिक्षण की कक्षाओं में भरती किए गए हैं और इनमें भी पाँच में से केवल एक नियमित रूप से शिक्षा प्राप्त करता है। परंतु प्रति तीन में एक से अधिक विद्यार्थी प्रत्येक स्कूल दिवस में तीन या चार घंटे टी.वी. या वीडियो देखना स्वीकार करते हैं।

अपने स्कूली जीवन में हर रोज शारीरिक शिक्षण का पीरियड अटेंड करने की अनिवार्यता से मैं हमेशा खुश नहीं होती थी, विशेष रूप से तब जब उस पुराने स्वीमिंग पूल के अत्यधिक क्लोरीन-युक्त पानी से निकलकर गीले बालों में मुझे अगली कक्षा में जाना होता था। परंतु अब मैं इस बात के लिए शुक्रगुजार हूँ कि मैंने विभिन्न खेलों के बारे में कुछ जाना, कुछ शारीरिक दक्षताएँ प्राप्त कीं और सबसे बढ़कर हर रोज अपने शरीर व मन को व्यायाम की खुराक दी। बच्चों को शारीरिक शिक्षण से दूर ले जाने और छोटे बच्चों को मध्यांतर काल कम करनेवाले कदम पर मुझे दुःख है। सभी बच्चों, विशेष रूप से आज के इस तनावपूर्ण विश्व में, को उन्मुक्त खेल के आनंद और स्वास्थ्यप्रद व्यायाम की आवश्यकता होती है। वह पुरानी कहावत कि एक सशक्त तन में ही सशक्त मन का वास होता है—आज भी उतनी ही सही है।

अपने बच्चों के लिए यह लक्ष्य हम कैसे प्राप्त कर सकते हैं? इसकी शुरुआत अपने टी.वी., वी.सी.आर. और कंप्यूटर को बंद करके करें, फिर उठ खड़े हों और चल पड़ें—और अपने बच्चों से भी यही करने को कहें। तेज रफ्तार से चलना, सैर करना और साइकिल चलाना—ये सब अच्छे व्यायाम भी हैं और साथ-साथ समय बिताने के उत्तम उपाय भी। शारीरिक शिक्षण और पूर्ण मध्यांतर काल को फिर से स्कूल कार्य-दिवस में शामिल करें। औसत वजन के बच्चों और वयस्कों के लिए प्रतिदिन आधा घंटे और अधिक वजन के लोगों के लिए पैंतालीस मिनट के व्यायाम की सिफारिश की गई है; परंतु यह एक बार में ही करना अनिवार्य नहीं है। अपनी और अपने बच्चों की दिनचर्या में इस निर्धारित व्यायाम को दो या तीन छोटी-छोटी अवधियों में विभाजित कर सकते हैं। दो ब्लॉक की दूरी तय करने के लिए कार में लदने के बजाय आप उन्हें स्कूल, पार्क या स्टोर में घुमाएँ। एलेवेटर इस्तेमाल करने के बजाय सीढ़ियों से ऊपरी मंजिलों पर जाएँ। छुट्टियाँ बिताने की योजना इस तरह बनाएँ कि मनोरंजन के साथ-साथ अच्छा व्यायाम भी हो सके—प्राकृतिक स्थलों की सैर, राष्ट्रीय उद्यानों में पदयात्रा, कैंपिंग और

पैडल बोट से नौका-विहार।

यह जानकारी कि जोड़ों का दर्द तथा कैंसर, हृदय रोग व मधुमेह जैसी गंभीर और अकसर घातक बीमारियों के पीछे अनुपयुक्त खान-पान और निष्क्रियता ही हैं। हम और हमारे बच्चों के लिए अपने रेफ्रिजरेटर बंद कर देने और घर का निकास द्वार खोल देने के लिए काफी है।

इस संबंध में गाँव अपनी भूमिका निभा सकता है। अमेरिकी कृषि विभाग स्कूली लंच और ब्रेकफास्ट कार्यक्रम की देखरेख करता है। उसने संघीय सरकार, राज्यों, स्कूल जिलों, कृषकों और व्यवसायियों की साझेदारी में घरों, स्कूलों और प्रसार माध्यमों में स्वास्थ्यप्रद आहार के चुनाव के लिए टीम न्यूट्रीशन नामक कार्यक्रम शुरू किया है। अन्य परियोजनाओं के साथ टीम न्यूट्रीशन ने पोषक स्वल्पाहार तैयार करने के लिए स्वैच्छिक आधार पर प्रमुख रेस्तराँओं के खानसामों की सेवाएँ प्राप्त कर ली हैं। लेमन चिकन, वेजीटेबल लसाग्ना, संतरे के रस में संतरे और स्ट्राबेरीज को बच्चे चाव से खाएँगे। मैंने पाँचवीं और छठी कक्षा के विद्यार्थियों के एक समूह के साथ मसूर, फलियों और मटर के साथ राइस पिलफ का स्वाद लिया; जो कुछ उन्हें परोसा गया था, वह बच्चों ने न केवल खाया बल्कि पसंद भी किया।

शारीरिक स्वास्थ्य एवं खेल संबंधी प्रेजिडेंट्स कौंसिल सभी कक्षाओं के विद्यार्थियों के लिए शारीरिक शिक्षण अनिवार्य बनाने और छोटी आयु के विद्यार्थियों को कुशल खेल प्रशिक्षकों की देखरेख में स्कूल दिवस में मैदान में खेलने का अवसर दिए जाने के लिए स्कूलों को राजी करने का भरसक प्रयास कर रही है। लक्ष्य यह है कि देश के कुल स्कूली बच्चों में से कम-से-कम आधे बच्चों को दैनिक शारीरिक शिक्षण में शामिल किया जाए। कौंसिल इस बात पर जोर देती है कि इन शारीरिक शिक्षण कक्षाओं में उन गतिविधियों को शामिल किया जाना चाहिए, जिन्हें लोग जीवन भर जारी रख सकें जैसे—तैरना, साइकिल चलाना, दौड़ना आदि।

उसकी यह भी सिफारिश है कि इन और ऐसी ही गतिविधियों की उपलब्धता तथा इन तक पहुँच बढ़ाने के लिए समुदायों को प्रयास करना चाहिए। मेरे पति के लिटिल रॉक स्थित इमेन्युएल बेप्टिस्ट चर्च की तरह कई चर्चों ने पारिवारिक केंद्रों की स्थापना की है, जहाँ अन्य गतिविधियों के अतिरिक्त व्यायाम कक्षाओं, बास्केटबॉल गेम्स, दौड़ना और टहलना जैसे तंदुरुस्ती बढ़ानेवाली सुविधाओं की भी व्यवस्था है। परंतु कई बस्तियों में, जहाँ बच्चों को उनकी बेहद जरूरत है, ऐसे सामुदायिक मनोरंजक गतिविधियों के राजनीतिक विरोध को मैं समझ नहीं पाती। वयस्कों की देखरेख में युवाओं की ऊर्जा को सकारात्मक दिशा देने के लिए बीच शहर में स्थित बस्तियों को आर्थिक सहायता देना न

केवल स्वास्थ्य संबंधी समस्याओं को सुलझाने बल्कि युवाओं को कानून और व्यवस्था के लिए समस्या बनने से रोकने के लिए भी मुझे एक बढ़िया उपाय प्रतीत होता है।

□

बच्चों को तन व मन से स्वस्थ रखना परिवार और गाँव का प्रथम कर्तव्य है। परंतु हम सब जानते हैं कि माता-पिता चाहे जितने कर्तव्यनिष्ठ हों या एक समुदाय रोगों की रोकथाम के लिए चाहे जितने कदम उठाए, कई बच्चे फिर भी रोग और चोट से ग्रस्त होते रहेंगे। तब चिकित्सा सुविधाओं की जरूरत होती है।

हमारे युग की तीन कथाएँ—

टेक्सास का एक किशोर उच्च रक्तचाप और बार-बार होनेवाले पेट दर्द से पीड़ित था, परंतु उसका बीमा नहीं हुआ था और उसका परिवार उन परीक्षणों को कराने में असमर्थ था, जो उसकी समस्याओं के कारणों का खुलासा करते। बाद में उसे अपने हाथ ऊपर उठाने में भी तकलीफ होने लगी। जब उसे आपातकालीन चिकित्सा की जरूरत हुई तो वह एक स्थानीय अस्पताल के आपातकालीन कक्ष में पहुँचा। उसकी माँ ने मेडिकलएड के लिए आवेदन किया; परंतु उसे बताया गया कि परिवार की आमदनी राज्य के पात्रता स्तर से कुछ ज्यादा थी।

कंसास की एक छह वर्षीय बालिका का एक गंभीर संक्रमण कनपटी की हड्डी के ऑपरेशन की माँग करता था। जब उसे हॉस्पिटल से डिस्चार्ज किया गया, चिकित्सकों ने कुछ एंटीबायोटिक्स लिखकर दिए, जिन्हें घर जाकर लेना था; परंतु परिवार की बीमा पॉलिसी ने उसकी लागत वहन करने से इनकार कर दिया। एंटीबायोटिक्स के अभाव में उसको दौरे पड़ने लगे और दिमाग में सूजन आ गई तथा उसने बोलने की क्षमता सहित हलचल और बोध संबंधी कई क्षमताएँ खो दीं। इस स्थिति से निपटने के लिए अब उसे जटिल चिकित्सा और उपचर्या की आवश्यकता है।

वर्जिनिया की एक महिला अपने अस्थमा-पीड़ित बेटे का स्वास्थ्य बीमा कराने में असमर्थ थी। जब-जब उस पर अस्थमा का आक्रमण होता, वह उसे आपातकालीन कक्ष में ले जाती, जहाँ डॉक्टर उसका इलाज करते और कुछ दवाइयाँ लिखकर देते, जिन्हें घर जाकर जारी रखना था। परंतु उसकी माँ के पास दवाइयाँ खरीदने के लिए पैसे नहीं थे और यदि डॉक्टर ने उसे कोई खुराक मुफ्त में भी दी होती तो यह जानते हुए कि वह और दवाई नहीं खरीद पाएगी, उसे अंतिम समय तक रोके रखती।

मैं आपको और भी कहानियाँ सुना सकती हूँ, जो इस सवाल पर खत्म होती हैं—क्या हमारे बच्चे इस प्रकार की स्वास्थ्य सेवाओं के लायक हैं?

आज एक करोड़ से भी अधिक बच्चों, जिनमें से अधिकांश के माता-पिता कार्यरत

हैं, को स्वास्थ्य बीमा की सुरक्षा उपलब्ध नहीं है; इस संख्या में प्रतिवर्ष पाँच लाख बच्चे जुड़ जाते हैं। यह वृद्धि दर और भी बढ़ सकती है, यदि गरीब बच्चों को शासकीय स्वास्थ्य बीमा उपलब्ध करानेवाली योजना, मेडिकलएड, के बजट में कटौती का प्रस्ताव कांग्रेस में पास हो जाता है। यह कदम पहले से ही काम के बोझ से दबे आपातकालीन कक्षों में मरीजों की संख्या बढ़ा देगा और काम के बोझ तले दबे वहाँ के कर्मचारी मजबूरी में उन्हें भरती करने से इनकार कर देंगे।

जब मैं ऐसे माता-पिताओं की आँखों में झाँकती हूँ, जिनके बच्चों की बीमारियाँ उन्हें न केवल भावनात्मक रूप से बेहाल कर रही हैं, बल्कि उनकी जेबों पर भी भारी पड़ रही हैं, क्योंकि वे स्वास्थ्य बीमा का खर्च नहीं उठा सकते, तो मेरा मन भर आता है। इस प्रकार के निराशाग्रस्त अमेरिकियों की संख्या बढ़ रही है।

कुछ परिवार निजी बीमा का खर्च उठा सकते हैं, परंतु उन्हें बीमा संरक्षण नहीं मिलता। क्लीवलैंड, ओहियो में मैं एक ऐसे दंपती से मिली, जिनकी दो पुत्रियाँ सिस्टिक फायब्रोसिस से पीड़ित थीं और उनसे बड़ा एक स्वस्थ पुत्र था। उनके पिता जो एक स्व-नियुक्त पेशेवर थे, उन्होंने अपने कर्मचारियों और उनके परिवारों का स्वास्थ्य बीमा करवाया हुआ था। वह दंपती अपने और अपने बेटे के स्वास्थ्य बीमा का खर्च उठाने में समर्थ था और अपनी बेटियों के लिए भी वे ऐसी पॉलिसी खरीद लेते, परंतु उन बालिकाओं की बीमारी के कारण कोई बीमा कंपनी उन्हें पॉलिसी बेचने के लिए तैयार नहीं थी। उन्होंने मेरे सामने एक बीमा एजेंट के शब्द दोहराए—मैं जीवन भर उन शब्दों को भूल नहीं सकूँगी। एजेंट ने उनसे कहा था, "जो बात आप नहीं समझ रहे हैं वह यह है कि हम जलते हुए घरों का बीमा नहीं करते।"

मेरी दृष्टि में ऐसी प्रवृत्ति निदंनीय है। कड़ी मेहनत करनेवाले उन लोगों को यह क्या संदेश देगा जो अपने बच्चों से प्यार करते हैं, परंतु उन्हें बचा नहीं सकते? और यदि हम इन बच्चों को मृत मानकर भूलने के लिए तैयार हैं तो अगली बारी किसकी होगी? यही वह प्रश्न है जिस पर हम सबको विचार करना होगा, क्योंकि आनुवंशिकी पर शोध जिस तरह से प्रगति कर रहा है, शीघ्र ही वैज्ञानिक हमें यह बताने की स्थिति में होंगे कि हमारी कौन सी जींस हमें कैंसर या मधुमेह या अन्य कोई गंभीर रोग की ओर उन्मुख करती है। तो क्या हममें से वे लोग, जो इन जींस के धारक हैं और उनके बच्चों, जिन तक हम ये जींस पहुँचा देते हैं, को भी बीमा संरक्षण देने से इनकार कर दिया जाएगा?

जब मैं नेब्रस्का राज्य में साउथ सियॉक्स सिटी के सात वर्षीय एक बालक र्‌यान मूर से मिली तो मैं समझ गई कि मेरा सामना नायकीय प्रवृत्ति के एक व्यक्ति से हुआ है। र्‌यान ऐसे जन्मजात सिंड्रोम के साथ पैदा हुआ था, जो कई जन्मजात दोषों का कारण

बनता है। र्‌यान की एक वर्ष की आयु तक उसका पिता ब्रायन परिवार को अच्छा बीमा संरक्षण देने की स्थिति में था; फिर वह जिस कंपनी में काम करता था, वह बंद हो गई। ब्रायन ने काम की तलाश की, परंतु उसके बेटे की चिकित्सा आवश्यकताओं को देखते हुए कंपनियाँ उसे नियुक्त करने की इच्छुक नहीं थीं। ''ऐसा लगता था जैसे वे मेरे मार्फत केवल मेरे बेटे को ही देख रहे हों।'' ब्रायन ने कहा, ''मैं बहुत कुछ कर सकता हूँ, परंतु मुझे एक गार्ड तक का काम नहीं मिला।''

परंतु सात वर्ष के र्‌यान ने काम खोज लिया। अपनी सभी समस्याओं के बावजूद आशावादी प्रसन्न और अदम्य बने रहकर स्थानीय स्तर पर वह एक मशहूर व्यक्ति बन चुका है। र्‌यान चिल्ड्रंस मिरेकल नेटवर्क के साथ काम करते हुए अपनी महँगी चिकित्सा और यात्रा जरूरतों के लिए धन इकट्‌ठा कर रहा है। वह बहादुर बालक कार्टून सीरियल 'विनी द पूअ' के पिगलेट का यह कथन उद्धृत करना पसंद करता है, ''तुम जैसे इतने छोटे से जानवर के लिए बहादुर बनना बहुत कठिन है।''

एक और छोटी सी बहादुर आत्मा जिससे मैं मिली, वह था चार वर्षीय माइक बेबोट, जो बच्चों के स्वास्थ्य संबंधी एक कार्यक्रम में भाग लेने के लिए व्हाइट हाउस आया था। वह जीवन भर 'शॉर्ट बॉवेल सिंड्रोम' से पीड़ित रहा, जो उसके शरीर को सभी आवश्यक पोषक तत्त्वों को जज्ब करने से रोकता था। उसके माता-पिता उसके इलाज के लिए निजी बीमा कंपनियों से पॉलिसी नहीं ले सके। उसके बड़े भाई, एक और र्‌यान, ने मुझे बताया कि उसके विचार से हर बच्चे को उसकी आवश्यकतानुसार स्वास्थ्य सेवाएँ मिलनी चाहिए और इस आंदोलन के लिए उसके पास अंग्रेजी शब्द 'माइक' नाम से एक बढ़िया आद्याक्षरी (एक्रोनिम) है—'मेडिकल इंश्योरेंस फॉट किड्स एवरीवेयर।'

कई अमेरीकियों के लिए स्वास्थ्य सेवाओं का अभाव हमें प्रत्येक स्तर पर आपातकालीन कदम उठाने के लिए बाध्य कर देता है। आपातकालीन चिकित्सा कक्षों को लोग क्लीनिक की तरह इस्तेमाल करते हैं, जिसमें अस्पतालों के संसाधनों पर भारी दबाव पड़ता है और इस कारण उन्हें निरोधक और उपचार-पश्चात् स्वास्थ्य सेवाओं का लाभ कम मिलता है। चूँकि हम रोग-निरोधक कार्यक्रमों में निवेश नहीं करते, इसलिए शिशुओं और बच्चों को गंभीर रोगों, जिनकी चिकित्सा महँगी होती है, का सामना करना पड़ता है। छोटे बच्चों को समय पर टीके नहीं लगाए जाते। अपने विकसित होते मन व तन के लिए स्कूली बच्चों को आवश्यक पोषण और व्यायाम की सुविधाएँ नहीं मिलतीं।

कई लोगों का विचार है कि भारी लागत की वजह से हम सभी लोगों को स्वास्थ्य सेवाएँ उपलब्ध कराने की गारंटी नहीं दे सकते। वास्तव में, अन्य देशों की तरह एक सर्वग्राही प्रणाली की लागत कम बैठेगी। ऐसा इसलिए कि अधिकांश बच्चे, जो बीमार

या चोटग्रस्त होते हैं, अंततः कहीं-न-कहीं इलाज कराते हैं, चाहे वह उन्हें बहुत देर से बहुत थोड़ा और उस लागत से कहीं अधिक पर मिला हो, जो आरंभिक अवस्था में परिलक्षित लक्षणों के इलाज पर आती। परंतु जब तक हम अपनी स्वास्थ्य सेवा प्रणाली पर निर्ममता से नजर नहीं डालते और प्रत्येक अमेरिकी नागरिक को सस्ती सेवाएँ उपलब्ध कराने के लिए अपने भीतर एक प्रतिबद्धता पैदा नहीं करते, मकान-दर-मकान पूरा गाँव जलता रहेगा।

किसी भी बड़े शहरी अस्पताल के आपातकालीन चिकित्सा कक्ष का अवलोकन करके आप हमारी टालमटोल नीति के परिणामों का जायजा ले सकते हैं। वहाँ न केवल उन चिकित्सा संबंधी संकटों को देखा जा सकता है, जिनके लिए एक आपातकालीन चिकित्सा कक्ष का निर्माण होता है बल्कि शिशुओं से लेकर किशोरों तक उन दर्जनों बच्चों को भी, जो किसी गंभीर बीमारी से ग्रस्त प्रतीत नहीं होते। फिर वे वहाँ क्यों हैं? उनको बुखार, कान में दर्द, पेट की गड़बड़ है—इस प्रकार के दर्द और शिकायतें, जिनका इलाज एक स्कूल नर्स द्वारा या डॉक्टर की क्लीनिक में आसानी से किया जा सकता है या इससे भी बेहतर रोग-निरोधक उपायों द्वारा, जिनसे बचा जा सकता है।

परंतु स्कूलों में अब नर्सें नहीं होतीं और डॉक्टरी इलाज के लिए पैसे चाहिए—और कई बीमा पॉलिसीधारक भी जानते हैं कि बच्चों के लिए आम रोग निरोधक सेवाएँ कई पॉलिसियों के दायरे में नहीं आतीं। अधिकांश जन स्वास्थ्य केंद्र ऐसे समय पर खुले होते हैं, जो कार्यरत माता-पिताओं के लिए सुविधाजनक नहीं होता। शॉपिंग मॉल्स में मुनाफे के आधार पर खुल रही कई क्लीनिक्स देर तक खुली रहती हैं, परंतु वहाँ पैसे लगते हैं या हैसियत के आधार पर क्रेडिट सुविधाएँ दी जाती हैं और वे सभी के लिए सुलभ भी नहीं होतीं।

यदि बीमा-सुरक्षा से वंचित अमेरिकियों की संख्या और मुनाफे के लिए चलनेवाली चिकित्सा सेवाओं का प्रभाव इसी तरह बढ़ता रहा तो बिना मुनाफे के सेवाभाव से चलनेवाले अस्पताल बंद हो जाएँगे और अंततः जो लोग विशेषज्ञ चिकित्सा सुविधाओं का खर्च नहीं उठा पाएँगे, उन्हें मजबूरन घरेलू इलाज या अनाड़ी चिकित्सकों की शरण में जाना पड़ेगा। विडंबना तो यह होगी कि उस स्थिति में आवश्यक घरेलू इलाज के मामले में अल्प विकसित देश हमारे गुरु होंगे। यदि यह स्थिति कपोल-कल्पित लगती है तो मैं आपको बता दूँ कि ऐसा तो हो ही रहा है। जब मैं बँगलादेश में अमेरिका द्वारा आंशिक रूप से वित्त-पोषित सेंटर फॉर डायरियल डिसीज रिसर्च में गई तो वहाँ मुझे लूसियाना के एक डॉक्टर मिले, जो स्वदेश में अपने राज्य के बीमा संरक्षण से वंचित 2,40,000 बच्चों के लिए कम लागतवाले इलाज की तकनीक का पता करने के लिए

वहाँ आए हुए थे।

मैंने इस अध्याय का आरंभ डॉ. लोव के नुस्खे से किया था और मेरी बच्ची के लिए बताए गए उनके सभी उपायों की तरह वह भी मुझे प्रभावी लगा—अपने घरों और स्कूलों में रोगों से बचने के लिए सहज बुद्धि से किए गए उपाय। एक सुधरी हुई स्वास्थ्य रक्षा प्रणाली, जो सभी बच्चों को आवश्यक स्वास्थ्य सेवाएँ उपलब्ध कराने की गारंटी दे। जिन बीमारियों से बचा जा सकता था, उनके इलाज पर हम आज तो अरबों डॉलर खर्च कर रहे हैं, उसके बजाय उपर्युक्त दोनों तरीकों से हम धन बचा सकते हैं।

मैं नहीं समझती कि अल्प अवधि में हम डॉ. लोव के नुस्खे अपनाने वाले हैं, परंतु मैं जानती हूँ कि अंततः हम ऐसा करेंगे। लोक स्वास्थ्य सेवाओं के सुधार पर मैंने इतना परिश्रम क्यों किया? उसका एक कारण यह है कि मैं इस हकीकत को सहन नहीं कर सकती कि लाखों बच्चों को स्वास्थ्य बीमा का संरक्षण प्राप्त नहीं है और लाखों बच्चे मेडिकलएड पर आश्रित हैं, भविष्य में जिसके जारी रहने की संभावना बहुत कम है, यदि वर्तमान कांग्रेस अपनी मनमानी कर सके। हमारा समाज उन बच्चों की सघन चिकित्सा का नैतिक या आर्थिक भार नहीं उठा सकेगा, जिनका उपचार डॉ. लोव के शब्दों में, ''आरंभ में ही किया जाना चाहिए था।''

□

8
LFD

8

सुरक्षा : सबसे जरूरी

> घर जैसी कोई जगह नहीं...घर जैसी कोई जगह नहीं।
>
> —*डोरोथी*

मैं लगभग आठ साल की रही होउँगी, जब मेरी नानी मुझे और मेरे भाई ह्यूज को 'द विजर्ड ऑफ ओज' दिखाने ले गईं। शनिवार अपराह्न में हम मुख्य शहर में स्थित शिकागो के एक भव्य सिनेमा में मूवी देखने गए थे। मैं इससे पहले इतने शाही सिनेमा हॉल में कभी नहीं गई थी।

रास्ते में नानी हमें लगातार आगाह करती रहीं कि कई बार शहर के सिनेमा गृहों से अजनबियों द्वारा बच्चों को अपहृत कर लिया जाता है। जब हम अपनी सीटों पर पहुँचे तो वे हम दोनों के बीच में बैठीं और हमें काल्पनिक, या वास्तविक, खतरे से बचाने के लिए हम दोनों के गलों में अपनी बाँहें डाले रहीं।

उन्होंने अपहरणकर्ताओं का जो हौवा खड़ा किया था, वह फिल्म शुरू होने से पहले ही हमें आतंकित कर देने के लिए काफी था। जब तक अजीब से दिखनेवाले पंखयुक्त बंदर जादूगरनी के महल से उड़कर बाहर निकलते तथा डोरोथी और टोटो को पकड़कर ले जाते, बच्चे चीखने लगे थे और मेरा भाई सीट के नीचे छिपने की कोशिश कर रहा था। मैंने सहारे के लिए नानी का हाथ पकड़ लिया; परंतु मैंने देखा कि उनका हाथ भी पसीने से तर था। बुरी तरह भयभीत होने का वह मेरा पहला अनुभव था।

अंततः बंदरोंवाला दृश्य समाप्त हुआ और जादूगरनी भी तिरोहित हो गई। डोरोथी और उसके मित्र एमेराल्ड सिटी में वापस आ गए। आसपास के बच्चों ने रोना बंद कर दिया और ह्यूज फिर से अपनी सीट पर बैठ गया। मेरी नानी ने भी अपनी पकड़ कुछ ढीली कर दी। जब डोरोथी ने अपनी सुर्ख-लाल स्लीपर्स की एड़ी से खट-खट की आवाज की तो मैं भी अपनी सीट के नीचे अपने नर्म तलोंवाले जूतों के साथ पैर थपथपाने लगी और उसी के सुर में गुनगुनाने लगी, 'घर जैसी कोई जगह नहीं···घर जैसी कोई जगह नहीं।'

जब हम घर पहुँचे तो मेरी माँ ने हमसे फिल्म के बारे में कुछ बताने के लिए कहा। इससे पहले कि उन्हीं के नाम की उस अनोखी लड़की के बारे में बताने के लिए अपना मुँह खोलती, ह्यूज अपनी तरफ उड़कर आते हुए बंदरों, डरावने संगीत और अँधेरे जंगल का वर्णन करने लगा। हमारे माता-पिता ने हमें आश्वस्त किया कि वह कहानी कल्पना की एक उड़ान मात्र थी और वे हमारे साथ कभी उस तरह का कुछ घटित नहीं होने देंगे।

परंतु केवल बंदरों ने ही मुझे भयभीत नहीं किया था। जिस बात ने मुझे अधिक गहराई से परेशान किया था, वह था उस अँधेरे में बैठकर हुआ यह एहसास कि मेरे आसपास बैठे सभी लोग—यहाँ तक कि वह वयस्क भी, जो हमें अपने संरक्षण में वहाँ ले गई थी—डरे हुए थे। वह एक गहराई तक क्षुब्ध कर देनेवाला अनुभव था। उन दिनों अधिकांश लोगों के लिए वह एक बिरला अनुभव भी था।

मेरे शहर में बच्चे अपनी बाइक्स पर सवार होकर हर जगह जाया करते थे—लाइब्रेरी, सिनेमाघर, दुकानों या रेस्तराँओं में। (मेरा प्रिय था रॉबिनहुड, जिसमें दीवारों पर शेरवुड फॉरेस्ट के चित्र लगे थे। कई वर्ष तक मैं और मेरे मित्र यह समझते रहे कि वहाँ पर केचप डालकर फ्रेंच फ्राइज खाने का आविष्कार हमने किया था।)

मेरा भाई ह्यूज, जो एक जन्मजात साहसी था, शरारतें करने के लिए घंटों अपने दोस्तों के साथ घूमता रहता। अपने लड़कों को बहुत देर तक घर से गायब पाकर बस्ती की माताएँ स्थानीय पुलिस को रिपोर्ट करतीं। पहली बार जब ऐसा हुआ तो पुलिस ने उन्हें एक नई विकसित हो रही कॉलोनी में अधबने मकानों के बेस में खेलते हुए पाया। मेरी माँ के कड़े निर्देशों को याद करके ह्यूज ने अजनबियों, चाहे वे पुलिसवाले ही क्यों न हों, के साथ उनकी गाड़ी में बैठने से इनकार कर दिया। इसलिए पुलिस कार धीमी गति से उसके पीछे-पीछे घर तक आई, जबकि दूसरे बच्चे कार की पिछली सीटों पर बैठे हुए थे।

खतरे तो वास्तव में थे। समय-समय पर उस क्षेत्र में हुआ कोई कत्ल या अपहरण अखबारों की सुर्खियाँ बन जाता था। कभी-कभी हमें कोई अजनबी पार्क में मिल जाता या हममें से किसी एक को बाइक या कार में घुमाने के लिए आमंत्रित करता या, जैसा

कि मेरे मित्रों और मेरे साथ एक बार हुआ। जब हम किसी बिल्डिंग साइट का निरीक्षण कर रहे थे, हमें डराने के लिए एक आदमी ने चाकू निकाल लिया था। खतरे तो थे, परंतु यदि हम अपने माता-पिता द्वारा बताए गए बुनियादी सुरक्षा नियमों का पालन करते तो उनसे निपटा जा सकता था।

एक बार, जब मैं ग्रेड स्कूल में ही थी, उम्र में मुझसे बड़े एक लड़के ने मेरा पीछा किया, मुझे जमीन पर गिरा दिया और तब तक चूमता रहा जब तक कि मैंने उसे लात-घूँसे मारकर स्वयं को छुड़ा नहीं लिया। मैं दौड़कर किचन सिंक तक गई, बार-बार अपना मुँह धोया और साथ ही चीख-चीखकर माँ को वह सब बताती रही। उन्होंने मुझे शांत किया और इस बात की तसल्ली करके कि मुझे चोट नहीं लगी थी। फिर उन्होंने उस लड़के से कैसे बचकर रहना और भविष्य में कैसे अपना खयाल रखना, इस बारे में मुझे नसीहतें दीं।

आज की तुलना में कम हथियार होने के कारण उन दिनों एक अजनबी की हताशा तथा परिवार के किसी सदस्य के एकाएक उत्तेजित हो जाने के परिणाम घातक होने की संभावना कम थी। बच्चों के आपसी मतभेदों की परिणति स्वयं को आहत महसूस करने या अधिक-से-अधिक घूँसेबाजी के दौरान आई खरोंचों से अधिक गंभीर रूप में नहीं होती थी। मेरी पीढ़ी के मित्र देश के भीतरी भागों में स्थित छोटे शहरों या अलग-थलग ग्रामीण क्षेत्रों में बड़े हुए भय और खतरे के क्षणों को याद करते हैं। फिर भी, सुरक्षा को लेकर व्यापक चिंता के सामने वह कुछ भी नहीं था।

वसंत ऋतु की एक सुखद दुपहरी। चेल्सी लगभग नौ वर्ष की थी। वह और उसकी एक मित्र गवर्नर की कोठी के सामनेवाले फव्वारे के इर्द-गिर्द बाइक चला रहे थे, यह पूछने के लिए अंदर आए कि क्या वे साइकिल से दस ब्लॉक दूर स्थित पब्लिक लाइब्रेरी चले जाएँ? मुझे याद आया कि उनकी उम्र में मैं निडरता से अकेली अपनी स्थानीय लाइब्रेरी में जाया करती थी। जब मैंने उसे वहाँ जाने के लिए मना किया तो मेरी आँखों में आँसू आ गए। अपना काम छोड़कर मैं उन दोनों लड़कियों को कार में बिठाकर लाइब्रेरी ले गई।

लड़कियों को वहाँ जाने में वास्तव में जितना जोखिम था, उसके मुकाबले मेरी प्रतिक्रिया अतिरंजित हो सकती है, परंतु बच्चों की सुरक्षा को लेकर प्रत्येक माता-पिता के मन में जो चिंता रहती है, वह उसी की सूचक है। एक माँ और लेखिका जेनिफर एलेन, जिन्होंने 'लाइफ' मैगजीन के लिए बच्चों की सुरक्षा के संबंध में माता-पिताओं से बात करते हुए पूरे देश की यात्रा की, इस बात पर जोर देती हैं कि घरेलू हादसे और गैर-इरादतन हिंसा आम खतरे हैं, जो उनके कल्याण में बाधक हैं। उनका कहना है कि "फिर भी, हम उन कम खतरनाक और कभी-कभी होनेवाली घटनाओं, जैसे बच्चों के अपहरण के बारे में चिंतित होना छोड़ नहीं सकते।"

बच्चों के जीवन में घर जैसी कोई जगह नहीं। ब्रेन रिसर्च हमें सिखाती है कि स्वस्थ न्यूरोलॉजिकल विकास के लिए स्वयं को 'सुरक्षित और संरक्षित' महसूस करना आवश्यक है। परंतु घर को भावनात्मक के साथ-साथ भौतिक आश्रय-प्रदाता भी होना चाहिए। बच्चों में बड़ों के मन की भावना को समझने की रहस्यमय क्षमता होती है। जब वे समझ लेते हैं कि उन्हें संरक्षण देने में हम स्वयं ही विश्वस्त नहीं हैं तो उनमें सुरक्षा का भाव लुप्त हो जाता है।

□

सुरक्षा प्रबंधन भौतिक परिवेश पर समाप्त नहीं हो जाता, वह वहाँ से आरंभ होता है। सुरक्षा के प्रति सजग माता-पिता घरेलू जहरीले पदार्थों, प्लास्टिक की थैलियों और माचिस को बच्चों की पहुँच से बाहर रखते हैं। मकान मालिक या लोक-निर्माण अधिकारी बच्चों को दुर्घटनाओं से बचाने के लिए आने-जाने के मार्ग में अवरोध लगाते हैं। गरम पानी की टोंटियों का टपकना बंद करा देते हैं, ताकि कोई बच्चा स्वयं को जला न बैठे तथा जिन दीवारों की पपड़ियाँ उखड़ने लगी हों, उनकी मरम्मत करा देते हैं, ताकि बच्चे उन्हें अपने गले से उतार न लें। उनके विकासशील दिमागों पर बुरा प्रभाव डाल सकता है।

एन ब्राउन, जिन्हें मैं बच्चों की सुरक्षा के मामले में ध्वजवाहक समझती हूँ—वे कंज्यूमर प्रॉडक्ट्स सेफ्टी कमीशन की अध्यक्ष हैं। उन्होंने घरों को बच्चों के लिए निरापद बनाने के बारे में जानकारियों का खजाना पेश किया है। उन्होंने हाल ही में अपने साथ वाशिंगटन डी.सी. स्थित मेजीक पैरेंट-चाइल्ड सेंटर चलने के लिए मुझे आमंत्रित किया था। वहाँ गर्बर प्रॉडक्ट्स एंड द फूड मार्केटिंग इंस्टीट्यूट के सहयोग से वह 'बेबी सेफ्टी शॉवर हाउ-टू किट' का विमोचन करने जा रही थीं। ब्राउन का कहना था कि सुरक्षा का महत्त्व दरशानेवाले ये बेबी शॉवर घर को बच्चे के लिए निरापद बनाने के बारे में नव-प्रसूताओं और गर्भवती स्त्रियों को जाग्रत् करने का एक अच्छा उपाय है। शॉवर के इस विचार से मैं इतनी प्रभावित हुई कि अपनी एक मित्र के लिए मैंने एक व्हाइट हाउस शॉवर की मेजबानी की और कुछ सुरक्षा साधन उपलब्ध कराए। उसने हाल ही में एक बच्चे को गोद लिया था।

मैं एन को उस परीक्षण का प्रदर्शन करते हुए देखती रही, जिसके बारे में प्रत्येक नए माता-पिता को पता होना चाहिए—यदि सोडे का एक कैन सीधी स्थिति में शिशु के पलने के साइड से पास हो जाता है तो दो पट्टियों के बीच की जगह इतनी चौड़ी हो जाती है कि बच्चा उसमें अपना सिर फँसा सकता है। शिशु का गद्दा अपेक्षाकृत ठोस और समतल होना चाहिए; अत्यधिक नरम गद्दा सोते समय बेबी को साँस लेने में तकलीफ दे सकता है। बिजली के बोर्डों में विद्युत् आपूर्ति करनेवाले छिद्रों को सस्ते प्लग लगाकर बंद रखकर तथा उतरनेवाली सीढ़ियों पर सेफ्टी गेट की व्यवस्था करके गंभीर दुर्घटनाओं

से बचा जा सकता है।

हत्याओं की तुलना में तीन गुना अधिक बच्चे घरेलू हादसों में मारे जाते हैं। सालाना होनेवाले इन हादसों को रोका जा सकता है। स्वभावत: दुर्घटनाएँ कहकर नहीं आतीं। इसलिए, एक हद से ज्यादा उनसे बचा भी नहीं जा सकता; परंतु अकसर उनके परिणामस्वरूप लगनेवाली गंभीर चोटों से बचा जा सकता है। मेरी माँ वह समय याद करती हैं, जब मैंने बमुश्किल चलना सीखा ही था; मैंने कोका कोला की एक बॉटल देखी, जिसमें हमारी अपार्टमेंट बिल्डिंग में कुछ पेंटरों ने तारपीन भरकर रखा हुआ था। इससे पहले कि कोई यह जान पाता कि मैं क्या कर रही थी, मैंने उसे पीना शुरू कर दिया। उसके गंभीर परिणामों से मुझे बचाने के लिए आसपास के लोगों ने चुस्ती दिखाई। इस अनुभव ने बिना समझे-बूझे किसी भी चीज को गले से उतारने की आदत छुड़ा दी (सिवाय गधी के उस दूध के, जिसे मंगोलिया में एक बंजारा परिवार की सम्मानित अतिथि के रूप में मैंने चखा था)। परंतु जैसे-जैसे मैं बड़ी हुई, आसपास सजग लोगों के होने के बावजूद मेरे साथ हादसे होते रहे। जैसे उबलते हुए पानी से हाथ जला बैठना; घाव लगा टखना, घुटना, भौहें सीढ़ियों से गिरना आदि।

माता-पिताओं को कुछ सावधानियों को दरकिनार करके बच्चों की गतिविधियों में दिल से शामिल हो जाना चाहिए, जैसे बिना हैलमेट के बाइसिकल, मोटरसाइकल, स्केट बोर्ड या रोलर ब्लेड चलाना। मुझे याद है कि एक बार सैन डिएगो के प्रवास पर मैंने चेल्सी और उसकी सहेली को कहा कि मेरे साथ बाइक पर छोटी यात्रा के दौरान उन्हें हैलमेट पहनने की जरूरत नहीं है और न मैंने स्वयं उसका उपयोग किया। मेरी दहशत की आप कल्पना कीजिए, जब चेल्सी की सहेली एक ट्रक के दरवाजे से टकरा गई, जो उसके सामने अचानक ही खुल गया था। सौभाग्यवश उसे ज्यादा चोट नहीं लगी, परंतु मेरी स्थिति तब विकट हो गई जब स्थानीय समाचार-पत्रों में इस घटना का विवरण छपा। परंतु हैलमेट पहनाकर उन चालीस हजार बच्चों, जो प्रतिवर्ष सिर की चोट से ग्रस्त होते हैं, उनमें से कुछ को बचाया जा सकता है। कारों में सेफ्टी सीटों और सीट बेल्ट्स का सही प्रयोग कार दुर्घटनाओं से कुछ की जान बचा सकता है।

जिन हादसों में पिस्तौलों का उपयोग किया गया हो, वे सबसे दु:खद हादसों में शामिल हैं। हर साल बीस वर्ष से कम आयु के लगभग पाँच हजार लोग आग्नेयास्त्रों से मारे जाते हैं। इनमें से प्रति दस में से एक मौत दुर्घटनावश होती है, जिनमें से कई उन बच्चों के द्वारा अंजाम दी जाती हैं, जिनके घरों में भरी हुई बंदूकें या पिस्तौलें मौजूद होती हैं। लगभग आधे अमेरिकी घरों में आग्नेयास्त्र हैं और अकसर उन्हें ताले में रखने के बजाय यों ही छिपा दिया जाता है या गोलियाँ भरकर किसी ड्रावर में ऐसे ही रख दिया जाता है। दुर्घटनावश चली गोलियों से घायल होने की घटनाएँ इतनी आम हो चुकी हैं कि अमेरिकन मेडिकल एसोसिएशन ने डॉक्टरों को सलाह दी है कि जो रोगी आग्नेयास्त्रों के

मालिक हैं, उनसे बात करते समय उनके हथियारों में सेफ्टी लॉक लगवाने और गोलियों को दूसरे सुरक्षित स्थान पर रखने के बारे में अवश्य बात करें।

परंतु एक सेफ्टी लॉक बच्चों के संरक्षण के लिए सबसे ज्यादा जरूरी तत्त्व का विकल्प नहीं है। माता-पिता एवं घर के अन्य वयस्कों, यहाँ तक कि गाँव की व्यापक सजगता, से भी हादसों से बचा सकता है।

पिछली गरमियों में हमारी इस राष्ट्रीय राजधानी में गरमी की भीषण लहर के दौरान चार वर्षीय ईशा एल्मोर और उसका दो वर्षीय भाई क्लेंडन अपने घर से भटककर नजदीक के एक पार्किंग स्थल में खड़ी एक अनलॉक्ड बार में बैठ गए। दो घंटे बाद ही दम घुटने से दोनों बच्चों की मृत्यु हो गई। 'वाशिंगटन पोस्ट' में प्रकाशित घटना की फॉलोअप रिपोर्ट का शीर्षक था 'खेलने के लिए जगह नहीं'। उन बच्चों के परिवार की एक पड़ोसन उस बस्ती से दूर रहनेवाले लोगों से इस बात में सतर्कता बरतने की अपील के साथ उद्धृत की गई कि वे उन बच्चों की माँ के प्रति अत्यधिक कठोर रवैया न अपनाएँ। इस खस्ताहाल आवासीय बस्ती, जिसमें कोई खेल का मैदान नहीं था, में एक प्लास्टिक पूल की ओर इशारा करते हुए उसने कहा, "कुछ करने के लिए यहाँ है क्या? खेलने के लिए जगह कहाँ है?"

हमारी नासमझी के कारण बचपन में ही मौत से साक्षात्कार करा देनेवाली ऐसी घटनाएँ मुझे उदास कर देती हैं। परंतु वे मुझे क्रोधित भी कर देती हैं, क्योंकि कोई भी उनकी जिम्मेदारी लेने के लिए तैयार न होगा। यद्यपि उन बच्चों की माँ और स्पष्ट तथा अनुपस्थित पिता दोनों ही इस घटना के लिए मुख्य रूप से जिम्मेदार हैं, जैसा कि उस पड़ोसन ने कहा, केवल उन्हें ही दोष देना बहुत आसान है।

बृहत्तर समाज की उपेक्षा की ओर उँगली उठाते हुए बस्ती के निवासी गलत नहीं हैं। बस्ती के लोग स्थानीय प्राधिकारियों द्वारा वहाँ खेल का एक मैदान तथा कॉलोनी के अंदर दौड़ती कारों से बच्चों को बचाने के लिए स्पीड ब्रेकर्स बनाए जाने के लिए वर्षों से प्रयत्न करते आ रहे थे। परंतु वहाँ के निवासियों को भी कुछ दोष तो स्वीकार करना होगा। अपने बच्चों की आवश्यकताओं की पूर्ति करने या प्राधिकारियों के समक्ष वैसी माँग करने के लिए वे संगठित क्यों नहीं हुए? छोटे बच्चों पर लगातार निगरानी रखने के लिए बारी-बारी से ड्यूटी क्यों नहीं लगाई, कॉलोनी में उपलब्ध जगह को मैदान में बदलने के लिए क्यों नहीं जुट गए या सबने मिलकर खेलकूद का सामान क्यों नहीं खरीद लिया, ताकि सभी बच्चे उनका उपयोग कर पाते?

माता-पिता चौबीस घंटे बच्चों पर निगरानी नहीं रख सकते। उन्हें अन्य लोगों की सहायता पर निर्भर रहना होता है, जैसी मेरी माँ और पिता को मिली थी। जिस बस्ती में मैं बड़ी हुई, वहाँ यदि कोई बच्चा पेड़ से गिर जाता या लड़कों के बीच झगड़े हो जाते तो नजदीक के घरों से लोग सहायता के लिए दौड़ पड़ते थे। ऐसा इसलिए था कि अधिकांश

महिलाएँ दिन में घर पर ही होती थीं तथा अन्य रिश्तेदार भी आसपास ही रहते थे। लोग भी ऐसे हस्तक्षेपों को अपनी पैरेंटिंग पर टिप्पणी मानने के बजाय उन्हें पसंद करते थे।

एक स्त्री, जो आज स्वयं एक माँ है, याद करती है कि जब वह बड़ी हो रही थी, उसे अपने चाल-चलन के प्रति सतर्क रहना पड़ता था; क्योंकि उसके घर पहुँचने से पहले ही उसकी नानी को उसकी हरकतों का पता चल जाता था। उसकी नानी पड़ोसियों से मिली खबरों का स्वागत करती थी, चाहे वे बुरी ही क्यों न हों; जैसे उस दिन की बात जब उसने पहली बार धूम्रपान की चेष्टा की थी।

कई समुदाय अस्तित्व की समस्या से ही इतना जूझ रहे होते हैं कि बच्चों की जरूरतें एक तरफ रह जाती हैं। इन हालात में भी समुदाय के और बाहर के लोग यहाँ-वहाँ विश्वास की बहाली एवं पारस्परिक उत्तरदायित्व के निर्धारण के लिए काम कर रहे होते हैं।

हार्लम स्थित एक मिश्रित नस्लीय आवासीय परिसर, मॉर्निंगसाइड, में लगभग एक हजार परिवार रहते हैं। वे एक-दूसरे को जानने पर जोर देते हैं। परिसर में वरिष्ठ नागरिकों का एक केंद्र एक संयुक्त डे केयर सेंटर तथा नर्सरी स्कूल एक बैंक और एक किराना स्टोर है। परिसर की अपनी सुरक्षा व्यवस्था है और जन्म-मृत्यु तथा समुदाय के अन्य समाचारों को प्रसारित करने के लिए एक समाचार-पत्र भी निकलता है। वहाँ के निवासी सामुदायिक जीवन में युवाओं की भागीदारी सुनिश्चित करने पर विशेष बल देते हैं। मनोरंजक और शिक्षाप्रद कार्यक्रम आयोजित किए जाते हैं तथा सफाई अभियानों और अन्य सामूहिक गतिविधियों के लिए बच्चों व किशोरों को नियुक्त किया जाता है।

निवासी अपने गाँव के स्वास्थ्य का श्रेय कड़ी निवासी चयन-प्रक्रिया तथा समस्याओं का मूल रूप से समाधान एप्रोच को देते हैं। लोगों के मन में आज जो सबसे ऊपर है उस तीसरे सरोकार—सार्वजनिक सुरक्षा—पर भी वे जोर देते हैं।

□

सन् 1992 के राष्ट्रपति चुनाव अभियान के दौरान एक शाम को बिल और मैं डिनर के लिए एक होटल में किचन के रास्ते ले जाए जा रहे थे। बिल से हाथ मिलाने के लिए एक वेटर आगे बढ़ा। उसने बताया कि वह ग्रीस का एक आप्रवासी था और अब अमेरिका का नागरिक बन गया था। उसने कहा, ''गवर्नर, मेरा बेटा दस साल का है। वह स्कूल में राजनीति का विद्यार्थी है। उसका कहना है कि आपको ही राष्ट्रपति बनना चाहिए। चूँकि मुझे अपने बेटे पर भरोसा है, मैं आपको ही वोट दूँगा।'' बिल ने मुसकराकर उसे बताया कि उसका वोट पाकर वह कितना गौरवान्वित होंगे। उस आदमी ने कहना जारी रखा, ''परंतु, मुझे आपसे कुछ कहना है। मैं जहाँ से आया हूँ, वहाँ हम गरीब थे; परंतु कम-से-कम आजाद तो थे। यहाँ अमेरिका में मेरा परिवार अब आजाद नहीं है। जब तक मेरा बेटा मेरे बिना सड़क पार करके नजदीक के पार्क में खेलने नहीं जा

सकता, वह आजाद नहीं है। यदि मैं उसके कहे अनुसार आपको वोट दूँ तो क्या आप उसे आजाद कर देंगे?''

29 अप्रैल, 1994 को उस वेटर के बेटे से एक वर्ष छोटे जेम्स डर्बी जूनियर ने न्यू ऑर्लियंस स्थित अपने घर से मेरे पति को लिखा—''प्रिय श्री क्लिंटन, मैं चाहता हूँ कि आप शहर में हो रही मार-काट को रोकें। लोग मारे जा रहे हैं और मुझे लगता है कि मुझे भी कोई मार देगा। इसलिए क्या आप मार-काट करने से लोगों को रोकेंगे? उसे रोकने के लिए मैं आपसे विनम्रतापूर्वक अनुरोध करता हूँ। मैं जानता हूँ कि आप यह कर सकते हैं। कीजिए। मैं जानता हूँ, आप कर सकते हैं।'' नोट पर उसने हस्ताक्षर किए—''आपका दोस्त, जेम्स।''

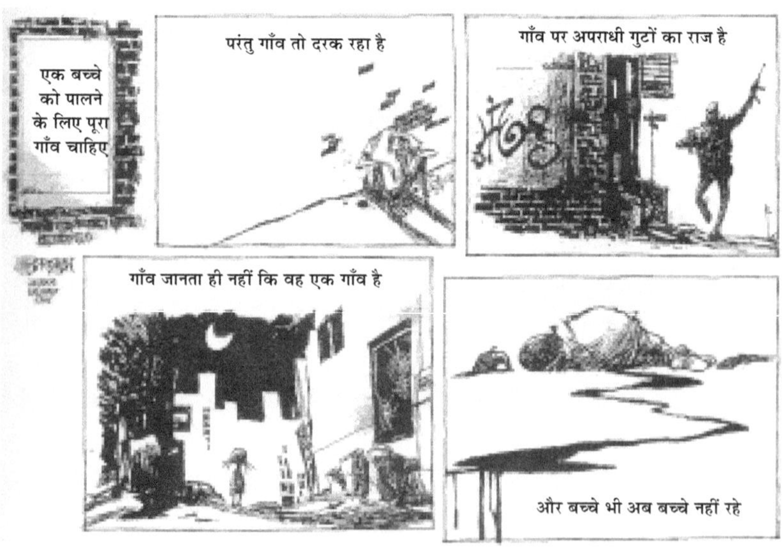

किंग फीचर्स सिंडीकेट की विशेष अनुमति से पुनर्मुद्रित

नौ दिनों बाद अपनी ही बस्ती में कार-सवार गैंगस्टरों द्वारा की गई शूटिंग में सिर पर गोली लगने से जेम्स डर्बी जूनियर की मृत्यु हो गई।

जेम्स और वेटर ने जिस आजादी की माँग की थी, वह बिल और मैंने तब महसूस की थी जब हम बच्चे थे। वह इसलिए थी कि जब हम घर से निकलते थे, हमारे समुदायों के वयस्क लोग हमें अपनी सुरक्षा के औपचारिक और अनौपचारिक उपाय बताते थे। उसी तरह की आजादी को पुनर्स्थापित करने के लिए कई कदम उठाए जा रहे हैं।

पहला कदम तो यह है कि बस्तियों में मौजूद हथियारों की संख्या कम करना और पुलिसवालों की संख्या बढ़ाना। ब्रैडी बिल, जिसे मेरे पति ने हस्ताक्षर करके कानून में बदल दिया कि किसी भी आग्नेयास्त्र को खरीदने से पहले पाँच दिन की प्रतीक्षा को अनिवार्य बनाता है। अधिकारियों के लिए खरीदार के रिकॉर्ड की जाँच करने और यदि खरीदार के मन में उस हथियार के जरिए कोई हिसाब चुकाने की हसरत हो तो उसे शांत हो पाने के लिए पर्याप्त समय। इस कानून के पास होने के बाद अपराधी पृष्ठभूमि के 40 हजार आदमियों को बंदूक खरीदने से रोक दिया गया है। हिंसक अपराध नियंत्रण एवं विधि प्रवर्तन अधिनियम, 1994 के द्वारा उन्नीस तरह के मिलिटरी टाइप एसॉल्ट हथियार, जिनका एकमात्र उद्देश्य लोगों की जान लेना है, रखने पर बंदिश लगा दी गई है और अपने 'तीन स्ट्राइक और तुम गए' प्रावधान के जरिए पेशेवर अपराधियों के पुनः सक्रिय हो जाने की संभावना समाप्त कर दी गई है। हथियारों, मादक द्रव्यों तथा शिक्षकों और विद्यार्थियों की सुरक्षा पर अन्य खतरों के प्रति 'जीरो टॉलरेंस' नीति के अंतर्गत राष्ट्रपति ने एक एक्जीक्यूटिव आदेश पर हस्ताक्षर किए हैं, जो यह व्यवस्था करता है कि कोई भी विद्यार्थी, जो स्कूल में बंदूक लेकर आता है, उसे स्कूल से निकाल दिया जाएगा तथा भविष्य में किसी संघीय अनुदान के लिए अपात्र घोषित कर दिया जाएगा।

पच्चीस हजार नए पुलिस अधिकारियों को प्रशिक्षित किया जा रहा है और इस दशक के अंत तक इनमें पचहत्तर हजार और पुलिसकर्मियों का इजाफा करने का लक्ष्य है। भूतकाल में जो चीजें कारगर रही हैं, उनसे सबक लेते हुए शहर अपने पुलिस अधिकारियों का उपयोग अलग तरीके से कर रहे हैं—उन्हें डेस्क वर्क से निकालकर जिन सड़कों की निगरानी का भार उन्हें सौंपा गया है, वहाँ रहने और काम करनेवाले लोगों को ठीक से जानने के लिए उन्हें सड़कों पर सक्रिय बनाने का प्रयास किया जा रहा है। वे वह सब कर रहे होंगे, जिसे 'कम्युनिटी पुलिसिंग' कहा जाता है, जहाँ एक अच्छा पुलिस अधिकारी होने का अर्थ जितना अपराध होने के बाद त्वरित काररवाई करना है उतना ही अपराध रोकने के उद्देश्य से समुदाय के साथ संबंध विकसित करना भी है।

कम्युनिटी पुलिसिंग का दूसरा अर्द्धभाग, निश्चित रूप से, समुदाय की अपनी भूमिका है। अपराध रोकने में नागरिकों की सक्रिय भागीदारी अपरिहार्य है। ह्यूस्टन के मेयर बॉब लेनियर द्वारा शुरू किए गए अपराध-निरोधी अभियान के अंतर्गत सन् 1991 से नियुक्त किए गए लगभग एक हजार नए पुलिस अधिकारियों का साथ हजारों नागरिक निगरानीकर्ता दे रहे हैं, जो संदिग्ध या अपराधी गतिविधियों की सूचना पुलिस को देते हैं। लेनियर समझते हैं कि विस्तृत सामुदायिक वातावरण अपराध को प्रभावित करता है। उन्होंने युवाओं को सॉकर लीग्ज और गोल्फ क्लब बनाने के लिए प्रोत्साहन दिया है,

पार्क और खेल के मैदान बनवाए हैं, युवा गतिविधियों को बढ़ावा दिया है तथा शहर की आबादी की विविधता के प्रति आदर दरशाया है, जो शहर के सुखद भविष्य में सभी नागरिकों को भागीदार बनाती है।

1980 के दशक में वाशिंगटन, डी.सी., के फेयरलॉन इलाके के निवासियों ने फेयरलॉन कोलीशन का गठन किया। ड्रग्स के व्यापक प्रसार से तंग आ चुके थे। हर रात कोलीशन के सदस्य टोलियों में विभाजित होकर अपनी विशिष्ट पहचान दरशाने के लिए चमकदार नारंगी हैट पहनकर इलाके की उन गलियों में गश्त लगाते हैं, जो ड्रग्स से जुड़ी गतिविधियों के लिए कुख्यात हैं। स्वयंसेवक ड्रग बेचनेवालों का सीधे मुकाबला नहीं करते, परंतु पुलिस को सूचना देने के लिए वे अपने साथ नोट पैड्स और कभी-कभी वीडियो कैमरा भी रखते हैं। अपनी सुरक्षा के लिए वे वॉकी-टॉकी भी रखते हैं। स्वयंसेवकों की उपस्थिति गैर-कानूनी गतिविधियों पर अंकुश लगाती है। जैसा कि कोलीशन के एक सदस्य ने बताया, ''ठीक पुलिस के सामने भी ड्रग विक्रेता अपना माल बेचते हैं; परंतु ऐसा वह उन लोगों के सामने नहीं करेंगे जो समुदाय से ही आते हैं।'' कोलीशन के हरकत में आने के बाद अपने बच्चों को घर से बाहर खेलने देने के बारे में लोग कम भयभीत हो गए हैं तथा पूरा समुदाय स्वयं को अधिक सुरक्षित महसूस करता है।

बच्चे समझते हैं कि बड़े उन्हें निराश करते हैं और यह बात उन्हें गुस्सा दिलाती है। कंसास शहर के एक लड़के ने नेशनल कमीशन ऑन चिल्ड्रन के सदस्यों को बताया कि प्रतिदिन स्कूल जाना उसके लिए कितना दुःखदायी था। जो दूरी दस मिनट चलकर तय की जा सकती थी वह दोगुना समय लेती थी; क्योंकि रास्ते में आनेवाले एक घर, जहाँ क्रैक बेची जाती थी, उससे बचने के लिए उसे घूमकर जाना पड़ता था। ''मैं समझ नहीं पाता।'' लड़के ने कमिश्नरों से कहा, ''यदि वहाँ रहनेवाले लोग जानते हैं कि उस घर में क्या हो रहा है और इस बात का आभास होते हुए कि वहाँ कुछ बुरा काम हो रहा है, पुलिस की गाड़ियाँ हर समय वहाँ से गुजरती हैं तो वयस्क लोग इस बारे में कुछ करते क्यों नहीं हैं?''

कंसास सिटी के एक और इलाके में वयस्क इस बारे में कुछ कर रहे हैं। इलाके में अपराधों में वृद्धि को देखते हुए उसे रोकने के लिए कुछ सजग नागरिकों ने संगठित होना शुरू कर दिया। उन्होंने 350 से अधिक सदस्योंवाले नागरिकों के एक समूह व्यांडोट काउंटियंस अगेंस्ट क्राइम (डब्ल्यू.सी.ए.सी.) का गठन किया। उन्होंने एक ड्रग हाउस के सामने एक सूचना पट्ट लगाकर कि यहाँ मादक द्रव्यों की बिक्री होती है, उसे बंद करा दिया। वे एक और ड्रग हाउस बंद करवाने में सफल रहे। उन्होंने इलाके में बच्चों के लिए एक सेफ हैलोवीन ब्लॉक पार्टी का भी आयोजन किया और किशोरों के लिए

एक सामुदायिक केंद्र बनाने के लिए कार्य कर रहे हैं।

द कम्युनिटी एंटी ड्रग कोलीशंस ऑफ अमेरिका तथा स्वास्थ्य और मानव सेवा विभाग के अधीन कार्यरत सेंटर फॉर सब्सटेंस एब्यूज प्रिवेंशन देश भर में फैले ऐसे सैकड़ों कोलीशंस के काम का समन्वय तथा उनका वित्त-पोषण करते हैं। इलाके में गश्त लगाने के अतिरिक्त इन समूहों ने युवाओं के लिए स्कूल-पश्चात् गतिविधियों एवं ग्राफिटी पेंट-आउट्स जैसे कार्यक्रम शुरू किए हैं तथा ड्रग-फ्री और गन-फ्री जोन्स की स्थापना के लिए स्थानीय स्कूलों के साथ काम किया है। ये कोलीशंस इस बात का जीता-जागता सबूत हैं कि जिस प्रकार की सुरक्षा हममें से अधिकांश लोग अपने बचपन में मानकर चलते थे, वह अपनी सड़कों, समुदायों और बच्चों को पुनः उपलब्ध हो।

इस बीच हमें हिंसा के शिकार बच्चों की जिम्मेदारी लेनी होगी। कुछ युवाओं ने इतना खून-खराबा देखा है कि वे स्वयं अपनी अंत्येष्टि की योजना बनाने लगे हैं। एक छोटा बच्चा अपनी माँ की हत्या की ओर निहारता रहता और उनकी मृत्यु का दृश्य दोहराता था। अपनी माँ को याद करने और उस भारी क्षति को सहन करने का यह उसका अपना तरीका था। उन बच्चों ने, जिन्होंने हिंसा झेली या देखी हो, को अकसर किसी बात पर एकाग्रचित्त होने या सोने में कठिनाई होती है। हिंसा की स्मृतियाँ उनका पीछा नहीं छोड़तीं और अन्य लोगों से विश्वासपूर्ण संबंध बनाने में उन्हें कठिनाई हो सकती है। उनमें से कई शक्की और भविष्य के प्रति निराश हो जाते हैं तथा शराब व ड्रग्स के चंगुल में फँस सकते हैं। उन्हें ऐसे परामर्शदाताओं एवं शिक्षकों की जरूरत होती है, जो उनकी बात धैर्य से सुनें और उन्होंने जो कुछ सहा है, उसे ठीक से व्यक्त करने में उनकी सहायता करें।

न्यू हैवन में छठी, आठवीं और दसवीं कक्षा में पढ़नेवाले प्रति दस छात्रों में से चार कहते हैं कि उन्होंने कोई हिंसक अपराध होते हुए देखा है। ऐसे बच्चों के विकास के लिए कम्युनिटी पुलिसिंग कार्यक्रम के साथ पुलिस और मानसिक स्वास्थ्य पेशेवरों ने संयुक्त प्रयास किए हैं। नाजुक मन:स्थितियोंवाले इन बच्चों से व्यवहार करने और यह समझने कि कब उन्हें अतिरिक्त परामर्श की जरूरत है, इसके लिए पुलिस अधिकारियों को प्रशिक्षित किया जाता है।

जो बच्चे अपने घरों में लगातार हिंसा होते देखते हैं, वे अपने पालकों के व्यवहार के पैटर्न से तादात्म्य स्थापित कर सकते हैं। लड़के अपने पिता की झगड़ालू प्रवृत्ति अपना सकते हैं और लड़कियाँ स्वयं को ऐसे संबंधों में पा सकती हैं, जिनमें वे अपनी माँओं की तरह जुल्म की शिकार बन जाएँ। उतना ही चिंताजनक यह है कि जो लड़के और लड़कियाँ हिंसक वातावरण में पले हैं, वे हिंसा को विवाद निपटाने का प्रमुख

साधन तथा किसी भी अंतरंग संबंध का अपरिहार्य अंग मान सकते हैं। अपने व्यक्तिगत अनुभव के आधार पर राष्ट्रपति महिलाओं के खिलाफ हिंसा अधिनियम (जो परिवार के भीतर होनेवाली हिंसा को गंभीर अपराधों की श्रेणी में रखता है) को उच्च प्राथमिकता देते हैं।

बच्चों के साथ होनेवाली हिंसा और दुराचार के मामले में भी यही रवैया अपनाया जाना चाहिए। अधिकांश वयस्कों के लिए किसी बच्चे के साथ दुर्व्यवहार करने की बात सोचना भी कठिन है। और फिर भी यू.एस. एडवाइजरी बोर्ड ऑन चाइल्ड एब्यूज एंड नेग्लेक्ट द्वारा सन् 1995 में दी गई एक रिपोर्ट के अनुसार, प्रतिवर्ष दो हजार बच्चे दुर्व्यवहार या उपेक्षा के कारण मर जाते हैं। चार वर्ष या उससे कम आयु के बच्चों की हत्या की दर पिछले चालीस वर्षों में सबसे ऊँची है। लगभग सांघातिक दुर्व्यवहार एवं उपेक्षा प्रतिवर्ष 18 हजार बच्चों को स्थायी रूप से विकलांग बना देती है और हजारों अन्य बच्चे मनोवैज्ञानिक क्षति के साथ वयस्क बनते हैं। दुर्व्यवहार के शिकार प्रति तीन बच्चों में से एक एक वर्ष से भी कम आयु का है। रिपोर्ट का आकलन है कि सन् 1990 में ही 1,41,700 शिशु और बच्चे गंभीर रूप से घायल या उपेक्षित थे। रिपोर्ट कहती है, ''डॉ. सी. हेनरी केंप द्वारा पहली बार बैटर्ड (मारपीट के शिकार) चाइल्ड सिंड्रम की व्याख्या किए जाने के बाद तैंतीस वर्षों में शहरी गैंगवार, एड्स, पोलियो या खसरे की तुलना में दुर्व्यवहार और उपेक्षा से ज्यादा बच्चों की मृत्यु हुई है; फिर भी, उनके प्रतिकार के लिए लोक चेतना और साधनों का अभाव है।''

बच्चों के यौन शोषण के तथ्य को समझना हमारे लिए और भी कठिन है; परंतु आँकड़े उतने ही भयावह हैं। सन् 1993 में ही लगभग 1,40,000 बच्चे यौन शोषण के शिकार बताए गए थे। यौन शोषण के उन मामलों की गिनती कोई नहीं कर सकता जिनकी रिपोर्ट नहीं की जाती। पूर्व मिस अमेरिका मैरिलिन वान डरबर उनमें से एक थी, जो इस घृणित विषय को खुली चर्चा में ले आई। उसने बहादुरी से अपने ही पिता द्वारा उसके यौन शोषण का खुलासा किया।

यौन शोषण अपने पीछे कोई खरोंच या तुड़ा पैर नहीं छोड़ जाता, परंतु इसके घाव बहुत गहरे और दीर्घकालिक होते हैं। अकसर घर के वयस्कों की अनदेखी एवं बच्चे की शिकायत पर भरोसा करने या उसे संरक्षण देने से इनकार करने से और भी बदतर हो जाते हैं। कुछ विशेषज्ञों की यह राय भी है कि यौनाचार का शिथिल होना, विज्ञापनों में बच्चों के शोषण सहित व्यापक रूप से सेक्स का उपयोग—ये सब मिलकर कौटुंबिक यौन संबंधों के प्रति परंपरागत भाव को कमजोर कर देते हैं।

बच्चों के शारीरिक उत्पीड़न और यौन शोषण के स्पष्ट कारण कुछ भी हों, वह

हमारे हस्तक्षेप की माँग करता है। हमें ऐसे निर्दयी और कुकर्मी लोगों के खिलाफ कठोर व अविचल कानूनी काररवाई से शुरुआत करनी चाहिए तथा एक परिवार की इज्जत बचाने पर बच्चे की सुरक्षा को वरीयता दी जानी चाहिए।

अपनी पुस्तक 'दे वेल्फेयर ऑफ चिल्ड्रन' में यू.सी.एल.ए. स्थित द स्कूल ऑफ पब्लिक पॉलिसी एंड सोशल रिसर्च के प्रोफेसर डंकन लिंडसे प्रभावी तर्क देते हैं कि पिछले दो दशकों में बाल कल्याण व्यवस्था पर डाली गई अत्यधिक जिम्मेदारियों के कारण वह ठप-सी पड़ गई है। सीमित साधनों के कारण वह उन समस्त संरक्षणात्मक सेवाओं—आपातकाल में हस्तक्षेप करना, बच्चों को उपलब्ध सुरक्षा का आकलन करना और जहाँ जरूरी हो, उन्हें अपने परिवार से दूर कर देना, उन्हें आश्रय गृहों में रखना तथा सही देखभाल करना, माता-पिताओं को परामर्श देना, माता-पिताओं पर कानूनी काररवाई करने या न करने का निर्णय लेना, परिवारों को फिर से मिलाना और इन सेवाओं के संबंध में स्कूलों, पुलिस, रिश्तेदारों तथा अन्य एजेंसियों के साथ तालमेल करना—जिनकी जिम्मेदारी उसपर डाली गई है, को उपलब्ध कराने में असफल रही है। बच्चों की सुरक्षा के भार ने कल्याण-कर्मियों के लिए न केवल कमजोर वर्ग के बच्चों को सहायता देने का अपना परंपरागत कार्य करना असंभव बना दिया है बल्कि लिंडसे के अनुसार—"वह अकसर बच्चों का आपराधिक शारीरिक व यौन शोषण करनेवालों को सजा दिलवाने में असफल रहकर बच्चों को होनेवाली निरंतर क्षति को रोकने में भी विफल रही है।"

शारीरिक और यौन शोषण के मामले तुरंत पुलिस को रिपोर्ट किए जाने चाहिए। यदि पुलिस बच्चे के परिवार के ही किसी वयस्क व्यक्ति के खिलाफ कारवाई का निर्णय लेती है, चाहे वह अपराध में सहयोगी की भूमिका में ही रहा हो, तो बच्चों की सुरक्षा के लिए नियत कार्यकर्ता यह निर्णय लेने में पुलिस की सहायता करेंगे कि बच्चा घर में ही रहेगा या उसे किसी सुरक्षित स्थान में ले जाया जाना चाहिए। सामाजिक कार्यकर्ताओं एवं अदालतों को अत्याचार के शिकार बच्चों के बार-बार घर से ले जाने और वापस छोड़ जाने के बजाय दोषी माता-पिताओं के पालकीय अधिकार समाप्त करने के बारे में अधिक शीघ्रता से विचार करना चाहिए। जैसी कि यू.एस. एडवाइजरी बोर्ड ऑन चाइल्ड एब्यूज एंड नेग्लेक्ट की सलाह है—"बच्चों और परिवार से संबंधित सभी कार्यक्रमों में बच्चों की सुरक्षा एवं कल्याण का विचार सर्वोपरि होना चाहिए।"

शारीरिक और यौन शोषण बच्चों के मन से उस विश्वास को नष्ट कर देता है जो स्वयं को सुरक्षित महसूस करने के लिए जरूरी है। यदि आपको अचरज हो रहा हो कि

मैंने इन दोनों का एक साथ उल्लेख क्यों किया है तो आप जरा रुककर अपने आसपास होनेवाली चर्चाओं को सुनें। हमारी संस्कृति में बच्चों को संबोधित नकारात्मक और तिरस्कार-युक्त शब्दों की भरमार है।

मेरी तरह आपने भी ऐसे माता-पिताओं को देखा होगा, जो निष्ठुर शब्दों के हानिकारक प्रभावों को जानते हुए भी खेलकूद, पढ़ाई या रूप-रंग में उनके द्वारा समझी गई कमियों को लेकर अपने बच्चों का तिरस्कार किया करते हैं। मेरी ही तरह आपको भी उस समय बड़ा अप्रीतिकर लगा होगा, जब बिना किसी स्पष्ट कारण के किसी माँ या पिता ने अपने बच्चे को सबके सामने फटकार लगाई हो। माता-पिता ही नहीं, कई शिक्षक, खेल प्रशिक्षक और अन्य कई वयस्क व्यक्ति भी, जिनका बच्चों पर वर्चस्व होता है, नियमित और सामान्य रूप से बच्चों के प्रति अनादर दरशाते हैं। शायद उन्हें लगता है कि प्राधिकारियों के प्रति कई बच्चे जिस तरह का अवज्ञापूर्ण, आक्रामक और अप्रिय रवैया अपनाते हैं, उन्हें भी उसी भाषा में जवाब दिया जाना चाहिए। परंतु किसी भी हिंसा की तरह जुबानी हिंसा भी बढ़ती जाती है, यदि दोनों ही पक्ष ईंट का जवाब पत्थर से देने की नीति अपनाएँ। और उसके घाव भी उतने ही गहरे होते हैं। जैसा कि एरिक एरिक्सन कहते हैं, ''बच्चों की भावनाओं को कुचलना सबसे जघन्य अपराध है। हमारे चारों ओर फैले असभ्यता एवं असुरक्षा के चलन में अपना योगदान करने से पहले वयस्कों को भी दस तक गिनकर एक लंबी गहरी साँस लेने का अभ्यास करना चाहिए।''

□

मेरे पति जब छह वर्ष की आयु के थे तब अपनी प्रिय फिल्म 'हाई नून' बार-बार देखने के लिए थिएटर अकेले जाया करते थे। जिस बात ने इस फिल्म को उनकी पसंद का बना दिया था, वह थी गैरी कूपर द्वारा निभाई गई भूमिका और यही बात उसे अन्य 'वेस्टर्न' फिल्मों से अलग बनाती है। कूपर एक शेरिफ की भूमिका में हैं, जिसे अपने शहर को बुरी शक्तियों से बचाने के लिए जो कुछ करना था, उससे वह डरता था—फिर भी उसने वही किया।

हमारे घरों और समुदायों पर मँडरा रहे खतरों पर जब बात चलती है तो हमें उस शेरिफ से सबक लेना चाहिए। हम चाहे जितने डरे हुए या अनिश्चित हों, बच्चों के प्रति हमारे कुछ कर्तव्य हैं। घर किसी बच्चे का आधार हो सकता है—और होना चाहिए। उन पर औपचारिक व अनौपचारिक दोनों तरह से नजर रखने के लिए समुदाय सहयोग दे सकता है—और करना चाहिए। हमारी सरकार हम सबकी सुरक्षा के मानक तय करने के लिए कानून बनाकर उन्हें लागू कर सकती है—और उसे करना चाहिए।

यदि कोई ऐसी पीली चमकदार सड़क होती, जो हमें जादुई तरीके से एक पूर्णतया सुरक्षित स्थान तक ले जाती तो कितना अच्छा होता! ऐसा कोई स्थान नहीं है और न कभी था। परंतु ऐसे कई उदाहरण हैं, जिनका हम अनुसरण कर सकते हैं—अपने घरों और बाहर की दुनिया में—जो हमें और हमारे बच्चों को उस सुरक्षा तक ले जाएँगे, जिसके हम हकदार हैं।

□

9

सर्वोत्तम औजार, जो आप बच्चे के हाथ में दे सकते हैं, वह है फावड़ा

> *आपकी खोपड़ी में दिमाग है, आपके जूतों में आपके पैर, आप स्वयं को मनचाही दिशा में ले जा सकते हैं।*
>
> *—डॉ. स्यूस*

दुनिया की जितनी असाधारण हस्तियों से मैं मिली हूँ, उनमें नेल्सन मंडेला सबसे अलग हैं; न केवल अपने राजनीतिक नेतृत्व के लिए बल्कि सत्ताईस वर्ष जेल में बिताने के बाद वर्ष 1990 में उनकी रिहाई के बाद से उन्होंने शब्दों और कार्यों से जिस तरह अपनी नैतिकता की धाक जमाई है, उसके लिए भी। एक लंबे समय से उनकी प्रशंसक रहने के बाद दक्षिण अफ्रीका के राष्ट्रपति के रूप में उनके पद-ग्रहण के अवसर पर उपराष्ट्रपति गोर के नेतृत्व में एक अमेरिकी प्रतिनिधिमंडल के साथ उपस्थित रहकर मैंने स्वयं को गौरवान्वित महसूस किया।

पद-ग्रहण समारोह दक्षिण अफ्रीका के एक रंगभेदी शासन से एक लोकतंत्र में रूपांतरित हो जाने का उल्लासपूर्ण उत्सव था। मेरे लिए उच्च बिंदु तब आया जब आधिकारिक समारोह के बाद राष्ट्रपति मंडेला ने अपने निवास पर लंच की मेजबानी की। वहाँ लगभग प्रत्येक देश से आए प्रतिनिधि मौजूद थे—इन देशों में से कुछ तो एक-दूसरे के साथ युद्धरत थे या अपने ही नागरिकों के मानवाधिकार-हनन के दोषी थे।

संबोधित करते हुए मंडेला ने प्रेम, निष्ठा और मेल-मिलाप को अपने देशवासियों की जरूरत बताया। उन्होंने इस बात का भी उल्लेख किया कि उन्होंने आज के समारोह और भोज में अपने तीन पूर्व जेलरों को भी आमंत्रित किया था।

मैं अवाक् रह गई थी। मुझे अचरज हुआ कि हममें से कितने लोगों में वह चरित्र, आत्मविश्वास और निष्ठा होगी कि हम उन लोगों के साथ क्षमा व मित्रता का हाथ बढ़ा सकें, जिन्होंने हमारे और हमारे प्रियजनों के साथ पाशविक अत्याचार किए हों।

अक्तूबर 1994 में बिल और मुझे दक्षिण अफ्रीका के राष्ट्रपति की मेजबानी करने का सुअवसर प्राप्त हुआ। मंडेला के सम्मान में आयोजित एक राजकीय रात्रिभोज में मेरे पति ने मंडेला द्वारा अपने लंबे कारावास के दौरान अपनी बेटियों को लिखे पत्रों में से एक को उद्‌धृत करते हुए कहा, ''यदि आपके भीतर लौह इच्छा-शक्ति और आवश्यक कुशलता है तो दुनिया में ऐसे बहुत कम दुर्भाग्य हैं, जिन्हें आप व्यक्तिगत विजय में नहीं बदल सकते।''

□

परिवार—और गाँव—के सबसे महत्त्वपूर्ण कार्यों में से एक है बच्चों में आत्मानुशासन एवं संवेदना विकसित करना, जो चरित्र के मुख्य अंग हैं। वे हमें जीवन में आनेवाली समस्याओं का सामना करते हुए भी मजबूत बने रहने और कटुता के बजाय दूसरों के साथ स्नेहपूर्ण व्यवहार करने में सक्षम बनाते हैं।

मेरे माता-पिता में से प्रत्येक का चरित्र-निर्माण करने का तरीका अलग था। दोनों ही तरीकों का उद्‌देश्य अपने ईमान से समझौता किए बिना जीवन के कठिन रास्तों से गुजरने के लिए हममें विश्वास पैदा करना था। जब भी कठिन या चुनौतीपूर्ण स्थितियाँ हमारे सामने आती थीं, मेरी माँ हमेशा मुझसे यही सवाल करती थीं, ''तुम अपने जीवन में प्रमुख भूमिका निभाना चाहती हो या एक ऐसी नगण्य भूमिका, जिसमें दूसरे लोगों की राय में तुम्हें जो कुछ कहना और करना चाहिए, उस पर प्रतिक्रिया मात्र व्यक्त करनी होती है?'' अपने आपसे यह सवाल पूछकर मैंने कई कठिन स्थितियों से पार पाया है।

मेरे पिता का तरीका विशिष्ट ह्यूज रोधम तरीका था। जब भी मैं किसी समस्या का सामना कर रही होती, वह सीधे मेरी आँखों में देखते हुए मुझसे पूछते, ''हिलेरी, अब इस गड्ढे से तुम अपने आपको कैसे निकालोगी?'' उनका यह सवाल मेरे मन में हमेशा एक फावड़े का चित्र जगाता था। वह चित्र मेरे साथ हमेशा बना रहा और अपने जीवन में मैंने कई प्रकार के मानसिक, भावनात्मक व आध्यात्मिक फावड़े चलाए हैं।

छोटी आयु से ही बच्चे इन काल्पनिक फावड़ों—या कुछ और, जो उनके लिए ज्यादा कारगर हो—को चलाना सीख सकते हैं—अपने माता-पिता या आसपास के किसी वयस्क से समस्या के समाधान तथा कठिन परिस्थितियों से निपटने का आवश्यक कौशल प्राप्त करके। इतिहास, साहित्य, सामयिक विषयों और विशेष रूप से धार्मिक

शिक्षाओं की तरह स्वयं जीवन ही एक पाठ्यक्रम है।

नेल्सन मंडेला ने महात्मा गांधी और डॉ. मार्टिन लूथर किंग के कार्यों व शब्दों का अध्ययन करके प्रेरणा और मार्गदर्शन प्राप्त किया। हजारों वर्षों से स्त्रियों और पुरुषों ने जो सबक सीखे हैं, वे प्राचीन कथाओं, कहानियों, कविताओं, नाटकों, कहावतों एवं धर्मग्रंथों के रूप में हर किसी को उपलब्ध हैं। वे सभी समय की कसौटी पर खरे उतरे हैं। इस तरह के लेखन का एक नया संग्रह कॉलिन ग्रीर और हर्बर्ट कोल द्वारा संपादित पुस्तक 'ए कॉल टु कैरेक्टर' में उपलब्ध है।

जब आपको ऐसे मार्गदर्शन की जरूरत होती है तो वह किस दिशा से आएगा, यह कोई नहीं जानता। चेल्सी और मेरी भी पसंदीदा एक नर्सरी राइम जीवन की चरम अनिश्चितता और अकसर नाइनसाफी को सार रूप में अभिव्यक्त करती है—''एक बार जब मैं सड़क पर खड़ी थी/जितना संभव था उतने शांत भाव से/एक भारी- भरकम भद्दा-सा व्यक्ति वहाँ आया/और उसने मुझसे अपने घोड़े को बाँध दिया।'' व्हाइट हाउस में हमारे पहले वर्ष में यह राइम मुझे अकसर याद आई—मेरे पिता की मृत्यु हो गई, हमारे प्रिय मित्र विंस फॉस्टर ने आत्महत्या कर ली, मेरी सास स्तन कैंसर से अपनी लड़ाई हार गईं और हमारे राजनीतिक विरोधियों द्वारा मेरे पति एवं मुझ पर हर दिशा से हमले किए गए। अपनी भावनाओं पर काबू रखने के लिए मुझे अपने धार्मिक विश्वासों, अपने पति और परिवार तथा अपने मित्रों का सहारा था।

अपने जीवन और सामने खड़ी चुनौतियों के बारे में मैंने नए ढंग से सोचने की कोशिश की और सफलता पाई। अपनी ख्याति के दिनों में पूर्व 'प्रथम महिलाओं' ने अपने पत्ते किस तरह खेले थे, यह जानने के लिए मैंने उपलब्ध सामग्री को चाव से पढ़ा। मैंने अपने प्रिय धर्मग्रंथों, सूक्तियों और ऐसे लेखन—जिसने कभी मेरे दिल को छुआ था—को फिर से पढ़ा। मैंने पुस्तकों और लोगों में समर्थन, प्रेरणा एवं स्पष्टता के नए स्रोत तलाश किए।

एक व्यक्ति जिन्हें मैंने उनके लेखन और ऑडियो टिप्स के जरिए जाना, वह थे एक जेशुइट प्रीस्ट तथा अपनी और हमारी दुनिया की आध्यात्मिक यात्रा के अनुभवों के लेखक रेवरेंड हेनरी नौवेन। उनकी पुस्तक 'द रिटर्न ऑफ द प्रॉडिगल सन' पिता और उसके दोनों पुत्रों—एक जो अपनी सारी दौलत उड़ाकर घर वापस आता है और दूसरा कर्तव्यनिष्ठ पुत्र, जो घर पर ही रहा—के दृष्टिकोण से 'न्यू टेस्टामेंट' की उस नीति कथा का विश्लेषण करती है। उसका एक वाक्य मेरे दिमाग में फावड़े की तरह लगा, ''कृतज्ञता की संस्कृति इस बात की स्पष्ट स्वीकृति है कि मैं जो कुछ भी हूँ या मेरे पास जो कुछ भी है, वह मुझे प्रेम के उपहार-स्वरूप मिला है; इस उपहार का आनंदोत्सव मनाया जाना चाहिए।''

इससे पहले मैंने कृतज्ञता को कभी एक आदत या अनुशासन के रूप में नहीं देखा

था और मैंने अनुभव किया कि उसे प्रकट करना काफी समाधानकारक है। जब भी मैंने स्वयं को किसी कठिन स्थिति में पाया, मैंने मन में उन सब बातों की सूची बनाना शुरू कर दिया—अगले दिन फिर काम पर लगने के लिए जीवित और स्वस्थ होना, परिवार एवं मित्रों को प्यार देना और प्यार पाना, अपने देश व देशवासियों के लिए कुछ कर पाने का सौभाग्य।

ईश्वर से मिले वरदानों का स्वयं को एक बार फिर बोध कराके मैं स्वयं को निराशावाद से आशावाद, दु:ख के एहसास से आशावादिता की ओर ले गई।

शुरू से ही बिल और मैंने चेल्सी को उसके लिए जरूरी फावड़े उपलब्ध कराए हैं। अपना आध्यात्मिक जीवन स्वयं विकसित करने में हमने उसकी सहायता की है। उसके सामने आनेवाली संभावित चुनौतियों का अनुमान लगाने और उनका सामना करने के लिए उसे तैयार करने की भी कोशिश की है। स्वाभाविक रूप से उसको लेकर हमारी प्रमुख चिंताओं में से एक उसके पिता के सार्वजनिक कैरियर के अपरिहार्य प्रभावों से उसे बचाने की रही है।

सन् 1986 में मेरे पति ने दोबारा अर्कांसास का गवर्नर बनने के लिए चुनाव लड़ा। उससे पिछले चुनाव अभियान के समय चेल्सी बहुत छोटी थी। परंतु अब वह छह वर्ष की हो गई थी और अपनी हैसियत से गाँव का एक हिस्सा थी। वह स्कूल जाती थी, पढ़ सकती थी और हमारे घर के बाहर क्या कुछ हो रहा था, उसके बारे में सामान्य रूप से अधिक जानकार थी।

जब दो जुझारू पूर्व गवर्नरों ने बिल के खिलाफ चुनाव लड़ने का फैसला किया तो हम समझ गए कि एक कठिन चुनाव अभियान के लिए हमें कमर कसनी पड़ेगी। हमने इस पर चर्चा की और चेल्सी को इस बात के लिए तैयार करने का निर्णय लिया कि यदि वह अपने पिता के बारे में कोई नकारात्मक बात सुने तो परेशान या अभिभूत न हो। एक बच्चे को कठोर सच्चाइयों से अवगत कराना प्रीतिकर कार्य नहीं था; परंतु हम उसमें जीवन—जो उसके सामने कठिनाइयाँ पेश करने वाला था—का सामना करने का कौशल पैदा करना चाहते थे। और यह काम हम इस तरीके से करना चाहते थे कि उसमें दुनिया से निपटने का विश्वास पैदा हो, न कि उसके प्रति मन में कटुता भर जाए।

एक रात डिनर टेबल पर मैंने उससे कहा, "तुम जानती हो कि डैडी फिर से गवर्नर पद का चुनाव लड़ रहे हैं। यदि वह जीतते हैं तो हम इस घर में रहते रहेंगे और वह जनता की सेवा करते रहेंगे। परंतु उसके लिए पहले चुनाव होंगे। और इसका अर्थ है, दूसरे लोग मतदाताओं को यह विश्वास दिलाएँगे कि वे तुम्हारे डैडी को वोट न देकर उन्हें दें। उनके पास ऐसा करने का एक तरीका यह भी हो सकता है कि वे तुम्हारे डैडी के बारे में बुरी बातें कहें।"

चेल्सी की आँखें चौड़ी हो गईं और उसने पूछा, "आपका मतलब क्या है?"

हमने उसे समझाया कि चुनाव प्रचार के दौरान जीतने के लिए लोग उसके पिता के बारे में गलत बातें भी कह सकते हैं और हम चाहते हैं कि वह इसके लिए तैयार रहे। अधिकांश माता-पिताओं की तरह हमने उसे सिखाया था कि झूठ बोलना गलत है। और उसे इस बात को पचाने में कठिनाई हुई। वह बार-बार कहती रही, ''लोग ऐसा क्यों करेंगे ?''

इसका मेरे पास कोई अच्छा जवाब नहीं था। (अब भी नहीं है।) इसके बजाय हमने उससे कहा कि वह डैडी बनने का स्वाँग करे और एक भाषण दे कि लोगों को उसे वोट क्यों देना चाहिए।

उसने ऐसा कुछ कहा, ''मैं बिल क्लिंटन हूँ। मैंने अच्छा काम किया है और बहुत से लोगों की मदद की है। कृपया मुझे वोट दीजिए।''

हमने उसकी प्रशंसा की और समझाया कि अब उसके डैडी उनके एक राजनीतिक विरोधी बनने का स्वाँग करेंगे। फिर बिल ने अपने बारे में कुछ नकारात्मक बातें कीं, जैसे कि बिल एक बुरा आदमी है और उसने वास्तव में लोगों की भलाई के लिए कुछ नहीं किया। चेल्सी की आँखें भर आईं और वह बोली, ''कोई भी आदमी ऐसी बातें क्यों कहेगा ?''

हमारे अभिनय से घर के निजी परिवेश में चेल्सी को उस व्यक्ति की भावनाओं को समझने में मदद मिली, जिसने किसी और के मुँह से अपने प्रिय व्यक्ति के बारे में गलत बातें सुनी हों। उसके बाद के कुछ डिनर्स के दौरान भी हमने यह अभ्यास जारी रखा और धीरे-धीरे उसने अपनी भावनाओं पर नियंत्रण रखना सीख लिया तथा उन स्थितियों के बारे में कुछ अंतर्दृष्टि भी प्राप्त कर ली, जो बाद में पैदा हो सकती थीं। वह बारी-बारी से अपने पिता और उनके एक विरोधी पूर्व गवर्नर ऑर्वल फॉबस का अभिनय करती। उसने अपने भाषणों पर काम किया और प्रश्न पूछे। उदाहरण के लिए, जब उसे पता चला कि सन् 1958 में गवर्नर के रूप में लिटिल रॉक में सेंट्रल हाई स्कूल बंद किए जाने के पीछे फॉबस जिम्मेदार थे, उसने अपने एक छद्म भाषण में उल्लेख किया कि अश्वेत बच्चों को बाहर रखने के लिए उन्होंने स्कूल बंद करवा दिए, जबकि वह (बिल क्लिंटन) ऐसा कभी नहीं करेंगे।

बिल और मैंने इतने वर्षों से चेल्सी के साथ राजनीति पर चर्चा करना जारी रखा, ताकि वह राजनीतिज्ञों के शब्दों के पीछे छिपे उनके मकसदों को समझ सके और वह जो कुछ देखे व सुने, उसके बारे में अपनी राय बना सके।

जब मैं पीछे मुड़कर देखती हूँ तो मुझे खुशी होती है कि बहुत छोटी आयु से ही हमने उसे तैयार करना शुरू कर दिया; क्योंकि जब तक बिल राष्ट्रपति पद के प्रत्याशी बनते, उन संदेशों पर हमारा और भी कम नियंत्रण रह गया था, जो उस तक पहुँचते थे। हर बार, जब वह बाहर की दुनिया में कदम रखती, मुझे यह डर सताता रहता कि पता

नहीं किस अप्रिय बात या व्यक्ति से उसका सामना हो जाए। परंतु मैंने स्वयं को समझाया कि दी गई परिस्थितियों में अपनी जानकारी के अनुसार हमने सर्वोत्तम कार्य किया है। इन प्रहारों से बचने के लिए हमने उसे औजार उपलब्ध कराने की कोशिश की थी, जिनसे हम उसे बचा नहीं सकते थे और यही आशा कर सकते थे कि एक अदम्य युवा स्त्री की तरह उसे पता होगा कि उनका उपयोग कैसे करे।

व्हाइट हाउस में हमारे प्रवेश करने से पहले और बाद में मुझे जैकलीन केनेडी ओनॅसिस के साथ समय बिताने का सौभाग्य प्राप्त हुआ था। असाधारण परिस्थितियों में जिस तरह उन्होंने अपने बच्चों की परवरिश की थी, उसकी मैं प्रशंसा करती थी और इस एहसास के साथ कि पूरी दूनिया की नजर आप पर है, पैरेंटिंग की चुनौतियों पर उनके विचार जानने के लिए मैं उत्सुक थी।

उन्होंने जहाँ तक संभव हो, बच्चों को एक सामान्य जीवन जीने और लोगों की अनावश्यक दिलचस्पी से बचाते हुए उन्हें अपनी निजी लड़ाइयाँ लड़ने का अवसर देने के महत्त्व पर जोर दिया। उन्होंने मुझे बताया कि बहुत छोटी आयु में जब जॉन एक पार्क में साइकिल चला रहे थे तब कैसे एक दबंग लड़के ने उन्हें सताया था। उन दोनों के बीच झगड़ा रोकने के लिए सीक्रेट सर्विस ने हस्तक्षेप किया था। जॉन ने उनसे कहा कि यदि अगली बार ऐसा कुछ हो तो उन्हें खुद निपट लेने दिया जाना चाहिए। उनके लिए अपनी सुरक्षा स्वयं कैसे की जाए, यह सीखना जरूरी था; क्योंकि सीक्रेट सर्विस एजेंट हमेशा आसपास नहीं होंगे और न ही दो कदम पीछे माँ।

ये सुनने में अति संपन्न माता-पिताओं और बच्चों की समस्याएँ प्रतीत हो सकती हैं और वे हैं भी; परंतु जहाँ तक उन संतुलनकारी निर्णयों का प्रश्न है, जो हर माता-पिता को लेने होते हैं, स्वभावत: इनमें दूसरों से बहुत अंतर नहीं है—कब संरक्षण देना और कब पीछे खड़े रहकर बच्चे को सामना करने देना, कब उन्हें पकड़े रखना, कब जाने देना। हम अपने बच्चों को हानि से चाहे जितना बचाना चाहें, हम हर घड़ी उनके साथ नहीं रह सकते और कभी-कभी तो उनके साथ सबसे सहृदय व्यवहार यह होगा कि हम उन्हें उनकी लड़ाइयाँ लड़ने दें।

जब हमारा परिवार पार्क रिजवाले घर में आ गया था, मैं चार वर्ष की थी और नए मित्र बनाने के लिए अधीर थी। अपने बालों में गाँठ बाँधे और चेहरे पर आशा का भाव लेकर मैं जब भी दरवाजे से बाहर आती, पड़ोस के बच्चे मुझे सताते—कभी धक्का देकर, कभी जमीन पर गिराकर और तब तक चिढ़ाते रहते जब तक आँखों में आँसू लिये मैं घर में न चली जाती और फिर सारा दिन वहीं बंद रहती। उस ब्लॉक में नए बच्चे के साथ यही होता था। हफ्तों तक यही सिलसिला चलते रहने के बाद एक दिन जैसे ही मैं दरवाजे से अंदर भागी, मेरी माँ मिल गईं। उन्होंने मुझे कंधों से थामा और यह कहते हुए कि हमारे घर में कायरों के लिए कोई जगह नहीं है, मुझे फिर बाहर भेज दिया। मैं सकते

में थी और पड़ोस के बच्चे भी, जिन्होंने इतनी जल्दी मुझे वहाँ देखने की आशा नहीं की थी। जब उन्होंने मुझे फिर चुनौती दी तो मैं वहाँ डटी रही और अंतत: मैंने कुछ मित्र बना लिये। इस घटना के बहुत समय बाद मेरी माँ ने मुझे बताया कि वे यह देखने के लिए कि अब क्या होता है, चिंता से काँपती हुई डाइनिंग रूम के परदे के पीछे से देख रही थीं।

अब, जब कि मैं स्वयं एक माँ हूँ, मैं जानती हूँ कि इस तरह के निर्णय लेना कितना कठिन है। मेरी बेटी मुझे कुछ ज्यादा ही संरक्षणवादी समझती है और उसके लिए चिंता करते रहने को सकारात्मक रूप से लेती है। निस्संदेह, कुछ ऐसे बिंदु हैं जहाँ तक बिल और मैं उसे सुरक्षा प्रदान करते हैं। इस विश्वास के साथ कि बच्चे अपना बचपन आजादी से बिताने के हकदार हैं और वह उन्हें सार्वजनिक दिलचस्पी का विषय बनकर नहीं मिल सकता, हमने सक्रिय रूप से उसे प्रेस से बचाकर रखा है। इससे पहले कि वे खुद को समझ सकें, उनके बारे में मीडिया अपनी राय थोप दे, यह अन्यायपूर्ण होगा। इसके लिए हमने कुछ आलोचना झेली है; परंतु कई रिपोर्टरों ने निजी तौर पर हमसे कहा है कि यह हम ठीक कर रहे हैं।

परंतु जहाँ तक रोजमर्रा के जीवन का सवाल है, माता-पिताओं को छोटी आयु से ही बच्चों में आत्म-अनुशासन, आत्म-नियंत्रण एवं आत्म-गौरव की भावना कूट-कूटकर भर देना चाहिए और फिर अपनी कुशलताओं को किस तरह उपयोग करना है, यह उन्हीं पर छोड़ देना चाहिए। जैसा कि मेरा माँ ने मुझे सिखाया, उपेक्षा और अत्याचार का सामना होने पर बहुत छोटी आयु में भी बच्चों के मन में अपनी शक्ति का एहसास कराया जा सकता है। ऐसी शक्ति का एक भाग समुचित अनुशासन लागू करने से आता है।

☐

आमतौर पर अनुशासन की आवश्यकता तब होती है जब बच्चे अपनी 'विकट आयु' दो वर्ष को छू लेते हैं। यही वह समय है जब बच्चे अपनी शक्ति की सीमा का जायजा लेते हैं—अपने आसपास की दुनिया को अपने नियंत्रण में रखने के लिए आदेशों और इनकारों की झड़ी लगा देते हैं।

कई माता-पिताओं को यह नई भूमिका, जो ऐसा लगता है जैसे वह रातोरात लाड़-प्यार करनेवाले माता-पिता से एक पुलिसमैन के रूप में बदल गई हो, अस्थिर कर देती है। विशेष रूप से युवा माता-पिता अपने लाड़ले की हठधर्मी और जिद से कुंठित हो सकते हैं। कुंठा गुस्से का या उससे भी बदतर रूप ले सकती है। हम सबने एक माँ या बाप को तंग आकर अपने बच्चे को थप्पड़ मारते देखा है।

लोग अपने बच्चों को तब डाँटते या मारते हैं जब उनके पास करने के लिए और कुछ नहीं होता। कभी-कभी वे उसी तरह प्रतिक्रिया व्यक्त कर रहे होते हैं, जैसे उनके माता-पिता करते थे। जो बात शायद वे नहीं जानते या उत्तेजना के क्षणों में भूल जाते हैं वह यह है कि वे निराशा और न्यून अपेक्षाओं का संदेश अगली पीढ़ी तक पहुँचा रहे हैं।

वे चाहे यह बात मुँह से न कहें, परंतु वे यही संदेश दे रहे हैं। ''तुम एक बुरे व्यक्ति हो और तुम्हें यह उम्मीद नहीं रखनी चाहिए कि तुम्हारे साथ कुछ अच्छा होगा।''

अनुशासन को एक स्थिर व अनन्य नुस्खे के बजाय एक सातत्य प्रक्रिया समझना उपयोगी होगा। जैसी कि डॉ. ब्रेजल्टन 'टचपॉइंट्स' में व्याख्या करते हैं—''अनुशासन का अर्थ है 'शिक्षा', न कि 'सजा'।'' बच्चों से यह कहने के बजाय कि वे क्या कर सकते हैं और क्या नहीं, हमें उनके विकल्पों को परखना और फिर जिम्मेदारी से चुनाव करना सिखाना चाहिए—पहले उनके लिए विकल्पों का चुनाव करके और अपने निर्णयों की व्याख्या करके, फिर छोटी-छोटी बातों से शुरू करके उन्हें अपने विकल्प स्वयं चुनने दें। लक्ष्य है आत्म-अनुशासन।

विशेषज्ञों के बीच अनुशासन की प्रकृति और समय को लेकर असहमति हो सकती है; परंतु वे इस बात पर सहमत हैं कि उसकी शुरुआत स्पष्ट अपेक्षाओं से होनी चाहिए और वह बच्चे के विकास के चरण व मिजाज के अनुरूप होना चाहिए। वे डॉ. ब्रेजल्टन के इस कथन से भी सहमत हैं कि 'प्यार पहले आता है, अनुशासन बाद में।' वह इसे और स्पष्ट करते हैं—

> ''कभी-कभी सजा को अनुशासन का हिस्सा बनाना जरूरी हो जाता है, परंतु वह गलती के तुरंत बाद, संक्षिप्त और बच्चे की भावनाओं के प्रति संवेदनशील होना चाहिए।'' किसी भी सजा (जैसे क्लास से बाहर जाने या कोई सुविधा वापस लेने का आदेश) के पूरा होने के बाद आपको अपने दंडित बच्चे के साथ बैठना और उसे आश्वस्त करना चाहिए—''मैं तुम्हें प्यार करता हूँ, परंतु इसकी इजाजत नहीं दे सकता। किसी दिन तुम स्वयं को रोकना सीख लोगे और तब मुझे तुम्हें रोकने की जरूरत नहीं होगी।''

मेरी माँ एवं पापा ने मेरे भाइयों और मुझे अनुशासन सिखाने का काम बाँट लिया था। मेरी माँ का तरीका था हमारे व्यवहार के प्लस और माइनस पॉइंट्स बताना। जब हम बिना सोचे-समझे कोई काम करते तो वह हमें समझा देतीं कि हमने वैसा क्यों किया था।

मेरे पिता छड़ी के इस्तेमाल के विरोधी नहीं थे और उन्हें हमसे जो अपेक्षाएँ थीं, उन्हें स्पष्ट रूप से अभिव्यक्त करते और उनपर जोर देते थे। वे हमसे बार-बार यही कहते कि वे हमेशा हमें प्यार करेंगे; परंतु हमारे कृत्यों को हमेशा पसंद नहीं करेंगे। उनकी बात का परीक्षण करने के लिए हम उनसे पूछते कि क्या वे हमें तब भी प्यार करेंगे, यदि हमने किसी का खून कर दिया हो? वे जवाब देते कि वे हमें प्यार करना कभी नहीं छोड़ेंगे; परंतु हमने जो कुछ किया है, उससे उन्हें गहरी निराशा और पीड़ा होगी। हमें अनुशासित करते हुए कभी-कभी वे अपना आप खो देते। उनकी आवाज ऊँची हो जाती और उससे ज्यादा शारीरिक दंड देते, विशेष रूप से मेरे भाइयों को, जितना मैं उचित या जरूरी समझती थी। परंतु जब वे गुस्से में होते थे तब भी मैंने कभी संदेह नहीं किया कि वे मुझे प्यार नहीं करते थे। जो संदेश मैं साफ-साफ सुनती थी, वह था—

'तुम बहुत कुछ करने के लिए बनी हो। उसे जाया मत करो।' मेरे माता-पिता ने मेरे साथ जो संतुलन बनाए रखा, वह अधिकांशत: प्रभावी था।

जब मैंने बाल विकास पर अध्ययन शुरू किया तो मुझे अनुशासन के तीन तरीकों के बारे में पता चला, जिन्हें मनोवैज्ञानिकों ने 'आधिकारिक', 'निरंकुश' और 'अनुमत्य' नाम दिए। इन विभेदों को एक फॉर्मूले के रूप में माता-पिता द्वारा बच्चों के साथ किए गए प्रत्येक व्यवहार, यहाँ तक कि एक ही परिवार में, पर लागू करना कठिन है; क्योंकि हमारे अधिकांश कृत्य सुस्पष्ट श्रेणियों में नहीं आते। परंतु एक सामान्य गाइड के रूप में, हमारी अपनी पैरेंटिंग में, मेरे पति और मैं इस विभाजन को उपयोगी पाते हैं।

आधिकारिक माता-पिता वह करने का प्रयास करते हैं, जो ब्रेजल्टन और अन्य जिसकी सलाह देते हैं—क्या सही है और क्या गलत, इसके बारे में स्पष्ट और समान मानकोंवाले संदेश देकर और बच्चों से किस तरह का व्यवहार अपेक्षित है, यह बताकर नियंत्रण व स्वायत्तता में सामंजस्य बनाए रखना—साथ ही वह अनुशासन भी, जो बच्चे और अवसर के अनुकूल हो। यह बात करना जितना आसान है, उसे व्यवहार में लाना उतना ही कठिन। आजादी देने और सीमा निर्धारित करने के बीच तनाव पति-पत्नी के बीच असहमति से बदतर हो सकता है, जैसा मेरे परिवार में कभी-कभी होता था। परंतु बच्चों, विशेष रूप से किशोरों, द्वारा हर रोज पेश की गई चुनौतियों के सामने इस तनाव का बोध और संतुलन बनाए रखने की आवश्यकता वयस्कों को विकल्पों पर विचार करने में सहायता करती है।

आधिकारिक पैरेंटिंग तानाशाही और निर्बंध आजादी के अतिवादी छोरों के बीच में स्थित है। यह इस बात को स्वीकार करती है कि बच्चों की भावी आजादी को देखते हुए बच्चों की स्वतंत्रता में क्रमश: वृद्धि और उन्हें अपने विकल्पों को चुनने की अनुमति देना आवश्यक है। ऐसे अनुशासन को 'व्याख्यात्मक' भी कहा जा सकता है, इस अर्थ में कि इसका लक्ष्य बच्चों में वह समझ विकसित करना है कि वे स्वयं विचार कर सकें कि कोई चीज क्यों बुरी या खतरनाक है और फिर अपने विकल्प चुन सकें, नियमों व शास्तियों पर बातचीत कर सकें और उनके लिए क्या उचित है, इसका बोध विकसित कर सकें।

निरंकुश माता-पिता विकल्प नहीं देखते। उनकी दृष्टि में एक ही रास्ता सही होता है—उनका रास्ता। सतत मौखिक व शारीरिक अनुशासन, जो महत्त्वपूर्ण और साधारण नियम के उल्लंघनों के बीच कोई भेद नहीं करता। इसके जरिए वे अपने बच्चों के विचारों और कार्यों पर नियंत्रण रखते हैं। उपन्यासकार पैट कॉनरॉय के पिता, जिनका चित्रण उनके उपन्यास 'द ग्रेट सैंटिनी' में किया गया है, एक निरंकुश, दबंग, कठोर बल्कि परपीड़नशील पिता का एक क्लासिक उदाहरण है, जो अपने व्यवहार को इस विश्वास से उचित ठहराता है कि वह ऐसे मजबूत व्यक्ति तैयार कर रहा है जो इस निर्दयी, कठोर दुनिया का मुकाबला उसी की भाषा में कर सकें। कॉनरॉय बड़ी सफाई से

दरशाते हैं कि बच्चे बड़े होने पर या तो अपने निरंकुश माता-पिता की लीक पर चलते हैं या चिंतित रहते और असुरक्षित महसूस करते हैं।

अत्यधिक उदार माता-पिता अतिवाद के दूसरे छोर पर होते हैं। अनिश्चित पैरेंटल स्टेटस के कारण या शायद उनके अपने भूतकाल या वर्तमान की कठिनाइयों, जैसे बचपन में उनके साथ हुआ दुर्व्यवहार या तलाक, के कारण वे स्वयं में इतनी स्थिरता नहीं पाते कि वे अपने बच्चों के लिए सीमाएँ तय कर सकें और उन्हें लागू करवा सकें। माँएँ—विशेष रूप से एकल माँएँ—इस कमजोरी से अधिक ग्रस्त हो सकती हैं, जिसे बिल की माँ ने अपनी आत्मकथा में बखूबी बयान किया है। उस समय की अपनी भावनाओं की चर्चा करते हुए, जब उनका बेटा रोजर कोकीन बेचते हुए पकड़ा गया था, कि उन्होंने वर्षों से रोजर की समस्याओं को नजरअंदाज किया था, वह लिखती हैं—

> ''हम माँएँ—विशेष रूप से तब जब कि बच्चों का पिता घर में न हो—अपने बच्चों के लिए भी वही चाहती हैं। हम उन्हें अच्छी चीजें देना चाहती हैं और बुरी चीजों से बचाना चाहती हैं। इसमें कुछ गलत नहीं है, जब तक कि हम इस व्यवहार को उस हद तक न ले जाएँ कि बच्चों का विकास ही रुक जाए। मैंने रोजर के साथ वही किया और जब मैंने उससे 'लड़ना' बंद करने का निर्णय लिया तो मैं उसी व्यवहार को बदलने का प्रयास कर रही थी। परंतु तब तक क्षति हो चुकी थी। सन् 1985 में वसंत के एक दिन मेरी आँखों के सामने यह सब स्पष्ट हो गया। मैं अहाते में काम कर रही थी कि मैंने चीं-चीं की तेज आवाज सुनी। मैंने चारों ओर नजरें घुमाईं और पक्षी का एक बच्चा जमीन पर देखा…। उधर घोंसले में उसकी माँ बहुत शोर मचा रही थी…। उसने बच्चे को धक्का देकर घोंसले से निकाल दिया था और उसे लेक्चर दे रही थी कि वह पंख फड़फड़ाए और उड़ना सीखे। और मैं सोचने लगी कि पक्षी का दिमाग किसका था। वह पक्षी माँ मुझसे ज्यादा होशियार थी।''

अनुशासन के मामले में कई साबुत जोड़े भी अपनी जिम्मेदारियों से बचते हैं। वे अपने स्वयं के मूल्यों के बारे में या उन मूल्यों की उपयुक्तता के बारे में भ्रमित हो सकते हैं, जिनसे बच्चों को संस्कारित किया जाना चाहिए या वे बच्चों को अनुशासित करने की जहमत उठाना ही नहीं चाहते। वे इस बात से भयभीत हो सकते हैं कि यदि उन्होंने बच्चों पर नियम या सीमाएँ थोपीं तो वे इस पसंद नहीं करेंगे। जो माँ या पिता इस बात से डरते हैं कि अनुशासन बच्चों को उनसे दूर ले जाएगा, वे मुसीबत की ओर बढ़ रहे हैं। जो बात 'उदारता' से शुरू होती है, वह अकसर लापरवाही और भ्रामक स्थिति के साथ खत्म होती है।

उन माता-पिताओं के प्रति मेरा अचरज कभी कम नहीं होता, जो अपने किशोर वय के बच्चों की शराब या सिगरेट आदि पीने की लत के बारे में जानते हैं और उसके बारे में सफाई देते हैं, यहाँ तक कि यह घोषणा तक करते हैं कि उन्हें खुशी है कि वे यह

सब घर में करते हैं, जहाँ यह 'सुरक्षित' है। क्या बच्चों को कानून तोड़ने की इजाजत देना और 'कहीं भी' आत्म-विनाशक गतिविधियों में लिप्त रहना 'सुरक्षित' हो सकता है ? हम वयस्कों में से प्रत्येक ने एक बच्चे या किशोर के रूप में कुछ काम ऐसे किए हैं, जिनके बारे में हम खुश थे कि हमारे माता-पिता नहीं जानते थे। हम उनकी सीमाओं को परख रहे थे और यह हमारी सीमाओं को भी परिभाषित करता था। आज के बच्चे भी वही करते हैं—यह बढ़ती आयु का अंग है। परंतु जब वे एक ऐसी सीमा को छूते हैं, जो स्वयं धराशायी हो रही हो और क्योंकि पीछे धकेलनेवाला वहाँ कोई नहीं होता, वे अनजाने और अकसर खतरनाक क्षेत्रों में प्रवेश कर जाते हैं।

कुछ बच्चों को अपने माता-पिता से स्पष्ट संदेश मिलते ही नहीं हैं। चाहे वे मध्यम वर्ग के नाजुक बच्चे हों, मलिन बस्तियों के बच्चे या ऐसे बच्चे जिनके माता-पिता अपने ही जीवन में इतने रमे हुए हैं कि उनकी ओर ध्यान नहीं दे पाते, उन्हें 'लॉर्ड ऑफ द फ्लाइज' उपन्यास के बिछड़े हुए छात्रों की तरह अपनी देखभाल स्वयं करनी होती है। माता-पिता के मार्गदर्शन के अभाव में बच्चे दूसरे तथाकथित प्रभावशाली परंतु छद्म रास्तों की ओर मुड़ जाते हैं, जैसे—गैंग लीडर्स, अपनी उम्र से बड़े बच्चों, जो खुद ही भटके हुए हों और वे संदिग्ध रोल मॉडल्स, जिन्हें लोकप्रिय संस्कृति हमारे सामने परोसती है।

हम सब जानते हैं कि किशोर वय माता-पिताओं के सामने विशेष चुनौतियाँ पेश करती है। किशोरावस्था में होनेवाले विकासात्मक परिवर्तन अपनी गति और गहनता में शैशवकाल के अपने समकक्षों से कुछ ही कम हैं और माता-पिता की निगरानी की जरूरत दो वर्षीय बच्चों की तुलना में कुछ ही कम। (बहुत से माता-पिता यह कहना चाहेंगे कि 'विकट दो वर्षीयों' के मुकाबले आग्नेय पंद्रह वर्षीयों से निपटना कहीं अधिक तनावपूर्ण है।) एक तीन वर्षीय बच्चे को माचिस से खेलने से रोकना अधिक अविवाद्य निर्णय है। परंतु एक तेरह वर्षीय बालिका के भावनात्मक विस्फोट को समझ पाना मुश्किल है। और किशोरों के लिए सीमाएँ निर्धारित करने की कठिनाई उस उथल-पुथल को याद करके और भी बढ़ जाती है, जब हम स्वयं उस दौर से गुजरे थे।

किशोरावस्था—जैसा कि बिल और मैं अवलोकन कर रहे हैं—बच्चों के मन को टटोलने और पीछे हट जाने का समय है, जब युवा लड़के व लड़कियाँ व्यवहार, वेशभूषा एवं मूल्यों को लेकर अपनी पसंद-नापसंद पर जोर देते हैं। वह अकसर वयस्कों द्वारा थोपे गए अनुशासन के बजाय आत्म-अनुशासन की माँग करती है; हमें उस समझदारी की जरूरत है जो उस तरह की गलतियों का पूर्वानुमान लगा सके, जो उनके जीवन को बरबाद कर सकती हैं; अपनी लड़ाइयों को सावधानी से चुनने के धैर्य की और उस विश्वास की कि हमने अपने बच्चों को जो कुछ सिखाया है, उससे वे आनेवाली चुनौतियों से निपट लेंगे। किशोरों को निर्णय लेने और गलतियाँ करने का अधिकार है।

मेरे परिचित एक दंपती, जो सार्वजनिक जीवन में हैं, एक सप्ताहांत में बाहर गए

और जब लौटे तो उन्होंने अपनी बेटी को किचन में पाया—एक नई टेक्नीकलर हेयर स्टाइल में। वे भड़क गए। उस लड़की ने अचानक अपने माता-पिता की ओर किशोर वय की उस विशिष्ट सनकी दृष्टि से देखा, जो किसी को भी अपने कदम बढ़ाने से रोक दें। ''मॉम, डैड,'' अपने बालों की एक लट को उँगलियों में लपेटते हुए वह बोली, ''यह, आप लोगों की जिंदगी बरबाद कर रहा है?''

परंतु जब किशोरों का सामना आज के प्रलोभनों—ड्रग्स, शराब और सेक्स से होता है, जो अधिकांश माता-पिताओं की चिंता सूची में सबसे ऊपर हैं, तो वे मार्गदर्शन के लिए अपने माता-पिता की ओर देखते हैं। पिछली पीढ़ियों के मुकाबले उनके सामने मौजूद विकल्प और परिणाम अधिक जटिल हैं। परंतु कौन सा व्यवहार उचित है और कौन सा अनुचित, इस बारे में हमारी सोच जितनी बदली है उतना किशोरावस्था का जैविक स्वरूप नहीं बदला। किशोर अपने जीवन पर वयस्कों का साधिकार नियंत्रण चाहते हैं—और उनका अधिकांश व्यवहार ऐसे स्पष्ट नियमों के निर्धारण का अनुरोध है, जो भारी बदलावों के बीच उनके जीवन के पुनर्गठन में सहायक हो।

मैंने हाल ही में समाचार-पत्र में एक रिपोर्ट पढ़ी, जिसमें वाशिंगटन डी.सी., के संपन्न इलाकों के किशोरों ने बताया कि पार्टियों में भाग लेने और मित्रों से मिलने के लिए वे क्यों रात में चुपके से घर से निकल जाते थे। स्पष्ट था कि कई मामलों में माता-पिता द्वारा निर्धारित नियमों को बच्चे गंभीरता से नहीं लेते थे या आश्वस्त थे कि वैसे भी उनके माता-पिता चेक करनेवाले नहीं हैं। जैसी कि उस लेख में एक मनोवैज्ञानिक की व्याख्या थी—''बुनियादी तौर पर ये किशोर अपने माता-पिता से कह रहे हैं, 'आपके नियम जाएँ भाड़ में। मैं वही करूँगा/करूँगी, जो मुझे पसंद है।' माता-पिता भी स्वयं को इतना अकुशल या व्यस्त पाते हैं कि वे चाहते हैं कि यह समस्या कोई और सुलझा दे।''

जब माता-पिता अपनी कही गई 'ना' पर अटल रहते हैं या किशोरों के घर से बाहर जाने-आने के समय और दूसरे अनुशासनों के बारे में कठोर होते हैं तब अपने विकल्पों को लेकर बच्चों के मन में कम दुविधा रहती है। परिवार और बच्चों से जुड़े मुद्दों पर लिखनेवाले पत्रकारों के साथ हाल में हुई एक बैठक में एक रिपोर्टर ने मुझसे पूछा कि एक किशोरी की माँ होने के नाते स्कूलों में यौन शिक्षा दिए जाने के बारे में मैं क्या सोचती हूँ?

मैंने कहा कि ''उत्तम तो यह होगा कि हम अपने बच्चों को इस बात के लिए राजी कर लें कि वे सेक्स के बारे में कोई भी निर्णय इक्कीस वर्ष की आयु तक स्थगित रखें।'' मेरे इस जवाब ने श्रोताओं में एक असहाय हँसी उत्पन्न की। एक ऐसी संस्कृति में, जो प्रत्येक होर्डिंग से, सिनेमा के परदे से, रेडियो स्टेशन से, टेलीविजन सेट से और पत्रिका से (और कंप्यूटर मॉनिटर से भी) सेक्स की घोषणा करती है—वे और मैं जानते हैं कि हर पल बच्चों का सामना सेक्स से होता है और उन्हें जल्दी ही इसके बारे में फैसला करना होता है।

कई वर्षों तक अमेरिकी किशोरों के साथ काम करने और उनके विचार सुनने के बाद मैं नहीं समझती कि वे सेक्स और उसके संभावित परिणामों—माँ या पिता बनना, गर्भपात, यौन रोग—के लिए तैयार हैं। मैं समझती हूँ कि हमें भरसक वह सबकुछ करने की जरूरत है, जो यौन गतिविधियों को हतोत्साहित करती और संयम को बढ़ावा देती हो। युवजन प्रतिजाति और स्वजाति के युवाओं के साथ घनिष्ठ मित्रता की कद्र करना सीखकर जोड़ों में रहने के साथ समूह में रहने का भी आनंद ले सकते हैं। इस तरह के संबंध विकसित करने के लिए किशोरों को मॉल्स, वीडियो आर्केड्स या सड़कों पर घूमने के लिए छोड़ देने के बजाय उन्हें सामूहिक गतिविधियों में लगाने के लिए सम्मेलन आयोजित करने में वयस्कों का सहयोग जरूरी है। जो बच्चे विकल्प चाहते हैं उनके लिए घरों, स्कूलों, चर्चों और समुदायों को रचनात्मक गतिविधियाँ पैदा करनी होंगी।

बच्चों को यौन शिक्षा देने के मामले में भी इन्हीं संस्थाओं को आगे आना होगा। नेशनल एकेडमी ऑफ साइंसेज की स्वास्थ्य नीति सलाहकार शाखा द इंस्टीट्यूट ऑफ मेडिसिन ने हाल ही में हमारे देश में अनचाहे गर्भ के बारे में वर्तमान में जो कुछ ज्ञात है, उसकी वैज्ञानिक समीक्षा प्रकाशित की है। उसका निष्कर्ष है कि युवाओं को यौन शिक्षा देने की जिम्मेदारी परिवारों, स्कूलों, धार्मिक तथा सामुदायिक संस्थाओं—सभी की है। उसकी अनुशंसा थी कि स्कूल यौन शिक्षा के व्यापक, आयु के अनुसार ऐसे कार्यक्रम बनाना जारी रखें, जो संयम के शिक्षण पर जोर देते हों। उपलब्ध साक्ष्य इस बात का समर्थन नहीं करता कि यौनाचार पर सीधी चर्चा यौन संबंधी गतिविधियों को बढ़ावा देगा; बल्कि उसका कहना है कि किसी प्रकार की औपचारिक यौन शिक्षा प्राप्त किए बिना ही कई किशोर यौन संबंधों में सक्रिय हो गए हैं।

वयस्क चाहे जितना प्रयास कर लें, ऐसे किशोर हमेशा रहेंगे, जो यौन अनुभव प्राप्त करने के लिए कृतसंकल्प हैं। उन्हें भी गर्भ-निरोध तथा यौन रोगों के बारे में बताए जाने की जरूरत है, ताकि अपने निर्णय के परिणामों का सामना वे जिम्मेदारी के साथ कर सकें।

जैसा कि कोई भी व्यक्ति, जिसने किशोर वय में गर्भ-धारण करने और यौन संक्रमित रोगों के विस्तार का अध्ययन किया है, कह सकता है—एक बड़ी संख्या में किशोर यौन संबंधी शारीरिक और भावनात्मक पहलुओं से बिलकुल अनजान हैं। मैंने ऐसी गर्भवती किशोरियों के इंटरव्यू लिये हैं, जो सुनने में असंभव भले ही लगे, अनगिनत बार टी.वी. पर अर्द्धनग्न शरीरों और तेज साँसों के दृश्य देखने के बाद भी यह बताने में असमर्थ थीं कि उन्होंने और उनके साथी ने ठीक-ठीक ऐसा क्या किया था, जिसका परिणाम गर्भावस्था था।

उसके परिणाम दुःखद हैं, विशेष रूप से उन किशोरियों के लिए, जो पहले ही कठिन परिस्थितियों में थीं। ऐसी लड़कियाँ आमतौर पर पढ़ाई में एक या दो दर्जे पीछे होती हैं। अकसर वे ऐसे असमन्वित परिवारों से आती हैं, जहाँ से वे भागना पसंद करें।

ऐसी लड़कियाँ अपने लिए कोई भविष्य नहीं देखतीं और एक शिशु उन्हें इस जीवन से छुटकारा दिलाने का साधन प्रतीत होता है या कम-से-कम ऐसी कोई चीज जो उनकी अपनी हो। जहाँ यौन संबंध अपनी सामाजिक स्थिति में सुधार और आर्थिक सुरक्षा के उद्‍देश्य से बनाए जाते हैं, वर्तमान संस्कृति में इन लड़कियों को गाँव से कोई मदद नहीं मिलती कि वह उन्हें इससे बेहतर विकल्प बता सकता।

कई किशोर लड़के भी कमोबेश ऐसी ही स्थिति में होते हैं। पढ़ाई में फिसड्डी और स्वयं को विकास के अवसरों से वंचित समझते हुए वे सेक्स और पितृत्व को अपनी शक्ति व उपलब्धि के रूप में देखते हैं। पुरुषत्व का यह एक आदिकालीन सबूत है; परंतु ऐसा, जिसे प्राप्त किया जा सकता है।

जब मैं किशोर वय की उन लड़कियों से बात करती हूँ जिनका एक बच्चा है या होनेवाला है, तो वे अकसर कहती हैं कि वे बच्चे के पिता से यह अपेक्षा रखती हैं कि वे उनसे विवाह कर लेंगे। सामान्य रूप से वह उनसे कम होता है। यदि मैं उनसे पूछती हूँ कि उन्होंने अब तक ऐसा क्यों नहीं किया है, तो कई तरह के बहाने सामने आते हैं—उसे आर्मी जॉइन करनी है या वह नौकरी खोज रहा है अथवा उसे पहले किसी लड़की से संबंध तोड़ने होंगे। कोई-न-कोई कारण हमेशा होता है और वह चाहे जितना संदिग्ध लगे, इन लड़कियों को एक प्यार भरे सुरक्षित जीवन की कल्पना करने से नहीं रोकता। अपने दूसरे बच्चे को गर्भ में लिये हुए लड़कियाँ विवाह के सवाल पर कुछ कटुता प्रदर्शित करती हैं; परंतु एक अबोध शिशु की माँ पर पूर्ण निर्भरता का बोध उसे शक्ति देता है।

सुविधा-संपन्न परिवारों से आनेवाली लड़कियाँ सेक्स को आजमा सकती हैं, क्योंकि हर कोई यही कर रहा है या वे किसी खास लड़के या गुट की नजरों में लोकप्रिय होना चाहती हैं। वे गर्भ-निरोधक का उपयोग करने या यौन संक्रमित रोगों से बचने की अनदेखी कर सकती हैं, क्योंकि इस तरह की तैयारी एक समझे-बूझे चयन की स्वीकृति होगी और वह इस कल्पना से मेल नहीं खाती कि वह 'भावनाओं में बह गई थी।'

अच्छा होगा कि हम सब एक गहरी साँस लें और यह ध्यान रखें कि सेक्स बहुत-बहुत समय से हमारे जीवन में रहा है और हम सब उसी की बदौलत यहाँ हैं। हम किस तरह के व्यक्ति हैं और किस तरह जीते हैं, वह उसका एक महत्त्वपूर्ण भाग है और उसके प्रति हमारे बच्चों की जिज्ञासा में कोई शर्म की बात नहीं है। यदि हम यह बात स्वीकार कर लें तो जैसे ही वे इतने बड़े हो जाएँ कि समझ सकें कि हम क्या कह रहे हैं तो हमें शरीरों को उनका देय देने के महत्त्व और जिम्मेदारी के साथ नए संबंध बनाने के बारे में अपने बच्चों से बात करना शुरू कर देना चाहिए। जब बच्चे और बड़े हो जाएँ तो हम उन्हें यह समझा सकते हैं कि प्रत्येक मनुष्य के जीवन में कुछ चरण होते हैं और सेक्स वयस्क जीवन का एक उपयुक्त भाग है, जो परिपक्वता और जिम्मेदारी उठाने की तैयारी के साथ आता है।

□

क्यों कई बच्चे ऐसे कृत्यों में उतर जाते हैं, जिनमें खतरा होता है और दूसरे ऐसा नहीं करते? हम अपने घरों और समाज में किस तरह ऐसे हालात पैदा कर सकते हैं कि उनके लिए उस तरह के काम करना भारी पड़ जाए? कैसे हम अपने बच्चों को उस चरित्र और उन कुशलताओं से सज्जित कर सकते हैं, एक सुरक्षित तरीके से वयस्क जीवन में प्रवेश करने के लिए उन्हें जिनकी जरूरत होगी?

जहाँ तक सब्सटेंस एब्यूज का सवाल है, कोलंबिया विश्वविद्यालय स्थित सेंटर ऑन एडिक्शन एंड सब्सटेंस एब्यूज (सी.ए.एस.ए.) कुछ उत्तर उपलब्ध कराता है। उसके चेयरमैन और प्रेजिडेंट जोसेफ ए.कैलिफनो जूनियर के मार्गदर्शन में सिगरेट, शराब, मैरीजुआना, कोकीन, हेरोइन और अन्य गैर-कानूनी ड्रग्स के प्रति अमेरिकी वयस्कों और किशोरों की प्रवृत्ति जानने के लिए एक वार्षिक सर्वे शुरू किया है, जिसका उद्देश्य है बच्चों को इनके कुप्रभावों से बचाने के लिए क्या कुछ किया जाना चाहिए, इस बारे में वयस्कों को सचेत करना। कैलिफनो दरशाते हैं कि दाँव पर क्या लगा है—''इस बारे में गलतफहमी में न रहें। हमारे बच्चे ड्रग्स का इस्तेमाल किए बिना, बिना धूम्रपान किए, बिना शराब पिए यदि अपनी किशोरावस्था—दस से बीस वर्ष की आयु तक—पार कर लेते हैं तो यह लगभग निश्चित है कि वे कभी ऐसा नहीं करेंगे।''

उस आयु में सब्सटेंस एब्यूज का खतरा बढ़ानेवाले कारकों में से कुछ पर ध्यान दिया जाना चाहिए। मैरीजुआना के प्रति लापरवाही की प्रवृत्ति और नाबालिगों तक सिगरेट की पहुँच किशोरों के सिगरेट से मैरीजुआना और फिर अधिक घातक ड्रग्स तक पहुँचने और समय-पूर्व यौनाचार की आशंका बढ़ा देती है। स्कूली पढ़ाई छोड़ देने से बच्चों में ड्रग सेवन का खतरा बढ़ जाता है, जैसे उसके माँ या पिता करते हैं।

यदि यह जानकारी वर्षों पहले उपलब्ध होती तो बिल और उनकी माँ रोजर को लेकर भी पर्याप्त सचेत रहता। मेरे पति किशोरों—और वयस्कों में भी—धूम्रपान की लत छुड़वाने के प्रति इतने आग्रही इसलिए हैं कि उन्होंने स्वयं अपने परिवार में गड्ढे में ले जानेवाले उस उतार को प्रत्यक्ष रूप से देखा है, जो एक नशीले पदार्थ से शुरू होकर दूसरे विनाशकारी व्यवहारों और प्रवृत्तियों तक ले जाता है।

वे बच्चे, जो खेलकूद को छोड़कर स्कूल के बाद किसी एक गतिविधि में भाग लेते हैं, वे उनकी अपेक्षा नशीले पदार्थों का सेवन कम करते हैं, जो उनमें भाग नहीं लेते। विडंबना यह है कि उन किशोरों में, जो पार्ट टाइम नौकरी करते हैं, ड्रग सेवन की संभावना अधिक होती है—शायद अतिरिक्त आमदनी और कम आयु में आत्मनिर्भर हो जाने के कारण। परंतु उन किशोरों की अपेक्षा, जो धार्मिक गतिविधियों में विरले ही या कभी भाग नहीं लेते, नियमित रूप से ऐसा करनेवाले किशोर ड्रग्स का कम सेवन करते हैं।

बच्चों के संरक्षण के लिए सी.ए.एस.ए. सर्वे उन कदमों की अनुशंसा करता है,

जो हम उठा सकते हैं। यदि हम चाहें तो उन कानूनों को सख्ती से लागू करवा सकते हैं, जो नाबालिगों को सिगरेट और शराब के विक्रय पर प्रतिबंध लगाते हैं। ड्रग-फ्री स्कूलों की स्थापना, नशे की लत और उसके इलाज पर शोध के लिए धन उपलब्ध कराना; विज्ञापनों और मनोरंजन माध्यमों में शराब, तंबाकू एवं ड्रग्स के सेवन को मोहक अंदाज में प्रस्तुत किए जाने से रोकना आदि कदम उठाना भी जरूरी है।

उन लक्षणों को, जो बच्चों को नशीले पदार्थों से दूर रखते हैं, मात्रा की भाषा में व्यक्त करना कठिन है, परंतु उन्हें समझना कठिन नहीं है। जो बच्चे सचमुच यह समझते हैं कि इस मामले में उनके पास विकल्प हैं, उनके द्वारा विवेकपूर्ण चुनाव किए जाने की संभावना अधिक है। उन बच्चों के द्वारा भी, जिनमें स्वयं के प्रति सम्मान की भावना है। सबसे अधिक प्रभावकारी वह बोध और आशावादिता है, जो इस एहसास में से आते हैं कि उनके माता-पिता उनके जीवन में दिलचस्पी लेते हैं और उनके मामलों में शरीक हैं। जैसा कि रिपोर्ट कहती है—''समाज में माता-पिता की हैसियत या उनके वैवाहिक स्वरूप का भी उतना महत्त्व नहीं है। जो बात सचमुच महत्त्व रखती है, वह है अपने बच्चों के जीवन में उनकी भूमिका। अंतत: जो बात सचमुच महत्त्व रखती है, वह है दृढ़ मार्गदर्शन'''' या जैसा कि एक पिता ने कहा, अपने बच्चे पर एक बाज की तरह नजर रखना।''

यद्यपि कभी-कभी परिवार के पास जो उपकरण होते हैं—अनुशासन, सजग मार्गदर्शन और प्यार—अपेक्षा से कम साबित होते हैं। मेरी परिचित एक किशोरी ने चौदह वर्ष की आयु में यह नोट छोड़कर आत्महत्या कर ली, ''मैं नहीं समझती कि मैं इतनी सशक्त हूँ कि आज की दुनिया में एक किशोर बनकर जी सकूँ।'' 'आज की दुनिया' के बारे में यह नोट जो कुछ कहता है, उससे अधिक यह वक्तव्य उस गहरे अवसाद और निराशा की उपस्थिति को प्रकट करता है, जो संवेदनशील, सुप्रशिक्षित विशेषज्ञों के हस्तक्षेप की माँग करता है। जैसा कि अपने मित्रों एवं प्रियजनों की आत्महत्याओं के जरिए मैंने और दूसरों ने बड़े कष्टपूर्ण तरीके से सीखा है, ऐसे मामलों में व्यक्ति और परिवार अकसर गाँव से सहायता लेने में झिझकते या शर्म महसूस करते हैं। और अकसर जब वे ऐसा करते भी हैं तो गाँव मूक बना रहता है। हमें यह सुनिश्चित करने की आवश्यकता है कि ऐसे समय में सहायता न केवल उपलब्ध हो बल्कि वह तत्परता से और बिना लांछन के उन लोगों तक पहुँचाई जाए, जिन्हें उसकी जरूरत है।

सहायता का एक तरीका किशोरों को उसी चीज का एक परिवर्तित रूप ऑफर करना है, जिसे भूतकाल में कई समाज प्रदान करते आए हैं। बचपन से वयस्कता में प्रवेश करने के सशक्त, रचनात्मक, चुनौतीपूर्ण और जीवन में विश्वास पैदा करने वाले तरीके। अमेरिका के मूल निवासियों में इसने अकसर किसी बुद्धिमान बुजुर्ग के मार्गदर्शन में एक आध्यात्मिक यात्रा का रूप लिया है, जहाँ से युवजन एक नई शक्ति से परिपूर्ण होकर और भविष्य के लिए एक उच्चतर दृष्टि के साथ घर लौटते हैं। युवा यहूदी लड़के

व लड़कियाँ अपनी नई परिपक्वता का उत्सव मनाने के लिए पवित्र धर्मग्रंथों और परंपराओं का अध्ययन करते हैं।

यह एक संयोग ही नहीं है कि परिपक्वता में इस आगमन की सार्वजनिक रूप से पुष्टि की जाती है। हमारी अपनी संस्कृति को ऐसी सशक्त परंपराओं की आवश्यकता है। बचपन से वयस्कता में हो रहे इस संक्रमण की घोषणा करने के लिए किशोरों को एक ड्राइविंग लाइसेंस से अधिक कुछ चाहिए।

किशोरों को आनेवाली शताब्दी के लिए तैयार किए जाने पर कार्नेगी कॉरपोरेशन की एक नई रिपोर्ट 'ग्रेट ट्रांजेक्शंस' इस बात की पहचान करती है कि इस महत्त्वपूर्ण संक्रमण काल में हमने बच्चों को अधर में छोड़ दिया है। वह यह अनुशंसा करती है कि हमारा राष्ट्र और अधिक युवा-केंद्रित आयोजन व गतिविधियाँ आरंभ करे। इसमें कोई आश्चर्य नहीं होना चाहिए कि इन आयोजनों के अभाव में किशोरों के कई गैंग सक्रिय हो गए हैं। किशोरों को अपनेपन के एहसास की जरूरत है और वे रचनात्मक गतिविधियों में भाग लेना चाहते हैं। युवाओं को समाज-सेवा की ओर प्रवृत्त करना चुनौतियों और भागीदारी का ऐसा संयोजन है, जिसकी अपने जीवन को पटरी पर रखने के लिए कई युवाओं को जरूरत है।

यह काम हम किसी भी तरह करें, हमें यह समझना चाहिए कि परंपरागत रूप से किशोरावस्था के वर्ष सर्वोत्तम अवसरों और सर्वाधिक खतरों के समय रहे हैं। इसके साथ ही यह एक अविवादित तथ्य है कि मानव जीवन में यह सर्वाधिक जटिल समय होता है। बच्चे भटकाव के रास्ते पर चल पड़ें या सुरक्षित रूप से परिपक्वता हासिल करें, इस बात पर निर्भर करता है कि कितनी दृढ़ता और रचनात्मकता से हम उनकी संभावनाओं का दोहन करते हैं।

यद्यपि अंत में, हमारे बच्चे आत्मनिर्भरता के उस चरण में पहुँचेंगे, जब हम उन पर निगरानी नहीं रख सकेंगे और न परामर्श दे सकेंगे तथा दूसरों को ऐसा करते हुए देख सकेंगे। यही वह समय है जब चरित्र अपनी भूमिका निभाता है और उन्हें अपने फावड़ों की जरूरत होती है। हममें से बहुत कम लोगों के चरित्र और हौसले का परीक्षण नेल्सन मंडेला की तरह होगा; परंतु अपने हिस्से की चुनौतियाँ, संकट, असफलता और निराशाएँ हमारे सामने आएँगी। जिंदगी गमों के पहाड़ के नीचे दबा दें तो अपने फावड़ों की मदद से उसमें से बाहर आने की लौह इच्छा-शक्ति और आवश्यक कुशलता विकसित करना एक ऐसा कार्य है, जो आजीवन चलता है। और यह सुनिश्चित करना कि हमारे सभी बच्चे इसमें पारंगत हों, उनके प्रति और गाँव के प्रति हमारा जीवनपर्यंत दायित्व है।

□

10

बच्चे जन्मजात आस्तिक होते हैं

> प्रत्येक बच्चा इस संदेश के साथ आता है कि ईश्वर अब तक मनुष्य जाति से निराश नहीं हुआ है।
>
> —*रवींद्रनाथ टैगोर*

अब तक मैं जिन सर्वोत्तम धर्म-तत्त्वज्ञों से मिली हूँ, वे सब पाँच वर्ष की आयु के थे। जब हम बच्चे थे, तब स्वर्ग कैसा होगा, इस विषय पर दोस्तों से लंबी चर्चाएँ किया करते थे। एक दिन चमकीले लाल बाल और चेहरे पर चकत्तेवाले डेविड नाम के लड़के ने घोषणा की कि यदि उसे वहाँ मूँगफलीवाला मक्खन नहीं मिला तो वह कभी स्वर्ग नहीं जाएगा। हम सबने बहस की कि देवदूत (हम सबको वही बनने की आशा थी) मूँगफली बटर तो क्या कुछ भी खाते होंगे। जब बहस बढ़ गई तो हमने अपने माता-पिता से मार्गदर्शन माँगा। अगले दिन जब हमने उत्तरों की तुलना की तो पाया कि इस महत्त्वपूर्ण विषय पर वयस्क भी एकमत नहीं थे।

वर्षों बाद उस समय मुझे अपने माता-पिता से सहानुभूति हुई, जब चेल्सी और उसके मित्र उससे भी भारी सवाल लेकर बिल और मेरे पास आए। पहली कक्षा तक आते-आते वे पूछ रहे थे, 'स्वर्ग कहाँ है और वहाँ कौन जा पाता है?'' 'क्या ईश्वर भी कभी गलती करते हैं?'' 'ईश्वर देखने में कैसे लगते हैं?'' 'ईश्वर लोगों को बुरे काम क्यों करने देते हैं?'' 'क्या देवदूतों के प्रत्यक्ष शरीर होते हैं?'' 'यदि मैं किसी कीड़े को कुचल दूँ तो क्या ईश्वर को बुरा लगेगा?'' 'शैतान नाम का व्यक्ति हमारे अंदर रहता है या बाहर?'

बिल और मैं इन सवालों से चकरा तो गए, परंतु हमने बड़ी कोशिश करके एक बच्चे की समझ के अनुरूप उन सवालों के विचारपूर्ण जवाब दिए। उन बच्चों ने उससे अधिक आध्यात्मिकता का प्रदर्शन किया जितना हम उन्हें सामान्यत: समझते हैं। इस बात ने मेरा यह विश्वास और मजबूत कर दिया कि बच्चे विश्वास, आशा और प्यार की क्षमता तथा ईश्वर की रचनात्मकता, बुद्धिमत्ता और सबको जोड़नेवाली शक्ति की सहजबुद्धि के साथ पैदा होते हैं। जैसा कि बाल मनोचिकित्सक रॉबर्ट कोल्स अपनी पुस्तक 'द स्पिरिचुअल लाइफ ऑफ चिल्ड्रन' में कहते हैं, "जब हम इस पूरे अस्तित्व, जीवन-यात्रा की प्रकृति और अंतिम लक्ष्य के बारे में अचरज करना शुरू कर देते हैं तो हम कितने बड़े होते हैं।"

चलने और पढ़ने की संभावना की तरह ही आध्यात्मिकता की संभावना भी आरंभ से ही उपस्थित होती है। 'चिल्ड्रंस लेटर्स टु गॉड' नामक एक छोटी सी अद्‌भुत पुस्तक में ऐसे संदेश दिए गए हैं जो आशा और विश्वास, हास्य और संवेदनशीलता और एक विस्मयकारी बेतकल्लुफी से परिपूर्ण है। एक छोटा बच्चा लिखता है, "प्रिय ईश्वर, मैं समझता हूँ कि दुनिया के सभी आदमियों से प्यार करना आपके लिए कितना मुश्किल होगा। हमारे परिवार में केवल चार व्यक्ति हैं और मैं तीन को भी हमेशा प्यार नहीं कर पाता।" दूसरा पूछता है, "आपको कैसे पता चला कि आप ईश्वर हैं?"

पीनट्स® यूनाइटेड फीचर सिंडीकेट, इन्कॉर्पोरेटेड की अनुमति से पुनर्मुद्रित

बच्चों में आध्यात्मिकता की प्रवृत्ति का पौधा लगाने की जरूरत नहीं होती; परंतु उसके फलने-फूलने के लिए उसका पोषण और प्रोत्साहन जरूरी है। बच्चों को धार्मिक संस्थाओं द्वारा उपलब्ध कराए गए प्रचलित स्वरूपों में, शब्दों और अनुष्ठानों के जरिए अपनी आध्यात्मिक प्रवृत्ति को अभिव्यक्त करना सिखाकर एक तरीके से हम ऐसा कर सकते हैं।

अपने परिवार की आरंभिक यादों में धर्म की भूमिका दिखाई देती है। मेरे पिता पीढ़ियों से मेथॉडिस्ट परंपरा से जुड़े हुए थे; जबकि मेरी माँ, जो किसी चर्च से दीक्षित नहीं थीं, संडे स्कूल में पढ़ाती थीं। हाल की एक मुलाकात में उन्होंने मजाक में कहा कि

ह्यूज की स्कूल से गायब हो जाने की आदत छुड़ाने के लिए उन्होंने ऐसा किया था। जब मेरी एक सहेली ने उनसे पूछा कि उनके आध्यात्मिक शिक्षण का सार क्या था, तो उन्होंने सादगी और निष्ठा से उत्तर दिया "अच्छाई का बोध।"

हम एक सक्रिय धर्म संघ से युक्त एक बड़े चर्च, पार्क रिज स्थित द फर्स्ट यूनाइटेड मेथॉडिस्ट चर्च में जाते थे। वह चर्च सामाजिक गॉस्पेल, जो हमारी मेथॉडिस्ट परंपरा का एक प्रमुख अंग रहा है, सिखाने और व्यवहार में लाने का एक केंद्र था। एक परिवार के रूप में हमारा धार्मिक जीवन जीवंत व नियमित था। हम ईश्वर का ध्यान करते हुए ही चलते, बातें करते, खाते, पढ़ते और बहस करते थे। हर रात सोने से पहले अपने पलंग के बाजू में हम घुटनों के बल बैठकर प्रार्थना करते थे। डिनर के समय उसकी सभी नियामतों के लिए ईश्वर को धन्यवाद देते हुए हम प्रार्थना करते। 'गुड फूड, गुड मीट, गुड गॉड, लेट अस ईट' की तर्ज पर मेरे भाई ह्यूज की एक विशिष्ट प्रस्तुति होती थी। परंतु यदा-कदा अश्रद्धा के प्रदर्शन के बावजूद परिवार के एक अति-आदरणीय, अति-संबोधित सदस्य के रूप में ईश्वर हमेशा प्यार के साथ उपस्थित रहते थे।

बिल दक्षिणी बेप्टिस्ट परंपरा से संबंधित हैं और अपने संप्रदाय के प्रति उतने ही निष्ठावान् जितनी मैं अपने संप्रदाय के प्रति हूँ। वर्षों तक हम एक-दूसरे के चर्चों में जाते रहे और चेल्सी ने दोनों को अपना समय दिया, जब तक कि दस वर्ष की आयु में उसने एक मेथॉडिस्ट के रूप में दीक्षित हो जाने का निर्णय लिया। वह विशिष्ट चयन उसके पिता और मेरे लिए उतना महत्त्वपूर्ण नहीं था जितना आध्यात्मिक विकास के लिए चर्च के कार्यक्रमों में भाग लेना।

मानव-विज्ञानी मार्गरेट मीड का मत है कि बचपन में ही धर्म से परिचित हो जाना महत्त्वपूर्ण है; क्योंकि वयस्क होने पर प्रार्थना और ईश्वर की देनों से विस्मित होना कठिन है। उनका यह भी मानना था कि ऐसे वयस्क, जिन्हें बचपन में आध्यात्मिक आदर्श नहीं मिले, असहिष्णु और अनावश्यक रूप से कट्टर प्रचार के प्रभाव में आ सकते हैं। मेरे अपने अनुभव मीड की मान्यताओं की पुष्टि करते हैं। मैं ऐसे माता-पिताओं को जानती हूँ जो स्वयं धार्मिक नहीं थे, परंतु जिन्होंने ईमानदारी से यह सुनिश्चित किया कि इन्हीं कारणों से उनके बच्चे कम-से-कम एक धार्मिक विश्वास के प्रति निष्ठा रखें। मैं ऐसे लोगों से भी मिली हूँ, जो अपने धर्म की शिक्षाओं और ढाँचे से विमुख हो गए थे, परंतु अपने बच्चों द्वारा प्रेरित किए जाने पर पुनः निष्ठावान् हो गए।

हाल ही में एक औपचारिक डिनर के अवसर पर मैं एक प्रतिष्ठित व्यवसायी के बगल में बैठी थी। उन्होंने मुझे बताया कि उन्होंने हिब्रू भाषा में बाइबल को आरंभ से पढ़ना शुरू कर दिया था। यद्यपि दशकों पहले वह शराब का व्यापारी हुआ करता था,

उन्होंने स्वयं को कभी एक धार्मिक या आध्यात्मिक व्यक्ति नहीं समझा। परंतु एक दिन अपनी छोटी सी बेटी को गोद में लिये सूर्यास्त की ओर इशारा करते हुए जब उन्होंने कहा, ''देखो, ईश्वर ने कितनी अच्छी पेंटिंग बनाई है।'' उनकी नन्ही बेटी ने पूछा, ''ईश्वर कौन है ?'' उन्होंने निर्णय लिया कि उस बच्ची को धार्मिक विश्वास से परिचित कराना उनका कर्तव्य है, जैसा कि उनके पिता ने उन्हें कराया था। इसका कोई विकल्प नहीं है। यदि और अधिक माता-पिता घर पर ही अपने बच्चों को धर्म और प्रार्थना से परिचय कराते हैं, चाहे वे स्वयं संगठित धार्मिक गतिविधियों में शामिल होते हों या नहीं, तो मुझे विश्वास है कि स्कूलों में प्रार्थना करवाने की आवश्यकता कम होगी।

□

चर्च, सिनेगॉग, मसजिदें और अन्य धार्मिक संस्थाएँ न केवल आध्यात्मिक मामलों में बच्चों को एक आधार प्रदान करती हैं बल्कि नेतृत्व और समाज-सेवा का अनुभव भी कराती हैं, जहाँ वे मूल्यवान् सामाजिक हुनर सीख सकते हैं। मेरी एक मित्र ने एक दिन औपचारिक धर्म ने उनके बचपन में जो भूमिका निभाई थी, उसकी याद करते हुए टिप्पणी की, ''मेरा चर्च मेरा फिनिशिंग स्कूल था।'' उसने याद किया कि चार वर्ष की आयु में जीवन में पहली बार वह सार्वजनिक रूप से कुछ बोली थी—ईस्टर की सुबह के एक कार्यक्रम में एक पंक्ति का सस्वर पाठ। हर ईस्टर में उस कार्यक्रम में उसकी भूमिका बढ़ती गई। उसके चर्च लीडर ने उसे बताया कि किस तरह साफ और ऊँची आवाज में गाया जाता है। प्रत्येक सार्वजनिक प्रदर्शन से उसका आत्मविश्वास बढ़ता गया।

मैं जानती थी कि उसका तात्पर्य क्या था। मेरे अपने चर्च में, मेरी बारी आने पर, शनिवारों को मैं वेदी की सफाई करती और रविवारों को धर्मग्रंथों का पाठ करती थी। मैं क्रिसमस और ईस्टर की शोभायात्राओं में भाग लेती (अत्यधिक गरम गर्भगृह में एंजेल की पोशाक में बेहोश होकर तुरंत ही सामान्य हो जाना मैंने वहीं सीखा) और पूरी सभा के सामने अपना कन्फर्मेशन निबंध 'यीशु मेरे लिए क्या अर्थ रखते हैं' पढ़ती।

लिटिल रॉक एवं वाशिंगटन के संडे स्कूल शिक्षकों ने चेल्सी और उसके समकक्षों को ऐसे माता-पिताओं के साथ तालमेल बिठाने, जो 'उनकी भावनाओं को समझ ही नहीं पाते' से लेकर किशोरावस्था के प्रलोभनों तक अपने विचारों, चिंताओं व डरों की पहचान करना और अभिव्यक्त करना सिखाया।

चर्च गाँव के उन थोड़े से स्थलों में से हैं, जहाँ आज के किशोर उन वयस्कों के सामने, जो उन्हें प्यार करते हैं, संकोच छोड़कर अपने मन का गुबार निकाल सकते हैं। जिन चर्चों में बच्चे स्वयं को सहज और सुरक्षित समझते हैं, वे उन्हें पूजा-पाठ में शामिल

करने से अधिक कुछ दे रहे हैं। जैसा मैंने पहले बताया, किशोरों की प्रवृत्तियों और आचरण पर किए गए एक सर्वेक्षण में पाया गया कि जो किशोर धार्मिक गतिविधियों में नियमित रूप से भाग लेते हैं, उनकी ड्रग सेवन जैसे खतरनाक व्यसनों में लिप्त होने की आशंका कम होती है। मैं चाहती हूँ कि स्कूल समय के बाद और सप्ताहांत में और अधिक स्कूल खुले रहें, ताकि बच्चों को बड़ों की देखरेख में रचनात्मक गतिविधियों के अधिक अवसर मिल सकें।

कुछ चर्च सदस्यों को आधुनिकतम प्रौद्योगिकी, परिवार केंद्रों तथा विवाह और पैरेंटिंग जैसे विषयों पर वयस्कों के चर्चा समूहों जैसी सुविधाएँ देकर स्वयं ही गाँव बन रहे हैं। लिटिल रॉक स्थित मेरे चर्च की तरह कई चर्च प्री-स्कूल और डे-केयर कार्यक्रमों से लेकर व्यायाम, बल्कि रेस्टोरेंट जैसी सुविधाएँ, भी प्रदान करने लगे हैं। ये चर्च सभी आयु के लोगों के लिए सामाजिक केंद्र भी चलाते हैं।

परंतु चर्च और अन्य पूजास्थल अपनी धार्मिक व सामाजिक भूमिका को चाहे जितना पुन:परिभाषित और विस्तारित कर लें, धार्मिक एवं आध्यात्मिक अभिव्यक्ति का अधिकार उनकी सीमाओं में कैद नहीं है। प्रथम संशोधन के अधीन धार्मिक स्वतंत्रता की गारंटी और धर्म को सरकार द्वारा स्थापित किए जाने पर लगाए प्रतिबंध को देखते हुए हम उस अभिव्यक्ति को कैसे संरक्षण दे सकते हैं? बच्चों के मामले में इस प्रश्न में यह सरोकार निहित है कि सार्वजनिक स्कूलों में किस सीमा तक वे धार्मिक शिक्षा प्राप्त कर सकते हैं या अपनी धार्मिक मान्यताओं को अभिव्यक्त कर सकते हैं। मैं अपने पति के इस विश्वास का समर्थन करती हूँ कि ''प्रथम संशोधन में ऐसा कुछ नहीं है, जो हमारे सार्वजनिक स्कूलों को धर्म-मुक्त क्षेत्रों में बदल दे या सभी धार्मिक अभिव्यक्तियों को स्कूल के गेट के बाहर छोड़कर आने को कहे।'' और यह कि ''हमारे इतिहास और हमारी परंपरा में धर्म का इतना महत्त्वपूर्ण स्थान है कि हम उसे स्कूल से बाहर नहीं रख सकते।''

दूसरी ओर, समस्याएँ तब खड़ी होती हैं जब लोग स्कूल प्रार्थनाओं या विशिष्ट धार्मिक रिवाजों को अनिवार्य बनाने के लिए सरकारी प्राधिकार का उपयोग करना चाहते हैं या किसी संप्रदाय विशेष के धार्मिक विश्वासों के अनुपालन के लिए आग्रह करते हैं। जब किसी विशिष्ट धार्मिक दृष्टिकोण या अभिव्यक्ति के पीछे सरकार की शक्ति लगा दी जाती है तो वह उस अनुषंगी स्वतंत्रता का हनन कर सकता है।

इस विवादित मुद्दे पर समझ और स्पष्टता लाने के लिए मेरे पति ने शिक्षा मंत्री रिचर्ड रिले और एटॉर्नी जनरल जैनेट रिनो को सार्वजनिक स्कूलों में अनुमान्य धार्मिक गतिविधियों के संबंध में सिद्धांतों का एक विवरण तैयार करने के लिए कहा। संपूर्ण

दिशा-निर्देश स्थानीय स्कूल जिला कार्यालयों या शिक्षा विभाग के पास उपलब्ध हैं। उनमें शामिल हैं—

- जब विद्यार्थी स्कूल की गतिविधियों या शिक्षण में व्यस्त न हों तब वे स्कूल दिवस में किसी के काम में बाधा डाले बिना व्यक्तिगत या सामूहिक प्रार्थना में भाग ले सकते हैं।
- ऐसे स्कूलों, जो पाठ्यक्रमेतर विद्यार्थी समूहों के लिए अपनी सुविधाएँ सामान्य रूप से खुली रखते हैं, को पूर्वलिखित शर्तों पर विद्यार्थी धार्मिक संगठनों को भी वे सुविधाएँ उपलब्ध करानी चाहिए।
- स्कूल असाइनमेंट्स में धर्म के बारे में अपने विश्वास व्यक्त करने के लिए विद्यार्थियों को मुक्त होना चाहिए और उनके कार्य का आकलन अंतर्वस्तु एवं उपयुक्तता के मानकों पर सामान्य शैक्षिक आधारों पर ही किया जाना चाहिए।
- भले ही स्कूल धार्मिक शिक्षा देने के अधिकारी न हों, परंतु वे बाइबिल या अन्य धर्मग्रंथों के बारे में शिक्षा दे सकते हैं (उदाहरण के लिए, इतिहास या साहित्य के शिक्षण में)। वे नागरिक मूल्यों और गुणों तथा नीति संहिता, जो हमें एक समुदाय के रूप में बाँधे रखती है, का शिक्षण भी दे सकते हैं तब जब कि वह किसी विशेष धर्म के संवर्धन का माध्यम न बन रहे हों।

यह अंतिम बिंदु विशेष रूप से महत्त्वपूर्ण है, क्योंकि वह एक ऐसे क्षेत्र को परिभाषित करता है, जिसमें धार्मिक संस्थाएँ एक अंश तक माता-पिता, स्कूल और गाँव के शेष भाग की ही भूमिका निभाती हैं। बच्चों में नैतिक मूल्य, एक सामाजिक चेतना और उन मुद्दों का सामना करने के हुनर, जो बृहत्तर विश्व उनके सामने पेश करेगा, विकसित करने का उत्तरदायित्व। जिस तरह से स्कूलों और अन्य संस्थाओं के लिए यह उचित तथा अकसर आवश्यक है कि वे उन मूल्यों, जो धर्म की आत्मा हैं, की शिक्षा देकर बच्चों का चरित्र विकसित करने में सहायता करें, चर्चों के लिए भी यह आवश्यक है कि वे व्यक्तिगत चरित्र के विकास को घर और चर्च से परे बृहत्तर वैश्विक जीवन से जोड़ें।

मेरा चर्च धार्मिक आस्था और सभी प्रकार के लोगों से भरे समाज के बृहत्तर कल्याण के बीच संपर्क बनाए रखने की जिम्मेदारी को गंभीरता से लेता था। ''यीशु छोटे बच्चों को प्यार करते हैं। दुनिया के सभी छोटे बच्चों को—लाल और पीले, काले और गोरे—उनकी दृष्टि में वे सभी मूल्यवान् हैं।'' जैसी कविताएँ गाकर दूसरों के प्रति किस तरह का व्यवहार हमसे अपेक्षित है, उस बारे में मैंने अपने आरंभिक पाठ सीखे। नस्लीय संबंधों के बारे में कई गंभीर भाषणों की तुलना में उस कविता के शब्द मेरी

स्मृति में लंबी अवधि तक बने रहे। (मुझे आज तक अचरज होता है कि जिसने कभी भी वह कविता गाई हो, वह केवल किसी की त्वचा के रंग के कारण कैसे उससे नफरत कर सकता है।)

मेरे चर्च के यूथ मिनिस्टर द रेवरेंड डोनाल्ड जोंस ने मेरे युवा दल के लिए शिकागो में काले और हिस्पैनिक किशोरों के साथ मिलकर पूजा व सामाजिक कार्य करने की व्यवस्था की। हम नागरिक अधिकारों और उस समय के दूसरे विवादित मुद्दों पर चर्चा करते थे, जिन्हें सुनकर कभी-कभी तो सभा के वयस्क लोग असहज हो जाते थे। रेवरेंड जोंस एक बार हमारे एक समूह को डॉ. मार्टिन लूथर किंग जूनियर का भाषण सुनने के लिए ऑर्केस्ट्रा हॉल ले गए (चर्च के कुछ सदस्यों के इस संदेह के बावजूद कि किंग एक कम्युनिस्ट थे)। पहली बार पिकासो की 'गेरिना' जैसी कलाकृतियों को देखने के बाद एक ईसाई के लिए युद्ध का क्या अर्थ है, इस विषय पर बहस करते तथा टी.एस. इलियट और ई.ई. कमिंग्स जैसे कवियों के शब्दों ने हमें अन्य नैतिक मुद्दों पर चर्चा करने के लिए प्रेरित किया।

मेरी कामना है कि और अधिक चर्च—और माता-पिता—प्रत्येक प्रमुख धर्म की इस शिक्षा को गंभीरता से लें कि हम एक-दूसरे के साथ वैसा ही बरताव करें जैसा हममें से प्रत्येक अपने लिए चाहता है। यदि ऐसा हो जाए तो जिन सामाजिक समस्याओं का हम सामना कर रहे हैं उनके समाधान में महत्त्वपूर्ण सफलता मिल सकती है।

कई माता-पिता इन मूल्यों के शिक्षण को धार्मिक शिक्षा का एक आवश्यक अंग बनाते हैं और कई अन्य उन्हें अपने आप में एक फोकस के रूप में देखते हैं। परंतु, निस्संदेह मेरी तरह उन्होंने भी किसी लंबे सैद्धांतिक विवेचन की भनक पड़ते ही बच्चों की आँखें भावशून्य होते देखी होंगी। युवाओं में हम जिन आध्यात्मिक और मानवीय गुणों का समावेश देखना चाहते हैं, उन्हें कहानी के जरिए बेहतर दरशाया जा सकता है। सोने के समय पढ़ने और प्रार्थना करने के हमारे दैनिक कार्यक्रम के दौरान जब चेल्सी बहुत छोटी थी, बिल और मैं उसे बाइबिल के बाल संस्करण में से कहानियाँ पढ़कर सुनाया करते थे। केन और एबेल की कहानी ईर्ष्या और उसके परिणामों को दरशाती थी। गोलियाथ के साथ डेविड का संघर्ष घोर विपरीत परिस्थितियों में आस्था की शक्ति प्रदर्शित करता था। यहूदियों को बचाने में क्वीन ईस्थर का साहस जोखिम भरे कार्यों में साहस और सावधानी से योजना बनाने की आवश्यकता पर बल देता है। परोपकार की नीति कथा निम्न पृष्ठभूमिवाले लोगों के साथ संवेदना का चित्रण करती है। धर्म ईश्वर के साथ व्यक्ति के संबंधों का नाम ही नहीं है बल्कि उस संबंध से किस तरह के मूल्य जन्म लेते हैं और अपने दैनिक जीवन में, विशेष रूप से हमारे

पड़ोसी और सारी दुनिया के साथ अपने व्यवहार में, हम उन मूल्यों का कितना अनुसरण करते हैं, यह भी बताता है।

समकालीन या ऐतिहासिक हस्तियों की कहानियाँ भी हमारे भीतर साहस का संचार करने के लिए आस्था की शक्ति दरशाती हैं। जब मैं बड़ी हो रही थी तब मेरे नायक-नायिकाओं में से एक थीं मार्गरेट चेज स्मिथ, पहली महिला जो प्रतिनिधि सभा और सीनेट दोनों के लिए चुनी गई थीं। सहयोगी रिपब्लिकन सिनेटर जो मैकार्थी द्वारा अपने चरित्र-हनन के प्रयासों का उन्होंने जिस तरह से डटकर मुकाबला किया था, उसकी मैं प्रशंसक थी। अपने निबंध 'दिस आइ बिलीव' में उन्होंने अपने साहस के मूल तत्त्व की व्याख्या की है। "मेरा विश्वास है कि सुरक्षा की निरंतर खोज में हमें तब तक मन की शांति नहीं मिल सकती जब तब कि हम अपनी आत्मा को सुरक्षित नहीं रखते। और सबसे बढ़कर, मेरा विश्वास है विशेष रूप से आज के उत्साहहीन समय में, कि यदि जीवन में कुछ सार्थकता लानी है तो मुझे विश्वास करना चाहिए—कि मुझे अपने सहयोगियों में विश्वास होना चाहिए—कि मुझे स्वयं पर विश्वास होना चाहिए—कि मुझे ईश्वर पर विश्वास होना चाहिए।" और सीनेटर स्मिथ के सटीक कथन में मैं यह जोड़ना चाहूँगी कि अपने विश्वास को जिस तरह उन्होंने कार्य रूप में परिणत किया है, वैसे ही हमें भी करना चाहिए, यदि हमारे दृढ़ विश्वासों का हमसे परे कोई अर्थ है।

जहाँ तक बच्चों को संवेदना, साहस, आस्था, मैत्रीभाव, क्षमा, प्रेम, शांति, आशा, बुद्धिमत्ता, प्रार्थना और विनम्रता जैसे मूल्यों से संस्कारित करने का प्रश्न है, उन पर स्वयं आचरण करने के मुकाबले उपदेश दोयम दर्जे पर आते हैं। इन आध्यात्मिक मूल्यों को व्यवहार में लाकर वयस्क बच्चों को यह दरशाते हैं कि ये मूल्य केवल चर्च या घर के लिए नहीं बल्कि गाँव को एक बेहतर जगह बनाने के लिए इन्हें बृहत्तर दुनिया में भी लाया जाना चाहिए। परंतु जिन बातों में हम विश्वास करते हैं। उन्हें जीवन का अंग बनाना हमेशा आसान नहीं होता। उदाहरण के लिए, जहाँ मैं इस बात में यकीन रखती हूँ कि प्यार किए जाने और प्यार करने से बढ़कर कोई ईश्वरीय देन नहीं है, मेरे लिए उन लोगों से प्रेम करना कठिन है, जो मुझसे प्रेम नहीं करते। मैं प्रतिदिन बाइबिल में दी गई उस सीख के साथ संघर्ष करती हूँ कि अपने शत्रुओं को क्षमा करो और उनसे प्यार करो।

□

जिन नैतिक मूल्यों का हम दावा करते हैं, उनके अनुसार जीने का संघर्ष केवल व्यक्तिगत स्तर पर ही नहीं होता। व्यक्तियों के समूह, यहाँ तक कि देश भी, धार्मिकता के अभाव या उसके दुरुपयोग के दोषी हो सकते हैं। चिकित्सक और दार्शनिक अल्बर्ट स्वाइट्ज़र ने आधुनिक जीवन में आत्मा की दशा को एक सुप्त रोग बताया है। उन्होंने

चेतावनी देते हुए कहा है कि मनुष्य में एक-दूसरे से और ईश्वर से प्रेम नहीं है तो हमारे जीवन में उदासीनता एवं शून्यता कब्जा जमा सकती हैं।

अमेरिका के लिए यही चेतावनी ली अट्वाटर ने भी दी थी। उन्हें जो उन राजनीतिक रणनीतिकारों में से गिना जाता है, जिन्हें रोनाल्ड रीगन और जॉर्ज बुश की विजयों का श्रेय दिय जाता है, ने भी दी थी। जब अट्वाटर मृत्यु के करीब थे, उन्होंने 'लाइफ' पत्रिका के एक रिपोर्टर से कहा, "कैंसर के हमले से बहुत पहले मैंने महसूस किया कि अमेरिकी समाज को कोई चीज मथ रही थी। इस देश के लोगों, जिनमें रिपब्लिकन और डेमोक्रेट दोनों शामिल थे, में यह बोध घर कर गया था कि उनके जीवन में किसी अत्यावश्यक चीज का अभाव था"। मैं नहीं जानता कि 90 के दशक में कौन सा दल नेतृत्व देगा, परंतु उन्हें अमेरिकी समाज के हृदय में व्याप्त इस आध्यात्मिक खालीपन, आत्मा के इस ट्यूमर को संबोधित करने के लिए विवश किया जाना चाहिए।

मैंने उस बयान को काटकर अपनी सूक्ति-पुस्तिका में रख लिया। और मैं समझती हूँ कि उनके इस प्रश्न—'इस आंतरिक रिक्तता से हमें कौन मुक्ति दिलाएगा ?' का उत्तर होना चाहिए—हम सब। न केवल हमारी सरकार, न केवल हमारी संस्थाएँ, न केवल हमारे नेता, धर्मगुरु और रब्बी बल्कि हम सबको अपनी आध्यात्मिकता के बोध का नवीनीकरण करना तथा उसकी अपेक्षाओं और मूल्यों के अनुसार जीना चाहिए।

परंतु ऐसा नवीनीकरण करते समय हमें राजनीतिक, व्यक्तिगत और व्यावसायिक हित साधने के उद्‌देश्य से धर्म के दुरुपयोग के प्रति सावधान रहना चाहिए। यदि हम धर्म के नाम पर असहिष्णुता, फूटपरस्ती और हिंसा में लिप्त होते हैं तो हम उसके असली प्रयोजन के साथ छल करते हैं, जैसा कि इजराइल के प्रधानमंत्री राबिन की हत्या को उचित ठहराने के लिए अतिवादियों ने धार्मिक उन्माद फैलाकर किया था। वह 'सच्चा धर्मानुयायी', जो यह घोषणा करता है कि ईश्वर या गॉस्पेल या तोराह या कुरान एक विशिष्ट राजनीतिक काररवाई का समर्थक है और जो भी उसका विरोध करेगा, वह शैतान के पक्ष में माना जाएगा, एक ऐसी निरंकुश पोजीशन ले रहा है, जो किसी समझौते की अनुमति नहीं देती वह बहुमत के किसी निर्णय को नहीं मानती, जो किसी भी लोकतंत्र को चलाने के लिए आवश्यक हैं।

धर्म ईश्वरीय सत्य से संबंध रखता है, परंतु अपनी अपूर्णताओं और सीमाओं के कारण हममें से कोई भी उस सत्य को पूरी तरह नहीं समझ सकता। हम केवल ईश्वर के बच्चे हैं, ईश्वर नहीं हैं। इसलिए हमें यह दावा करते हुए कि ईश्वर इस या उस राजनीतिक काररवाई का समर्थन करते हैं, उन्हें छोटी-छोटी बहसों में फिट करने की कोशिश नहीं करनी चाहिए। यह न केवल भ्रांत धर्मविज्ञान है बल्कि यह स्वयं ईश्वर को हाशिए पर

डाल देने जैसा है। जैसा कि अब्राहम लिंकन ने कहा था, "उस सर्वशक्तिमान के अपने प्रयोजन हैं।" गंभीर नैतिक विषयों से संबंधित राजनीतिक मुद्दों पर आंदोलन करते समय हमें असहमति रखनेवाले लोगों को राक्षस करार देने या सत्य पर अपना एकाधिकार जताने से बचना चाहिए।

हमारे कानून इस तरह से बनाए गए हैं कि वे धार्मिक और राजनीतिक विषयों पर गंभीर मतभेदों के होते हुए भी हमें मिल-जुलकर रहने की अनुमति देते हैं। परंतु उस सौहार्द को प्राप्त करने के लिए कानून से अधिक कुछ चाहिए, यानी परस्पर सहिष्णुता और आदर भी जरूरी हैं।

मुझे दुनिया के कई महान् धार्मिक नेताओं, जिनमें रोमन कैथोलिक, प्रोटेस्टेंट, ऑर्थोडॉक्स क्रिश्चियन, यहूदी, मुसलिम और बौद्ध शामिल हैं, से मिलने का सौभाग्य प्राप्त हुआ है। गंभीर मतभेदों के बावजूद उनमें से प्रत्येक ने प्रेम के अनंत स्रोत से बात की, जो जीवन की अदम्यता की पुष्टि करती थी और इस बात की चाहत से परिपूर्ण थी कि दुनिया के सारे स्त्री व पुरुष बच्चों की तरह ईश्वर से और एक-दूसरे से दिल खोलकर बात करें। वास्तव में, बच्चों की सहज धार्मिक प्रवृत्ति को देखते हुए यह उपयुक्त ही है कि कई धार्मिक परंपराओं में आत्मिक जागृति और प्रबोधन के मामलों में बच्चों को महत्त्व दिया जाता है। जैसा कि बाइबिल में कहा गया है, "और एक छोटा बच्चा उनका नेतृत्व करेगा।" यदि हम स्वयं को अधीर, अकृतज्ञ या असहिष्णु पाएँ तो बच्चे हमें रोज मिलनेवाली ईश्वर की नियामतों, दयालुता यहाँ तक कि शत्रुओं से भी प्यार करना सिखा सकते हैं। जैसे-जैसे बच्चों में आध्यात्मिकता का फूल खिलता है, वह—यदि हम ऐसा होने दें तो—वयस्कों के मन में सभी बच्चों को प्यार करने, उनकी जिम्मेदारी लेने और उनके भविष्य के लिए प्रार्थना करने की क्षमता विकसित कर देगा। और जब हम दूसरों के लिए प्रार्थना करते हैं तो अकसर अपने भीतर उनके लिए कुछ करने की ऊर्जा पाते हैं।

इसके साथ ही प्रार्थना हमें बच्चों को मुक्त करने और दुनिया की निर्दयताओं व उपेक्षाओं के बीच आस्था के सहारे उन्हें अपना मार्ग स्वयं तलाशने की अनुमति देती है। प्रार्थनाओं की अपनी पुस्तक 'गाइड माइ फीट' में मैरियन राइट एडलमैन अपने उस बचपन को याद करती हैं, जो आत्मिक आनंद और अनुशासित होते हुए भी उल्लासपूर्ण पारिवारिक व सामुदायिक जीवन का मिश्रण था। वह लिखती हैं— "हम अश्वेत बच्चे आस्था, गीतों, प्रार्थनाओं, प्रथाओं और पूजा-पाठ के पालने में झुलाए जाते थे, जो हमें अपने आसपास के घटियापन और अन्यायों से बचाए रखता था...हमारी अपनी अलग-थलग दक्षिणी और समझौतावादी कौम में।" मैंने अपने और दूसरों के जीवन में उस

प्रतिरक्षा को काम करते हुए देखा है। परंतु अपने उदाहरण के जरिए प्रत्येक नई पीढ़ी का टीकाकरण करने और फिर 'बूस्टर शॉट्स' देने के लिए किसी को आगे आना चाहिए।

अपनी आत्मकथा 'आई नो व्हाय द कैज्ड बर्ड सिंग्स' के पहले भाग में माया एंजेलो बचपन में अपने साथ हुए उस बलात्कार को याद करती हैं, जिसने कई वर्षों के लिए उन्हें गूँगी बना दिया था। आज उनका जीवन उनकी आत्मिक विजय का प्रतीक है, जिसका श्रेय वे उस गहरी आध्यात्मिकता को देती हैं, जो उन्होंने एक सदमा ग्रस्त बालिका के रूप में विकसित की थी। ''एक एकाकी बच्चे की सभी आवश्यकताओं में से एक है, जिसे अवश्य संतुष्ट किया जाना चाहिए—यदि उसमें पूर्णता की आशा का संचार करना है तो वह है एक अविचल ईश्वर में अटूट आस्था।''

□

SOME

11

बचपन में ही सेवाभाव जाग्रत् होता है

एक अन्य मोमबत्ती को जलाकर वह मोमबत्ती अपना लेशमात्र भी प्रकाश नहीं खोती।

—जेम्स केलर

हर शरद् में कुछ हफ्तों के लिए, जब शिकागो के आसपास के खेतों में फसल कटने के लिए तैयार होती है, मैक्सिको के प्रवासी मजदूरों के बच्चे पार्क रिज स्थित यूजीन फील्ड स्कूल में हमारी कक्षाओं में प्रवेश ले लेते थे। वे वहाँ ज्यादा दिन नहीं रहते, क्योंकि उनके परिवार फसल काटने के अगले पड़ाव के लिए निकल पड़ते थे। एक बार मुझसे बड़े एक लड़के ने खेल के मैदान में मुझे और मेरी सहेलियों को धकियाना शुरू कर दिया। ऐसा करने के लिए जिस बात ने उसे उकसाया हो, लेकिन उसकी इस हरकत ने तुरंत मेरे मन में भय और नफरत का संचार कर दिया। उस एक लड़के के प्रति मेरी प्रतिक्रिया प्रवासी मजदूरों के बाकी के सभी बच्चों को भी समेट लेती, यदि मेरी माँ चर्च के युवा दल की अन्य लड़कियों के साथ प्रवासियों के छोटे बच्चों की देखरेख करने के लिए मुझे प्रोत्साहित न करतीं। यह सब इसलिए, ताकि उनके बड़े भाई और बहनें—मेरे सहपाठी—खेतों में जाकर अपने माता-पिताओं की मदद कर सकें।

प्रवासियों की उन बस्तियों को देखकर ही मैंने पहली बार सोचा कि मेरे सहपाठी

जब स्कूल में नहीं होते तब अपना समय किस तरह बिताते होंगे। हम बस्ती में गए तो अपने शिशुओं और छोटे बच्चों को हम बारह वर्षीय लड़कियों की देखरेख में छोड़कर जाने में उनकी माँएँ चिंतित लग रही थीं। फिर हमें स्पेनिश भी नहीं आती थी। मैं समझ गई कि अपरिचय दोनों पक्षों को असहज बना देता है।

बिना किसी घटना के सारा दिन निकल गया और जब माँएँ वापस आईं तो अपने बच्चों की ठीक से देखभाल किए जाने पर उन्होंने खुशी व्यक्त की। परंतु वह बच्चों के पिताओं की वापसी थी, जिसने मुझे सबसे अधिक प्रभावित किया। जब बसों ने ट्रेलर कैंप तक आनेवाली लंबी सड़क पर उन्हें उतारा तो बच्चे उनका स्वागत करने के लिए जितना तेज दौड़ सकते थे, दौड़े। वे उत्साह से भरे हुए थे, उसी उत्साह से जो मैं स्वयं तब महसूस करती थी जब मेरे पिता दिन समाप्त होने पर काम करके घर लौटते थे। एकाएक वे प्रवासी बच्चे अब मुझे इतने अलग नहीं लगे। इस संक्षिप्त अनुभव ने मुझे पूरे समुदाय को पूर्व धारणाओं से ग्रस्त चश्मे से देखने के बजाय लोगों को व्यक्तिगत स्तर पर आँकने के महत्त्व के बारे में सिखाया। इतनी छोटी आयु में उन परिवारों की सेवा करके, जो इतने कम पैसों के लिए इतनी ज्यादा मेहनत करते थे, मुझे अपार संतोष हुआ।

बच्चों के पालन-पोषण के बाद माता-पिता—और शेष गाँव—के लिए उन्हें लोगों के बीच भिन्नताओं को न केवल सहन करना, बल्कि उनका आदर करना सिखाने और दूसरों की सेवा करके मिलनेवाली अपार खुशी का अनुभव कराने से बढ़कर महत्त्वपूर्ण शायद कोई और कार्य नहीं होगा। मैं इसे स्वीकारात्मक जीवन कहती हूँ—यह जानकर कि हम कौन हैं तथा आत्मविश्वास और नैतिकता के उस बोध से जो उन तक पहुँचने से आता है, जो हमसे अलग हैं, हमें एक सकारात्मक ऊर्जा प्राप्त होती है। जैसा नोबेल शांति पुरस्कार विजेता एली वीजल ने कहा है, ''एक ऐसे व्यक्ति की उपस्थिति मात्र से सबकुछ संभव हो जाता है, जो दूसरों की बात सुनना, जीना और देना जानता हो।''

हम अपने बारे में क्या सोचते हैं, इस बिंदु से स्वीकारात्मक रूप से जीना सीखने की शुरुआत होती है। जो बच्चे अपने स्वयं के जीवन के बारे में सकारात्मक सोच के साथ बड़े होते हैं, उनके द्वारा दूसरों के जीवन को भी महत्त्व दिए जाने की संभावना अधिक होती है। धार्मिक शिक्षा हमें याद दिलाती है कि जिस तरह से हम स्वयं को प्यार करते हैं, उसी तरह दूसरों से भी प्यार करना चाहिए। स्वयं से प्यार करना आत्मासक्ति या स्वकेंद्रितता का मामला नहीं है—बल्कि इसका अर्थ है, स्वयं का आदर करना और अपनी पहचान को स्वीकार करना।

इस पुस्तक में मैंने उन कई उपायों में से कुछ का वर्णन किया है, जिनके जरिए माता-पिता और गाँव बच्चों में स्वयं के प्रति सकारात्मक सोच विकसित कर सकते हैं। जब हम बच्चों को उनकी आवश्यकतानुसार अच्छा पालन-पोषण, समय और उचित देखभाल देते हैं तो उनके द्वारा भावनात्मक बुद्धि, अपनी बौद्धिक क्षमताओं में विश्वास

और जीवन की विपरीत परिस्थितियों का मुकाबला करने की क्षमता विकसित किए जाने की संभावना अधिक होती है। ये गुण न केवल अपने आप में महत्त्वपूर्ण हैं, बल्कि इसलिए भी कि ये बच्चों को अच्छे नागरिक बनाने में मदद करते हैं जो अपने समुदाय के जीवन की गुणवत्ता बढ़ाने और हमारी सभ्यता के विकास में अपना योगदान देते हैं।

जैसा कि शिक्षाशास्त्री विलियम डेमो अपनी पुस्तक 'ग्रेटर एकस्पेक्टेशंस' में लिखते हैं, "चाहे हमारे बच्चे दुनिया में सबसे अधिक ज्ञानवान्, सबसे उत्तम कलाकार और सबसे स्वस्थ बनाने के लिए पाले जा रहे हों, यह सब व्यर्थ हो जाएगा जब तक कि वे अपने आपसे बाहर निकालकर कुछ और नहीं पा लेते....उन्हें फिर भी अपने सामाजिक दायित्वों के बोध को विकसित करने की जरूरत होगी....अन्यथा वे एक भद्र समाज में मिल-जुलकर नहीं रह पाएँगे और न ही संस्कृति में जो कुछ भी बचा है, उसे अपने बच्चों तक पहुँचा पाएँगे।"

बच्चों को स्वीकारात्मक तरीके से जीना सिखाने का पहला कदम है, उन्हें अपनी पहचान का बोध कराना जिसकी जड़ें उनकी विरासत में हों। परंतु वह केवल आधा रास्ता तय करना होगा। हम जानते हैं कि बच्चे जब इस सोच के साथ बड़े होते हैं कि उनकी विशिष्ट विरासत उन्हें दुनिया की सर्वश्रेष्ठ कौम बनाती है, तब क्या होता है। उच्चता या धर्मपरायणता का झूठा एहसास दूसरों को अलग कर देने, उनका उपहास करने या सताने का कारण बन सकता है और कुछ अतिवादी मामलों में हिसा का भी, जैसा हमने बोस्निया में एक पूरी कौम का सफाया करने, रवांडा में कबीलाई युद्धों तथा मध्य-पूर्व में धर्म-आधारित संघर्षों में देखा है।

इसलिए जब हम बच्चों को एक ऐसी सकारात्मक पहचान देने का प्रयास करते हैं जिसका इस दुनिया में कोई अर्थ और उद्देश्य हो तो उसके साथ दूसरों के प्रति उत्तरदायित्व और आदर का भाव भी विकसित करना चाहिए। ए.एलिजाबेथ (बेस्सी) और सारा (सैडी) डेलानी, उनकी क्रमश: 103 और 105 वर्ष की आयु में जिनसे मिलने का मुझे सौभाग्य प्राप्त हुआ, के शानदार जीवन इसी बात के सबूत हैं। जिस किसी ने भी उनकी पुस्तकें पढ़ी हैं या 'हेविंग अवर से' पर आधारित ब्रॉडवे नाटक देखा है, इस बात को कभी न भूलने कि 'आप कौन हैं' के महत्त्व के बारे में सीख लिया है। डेलानी बहनों के पिता कभी दास रहे थे, एक ऐसी सच्चाई जिसे उन्होंने छिपाया नहीं था; इसके बजाय उन्होंने अपने बच्चों को अपनी योग्यता और संभावनाओं पर अटूट विश्वास रखने के लिए इसका इस्तेमाल किया। डेलानी बच्चों ने अपने माता-पिता और उनकी कुर्बानियों का आदर करना सीख लिया। उनके माता-पिता ने उन्हें न केवल भरपूर प्यार दिया बल्कि सही और गलत की पहचान कराई और अपने मानवीय उत्तरदायित्वों की स्पष्ट समझ भी पैदा की।

इसके परिणाम स्वयं अपनी कहानी बयाँ करते हैं—बेस्सी एक दंत चिकित्सक

बन गई और सैडी एक हाई स्कूल टीचर, उनमें से प्रत्येक उस हैसियत तक पहुँचने वाली पहली अफ्रीकी अमेरिकी महिलाओं में से थीं। जब उनके साथ पक्षपात और भेदभाव का व्यवहार किया गया तो उनमें इतना धैर्य था कि वे उस से ऊपर उठकर सोच सकते। सैडी कहती है, ''ऊपर से वह चाहे जैसा दिखें, जीवन किसी के लिए आसान नहीं होता। कभी-कभी आपको अपनी जरूरत की छोटी सी चीज पाने के लिए बड़े-बड़े समझौते करने पड़ते हैं।'' (दीर्घजीवी डेलानी बहनें—मुझसे मिलने के छह महीने बाद बेस्सी की मृत्यु हो गई—इस तथ्य के प्रमुख उदाहरण हैं, जिसके बारे में शोधकर्ताओं को अब पता चल रहा है कि जीवन में स्वीकारात्मक व सकारात्मक दृष्टिकोण शारीरिक स्वास्थ्य के मामले में भी कितनी सकारात्मक भूमिका निभाता है। निश्चित रूप से वह हमारे क्रोध और वैर भाव का स्तर कम करके हमारी ऊर्जा को अधिक रचनात्मक कार्यों के लिए सुरक्षित रखता है।)

परिवार केवल बच्चों का उत्तराधिकार ही नहीं हैं, यह पहली 'सभ्यता' भी हैं, जिसे वे जानते हैं। यह पहला संदर्भ है जिसमें वे अपने अधिकारों और दायित्वों के बारे में सीख सकते हैं। नेशनल इंस्टीट्यूट ऑफ मेंटल हेल्थ के मनोवैज्ञानिकों द्वारा किए गए एक अध्ययन में सारांशीकृत शोध दरशाता है कि बहुत छोटी आयु से ही बच्चे शिक्षा ग्रहण करने के लिए तैयार रहते हैं। संवेदना के अग्रदूत शैशवकाल से ही स्वयं को प्रकट करना आरंभ कर देते हैं, जब किसी दूसरे शिशु का रोना सुनकर कोई शिशु रोने लगता है। एक वर्ष से ढाई वर्ष की आयु के बीच बच्चे मदद करना, सुख-दुःख बाँटना और दूसरों को तसल्ली देना शुरू कर देते हैं। हिम्मत बँधाने के लिए बच्चे एक-दूसरे को थपथपाते हैं या अपने परेशान माता या पिता को चिपटा लेते हैं। लगभग इसी समय वे अपराध या शर्म का एहसास प्रकट करने लगते हैं, जब वे अपेक्षित आचरण का उल्लंघन करते हैं या किसी अन्य तरीके से दुःख पहुँचाते हैं। यही वे लक्षण हैं, जो बच्चों में नैतिकता बोध के उदय की सूचना देते हैं।

इस बोध का विकास जारी रहता है या नहीं, यह अधिकांशतः उनके आसपास के वयस्कों के क्रियाकलापों पर निर्भर करता है। दिन-प्रतिदिन के अनुभव और बातचीत—एक छोटे बच्चे को यह दिखाना कि एक पालतू जानवर या अपनी नन्ही सी बहन को कितनी नरमी से स्पर्श करना या एक छह वर्षीय बच्चे से इस बात की कल्पना करने के लिए कहना कि एक बेघर व्यक्ति को कैसा महसूस होता होगा—उन्हें बुनियादी मूल्य और विश्वास सिखाने के बहुतेरे अवसर देते हैं।

इसके साथ ही, वयस्कों को इस बात में बच्चों की सहायता करनी चाहिए कि वे उचित व अनुचित व्यवहार में भेद कर सकें। उदाहरण के लिए, उन्हें सहनशीलता का गुण सिखाने का अर्थ उनमें यह बोध पैदा करना नहीं होना चाहिए कि 'सबकुछ चलता है।' उन्हें सीखना चाहिए कि हिंसा, गाली-गलौज या किसी को सताना जैसे व्यवहार

अस्वीकार्य हैं। और उन्हें ऐसे निर्णय लेने से डरना नहीं चाहिए, जो उनमें वास्तविक जगत् की समझ दरशाते हों। अपराधों के लिए कुख्यात किसी इलाके से सावधानी से गुजरना या किसी ऐसे चौराहे से बचकर चलना, जहाँ अभी-अभी कार में से गोलियाँ चलाई गई थीं, नस्लवाद नहीं, यथार्थवाद है। इस तरह के निर्णय तभी पक्षपातपूर्ण होते हैं, जब वे सहज बुद्धि के बजाय पूर्व धारणाओं से ग्रस्त नकारात्मक सोच से उपजे हों।

तीन या चार वर्ष की आयु में बच्चों को नस्लीय, जातीय और अन्य भिन्नताओं का बोध होना आरंभ हो जाता है जब, उदाहरण के लिए, त्वचा के रंग की भिन्नताओं पर उनका ध्यान जाता है और वे उन्हें बताने में संकोच भी नहीं करते। परंतु वे स्वत: ही यह नहीं मान लेते कि जो लोग उनसे अलग दिखते या अलग ढंग से बोलते हैं, उनसे डरना, उन पर अविश्वास करना या उन्हें नापसंद करना चाहिए।

और फिर भी, बच्चों की इन टिप्पणियों को उन्हें दूसरों के प्रति आदर भाव रखना सिखाने के बने-बनाए अवसर के रूप में लेने के बजाय कई माता-पिता उनकी अनदेखी करते या उन्हें दबा देते हैं। वे इस बात से डरे हुए हो सकते हैं कि उनके मुँह से कोई गलत बात न निकल जाए या भिन्नता के बारे में बात करना भी उन्हें कट्टर बना देगा। परंतु जिन बातों पर बच्चों का ध्यान जाता है, उनकी अनदेखी करके माता-पिता एक शिक्षक के रूप में अपने दायित्व से बचते हैं तथा मीडिया और साथ के बच्चों के लिए नकारात्मक रूढ़ धारणाओं को पुष्ट करने के लिए खुला मैदान छोड़ देते हैं। चुप रहकर ये माता-पिता उतनी ही निश्चितता के साथ भेदभाव सिखा रहे हैं जितना वे साफ-साफ बोलकर सिखाते।

''हममें से प्रत्येक व्यक्ति इस सामान्य सच के प्रति जाग्रत् बना दिया गया है।'' मेरे पति ने अक्तूबर 1995 में ऑस्टिन, टेक्सास की एक सभा में भाषण देते हुए कहा, ''श्वेत अमेरिकी और अश्वेत अमेरिकी एक ही दुनिया को बिलकुल अलग तरह से देखते हैं…। इस विभाजन के कई कारण हैं। कुछ की जड़ें हमारे भयावह इतिहास और नस्लवाद की जिद्दी उपस्थिति में हैं। कुछ की जड़ें आधुनिक जीवन-पद्धति द्वारा हमारी व्यक्तिगत सुरक्षा, पारिवारिक मूल्यों और सशक्त समुदायों पर लाए गए खतरों के भिन्न अनुभवों में हैं। कुछ की जड़ें इस सच्चाई में हैं कि हमने अभी तक खुलकर बात करना, ध्यान से सुनना और नस्लीय विभाजन से पार जाकर साथ-साथ काम करना नहीं सीखा।'' वह नस्लीय संघर्ष के विषय में बोल रहे थे, परंतु उनके नुस्खे हमारे बहुनस्लीय तथा बहुजातीय समाज में सभी प्रकार के पक्षपातों पर व्यापक रूप से लागू होते हैं।

हमेशा की तरह इसके समाधान की शुरुआत घर से होती है। माता-पिताओं को अपने बच्चों के सवालों के सीधे जवाब देते हुए और उनके अवलोकनों को उपयुक्त शब्द प्रदान करते हुए मानवीय अनुभवों की विविधताओं व विशेषताओं के बारे में उनसे बात करनी चाहिए। धर्म एक प्रमुख भूमिका निभा सकता है। मुझे याद है कि बचपन में

एक बार मेरे सामने विविधता की व्याख्या इस तरह की गई थी—यदि ईश्वर ने किसी उद्यान की रचना एक ही प्रकार के फूलों से की होती तो वह उतना सुंदर न होता जितना विभिन्न प्रकार के फूलोंवाला एक उद्यान होता है। हम बच्चों को यह भी बता सकते हैं कि जो वैज्ञानिक आनुवंशिकी का अध्ययन करते हैं, यह जान रहे हैं कि सतही भिन्नताओं के बावजूद मनुष्यों में असमानताएँ कम और समानताएँ ज्यादा हैं; हमारे पूर्वज एक ही हैं और हम सब मानव परिवार के सदस्य हैं।

इसके साथ ही वयस्कों को स्वयं अपनी भाषा के बारे में सचेत रहना चाहिए, चाहे वे सीधे बच्चों से बात न कर रहे हों। विशेष रूप से आरंभिक वर्षों में जब बच्चे बहुत तेजी से अपना शब्द-ज्ञान बढ़ा रहे होते हैं, जो कुछ भी वयस्क कहते हैं, वह उनके ऊपर एक स्थायी प्रभाव छोड़ जाता है, चाहे वह गंभीरता से न कहा गया हो। बच्चे जन्म से कट्टर नहीं होते, परंतु वे तेजी से सीखते हैं। जैसा कि 'साउथ पेसिफिक' से लिये गए गाने के ये शब्द हमें याद दिलाते हैं कि आपको यह शिक्षा दी जानी जरूरी है कि "तुम छह, सात या आठ वर्ष के हो, उससे पहले/उन सबसे नफरत करो जिनसे तुम्हारे संबंधी नफरत करते हैं।"

अपने घरों में और बाहर वयस्कों को नस्लीय, जातीय, धार्मिक एवं लैंगिक अपमानजनक टिप्पणियों के खिलाफ आवाज उठानी चाहिए। हम केवल इतना कर सकते हैं, 'इस घर में हम इस तरह से बात नहीं करते' या जैसे मेरी एक मित्र के पिता उससे हमेशा कहते थे, 'इस तरह की टिप्पणियों के लिए इस दुनिया में कोई जगह नहीं है।' हम दूसरों से यह भी कह सकते हैं, 'कृपया मेरे परिवार के सामने इस तरह की बात मत कीजिए।' बच्चों के सामने सहिष्णुता और किसी के सम्मान की खातिर खड़े होना उनके सामने एक आदर्श प्रस्तुत करता है कि अपने बल पर कट्टरता का सामना कैसे किया जाए, चाहे उसके शिकार वे स्वयं हों या कोई और।

जब बच्चों को पक्षपात का लक्ष्य बनाया जाए, उनकी पीड़ा को समझने और इस बात को रेखांकित करने के लिए कि इसका कारण कट्टरता है, न कि नस्लीय पहचान, खुली और ईमानदार बातचीत अत्यावश्यक है। वयस्क यह कहकर बच्चों को अकसर तसल्ली दे सकते हैं कि जो लोग उन्हें गाली देते हैं या दोषारोपण करते हैं, वे उनके बारे में कुछ नहीं जानते।

पूरे समुदाय पर कालिख पोतने के चलन को जड़ से समाप्त कर देने के लिए गाँव को आगे आना चाहिए, चाहे वह मीडिया में लोगों के अधिक संवेदनशील चित्रण के जरिए हो या कक्षाओं और डे केयर सेंटर्स की दीवारों पर ऐसे लोगों के चित्र लगवाकर, जो विविधता को सहर्ष स्वीकृति देते हों। ऐसे खिलौने, गेम्स और पुस्तकें, जो स्त्रियों और अल्पसंख्यकों की सकारात्मक छवि प्रस्तुत करते हों, भी प्रभावशाली होते हैं। परंतु बच्चों को उन लोगों के बीच कार्य करने का अवसर देने का कोई विकल्प नहीं है, जो उनके

जैसे नहीं हैं और जिनकी संस्कृति उनकी संस्कृति से अलग है, जैसा कि मैंने अपने बचपन में सीखा था। बॉय स्काउट्स एवं गर्ल स्काउट्स, स्कूल क्लब्स, चर्च के समूह और अन्य सामुदायिक कार्यक्रम विभिन्न पृष्ठभूमिवाले बच्चों को साथ-साथ काम करने और अपनी रुचियों को पहचानने का अवसर प्रदान करते हैं। खेलकूद की टीमें विशेष रूप से सहयोग और टीमवर्क को बढ़ावा देती हैं।

यह स्पष्ट है कि स्कूल और डे केयर सेंटर, जहाँ कई बच्चे पहली बार विभिन्न पृष्ठभूमियोंवाले लोगों के संपर्क में आते हैं, उनकी प्रवृत्तियों व अपेक्षाओं को आकार देने में एक महत्त्वपूर्ण भूमिका निभाते हैं। मेसाचुसेट्स के रोजलिंडले स्थित वाशिंगटन बीच कम्युनिटी प्रीस्कूल के निदेशक एलेन वॉल्पर्ट के पास कई चित्रोंवाले ताश के पत्तों—शिशुओं को गोद में लिये पुरुष, नाखूनों को पॉलिश करती स्त्रियाँ सीढ़ियों पर चढ़े बुजुर्ग, स्केटबोर्ड्स पर अधेड़ महिलाओं के चित्र बने हुए हैं, जो लोगों की रूढ़ छवियों से अलग हैं—वाले 'गो फिश' और 'कंसंट्रेशन' जैसे बच्चों के कई गेम्स हैं। कुछ स्कूल 'पेन पाल्स' की पुरानी परंपरा को पुनरुज्जीवित कर रहे हैं, जिसके माध्यम से वे बच्चों को अन्य देशों और संस्कृतियों के बच्चों के साथ पत्रों, कलाकृतियों या वीडियो टेप्स के आदान-प्रदान की व्यवस्था करते हैं। कुछ अन्य स्कूलों ने इतिहास और सामाजिक अध्ययन के ऐसे पाठ तैयार किए हैं, जिनमें महिलाओं व अल्पसंख्यकों के साथ अतीत में हुए अन्याय—और उनकी उपलब्धियों, जिनकी अकसर अनदेखी की जाती है, को दरशाया गया है। विद्यार्थियों को अमेरिका के कुछ विशेष समुदायों के योगदानों से परिचित कराने के लिए 'ब्लैक हिस्ट्री मंथ' जैसे विशेष अवसरों का उपयोग किया जा सकता है। कुछ स्कूल जिलों में विविधता के मामले में उदार बनाने के उद्‌देश्य से शिक्षकों और कर्मचारियों को प्रशिक्षण दिया जाता है, ताकि वे इनसे संबंधित विषयों को पढ़ाते समय नए दृष्टिकोण और नए उपायों को उपयोग में ला सकें। ऐसे स्कूल जिलों, जिनमें विभिन्न नस्लों या जातियों के बच्चे पढ़ते हैं, पॉटलक डिनर्स परिवारों के मिलन तथा बच्चों के माता-पिता और कर्मचारियों के लिए वर्कशॉप आदि को प्रोत्साहित करने के लिए पैरेंट्स एवं स्टाफ समितियाँ गठित की गई हैं।

फिर भी, सहिष्णुता और सहानुभूति सिखाने के लिए स्कूल चाहे जितना प्रयास करें, संघर्ष तो होंगे। विशेष रूप से तब जब बच्चे अपने साथ भिन्न सांस्कृतिक मान्यताएँ और अपेक्षाएँ लेकर आते हैं। मेरे माता-पिता ने मेरे भाइयों और मेरे मन में यह बात अच्छी तरह से बिठा दी थी कि "लाठी और पत्थर मेरी हड्डियाँ तोड़ सकते हैं, परंतु शब्द मुझे कभी चोट नहीं पहुँचाएँगे।" और हिंसक टकरावों से बचने की तरकीब बताते हुए हमें दी गई यह सलाह, "एक गहरी साँस लो और दस तक गिनो।"

स्कूल बच्चों को ऐसे उपायों से लैस कर सकते हैं, जो कठोर शब्दों और खेल के मैदानों में की गई फब्तियों को हिंसा का रूप लेने से रोकें। अप्रैल 1995 में मैं मैनहटन के

लोअर ईस्ट साइड स्थित सेवर्ड पार्क हाई स्कूल में विद्यार्थियों के एक शिविर में गई। वहाँ प्रतिदिन लगभग तीन हजार युवा उन घरों से आते हैं, जहाँ वे भिन्न भाषाएँ बोलकर, भिन्न त्योहार मनाकर, भिन्न धर्मों में विश्वास रखकर भिन्न पारिवारिक वातावरण में बड़े हुए हैं। मैंने न्यूयॉर्क विश्वविद्यालय के कॉलेज विद्यार्थियों, जो अमेरिकोर के सदस्य हैं, को हाई स्कूल के विद्यार्थियों को उनके समकक्षों के बीच चल रहे विवादों में मध्यस्थता करने तथा शिक्षकों और प्रशासकों द्वारा उनकी पुलिसिंग किए जाने के बजाय अहिंसक समाधानों के लिए बातचीत करने की तकनीकें सिखाते हुए देखा।

स्वीकारात्मक जीवन के संवर्धन के सबसे प्रभावी उपायों में से कुछ वे हैं, जो पूरे गाँव को शामिल करते हैं। ऐसी डिफेमेशन लीग द्वारा प्रायोजित 'ए वर्ल्ड ऑफ डिफरेंस' नामक एक राष्ट्रीय शैक्षिक परियोजना अपने स्कूलों व समुदायों में सहिष्णुता और विविधता को बढ़ावा देने के लिए शिक्षकों, प्रशासकों, विद्यार्थियों एवं माता-पिताओं की सहायता करती है। पूरे साल चलनेवाली कार्यशाला विद्यार्थियों को पूर्वग्रही व्यवहार की पहचान करना और उससे बचना तथा नस्लीय व सांस्कृतिक मुद्दों पर विचारों का आदान-प्रदान करना सिखाते हैं। बोस्टन में होनेवाला 'टीम हार्मनी' नामक एक वार्षिक कार्यक्रम पूर्वग्रह एवं कट्टरता के खिलाफ माहौल बनाने, खेलकूद से जुड़ी हस्तियों और प्रमुख व्यवसायियों के साथ हाई स्कूल और मिडिल स्कूल के विद्यार्थियों और शिक्षकों को एक साथ ले आता है। स्थानीय टी.वी., रेडियो स्टेशन, समाचार-पत्र, चर्च और सिनेगॉग भी इसमें शामिल होते हैं।

सन् 1994 में हुए टीम हार्मनी आयोजन के बाद कई विद्यार्थियों ने उन्हें मिलनेवाले सकारात्मक संदेशों के बारे में लिखा। ''इस आयोजन के बाद से नस्लवाद को रोकने के लिए मैं हर संभव प्रयास करना चाहता हूँ।'' उनमें से एक ने लिखा। ''मैं चाहता हूँ कि हर कोई शांति और सामंजस्य से रहे, जहाँ किसी तरह की नफरत और हिंसा न हो। मैं इस बात की परवाह नहीं करता कि मेरे कुछ मित्र काले, गोरे, चीनी, वियतनामी या पुर्तगाली हैं।''

जब रोडनी किंग के साथ हुई मारपीट से जुड़े मुकदमे के फैसले के बाद ओहिओं के लिमा कस्बे में नस्लीय तनाव पैदा हो गया तब मेयर डेविड बर्गर ने नस्लीय संबंधों पर बातचीत की एक श्रृंखला की शुरुआत की। एक-दूसरे और अपने समुदाय के बारे में अपनी समझ के बारे में चर्चा करने के लिए लोग उष्णगृहों और बैठकों में, कक्षाओं और चर्च हॉलों में इकट्ठा होते थे, जैसा यदा-कदा ही होता था। जैसा कि एक निवासी ने कहा, ''यह ऐसा नहीं है कि आप किसी से सड़क पर मिले और उससे पूछने लगे— सुनिए, नस्लीय संबंधों के बारे में आप क्या सोचते हैं ?''

चर्चाओं के सूत्रधारों के रूप में समुदाय के सदस्यों को प्रशिक्षण दिया गया, जिनका काम यह देखना था कि बातचीत पटरी पर रहे और सभी के दृष्टिकोणों को

शामिल किया जाए। जमीनी नियम मोटे तौर पर वैसे ही थे जैसे सेवर्ड पार्क के मध्यस्थों को सिखाए गए थे—ध्यान से सुनना, खुलेपन और ईमानदारी परंतु शिष्टता से बोलना, किसी गलतबयानी को कटुता बढ़ाने का अवसर देने के बजाय सामने वाले पक्ष से स्पष्टीकरण माँग लेना, दिमाग खुले रखना।

अब तक जारी चर्चाएँ नागरिकों के मन से रूढ़ धारणाओं को अस्थिर करने और उन्हें पीछे छोड़ देने में सफल रही हैं। जैसा कि लिमा स्थित सेंट पॉल एएमई चर्च के रेवरेंड जेम्स मैक्लिमॉर कहते हैं, ''एक बार लोग नस्ल का मुद्दा पीछे छोड़ दें तो वे उन समस्याओं को देखना शुरू कर देंगे, जो साझी हैं।''

सन् 1993 में मोंटाना के बिलिंग्स में संगठित कट्टरपंथियों ने अश्वेतों, हिस्पैनिक्स, यहूदियों और अमेरिका के मूल निवासियों के खिलाफ नफरत से उपजे अपराध करना शुरू कर दिया। महीनों यह सब चलने के बाद किसी ने एक पाँच वर्षीद यहूदी लड़के के कमरे में खिड़की से जलते हुए अंगारे फेंक दिए, जिसमें हनुक्का का त्योहार मनाने के लिए रखा मेनोरा जलकर राख हो गया। लड़का सुरक्षित रहा, परंतु अंतत: कस्बे के सब्र का बाँध टूट चुका था।

मार्गरेट मैक्डॉनल्ड—एक स्थानीय महिला, जो स्वयं को 'द चर्च लेडी' कहलाना पसंद करती हैं—ने याद किया कि दूसरे विश्वयुद्ध के दौरान डेनमार्क में सामान्य नागरिकों ने भी स्टार्स ऑफ डेविड पहनने का फैसला किया। उस समय नाज़ियों ने यहूदियों को वह पहनने का आदेश दिया था। मैकडॉनल्ड ने अपने चर्च के सदस्यों के लिए मेनोरा का एक चित्र प्रकाशित किया; ताकि लोग उसे काटकर अपनी खिड़कियों पर चिपका सकें—और संपादकों ने सभी लोगों से ऐसा करने की अपील की। ''सारी दुनिया को यह पता चले'' उन्होंने लिखा, ''कि कुछ लोगों की तर्कहीन घृणा उस सबको नष्ट नहीं कर सकती, जिसे बनाने के लिए बिलिंग्स और अमेरिका के हम सब लोगों ने इतने लंबे समय से मिल-जुलकर कार्य किया है।'' बहुत ही थोड़े समय में हजारों घरों पर मेनोरा प्रमुखता से प्रदर्शित कर दिए गए थे। नफरत से उपजे अपराध समाप्त हो गए हैं, परंतु समझदार नागरिक सतर्कता बनाए रखने की आवश्यकता पर जोर देते हैं। आज के गाँव में जहाँ इतनी संस्कृतियाँ और नस्लें साथ-साथ रहती और कार्य करती हैं, परस्पर आदर भाव एक अनवरत पाठ है।

हमारे राष्ट्र की आबादी आज जितनी बहुरंगी है उतनी कभी नहीं थी। न ही बच्चों की किसी पूर्व पीढ़ी को एक-दूसरे के प्रति आदर भाव और सहानुभूति रखने तथा स्वयं को एक वृहद् मानवता का अंग समझने के कार्य को इतनी जल्दी सीखने की जरूरत पड़ी है। ऐसे समय में जब लोकतंत्र इस बात पर इतना निर्भर है कि हम एक सामान्य आधार तलाश लें और जब इतनी बड़ी संख्या में वयस्क इस सामाजिक विभाजन को पाटने में अविश्वस्त दिखाई दे रहे हों, केवल एक ही विचार ऐसा प्रतीत होता है—हमें उन उपायों

को खोजने की जरूरत है, जो बच्चों को एक ऐसा स्वीकारात्मक जीवन उपलब्ध कराएँ, जिन्हें उनके दैनिक और पारस्परिक क्रियाकलापों पर लागू किया जा सके।

एक तरीका, जिसके द्वारा ऐतिहासिक रूप से युवा एकजुट हुए हैं तथा उन्होंने मानवता के बोध और संवेदनशीलता प्रकट की है, वह है उनकी सेवाओं को एक महत्त्वपूर्ण उद्देश्य देना। यह एक अमेरिकी परंपरा है, जो बीसवीं शताब्दी के आरंभ में शुरू हुए वाई.एम.सी.ए. और वाई.डब्ल्यू.सी.ए. तथा बॉय स्काउट्स एवं गर्ल स्काउट्स से लेकर महान् आर्थिक मंदी के दिनों के सिविलियन कंजर्वेशन कोर एवं नेशनल यूथ फेडरेशन तथा पीस कोर, जो 1960 के दशक में शुरू किया गया था, तक जारी रही है। जैसा कि मार्टिन लूथर किंग जूनियर ने हमें याद दिलाया, "हर व्यक्ति महान् बन सकता है, क्योंकि हर व्यक्ति सेवा कर सकता है।"

हमारे संपूर्ण इतिहास में अमेरिकी विचारकों और दार्शनिकों ने इस बात को समझा है कि लोकतंत्र तथा शांति और युद्ध दोनों समय में राष्ट्रीय एकता बनाए रखने के लिए लोक सेवा निर्णायक महत्त्व रखती है। हार्वर्ड प्रोफेसर रॉबर्ट पुटनम का कहना है कि जो लोग पी.टी.ए. या उनके स्थानीय गार्डन क्लब या बौलिंग लीग्स में प्रवेश लेते हैं, ऐसे सबक सीखते हैं जो लोकतंत्र के लिए बेहद जरूरी हैं—परस्पर विश्वास, सहयोग, अपनी राय खुलकर व्यक्त करने और दूसरों की राय सुनने की आदत। पूर्व सीनेटर हैरिस वॉफोर्ड, जो पीस कोर की स्थापना में सहायक रहे और अब कॉरपोरेशन फॉर नेशनल सर्विस के प्रमुख हैं, के शब्दों में, "लोकतंत्र में निष्ठापूर्ण सेवा का वही स्थान है, जो पूँजीवाद में निष्ठापूर्वक काम करने का है।"

परंतु वयस्क होते ही सेवा-भावना स्वत: ही प्रकट नहीं हो जाती। जैसा कि शिक्षक अर्नेस्ट एल. बॉयर का कहना है, "यदि हम वयस्क लोगों को अच्छे नागरिक के रूप में देखना चाहते हैं तो निश्चित रूप से उन्हें बच्चों के जीवन का अंग बन जाना चाहिए।" संवेदना और सहानुभूति तभी जड़ें जमा सकती हैं, जब उनका अभ्यास दैनिक जीवन में होता हो। बच्चों के द्वारा घर के कामों में हाथ बँटाने के जरिए सेवा घर से ही शुरू हो सकती है—टेबल ठीक से रखने, कालीन को वैक्यूम क्लीन करके, पौधों को पानी देकर। मेरी माँ ने मेरे भाइयों और मुझे सिखाया कि दूसरों की सहायता करना न केवल एक दायित्व है बल्कि वह सौभाग्य भी है।

अपने चर्च और स्कूल के जरिए जरूरतमंद लोगों के लिए पैसा एवं वस्तुएँ इकट्ठा करने के अभियान में शामिल होने के लिए वे हमें प्रोत्साहित करती थीं और ऐसे उपाय बताती थीं कि सेवा भी मनोरंजक लगे। हमारे कस्बे की संस्था यूनाइटेड के लिए एक वर्ष उन्होंने इलाके में ओलंपिक्स की तर्ज पर एक खेलकूद प्रतियोगिता आयोजित करने में हमें सहयोग दिया।

बच्चों को समाज की बड़ी हस्तियों से यह संदेश सुनने की जरूरत है कि दयालुता

और सेवा महत्त्व रखते हैं। इससे भी अधिक महत्त्वपूर्ण यह है कि बच्चे बड़ों को दूसरों की सेवा करते हुए देखें—यदि हम चाहते हैं कि वे इसका अनुसरण करें। रब्बी लाइल फिशमैन के शब्दों में—सेवा को 'सीखा नहीं, कैच किया जाता है।' मनोवैज्ञानिक जूलियस सेगल याद करते हैं, "जब मेरे मित्र और मैं बच्चे थे, अपने घर के बड़ों को वह 'दान-पात्र' नियमित रूप से खाली करते और दरवाजे पर जो भी व्यक्ति माँगने के लिए आता, उसे कुछ पैसे देते हुए देखते थे, जिसे हम पैसा-पैसा बचाकर भरते थे। अगले महीने का मकान किराया देने की मेरे पिता की क्षमता हमेशा संदेहास्पद रहती थी; परंतु उन लोगों की मदद करना कभी नहीं भूलते, जिनके हालात को वे स्वयं से भी बदतर मानते थे। इस तरह के कार्य बच्चों के लिए प्रत्यक्ष आदर्श बन जाते हैं। वे आत्मा पर सहृदयता की छाप छोड़ जाते हैं।"

मेरी सास ने भी अपने बच्चों के लिए सेवा का एक उदाहरण प्रस्तुत किया था। एक थैंक्सगिविंग त्योहार पर, जब बिल दस वर्ष के थे, वर्जिनिया ने बिल को कुछ अंतिम क्षणों की खरीदारी के लिए नुक्कड़ के एक स्टोर पर भेजा। वहाँ पर बिल का एक सहपाठी भी था, जो बर्गर खा रहा था और सोडा पी रहा था। जब बिल ने उससे पूछा कि थैंक्सगिविंग डिनर के लिए वह कहाँ जानेवाला था, तो उसने बर्गर दिखाते हुए कहा, "यही तो डिनर है।" यह जानते हुए कि उनकी माँ भी ऐसा ही करतीं, बिल ने उसे डिनर के लिए अपने घर आमंत्रित करने में संकोच नहीं किया।

चेल्सी ने जब चलना सीखा तभी से हमने उसे घर में तथा चर्च और स्कूल के जरिए सेवा करने के अवसर देने की कोशिश की है। थैंक्सगिविंग पर एक स्वयंसेवी के तौर पर हम उसे आश्रयगृहों में ले जाते थे। क्रिसमस पर जरूरतमंद परिवारों को हम सांता पैक करके उपहार में दिया करते थे। परंतु हमने उसे यह भी सिखाने का प्रयास किया है, जैसा हमें सिखाया गया था, कि सेवा हमारे दैनिक जीवन का एक अंग है—जैसी कि कहावत है, वह किराया जो हम जीने के बदले देते हैं। जिन जरूरतों को पूरा किया जाना है, उनकी कोई कमी नहीं है—एक वृद्ध पड़ोसी, जिसे स्टोर से सामान लाने के लिए किसी की जरूरत है, एक पार्क या ब्लॉक या राजमार्ग का वह हिस्सा जहाँ कूड़ा बिखरा हुआ है, एक अकेली माँ जिसे थोड़ी देर के लिए अपने बच्चे की देखभाल करनेवाला कोई चाहिए, खेल के मैदान का कोई साथी जो अपना हाथ तुड़वाकर घर में बैठा हो। हमें यह याद रखना चाहिए कि जिस तरह जीवन के प्रति एक सकारात्मक दृष्टिकोण स्वास्थ्य के लिए लाभकारी हो सकता है, दयालुता के सामान्य कार्य भी वही प्रभाव पैदा करते हैं। बताया जाता है कि महान् मनोचिकित्सक कार्ल मेनिंजर ने उस व्यक्ति को यह सलाह दी, जो कह रहा था कि वह शीघ्र ही नर्वस ब्रेक डाउन का शिकार होने वाला था—"अपने घर को ताला लगाकर रेल लाइन के पार किसी जरूरतमंद इनसान को खोजो और उसके लिए कुछ करो।"

जो बच्चे लोक सेवा के वातावरण में पले हैं, वे उससे भी ज्यादा देना सीख जाते हैं जितना उनसे माँगा गया हो। सारा पॉलाक ने सन् 1994 में वर्जिनिया से हाई स्कूल पास किया। उसके माता-पिता ने वादा किया था कि यदि हाई स्कूल में उसने अच्छे अंक और कॉलेज स्कॉलरशिप प्राप्त की तो वे उसे एक कार खरीद देंगे। सारा ने सीधे 'ए' ग्रेड और प्रतिवर्ष पाँच हजार डॉलर से अधिक की कॉलेज स्कॉलरशिप प्राप्त की। जब वह समय आया कि वह उन पंद्रह हजार डॉलर को खर्च कर सकती थी, जो उसके माता-पिता ने उसकी कार के लिए सुरक्षित रखे थे तब सारा ने पूछा कि क्या वह उस राशि का इस्तेमाल उसके हाई स्कूल के जरूरतमंद विद्यार्थियों के लिए एक कॉलेज फंड बनाने पर खर्च कर सकती है ? जब एक रिपोर्टर ने उससे पूछा कि किस बात ने उसे उस धन को दूसरों के हित में उपयोग करने के लिए प्रेरित किया, तो उसने जवाब दिया, "वे मेरे मित्र थे। वे प्रतिभाशाली थे और मैं उनका आदर करती थी। यह व्यथा सता रही थी कि उनके लिए सारे रास्ते बंद थे····। मैं केवल उस चीज को उन तक पहुँचा रही हूँ, जो मुझे सौभाग्य से मिली है। यह बात मुझे किसी और की तुलना में अधिक विशिष्ट नहीं बना देती।"

सन् 1993 की बाढ़ के दौरान जब मेरे पति आयोवा के डेस मॉइनेस गए तब उनकी मुलाकाल एक और असाधारण दानवीर किशोरी विस्कोंसिन राज्य के दक्षिणी मिलवॉकी की तेरह वर्षीया ब्रिएन श्वेंटीज़ से हुई। ब्रिएन कमजोर हड्डियों की बीमारी से ग्रस्त है, जिसका अर्थ है कि उसकी हड्डियाँ इतनी आसानी से और इतनी बार टूटी हैं कि उसका विकास रुक गया है। फिर भी, जब उसने बाढ़ के बारे में सुना तो अपने माता-पिता को इस बात के लिए राजी कर लिया कि सैंडबैग भरने के लिए वे उसे आयोवा ले आएँ। और मुश्किल से चार फीट ऊँचाई की वह लड़की अपने सह-नागरिकों के प्रति अपना दायित्व पूरा करने में लगी हुई थी।

यह अकसर कहा जाता है कि भविष्य के लिए बच्चे हमारी अंतिम एवं सर्वोत्तम आशा हैं और यदि हम समाज का विकास चाहते हैं तो हमें सक्रिय नागरिकता के महत्त्व के बारे में अगली पीढ़ी को बताना होगा। बच्चों को यह सिखाना कि अच्छे नागरिक कैसे बना जाए और उन्हें शासन की बारीकियों से अवगत कराना उनके भीतर सहज अनुभूति, संवेदना, आदर्शवाद और सेवा करने की ललक पैदा करने का एक और उपाय है।

राजनीतिक भागीदारी और नेतृत्व के लिए कोई भी आयु बहुत कम नहीं होती। मेरे पति और हजारों अन्य अमेरिकी लड़के व लड़कियों ने इतने वर्षों में बॉयज एंड गर्ल्स स्टेट और बॉयज एंड गर्ल्स नेशन में भाग लिया है। मैं ऐसे कई युवाओं को जानती हूँ जिन्होंने मॉडल यूनाइटेड नेशंस प्रोग्राम में भाग लेकर सामयिक विषयों, राजनय और शासन चलाना सीखा है।

राजकाज चलाने का शिक्षण देने का एक और प्रभावशाली मंच था एली वीजल फाउंडेशन फॉर ह्यूमेनिटी द्वारा प्रायोजित अंतरराष्ट्रीय सम्मेलन, जो दुनिया के पाँच क्षेत्रों

से किशोरों को एक साथ लेकर आया। 'कल के नेता' नामक इस सम्मेलन ने इन विद्यार्थियों को दुनिया के अग्रणी नेताओं को सुनने और दुनिया भर में चल रहे संघर्षों के शांतिपूर्ण समाधान खोजने का अवसर प्रदान किया।

जैसा हमारा सामूहिक इतिहास दरशाता है और जिसमें मेरे पति व मैं विश्वास करते हैं, ''अनिश्चितता के इस युग में युवा सेवादल लोकतंत्र की टिमटिमाती लौ को पुनरुज्जीवित करने के लिए एक चिंगारी है।'' तो इसे केवल व्यक्तिगत परोपकारिता के कृत्यों पर नहीं छोड़ दिया जाना चाहिए। इसकी अंतर्वस्तु और ढाँचा इस तरह से बनाए जाने की जरूरत है कि वह फल-फूल सके और आदत का हिस्सा बन जाए।

मैं चाहती हूँ कि प्रत्येक स्कूल माउंट वर्नन, वाशिंगटन स्थित वाशिंगटन एलीमेंट्री स्कूल का मॉडल अपनाए, जहाँ सेवाकार्य को पाठ्यक्रम का ही एक अंग बना दिया गया है। स्कूल का आदर्श वाक्य है—'सेवा एक आजीवन प्रतिबद्धता है।' हर दर्जे के विद्यार्थी छोटे बच्चों को पढ़ाने से लेकर सुरक्षात्मक गश्त लगाने तक के व्यक्तिगत सेवाकार्य करते हैं। प्रत्येक कक्षा भी कक्षा सेवा परियोजना तैयार करती है। एक वर्ष दूसरे दर्जे के छात्रों ने बेघर लोगों के लिए रजाइयाँ बनाईं और स्कूल सौंदर्यीकरण परियोजना के एक भाग के रूप में तीसरे दर्जे के छात्रों ने फूलों के पौधे लगाए।

कुछ स्कूल डिस्ट्रिक्ट्स समाज-सेवा को अनिवार्य बना देते हैं। हाल ही में मैरीलैंड, जिसकी उपराज्यपाल कैथलीन केनेडी टाउनसेंड लंबे समय से इस विचार की समर्थक रही हैं, ऐसा करनेवाला पहला राज्य बन गया जहाँ सेवा को छात्रों के लिए एक जीवंत अनुभव और समुदाय के लिए लाभदायक बना दिया गया है। मैरीलैंड के एक मिडिल स्कूल में गृह अर्थशास्त्र के छात्र बेघर बच्चों के लिए पोशाक बनाते हैं और एक स्थानीय आश्रय घर को सौंप देते हैं। एक अन्य स्कूल में छात्र गरीबी पर केंद्रित चार्ल्स डिकंस की 'ए क्रिसमस कैरोल' पढ़ते हैं और जरूरतमंद एकाकी माँओं एवं उनके बच्चों की मदद करने के लिए स्थानीय संस्थाओं के साथ काम करते हैं। एक अन्य स्कूल में पारिस्थितिकी के छात्र नदी की सफाई और रख-रखाव का कार्य करते हैं, जो उनके लिए एक 'खुली कक्षा' की भूमिका निभाता है।

समाज-सेवा का ढाँचा तैयार करना एक निजी-सार्वजनिक उद्यम, नेशनल सर्विस कॉर्पोरेशन, जिसमें अमेरिकोर शामिल है, का प्रेरणा-स्रोत है, जो सोलह वर्ष और अधिक आयु के युवाओं के कॉलेज या रोजगार प्रशिक्षण तथा समाज-सेवाकाल में एक संक्षिप्त जीवन निर्वाह भत्ते के बदले में अपने देश की सेवा करने का एक अवसर देता है। भरती किए गए युवा कम-से-कम एक वर्ष (यदि वे चाहें तो दो वर्ष का सेवाकाल चुन सकते हैं) के लिए वचनबद्ध होते हैं, जिसके दौरान उन्हें समुदाय की शैक्षिक, पर्यावरणीय, स्वास्थ्य और सुरक्षा संबंधी समस्याएँ सुलझाने के लिए प्रशिक्षित किया जाता है।

अपने अस्तित्व के दूसरे वर्ष में ही अमेरिकोर अब तक पच्चीस हजार से अधिक

युवाओं की भरती कर चुका है। वे स्थानीय चर्चों और सिनेगागों तथा गैर-लाभकारी व सार्वजनिक संस्थाओं की सहायता से बारह सौ से अधिक समुदायों में काम कर रहे हैं। अंशकालिक स्वयंसेवियों का सर्वोत्तम उपयोग करने के लिए अमेरिकोर के सदस्य सिटी इयर, हैबिटेट फॉर ह्यूमेनिटी और रेडक्रॉस जैसे पहले से ही मौजूद चेरिटेबल तथा सेवा संगठनों की सहायता भी करते हैं।

कई मामलों में अमेरिकोर के सदस्य ऐसी जरूरतों को पूरा कर रहे हैं, जिन्हें कोई भी अन्य संस्था या सरकारी एजेंसी नहीं कर सकती थी। उदाहरण के लिए केनटक्की की सिंपसन काउंटी में एक ही वर्ष में दो या अधिक ग्रेड स्तरों के औसत से काउंटी के दूसरी जमात में पढ़नेवाले बच्चों में से तिहाई से अधिक के प्राप्तांकों में सुधार करने में सफल रहे हैं और अपने इस प्रयास में उन्होंने दो सौ से अधिक माता-पिताओं को भी शामिल किया है। टेक्सास, आयोवा और इदाहो में अमेरिकोर के सदस्यों ने लाखों बच्चों के टीकाकरण में सहयोग दिया है, जो राज्य के स्वास्थ्य कर्मचारियों की पहुँच से बाहर ही रह जाते। कंसास में अमेरिकोर के सदस्यों ने दो दर्जन से अधिक नशीले पदार्थ बेचनेवाले गृहों को बंद करवाने के लिए पुलिस विभाग के साथ काम किया है और इलाके में दसियों निगरानी समूह तैनात कर दिए हैं।

□

अमेरिकोर जैसे कार्यक्रम बचपन से जवानी में प्रवेश को सामाजिक रूप से अर्थपूर्ण बना देते हैं। वे एक ऐसा मॉडल भी प्रस्तुत करते हैं, जो निजी परोपकारी प्रयासों एवं सरकारी कार्यक्रमों के बीच पुल का काम करता है और जिससे हम बहुत कुछ सीख सकते हैं। इन्हीं सुपरिणामों—भौतिक के साथ-साथ आत्मिक और सामूहिक तथा व्यक्तिगत—के कारण ही सत्रह धार्मिक नेताओं ने हाल ही में कांग्रेस द्वारा अमेरिकोर जैसे कार्यक्रमों को समर्थन दिए जाने पर जोर दिया; क्योंकि वे उन बंधनों का निर्माण और उन्हें मजबूत करते हैं, जिनके कारण सामुदायिक जीवन संभव होता है।

सेवाकार्य की उपयोगिता को हमारे बच्चे चाहे जितना समझ लें, सेवा की जरूरतें उससे कहीं ज्यादा होंगी, जिनकी पूर्ति व्यक्तियों या धार्मिक संस्थाओं द्वारा की जा सकती है। इसीलिए इतनी अधिक धार्मिक संस्थाओं—जिनमें से कुछ किसी सीमा तक संघीय सहायता पर निर्भर रहती हैं—ने इस सलाह पर एतराज जताया है कि सामाजिक कार्यक्रमों पर सरकारी खर्च में कटौती की भरपाई इन संस्थाओं द्वारा की जा सकती है। न तो सरकार और न धार्मिक संस्थाएँ अकेले सामाजिक सुरक्षा जाल को प्रभावी बनाए रख सकते हैं; परंतु साथ-साथ काम करके वे काफी हद तक ऐसा कर सकते हैं।

सरकार और स्वयंसेवी संस्थाओं की भागीदारी प्राकृतिक आपदाओं के समय स्पष्ट रूप से देखने को मिलती है, जैसा दक्षिण में आए आँधी-तूफान, मध्य-पश्चिम की बाढ़, उत्तर-पश्चिम के दावानलों और पश्चिम के भूकंपों के बाद मेरे पति और मैंने

प्रत्यक्ष रूप से देखा है। स्वयंसेवक चाहे अकेले आएँ या चर्च समूहों या सर्विस क्लबों के भाग के रूप में मित्रों के साथ, वे सभी सबसे मूल्यवान् वस्तु प्रस्तुत करते हैं—स्वयं की। राहत कार्यों में तालमेल बिठाने के लिए सरकार विशेषज्ञों के दल भेजती है। ऐसी दु:खद स्थितियों में लोग असाधारण संवेदनशीलता का परिचय देते हुए उन मतभेदों से सहजता से ऊपर उठ जाते हैं, जो सामान्य तथा असंभव प्रतीत होता है।

ओकलाहोमा शहर पर बमबारी के बाद हमने एक देश को सदमे और आपसी प्यार में एकजुट देखा। जब बमबारी से बचे लोग खून से लथपथ घायल अवस्था में संघीय बिल्डिंग से बाहर आए तब हमने यह नहीं देखा कि वे गोरे थे या काले, ईसाई या यहूदी, वे बस मनुष्य थे और बच्चे, जो हमारे भी हो सकते थे। अग्निशमन और पुलिस अधिकारी, मेडिकल टीमें और आपातकालीन कार्यकर्ता, जिन्होंने जीवित व्यक्तियों की खोज में स्वयं अपनी जान जोखिम में डाल दी, चुन-चुनकर यह तय नहीं कर रहे थे कि उन्हें किसकी जान बचानी है; हर जिंदगी कीमती थी, जिसे हर कीमत पर बचाया जाना था।

हमारी साझी मानवता के प्रति हमारी आँखें और हृदय खोलने के लिए संकटकाल ही क्यों जरूरी होता है? जैसा कि मेरे पति ने सन् 1995 में संघ के हालात पर एक भाषण में कहा, ''यदि आप इस देश के आरंभिक काल पर नजर डालें तो जैसा डी टोकेविले ने बताया, जब वे बहुत समय पहले यहाँ आए थे, कि अमेरिका की शक्ति हमेशा उन लोगों से जुड़ जाने और एक संयुक्त आधार बनाने की क्षमता में निहित रही है जो हमसे अलग थे। और आज प्रत्येक व्यक्ति की यह जिम्मेदारी है कि वह इस परंपरा को आगे बढ़ाए। एक-दूसरे के साथ व्यवहार में अमेरिकियों को किस तरह पेश आना चाहिए, यह सीखने के लिए हम किसी तूफान, किसी आगजनी या किसी बाढ़ का इंतजार नहीं कर सकते।

वे स्त्री और पुरुष, जो संकटकाल में निस्स्वार्थ भाव से काम करते हैं, वे हमें याद दिलाते हैं कि असल में क्या चीज महत्त्व रखती है। वे अमेरिकियों को हमारी मूलभूत अच्छाई और अपने राष्ट्र की आंतरिक शक्ति की भी याद दिलाते हैं। कोई लोकतंत्र इतने लंबे समय तक कायम नहीं रहा है या अपने आदर्शों पर टिके रहने के लिए इतना प्रयत्नशील। पृथ्वी पर कहीं भी इतनी विविधता लिये हुए लोग नहीं रहते, न हर रोज साथ-साथ काम करते और न अधिकांशत: एक-दूसरे के साथ सहज रहते हैं।

यदि बच्चों पर हम अपने पूर्वग्रहों का बोझ न लादें तो वे हमारी अंतरात्मा और उन परिवर्तनों के वाहक बन सकते हैं, जो आवश्यक हैं। यदि हम उन्हें स्वीकारात्मक रूप से सोचना और महसूस करना सिखा दें तो वे स्वीकारात्मक ढंग से जीना सीख लेंगे—सत्कार्यों, जो वे न केवल अपने लिए बल्कि अपने सभी गाँववासियों के लिए करेंगे, के आधार पर वे अपने स्वयं के जीवन का आकलन कर सकेंगे।

□

12

बच्चे अपने आप में एक पूरा रोजगार हैं

> दूसरों का ध्यान रखना सभी मनुष्यों द्वारा सीखा जा सकता है, प्रत्येक जीवन-शैली में पिरोया जा सकता है—वह एक व्यक्ति की नहीं, समाज की एक व्यापक आवश्यकता की पूर्ति भी करता है।
>
> *—मैरी कैथरीन बैटसन, कंपोजिंग ए लाइफ*

मेरी माँ और पिता दोनों खेलकूद के प्रेमी थे। जब मेरे भाई और मैं घर के सामनेवाली सड़क के किनारे खड़े एल्म के वृक्षों के आसपास दौड़-भाग कर रहे होते तो मेरे पिता हमारी ओर एक फुटबॉल उछाल देते। हमारी प्रबल विरोधी बनने का असफल प्रयास करती हुई मेरी माँ टेनिस के हजारों शॉट्स आजमातीं। गरमियों के सप्ताहांत में दोनों ही मैदान में फ्लाय बॉल को हमारी ओर हिट करते, हमें हवा में बॉल को झपटना सिखाते तथा गोल्फ में हमारी दिलचस्पी पैदा करने की कोशिश करते (कम-से-कम मेरे भाइयों में ऐसा करने में वे सफल रहे)। मेरे पिता हमें खेलों में प्रवीण और विजयी बनाने में एकाग्रचित्त थे; जबकि मेरी माँ चाहती थीं कि हम खेलों का आनंद लें और थोड़ा व्यायाम भी हो जाए।

मेरी माँ और पिता दोनों ही खाना भी बनाते थे। हमारा अधिकांश दैनिक भोजन मेरी माँ ही तैयार करती थीं; परंतु अधिकांश शनिवारों की रात मेरे पिता अपने खास

हैंबर्गर बनाते थे। कई तरह के सूप और ग्रिलिंग बनाने में भी वे कुशल थे। मेरे भाइयों और मुझे इसमें कुछ असंगत नहीं लगता था कि मेरी माँ बॉल में एक जोरदार हिट लगा सकती थीं और मेरे पिता खाना बना सकते थे। उनके द्वारा पारंपरिक रूप से विवाह किए जाने के बावजूद हम उन दोनों को ऐसे काम करते देखते थे, जो उस समय की रूढ़ छवियों से अलग थे।

बीस वर्ष से अधिक पहले, जब मैं कार्नेगी कौंसिल ऑन चिल्ड्रन में कार्यरत थी, मैंने नई जमीन तोड़नेवाले सामाजिक दार्शनिकों, एरिक एरिक्सन और एरिक फ्रॉम को बच्चों के पालन-पोषण में माता-पिताओं की परंपरागत भूमिका पर चर्चा करते हुए सुना। उनको सुनने के बाद मेरा निष्कर्ष था कि माता-पिता की परंपरागत भूमिका को सार रूप में ऐसे बताया जा सकता है कि पुरुष आमतौर पर पैसा कमाने और घर के लिए नियम बनाने की भूमिका में थे तथा महिलाएँ घर चलाने एवं बच्चों के पालन-पोषण की भूमिका में।

उस समय भी मेरा ध्यान जिस बात पर गया था, वह थी माँ और पिता का परंपरागत श्रम-विभाजन, जो बहुरूपी होकर सदियों से काम करता आया है और आज भी कर रहा है। परंतु यह बात अब भी सच है कि हमारे समाज के अधिकांश महत्त्वपूर्ण कार्यों की तरह बच्चों का पालन-पोषण निपुणता और विचारशीलता दोनों की माँग करता है। बच्चे उन लाभों के अधिकारी हैं, जो स्त्री और पुरुष के विशिष्ट गुणों एवं निपुणताओं के बारे में समाज की परंपरागत मान्यताओं में से उपजते हैं और उनके शारीरिक, भावनात्मक एवं बौद्धिक विकास में सहायक होते हैं तथा कई तरह के मानवीय व्यवहारों में आदर्श के रूप में कार्य करते हैं।

अनुकूलतम परिस्थितियों में भी हममें से किसी एक के लिए बच्चों का पालन-पोषण करना कठिन है। और माँ या पिता जब भी ऐसा करने की कोशिश करते हैं तो उन्हें अपने निर्धारित क्षेत्र से बाहर की भूमिका अदा करनी होती है या वह भूमिका किसी और को सौंपनी पड़ती है। ऐसे परिवारों को भी, जहाँ माँ और पिता दोनों सक्रिय होते हैं, ऐसे कार्यों के लिए जो उनके दायरे से बाहर होते हैं, गाँव पर निर्भर रहना होता है।

फिर भी, यह इतनी अच्छी तरह स्पष्ट होने पर भी कि बच्चों की जरूरतें उससे कहीं ज्यादा होती हैं, जितनी एक व्यक्ति या व्यक्तियों का जोड़ा पूरा कर सकता है, समाज बच्चों के पालन-पोषण को अब भी 'स्त्रियों का कार्य' करार देता है। यहाँ तक कि उन महिलाओं, जो पैसा कमाने और पारिवारिक नियम बनाने के कार्य को अपने पति के साथ बाँटती हैं, को भी अधिकांश मामलों में बच्चों के पालन-पोषण की प्राथमिक—और अनुपात से अधिक—जिम्मेदारी उठानी पड़ती है। जो सर्वोत्तम उपहार हम अपने बच्चों को दे सकते हैं, उनमें से एक है यह बोध कि ये भूमिकाएँ और अधिक न्यायपूर्ण एवं लचीले तरीके से बाँटी जा सकती हैं और बाँटी जानी चाहिए। इस बीच स्त्रियों की

भूमिका के बारे में पूर्वग्रह बने हुए हैं।

मिशिगन यूनिवर्सिटी के एक मनोवैज्ञानिक द्वारा हाल ही में किया गया एक अध्ययन यह अर्थ संप्रेषित करता है कि जहाँ युवा स्त्रियाँ अधिक 'पुरुषोचित' व्यवहार प्रकट कर रही हैं, क्योंकि वे अधिक आग्रही, महत्त्वाकांक्षी और आत्मविश्वस्त बन रही हैं, वहीं युवा पुरुष सहानुभूति दरशाने और दूसरों का खयाल रखने जैसे 'स्त्रियोचित' व्यवहार प्रकट नहीं कर रहे हैं। क्यों इन सबको मानवीय व्यवहार माना जाता, जिसे अपने स्वभाव और परिस्थितियों के अनुसार पुरुष व स्त्रियाँ दोनों प्रदर्शित कर सकते हैं?

क्या एक माँ, जो अपने बच्चों और पति को लेकर अधिक आग्रही व महत्त्वाकांक्षी है, 'स्त्रियोचित' गुण प्रकट कर रही है और एक माँ जो अपने स्वयं के कैरियर या एक संवेदनशील सार्वजनिक मुद्दे पर अधिक आग्रही व महत्त्वाकांक्षी है, 'पुरुषोचित' गुण प्रकट कर रही है? क्या एक पिता, जो अपने रोते हुए शिशु को गोद में लेकर झुलाता है या किशोर वय के अपने बच्चों के दिल पर लगी चोट पर अपनी बातों का मरहम लगाता है, 'जनाना' और जो पिता दोनों ही बच्चों की तकलीफों की परवाह नहीं करता, 'मर्दाना' है? आज, जब हम अपने बदलते हुए अनुभवों और जिम्मेदारियों को पुन:परिभाषित कर रहे हैं, कभी-कभी लैंगिक पूर्वग्रहों के जाल में फँस जाते हैं।

हम यह सोचना पसंद करते हैं कि भूतकाल में स्त्री और पुरुष में से प्रत्येक के द्वारा किए जानेवाले कुछ गिने-चुने कार्यों को ही उचित ठहरानेवाले युग से हम बहुत दूर आ गए हैं। मेरी माँ जिन स्त्रियों को जानती थीं, उनमें से अधिकांश घर में ही रहती थीं; क्योंकि समाज उनसे यही अपेक्षा करता था और उन्होंने अपनी इच्छाओं को समाज की इस अपेक्षा में समाहित कर दिया था, भले ही वे सोचती हों कि काश, उनके पास और भी विकल्प होते!

हममें से कुछ उस आंटी को, जो कॉलेज जाना चाहती थीं; उन दादी माँ को, जिनके पास पत्रिकाओं का अंबार लगा रहता था, परंतु वे किसी को दिखाती नहीं थीं और उस चचेरी बहन को याद कर सकते हैं, जिसे अंकों में महारत हासिल थी। सदियों से स्त्रियों द्वारा या उन पर लिखे जानेवाले अधिकांश कथा साहित्य में निराशा, असंतोष और उदासी की एक अंतर्धारा देखने को मिलती है। हर पीढ़ी की 'लिटिल वूमन' पढ़नेवाली किसी भी पीढ़ी की लड़की 'जो मार्च' से अपनत्व महसूस करने लगती है। इसकी वजह यह है वह उसे एक ऐसी लड़की के रूप में देखती थी जो अपनी खातिर कोई काररवाई करने, लीक से हटकर चलने और अपना मार्ग खुद बनाने से डरती नहीं थी।

वास्तव में भूतकाल में, चाहे स्वेच्छा से या जरूरत पड़ने पर, कई स्त्रियों ने परंपराओं को तोड़ा है। हमारे राष्ट्र के समूचे इतिहास में स्त्रियों ने घर के बाहर और घर में कार्य किया है। वर्ष 1950 के दशक में भी बहुत सी स्त्रियाँ, जिनमें से कई के बच्चे थे,

कारखानों, दफ्तरों, स्कूलों और अन्य लोगों के घरों में काम करती थीं। परंतु क्योंकि इन स्त्रियों का जीवन उनकी परंपरागत छवि से मेल नहीं खाता था, उनके कार्य प्रकाश में नहीं आए। अकसर अमेरिकी जीवन के आधिकारिक चित्रण में भी स्त्रियों के अनुभवों की विविधता और साथ ही उनकी आवश्यकताओं व आकांक्षाओं को शामिल नहीं किया जाता है।

□

जब मैं अपने बचपन की ओर मुड़कर देखती हूँ तो पाती हूँ कि हमारे लिए अवसरों के दरवाजे खोलने के लिए मेरी माँ और मेरी सहेलियों की माँएँ कितने कठोर प्रयास किया करती थीं। वे हमारी पढ़ाई एवं खेलकूद में मदद करतीं तथा पढ़ाई और खेल के अभ्यास के लिए हमें ले जातीं और वापस घर लाती थीं। इन क्षेत्रों में स्तरीय प्रदर्शन के लिए वे हमें हमेशा प्रेरित करतीं। यद्यपि इस संबंध में अपनी आकांक्षाओं को वे केवल इस रूप में व्यक्त करतीं कि यदि हमने स्कूल में अच्छा प्रदर्शन किया तो हमें कॉलेज में प्रवेश मिल सकेगा या हम चाहें तो रोजगार प्रशिक्षण ले सकेंगी, ताकि जीवन-स्तर सुधारने में हम अपना योगदान दे सकें।

शायद इसलिए कि मेरी माँ की पृष्ठभूमि ने उच्च शिक्षा प्राप्त करने की उनकी संभावनाओं को धूमिल कर दिया था, मेरे कैरियर के बारे में वे अधिक आग्रही थीं। आरंभ से ही उनका विश्वास था कि मेरे प्रति उनकी सबसे बड़ी जिम्मेदारी थी मुझे उन विकल्पों के लिए तैयार करना, जो मेरे जीवन के लिए हितकर थे, हालाँकि वे विकल्प वे नहीं थे जिनका चयन वे स्वयं करती या कर सकती थीं। चौदह वर्ष की आयु में जब यह पूछने के लिए मैंने नासा (NASA) को पत्र लिखा कि मैं एक अंतरिक्ष यात्री कैसे बन सकती थी और वहाँ से जवाब आया कि इस काम के लिए महिलाओं की पात्रता पर विचार नहीं किया जा रहा है, तब मेरी हताशा में वे मेरे साथ थीं (इस नीति को अंततः बदलते हुए देखने पर मुझे अपार हर्ष हुआ)।

ऐसी बात नहीं थी कि बड़े होते समय मैं जिन माँओं को जानती थी, वे पूर्णकालिक गृहस्वामिनी और पालक नहीं बनना चाहती थीं। उनका समर्पण भाव और अनुशासन यह दरशाता था कि अपनी भूमिकाओं को वे कितना महत्त्व देती थीं। परंतु उनमें इतनी दूरदर्शिता थी कि वे समझ सकें कि बच्चों के पालन-पोषण के वर्ष समाप्त हो जाते हैं तथा तलाक या पति की मृत्यु स्त्री को अब भी बचे कुछ उत्पादक दशक अकेले गुजारने पर मजबूर कर सकते हैं। और वे देखती थीं—और जिसे उनकी बेटियाँ बाद में और अधिक स्पष्टता से देख पाईं—कि बृहत्तर समाज परिवार एवं समुदाय के पोषण के लिए किए गए उनके प्रयासों का सम्मान या इनाम किसी ठोस रूप में देने के बजाय जुबानी तौर पर ही देता है। इन कारणों से, महिला आंदोलनों और आर्थिक दबावों के चलते अधिकाधिक महिलाएँ ऐसे कामों में जाने लगीं, जो परिवार की आय बढ़ाते थे और

बाजार जिनकी कद्र करता था—'पुरुषों के कार्य'।

जैसा किसी भी बड़े सामाजिक बदलाव के साथ होता है, स्त्रियों व पुरुषों दोनों को कुछ समझौते करने पड़े हैं और अनपेक्षित परिणामों को झेलना पड़ा है। नौकरी और परिवार दोनों को समय एवं श्रम देना भावनात्मक व शारीरिक रूप से भी एक थकानेवाली दिनचर्या हो सकती है। परंतु कुल मिलाकर, जैसा स्तंभकार एलेन गुडमैन टिप्पणी करते हैं, "फिर भी महिलाएँ अपने जीवन को अपनी माँओं के जीवन से बेहतर मानती हैं। यह वह पीढ़ी है जिसने अवसाद के बदले तनाव को स्वीकार किया है, जो पूरी तरह घाटे का सौदा नहीं है। उनके पास ज्यादा विकल्प हैं और ज्यादा शक्ति एवं ज्यादा दायित्व भी।"

सन् 1994 में अमेरिकी श्रम विभाग के वूमेंस ब्यूरो द्वारा कराए गए 2,50,000 कामकाजी महिलाओं—जिनमें आमदनी, नौकरी की श्रेणी और पारिवारिक हैसियत की दृष्टि से प्रत्येक स्तर की महिलाएँ शामिल थीं—के सर्वेक्षण के निष्कर्षों ने भी गुडमैन की टिप्पणियों का समर्थन किया है। उनकी प्रतिक्रियाएँ, जिन्हें उपराष्ट्रपति अलगोर और मैंने एक सार्वजनिक मंच पर प्रस्तुत किया और उनपर चर्चा की, ब्योरेवार एक रिपोर्ट 'वर्किंग वूमन काउंट' में दर्ज की गई हैं। उन कामकाजी महिलाओं जिनके बच्चे घर में रहते थे, के लिए सबसे पहला मुद्दा था नौकरी और परिवार की जरूरतों के बीच तालमेल बिठाने का संघर्ष तथा बच्चों की संतोषजनक देखभाल की व्यवस्था करना। मिलवाउकी की एक कामकाजी महिला ने यह लिखकर हजारों महिलाओं के दिल की बात कह दी—"घर और कार्यालय के बीच संतुलन बनाए रखने के लिए आपको हमेशा ऐसा लगता है कि आप एक साथ चार काम कर रही हैं। कार्यालय में काम करते हुए भी आप सोच रही हैं कि रात के भोजन में क्या पकेगा और बच्चों को स्कूल से लाने के लिए कौन जाएगा।" इन महिलाओं द्वारा किए गए अपने जीवन के वर्णन में 'खलबलीपूर्ण', 'कठोर', 'कठिन' और 'कटु' जैसे शब्द बार-बार आते थे। कई महिलाओं ने कहा कि वे हर समय थकी-थकी रहती हैं।

घर से निकलकर कामकरने वाली माँएँ यह महसूस करती हैं कि उनके नियोक्ताओं को बच्चों की बीमारी और डॉक्टर से अपॉइंटमेंट के बारे में अधिक उदारता दिखानी चाहिए। वे कहती हैं कि बच्चों और बीमार रिश्तेदारों की देखभाल के लिए उन्हें अधिक एवं उदार अवकाश नीतियों की आवश्यकता है; परंतु वे यह भी कहती हैं कि वे बिना वेतन की छुट्टियाँ लंबे समय तक या बिलकुल ही बरदाश्त नहीं कर सकतीं। आमतौर पर कम वेतन पर कामकरने वाली महिलाएँ अपने कार्यस्थल पर उनकी अपेक्षा कम परिवार-हितैषी और कम लचीला वातावरण पाती हैं, जो एग्जीक्यूटिव या प्रबंधन के स्तर पर कार्यरत हैं।

चेल्सी के जन्म से पहले मैंने जितने भी ऑफिसों में काम किया था, वहाँ मैं देखती थी कि सभी महिला कर्मचारी दोपहर लगभग तीन बजे अपने फोन में फुसफुसाकर

कुछ बात करती थीं। मैं बाद में समझी कि वे यह सुनिश्चित करती थीं कि उनके बच्चे सुरक्षित घर लौट आए हैं और अपना होमवर्क या उनसे कोई अपेक्षित और काम कर रहे हैं या नहीं। वे फुसफुसाकर बात करती थीं, क्योंकि उन्हें डर था कि ऑफिस में अपने पारिवारिक काम निबटाने के लिए उन्हें दंडित न किया जाए।

सर्वेक्षण के दौरान महिलाओं द्वारा दी गई जानकारियों में एक संदेश बार-बार उभर कर आता था—वे मानती थीं कि काम में उनके योगदानों और जिम्मेदारियों को, जिनमें बच्चों की जिम्मेदारी भी शामिल थी, कम आँका जाता था। वे जानती हैं कि अपने परिवार के लिए उन्हें कितनी कड़ी मेहनत करनी पड़ती है और उनके विचार से, उनके नियोक्ताओं सहित समाज के अन्य क्षेत्रों को उनकी सहायता करनी चाहिए। अपने बच्चों के कल्याण के प्रति उनकी चिंता उनमें बृहत्तर मुद्दों पर अपनी राय प्रकट करने और अपनी बात सुनी जाने की आकांक्षा को जन्म देती है। रिपोर्ट के अनुसार—''वे अपने काम, अपने सहकर्मियों, अपने कार्यस्थलों और राष्ट्र की आर्थिक स्थिति पर गहराई से सोचती हैं।''

यद्यपि काम के साथ उनका जीवन बहुत कठिन है, फिर भी अपने परिवार की आमदनी बढ़ाने में अपने योगदान पर वे गर्व करती हैं और दस में से आठ उत्तरदाता महिलाएँ अपने काम से 'प्यार' या उसे 'पसंद' करती थीं। परंतु उन्हें किन्हीं पूर्व-निर्धारित साँचों में नहीं बाँटा जा सकता—न तो 'निरंतर अग्रसर कार्यदक्ष महिलाएँ हैं, जिनको अपने काम में किसी मुश्किल का सामना नहीं करना पड़ता' और न उतनी ही प्रचलित छवि की 'परस्पर विरोधी माँगों के बीच पिस रही महिलाएँ हैं' और न ही 'विशुद्ध कैरियर वीमन जो पुरुषों की दुनिया में अपना स्थान बनाने के लिए अपना व्यक्तिगत जीवन न्योछावर कर देती हैं।' वे वास्तविक जीवन और वास्तविक आवश्यकताओं, जिनमें अपनी प्रतिभा और क्षमता के अनुसार योगदान करने की आवश्यकता भी शामिल है, से युक्त जिम्मेदार वयस्क हैं जिन्हें कार्यस्थल और घर दोनों जगह अच्छा प्रदर्शन करने के लिए सहयोग की जरूरत है।

सर्वेक्षण में दी गई जानकारियाँ इस बात की गवाह हैं कि हम अब तक परंपरागत साँचों को तोड़ नहीं पाए हैं—या उस डाई को, जिससे ये साँचे बने हैं—एक ऐसा चलन, जो जटिल आवश्यकताओं और आकांक्षाओं को सुनिश्चित बक्सों में डालकर देखने पर जोर देता है। हम 'कैरियर आकांक्षी महिलाएँ' हैं या 'घर तक सीमित रहने वाली मॉम', 'परंपरावादी' या 'नव-परंपरावादी ?'

हमारी जिंदगियों पर लेबल लगाने के प्रयास हमें पीछे की ओर ले जाते हैं। जब भी हम महिलाओं को उपलब्ध विकल्पों को 'यह या वह' के रूप में—आमतौर पर नौकरी और परिवार के बीच—पेश करते हैं तो हम सबके लिए समस्या पैदा करते हैं। पिछली पीढ़ियों में हमने कई कलाकार, डॉक्टर और इंजीनियर खोए हैं। मेरी पीढ़ी ने उन

महिलाओं में से, जो अपने कामकाजी जीवन को ठीक से घर-परिवार चलाने से नहीं जोड़ पाई, अच्छी माँओं और समर्पित सामुदायिक स्वयं-सेविकाओं को खोया है। हम यह कहने के शौकीन हैं कि महिलाएँ ऑफिस वर्क, विवाह, बच्चे तथा और भी न जाने कितने दायित्व वहन करने की 'बाजीगरी' दिखाती हैं। मैं भी इस अभिव्यक्ति का उपयोग करती थी, जब तक लेखिका और विदुषी मैरी कैथरीन बैटसन ने यह टिप्पणी नहीं की थी कि जब आप बाजीगरी करते हैं तो अंततः कोई चीज तो गिरा ही देते हैं।

अब मुझे रचना का वह रूपक अधिक प्रिय है, जिस पर बैटसन ने अपनी पुस्तक 'कंपोजिग ए लाइफ' में प्रकाश डाला है—किसी सुंदर वस्तु का निर्माण करना, जैसे अपनी चुनी हुई सामग्री को जोड़-जोड़कर एक रजाई बनाना। शायद यह ज्यादा आसान होता, यदि हमारे जीवन के संघटक तत्त्व किसी एकरूपी सामाजिक व पारिवारिक पैटर्न में से लिये गए होते, चाहे जिस पैटर्न पर हम अपना जीवन गढ़ते, वह कपड़े के पैटर्न पर नहीं होता। वह आसान जरूर होता, परंतु उतना सुंदर या हमारी आवश्यकताओं, आकांक्षाओं व परिस्थितियों के अनुकूल न होता।

□

स्त्रियों को रूढ़ छवियों में देखने की मूर्खता मेरे सामने तब प्रकट हुई जब मैं एक युवा वकील थी और तब तक माँ नहीं बनी थी। एक मुवक्किल, जो एक बीमा कंपनी थी, द्वारा मुझे एक किशोर अदालत में सुनवाई के दौरान उसकी ओर से उपस्थित रहने के लिए कहा गया, जहाँ दस और बारह वर्ष के दो भाइयों पर एक पड़ोसी के घर तोड़-फोड़ करने का मुकदमा चल रहा था।

मैं उन लड़कों की माँ का बयान कभी नहीं भूलूँगी, जो उसने बेटों के बचाव के लिए दिया था। अपने बच्चों को बचाने में सिंहनी की तरह प्रचंड माँ ने—अचूक साक्ष्यों के बावजूद—इनकार किया कि उसके बेटे तोड़-फोड़ में शामिल थे। "वे ऐसा नहीं कर सकते थे", उसने सफाई दी, "क्योंकि उनके पालन-पोषण के लिए मैंने नौकरी छोड़ दी थी।" वह पहला अवसर था, जब मुझे इस कहावत का अर्थ समझ में आया—'इनकार करना मिस्र की एक नदी का नाम ही नहीं है।'

बाहर जाकर काम करनेवाली माँओं से घर रहकर बच्चों को पालनेवाली माँओं की हर समय तुलना करते रहने में सभी का नुकसान है। बच्चों के पालन-पोषण का कोई जादुई फॉर्मूला नहीं है। आपको उन माता-पिताओं, जो घर रहकर बच्चों का पालन-पोषण करते हैं और वे, जो बच्चों को घर छोड़कर काम करने के लिए बाहर जाते हैं, दोनों ही मामलों में सफलता व असफलता दोनों देखने को मिलेंगी। फर्क इस बात से पड़ता है कि माता-पिता में वह दक्षता और प्रतिबद्धता है या नहीं, जो बच्चों के स्वस्थ विकास के लिए आवश्यक चीजें उन्हें दे सकें।

अब समय आ गया है कि हम भूतकाल से लड़ना छोड़ दें। इस बात का ध्यान रखकर कि एक माँ और गृहस्वामिनी के रूप में स्त्री की भूमिका को कम न आँकें और

तुरंत इस निष्कर्ष पर न पहुँचकर कि घर से बाहर जाकर काम करनेवाली स्त्रियाँ अच्छी माँएँ नहीं हो सकतीं, हम शुरुआत कर सकते हैं। मेरा सुझाव है कि निजी और सार्वजनिक चर्चाओं में हम मातृत्व को जुबानी तौर पर आसमान पर चढ़ाना बंद करें और माता-पिताओं को भौतिक, वित्तीय एवं भावनात्मक संबल देना शुरू करें, ताकि वे अपने बच्चों का पालन-पोषण और बेहतर ढंग से कर सकें।

जैसा मैंने बीजिंग में हुए संयुक्त राष्ट्र के चौथे विश्व महिला सम्मेलन में अपने भाषण में कहा, ''हमें यह समझने की जरूरत है कि महिलाओं को अपना जीवन कैसे जीना चाहिए। उसका कोई फॉर्मूला नहीं है। इसलिए प्रत्येक महिला अपने और अपने परिवार के लिए जो विकल्प चुनती है, हमें उसका सम्मान करना चाहिए। प्रत्येक स्त्री अपनी ईश्वर-प्रदत्त संभावना को साकार करने का अवसर दिए जाने की अधिकारिणी है।''

□

स्त्रियों की रूढ़ छवि को लेकर समाज में व्याप्त धारणाओं की शक्ति के मुझे भी अनुभव हुए हैं, जिनमें से प्रमुख है सन् 1992 के राष्ट्रपति चुनाव अभियान के दौरान एक संवाददाता द्वारा पूछे गए प्रश्न के उत्तर से पैदा हुआ चाय-नाश्ते से संबंधित कुख्यात बवाल। मैंने उस प्रश्न को संवैधानिक पद पर बैठे व्यक्ति के पति या पत्नी की औपचारिक भूमिका के बारे में समझकर जवाब दिया था कि अपने पति के गवर्नर पद पर रहते हुए मैंने घर रहकर एक आधिकारिक सत्कारिणी के रूप में मेहमानों को चाय-नाश्ता सर्व करने के बजाय अपनी वकालत की प्रैक्टिस को जारी रखने का विकल्प चुना था।

अब सच तो यह है कि मैंने बहुत तरह के नाश्ते बनाए हैं और हजारों कप चाय सर्व की है। परंतु मैंने कभी नहीं सोचा था कि नाश्ता तैयार करने या चाय सर्व करने की मेरी क्षमता मुझे एक अच्छी, बुरी या ठीक-ठाक माँ अथवा एक अच्छा या बुरा व्यक्ति बना देती थी। इसलिए मेरे मन में यह कभी नहीं आया कि मेरी टिप्पणी को (मैं समझती हूँ, मेरी अपनी माँ सहित) उन माँओं के अपमान के रूप में लिया जाएगा, जो अपने बच्चों के साथ घर पर रहना ठीक समझती हैं। और न मैंने यह सोचा था कि अगले दिन के अखबारों की सुर्खियाँ मुझे नाश्ता बनाने की विरोधी—और स्पष्ट रूप से परिवार-विरोधी तक—'कैरियर वुमन' बना देंगी। मैंने जो कुछ कहा था, उसकी उनकी व्याख्या या स्वयं उन शब्दों के आधार पर लोगों ने मेरे बारे में तुरंत सकारात्मक और नकारात्मक निष्कर्ष निकाल लिये। मुझ पर एक या दूसरे तरह की मुहर लगाने से पहले बहुत कम लोग मेरे बारे में जानते थे या उन्होंने मेरी पूरी बात सुनी थी।

इस घटना से मैंने महत्त्वपूर्ण सबक सीखे, जिनमें से एक यह है कि जब मुझसे कोई ऐसा सवाल पूछा जाए जो व्यक्तिगत रूप से मुझसे संबंधित हो तो मुझे इस बात का ध्यान रखना होगा कि मेरे उत्तर को लोगों द्वारा उस एहसास के प्रकाश में तौला जाएगा, जो उनके अपने जीवन में उनके द्वारा चुने गए विकल्पों में से पैदा हुआ है। परंतु इस

घटना ने यह भी स्पष्ट कर दिया कि स्त्रियों और पुरुषों द्वारा चुने गए विकल्पों तथा उनके मूल्यों, क्षमताओं एवं अभिरुचियों को रूढ़िबद्ध मान्यताओं के चश्मे से देखने पर निजी और सार्वजनिक तौर पर निशाना साधने में कितनी ऊर्जा बरबाद की जाती है। इन मामलों पर हमारे बीच चाहे जितने मतभेद हों, बच्चों की आवश्यकताओं, जो हम सबके बहुरंगी संसाधनों की माँग करती हैं, के सामने फीके पड़ जाते हैं।

बच्चों का पालन-पोषण स्त्रियों और पुरुषों द्वारा किए जानेवाले दूसरे कामों जैसा नहीं है। इसके लिए कोई परीक्षा पास नहीं करनी होती, न दीवार पर कोई लाइसेंस टाँगना पड़ता है। इसमें न तो गरमी की छुट्टियाँ होती हैं, न साप्ताहिक अवकाश और न गैर-हाजिर रहने की अनुमति। आप एक 'पूर्णकालिक' वकील, सेक्रेटरी या निर्माण कार्य में लगे श्रमिक हो सकते हैं; परंतु एक माँ या पिता आप चौबीसों घंटे हैं। घर का खर्च चलाने के लिए पैसा कमाने के अतिरिक्त कई महिलाएँ केवल अपने बच्चों की ही नहीं बल्कि अपने बूढ़े रिश्तेदारों की भी प्रमुख देखभाल- कर्ता होती हैं और यह तिगुना भार अपने कंधों पर उठाती हैं।

संभवत: महिलाएँ पुरुषों के साथ आर्थिक और सामाजिक बराबरी का दर्जा तभी प्राप्त करेंगी, जब बच्चों के पालन-पोषण तथा अन्य घरेलू कामों की जिम्मेदारी उनके पिता और माँ मिलकर उठाएँ। परंतु उस दिन के जल्दी आने की संभावना नहीं है। इस बीच हम दो चीजें कर सकते हैं, जो दीर्घावधि में अंतर पैदा करेंगी—बच्चों के पालन-पोषण की प्रक्रिया में सक्रिय रूप से भाग लेने के लिए माँओं व पिताओं दोनों को समय और प्रोत्साहन दिया जाए; अपने बेटे और बेटियों को उस दृष्टि से बचने की शिक्षा दें, जो स्त्रियों व पुरुषों के कामों के बीच कठोर विभाजन पर जोर देती है।

☐

सन् 1979 में जब मैं गर्भवती हुई तब मेरी लॉ फर्म में प्रसूति अवकाश की कोई नीति नहीं थी। जब मैंने इस विषय पर बात की तो वे बगलें झाँकने लगे। जैसे-जैसे महीने बीतते गए, मैंने देखा कि मेरे पुरुष सहयोगी मेरे पेट के बढ़ते आकार को देखकर नजरें चुरा लेते थे। जब मैं कोर्ट जाती थी तब जज सामान्य से अधिक सरोकार व्यक्त करते थे।

अंत में, मैं चार महीनों का प्रसूति अवकाश लेने में सफल रही, जिसने एक माँ की नई भूमिका में स्वयं को ढालना और चेल्सी के साथ बहुमूल्य समय बिताना संभव बनाया। परंतु अधिकांश नए माता-पिताओं को इस तरह की सहृदयता नसीब नहीं होती।

जैसा कि मैं पहले बता चुकी हूँ, परिवार और चिकित्सा अवकाश अधिनियम उन फर्मों के कर्मचारियों को अवैतनिक अवकाश की गारंटी देता है जहाँ पचास से अधिक व्यक्ति काम करते हैं। यह एक अच्छी शुरुआत है। परंतु कई माता-पिता कुछ हफ्तों की वेतन-हानि भी सहन नहीं कर सकते हैं और अमेरिका में बहुत कम फर्में सवैतनिक प्रसूति या पितृत्व अवकाश की सुविधा देते हैं। (कुछ अपवाद हैं—तैयार वस्त्र उत्पादक

पैटागोनिया, आइसक्रीम निर्माता बेन एंड जेरीज, बोस्टन स्थित बेथ इजराइल हॉस्पिटल, द सारा ली कॉरपोरेशन और नेशंस बैंक।) प्रजनन क्षमता वाली कुल महिला श्रमिकों में से लगभग आधी गर्भावस्था और प्रसूति लाभों की हकदार हैं; क्योंकि गर्भावस्था (भेदभाव) अधिनियम, 1978 जहाँ इन हालात में भेदभाव पर रोक लगाता है, उन फर्मों के लिए इन लाभों की सुविधा प्रदान करना अनिवार्य नहीं बनाता, जहाँ वे अस्तित्व में नहीं हैं।

दूसरे देशों ने समझ लिया है कि प्रसव-पूर्व और पश्चात् की देखभाल के लिए पर्याप्त समय देकर परिवारों को आदर देना न केवल परिवारों के लिए उपयुक्त और समाज के लिए लाभकारी है बल्कि नियोक्ताओं के लिए भी अच्छा है, जो श्रमिकों की बढ़ी हुई निष्ठा और मानसिक शांति के लाभ प्राप्त करते हैं। उदाहरण के लिए, जर्मनीवासी कार्यरत माताओं को पूरे वेतन पर चौदह हफ्तों (प्रसव-पूर्व छह और प्रसव-पश्चात् आठ हफ्ते) के प्रसूति अवकाश की गारंटी देते हैं। बच्चे के जन्म के बाद माताएँ नौकरी की सुरक्षा के साथ तीन वर्ष तक का अवकाश ले सकती हैं, जिसमें से पहले दो वर्षों मे उन्हें एक औसत जर्मन महिला श्रमिक के वेतन के पाँचवें भाग के बराबर राशि का प्रसूति अनुदान दिया जाएगा। यद्यपि यह राशि अधिकांश परिवारों का खर्च चलाने के लिए पर्याप्त नहीं है, एक पूरक आय के रूप में मददगार है।

दूसरे यूरोपीय देश इसी तरह की उदार अवकाश सुविधाएँ प्रदान करते हैं जिनमें से कुछ यह सुविधा माताओं के साथ पिताओं को भी उपलब्ध कराते हैं। उदाहरण के लिए, स्वीडन में माता और पिता दोनों नौकरी की सुरक्षा के साथ पंद्रह महीनों का सवेतन अवकाश आपस में बाँट सकते हैं। पहले बारह महीनों में वेतन का लगभग 90 प्रतिशत दिया जाता है तथा अंतिम तीन महीनों में और भी कम कर दिया जाता है।

फिर भी, बहुत कम स्वीडिश पिता इस नीति का लाभ लेते हैं। यूनिवर्सिटी ऑफ विस्कॉन्सिन के एक अध्ययन के अनुसार, ऐसे निर्णयों में व्यावहारिकता के अतिरिक्त अन्य प्रवृत्तियाँ और मान्यताएँ महत्त्वपूर्ण भूमिका निभाते हैं। अपने अमेरिकी मित्रों की तरह बहुत से स्वीडिश पुरुष पुरुष को ही प्रमुख धन-अर्जक मानते हैं। उनके सामने ऐसे अनुकरणीय पुरुषों का अभाव है, जो शिशुओं की देखभाल करते हैं और यह भी कि उनकी राय में पितृत्व अवकाश का लाभ लेने के लिए सामाजिक स्वीकृति और प्रोत्साहन का अभाव है।

हमारे देश में पितृत्व अवकाश की सुविधा उपलब्ध होने के बावजूद बहुत कम पुरुष इसका उपयोग करते हैं। इस चलन का एक अपवाद है—लोटस डेवलपमेंट कॉरपोरेशन, जो नए बने पिताओं तथा बच्चे को गोद लेनेवाले माता-पिता को चार हफ्तों का सवेतन अवकाश देता है। उन 305 लोटस कर्मचारियों, जिन्होंने सन् 1994 में पारिवारिक अवकाश लिया था, एक-तिहाई से अधिक पुरुष थे; 'वर्किंग मदर' पत्रिका के अनुसार—"अमेरिकी बिजनेस की दुनिया में असाधारण रूप से ऊँचा प्रतिशत। लोटस की तेज धार संस्कृति अपने बच्चों की देखभाल के लिए छुट्टी लेने वाले पुरुषों को सहज बनाती है।"

जहाँ अवकाश संबंधी कानून लागू हैं, वहाँ भी कई नियोक्ता सहयोगात्मक नहीं हैं। मैरीलैंड के दो दशकों से एक अश्वारोही सिपाही केविन नसमैन ने अपने नवजात बच्चे के लिए छुट्टी का आवेदन-पत्र दिया, जब उसकी पत्नी एक कठिन प्रसूति के बाद स्वास्थ्य-लाभ कर रही थी। राजकीय पुलिस कार्मिक कार्यालय ने उसे सूचित किया कि जब तक उसकी पत्नी कोमा में नहीं चली जाती या मर जाती तब तक बच्चे के पिता को प्राथमिक देखभालकर्ता नहीं माना जा सकता। उसे दस दिनों की पूर्व स्वीकृत छुट्टी के बाद ड्यूटी जॉइन करने का आदेश दिया गया। इस वर्ष के आरंभ में यह दावा करते हुए कि पुलिस विभाग द्वारा उसे छुट्टी देने से इनकार किया जाना परिवार और चिकित्सा अवकाश अधिनियम का उल्लंघन करता है, उसने मैरीलैंड सरकार के खिलाफ मुकदमा दायर कर दिया।

संस्थागत विरोध के बावजूद अपनी नौकरी के बारे में निर्णय लेते समय अब अधिक पिता परिवार के साथ समय बिताने को वरीयता देने लगे हैं। पेशों और उद्योगों में काम करनेवाले छह हजार से अधिक कर्मचारियों पर हाल ही में किए गए एक सर्वेक्षण से ज्ञात हुआ कि सर्वे में भाग लेनेवाले लोगों में यह कहनेवाले पुरुषों की संख्या भी लगभग महिलाओं के बराबर ही थी कि वे परिवार की खातिर अपने कामकाजी जीवन के कुछ पहलुओं, जैसे प्रमोशन, तबादले, अत्यधिक यात्रा या ओवरटाइम जैसे प्रस्तावों को ठुकराकर उन्हें समायोजित करते हैं। व्यावसायिक जगत् ने भी सुनना और समुचित कदम उठाना शुरू कर दिया है। एक और अध्ययन ने यह दरशाया कि जो स्त्रियाँ और पुरुष काम पर परिवार को वरीयता देते थे, वे दीर्घावधि में उनसे ज्यादा कमाते थे, जो ऐसा नहीं करते थे।

जैसी कहावत है, अपनी मृत्यु-शय्या पर पड़ा कोई व्यक्ति यह नहीं कहता कि काश, उसने ऑफिस में और ज्यादा समय बिताया होता। कई तलाकशुदा पुरुष, जो दूसरा घर बसा लेते हैं, कसम खाते हैं कि वे अब दूसरी बार अपने बच्चों की उपेक्षा नहीं करेंगे। परंतु पहले विवाह से जनमे बच्चे कोई प्रशिक्षण के सामान नहीं हैं और उन्हें दोबारा बचपन नहीं मिलता।

अधिकांश पुरुष अब यह स्वीकार करने लगे हैं कि बच्चों के पालन-पोषण के लिए कभी-कभी कठोर फैसले करने पड़ते हैं। मेरे पति के घरेलू नीतियों के पूर्व उप सलाहकार बिल गैल्स्टन ने यह निर्णय लिया कि जितना समय वह अपने बेटे के साथ बिताना चाहते थे, उसके साथ वे व्हाइट हाउस में अपने कार्य को समायोजित नहीं कर सकते थे। गैल्स्टन ने परिवारों के सशक्तीकरण एवं बच्चों की सहायता के लिए प्रशासन द्वारा किए गए प्रयासों का सूत्रपात किया और वह अपने बेटे के प्रति अपने दायित्वों को गंभीरता से लेते हैं। वह कहते हैं, ''मेरे लिए पितृत्व एक ऐसा अनुभव रहा है, जिसने बहुत गहराई से मेरे जीवन को बदलकर रख दिया। कोई अन्य बात नजदीकी दूसरे नंबर पर भी नहीं आती। वह एक ऐसा प्रिज्म है, जिसमें से मैं सारी दुनिया को देख पाता हूँ।''

अपना होमवर्क निपटाने और लंच उनके साथ लेने के लिए बेटे को स्कूल से सीधे व्हाइट हाउस ले आने जैसे कदम उठाकर उसके प्रति अपनी जिम्मेदारी को अपनी नौकरी के साथ समायोजित करने का उन्होंने भरसक प्रयास किया। परंतु जब उनके बेटे ने अपने पत्र में लिखा कि "बेसबॉल खेलने में कोई मजा नहीं है, यदि आसपास कोई हौसला बढ़ानेवाला न हो", तो गैल्स्टन ने अपने प्रिय कार्य को छोड़कर फिर से पढ़ाना शुरू कर दिया। उन्होंने मेरे पति से कहा, "आपको मेरा स्थानापन्न मिल जाएगा, परंतु मेरे बेटे को नहीं मिलेगा।"

परंतु अपने बच्चों की देखभाल के लिए पूरे मनोयोग से पुरुषों के आगे आने की संभावना नहीं है, जब तक कि बृहत्तर संस्कृति द्वारा उन्हें एक सक्रिय पालक के रूप में मान्यता नहीं दी जाती। लिंग-आधारित भूमिकाएँ धीरे-धीरे बदलती हैं तथा विधायी बदलावों और प्रगतिशील व्यावसायिक नीतियों से अधिक कुछ किया जाना जरूरी है। यह एक युगों पुरानी समस्या है और किसी तरह से भी अमेरिका तक सीमित नहीं है।

मैं चिली के सैंटियागो शहर की एक गरीब बस्ती के ला पिंटाना सामुदायिक केंद्र में गई, जहाँ परिवारों को मजबूत और सुरक्षित बनाने संबंधी कई कार्यक्रम चलाए जाते हैं। दो श्रमिक दंपतियों ने उस कार्यक्रम में हुए अपने अनुभवों के बारे में मुझे बताया, जो अपनी पत्नियों और बच्चों के जीवन में पुरुषों की भागीदारी बढ़ाने के उद्देश्य से तैयार किया गया था। पुरुषों ने मुझे बताया कि बच्चों को अपनी पत्नियों की देखरेख में छोड़कर कैसे वे अपना खाली समय दोस्तों के साथ मौज-मस्ती में बिताया करते थे। परंतु इस परामर्श कार्यक्रम ने उन्हें यह समझने में मदद की कि अपने परिवारों के साथ बिताया समय कितना सार्थक और मनोरंजक हो सकता है।

जब एक लैटिन अमेरिकी संस्कृति, जहाँ लोगों के मन में लिंग-आधारित भूमिकाओं के बारे में दृढ़ मान्यताएँ हैं, इस विचार का संवर्धन कर रही है कि एक कथित वास्तविक जगत् में पितृत्व उतना ही चुनौतीपूर्ण और लाभप्रद हो सकता है जितनी कोई और चीज तो हम ऐसा क्यों नहीं कर सकते? हमारे पास पैरेंटिंग के कार्य में पुरुषों को शामिल करने का शायद सबसे प्रभावी उपाय है स्वयं शामिल हो जाना।

मुझे याद है कि मेरे दो अबोध भाइयों को गोद में लेने तक में मेरे पिता कितने असहज लगते थे। इसके विपरीत, मेरा भाई टोनी अपने बेटे का एक सक्रिय देखभालकर्ता है और मेरे पति चेल्सी की देखभाल करने में एक उत्साही भागीदार थे। वे उसे गोद में लेकर घंटों बातें करते और गाना गाते। यद्यपि इससे पहले उन्होंने किसी बच्चे को गोद में लेकर नहीं खिलाया था और मैं थोड़ा पीछे हटकर उन्हें इतनी जगह देती थी कि वे उसके साथ सहज होने के उपाय सोच सकें। उनके आसपास मँडराने से मैं स्वयं को बलपूर्वक रोकती थी और बिल को गीले कपड़े की वजह से रोने और भूख के कारण रोने में फर्क महसूस करने या निडरता से उसके डायपर बदलने देती थी।

मुझे यह तो स्वीकार करना ही था कि वे हमेशा चेल्सी की वैसी देखभाल नहीं

कर पाएँगे जैसी मैं करती थी। जब चेल्सी पलटी खाना सीख रही थी, उन्हीं दिनों एक बार वह बिल के साथ हमारे बिस्तर पर थी और बिल ने अचरज के साथ उसे एक तरफ, फिर दूसरी तरफ पलटते हुए देखा। उन्होंने खुशी से उछलकर मुझे आवाज दी कि जरा यहाँ आकर देखो। जब मैं वहाँ पहुँची तो वे पूरी गंभीरता से बोले कि उन्हें पक्का विश्वास है कि वह गुरुत्वाकर्षण का सिद्धांत समझती थी। कुछ मिनट बाद पलटने की क्रिया में वह बिस्तर से नीचे कालीन पर आ गिरी। फिजिक्स में वह इतनी होशियार थी!

एक पिता, जो अपने बच्चे की देखभाल करता है, एक जिम्मेदार पिता होने के कारण प्रशंसा का पात्र है, न कि एक बेबी-सिटर या एक अनाड़ी सहायक के रूप में उपहास का। अनुभव की कमी कभी-कभी बेढब काम का सबूत दे सकती है—ठीक से न बाँधा गया डायपर नीचे खिसक सकता है या ऐसी ही छोटी-मोटी असुविधाएँ। मेरी मित्र और मैं अकसर आनंद लेती हैं कि यदि हम लोग घर पर न हों तो हमारे पति बच्चों को क्या-क्या करने देंगे। उनके सोने के समय आगे खिसक जाएँगे और भोजन में जंक फूड के व्यंजन। परंतु जितना समय बच्चे अपने पिताओं के साथ बिताते हैं, वह उनके बीच एक स्थायी जुड़ाव पैदा कर देता है और बच्चों के साथ खेलने के तुरंत बाद की थकान भुला दी जाती है।

इस बारे में कोई भी निर्देश नहीं दे सकता कि एक घर में सूक्ष्मता से श्रम का विभाजन कैसे होगा। वह प्रत्येक सदस्य की विशिष्ट आवश्यकताओं और क्षमताओं तथा परिवार की संपूर्णता में उसके लिए क्या उचित है, इस पर निर्भर करता है। मेरे परम मित्रों में से दो इसे करने के विभिन्न तरीकों में से दो का उदाहरण प्रस्तुत करते हैं।

प्राइमरी स्कूल के दिनों से ही मेरी एक मित्र ने अपने तीन बच्चों में से पहले के जन्म के बाद ही शिक्षिका का पद छोड़ दिया। फिर कई वर्षों तक उसने मेरी माँ की तरह स्वयं को अपने बच्चों और अपने घर के लिए समर्पित कर दिया। अब, जब कि उसका सबसे छोटा बच्चा जूनियर हाई स्कूल में है, उसने फिर से नौकरी कर ली है। उसका पति हमेशा परिवार का धनोपार्जक रहा, परंतु उसने अपने बच्चों की देखभाल में भी नियमित रूप से भाग लिया। घरेलू कार्यों में सहयोग देने के अतिरिक्त उसने बच्चों की स्पोर्ट्स टीमों को कोचिंग देने जैसे 'पित्रोचित' कार्य भी किए हैं।

मेरी एक अन्य मित्र ने चालीस वर्ष की आयु पार करने के बाद शादी की और पैंतालीस वर्ष की आयु में एक बच्चे को जन्म दिया। उसके पति का काम ऐसा है जिसे वह घर पर रहकर कर सकते हैं, इसलिए उन्होंने खाना पकाने और बच्चे की देखभाल का अधिकांश काम सँभाल लिया है, जबकि मेरी मित्र ने अपना अति व्यस्त व्यावसायिक कैरियर, जिसमें अकसर यात्रा भी करनी पड़ती है, जारी रखा है। वे दोनों इस श्रम-विभाजन से खुश हैं और उनका लड़का उन्नति कर रहा है। वे दोनों मुझे एक प्रतिष्ठित जज शिर्ले अब्राहमसन की उस बात की याद दिलाते हैं, जो उन्होंने अमेरिकन बार एसोसिएशन द्वारा सम्मानित किए जाने के अवसर पर कही थी। सहयोग के लिए अपने

पति को धन्यवाद देते हुए उन्होंने कहा कि उनके पति ने विवाह और कैरियर दोनों को संयुक्त कर दिया है—परंतु किसी ने कभी उनसे नहीं पूछा कि वे यह सब कैसे कर लेते हैं।

□

बच्चे जो देखते हैं, वही सीखते हैं। वे जब अपने पिताओं को डिनर तैयार करते हुए या एक शिशु का डायपर बदलते हुए देखते हैं तो वे इस बोध के साथ बड़े होते हैं कि दूसरों का ध्यान रखना एक मानवीय गुण है, न कि एक नारी-सुलभ गुण। जब वे अपनी माँओं को टायर या बिजली का फ्यूज बदलते देखते हैं तो वे यह स्वीकार करेंगे कि तकनीकी समस्याओं का समाधान और मेहनत के काम करना एक मानवीय गुण है, न कि एक पुरुषोचित गुण। हम जो संदेश बच्चों तक पहुँचाते हैं और जो व्यवहार उन्हें प्रदर्शित करते हैं, वे सुविचारित होने चाहिए।

वयस्कों द्वारा लड़के और लड़कियों के बीच भेद किया जाना बच्चों के पहले जन्मदिन से बहुत पहले ही शुरू हो जाता है, जो ऐसे अध्ययनों से जाहिर हुआ है जिनमें डायपर और स्नोसूट पहने शिशु ऐसे वयस्कों की देखरेख में छोड़ दिए जाते हैं, जो यह समझते हैं कि शिशुओं के जो नाम उन्हें बताए गए हैं, उनके जरिए वे शिशुओं के लिंग के बारे में जानते हैं। इस आधार पर कि देखभालकर्ता उसे लड़का समझता है या लड़की, एक ही शिशु के साथ भिन्न व्यवहार किया जाता है। उदाहरण के लिए, एक ही शिशु के चिल्लाने पर वयस्क यदि उसे लड़का समझे तो उसे उसके गुस्से के रूप में लेगा और यदि उसे लड़की समझे तो भय के रूप में।

ये आरंभिक संकेत स्कूल में भी जारी रहते हैं। यदि परीक्षा में किसी लड़की को अच्छे अंक नहीं मिलते तो वयस्क कुछ इस तरह की टिप्पणी करते हैं, "कोई बात नहीं। तुम जितना अच्छा कर सकती थीं उतना तुमने किया।" लड़कों को यह कहे जाने की संभावना अधिक है, "और मेहनत करो। तुम इससे बेहतर कर सकते हो।" बच्चे जो संदेश सुनते और अंतरस्थ करते हैं वह यह है कि मेहनत लड़कियों के बजाय लड़कों को ज्यादा अच्छे नतीजे देगी। वे यह भी सीखते हैं कि लड़का होने का अर्थ है—जोखिम लेना, सक्रिय बने रहना और अपने आप कुछ करने की कोशिश करना; जबकि लड़की होने का अर्थ है—यदि किसी काम को करने में कठिनाई आ रही है तो तुम्हें बड़ों की सहायता की जरूरत है।

लड़के और लड़कियों की रूढ़ छवियाँ प्री-स्कूल के दिनों से ही अपना असर दिखाना शुरू कर देती हैं, जब बच्चे लड़के और लड़कियों के बीच व्यवहार, जन्म और अन्य अंतरों पर पहली बार ध्यान देते हैं तथा लिंग-आधारित भूमिकाओं के बारे में उलझन में रहते हैं। लिंग-आधारित भूमिकाओं के बारे में मीडिया और हमउम्र लोगों से मिले संदेशों का प्रतिकार करने के लिए इस आयु के बच्चों पर वयस्कों का पूर्ण अधिकार होता है। हम लड़कियों को सक्रिय रहने के लिए प्रोत्साहित कर सकते हैं और उन्हें ऐसे

आरामदायक टिकाऊ कपड़ों से बनी पोशाक पहना सकते हैं, जिससे वे आजादी से घूम-फिर सकें। हम ऐसे उपहारों का चयन कर सकते हैं, जो लिंग संबंधी रूढ़ छवियों का अतिक्रमण करते हों। उदाहरण के लिए, लड़के और लड़कियों दोनों के लिए बिल्डिंग ब्लॉक्स का उपहार। हम उनके कामों का बँटवारा भी इस तरह से कर सकते हैं, जो दोनों को समान अवसर देता हो। उदाहरण के लिए, बागबानी में लड़कियों की मदद लेना और रसोई, वॉशिंग आदि में लड़कों की।

हम बच्चों के साथ इस ढंग से बात कर सकते हैं कि वह मीडिया द्वारा निरंतर परोसी जा रही लिंग आधारित रूढ़ छवियों का प्रतिकार करती हो। हमेशा लड़कियों की सुंदरता पर टिप्पणी करने के बजाय हमें उनकी गतिविधियों के बारे में पूछने की आदत बना लेनी चाहिए और अपनी भावनाओं को व्यक्त करने के लिए लड़कों को प्रोत्साहित करना चाहिए। हम बच्चों को उन विविध रोजगार अवसरों के बारे में बता सकते हैं, जो न केवल बाहर की दुनिया में स्त्रियों और पुरुषों दोनों को उपलब्ध हैं बल्कि घर में भी मौजूद हैं। चेल्सी जब छोटी थी, तभी से बिल उसे अपने साथ गवर्नर के ऑफिस ले जाते थे और एक छोटी सी मेज पर कागज व ड्राइंग सामग्री रखी होती थी, ताकि वह अपना 'काम' कर सके और बिल अपना। लड़के और लड़कियों के मन में यह स्पष्ट करने के लिए कि उनके माता-पिता और अन्य वयस्क घर से निकलकर वास्तव में क्या करते हैं, बताए जाने की जरूरत है।

यह महत्त्वपूर्ण है कि हम अपने बच्चों के सामने अच्छे देखभालकर्ता और एक सफल व्यक्ति दोनों रूपों में ऐसे आदर्श स्त्रियों और पुरुषों का उदाहरण प्रस्तुत करें, जो ठोस और संवेदनशील हों; क्योंकि जब वे स्वयं जीवन के रणक्षेत्र में प्रवेश करेंगे तो उन्हें वह बात पता चलेगी जिसे वे स्त्री और पुरुष, जिन्होंने बच्चों के पालन-पोषण को सबसे ऊपर रखा था, पहले ही जानते थे—कि कामकाजी दुनिया और घर दोनों जगह उनकी विविध व परिवर्तनशील भूमिकाओं को ठीक से परिभाषित करने की दिशा में अभी गाँव को बहुत दूर जाना है।

परिवर्तन हममें से प्रत्येक से आरंभ होता है। दबावों और हताशाओं के बावजूद अपने बच्चों के पालन-पोषण के लिए माता-पिता जितना समय व ऊर्जा खर्च करेंगे, उतना ही आनंद अनुभव करेंगे और अपने बच्चों के सामने उतना ही ठोस आदर्श प्रस्तुत करेंगे, अभी और जब ये बच्चे अपने वयस्क जीवन को आकार दे रहे होंगे।

□

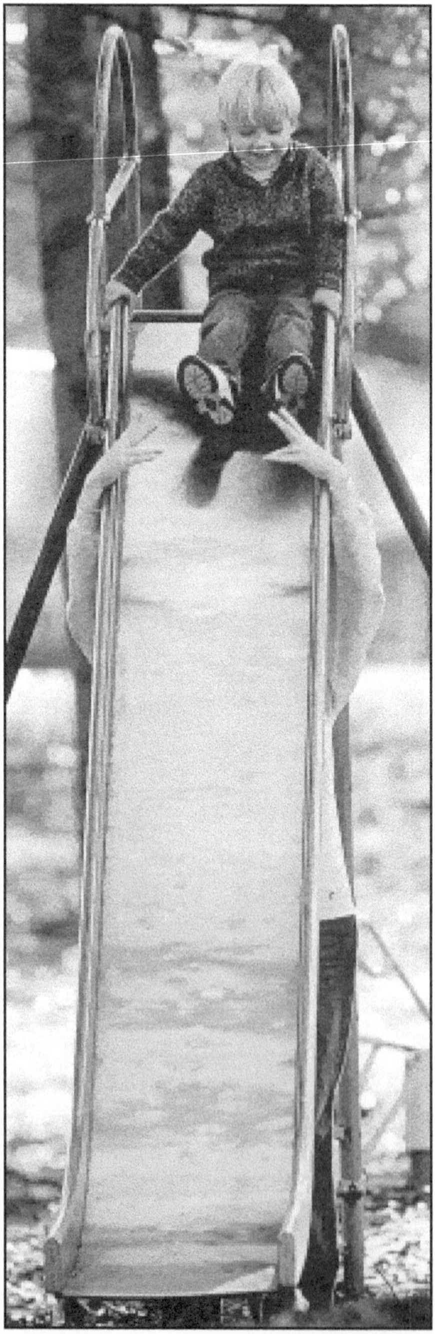

13

बच्चों का पालन-पोषण बच्चों का खेल नहीं

> कार्यस्थल पर आप बच्चों के बारे में सोचते हैं, जिन्हें घर छोड़ आए हैं; घर पर उस काम के बारे में सोचते हैं, जिसे अधूरा छोड़ आए हैं। आपके मन में ऐसा संघर्ष छिड़ा हुआ है, आपका हृदय टूट चुका है।
>
> —*गोल्डा मीर*

किसी ऐसे देश की कल्पना कीजिए, जिसमें तीन से पाँच वर्ष तक की आयु के लगभग सभी बच्चे चमचमाती कक्षाओं में प्री-स्कूल शिक्षा प्राप्त करते हैं और जहाँ शिक्षकों की भरती करके उन्हें बच्चों की देखभाल करनेवाले पेशेवरों के रूप में प्रशिक्षित किया जाता है। एक ऐसे देश की कल्पना कीजिए, जो बच्चों की देखभाल को एक ऐसे कार्यक्रम के रूप में लेता है, जो बृहत्तर समुदाय में उनका 'स्वागत' करने तथा उनके शिक्षण और विकास के उद्‌देश्य से उनकी संभावनाओं को उभारने के लिए बनाया गया हो।

यह कल्पना इतनी मनोहर है कि सच नहीं लगती; परंतु ऐसा नहीं है। एक अध्ययन दल के सदस्य के रूप में सन् 1989 में जब मैं बच्चों की देखरेख प्रणाली का अध्ययन करने के लिए फ्रांस गई तो मैंने देखा कि जो देश बच्चों की देखरेख को सर्वोच्च वरीयता देता है, वहाँ क्या होता है। तीन से पाँच वर्ष तक की आयु के 90

प्रतिशत से अधिक फ्रेंच बच्चे 'इकोलस मैटर्नलेस' नामक नि:शुल्क या सस्ते प्री-स्कूलों में जाते हैं। तीन वर्ष की आयु पूरी करने से पहले भी कई बच्चे पूरे दिन के कार्यक्रम में शामिल होते हैं।

फ्रांस में इस बात पर राष्ट्रीय सर्वसम्मति है कि बच्चों की देखरेख प्रणाली स्कूल भवनों को बच्चों से भर देने का नाम नहीं बल्कि उन्हें स्कूल और जीवन के लिए तैयार करने का है। प्री-स्कूल शिक्षकों और संचालकों के पास आरंभिक बाल्यकाल तथा प्राथमिक शिक्षण पर स्नातकोत्तर के समकक्ष डिग्रियाँ हैं। शिशुओं और छोटे बच्चों के शिक्षकों के पास एक ऐसी डिग्री होती हैं, जो अमेरिका में मोटे तौर पर दो वर्ष की कॉलेज शिक्षा के बाद मिलती है तथा साथ ही उन्होंने आरंभिक बाल्यकालीन शिक्षण एवं विकास में दो-वर्षीय प्रोफेशनल कोर्स भी किया होता है। और वे भवन जहाँ ये बाल देखरेख केंद्र स्थित होते हैं, आधुनिक और आकर्षक होते हैं तथा प्रतिष्ठित वास्तुकारों द्वारा बच्चों को ध्यान में रखकर डिजाइन किए जाते हैं। ध्वनि और धक्का-निरोधक दीवारें विशेष रूप से बनाई जाती हैं। भवन का भीतरी भाग उज्ज्वल और रंग-बिरंगा है। खेलने, सोने, खाने, यहाँ तक कि अपने माता-पिता को जोर-शोर से हैलो, गुडबॉय कहकर लिपटने के भी स्थान नियत हैं। इसमें कोई आश्चर्य नहीं कि इतनी बड़ी संख्या में फ्रेंच माता-पिता—यहाँ तक कि वे माँएँ भी, जो काम के लिए घर से बाहर नहीं जातीं अपने बच्चों को इन सरकारी अनुदान, प्राप्त केंद्रों पर भेजना पसंद करती हैं।

उन बहुत कम प्रतिशत फ्रेंच बच्चों के लिए भी, जिनकी देखभाल पारिवारिक देखरेख गृहों में की जाती है, यह व्यवस्था ठीक से काम करती है। प्रत्येक चार गृह संचालकों में से तीन लाइसेंसधारी हैं और कानूनी तौर पर एक गृह में तीन से अधिक बच्चों की देखभाल नहीं की जा सकती। लाइसेंसधारियों को आकर्षक सुविधाएँ दी गई हैं—कर्मचारियों को मिलनेवाले लाभ, सरकार द्वारा नियमित रूप से अद्यतन जानकारियाँ भेजी जाना तथा शिशु एवं बाल रोगों में विशेष प्रशिक्षण प्राप्त नर्स की नियमित सेवाएँ।

क्या मैं यह समझूँ कि फ्रांस निवासी अपने बच्चों को हमसे ज्यादा प्यार करते हैं? हरगिज नहीं; न मैं यह समझती हूँ कि उनकी पद्धति को हम यहाँ ज्यों-की-त्यों लागू कर सकते हैं। फ्रांस एक छोटा देश है और हमारी अपेक्षा काफी एकरूपी। और इतने उदार सामाजिक कार्यक्रमों का मूल्य बढ़े हुए करों के रूप में सभी को चुकाना पड़ता है। परंतु जो बात मैं ठीक से समझी हूँ वह यह है कि ऐसी नीतियाँ अपनाकर जो बच्चों के आरंभिक जीवन की आवश्यकताओं पर केंद्रित हो, फ्रांसवासियों ने उनके प्रति अपना प्यार और सरोकार जताने का एक उपाय खोज लिया है। जब मैं फ्रांस में थी तब मैंने समाज से लेकर अनुदार दलों तक के राजनेताओं से बात की। मैंने पूछा, "सरकारी अनुदान प्राप्त बाल कल्याण कार्यक्रमों के मुद्दे पर आप लोगों ने राजनीतिक मतभेद भुलाकर आम सहमति कैसे पैदा की?" एक के बाद एक सभी ने आश्चर्य से मेरी ओर

देखा। ''बच्चों पर निवेश किए बिना आप कैसे एक स्वस्थ देश की अपेक्षा कर सकते हैं ?'' वह जवाब था, जिसे मैंने बार-बार सुना।

यदि आप अमेरिका में कहीं भी अपराध-बोध और असहमति की बाढ़ देखना चाहते हैं तो बच्चों की देखभाल पर चर्चा शुरू कर दीजिए। यह एक ऐसा मुद्दा है, जो माता-पिता की भूमिका को परिभाषित करने तथा यदि माता व पिता दोनों बाहर जाकर काम करते हों या अन्य किसी कारण से बच्चों की देखभाल ठीक से नहीं कर पाते तो उनके बच्चों की देखभाल कौन करे, इन बातों पर हमारी उग्र भावनाओं को बाहर निकाल लाएगा।

यद्यपि अधिकांश माँओं की तुलना में मेरे बेहतर विकल्प थे। जब चेल्सी छोटी थी, उसकी देखभाल के विषय में मैं हमेशा चिंतित रहती थी। जिस समय उसका जन्म हुआ था, हम गवर्नर की कोठी में रहते थे, जहाँ चारों ओर ऐसे वयस्कों का जमावड़ा था, जो मुझे जब भी अतिरिक्त सहायता की जरूरत होती, तुरंत दौड़ पड़ते थे। परंतु उन दो वर्षों में, जब बिल गवर्नर नहीं थे (और चेल्सी तब बहुत छोटी थी), हमारी सहायता के लिए केवल एक स्त्री थी, जो कार्य-दिवसों में ऑफिस टाइम पर आती थी। और बच्चों की देखरेख संबंधी सभी व्यवस्थाओं की तरह यह व्यवस्था भी समय-समय पर टूट जाती थी।

एक माँ के रूप में सबसे बुरा दुःस्वप्न एक सुबह हुआ। मुझे एक मुकदमे के लिए साढ़े नौ बजे कोर्ट में उपस्थित होना था। साढ़े सात बज चुके थे। मुझे सारी रात जगाने के बाद दो वर्षीय चेल्सी को अब भी बुखार था और वह हाथ-पैर फेंक रही थी। मेरे पति शहर में नहीं थे। वह औरत, जो सामान्यतया चेल्सी की देखभाल करती थी, खुद भी बीमार थी। कोई रिश्तेदार आसपास नहीं रहता था। मेरे पड़ोसी घर पर नहीं थे। बदहवासी में मैंने एक भरोसेमंद सहेली को फोन किया और वह आ गई।

फिर भी मुझे यह बात कचोट रही थी कि मुझे अपनी बीमार बच्ची को छोड़कर आना पड़ा। मुझे काम से जब भी समय मिलता, मैं घर फोन करती और जैसे ही कोर्ट की काररवाई खत्म हुई, मैं घर की ओर भागी। जब मैंने दरवाजा खोला और अपनी सहेली को चेल्सी को कुछ पढ़कर सुनाते हुए देखा तो बहुत राहत महसूस हुई।

मैं अकसर सोचती हूँ कि यदि मेरे पास समझ-बूझकर निर्णय लेने का समय और पैसा नहीं होता तो मैं बच्चे की देखभाल कैसे कर पाती। क्या मैं अपनी बेटी को किसी अजनबी के घर छोड़ देती, जहाँ वह सारा दिन टी.वी. देखती ? जब वह दो वर्ष की थी तब क्या मैं उसके लिए एक ऐसा नर्सरी स्कूल चुनकर खुश रह पाती, यदि मैं शुरुआती दिनों में अपने काम से समय निकालकर यह देखने के लिए कि उसके और अन्य बच्चों के साथ वहाँ कैसा व्यवहार किया जाता है, मैं उसे कई बार वहाँ न ले जा पाती ? इन मामलों में आर्थिक और संगठनात्मक कारणों से कई माँओं के पास विकल्प नहीं होते।

हम सबके पास बच्चों को अच्छे स्कूल में दाखिल कराने की राह में आनेवाली बाधाओं और निराशाओं की कहानियाँ हैं। परंतु एक राष्ट्र के रूप में बच्चों की देखरेख को हमने इतनी निम्न प्राथमिकता दी है कि फ्रांस के विपरीत यहाँ की व्यवस्था एक सुरक्षादायक कंबल की तरह नहीं, एक गुदड़ी की तरह दिखाई देती है। पाँच वर्ष से कम आयु के 1 करोड़ बच्चे अवैयक्तिक देखरेख पर निर्भर हैं तथा पाँच से चौदह वर्ष तक की आयु के लगभग 2 करोड़ 20 लाख बच्चों में से कई की स्कूल के बाद के समय में देखभाल की जरूरत है। इनकी माँएँ काम के लिए बाहर जाती हैं। तीन साल पहले जहाँ एक वर्ष से कम आयु के प्रति पाँच बच्चों में से केवल एक डे केयर प्राप्त करता था, उनकी संख्या बढ़कर आज ढाई गुना हो गई है।

इन बच्चों को जिन व्यवस्थाओं के अंतर्गत छोड़ा जाता है, उनकी विविधता चकरानेवाली है। पड़ोसी एक-दूसरे के बच्चों की देखरेख करते हैं या रिश्तेदारों को मदद के लिए बुला लिया जाता है। जब ये विकल्प उपलब्ध नहीं होते तो माता-पिताओं को एक ऐसे बाजार की ओर रुख करना पड़ता है, जो जटिल, भ्रमोत्पादक और महँगा तो है ही, उसकी गुणवत्ता भी एक समान नहीं है। उनके विकल्पों में फेमिली डे केयर होम्स शामिल है, जहाँ एक वयस्क उस क्षेत्र के कई बच्चों की देखभाल करता है; फिर बहुत ही अच्छे डे केयर सेंटर्स से बहुत बुरे सेंटर्स तक की एक सुविधा है; धार्मिक संस्थाओं और विश्वविद्यालयों से संबद्ध प्री-स्कूल हैं; फिर आयाएँ, निवासी घरेलू नौकरानियाँ, रिश्तेदार तथा पूर्ण व अंशकालिक बेबी सिटर्स हैं।

कई परिवारों के लिए बच्चों की देखभाल का विकल्प चुनने में उसकी लागत बहुत महत्त्व रखती है। जो लोग ज्यादा ऊँचे दाम चुकाने की स्थिति में नहीं हैं, उन्हें अपने बच्चों को गैर-लाइसेंसधारी अकुशल कर्मचारियोंवाले और अकसर असुरक्षित देखभालकर्ताओं के पास छोड़कर जाना पड़ता है। उदाहरण के लिए, सन् 1990 में कराए गए नेशनल चाइल्ड केयर सर्वेक्षण के अनुसार—प्रतिवर्ष 18,000 डॉलर से कम आयवाले परिवार बच्चों की देखभाल पर प्रति सप्ताह औसतन 54 डॉलर खर्च करते हैं। यद्यपि बच्चों की स्तरीय देखभाल के लिए अकसर ये 54 डॉलर नाकाफी साबित होंगे, यह उनकी पारिवारिक आय का एक बहुत बड़ा भाग—औसतन लगभग 25 प्रतिशत है। इसके विपरीत, प्रतिवर्ष 54,000 डॉलर कमानेवाले परिवार बच्चों की देखभाल पर अपनी आय का केवल 6 प्रतिशत ही खर्च करते हैं।

क्या इसका अर्थ यह है कि गरीब परिवारों के बच्चों को कभी प्यार भरी, धैर्यपूर्ण और एकाग्र देखभाल नहीं मिलती? ऐसा नहीं है। परंतु जो बात विशेषज्ञ कहते हैं, उसके अनुसार लागत और गुणवत्तापूर्ण देखभाल में संबंध है। कम आय वाले कई माता-पिताओं पर उनके कार्य-समय, जो अकसर बच्चों की उपलब्ध देखभाल से मेल नहीं खाते, के कारण दोहरी मार पड़ती है। सर्वे ने बताया कि गरीबी रेखा से नीचे जीवन-

यापन करनेवाली एक-तिहाई माँएँ और प्रतिवर्ष 25,000 डॉलर से कम आयवाले लोगों में एक-चौथाई से अधिक सप्ताहांत में काम करते हैं। परंतु डे केयर सेंटर्स में से केवल 10 प्रतिशत और इससे भी कम फेमिली डे केयर होम्स सप्ताहांत में काम करते हैं। लगभग आधे कामकाजी गरीब माता-पिता बदलती शिफ्टों में कार्य करते हैं, जो बच्चों की देखरेख व्यवस्था को और जटिल बना देता है।

उन माता-पिताओं के लिए, जो कम मजदूरी पर लंबे समय तक काम करते हैं, बच्चों की देखभाल की व्यवस्था करना एक गंभीर समस्या बन जाता है। बीसवीं सदी के आरंभ में आप्रवासी माँओं की तरह, जो स्वयं कारखानों में काम करते हुए अपने बच्चों को कोठरी में अकेले छोड़ जाती थीं, आज भी कई माता-पिता यह सोचते हैं कि जहाँ तक बच्चों की देखभाल का प्रश्न है, उनके पास अच्छे विकल्प मौजूद नहीं हैं।

सन् 1990 में न्यू जर्सी की एक स्त्री शनिवारों को एक अंशकालिक नौकरी करते समय अपनी पाँच वर्षीया बेटी को कार में लॉक करके जाती थी। जब अधिकारियों तक यह बात पहुँची तो उस छोटी सी लड़की को अस्थायी रूप से उसकी माँ से अलग कर दिया गया। बाद में यह बात सामने आई कि वह स्त्री अपनी बेटी के पालन-पोषण के लिए संघर्ष करती अकेली माँ थी तथा काम करते समय लड़की को छोड़ जाने के लिए उसके पास और कोई जगह नहीं थी। उसे उपलब्ध तमाम बुरे विकल्पों में से कार ही उसे सबसे सुरक्षित लगी।

यह एक अतिवादी मामला हो सकता है; परंतु मुझे विश्वास है कि बहुत से माता-पिता उस स्त्री की विकट स्थिति से हमदर्दी रखते होंगे। अपनी किचन टेबल के इर्द-गिर्द बैठे माता-पिताओं से बच्चों की देखभाल के बारे में पूछिए और कई लोगों का जवाब होगा कि स्थिति सचमुच गंभीर है। ढाई लाख से अधिक वे महिलाएँ, जिन्होंने संघीय 'वर्किंग विमन काउंट' नामक सर्वे में भाग लिया, बच्चों की देखभाल विषय पर समान विचार रखती थीं। ओरेगॉन की एक महिला के दो किशोर पुत्र और एक पोता है। उसने यह लिखकर सर्वे में भाग लेनेवाली सभी महिलाओं के दिल की बात कही, "इस देश में बच्चों की देखभाल शर्मनाक स्थिति में है। एक ओर तो कई महिलाओं के वेतन को देखते हुए यह बहुत महँगी है तथा दूसरी ओर ऐसी सेवा देनेवालों को यह पर्याप्त रिटर्न नहीं देती और इसलिए स्तरीय देखभाल की खोज एक दुष्कर कार्य है।"

इलिनॉइस में क्लर्क के पद पर काम करनेवाली एक एकल माँ ने कहा, "कामकाजी महिलाओं के पास वैसे ही समय की कमी होती है; परंतु जब बच्चों की देखभाल की व्यवस्था करने की बात आती है तो उन्हें ऐसा लगता है मानो वे भूसे के ढेर में सुई खोज रही हों।" इस मामले में वह अपनी स्थिति त्रिशंकु के समान बताती है क्योंकि वह इतना कमा लेती है कि सरकारी कार्यक्रमों का लाभ लेने की पात्रता नहीं रखती और बच्चों की निजी देखभाल की कीमत चुकाना 'मेरे वश से बाहर है।'

विरोधाभास यह है कि जहाँ कई माता-पिता कहते हैं कि उनकी सामर्थ्य के अनुसार यह सेवा प्राप्त करना उनकी प्रमुख चिंताओं में से एक है, उनमें से अधिकांश इन सेवाओं से संतुष्ट हैं। अकसर वे इस बात से संतुष्ट हो जाते हैं कि उनकी स्थिति सुविधाजनक है, कीमत सामर्थ्य के भीतर है या देखभालकर्ता भला व्यक्ति प्रतीत होता है। कई माता-पिता देखभालकर्ताओं की खोज करते-करते इतने थक चुके होते हैं कि समस्या का कोई भी समाधान पाकर वे स्वयं को हलका महसूस करते हैं।

फिर भी, हाल के दो अध्ययनों से एक चिंतनीय तथ्य सामने आया है—बाजार में अद्‍भुत से लेकर निकृष्ट तक इतने प्रकार की देखभाल उपलब्ध हैं कि माता-पिता यह तय नहीं कर पाते कि बच्चों के लिए देखभालकर्ता चुनते समय उन्हें ठीक से क्या चीज देखनी चाहिए। वे अकसर बुनियादी सुरक्षा उपायों, बच्चों की देखभाल करनेवाले कर्मचारियों का अनुभव और प्रशिक्षण तथा वहाँ का वातावरण उनके बच्चे के विकास के वर्तमान चरण के लिए उपयुक्त है या नहीं—जैसे महत्त्वपूर्ण गुणवत्ता मापदंडों की अनदेखी कर जाते हैं।

हाल ही में किए गए एक राष्ट्रीय अध्ययन के दौरान शिशुओं और छोटे बच्चों के लिए उपलब्ध सुविधाओं को सामान्यतया निम्न स्तर का पाया गया। प्रत्येक सात सेवा-प्रदाताओं में से केवल एक बच्चों के विकास की दृष्टि से उपयुक्त पाया गया। शिशुओं और छोटे बच्चों के 225 कमरों का मूल्यांकन करने पर उन्हें विशेष रूप से दोषपूर्ण पाया गया। कई कमरों में सुरक्षा और सफाई का अभाव, कर्मचारियों की लापरवाही तथा बच्चों के लिए खिलौनों एवं अन्य सामग्रियों की कमी देखी गई। द फेमिलीज एंड वर्क इंस्टीट्‍यूट द्वारा किए गए तीन बस्तियों में घर से संचालित इतने ही देखभाल सेवा-प्रदाताओं के अध्ययन में भी गुणवत्ता में ऐसी ही कमी पाई गई। यह अनपेक्षित नहीं था कि ये समस्याएँ उन सेवा-प्रदाताओं में ज्यादा देखी गईं, जो कम आयवाले परिवारों के बच्चों की देखभाल करते थे।

जैसा कि अपनी पुस्तक 'अमेरिका में बच्चों की देखभाल का इतिहास' में जेराल्डीन यौचा हमें याद दिलाती हैं कि एक बच्चे के लिए सबसे महत्त्वपूर्ण बात देखभाल की गुणवत्ता है, न कि वह परिवेश जिसमें वह उसे प्राप्त होती है। "हर प्रकार की व्यवस्था में बच्चों का लाभ और हानि दोनों हुए हैं, चाहे वे अनाथालय हों, गोद लेने की व्यवस्था, उच्च वर्ग में प्रचलित आया की व्यवस्था या स्वयं माँ के द्वारा की गई देखभाल। इनमें से सर्वोत्तम अच्छा था और निकृष्ट बुरा।"

अमेरिका में बच्चों की देखभाल उतनी अच्छी क्यों नहीं जितनी होनी चाहिए? दु:खद सच्चाई यह है कि फ्रांसवासियों की तरह हम अमेरिकियों ने बच्चों की देखभाल

को कभी पर्याप्त महत्त्व नहीं दिया। हाल के वर्षों में ही हमने घर पर रहनेवाली माँओं के योगदान को स्वीकार करना आरंभ किया है—और यह भी कि यह योगदान वास्तव में आरंभिक बाल्यकालीन शिक्षण का काम करता है। ऐतिहासिक रूप से, हमने उन बाहरी व्यक्तियों के योगदान को भी कम महत्त्व दिया है, जिन पर हम अपने बच्चों की देखभाल के लिए निर्भर रहे हैं। साम्राज्यवाद के समय से ही बच्चों की देखभाल की जिम्मेदारी अकसर नौसिखिया लड़कियों या करारबद्ध श्रमिकों की रही है। बच्चों की देखभाल गुलाम स्त्रियों द्वारा की जाती थी, जो दाई, घरेलू नौकरानी और आया के मिले-जुले कार्य करती थीं। कई बार तो बच्चों की देखभाल करनेवाला ऐसा कोई भी व्यक्ति हो सकता है, जो काम माँगने आया हो। बच्चों की देखभाल को हम कितना महत्त्व देते हैं, यह इसी बात से समझा जा सकता है कि हम अपनी कार पार्क करने के लिए गैरेज अटेंडेंट को उस व्यक्ति से ज्यादा पैसे देते हैं, जो दिन भर हमारे बच्चों की देखभाल करता है।

बच्चों की देखभाल करनेवाले व्यक्तियों की यह बेकद्री आंशिक रूप से हमारे राष्ट्र में ऐतिहासिक रूप से चले आ रहे इस संशय के कारण है कि क्या बच्चों की स्थानापन्न देखभाल अमेरिकी जीवन का एक स्वीकार्य भाग है। उन्नीसवीं सदी के अंत में आप्रवासी महिला श्रमिकों के बच्चों की देखभाल के लिए जेन एडम्स और अन्य समाज-सुधारकों द्वारा स्थापित असाधारण पुनर्वास गृह वर्षों पहले चलन से बाहर हो गए। डॉ. बेट्ये काल्डवेल जैसे आरंभिक बाल्यकाल विशेषज्ञों द्वारा स्कूलों को पारिवारिक केंद्रों, जो बच्चों की देखरेख की व्यवस्था भी करते थे, में बदलने के अग्रगामी प्रयास आंशिक रूप से इसलिए आगे नहीं बढ़ पाए कि बृहत्तर सामाजिक उद्देश्यों के लिए स्कूलों का उपयोग एक बिलकुल नया विचार था। और अमेरिकियों में अब भी इस बात पर मतभेद बने हुए हैं कि बच्चों की देखभाल के लिए भुगतान करने में संघीय सरकार द्वारा कामकाजी माता-पिताओं की मदद की जानी चाहिए या नहीं।

सच्चाई यह है कि संघीय सरकार ने इतिहास के कई मुकामों पर बच्चों की देखभाल के लिए सरकारी अनुदान दिया है। गृहयुद्ध के दौरान अस्पतालों में काम करनेवाली माँओं के लिए संघीय सरकार द्वारा प्रायोजित नर्सरियों की व्यवस्था थी। द्वितीय विश्वयुद्ध के दौरान संघीय सरकार द्वारा वित्त-पोषित डे केयर की पर्याप्त व्यवस्था की गई थी, जब सामरिक प्रयासों में सहायता देने के उद्देश्य से माँएँ कारखानों में काम करती थीं। सन् 1945 तक लगभग 16 लाख बच्चे इन डे केयर केंद्रों में थे, जिनमें से अधिकांश हफ्ते में छह दिन और एक दिन में बारह घंटे वहाँ रहते थे। चूँकि कारखानों में चौबीसों घंटे काम होता था, बच्चों की देखभाल एक देशभक्तिपूर्ण दायित्व था, जिसके लिए धन उपलब्ध कराना अनिवार्य था।

परंतु इन 'कर्मठ रोजियों' पर राष्ट्र चाहे जितना निर्भर रहा हो, कार्यक्षेत्र में उतरने और बच्चों को डे केयर सेंटर्स में छोड़ देने के लिए माँओं की अब भी आलोचना होती थी। बच्चों की संस्थागत देखभाल से होनेवाली क्षति पर लंबी सार्वजनिक बहसें हुईं और चेतावनियाँ जारी की गईं। यद्यपि माता-पिताओं और बच्चों पर किए गए अनुसरणात्मक अध्ययनों में इस पूर्वानुमानित क्षति का कोई सबूत नहीं पाया गया, आलोचक फिर भी शांत नहीं हुए। जैसे ही युद्ध समाप्त हुआ, बच्चों की देखभाल के लिए दी जानेवाली सरकारी सहायता में कटौती कर दी गई और अधिकांश महिलाएँ घर लौट आईं।

द्वितीय विश्वयुद्ध की समाप्ति के बाद बीस वर्ष तक उछाल लेती अर्थव्यवस्था ने अधिकांश परिवारों को एकल, सामान्यत: पिता की, आय पर ही बच्चों की देखभाल को सुगम बना दिया। जरूरत पड़ने पर या स्वेच्छा से जब माँएँ नौकरी करती थीं तो बच्चों की देखरेख का कार्य सामान्यतया बड़े भाई-बहनों, रिश्तेदारों या श्रीमती वाल्टर्स—जिन्हें बिल की माँ ने उनकी और रोजर की देखभाल के लिए नियुक्त किया था—जैसी वृद्ध महिलाओं को सौंप दिया जाता था।

परंतु समय बीतने के साथ बच्चों की देखभाल एक राजनीतिक मुद्दा बन गया, क्योंकि एक बदलती हुई अर्थव्यवस्था द्वारा पेश किए गए अवसरों और लंबे संघर्ष के बाद प्राप्त किए गए अधिकारों का लाभ उठाने के लिए महिलाओं ने रोजगार बाजार में फिर से पुरुषों से प्रतियोगिता करनी शुरू कर दी। सन् 1971 में राष्ट्रपति निक्सन ने यह व्याख्या देते हुए बच्चों की देखभाल संबंधी कानून को अस्वीकार कर दिया कि—"बच्चों की देखभाल को परिवार के क्षेत्र से निकालकर यह कानून संघीय सरकार के विशाल नैतिक प्रभाव को एक सांप्रदायिक दिशा दे देता है।" पीछे देखने पर उन्होंने जिन कदमों का समर्थन किया, वे ज्यादा दिलचस्प हैं—कल्याण राशि पानेवालों और गरीब मजदूरों के बच्चों की डे केयर के लिए अधिक धनराशि—जहाँ पति और पत्नी दोनों नौकरी करते हैं उनके बच्चों की डे केयर के भुगतान में मदद करने के लिए करों में कटौती, डे केयर सुविधाओं के निर्माण के लिए अधिक धनराशि, गरीब बच्चों के पोषण और स्वास्थ्य सेवाओं में वृद्धि, कम आयवाली माँओं के लिए सुरक्षित मातृ व बाल स्वास्थ्य सेवाएँ और 'हेड स्टार्ट' कार्यक्रम के लिए अधिक धनराशि। कुछ हलकों में अब ये उपाय भी विवादास्पद बन गए हैं।

इस बीच बच्चों की देखभाल की जरूरत का बढ़ना जारी रहा है। विश्व अर्थ-व्यवस्था में 1970 के दशक के आरंभ से हो रहे बदलावों के कारण कई लोगों की मजदूरी और लाभ अवरुद्ध रहे हैं। एक व्यक्ति की आय पर कई परिवार, जिसे अमेरिकी जीवन-स्तर कहा जाता है, प्राप्त नहीं कर पाते। अधिकांश एकल माँओं या पिताओं के

सामने दो अप्रिय विकल्प हैं—या तो वे नौकरी करें या कल्याण राशि पर गुजारा करें। परंतु बच्चों को छोड़कर जाने के लिए एक सुरक्षित स्थान की व्यवस्था किए बिना वे नौकरी नहीं कर सकते।

वर्ष 1980 के दशक के अंत में संघीय सरकार ने कम आमदनीवाले परिवारों के बच्चों की देखभाल के लिए धनराशि में खासी बढ़ोतरी के मामले में द्विदलीय सहमति बना ली थी। राज्यों ने भी अपने हिस्से की राशि बढ़ा दी। फिर भी, अपने उच्चांक पर सहायता राशि परिवारों की आवश्यकताएँ पूरी करने के नजदीक तक नहीं पहुँची।

☐

आंशिक रूप से इसका कारण यह है कि हमने बच्चों की देखभाल से जुड़े कर्मचारियों के बेहतर प्रशिक्षण और पारिश्रमिक के लिए इतना कम प्रयास किया है कि एक ऐसी संस्कृति बन गई है, जिसमें बच्चों की देखभाल को उनके भावनात्मक और बौद्धिक विकास के पोषण का एक साधन मानने के बजाय उसे केवल 'बेबी सिटिंग' का दर्जा दे दिया गया है। फ्रांसीसियों की तरह हमें यह सुनिश्चित करना चाहिए कि बच्चों की अच्छी देखभाल उन्हें एक खुशनुमा व प्रेरक वातावरण में सीखने और विकसित होने का अवसर देती है, ताकि वे स्कूल में दाखिल होने की तैयारी कर सकें।

बच्चों की अच्छी देखभाल की व्यवस्था करना माता-पिताओं के लिए महत्त्वपूर्ण होना चाहिए। जहाँ अध्ययन यह दरशाते हैं कि माँ और पिता दोनों के काम पर चले जाने का बच्चों पर कोई दुष्प्रभाव नहीं पड़ता, इस बात के सबूत हैं कि बुरी देखभाल के परिणाम बुरे होते हैं। जो बच्चे निजी घरों से संचालित देखभाल गृहों में होते हैं उनकी, उन बच्चों की तुलना में जो पेशेवर देखभाल केंद्रों में हैं, गैर-लाइसेंसधारी निम्न स्तरीय परिवेश में पलने की संभावना ज्यादा होती है। पारिवारिक देखभाल केंद्र-आधारित देखभाल की अपेक्षा अधिक सस्ती और सुविधाजनक होती है, इसी लिए वह एकल माँओं या पिताओं के बीच अधिक लोकप्रिय है। परंतु फ्रेंच पद्धति के विपरीत अमेरिका के पारिवारिक देखभालकर्ता नियमों के अधीन कार्य नहीं करते हैं। सन् 1993 में लगभग आधे राज्यों ने इन देखभाल गृहों में बच्चों की अधिकतम संख्या निर्धारित नहीं की थी। और कुल राज्यों में से लगभग आधे राज्यों ने इन गृहों के लिए स्वास्थ्य व सुरक्षा संबंधी न्यूनतम बुनियादी सुविधाएँ अनिवार्य नहीं बनाई थीं। बच्चों के देखभाल केंद्र भी हर राज्य में अलग-अलग हैं।

माता-पिता अकसर यह मानकर चलते हैं कि अच्छी देखभाल की राह में लागत सबसे बड़ी बाधा है; परंतु दूसरी समस्या अच्छी सेवा की पहचान करने और अपने बच्चों के लिए उसकी माँग करने में उनकी असमर्थता हो सकती है। माता-पिताओं को सजग

और जानकार उपभोक्ता होने की जरूरत है। माता-पिता के रूप में अपने दायित्वों को निभाने में उन्हें अपने प्रति भी सख्त होना चाहिए। मैं पूरे देश में बच्चों की देखभाल करनेवाली इकाइयों में जा चुकी हूँ और कई इकाइयों में उत्तम गुणवत्ता और कई अन्य में बदहाली की पुष्टि कर सकती हूँ। जहाँ कई देखभाल केंद्र बच्चों को उज्ज्वल, उल्लासमय वातावरण तथा तरह-तरह के खिलौने उपलब्ध कराते हैं, कई अन्य बेजान और सुविधारहित तो हैं ही, वहाँ खेलने के लिए खुले स्थान भी नहीं हैं। कई केंद्रों में देखभाल करनेवाले व्यक्ति अन्यमनस्क और बच्चों के प्रति उदासीन लगे। परंतु श्रेष्ठ इकाइयों में कर्मचारी रचनात्मक, ऊर्जावान् और बच्चों पर केंद्रित मिले। और उन्हें देखकर ही बता सकेंगे कि वे अपने दायित्व को गंभीरता व जिम्मेदारी से निभाते हैं।

छोटे बच्चों की आवश्यकताओं के बारे में जनता को शिक्षित करने के काम में संलग्न एक संस्था 'जीरो टु थ्री' हमें बतलाती है कि देखभालकर्ताओं को 'बाल रोग प्राथमिक उपचार, जीवन-रक्षक श्वसन, स्वच्छता तथा संक्रामक रोगों की रोकथाम और शीघ्र पहचान करने में सुप्रशिक्षित होना चाहिए' और वहाँ का परिवेश स्थानीय तथा राज्य के स्वास्थ्य मानकों के अनुरूप या उससे भी बढ़कर होना चाहिए; साथ ही बच्चों के स्वास्थ्य के बारे में उन्हें माता-पिताओं को नियमित रूप से सूचित करते रहना चाहिए।

बच्चों की देखभाल सेवा-प्रदाताओं के लिए शासन से लाइसेंस प्राप्त करना अनिवार्य बनाने से भी सेवा की गुणवत्ता बनाए रखने में मदद मिलती है। फ्लोरिडा के देखभाल केंद्रों पर किए गए एक अध्ययन के दौरान उन पर राजकीय नियमन प्रभाव होने से पहले और बाद की गुणवत्ता का मिलान किया गया। इन कानूनों की वजह से कम बच्चों के देखभाल के लिए अधिक वयस्क नियुक्त किए गए तथा यह भी अनिवार्य बना दिया गया कि प्रत्येक लाइसेंसधारी केंद्र में प्रति बीस बच्चों के लिए कम-से-कम एक कर्मचारी ऐसा हो जिसके पास चाइल्ड डेवलपमेंट एसोसिएट का प्रमाण-पत्र या उसके समकक्ष प्रमाण-पत्र हो। शोधकर्ताओं ने बताया कि नियमनों के प्रभावी होने के बाद डे केयर कर्मचारी बच्चों के प्रति अधिक संवेदनशील और सकारात्मक पाए गए। स्वयं बच्चों में अधिक भाषाई और सामाजिक विकास देखा गया तथा उनके समस्याग्रस्त व्यवहारों में कमी आई।

सेवा-प्रदाताओं द्वारा कानूनी मानकों का पालन किए जाने पर भी इस बात की कोई गारंटी नहीं है कि उनकी देखभाल उस स्तर की हो, जिसके बच्चे अधिकारी हैं। अपने बच्चे को दाखिल कराने से पहले और बाद में देखभाल स्थल पर बिना बताए जाने से माता-पिता देखभाल के बारे में बहुत कुछ जान सकते हैं। प्रत्येक माँ या पिता को एक निश्चित इकाई में यह तो देखना ही चाहिए कि वहाँ वयस्कों और बच्चों का अनुपात क्या

है। उदाहरण के लिए, विशेषज्ञ इस बात पर एकमत हैं कि एक वयस्क की निगरानी में तीन या चार से अधिक बच्चे नहीं होने चाहिए।

माता-पिताओं को बच्चों की देखभाल करनेवाले कर्मचारियों के प्रशिक्षण के बारे में सवाल पूछने चाहिए। यह प्रशिक्षण पड़ोस के किसी घर में हफ्ते में कुछ घंटों की बेबी सिटिंग से लेकर आरंभिक बाल्यकालीन विकास विषय पर स्नातकोत्तर डिग्री तक कुछ भी हो सकता है। और माता-पिताओं को कर्मचारियों के वेतन के बारे में पूछना अपना अधिकार समझना चाहिए; एक देखभालकर्ता, जिसे केवल न्यूनतम मजदूरी मिल रही हो, की एक आँख हमेशा एक नई और अधिक वेतनवाली नौकरी खोजने पर लगी रहेगी। लंबे समय तक एक ही काम में लगे रहना महत्त्वपूर्ण है। कम मजदूरी पानेवाले श्रमिकों का पलायन आम बात है—और यह समस्यामूलक हो सकता है, क्योंकि कभी-कभी बच्चों को उन व्यक्तियों से बहुत लगाव हो जाता है, जो उनके जीवन से अचानक गायब हो जाते हैं।

बच्चों के लिए एक अच्छा देखभाल केंद्र खोजने में हम जो कुछ अवलोकन करते हैं, वह बहुत कुछ कह जाता है। वह कमरा जहाँ बच्चे खेलते हैं, बहुत आलीशान होना जरूरी नहीं है; परंतु वह स्वच्छ होना चाहिए। उसका उन सभी खिलौनों से भरपूर होना आवश्यक नहीं है जिनके विज्ञापन टी.वी. पर दिखाए जाते हैं; परंतु उसे खिलौनों, पुस्तकों, स्टफ्ड जानवरों तथा आपके बच्चे के विकास के चरण के अनुकूल चित्रकला सामग्री आदि की विविधता से संपन्न होना चाहिए। अच्छे देखभाल सेवा-प्रदाताओं की पहचान करने में माता-पिताओं की सहायता के लिए समर्पित व्यक्तियों, संगठनों और व्यावसायिक इकाइयों का एक बिना मुनाफे पर चलनेवाला समूह चाइल्ड केयर एक्शन कैंपेन यह सलाह देता है कि—"ज़िग्सॉ-पज़ल और रंगीन पेंसिलें प्री-स्कूलर्स के लिए सही हो सकती हैं, परंतु शिशुओं के लिए वे उपयुक्त नहीं हैं।" यह एक स्वत:सिद्ध बात है, परंतु अपने बच्चों की देखभाल के लिए सही जगह की तलाश में भटक रहे माता-पिता कई बार ऐसी बातों की अनदेखी कर जाते हैं।

देखभाल की गुणवत्ता छोटे बच्चों पर जो प्रभाव डाल सकती है, उसे समझने और माता-पिताओं को उसमें साझीदार बनाने के लिए 'जीरो टु थ्री' उदाहरण देकर सरल उपाय बताते हैं। मान लीजिए कि टिम ढाई वर्ष का है और उसकी माँ पहली बार उसे एक बाल देखभाल केंद्र में छोड़ देती है। भले ही वह केंद्र में पहले जा चुकी थी, परंतु उसने यह पता लगाने की कोशिश नहीं की कि मुख्यत: उसके बच्चे की देखभाल कौन सा कर्मचारी करेगा। असल में, किसी को भी यह जिम्मेदारी नहीं दी गई थी और टिम को वहाँ अपने बूते पर रहना था। उसे डराया-धमकाया जाता है और उसके रोने-

चिल्लाने पर भी उसकी सुध लेने कोई नहीं आता तो वह खुद ही लड़ने का फैसला करता है। कुछ ही हफ्तों में वह खुद ही एक बाल गुंडा बन जाता है, जिसे नियमित रूप से डाँटा-डपटा और कमरे से बाहर जाने के लिए कहा जाता है। उसने अपना सबक ठीक से सीख लिया है—कि उसकी भावनाओं की किसी को परवाह नहीं है और इस डे केयर सेंटर में प्रत्येक बच्चे को अपनी रक्षा स्वयं करनी होती है।

एक भिन्न कथानक में टिम और उसकी माँ टिम की प्रमुख देखभालकर्ता मिंडी नामक महिला के साथ कुछ समय बिताती है। वह टिम और उसकी माँ से कुछ सवाल पूछती है और टिम की माँ से उसे टिम के स्वभाव एवं उसकी विशिष्ट आवश्यकताओं के बारे में पता चलता है। जब एक दूसरा बच्चा अनजाने में टिम से टकरा जाता है तो वह उसे एक तरफ ले जाकर उससे बात करती है और फिर दोनों लड़कों का एक-दूसरे से परिचय करवाती है। टिम की माँ जब भी उसे छोड़कर जाती है, वह उसकी ओर अतिरिक्त ध्यान और आश्वासन देती है। कुछ ही हफ्तों में टिम मजे से दूसरे बच्चों के साथ खेलने लगता है और अपनी माँ के लौटने के बारे में व्यग्र नहीं रहता। मिंडी की सहायता से वह स्वयं को सुरक्षित और मूल्यवान् महसूस करता है।

यही वे कदम हैं जिन्हें व्यक्तिगत रूप से लेकर हम यह सुनिश्चित कर सकते हैं कि हमारे अपने बच्चों की वैसी ही देखभाल हो, जिसकी उन्हें जरूरत है। परंतु यह सुनिश्चित करने के लिए कि सभी बच्चों को वैसी देखभाल मिले जैसी हमारे बच्चों को मिल रही है, एक समाज के रूप में हम क्या कर सकते हैं?

हम संघीय सरकार से यह आग्रह करके शुरुआत कर सकते हैं कि वह कम आयवाले और श्रमिक परिवारों के बच्चों की स्तरीय देखभाल उपलब्ध कराने में उनकी सहायता से हाथ खींचकर बच्चों को निराश न करे। ऐसे समय, जब संघीय बजट पर विभिन्न पक्षों के तेवर उग्र हैं, हमें यह याद रखना चाहिए कि कम आय वाले परिवारों के बच्चों को मिलनेवाली सर्वोत्तम देखभाल का एक बड़ा भाग किसी-न-किसी रूप में संघीय सरकार के अनुदानों के बल पर चलता है। श्रमिक और कम आयवाले माता-पिताओं के बच्चों की देखभाल अतिरिक्त राजकीय वित्त-पोषण के साथ-साथ चाइल्ड केयर एंड डेवलपमेंट ब्लॉक ग्रांट तथा अन्य संघीय कार्यक्रमों के जरिए दी जानेवाली सहायता से की जाती है। जो परिवार कल्याण राशि पर गुजारा करते हैं, उनके बच्चों की देखभाल अन्य रूपों में दी जानेवाली राजकीय सहायता से की जाती है।

इस वर्ष के आरंभ में मैं सेडर रैपिड्स, आयोवा के लिन काउंटी डे केयर सेंटर में गई थी जो संघीय, राज्य और स्थानीय स्तर पर उपलब्ध राजकीय सहायता से कम आयवाले परिवारों के लगभग सत्तर बच्चों की देखभाल करता है। केंद्र की गतिविधियों

की विविधता से मैं प्रभावित हुई। एक कमरे में बच्चे खुशी-खुशी गिनी पिग्स को कुछ खिला रहे थे; दूसरे में वे कागज और गोंद से वैलेंटाइन कार्ड बनाने में व्यस्त थे। वहाँ की प्रत्येक कक्षा और प्रत्येक गतिविधि, जो मैंने देखी, वह केंद्र द्वारा प्रत्येक बच्चे की भाषाई और सामाजिक निपुणताएँ विकसित करने के प्रति उनके सरोकार को प्रकट करती थी।

यह भी स्पष्ट था कि केंद्र इस बात को समझता था कि बच्चों की स्तरीय देखभाल और सशक्त परिवार साथ-साथ चलते हैं। वहाँ दाखिल बच्चों के माता-पिताओं, जिनमें से कुछ से मैं मिली, में एक भी ऐसा नहीं था जो काम न करता हो, दिल लगाकर कोई काम न सीख रहा हो, कॉलेज न जा रहा हो या हाई स्कूल के समकक्ष कोई डिप्लोमा प्राप्त करने के प्रयास में न लगा हो। अपने बच्चों के लिए विश्वसनीय देखभाल सुविधा मिलने के बाद वे निश्चित होकर अपने लक्ष्यों, जो उनके परिवार व समाज दोनों के लिए लाभकारी हों, की प्राप्ति में जुट सकते थे।

खस्ताहाल बाल देखभाल इकाइयों की समस्या से निपटने के लिए कई राज्यों ने आर्थिक सहायता के साथ उनकी निगरानी की व्यवस्था भी कायम की है। अपने राज्य के छोटे बच्चों के अच्छे स्वास्थ्य और कल्याण में वृद्धि के उद्देश्य से उत्तरी कैरोलिना ने अगस्त 1993 से 'स्मार्ट स्टार्ट' नामक एक पहल की शुरुआत करने के लिए अपनी राजकीय और सामुदायिक निधियों को एकीकृत कर दिया। यह पहल आंशिक रूप से देखभालकर्ताओं के प्रशिक्षण तथा बच्चों को स्कूल में दाखिले के लिए तैयार करने हेतु उच्च गुणवत्ता के कार्यक्रम बनाने से संबंधित है। एक ऐसे समय में भी, जब ओहियो राज्य के कुल खर्च की वृद्धि दर पिछले चालीस वर्षों के न्यूनतम स्तर पर है, वहाँ के विधायकों ने ओहियो फैमिली एंड चिल्ड्रन फर्स्ट इनीशिएटिव के जरिए बच्चों और परिवारों के चुनिंदा कार्यक्रमों के लिए सन् 1991 के स्तर से एक-तिहाई धनराशि बढ़ा दी है। उसके लक्ष्य हैं—पहले से अधिक स्वस्थ शिशु और बच्चे, स्तरीय प्री-स्कूलिंग एवं बाल देखभाल की सुविधाओं का विस्तार करना तथा परिवारों में स्थायित्व लाने के उद्देश्य से किए जा रहे राजकीय प्रयासों का विस्तार। ये कार्यक्रम आंशिक रूप से इसलिए भी सफल हैं कि राज्यों के जरिए इनको संघीय समर्थन प्राप्त है।

इस दिशा में सबसे आशाजनक बात जो मैंने देखी है, वह है बच्चों की देखभाल के मामले में अपने कर्मचारियों की सहायता करने में व्यवसायी समुदाय की बढ़ती दिलचस्पी। अधिक-से-अधिक नियोक्ता इस बात को समझने लगे हैं कि जब अपने बीमार बच्चों की देखभाल करने के लिए कर्मचारी छुट्टी लेते हैं या बच्चों की देखभाल संबंधी चिंताओं के कारण काम में उनका मन नहीं लगता तो लाभ में भी कमी आती है।

ड्यु पौंट उन बड़ी कंपनियों में से एक थी, जिन्होंने पहली बार जॉब शेयरिंग तथा

इमदादी आपातकालीन बाल देखभाल जैसे कर्मचारी-हितैषी कार्यक्रम शुरू किए थे। ड्यु पौंट के कर्मचारियों पर किए गए एक अध्ययन ने इस दृष्टिकोण की पुष्टि की कि परिवार-हितैषी नीतियाँ एक अच्छा व्यावसायिक व्यवहार भी हैं; क्योंकि वे कर्मचारियों को और अधिक प्रतिबद्ध व लगनशील बनाते हैं। अध्ययन संचालित करनेवाली फर्म के चार्ल्स रोजर्स ने कहा, "यदि आप कर्मचारियों की आवश्यकताओं की पूर्ति करते हैं तो बदले में वे भी कुछ करते हैं।"

ईस्टमैन कोडक एक उत्तर-बाल देखभाल सेवा उपलब्ध कराती है, जिसमें देखभाल की नियमित व्यवस्था की समाप्ति पर एक नर्स या वैसा ही कोई प्रशिक्षित व्यक्ति कर्मचारी के घर आकर अपनी सेवाएँ प्रदान करता है। आई.बी.एम. अपने कार्यालयी समय में लचीलापन लाकर कर्मचारियों को घर पर ही कार्य करने की सुविधा देता है तथा कुछ डे केयर सेंटर्स को प्रायोजित करता है, जो बच्चों के लिए कई गतिविधियाँ संचालित करते हैं। टेक्सास स्थित द फोर्ट वर्थ स्टार-टेलीग्राम अपने कर्मचारियों को कंप्यूटर के माध्यम से घर पर ही काम करने की अनुमति देता है तथा उसने अपने मुख्यालय पर एक निजी कक्ष उपलब्ध कराया है, जहाँ नव-प्रसूताएँ अपने शिशुओं को स्तनपान करा सकती हैं। स्थानीय शासन और गैर- लाभकारी संगठन भी ऐसी नीतियों के लाभ देखने लगे हैं, जो परिवार-हितैषी हों। उदाहरण के लिए, मिसौरी के कंसास शहर में बच्चों की स्कूली गतिविधियों में भाग लेने के लिए कर्मचारियों को साल में चार घंटे का वैतनिक अवकाश दिया जाता है। और न्यूयॉर्क की वाई.डब्ल्यू.सी.ए. बच्चों के ग्रीष्मकालीन शिविर के लिए कर्मचारियों से घटा हुआ शिक्षण-शुल्क वसूल करते हैं।

31 अक्तूबर, 1995 को मैंने अमेरिकन बिजनेस कॉलेबॉरेशन फॉर क्वालिटी डिपेंडेंट केयर में शामिल इक्कीस कंपनियों, जिन्होंने पूरे राष्ट्र के छप्पन शहरों में बच्चों और आश्रितों की देखभाल के लिए 10 करोड़ डॉलर का योगदान देने का संकल्प किया है, उनके सम्मान में व्हाइट हाउस में आयोजित एक समारोह की मेजबानी की। एलस्टेट, ए.टी. एंड टी., शेवरॉन, सिटीबैंक, हेवलेट-पैकर्ड, जॉनसन एंड जॉनसन, मोबिल, टेक्साको और जेरोक्स उन कंपनियों में शामिल थीं, जिन्हें सम्मानित किया गया। प्राइस वाटरहाउस के अध्यक्ष और हमारे अतिथि वक्ताओं में से एक जेम्स स्किरो ने कहा, "भाग लेनेवाली सभी कंपनियाँ हमारे संदेश में विश्वास रखती हैं—मिल-जुलकर वह काम करना-जिसे हमसब में से कोई अकेले नहीं कर सकता।"

पूरे देश में सैकड़ों अन्य कंपनियों ने श्रम विभाग के 'सम्मानितों' में अपना स्थान बनाया है—उन नियोक्ताओं की सूची, जो कार्यस्थल पर ऐसी नीतियाँ अपनाने का संकल्प लेते हैं, जो माता-पिताओं और परिवारों की सहायक हैं, जैसे लचीला कार्य

समय, बच्चों की स्कूल गतिविधियों में भाग लेने के लिए वैतनिक अवकाश तथा कर्मचारियों के वेतन में से करों में छूट के लाभ सहित एक नियत राशि अलग रखी जाना, जिसे बाद में बच्चों की देखभाल पर खर्च किया जा सके।

डिलॉइट एंड टूश की एक कर्मचारी सूसन ओनील ने व्हाइट हाउस में बोलते हुए एक माँ और एक पूर्णकालिक कर्मचारी के रूप में अपने अति व्यस्त जीवन का वर्णन किया। उसने कंपनी की रेफरल सेवा के जरिए एक अच्छे बाल देखभाल गृह की खोज तथा अपने परिवार की जिम्मेदारियों को निभाने के लिए एक लचीले कार्य- समय की सुविधा देने के लिए अपने नियोक्ता को धन्यवाद दिया।

''यह असली अमेरिका है।'' उसने कहा, ''हम सरकार और नियोक्ताओं से वर्किंग लोगों की सहायता करने की अपील करते हैं, ताकि यह व्यवस्था जारी रहे। हम अकेले यह नहीं कर सकते।''

वह बिलकुल सही है। एक राष्ट्र के रूप में हमें बच्चों की देखभाल को वरीयता देनी चाहिए तथा सशक्त, स्वस्थ एवं प्रसन्न बच्चों के पालन-पोषण के कार्य को महत्त्व देना आरंभ कर देना चाहिए।

□

14

शिक्षा=अपेक्षाएँ

> अपने बच्चों के बारे में आप जो कुछ सोचते हैं, उनमें उसी पर खरा उतरने की संभावना अधिक होती है।
>
> *—लेडी बर्ड जॉनसन*

मैं अब तक किसी मूर्ख बच्चे से नहीं मिली; परंतु ऐसे बहुत से बच्चों से मिली हूँ जिन्हें वयस्क अकसर 'मूर्ख' करार देते हैं।

मुझे एक छह वर्षीय बालिका की याद है, जिसे मैं लिटिल रॉक के एक प्राथमिक स्कूल में पढ़ना सिखाती थी। मैं उसे 'मेरी' कहकर पुकारूँगी। वह एक छोटे से घर में रहती थी। वहाँ उसके छह भाई-बहन, माता-पिता और अनपेक्षित आने-जानेवाले अन्य रिश्तेदार आते-जाते रहते थे। शाम के बाद वहाँ इतना शोरगुल होता था कि वह कुछ घंटों से ज्यादा सो नहीं पाती थी और हमेशा थकी-थकी-सी लगती थी। बात करते हुए तो वह असहज लगती थी। वह पढ़ना भी नहीं चाहती थी। कभी-कभी उसकी पलकें झुक जातीं और वह डेस्क पर अपना सिर रख देती थी।

उसका ध्यान विषय पर केंद्रित करने के लिए मैंने मेरी से पूछा कि क्या वह चित्र बनाना पसंद करेगी? उसकी भूरी आँखें चमक उठीं और उसने उत्साह से स्वीकृति में सिर हिलाया। कलर पेंसिल से बनाए मनुष्यों और जानवरों के उसके चित्र तकनीकी रूप से अच्छे थे और सूक्ष्म ब्योरों से युक्त। शब्दों के उपयोग में मेरी जितनी अटपटी थी, अपनी कला के जरिए उसने उतनी ही स्पष्टता से स्वयं को अभिव्यक्त किया। कई लोगों

से भरे उस छोटे से घर, जहाँ उसके लिए चित्र बनाने या खेलने के लिए स्थान नहीं था, के उसके चित्रों ने हमें उसके जीवन के बारे में बात शुरू करने का एक जरिया दे दिया। उन चित्रों के लिए जब मैंने उसे बधाई दी तो उसने वही शब्द दोहरा दिए, जो उसने अन्य वयस्कों के मुँह से सुने होंगे, ''वे चित्र बस बाल-बुद्धि के परिचायक हैं और इतने अच्छे नहीं हैं।''

जब उसकी टीचर ने हमें यह सब करते हुए देखा तो उसने मुझे सावधान किया कि मेरा काम उसे पढ़ना सिखाना था, न कि खेलना। मेरा कहना था कि अपनी ड्रॉइंग के जरिए वह स्वयं को अभिव्यक्त कर पाएगी। इस बारे में प्रोत्साहित करने से वह पढ़ाई की ओर उन्मुख हो सकती है। परंतु वह टीचर इतना ही देख पाई कि मेरी और मैं हमें दिए गए कार्य अर्थात् कहानियों की पुस्तक में से कहानियाँ नहीं पढ़ रहे थे।

यह स्पष्ट था कि मेरी बुद्धिमान थी; परंतु उसकी बुद्धिमत्ता उसके बनाए चित्रों में प्रकट होती थी, न कि एक छपी हुई पुस्तक से पढ़ाने में। फिर भी, कला में उसकी रुचि और प्रतिभा की प्रशंसा न घर में होती थी और न स्कूल में। यह आश्चर्य की बात नहीं थी कि वह अकसर अपने में सिमटी-सी और अप्रसन्न लगती थी। यह बात वह कैसे न समझती कि उसकी प्रतिभा की अनदेखी ही नहीं बल्कि उसे दंडित भी किया जा रहा है। मेरी जैसे बच्चों की प्रतिभा एक ऐसे रूप में अभिव्यक्त होती है, जिसे आमतौर पर स्वीकार नहीं किया जाता। उन्हें अपनी प्रतिभा के महत्त्व को भुला देने और इसके साथ ही आत्मविश्वास व आत्मबोध को खो देने में अधिक समय नहीं लगता।

जब ऐसा होता है तो शिक्षक, माता-पिता और अन्य वयस्क उन्हें 'धीमा' या 'अप्रेरित' करार देकर शैक्षिक प्रदर्शन में उनसे की जानेवाली अपेक्षाओं का स्तर गिरा देते हैं। इसका दु:खद परिणाम यह होता है कि बच्चे अपनी ईश्वर-प्रदत्त प्रतिभा को निखारने के लिए आवश्यक बुनियादी निपुणताएँ सीखने से वंचित रह जाते हैं। यह केवल उनकी व्यक्तिगत हानि ही नहीं बल्कि पूरे गाँव की हानि है, जिसे सभी प्रतिभाओं के विकसित होने का लाभ नहीं मिल पाता।

सन् 1983 में प्रकाशित अपनी पुस्तक 'फ्रेम्स ऑफ माइंड' में हॉवर्ड गार्डनर ने बहुआयामी बुद्धि के बारे में अपने उन सिद्धांतों की रूपरेखा प्रस्तुत की है, जिन्हें उन्होंने प्रतिभा-संपन्न बच्चों और उन बच्चों, जो कभी दिमागी क्षति के शिकार हुए थे, के बीच काम करते हुए सूत्रबद्ध किया था। उन्होंने इस बात का पता लगाया कि कुछ निश्चित क्षमताओं जैसे भाषाई क्षमता की हानि किसी अन्य क्षमता जैसे देखने या संगीत संबंधी क्षमता में वृद्धि के साथ चलती है। इस निष्कर्ष ने गार्डनर को इस बात की खोज में प्रवृत्त किया कि विभिन्न क्षमताओं के विकास में मस्तिष्क के भाग किस तरह काम करते हैं। उन्होंने लोगों की उस क्षमता का पता लगा लिया, जिसका उपयोग वे बुद्धि के विभिन्न स्वरूपों के जरिए स्वयं को अभिव्यक्त करने के लिए करते हैं।

यह आसानी से देखा जा सकता है कि एक ही परिवार के विभिन्न बच्चे अलग-अलग बातों में कुशल होते हैं। बहुत छोटी आयु से ही कुछ बच्चे शब्दों तथा पुस्तकों से सीखने की ओर आकृष्ट होते हैं, यद्यपि उनमें गणित के लिए आवश्यक अमूर्त तर्क शक्ति की विपुलता नहीं होती। कई अन्य बच्चे गणित में होशियार होते हैं, क्योंकि उनके दिमाग संख्याओं और प्रतीकों की दुनिया में अति सुगमता से विचरण करते हैं; परंतु स्वयं को शब्दों में व्यक्त करने में उनको कठिनाई होती है।

अधिकांश कक्षाओं में शाब्दिक एवं गणितीय क्षमताएँ बच्चों के लिए बहुत उपयोगी साबित होती हैं। बुद्धि-चातुर्य के अन्य स्वरूपों की सामाजिक मान्यता कम होती है। जो बच्चे सजीव (दृश्य) कल्पनाओं में मग्न रहते हैं, उन्हें यदि शब्दों और प्रतीकों तक सीमित कर दिया जाए तो वे बहुत आगे नहीं जा पाएँगे। छोटी आयु में ही संगीत की समझ की उपेक्षा हो सकती है, यदि उसके साथ कोई परंपरागत कौशल न हो। इस उपेक्षा के शिकार मेरे पति भी हुए थे। ऐसी ही सहज बुद्धि-जनित कुशलताओं जैसे अन्य लोगों के मिजाज और स्वभाव समझ लेने की क्षमता। हम सब ऐसे बच्चों को जानते हैं, जो अपने शरीर के माध्यम से सोचते प्रतीत होते हैं। उदाहरण के लिए, जो एक नया खेल तुरंत सीख सकते हैं—और फिर भी, यदि उन्हें डेस्क पर कुछ देर चुपचाप बैठने के लिए कहा जाए तो स्वयं को अशांत व असहज महसूस करते हैं। जैसा कि प्रतिभाशाली नृत्य निर्देशिका मार्था ग्राहम ने एक बार कहा था, ''यदि मैं गा सकती तो मुझे नाचना नहीं पड़ता।'' फिर भी, बच्चों में बुद्धि के विभिन्न स्वरूपों में प्रकट होने का स्वागत करने के बजाय हम उसके एक स्वरूप को दूसरे से बड़ा दिखाकर उनका उपहास करते हैं।

बुद्धि के विभिन्न स्वरूपों की हॉवर्ड गार्डनर की सूची में शाब्दिक, दृश्य, गणितीय, शारीरिक एवं संगीतात्मक बुद्धि और साथ ही मनोवैज्ञानिक प्रतिभा, जैसे दूसरों की बात जल्दी समझने और उनसे व्यवहार करने की बुद्धि शामिल है। बुद्धि के ये भिन्न स्वरूप एक-दूसरे को खारिज नहीं करते। हम सब में कुछ अंश तक ये सभी प्रतिभाएँ होती हैं। उन सभी का एक निश्चित संयोजन न केवल उसे तय कराता है, जिसमें हम कुशल हैं बल्कि यह भी कि हम कैसे सीखते हैं—यदि उन्हें विकसित करने के लिए हमें प्रोत्साहन और अवसर दिए जाएँ।

बुद्धि के स्वरूपों में चाहे कुछ भी शामिल हो, अब यह अधिकाधिक स्पष्ट होता जा रहा है कि मानक आई क्यू (बुद्धि-लब्धि) परीक्षण उसका एक छोटा सा भाग ही पकड़ पाते हैं। मूल रूप से ये टेस्ट बुद्धि के स्वरूपों की गार्डनर की सूची में पहले दो, अर्थात् शाब्दिक और गणितीय में अभ्यर्थी की अभिरुचि के आकलन के उद्देश्य से तैयार किए गए थे। फिर भी, क्लास का अधिकांश समय इन्हीं दो में बच्चों की संभावनाएँ तलाश करने पर खर्च होता है। स्कूल अकसर आई क्यू टेस्ट तथा अन्य सीमित अवधारणाओंवाले परीक्षणों में बच्चों के प्रदर्शन के आधार पर उनकी बुद्धि का वर्गीकरण

करते हैं और फिर अपने प्रोत्साहनों व अपेक्षाओं को तदनुसार समायोजित करते हैं। यहाँ तक कि 'धीमे' विद्यार्थी भी स्कूल द्वारा किए गए वर्गीकरण को ध्रुव सत्य मानने में जल्दी दिखाकर एक सरल समीकरण बना लेते हैं—''यदि वयस्क यही समझते हैं कि मैं अच्छा प्रदर्शन नहीं कर सकता तो ठीक है, मैं नहीं कर सकता और न मैं करूँगा।''

दार्शनिक नेल्सन गुडमैन सुझाव देते हैं कि बेहतर होगा, यदि यह पूछने के बजाय कि 'क्या' कोई बुद्धिमान है, हम यह पूछना सीख लें कि वह 'कैसे' बुद्धिमान बना। यह सवाल अपनी संभावनाओं को यथार्थ में बदलने में व्यक्ति की मदद करेगा, बजाय यह जानकारी हासिल करने के कि उसमें ऐसी संभावनाएँ हैं भी या नहीं। मुद्दे की बात, जो मैं यहाँ कहना चाहती हूँ, यह है कि बच्चे उससे कहीं अधिक सीख सकते हैं। हम अपने बच्चों को शिक्षित करने की दिशा में किस तरह कदम उठाते हैं, उसमें इस बात के गहरे निहितार्थ हैं।

अंतरराष्ट्रीय अध्ययनों ने अमेरिकी माता-पिताओं तथा विद्यार्थियों और अन्य देशों, विशेष रूप से एशियाई, के उनके समकक्षों के बीच जिस अंतर को प्रमुखता से बार-बार निर्दिष्ट किया है, वह है शैक्षिक सफलता के मामले में हमारी संस्कृति द्वारा वर्तमान में मेहनत के बजाय बच्चों की नैसर्गिक क्षमता पर बल दिया जाना। मैं इस पूर्वग्रह, जो आई क्यू टेस्ट तथा लोगों पर लेबल लगाने के अन्य उपायों के प्रति हमारे मोह से संबद्ध प्रतीत होता है, के सभी कारणों को नहीं जानती; परंतु उसकी कुछ संभव व्याख्याएँ हमें प्रिय नहीं लगेंगी।

बच्चों की नैसर्गिक क्षमता में विश्वास हमारा सबसे प्रकट बहाना है। क्या आप अपने बच्चे को पढ़कर सुनाने, टी.वी. देखने या फोन के उपयोग संबंधी नियम बताने में आलस करते हैं? आपके बच्चे, जिसे गणित या किसी विदेशी भाषा के लिए विशेष अभ्यास की जरूरत है, के लिए कोचिंग की व्यवस्था करने के लिए आपके पास समय नहीं है? क्यों चिंता की जाए, जब वैसे भी दोनों ही से कोई खास फर्क नहीं पड़ता? क्या आप अपनी बेटी की पढ़ाई के बजाय उसकी सुंदरता को अधिक महत्त्व देते हैं? अपने बेटे के ग्रामर लेसंस के बजाय उसके जंप शॉट्स में आपको ज्यादा दिलचस्पी है? जब ये बातें हमारी तवज्जो पाती हैं तो आप निश्चित जानिए कि बच्चे भी इन्हीं बातों को महत्त्व देंगे। परंतु हम माता-पिता प्रयासों और सुंदरता तथा खेलकूद में प्रवीणता के बीच संबंध देख पाते हैं, परंतु प्रयासों और शैक्षिक सफलता के बीच नहीं।

बेल कर्व का सिद्धांत भी हम बाकी लोगों को हमारी जिम्मेदारी से मुक्त कर देता है। स्कूलों में सुधार का क्या मतलब है, विशेष रूप से तब जब कि उसमें पैसे खर्च होते हैं? बच्चे जिस खास अंदाज में सीखते हैं, हमारे शिक्षण को उसके अनुकूल बनाने की क्या जरूरत है? इस बात पर माथापच्ची करने की क्या जरूरत है कि उन्हें क्या सीखना चाहिए और उन्हें ठीक से सिखाने की भी चिंता क्यों की जाए? हम चाहे कुछ करें या न

करें, मेधावी बच्चों की मलाईदार परत ऊपर आ ही जाएगी, इसलिए प्रकृति को अपना काम करने दो और बच्चों पर बहुत ज्यादा मेहनत करने की बात भूल जाओ।

यदि हमें बच्चों की सामाजिक, जातीय या आर्थिक पृष्ठभूमियों के आधार पर पूरे-के-पूरे समूहों के व्यापक शिक्षण के भार से मुक्त हो जाने की अनुमति मिल जाए तो उन समूहों में से सितारा प्रदर्शन करनेवाले कुछ बच्चों को बेहतर करार दे दिया जाएगा। और जब, बाधाओं के बावजूद, पूरे समूह के बच्चे सफलता प्राप्त करते हैं, जैसे हिस्पैनिक हाई स्कूल के छात्र, जिन्हें एडवांस्ड प्लेसमेंट कैल्कुलस परीक्षा में सफल होने के लिए जैमी एस्केलेंट ने कोचिंग दी थी, उनकी सफलता को एक करिश्माई शिक्षक के प्रयासों और प्रेरणा का परिणाम बताया जा सकता है, जिसकी पुनरावृत्ति हर जगह नहीं हो सकती।

सन् 1983 में, जब मेरे पति ने मुझसे उस समिति की अध्यक्षता करने के लिए कहा, जिसे अर्कांसास की शिक्षा-प्रणाली में सुधार करने के लिए सुझाव देने थे, मैंने शिक्षा सुधारों पर काम करना आरंभ कर दिया। यही वह वर्ष भी था, जिसमें हमारे स्कूलों के बारे में 'ए नेशन एट रिस्क' नामक महत्त्वपूर्ण रिपोर्ट जारी हुई थी। उस समय से ही किए जा रहे सारे प्रयासों, जो प्री-स्कूल और के. जी. कार्यक्रमों के संवर्धन, शिक्षा का स्तर ऊँचा उठाने, जवाबदेही सुनिश्चित करने, शिक्षा व्यवस्था को पेशेवर तरीके से चलाने, रोजगार एवं तकनीकी शिक्षा के संवर्धन तथा अन्य कई बदलावों के लिए अब तक किए गए थे—इन सबको एक ही अध्याय में वर्णित करना कठिन था। परंतु शैक्षिक सुधारों पर एक दर्जन वर्षों तक काम करने के बाद मैं इस बात की कायल हो गई हूँ कि शिक्षा के क्षेत्र में विद्यार्थी जिस सबसे बड़ी बाधा का सामना करते हैं, वह है उनसे और उनके स्कूलों से हमारी कम अपेक्षाएँ।

राष्ट्रपति आइज़न हॉवर के स्पूतनिक पश्चात् उच्चतर गणित और विज्ञान के क्षेत्रों में अच्छे प्रदर्शन के आह्वान का मेरी पीढ़ी पर जो प्रभाव पड़ा था, उसका उल्लेख मैं कर चुकी हूँ। प्रदर्शन मानकों को ऊँचा कर दिया गया, कक्षाओं के लिए नए उपकरण खरीदे गए। हमारे माता-पिताओं और शिक्षकों की हमसे अपेक्षाएँ बढ़ गईं। यद्यपि, लगभग चालीस वर्ष बाद इस वैश्विक गाँव में शिक्षा इतनी महत्त्वपूर्ण हो गई है, जितनी पहले कभी न थी। अब ऐसा कोई स्पष्ट शत्रु हमारे सिर पर नहीं खड़ा है, जिसके डर से हम अपनी शिक्षा-प्रणाली में सुधार कर लें; अब यह काम हमें अपने लिए करना है। परंतु आरंभिक बिंदु वही होगा—ऊँची अपेक्षाएँ घर से ही शुरू होती हैं।

□

मेरे माता-पिता ने विद्यार्जन को हमारे दैनिक जीवन का एक अंग बना दिया था, कहानियाँ सुनाने और जोर से पढ़कर सुनाने से लेकर डिनर टेबल पर सामयिक विषयों पर चर्चा करने तक। हमारे स्कूल जाना शुरू करने से पहले वे मुझे और मेरे भाइयों को

हर अनौपचारिक तरीके से शिक्षा देते रहे और बाद में भी हमारे स्कूल शिक्षकों की साझेदारी में उन्होंने हमें पढ़ाना जारी रखा।

जब मैं चौथी कक्षा में थी, मैं अंकगणित से परेशान थी। मेरे पापा ने कहा कि यदि मैं उनके साथ ही हर सुबह जल्दी उठ जाऊँ तो वे मेरी मदद कर देंगे। उस समय घर ठंडा होता था, क्योंकि सोने से पहले फर्नेस बंद कर दिया जाता था। घर के धीरे-धीरे गरम होने से पहले मैं ठंड से काँपते हुए किचन टेबल पर बैठती, जहाँ पापा मुझे गुणा-भाग सिखाते।

कुछ माता-पिता शिक्षक की भूमिका आसानी से नहीं निभाते। उनमें आत्मविश्वास की कमी हो सकती है या वे समय नहीं देना चाहते हों अथवा उदाहरणार्थ, यह बात जानते ही न हों कि यह सुनिश्चित करने के लिए कि बच्चे बाद में स्कूल में अच्छी तरह पढ़ पाएँ, हमारी ओर से सबसे प्रभावी उपाय यह हो सकता है कि उनके शैशवकाल से ही हम उन्हें जोर से पढ़कर सुनाएँ। परंतु जिस आयु में शिक्षण सबसे अधिक महत्त्व रखता है, अर्थात् स्कूल-पूर्व वर्षों में बच्चों के शिक्षण में माता-पिताओं की मदद करने के लिए गाँव ने भी उपाय खोज लिये हैं।

अर्कांसास में मैंने एक कार्यक्रम की शुरुआत की, जिसे इजराइल में विकसित किया गया था। हिप्पी (HIPPY)—द होम इंस्ट्रक्शन प्रोग्राम फॉर प्री-स्कूल यंगस्टर्स—नामक यह कार्यक्रम इस तरह कार्य करता है—स्थानीय समुदाय में से ही लिया गया संस्था का एक कर्मचारी हफ्ते में एक बार घर आकर आमतौर पर बच्चे की माँ को व्यावहारिक रूप से यह समझाता है कि बच्चे के ज्ञानात्मक विकास के लिए वह क्या कर सकती है। बच्चों की विशिष्ट गतिविधि पैकेजों के साथ यह कार्यक्रम आम घरेलू चीजों के जरिए अवधारणाओं को स्पष्ट करता है। उदाहरण के लिए, आकार और तीक्ष्णता के अंतर बताने के लिए चम्मच और काँटे का उपयोग तथा तेज व धीमी आवाज की अवधारणा स्पष्ट करने के लिए टी.वी. के वॉल्यूम कंट्रोल को ऊपर-नीचे किया जा सकता है। ऐसे माता-पिताओं के लिए, जो स्वयं ठीक से न पढ़ सकते हों, गतिविधि पैकेट्स में दी गई सामग्री की रूपरेखा पंद्रह मिनट के डेली लेसन प्लान में विकासात्मक क्रम में दी गई है। कार्यक्रम की शुरुआत आमतौर पर चार वर्ष की आयु में होती है और अधिकांश बच्चे दो वर्ष तक इस में भाग लेते हैं। कुछ कार्यक्रम एक वर्ष और जोड़ देते हैं, ताकि तीन वर्ष की आयु में ही बच्चे इसकी शुरुआत कर सकें।

जब हम 'हिप्पी' को अर्कांसास के ग्रामीण क्षेत्रों और निर्माण परियोजनाओं में लाए तो कई शिक्षाविदों एवं अन्य लोगों को विश्वास नहीं था कि जिन माता-पिताओं ने हाई स्कूल तक की पढ़ाई भी नहीं की थी, अपने बच्चों को पढ़ाने का काम कर पाएँगे। कई माता-पिताओं का स्वयं अपनी क्षमता पर संदेह था। एक माँ के घर मैं गई थी। उसने मुझे कहा कि उसे यह पता था कि उससे बच्चों के लिए टेबल पर खाना लगाने और

उनके सिर पर छत की व्यवस्था करने की अपेक्षा की जाती है, परंतु किसी ने भी इससे पहले कभी यह नहीं कहा था कि उससे अपने बेटे की पहली शिक्षिका बनने की अपेक्षा भी की जाती है।

यह कार्यक्रम न केवल बच्चों को एक सही दिशा में अच्छी शुरुआत देता है, बल्कि उनके माता-पिताओं के आत्मविश्वास में भी वृद्धि करता है। उनमें से कई के मन में अपने बच्चों के लिए ही नहीं, स्वयं अपने लिए भी पढ़ने में रुचि पैदा हो गई और उन्होंने हाई स्कूल के समकक्ष डिग्री लेने के लिए स्कूलों में प्रवेश लिया तथा कुछ ने कॉलेज में भी। यह एक विशेष रूप से महत्त्वपूर्ण बात है, क्योंकि शोधकर्ताओं के अनुसार यह तय करने के लिए कि बच्चे स्कूल में अच्छा प्रदर्शन करेंगे या नहीं, उनकी माँओं का शैक्षणिक स्तर एक प्रमुख कारक होता है। यह तर्कसंगत ही है कि जब एक माँ स्वयं अपने ज्ञानवर्धन में प्रवृत्त होती है तो वह अपने बच्चे के ज्ञानार्जन में और अधिक गहराई से शामिल हो जाती है।

ऐसे ही—और उतने ही सफल—प्रयास अन्य स्थानों पर भी किए जा रहे हैं जैसे मिसौरी में शुरू किया गया 'पैरेंट्स एज टीचर्स' (पी.ए.टी.) नामक कार्यक्रम, जो बच्चों को स्कूल के लिए तैयार करने के उद्देश्य से माता-पिताओं को उनके घर जाकर शिक्षण प्रदान करता है।

छोटी आयु में शिक्षण की शुरुआत का महत्त्व संघीय सरकार द्वारा वित्त-पोषित स्कूल-पूर्व शिक्षण कार्यक्रम 'हेड स्टार्ट', जिसने कमजोर वर्गों के बच्चों की स्कूल के लिए तैयार करने के क्षेत्र में तीस वर्षों से निरंतर कार्य किया है, वह भी एक मुख्य प्रेरणा-स्रोत रहा है। परंतु 'हेड स्टार्ट' बच्चों के चार वर्ष की आयु पूर्ण करने से पहले उन तक नहीं पहुँचता, जबकि शोध के जरिए अब हम जानते हैं कि तब तक वे अपने समकक्षों से काफी पीछे हो गए होते हैं। इसलिए, सन् 1994 में जब कांग्रेस ने हेड स्टार्ट को पुन: अधिकृत किया तो राष्ट्रपति की सलाह पर उसने 'अर्ली हेड स्टार्ट' की स्थापना की, ताकि कम आयवाले परिवारों के शिशुओं और छोटे बच्चों को भी उसके दायरे में लाया जा सके।

अनुमानित रूप से जिन 20 लाख बच्चों को हेड स्टार्ट कार्यक्रम की जरूरत है, उनमें से वह अब तक 7.5 लाख बच्चों तक ही पहुँच पाया है और 'अर्ली हेड स्टार्ट' तो अभी शुरू ही हुआ है। हेड स्टार्ट जैसे कार्यक्रमों में निवेश की सफलता के बावजूद वह और अन्य कई निरोधक कार्यक्रम संघीय बजट प्राथमिकताओं के विवादों में फँसकर रह गए हैं। हमारा राष्ट्र आरंभिक बाल्यकालीन शिक्षण में निवेश का भार उठाकर भी बजट को संतुलित कर सकता है। संघीय, राज्य या स्थानीय स्तर पर ऐसे कार्यक्रमों, जो माता-पिताओं में अपने छोटे बच्चों को पढ़ाने का आत्मविश्वास और निपुणता बढ़ाते हों, से अधिक महत्त्वपूर्ण निवेश बहुत कम हैं।

इस प्रत्याशा में कि बच्चे जब स्कूल में प्रवेश लेंगे तो उन पर जल्दी सीखने का दबाव होगा, हम घर पर ही बच्चों को ज्ञानार्जन के लिए तैयार करते हैं। परंतु टुकड़ों-टुकड़ों में शैक्षिक परिवर्तन करने से अकसर हमारी अपेक्षाएँ कमजोर हो जाती हैं। शिक्षा के क्षेत्र में निम्न अपेक्षाओं के प्लेग सहित लगभग हर समस्या कहीं-न-कहीं सुलझाई जा चुकी है। जेम्स कॉमर, थियोडोर साइज़र, अर्नेस्ट एल. बॉयर और डेबॉरा मेयर जैसे अग्रणी शिक्षा सुधारकों ने हमारी व्यवस्थागत कमियों की पहचान की है, उन्हें दूर करने की रणनीतियाँ बनाकर उन्हें कार्यान्वित किया है। मोटे तौर पर इन रणनीतियों में ये आवश्यक तत्त्व शामिल हैं—इस बात की स्पष्ट अपेक्षाएँ कि सभी बच्चे सीख सकते हैं और उन्हें सीखना चाहिए; स्कूल और कक्षाओं का आकार प्रबंधन क्षमता के अनुसार हो; कक्षाओं में व्यवस्थित व अनुशासित वातावरण; कम-से-कम एक शिक्षक का प्रत्येक बच्चे के साथ घनिष्ठ व्यक्तिगत संबंध; विभिन्न बच्चों के सीखने के विशिष्ट तरीके के अनुसार शिक्षण को ढाल लेना; माता-पिताओं की सक्रिय भागीदारी। इस आकांक्षा-सूची का पाठ करना आसान है। दफ्तरशाही के विरोध, माता-पिताओं की आशंकाएँ, शिक्षकों की ओर से कुछ विरोध तथा सुधार के मार्ग में आनेवाली और भी कई तरह की बाधाओं को देखते हुए इन चाहतों को कैसे साकार किया जाए, यह एक अलग कहानी है।

मैंने एक बार उन मॉडल कार्यक्रमों के बारे में असंतोषजनक प्रदर्शन करनेवाले विद्यार्थियों को शीर्ष पंक्ति में लाने में प्रभावी रहे स्कूल अधीक्षकों के एक समूह को संबोधित किया। मैंने पूछा कि क्या श्रोताओं में से किसी ने मेरे बताए कार्यक्रमों में से किसी में भी भाग लिया है ? पूरे कक्ष में लंबी खामोशी पसर गई। अंत में एक सुपरिंटेंडेंट ने स्वीकार किया कि वह इस बात के लिए स्वयं को राजी न कर सके कि स्कूल बोर्ड को यह बताएँ कि जिस समस्या ने उन्हें परेशान कर रखा था, उसका समाधान समीप के एक स्कूल ने निकाल लिया था। उन्होंने आगे कहा कि शिक्षा प्रणाली में वैसे भी नया कुछ नहीं हो रहा था, इसलिए उन्होंने इस बात में कोई तुक नहीं देखी कि किसी 'प्रयोग' को लेकर बहुत उठा-पटक की जाए।

निश्चित रूप से वह सुपरिंटेंडेंट न्यूजीलैंड—जो दुनिया के सबसे अधिक शिक्षित देशों में गिना जाता है—में शुरू किए गए कार्यक्रम 'रीडिंग रिकवरी' को भी 'प्रायोगिक' कहकर खारिज कर देगा। रीडिंग रिकवरी ने पहली कक्षा के उन दस विद्यार्थियों, जो पढ़ने में कमजोर थे, में से नौ को ग्रेड लेवल तक पहुँचाने में लगातार सफलता का प्रदर्शन किया है। सन् 1984 में ओहियो स्टेट यूनिवर्सिटी के शिक्षा महाविद्यालय में शिक्षाविदों के एक समूह ने कोलंबस, ओहियो के कुछ चुने हुए पब्लिक स्कूलों में रीडिंग रिकवरी का पायलट कार्यक्रम शुरू किया। कार्यक्रम आश्चर्यजनक रूप से सफल रहा और धीरे-धीरे उसे व्यापक समर्थन मिला। रीडिंग रिकवरी के शिक्षकों को अब सैंतालीस राज्यों के स्कूल जिलों में प्रशिक्षित किया जा रहा है। फिर भी कई स्कूल दोष-निवारक

पठन पद्धति, जो उतनी प्रभावशाली नहीं है, को अपनाए हुए हैं। क्यों ?

पहली समस्या धन की है, विशेष रूप से शहरी स्कूल जिलों में, जहाँ जरूरतमंद विद्यार्थियों की तुलना में सामान्यत: धन की कमी होती है। यद्यपि बच्चे रीडिंग रिकवरी कार्यक्रम जल्दी पूरा कर लेते हैं तथा उसे छोड़ने के बाद उन्हें आम तौर पर और ज्यादा मदद की जरूरत नहीं होती, जो दीर्घावधि में धन की बचत करता है, शिक्षकों को उन रणनीतियों में प्रशिक्षित करने के लिए सीधे निवेश की आवश्यकता होती है, जो इस कार्यक्रम को सफल बनाती है—ध्वनि विज्ञान को पढ़ाया जाना। पर्याप्त रूप से आरंभिक निवेश न करना एक आत्म-प्रवंचक भविष्यवाणी को जन्म देता है—जब पहली कक्षा के विद्यार्थी पूरे साल पढ़ाई करने के बाद भी पढ़ नहीं पाते तो कार्यक्रम को असफल ही कहा जाएगा।

कैरियर संबंधी सरोकार भी कभी-कभी नए विचारोंवाले कार्यक्रमों के खिलाफ काम करते हैं। रीडिंग रिकवरी जैसे कार्यक्रमों की सफलता शिक्षकों और प्रशासकों की पूर्वधारणाओं को ध्वस्त करने के लिए काफी नहीं हैं। इन लोगों ने एक लंबे समय से स्वयं को अन्य तरीकों से बाँध रखा है या अपने बजट, स्टाफ व राजनीतिक संपर्कों को बनाए रखने के लिए कटिबद्ध हैं।

इस तरह की अनुपयुक्त वयस्क प्राथमिकताएँ हमारे प्रयासों और ऊर्जा को उस कार्ययोजना से दूर ले जाती हैं, जो सर्वाधिक उत्पादक है—बच्चे जिस तरह से सीखते हैं, उस पर पूरा ध्यान देना तथा सीखने की उस प्रक्रिया में व्यक्तिगत रूप से शामिल होने के लिए भरसक प्रयत्न करना, ताकि उनमें से प्रत्येक स्तरीय प्रदर्शन कर सके।

ठीक इसी सरोकार से प्रेरित होकर समाज मनोवैज्ञानिक जेफ हॉवर्ड ने लेक्सिंगटन, मैसाचुसेट्स में दि एफिकेसी इंस्टीट्यूट की स्थापना की। इस इंस्टीट्यूट ने पूरे देश के स्कूल जिलों में 20 हजार शिक्षकों को प्रशिक्षित करके उन्हें बच्चों की बुद्धि क्षमता को लेकर अपनी पूर्वधारणाओं पर पुनर्विचार करने के लिए विवश कर दिया। टैकोमा, वॉशिंगटन में, जहाँ पिछले तीन वर्षों में जिले के दो-तिहाई शिक्षक एफिकेसी प्रशिक्षण प्राप्त कर चुके हैं, इस नई पहल के परिणाम दिखाई देने लगे हैं। मानवीकृत परीक्षणों में दो ही वर्षों में चौथी और आठवीं कक्षाओं के छात्रों के प्राप्तांक काफी हद तक बढ़ गए। आंशिक रूप से इस उपलब्धि का कारण है कि शिक्षक सीखने की प्रक्रिया के अपने नए ज्ञान को विद्यार्थियों के साथ बाँटने के लिए दोबारा कक्षा में जाते हैं और उन्हें यह समझाते हैं कि उनके लिए मेहनत करना कितना महत्त्वपूर्ण है, ताकि वे 'स्मार्ट' बन सकें। विद्यार्थी यह संदेश आत्मसात् कर लेते हैं कि स्मार्ट केवल हुआ ही नहीं जाता बल्कि बना भी जा सकता है।

एक और प्रवर्तक, जिन्होंने सीखने-सिखाने का एक नया तरीका खोज निकाला है, वह हैं बॉब मॉज़ेज़, जो नागरिक अधिकारों के लिए हुए आंदोलन में दक्षिण के

अश्वेत मतदाताओं का समर्थन प्राप्त करने के अपने प्रयासों के लिए जाने जाते हैं। तीस वर्ष बाद एक अलग तरह के कार्य में उन्होंने उसी तरह की लगनशील प्रतिबद्धता का परिचय दिया है।

मॉज़ेज़ जो एक नागरिक अधिकार नेता बनने से पहले एक शिक्षक थे, उन्होंने बीजगणित के साथ संघर्ष कर रही अपनी बेटी की मदद करते-करते उसके स्कूल में बच्चों को संख्याओं के प्रति अधिक मित्रवत् बनाने और गणितीय समस्याओं के समाधान में रुचि पैदा करने के लिए स्वेच्छा से अपनी सेवाएँ प्रस्तुत कीं। वे जानते थे कि गणितीय प्रवीणता के बिना कमजोर वर्ग के बच्चों के लिए उच्च शिक्षा के कड़ी प्रतियोगितावाले क्षेत्र में अपना स्थान बना पाना कठिन होगा। उनके संकल्प से एलजेब्रा प्रोजेक्ट का जन्म हुआ, जो माध्यमिक स्कूल स्तर के एक पाठ्यक्रम, जिसे अंकगणित और बीजगणित के बीच अवधारणात्मक खाई को पाटने के उद्देश्य से तैयार किया गया था, के जरिए अल्पसंख्यक विद्यार्थियों के गणित संबंधी संकट का समाधान प्रस्तुत करता था।

मॉज़ेज़ ने पाँच चरणोंवाला एक मॉडल विकसित किया, जो सीखने की उस प्रक्रिया की नकल करता था जिसका अवलोकन उन्होंने बच्चों में किया था और वे अमूर्त, गूढ़ अवधारणाओं को जमीनी समझने योग्य धरातल पर ले आए। उदाहरण के लिए, बोस्टन के विद्यार्थियों के साथ काम करते हुए उन्होंने एक भूमिगत मार्ग में पड़नेवाले विभिन्न स्टॉप्स को एक सकारात्मक या नकारात्मक संख्या आवंटित करते हुए उसे एक संख्यात्मक लाइन की तरह उपयोग किया। उस भूमिगत मार्ग पर यात्रा करने के बाद जब विद्यार्थी अपनी कक्षाओं में लौटे तो उन्होंने अपनी अवधारणाओं का परीक्षण किया। 1990 के दशक के आरंभ में मॉज़ेज़ मिसिसिपी लौट गए, इस बार कम आयु में प्रभावी तरीके से एलजेब्रा सीखने के अधिकार की अलख जगाते हुए। वास्तविक जीवन से लिये गए उदाहरणों के जरिए विद्यार्थियों को गणितीय अवधारणाएँ सिखाने की मॉज़ेज़ की पद्धति स्वाभाविक रूप से लोकप्रिय होनी चाहिए थी। परंतु कई कक्षाओं में शिक्षक, यह मानकर कि कुछ विद्यार्थी 'स्वाभाविक' रूप से गणितीय अवधारणाओं को समझ लेंगे, जबकि कई—उदाहरणार्थ छात्राएँ और अल्पसंख्यक विद्यार्थी—नहीं समझ पाएँगे, अब भी इस विषय को अमूर्त व दुर्बोध भाषा में ही पढ़ाते हैं। जिन पद्धतियों की मॉज़ेज़ ने खोज की, वह यह प्रदर्शित करती है कि अधिकांश विद्यार्थी से लोहा ले सकते हैं। वे इतनी सफल हुई हैं कि एलजेब्रा प्रोजेक्ट जैसे कार्यक्रम देश भर के स्कूलों में शुरू किए गए हैं।

इस तरह के कार्यक्रम विशेष रूप से महत्त्वपूर्ण हैं, क्योंकि अध्ययन यह दरशाते हैं कि एडवांस्ड गणित विद्यार्थी कॉलेज तक पहुँचेंगे या नहीं, सबसे सशक्त एकाकी सूचक यह है कि उन्होंने एलजेब्रा और ज्यॉमेटरी दोनों विषय लिये हैं या नहीं। इस ज्ञान से लैस होकर यह सुनिश्चित करने के लिए कि हाई स्कूल पास करने से पहले विद्यार्थियों को दो वर्ष का कॉलेज प्रिपेरेटरी गणित का कोर्स करा दिया जाए, कॉलेज बोर्ड का

इक्विटी 2000 प्रोजेक्ट काम कर रहा है। इस कार्यक्रम को अब तक पूरे देश के छह शहरी क्षेत्रों में अपनाया जा चुका है। आरंभिक परिणाम विद्यार्थियों के प्रदर्शन के बारे में शिक्षकों की अपेक्षाओं में वृद्धि और एलजेब्रा विषय लेनेवाले छात्रों की संख्या में नाटकीय वृद्धि दरशाते हैं, जबकि इस विषय में असफल होनेवाले विद्यार्थियों की वृद्धि दर थोड़ी सही बढ़ी है।

सारे देश के प्रगतिशील शिक्षक और प्रशासन रूढ़ शिक्षण तथा मूल्यांकन पद्धतियों के बहुत से विकल्प तैयार कर रहे हैं, जैसे विद्यार्थियों की प्रगति को आँकने के लिए परंपरागत परीक्षाओं के अतिरिक्त विद्यार्थियों के पोर्टफोलियो तैयार करना तथा प्रदर्शनियाँ आयोजित करना। ऐसे शिक्षाविद् बच्चों के शिक्षण में माता-पिताओं के सहयोग को भी गिनती में लेते हैं।

कई माता-पिताओं के लिए स्कूल डरावने स्थान हैं। जब चेल्सी के.जी. में थी और बिल व मैं अपने पहले पालक-शिक्षक सम्मेलन में गए थे, तब हम डरे हुए थे। पहली बार कोई दूसरा वयस्क हमारी बच्ची पर फैसला देनेवाला था और कई वर्ष तक दिया गया हमारा शिक्षण हमारी चिंता को कम करने में असमर्थ था।

यदि किसी बच्चे के माता-पिता स्कूल की पढ़ाई पूरी न कर पाए हों या स्वयं ही फिसड्डी विद्यार्थी रहे हों, स्कूली परिवेश में और भी असहज महसूस करेंगे। बहुत से माता-पिता स्कूल से दूर ही रहते हैं, जब तक कि उनका बच्चा किसी मुसीबत में न फँस जाए। परंतु, यह जानते हुए कि बच्चों की सफलता में माता-पिताओं की भागीदारी का कितना महत्त्व है, अधिक-से-अधिक स्कूल बच्चों के शिक्षण में माता-पिताओं को सक्रिय रूप से भागीदार बनाने के लिए प्रयासरत हैं।

येल चाइल्ड स्टडी सेंटर के बाल मनोचिकित्सक डॉ. जेम्स कॉमर ने घर और स्कूल के बीच की दूरी को कम करने के उपाय के रूप में एक स्कूल विकास कार्यक्रम बनाया। इक्कीस राज्यों के छह सौ से अधिक स्कूलों ने कॉमर के कार्यक्रम, जो माता-पिताओं को यह सिखाता है कि बच्चों की पढ़ाई में कैसे मदद करें, भविष्य में बच्चों की पढ़ाई की योजना बनाने के लिए प्रेरित करने तथा माता-पिताओं, शिक्षकों और स्कूल के अन्य कर्मचारियों को सौहार्दपूर्ण वातावरण में विचार-विमर्श करने में मदद करता है, को अपनाया है।

1990 के दशक के आरंभ में केमडन, न्यू जर्सी में 'फैमिली स्कूलों' का विचार उभरा। जब नशीली दवाओं, हिंसा और दुराचार के कारण पारिवारिक स्थायित्व खतरे में हो और बच्चों को तरक्की करना हो तो स्कूलों को पूरे परिवार के लिए एक सुरक्षित स्थल होना चाहिए। जैसा कि केमडन के एक फैमिली स्कूल कूपर्स पोयंट की प्रिंसिपल एनी रूबिन ने कहा, ''प्रत्येक जोखिम-ग्रस्त बच्चे के पीछे एक परिवार भी जोखिम में होता है।''

कूपर्स पोयंट में माता-पिताओं और अभिभावकों के लिए कई तरह की सामाजिक सेवाएँ उपलब्ध हैं। नर्सें प्रसव-पूर्व स्क्रीनिंग तथा पैरेंटिंग और बाल विकास की क्लास चलाती हैं। एक पूर्णकालिक पैरेंट्स से हर की उपस्थिति माता-पिताओं को शिक्षण कार्य में स्वैच्छिक सहयोग देने के लिए प्रोत्साहित करती है। कूपर्स पॉयंट अपने दरवाजे सुबह जल्दी ही खोल देता है—कक्षाएँ शुरू होने से पहले, परंतु कई माता-पिताओं द्वारा अपने कार्य-दिवस शुरू करने से पहले नहीं—और शाम तक उन्हें बंद नहीं करता। ''हमारे पास कोई जादुई फॉर्मूला नहीं है।'' रूबिन कहती हैं, ''हम सिर्फ खयाल रखते हैं। मैं बस यह महसूस करती हूँ कि यदि माता-पिताओं को जरा भी सुकून मिला तो वे और प्रयास करेंगे।''

अपने बच्चों की स्कूलिंग में माता-पिताओं की भागीदारी को सुदृढ़ बनाने के लिए कई स्वतंत्र कार्यक्रम अस्तित्व में हैं। बर्कले, कैलिफोर्निया—आधारित 'द फैमिली मैथ प्रोग्राम' बच्चों को गणित सीखने में मदद करने हेतु उनके माता-पिताओं में आत्मविश्वास और क्षमता पैदा करने के लिए विकसित किया गया था। स्कूलों, सामुदायिक केंद्रों और पुस्तकालयों में चार से आठ हफ्तों तक चलनेवाली साप्ताहिक कक्षाओं में माता-पिता और बच्चे शामिल होते हैं। शिक्षक और वे माता-पिता, जो फैमिली मैथ इंस्ट्रक्टर के रूप में प्रशिक्षण ले चुके हैं, गणित संबंधी ऐसी गतिविधियों का प्रदर्शन करते हैं, जिनका अभ्यास माता-पिता एवं बच्चे घर पर कर सकते हैं और इनमें पेंसिल व पेपर तथा कींस, बटन व टूथपिकों जैसी घरेलू सामग्रियों से अधिक कुछ नहीं लगता। यह कार्यक्रम इतना सफल रहा है कि उसे पूरे देश के कई समुदायों में लागू किया गया है। 'हिप्पी' की तरह इसने भी कई माता-पिताओं को स्वयं अपना शैक्षिक स्तर ऊँचा उठाने के लिए प्रेरित किया है।

दक्षिणी कैलिफोर्निया के ऑरेंज काउंटी-आधारित एक डेवलपर केंट सॅल्वेसन ने किस तरह इस कार्य में पूरे समुदाय को शामिल कर सकते हैं, इसका एक नए प्रकार का उदाहरण प्रस्तुत किया है। यूनिवर्सिटी ऑफ सदर्न कैलिफोर्निया के सहयोग से उन्होंने कम आयवाले लोगों के लिए एक्सेल (EEXCEL) अपार्टमेंट्स नाम की एक आवासीय परियोजना तैयार की। (EEXCEL अर्थात् एजुकेशनल एक्सिलेंस फॉर चिल्ड्रन विद एनवायरनमेंटल लिमिटेशंस।) सॅल्वेसन का उद्देश्य घर और स्कूल के बीच संबंधों को मजबूत बनाना तथा शिक्षा, बच्चों एवं स्वास्थ्य की देखभाल और परिवार परामर्श को गरीबों तक पहुँचाना था। इस विचार के पीछे के सोच की व्याख्या करते हुए सॅल्वेसन ने कहा, ''यदि हम एक क्षेत्र, समुदाय या देश को बदलना चाहते हैं तो पहले हमें घर की स्थिति को बदलना होगा। मैं उसकी परवाह नहीं करता कि वे बेवर्ली हिल्स में हैं या

साउथ-सेंट्रल में। बच्चों की उपेक्षा हो रही है। एक राष्ट्र उसमें स्थित सभी घरों के योग का नाम है।''

छियालीस इकाइयोंवाला मूल परिसर कैलिफोर्निया में अन्य एक्सेल भवनों तक विस्तारित हो गया है तथ अन्य कई राज्यों में और भी परिसर निर्माणाधीन हैं। ये सभी उन कम आयवाली बस्तियों में हैं, जहाँ सामान्यत: ऐसी परिवार सहायक सेवाएँ उपलब्ध नहीं हैं, जो उनके लिए जरूरी हैं। प्रत्येक भवन में कक्षाओं के लिए स्थान सुरक्षित है, जहाँ कंप्यूटरों, पुस्तकों तथा अन्य स्कूली सामग्री उपलब्ध कराई गई हैं। अपनी पढ़ाई के लिए ऋण की सुविधा के बदले परिसर में रहनेवाले प्रत्येक बच्चे को व्यक्तिगत रूप से पढ़ाने के लिए यूनिवर्सिटी के विद्यार्थी हफ्ते में चार दिन, दिन में चार घंटे उपलब्ध रहेंगे। प्रत्येक सेमेस्टर की समाप्ति पर बच्चों की उपलब्धियों पर उत्सव मनाने तथा अच्छे अंक पानेवाले बच्चों को उपहार में पुस्तकें देने के लिए एक्सेल (EEXCEL) माता-पिताओं, बच्चों और शिक्षकों के लिए एक समारोह आयोजित करता है। पड़ोस में रहनेवाले लोगों को एक साथ लाने के लिए परिसर अन्य गतिविधियाँ और सेवाएँ भी प्रायोजित करता है—रोजगार प्रशिक्षण कार्यक्रम, लड़कियों व लड़कों के कैंपफायर, चलित पुस्तकालय, प्रीतिभोज, साक्षरता और कला की कक्षाएँ तथा सामुदायिक हॉलिडे पार्टियाँ। सॅल्वेसन कहते हैं कि उनका एक लक्ष्य 'शहर की विशालता को बिल्डिंग में रहनेवाले लोगों के छोटे-छोटे सौहार्दपूर्ण भागों में बाँटना' है।

□

माता-पिताओं और शेष गाँव के बीच भागीदारी स्कूल के लिए कहीं भी इतनी महत्त्वपूर्ण नहीं है जितनी इस अपेक्षा के मामले में कि अनुशासन और व्यवस्थित होना ज्ञानार्जन के लिए कितना आवश्यक है। वसंत ऋतु की एक सुबह जब मेरा भाई टोनी नाश्ते के लिए नीचे आया तो उसने देखा कि पापा अपने नियत स्थान पर बैठे अखबार का खेल पृष्ठ पढ़ रहे थे। हमेशा की तरह खेलों पर बात करने के बजाय पापा ने उससे पूछा कि उसने स्कूल में कल क्या किया था। टोनी ने जूनियर हाई स्कूल के आम दिनों का गोलमाल विवरण देते हुए कहा कि कल भी वैसा ही एक दिन था। इसके बाद ही पापा ने खेल पृष्ठ पर छपी एक फोटो उसे दिखाई। फोटो में स्कूल यूनिफॉर्म में मेरे भाई और उसके कई दोस्त प्रमुखता से दिखाए गए थे, जो स्कूल से भागकर रिग्ले फील्ड के उद्घाटन मैच में शिकागो क्यूब्स का हौसला बढ़ाने के लिए आई भीड़ में शामिल हो गए थे। उस दिन वे लड़के घर और स्कूल दोनों जगह मुसीबत में फँस गए थे।

स्कूल से गोल होना एक बात है। आज माता-पिताओं और शिक्षकों के मन में जो अपराध सबसे ऊपर हैं, वे हैं नशीली दवाएँ और हिंसा। हम वयस्कों का दबदबा फिर से

कैसे कायम कर सकते हैं ?

सबसे पहले तो हम माता-पिताओं को स्कूल प्रशासकों को सहयोग देना चाहिए और जब हमारे बच्चे गलती करें तो उनके लिए बहाने बनाना बंद कर देना चाहिए। क्या इसका अर्थ यह है कि शिक्षक और प्रधानाध्यापक हमेशा सही होते हैं ? कतई नहीं, परंतु वे प्रथम दृष्टया सही समझे जाने के अधिकारी हैं।

अपनी ओर से स्पष्ट नियम बनाना और उन्हें तोड़नेवालों को सजा देना स्कूलों का दायित्व है। आदतन उत्पात मचानेवाले विद्यार्थियों को क्लास से निकाल दिया जाना चाहिए, जब तक कि वे दूसरे विद्यार्थियों की पढ़ाई में दखल न देने का वचन न दें। विद्यार्थियों को मानक आचरण समझाना चाहिए और उसे लागू किया जाना चाहिए तथा माता-पिताओं को कहना चाहिए 'थैंक गॉड', न कि 'मैं आप पर मुकदमा कर दूँगा।'

अनुशासन में सुधार की दिशा में स्कूल जो एक बड़ा कदम उठा सकते हैं, वह है विद्यार्थियों तक यह स्पष्ट संदेश पहुँचाना कि स्कूल उनके कार्यस्थल हैं और उनसे तदनुसार आचरण करना एवं कपड़े पहनना अपेक्षित है। मैं उनसे सहमत हूँ, जो कुछ स्कूल जिलों में ड्रेस कोड या यूनिफॉर्म की वकालत करते हैं; क्योंकि वे उन अंतरों को कम करते हैं, जो उपभोक्ता वस्तुओं के उपयोग में प्रतियोगिता से जन्म लेते हैं। मैं स्वयं तो यह पसंद करूँगी कि विद्यार्थी अगले दिन के होमवर्क की चिंता करें, न कि इस बात की कि उन्होंने सही कपड़े पहने हैं या नहीं, या अगर उन्होंने गलत रंग के जूते पहन लिये तो कौन उनका विरोध करेगा।

सन् 1994 में कैलिफोर्निया का लोंग बीच स्कूल देश का पहला जिला बन गया, जहाँ प्राथमिक और माध्यमिक स्कूलों के बच्चों के लिए यूनीफॉर्म अनिवार्य कर दी गई थी। उस वर्ष स्कूली हिंसा की हर पिछले वर्ष की तुलना में आधी रह गई थी। अन्य जिले भी यह परिवर्तन नोट कर रहे हैं और उन्होंने इस व्यवस्था को अपनाना शुरू कर दिया है।

लोंग बीच यूनिफॉर्म के रंग और डिजाइन का चयन प्रत्येक स्कूल के प्रिंसिपल पर छोड़ देता है, जब तक कि वह व्यापक ड्रेस कोड का उल्लंघन न करता हो। स्कूल सिस्टम ने यूनिफॉर्म खरीदने के लिए कम आय वर्ग के लोगों की मदद के लिए सरकार से आर्थिक सहायता की माँग की है, परंतु माता-पिताओं और विद्यार्थियों के एक समूह ने वैसे भी यह दावा करते हुए कि वे यूनिफॉर्म का खर्च नहीं उठा सकते और स्कूल जिले ने उनकी कोई मदद नहीं की है, कोर्ट में एक मुकदमा दायर कर दिया है। इस केस के औचित्य में न जाते हुए मेरे लिए यह समझना कठिन है कि वह ऊर्जा को यूनिफॉर्म खरीदने के लिए धन जुटाने या स्कूल की कोई अन्य समस्या हल करने में लगाई जा

सकती है, उसे व्यर्थ की मुकदमेबाजी में क्यों जाया किया जा रहा है। अन्य स्कूलों, जहाँ फुल्टन काउंटी, जॉर्जिया के स्कूलों की तरह स्वैच्छिक ड्रेस कोड लागू हैं, ने यूनिफॉर्म खरीदने में अधिक सहायता देने के लिए स्कूल निधि का उपयोग किया है या छोटी पड़ गई यूनिफॉर्मों को बदलने की व्यवस्था की है।

ह्यूस्टन, टेक्सास स्थित रॉबर्ट ई. ली हाई स्कूल इस बात का एक अच्छा उदाहरण पेश करता है कि स्कूलों में हिंसा को कम करने में पूरे समुदाय को शामिल करना कितना प्रभावी हो सकता है। कई वर्ष पहले गुटीय संघर्ष की गंभीर समस्या से निपटने के लिए स्कूल ने परिवारों और समुदाय के सदस्यों का सहयोग प्राप्त करने की पहल की थी। ह्यूस्टन शहर ने एक स्कूल-डे कर्फ्यू का चलन शुरू किया, जिसके अंतर्गत ऐसे माता-पिताओं पर दो सौ डॉलर का जुर्माना लगाया जाता था, जिनके लड़के उस समय सड़कों पर पाए जाएँ, जब उन्हें स्कूल में होना चाहिए था। इसके साथ ही हाई स्कूल ने इन गैंग्स के प्रति 'शून्य सहनशीलता' की नीति अपनाई। द्विभाषी प्रशासकों ने स्कूल द्वारा सेवित आसपास के इलाकों की गहन छानबीन करके इस नीति को लागू करने के लिए परिवारों से बात की और मिली-जुली काररवाई करने के लिए उनके साथ सहमति बनाई। शिक्षकों, प्रशासकों, पुलिस अधिकारियों तथा स्कूल डिस्ट्रिक्ट के सुरक्षाकर्मियों से बना एक कोर ग्रुप गैंग के सदस्यों की पहचान करने और यदि वे हिंसा में लिप्त पाए गए तो उन्हें स्कूल से बाहर निकालने का काम करता था। तब से स्कूल का वातावरण नाटकीय रूप से बदल गया है और परीक्षाओं में विद्यार्थियों का प्रदर्शन लगातार सुधरा है। पहली बार इंग्लिश ऑनर्स की क्लास स्थापित की गई है। जैसा कि स्कूल के प्रिंसिपल ने कहा, "अब हम अपना ध्यान समाज-शास्त्रीय समस्याओं से हटाकर शैक्षिक समस्याओं पर केंद्रित कर सकते हैं।"

□

यद्यपि अंततः स्कूल लगातार उच्च स्तर बनाए रखने में गाँव से सहयोग की अपेक्षा रखते हैं। कुछ लोग यह कहते हुए असहमति व्यक्त करते हैं कि स्वेच्छा से निर्धारित किए गए मानक भी स्थानीय नियंत्रण से प्रभावित होते हैं, जिसमें बाहरी व्यक्ति यह तय करते हैं कि बच्चों को क्या पढ़ाया जाना चाहिए। इस तर्क को मैंने कभी स्वीकार नहीं किया, जो इस बात से भ्रमित है कि मानकों का असल उद्देश्य क्या है—वे यह तय करते हैं कि बच्चों को क्या जानना चाहिए, न कि यह कि उन्हें किस तरह पढ़ाया या आँका जाता है। लिटिल रॉक से अटलांटा तक तथा सिएटल, वाशिंगटन डी.सी. तक एलजेब्रा एलजेब्रा ही है। और अर्कांसास में मानकों पर कार्य शुरू करने से पहले भी मैं ऐसे कितने ही स्कूलों, विशेष रूप से गरीब इलाकों में, को जानती थी जिन्हें समुचित

पाठ्यक्रम बनाने में सहायता की जरूरत थी।

हमारे देश के भविष्य और हमारे बच्चों के भविष्य के लिए, जिन्हें एक राष्ट्रीय व वैश्विक अर्थव्यवस्था में प्रतियोगिता हेतु तैयार होना पड़ेगा, शिक्षा एक मूलभूत तत्त्व है। ऊँचे मानक यह सुनिश्चित करने में उनकी सहायता करेंगे कि स्तरीय शिक्षा उन सभी—चाहे वे कहीं भी रहते हों—की पहुँच में हो।

मैं उस नवयुवक के बारे में अकसर सोचती हूँ, जिससे मैं हाई स्कूल ऑनर्स ग्रेजुएट्स और उनके माता-पिताओं के वार्षिक स्वागत समारोह में मिली थी, जिसे बिल और मैंने सन् 1979 में गवर्नर की कोठी में आयोजित करना शुरू किया था। उसने बताया कि एक लंबे समय से उसका सपना डॉक्टर बनने का था। परंतु जब वह एक स्थानीय कॉलेज में इंटरव्यू के लिए गया तो उसे बताया गया कि यद्यपि वह अपनी ग्रेजुएट क्लास का एक अग्रणी विद्यार्थी था, उसके स्कूल ने एक कड़े प्रीमेडिकल कोर्स के लिए उसे समुचित रूप से तैयार नहीं किया था। एलजेब्रा के नाम पर उसे जो कुछ भी सिखाया गया था, वह कुछ 'एक्स' अक्षरों को जोड़कर अंकगणित के सिवाय कुछ नहीं था। उसे सलाह दी गई कि वह और अधिक चुनौतीपूर्ण क्लासों के साथ कहीं पर हाई स्कूल के पाँचवें वर्ष में प्रवेश ले या कोई और विषय लेकर कॉलेज जॉइन कर ले। अपनी ओर से इतनी अच्छी पढ़ाई और प्रदर्शन करने के बाद भी उसके सामने कितने घटिया विकल्प रखे गए थे!

अर्कांसास में शिक्षा सुधारों पर कार्य करते समय हमने मानवीकृत पाठ्यक्रम पर जो प्रस्ताव और उनके साथ कोर्स की अंतर्वस्तु पर सिफारिशें कीं, उन्हें कुछ प्रशासकों का विरोध झेलना पड़ा, जिन्होंने पूरी ईमानदारी से यह दावा किया कि उनके विद्यार्थी न तो उच्चतर मानक चाहते थे और न उन्हें इनकी जरूरत थी। एक सुपरिंटेंडेंट ने मुझसे कहा कि 'उसके बच्चों' में से बहुत कम कॉलेज में प्रवेश लेते थे, इसलिए वह नहीं देख पाता था कि इस कदम से क्या फर्क पड़ेगा। एक और सुपरिंटेंडेंट मुझे अपने ऑफिस में ले गया और अपनी डेस्क पर रखी एक तख्ती की ओर इशारा किया, जिस पर लिखा था—'यह भी गुजर जाएगा।' उसने मुझे बताया कि मेरे पति के शिक्षा सुधारों के बारे में वह यही सोचता था। अपने नवनिर्मित जिम्नेजियम के सामने खड़े होकर उसने और स्कूल बोर्ड के कुछ सदस्यों ने पूरी गंभीरता से मुझे भरोसा दिलाया कि वे अपने डिस्ट्रिक्ट के बच्चों को अच्छी तरह जानते थे और उनमें से कोई भी विदेशी भाषा, कला या विज्ञान को लेने के लिए तैयार न था।

शुक्र है कि उनकी सोच अधिकांश नागरिकों की सोच का प्रतिनिधित्व नहीं करती और अर्कांसास ने सन् 1983 में व्यापक शिक्षा सुधार कानून पास कर दिए, जिन्होंने हमारे

विद्यार्थियों की अपेक्षाओं—और जीवन—को बदलकर रख दिया है। परंतु अकसर बहुत से स्थानों पर विद्यार्थियों, विशेष रूप से गरीब विद्यार्थियों, की न्यून अपेक्षाओं की सफाई देने तथा लक्ष्य हासिल करने में अपनी प्रगति हेतु विद्यार्थियों और स्कूलों को जवाबदेह बनाने के विरोध को उचित ठहराने के लिए 'स्थानीय नियंत्रण' की अवधारणा का उपयोग किया जाता है।

□

शिक्षा के लिए राष्ट्रीय लक्ष्य निर्धारित करने के प्रयासों—एक आंदोलन, जिसे वहाँ एकत्र हुए गवर्नरों में से एक को छोड़कर सभी का समर्थन प्राप्त था। इस आंदोलन ने तेजी से एक राष्ट्रीय स्वरूप ले लिया। इसका आरंभ करने के लिए सन् 1989 में राष्ट्रपति बुश ने विलियम्सबर्ग, वर्जिनिया में राष्ट्र के गवर्नरों की एक बैठक बुलाई थी। इस सम्मेलन में मेरे पति ने डेमोक्रेटिक पार्टी के गवर्नरों का प्रतिनिधित्व किया था। यह हमारे देश के इतिहास में इस तरह का तीसरा ही कार्यकारी सम्मेलन था। राष्ट्रपति के रूप में उन्होंने और शिक्षा मंत्री रिचर्ड रिले, जिन्होंने दक्षिण कैरोलिना के गवर्नर पद पर रहते हुए व्यापक शिक्षा सुधारों का समर्थन किया था। उन्होंने सन् 1993 में लक्ष्य निर्धारण की प्रक्रिया को फलीभूत करते हुए कांग्रेस में लक्ष्य 2000: एजुकेट अमेरिका एक्ट प्रस्तुत किया, जो मजबूत द्विदलीय समर्थन तथा लगभग सभी प्रमुख राष्ट्रीय पैरेंट, शिक्षा तथा व्यावसायिक संगठनों के व्यापक समर्थन से पास हुआ।

'लक्ष्य 2000' की विशिष्टता यह है कि वह बच्चों को **क्या** सीखना चाहिए, उसके मानवीकरण, इस पर निगरानी रखने के लिए स्थानीय नियंत्रण कि बच्चे **कैसे** सीख रहे हैं तथा इसकी जवाबदेही तय करने कि वे सीख भी रहे हैं या नहीं, इन सभी बातों का ध्यान रखता है। उस बात को स्वीकार करते हुए कि प्रत्येक समुदाय ही इस मुद्दे का सर्वोत्तम जज है कि उसके स्कूलों के लिए क्या कारगर होगा, वह स्थानीय नियंत्रण के परंपरागत सिद्धांत में विश्वास व्यक्त करता है। परंतु वह इस बात को भी ध्यान में लेता है, जैसा मैंने अर्कांसास में देखा कि कई माता-पिताओं और स्कूलों को ऐसे लक्ष्य निर्धारित किए जाने की जरूरत है, जो उनके बच्चों को भविष्य की चुनौतियों के लिए तैयार कर सकें; क्योंकि सूचना का युग हमारे जीवन और कार्य की शैली को तेजी से बदल रहा है।

इस कानून के अंतर्गत राज्यों से यह अपेक्षित है कि वे अपने मानकों के अनुसार पाठ्यक्रम और विद्यार्थियों की योग्यता के आकलन की व्यवस्था करें। 'लक्ष्य 2000' यह तय करने में स्कूलों की सहायता करता है कि दैनिक उथल-पुथल के बीच वे अपना ध्यान कहाँ केंद्रित करें और कौन सी निपुणताएँ हासिल करना विद्यार्थियों के लिए

लाभप्रद होगा। संघीय सरकार द्वारा संचालित द नेशनल असेसमेंट ऑफ एजुकेशनल प्रोग्रेस एक रिपोर्ट कार्ड तथा राज्य और स्थानीय स्तरों पर शिक्षा सुधारों के परिणामों के आकलन के औजार के रूप में कार्य करता है। जैसे ही 'लक्ष्य 2000' पारित हुआ, अतिवादियों द्वारा उसका जबरदस्त विरोध किया गया, जिन्होंने आशंकित माता-पिताओं के सामने एक ऐसा डरावना चित्र पेश किया मानो सरकार उनके बच्चों के दिमागों पर निरंकुशतावादी नियंत्रण चाहती है या 'धर्मनिरपेक्ष मानवतावादी' उनके बच्चों की आत्माओं के विनाश पर आमादा हैं। एक शिक्षिका ने मुझे बताया कि किसी विषय पर चर्चा करने के उद्‌देश्य से जब उसने क्लास की चेयर्स को गोलाकार स्थिति में रखवा दिया तो 'लक्ष्य 2000' के घातक प्रभावों का हवाला देते हुए एक स्थानीय चर्च ने इस तरह विरोध प्रकट किया, ''हर कोई जानता है कि डाइनें अपनी बैठकों में कैसे बैठती हैं।'' यह घटना हास्यास्पद होती, यदि प्रिंसिपल ने उसे इन चेयर्स को पूर्ववत् रखने के लिए न कहा होता।

वे लक्ष्य हैं क्या, जिन्होंने इतनी उग्र प्रतिक्रियाओं को जन्म दिया?

वर्ष 2000 तक—

1. अमेरिका के सभी बच्चे शिक्षा प्राप्त करने के लिए स्कूल में दाखिला लेंगे।

2. हाई स्कूल पास करनेवाले बच्चों का प्रतिशत बढ़कर कम-से-कम 90 हो जाना चाहिए।

3. सभी विद्यार्थी कुछ चुनौतीपूर्ण विषयों में अपनी दक्षता दिखाकर ही चौथी, आठवीं और बारहवीं कक्षाओं में उत्तीर्ण घोषित किए जाएँगे। इन विषयों में अंग्रेजी, गणित, विज्ञान, विदेशी भाषाएँ, नागरिक-शास्त्र एवं शासन-प्रणाली, अर्थशास्त्र, कला, इतिहास और भूगोल शामिल हैं। और अमेरिका का प्रत्येक स्कूल यह सुनिश्चित करेगा कि उसके सभी विद्यार्थी लगन से पढ़ाई करेंगे, ताकि वे जिम्मेदार नागरिकता, जीवनपर्यंत सीखने और हमारे देश की आधुनिक अर्थव्यवस्था में उत्पादक रोजगार प्राप्त करने के लिए स्वयं को तैयार कर सकें।

4. अमेरिका के विद्यार्थी विज्ञान और गणित की उपलब्धियों में दुनिया में सबसे आगे होंगे।

5. प्रत्येक अमेरिकी शिक्षित होगा और एक वैश्विक अर्थव्यवस्था में प्रतियोगिता करने तथा एक नागरिक के अधिकार व दायित्व निभाने के लिए उसके पास आवश्यक ज्ञान एवं निपुणताएँ होंगी।

6. अमेरिका का प्रत्येक स्कूल ड्रग्स, हिंसा तथा आग्नेयास्त्रों की अनधिकृत उपस्थिति से मुक्त होगा और शिक्षा के लिए अनुकूल अनुशासित वातावरण पेश करेगा।

7. राष्ट्र के शिक्षक बल को अपनी पेशेवर निपुणताओं में लगातार सुधार के लिए समुचित कार्यक्रम तथा सभी अमेरिकी विद्यार्थियों को अगली शताब्दी के लिए तैयार करने के उद्देश्य से आवश्यक ज्ञान और कौशल प्राप्त करने के अवसर उपलब्ध कराए जाएँगे।

8. प्रत्येक स्कूल ऐसी साझेदारियाँ विकसित करेगा, जो बच्चों के सामाजिक, भावनात्मक और शैक्षिक विकास में माता-पिताओं की भागीदारी को बढ़ाएँगी।

इन लक्ष्यों को मुश्किल से ही किसी क्रांति के सूत्रधार कहा जा सकता है और उन्हें सुगमता से, पूरी तरह हासिल कर लिये जाने की संभावना नहीं है। हम वर्षों से घट रहे स्तर के प्रवाह को कुछ ही वर्षों में पलट देने की अपेक्षा नहीं कर सकते। हाल की एक रिपोर्ट ने बताया कि देश ने विज्ञान और गणित जैसे कुछ क्षेत्रों में प्रगति की है। पढ़ाई जैसे क्षेत्रों में बहुत कम या कोई प्रगति नहीं हुई है। और किशोरों द्वारा नशीले पदार्थों, विशेष रूप से मैरीजुआना के उपयोग और कक्षाओं में पढ़ाई में व्यवधान की समस्याएँ बढ़ी हैं।

परंतु लक्ष्य निर्धारित करने के पीछे मुख्य बिंदु राज्यों, स्कूल जिलों और स्कूलों में उस प्रक्रिया को बल देना है, जो मानक तय करे तथा विद्यार्थियों को क्या पढ़ाया जाए और उनके प्रदर्शन को कैसे आँका जाए, इस पर वास्तविक मार्गदर्शन दिया जाए। व्यवसाय या खेलों के क्षेत्र में हमें लक्ष्यों, मानकों और प्रदर्शन मापकों को क्यों स्वीकार करना चाहिए, परंतु स्कूलों में नहीं ? क्या आप किसी ऐसे कामयाब मुख्य कार्यपालक अधिकारी की कल्पना कर सकते हैं, जो अपने शेयरधारकों से यह कहता हो कि उनकी कंपनी के पास किसी से सीखने के लिए नया कुछ नहीं है और वैसे भी, उससे अपने प्रदर्शन में सुधार की उम्मीद नहीं की जा सकती; क्योंकि उसके कर्मचारियों को देखिए, उसके ग्राहकों को देखिए।

यह मेरा सौभाग्य था कि मैं वॉल-मार्ट के संस्थापक और किंवदंती पुरुष स्वर्गीय सैम वॉल्टन को जानती थी। अपने छोटे से हवाई जहाज को खुद चलाते हुए किसी नजदीकी हवाई पट्टी पर उतरकर वे अन-पेक्षित रूप से नियमपूर्वक वॉलमार्ट स्टोरों का दौरा किया करते थे। स्टोर के पैसेज में आगे-पीछे चक्कर लगाते हुए वे कर्मचारियों से पूछते कि कहाँ किस चीज में सुधार की गुंजाइश है। जब तक वे बहुत विख्यात नहीं हुए थे, अपने प्रतियोगियों के स्टोर्स के गलियारों में वे ये ही सवाल वहाँ के कर्मचारियों से भी करते। किसी से भी सलाह लेने में उनका अहम कभी आड़े नहीं आता था, यदि वे यह समझते कि उस सलाह से ग्राहक को दी जाने वाली सेवा में सुधार और उसे मिलनेवाले मूल्य में वृद्धि हो सकती थी।

बच्चे और उनके माता-पिता सार्वजनिक शिक्षा के ग्राहक हैं; परंतु उनसे शायद ही पूछा जाता है कि किस क्षेत्र या बिंदु पर सुधार की जरूरत है। शिक्षक किसी भी स्कूल के जीवनदायक तत्त्व हैं; परंतु निर्णय लेते समय अकसर उनकी अनदेखी की जाती है या उन्हें हाशिए पर डाल दिया जाता है। हमारे स्कूल कितनी अच्छी तरह कार्य करते हैं, इस बात से सभी नागरिकों के हित सीधे-सीधे जुड़े हुए हैं। लक्ष्य निर्धारित करने और उन्हें प्राप्त करने की प्रक्रिया सार्वजनिक शिक्षा के सभी हितधारकों की भागीदारी सुनिश्चित करने का एक उपाय है।

□

सरकारी स्कूलों के कुछ आलोचक स्कूलों एवं स्कूल जिलों के बीच अधिक प्रतियोगिता पैदा किए जाने की सलाह देते हैं, ताकि उन पर से दफ्तरशाहों और राजनीतिज्ञों का नियंत्रण हटाकर उसे माता-पिताओं और शिक्षकों के हाथ में सौंपा जा सके। मैं उनके तर्क में वजन देखती हूँ और इसीलिए लोगों को सरकारी स्कूलों में अधिक विकल्प दिए जाने की प्रबल समर्थक हूँ, जिसे प्रेसीडेंट्स चार्टर स्कूल्स इनीशिएटिव भी प्रोत्साहित करता है। मैं यह निर्णय सरकारी स्कूलों पर ही छोड़ देने के पक्ष में हूँ कि उनके प्रबंधन का सर्वोत्तम तरीका क्या होगा, जिसमें सेवाओं का कुछ भाग निजी फर्मों की संविदा पर देने की अनुमति भी शामिल है।

चार्टर स्कूल ऐसे सार्वजनिक स्कूल हैं, जिनका जन्म और संचालन एक चार्टर या संविदा के अनुसार होता है। उनका संगठन माता-पिताओं, शिक्षकों या समुदाय के अन्य लोगों द्वारा किया जा सकता है। इनके पीछे सोच यह है कि इन्हें उन नियम-कानूनों से मुक्त रखा जाए, जो नए और प्रभावी तरीके अपनाए जाने में बाधक हैं, ताकि वे अपने प्रयास लक्ष्य और परिणाम हासिल करने पर केंद्रित कर सकें। सन् 1995 तक कुल उन्नीस राज्यों ने चार्टर स्कूलों संबंधी कानून पास कर दिए थे और लगभग दो सौ स्कूलों को कॉण्ट्रेक्ट दे दिया गया था। स्कूलों को दी गई स्वायत्तता और लचीलेपन की मात्रा विभिन्न राज्यों में अलग-अलग है। कुछ को शुरू से ही आजादी से काम करने की इजाजत होती है और कुछ को किन्हीं विशेष नियमों में छूट पाने के लिए अपने स्कूल जिले से अनुरोध करना पड़ता है।

सैन डिएगो, कैलिफोर्निया स्थित दि ओ, फैरल कम्युनिटी स्कूल एक चार्टर स्कूल है। इसमें विभिन्न नस्लों के छठी, सातवीं और आठवीं कक्षा के लगभग चौदह सौ बच्चे हैं। विद्यार्थियों को 'परिवार' नामक समूहों में बाँट दिया जाता है, जिनका मुखिया एक शिक्षक होता है, जो तीनों वर्ष उनके साथ रहता है। लालफीताशाही और नियमों के हटने से शिक्षक मिल-जुलकर कार्य करने के लिए स्वतंत्र हैं। उन्होंने 'दि ओ'फैरल मार्ग'

नामक एक आचार-संहिता लागू की है (जिसमें यह कोर्स पूरा करने के लिए समाज-सेवा का अंग बना दिया गया है), विद्यार्थियों के जमीनी कार्यों को कोर्स का अंग बना दिया गया है तथा विद्यार्थियों की शिक्षणेतर समस्याओं के समाधान के लिए स्वास्थ्य और परामर्श केंद्र बनाए गए हैं।

राष्ट्रपति के प्रबल समर्थन से अक्तूबर 1994 में पारित इंप्रूविंग अमेरिकाज़ स्कूल्स ऐक्ट चार्टर स्कूलों को आरंभ किए जाने सहित कई तरह के जमीनी सुधारों के लिए संघीय धनराशि की व्यवस्था करता है। इसके अतिरिक्त, कई राज्य ओ' फैरल जैसे चार्टर स्कूल खोलने के लिए 'लक्ष्य 2000' के लिए आवंटित राशि का उपयोग कर रहे हैं। दफ्तरशाही प्रवृत्तियों, जिन्हें परिवर्तन से चिढ़ होती है और जो विद्यार्थियों व माता-पिताओं को हताश कर देते हैं। इनकी वजह से कुछ तो सरकारी स्कूल ही छोड़ देते हैं। इनका मकड़-जाल तोड़ने के लिए कई स्थानों पर संघीय प्रोत्साहन और धनराशि जरूरी होती है।

☐

बुद्धि के विभिन्न स्वरूपों की पहचान करने और सभी के लिए मानक तय करने से हमारा इनकार करना उन अधिकांश विद्यार्थियों के लिए नितांत अन्यायपूर्ण है, जो चार-वर्षीय डिग्री कोर्स का विकल्प नहीं चुनते। सात में से एक विद्यार्थी तो पच्चीस वर्ष की आयु तक हाई स्कूल डिप्लोमा या जी.ई.डी. तक हासिल नहीं कर पाते।

सन् 1986 से 1988 तक मैंने द विलियम टी. ग्रांट फाउंडेशन द्वारा प्रायोजित 'युवा और अमेरिका का भविष्य' विषय पर एक अध्ययन में भाग लिया। रिपोर्ट का शीर्षक 'द फॉरगॉटन हाफ' उन ''युवा लोगों के संदर्भ में था, जो हमारे घरों का निर्माण करते हैं, हमारी बसें चलाते हैं, हमारे ऑटोमोबाइल्स की मरम्मत करते हैं, हमारे टेलीविजन ठीक करते हैं; हमारे कार्यालयों, स्कूलों और अस्पतालों का रख-रखाव और उनमें सेवा करते हैं तथा हमारे मिलों व कारखानों में उत्पादन जारी रखते हैं।'' काफी हद तक वे तय करते हैं कि अमेरिकी परिवार, अर्थव्यवस्था और लोकतंत्र कितने अच्छी तरह कार्य करते हैं। वे हजारों युवा स्त्री और पुरुष भी इन्हीं की श्रेणी में हैं, जो उत्पादक रूप से काम करने की इच्छा रखते हैं ,परंतु 'उस तरह का रोजगार कभी प्राप्त नहीं कर पाते।'

सीधे कहें तो हम इन युवाओं के लिए कुछ विशेष नहीं करते तथा उसके परिणाम उनके लिए—और हम सबके लिए—गंभीर हैं। सन् 1990 की जनगणना दरशाती है कि गैर-डिग्रीधारी युवा औसत रूप से अपने डिग्रीधारी समकक्षों से बहुत कम कमाते हैं। जो युवा हाई स्कूल डिग्री या उससे कम शिक्षा प्राप्त करके रोजगार बाजार में प्रवेश करते हैं, वे उससे कहीं बदतर स्थिति में हैं, जितने वे पंद्रह वर्ष पहले थे। उन्होंने स्कूल में अच्छा

प्रदर्शन किया हो तो भी बहुत कम नियोक्ता उनकी अंक-सूची तक देखने के लिए तैयार होते हैं।

सन् 1994 में राष्ट्रपति ने, एक बार फिर से द्विदलीय समर्थन से, 'स्कूल-टु-वर्क अपॉर्चुनिटीज़ ऐक्ट' पर हस्ताक्षर किए, जिसका उद्देश्य भुला दिए गए बच्चों के मार्ग में आनेवाली बाधाओं को दूर करना था। यह कानून हाई स्कूलों एवं कॉलेजों में रोजगारोन्मुख शिक्षा में सुधार के लिए प्रोत्साहन देता है तथा और अधिक राज्यों, शहरों, स्कूलों व नियोक्ताओं को अच्छी नौकरियों तक ले जानेवाले एप्रेंटिसशिप कार्यक्रम आरंभ करने में सक्षम बनाता है।

स्कूली पढ़ाई बीच में ही छोड़ देने के जोखिमवाले बच्चों को स्कूल में बनाए रखने का मूल मंत्र है उनकी पढ़ाई को 'वास्तविक जगत्' के अनुभवों से जोड़कर शिक्षा को उनके जीवन से अधिक संगत बना देना। ऑकलैंड, कैलिफोर्निया स्थित ऑकलैंड हेल्थ एंड बायोसाइंस एकेडमी इसका एक उदाहरण है कि ऐसा कैसे किया जा सकता है। एक इच्छुक समुदाय के समर्थन और सहयोग से एकेडमी विद्यार्थियों को स्वास्थ्य व जैविकी से जुड़े कई तरह के कैरियर अवसरों के लिए तैयार करती है। सुसंगत पाठ्यक्रम तैयार करने के उद्देश्य से एकेडमी के शिक्षक स्थानीय कॉलेजों और इलाके के अस्पतालों के कर्मचारियों के साथ घनिष्ठता से काम करते हैं तथा एक सामुदायिक कॉलेज एक ऐसा कार्यक्रम विकसित कर रहा है, जो एकेडमी और क्षेत्र के अन्य स्कूलों में शरीर विज्ञान विषय लेनेवाले विद्यार्थियों को पढ़ाई के लिए ऋण उपलब्ध कराएगा। क्षेत्र के अस्पतालों में औपचारिक क्लिनिकल एप्रेंटसशिप की भी व्यवस्था की जा रही है।

इस तरह के स्कूल-टु-वर्क कार्यक्रम उन विद्यार्थियों को विशिष्ट हुनर सीखने का अवसर उपलब्ध करा रहे हैं, जिनकी परंपरागत कक्षाओं में अकसर उपेक्षा होती है। इनके कारण विद्यार्थियों के शैक्षिक प्रदर्शन में भी सुधार हो रहा है। हाल की एक रिपोर्ट ने बताया कि ऑकलैंड अकादमी के विद्यार्थियों ने रीडिंग, भाषा और गणित विषयों में समान पृष्ठभूमि के अन्य विद्यार्थियों की अपेक्षा कहीं अधिक अंक प्राप्त किए। स्कूल-टु-वर्क कार्यक्रम समुदाय द्वारा इंटर्नशिप और कार्यस्थल पर जाकर काम सीखने की सुविधा प्रदान कर उन्हें हमारे युवाओं के शिक्षण में शामिल होने का अवसर प्रदान करता है।

□

एक राष्ट्र के रूप न केवल यह निर्णय लेने के लिए कि शिक्षा से हमारी क्या अपेक्षाएँ हैं, बल्कि यह भी कि व्यक्तिगत और सामूहिक दोनों रूपों में शिक्षा हमसे क्या उम्मीद रख सकती है, हम एक चौराहे पर खड़े हैं। हमारी प्रतिबद्धता का स्तर ही यह

तय करेगा कि हम प्रगति एवं समृद्धि के एक नए युग में प्रवेश करते हैं या अपने बच्चों को और स्वयं को निराश करते हैं। स्वयं शिक्षा की तरह हमारा निर्णय व्यावहारिकता से कुछ अधिक की माँग करता है। वह हमारे मूल्यों का भी परीक्षण करेगा।

क्या हम इस बात में विश्वास रखते हैं कि यदि हमारे बच्चों को इस तरीके से शिक्षा दी जाए, जो उनकी विशिष्ट प्रतिभा को ध्यान में लेता हो और उनसे ऊँची तथा स्पष्ट अपेक्षाएँ रखता हो तो वे सीख सकते हैं? क्या हमारा विश्वास है कि सभी बच्चे एक सुरम्य वातावरण में पढ़ने के अधिकारी हैं? क्या हम शिक्षा के क्षेत्र में अच्छे प्रदर्शन के लिए राष्ट्रीय लक्ष्य निर्धारित करने और उन्हें प्राप्त करने के लिए शिक्षकों, स्कूलों एवं विद्यार्थियों को प्रोत्साहन देने के लिए तैयार हैं? क्या माता-पिता अपने और अन्य बच्चों के हित में एक बार फिर स्कूलों के भागीदार बनने के लिए तैयार हैं? और क्या गाँव के अन्य सदस्यों—वे जिनके बच्चे नहीं हैं या वे स्कूल की आयु पार कर चुके हैं—की कोई भूमिका है? क्या वे—और हम सब—इस भागीदारी में शामिल होने के लिए तैयार हैं?

यदि हम इन जैसे सवालों का जवाब 'हाँ' में दे सकें तो हम बच्चों को इस तरह शिक्षित करने में सफल होंगे कि वे स्वयं को और गाँव को भी आत्मविश्वास के साथ भविष्य में ले जा सकें। क्रिया 'शिक्षा देना' की धातु या मूल अर्थ ही 'आगे ले जाना' है।

□

15

देखना ही सत्य है

> जिस तरह से टेलीविजन ने हमारा सारा ध्यान खींच लिया है; उसने चर्च, परिवार एवं स्कूलों जैसी निर्माणात्मक संस्थाओं को कमजोर कर दिया है और उन मूल्यों के प्रति हमारी आस्था को ध्वस्त कर दिया है, जिन पर हमारे तौर-तरीके, नैतिकता और कानून निर्भर हैं। स्पष्ट रूप से हमें अपने परिवारों, स्कूलों और चर्चों का पुनर्निर्माण करने की जरूरत है। परंतु इन सुधारों को हम तब तक पूरा नहीं कर सकते, जब तक कि टेलीविजन में कुछ विशेष सुधार नहीं किया जाता, क्योंकि इसके विज्ञापनों और कार्यक्रमों ने ऐसी माँगें पैदा की हैं, जो हमारे स्वभाव में जो कुछ सर्वोत्तम है, उसे नहीं बल्कि जो कुछ निकृष्ट है, उसे अपील करती हैं।
>
> —*जॉन सिल्बर*

मेरी एक मित्र ने पाँच बच्चोंवाले उस परिवार में हुए अनुभव के बारे में मुझे बताया, जिनसे मिलने वह उनके घर गई थी। नीचे बेसमेंट में वह किशोर वय के दो लड़कों और उनके दोस्तों को लैटेस्ट 'गैंगस्टा'-रैप सी.डी. के साथ गाते हुए सुन सकती थी। पहले तल पर छह वर्षीय और आठ वर्षीय दो लड़कियाँ एक टी.वी. स्क्रीन के सामने सोफे के दोनों सिरों पर उकड़ूँ बैठी चैनलों को 'सर्फ' कर रही थीं। क्लिक। एक फ्यूचरिस्टिक युद्ध दृश्य। क्लिक। शहर में हाल ही में हुई एक हत्या का सजीव चित्रण। क्लिक। दो आदमी लड़ रहे हैं। क्लिक। बलात्कार के बारे में वृत्त-चित्रात्मक नाटक। ऊपरी तल पर उनकी

बारह वर्षीय बहन अपनी एक सहेली के साथ एक 'आर'-रेटेड वीडियो देख रही थी। वह परिवार मीडिया द्वारा किए जा रहे आक्रमण का जीता-जागता सबूत था।

जब मेरी मित्र ने मीडिया के उन बच्चों के मन में जहर घोले जाने के मुद्दे की बात छेड़ी तो उसकी परेशान मेजबान इतना ही कह सकी, "देखो, मैं जो कुछ कर सकती हूँ, कर रही हूँ।" यह स्पष्ट है कि अन्य कई माता-पिताओं की तरह उस माँ को भी गाँव से कुछ सहयोग की जरूरत है।

इस तरह की कुछ सहायता सन् 1987 में प्रकाशित टिपर गोर की पुस्तक 'राइजिंग पी जी किड्स इन एन एक्स-रेटेड सोसाइटी' से मिलती है। यह माता-पिताओं के सामने खड़ी चुनौतियों का सार प्रस्तुत करती है। उनसे मिलने से बहुत पहले मैं टिपर द्वारा वह बात, जो लाखों अन्य माता-पिताओं के मन में थी, कहने का साहस करने के लिए उनकी प्रशंसक थी—कि मीडिया द्वारा दिखाई जा रही कुछ सामग्री हमारे बच्चों को हानि पहुँचा रही है।

टिपर और उनका निगरानीकर्ता समूह द पैरेंट्स म्यूजिक रिसोर्स सेंटर उन प्रयासों को बल दे रहे थे जो हिंसक, पतनकारी और खुले यौनाचार का संदेश देने वाली म्यूजिक रिकॉर्डिंग्स पर उन्हें बच्चों के लिए अनुपयुक्त होने का चेतावनी लेबल लगाने के लिए कंपनियों को बाध्य करे। फिर भी, अपनी स्पष्टवादिता के लिए टिपर का विरोध और उपहास किया गया तथा स्वैच्छिक चेतावनी लेबल लगाने की वकालत करके सेंसरशिप का समर्थन करने का आरोप लगाया गया।

अंतत: इस संबंध में प्रभावी काररवाई करने के उनके आह्वान पर सार्वजनिक जीवन में काम करनेवाले कुछ लोग आगे आए हैं। नेशनल पॉलिटिकल कांग्रेस ऑफ ब्लैक विमन की प्रमुख सी.डेलोर्स टकर ने विलियम बेनेट के साथ मिलकर 'गैंगस्टा' रैप के खिलाफ आवाज उठाई है। उन्होंने मीडिया दिग्गज 'टाइम वॉर्नर' का सामना किया, जिन्होंने उस कंपनी इंटरस्कोप रिकॉर्ड्स, जिसने अत्यंत अश्लील गानोंवाले म्यूजिक एलबम निकाले हैं, के साथ अपनी अंशधारिता समाप्त कर दी है। यद्यपि इसमें समय लगा है, लोकमत बच्चों और समाज पर पड़नेवाले दुष्प्रभावों से संबंधित अपने सरोकारों पर मनोरंजन और समाचार उद्योग तथा सरकार को काररवाई करने के लिए बाध्य करने पर कटिबद्ध प्रतीत होता है।

हमारी संस्कृति को प्रभावित करने की उसकी शक्ति को देखते हुए सिनेमा की अंतर्वस्तु पर ध्यान दिया जाना भी जरूरी है। हमारे पास कम-से-कम एक मूवी रेटिंग सिस्टम है; यद्यपि उसे परिष्कृत करके फिल्मों की अंतर्वस्तु का स्तर बढ़ाने के लिए हम बहुत कुछ कर सकते हैं। उदाहरण के लिए, हम इंग्लैंड और ऑस्ट्रेलिया से सबक ले सकते हैं, जहाँ फिल्मों में हिंसा के दृश्य दिखाने के लिए अधिक कठोर कोड बनाए गए हैं। परंतु इस अध्याय में हमने मुख्य रूप से टी.वी. स्क्रीन पर सारा दिन क्या दिखाया जाता है, इस पर केंद्रित किया है; क्योंकि उसी पर लोग हॉलीवुड में बनाई गई अधिकांश

फिल्में देखते हैं और क्योंकि हमारे समाज में उसकी उपस्थिति और प्रभाव काफी व्यापक हैं।

पूर्व संघीय संचार आयोग अध्यक्ष न्यूटन एन. मिनो ने बहुत पहले ही खतरे की घंटी बजा दी थी। सन् 1961 में ही मिनो ने टी.वी. को एक 'विशाल बंजर भूमि' कहकर उसकी भर्त्सना की थी और इस बात का आग्रह किया था कि जनहित में उच्च स्तर कायम रखने के लिए नेटवर्कों को बाध्य किया जाए। तभी से संचार और लोकसेवा के विभिन्न पदों पर रहते हुए मिनो ने इस अति महत्त्वपूर्ण मुद्दे पर स्वयं को समर्पित कर दिया है। हाल ही में प्रकाशित एक पुस्तक 'एबैंडोनेड इन द वेस्टलैंड : चिल्ड्रन, टेलीविजन एंड द फर्स्ट अमेंडमेंट' में उन्होंने और क्रेग एल.ला मे ने पुख्ता सबूतों के साथ पिछले तीन दशकों में जमा हुए टी.वी. के नकारात्मक प्रभावों का लेखा-जोखा प्रस्तुत किया है और फर्स्ट अमेंडमेंट के पीछे छिपते हुए अपने निर्णयों के परिणामों की जिम्मेदारी से बचने के लिए ब्रॉडकास्टर्स को आड़े हाथों लिया है। टेलीविजन पर दिखाई जानेवाली हिंसा हमारे राष्ट्रीय मनोलोक में कितने गहरे उतर गई है, मिनो द्वारा किया गया उसका चित्रण उतना ही दहलाने वाला है जितनी कि स्वयं हिंसा—

> अमेरिकी नागरिक अपने जीवन के टी.वी. संस्करण को इतने रुटीन वे में लेते हैं कि 18 जनवरी, 1993 को जब सत्रह वर्षीय गैरी स्कॉट पेनिंगटन ग्रेसन, केनटकी स्थित अपने हाई स्कूल की इंग्लिश क्लास में पहुँचा और अपनी टीचर के सिर में .38 कैलिबर की एक गोली उतारकर उसे मार डाला। एक विद्यार्थी, जिसने इस घटना को अपनी आँखों से देखा था, ने उसे याद करते हुए कहा, ''ऐसा तो नहीं होना चाहिए था। वह जरूर एम टी वी होगा।'' जरूर! गैरी की सीनियर क्लास का एक औसत विद्यार्थी टी.वी. पर 18,000 हत्याएँ देख चुका था। क्लास के एक औसत विद्यार्थी ने स्कूल में बिताए 11,000 घंटों की तुलना में टी.वी. देखते हुए 15,000 से 20,000 घंटे बिताए थे; प्रत्येक वर्ष एक औसत अमेरिकी बच्चा टी.वी. पर एक हजार से अधिक स्टाइलाइज्ड, खुले बलात्कार, हत्याओं, सशस्त्र डकैतियों और हमलों के दृश्य देखता है।

1950 के दशक से ही लेखों, पुस्तकों और अध्ययनों ने लगातार टेलीविजन के बच्चों पर पड़नेवाले दुष्प्रभावों का लेखा-जोखा प्रस्तुत किया है। दि अमेरिकन साइकोलॉजिकल एसोसिएशन का कमीशन ऑन वायलेंस एंड यूथ एक दशक के अंतर से आनेवाली तीन प्रमुख रिपोर्टों का जिक्र करता है—सन् 1972 में एक सर्जन जनरल्स आयोग द्वारा; 1982 में नेशनल इंस्टिट्यूट ऑफ मेंटल हेल्थ द्वारा तथा 1992 में अमेरिकन साइकोलॉजिकल एसोसिएशन के कमेटी ऑन मीडिया इन सोसाइटी द्वारा—जिन्होंने एक ही अटल निष्कर्ष तक पहुँचने के लिए सैकड़ों अध्ययनों की समीक्षा की—कि 'हिंसा देखना हिंसा को बढ़ावा देता है' तथा 'मीडिया पर दिखाई जानेवाली हिंसा को लगातार

देखने से व्यक्ति हिंसा के प्रति भाव-शून्य हो सकता है।'

98 प्रतिशत अमेरिकी घरों में कम-से-कम एक टी.वी. सेट है, जो दो से ग्यारह वर्ष तक की आयु के बच्चों द्वारा हफ्ते में औसत रूप से अट्ठाईस घंटों तक और किशोर वय के बच्चों द्वारा तेईस घंटों तक देखा जाता है। जो बच्चे कम आय वाले परिवारों में बड़े होते हैं, वे संगठित गतिविधियों या खेलने के स्थानों के अभाव के कारण अपने अधिक समृद्ध समकक्षों की अपेक्षा ज्यादा टी.वी. देखते हैं।

बच्चे स्वयं बतलाते हैं कि कुछ निश्चित टी.वी. कार्यक्रम उन्हें समय-पूर्व यौन संबंध बनाने, आक्रामक व्यवहार करने और अपने माता-पिता के प्रति निरादरपूर्ण होने के लिए प्रोत्साहित करते हैं। सन् 1993 के टाइम्स-मिरर पोल में भाग लेनेवाले अमेरिकियों में से 80 प्रतिशत मानते थे कि टेलीविजन समाज, विशेष रूप से बच्चों, के लिए हानिकारक है। और हम जानते हैं कि युवा मनों को हिंसा के सजीव व सनसनीखेज दृश्यों से सराबोर कर देने से उनमें वास्तविक जीवन में हिंसा का सामना करने की भावनात्मक और मनोवैज्ञानिक क्षमता का ह्रास होता है। गोली चलाना, मारना-पीटना, यहाँ तक कि लोगों को जान से मार देना स्वाभाविक लगने लगता है और एक विचित्र तरीके से दर्द-रहित भी। हिंसा को देखकर बच्चे जड़ व भावशून्य हो जाते हैं।

क्या और किन स्थितियों में लोग जो हिंसा टेलीविजन पर या फिल्मों में देखते हैं, उनमें हिंसा की प्रवृत्ति जगाता है, यह एक ऐसा सवाल है जिस पर शोधकर्ता वर्षों से—सन् 1972 में सर्जन जनरल्स की रिपोर्ट आने के समय से ही—बहस करते रहे हैं। धूम्रपान और फेफड़ों के कैंसर की तरह ही हम जानते हैं कि दोनों में संबंध है। फिर भी, जैसे ही कोई नई खोज धूम्रपान और फेफड़ों कैंसर के बीच संबंध की पुष्टि करती है, जिस तरह कोई व्यक्ति—अकसर वह व्यक्ति जिसे तंबाकू कंपनियों से अच्छी-खासी राशि प्राप्त हुई हो—निश्चित रूप से उठ खड़ा होता है और चिल्लाता है, 'यह निर्णायक नहीं है', उसी तरह जब भी कोई नई रिपोर्ट हमारे टी.वी. स्क्रीन पर दिखाई जा रही हिंसा और हमारी सड़कों पर हो रही हिंसा के बीच संबंध बतलाती है तो हमारे मनोरंजन उद्योग का कोई व्यक्ति उसका खंडन करने या कम-से-कम उसे धूमिल करने या भ्रम पैदा करने की कोशिश करता है।

यह समझने के लिए कि अधिकांश बच्चे जो कुछ टी.वी. पर देख रहे हैं, वह उनके लिए अच्छा नहीं हो सकता, आपको नोबेल पुरस्कार की दावेदार किसी शोध की आवश्यकता नहीं है। हफ्ते के किसी दिन, दिन के किसी भी समय बस टी.वी. चलाकर देख लीजिए कि ध्यान आकर्षित के लिए किस तरह की प्रतियोगिता है। मैं शर्त लगाती हूँ कि यदि कोई अजनबी आपके घर आकर उन्हीं चरित्रों और घटनाओं के बारे में उन्हीं के शब्दों व चित्रों का उपयोग करके आपके बच्चों को कहानियाँ सुनाने लगे तो आप उसे घर से निकाल देंगे। एक माँ या पिता के रूप में आपकी अंतरात्मा जो यह कहती है कि अमुक चीज आपके बच्चों के मानसिक और भावनात्मक स्वास्थ्य के लिए ठीक नहीं है,

उसकी पुष्टि के लिए आप किसी सर्जन जनरल्स की रिपोर्ट का इंतजार नहीं करेंगे।

टेलीविजन का बचाव करनेवाले यह तर्क देते हैं कि सभी प्रकार की मीडिया में बच्चों का सामना हिंसक दृश्यों या विवरणों से होता है—परी-कथाओं और साहित्य की महान् कृतियों सहित—और उनकी शिकायत है कि अकेले टी.वी. से उच्चतर मानकों की अपेक्षा करना ठीक नहीं है। परंतु जैसा मिनो कहते हैं—

> परी-कथाओं और आधुनिक बाल-साहित्य दोनों में अंगभूत मौखिक और लिखित रूप में कहानियाँ सुनाने की परंपरा, जो बच्चों के नैतिक शिक्षण के रूप में विकसित की गई थी और उससे मिलनेवाली शिक्षा बचपन व वयस्कता की सीमाएँ परिभाषित करती थी। पारंपरिक कथाओं में हिंसा को विवाद के एक संभव समाधान, न कि एकमात्र या प्राथमिक समाधान के रूप में उपयोग किया जाता था। इसके अतिरिक्त, हिंसा से युक्त ये कहानियाँ हिंसा के इर्द-गिर्द ऐसे संदेशों का ताना-बाना बुनती थीं, जिन्हें वयस्कों ने बच्चों को शिक्षा देने के उद्देश्य से सृजित किया था, न कि वयस्कों द्वारा वयस्कों के मनोरंजन के लिए।

टी.वी. चैनलों के अधिकारी यह कहने में देर नहीं लगाते कि मनोरंजन के साथ-साथ सूचनाएँ उपलब्ध कराने में भी उनकी बड़ी भूमिका है। वे इस बात पर जोर देते हैं कि दुनिया में जो कुछ हो रहा है, उसकी रिपोर्ट करना पत्रकारों का कर्तव्य है। यह सच है कि आज बच्चे देश-विदेश के बारे में अधिकांश जानकारी सीधे मीडिया से लेते हैं, न कि अपने माता-पिताओं, शिक्षकों या अन्य वयस्कों से प्राप्त छनी हुई सूचनाएँ। और यह भी सच है कि अपराध व हिंसा के बारे में हमें जाग्रत् किया जाना जरूरी है, ताकि हम आग्नेयास्त्रों पर विवेकपूर्ण नियंत्रण जैसे उपायों के जरिए अपनी सुरक्षा की व्यवस्था कर सकें। परंतु ऐसा क्यों है कि इन दिनों सांध्यकालीन समाचारों के लिए जब भी हम अपना टी.वी. ऑन करते हैं तो हमें उस सनसनीखेज हिंसा से रूबरू होना पड़ता है, जिसे नवीनतम 'एक्शन' धारावाहिकों में दिखाए जानेवाले खून-खराबे से अलग करना मुश्किल है।

सन् 1992 में सेंटर फॉर मीडिया एंड पब्लिक अफेयर्स ने दस टी.वी. चैनलों द्वारा अठारह घंटोंवाले एक प्रसारण-दिवस में दिखाए जानेवाले हिंसा के दृश्यों की गिनती की। केवल दो वर्ष बाद ही दोबारा किए गए अध्ययन में सेंटर ने पाया कि टी.वी. पर दिखाई जानेवाली हिंसा 41 प्रतिशत तक बढ़ चुकी थी और सबसे ज्यादा समाचार चैनलों पर। हाल के एक और अध्ययन ने बताया कि पिछले साल स्थानीय समाचार चैनलों पर हत्याओं की रिपोर्टिंग तीन गुना बढ़ गई, यद्यपि पुलिस स्टेशनों में दर्ज हत्याओं के मामलों में इस दर से वृद्धि नहीं हुई थी। इसका अर्थ स्पष्ट है। समाचार चैनलों के अधिकारी मनोरंजन चैनलों के अपने सहकर्मियों से भी अधिक मनोयोग से उसी मंत्र पर कार्य करते हैं—हिंसा बिकती है। एननबर्ग वाशिंगटन प्रोग्राम इन कम्युनिकेशन स्टडीज की सीनियर

फेलो एलेन ह्यूम अपनी हाल की रिपोर्ट 'टेब्लॉइड्स, टॉक रेडियो एंड द फ्यूचर ऑफ न्यूज' में कहती हैं—"अपराध एवं हिंसा से जुड़ी खबरों की लागत कम बैठती है और उन्हें कवर करना आसान है।"

हिंसा एवं बुरी खबरों का व्यापक कवरेज सामान्य रूप से युवाओं में समाज से अलगाव की बढ़ती प्रवृत्ति और उसके साथ चलनेवाले दुष्क्रियात्मक समाज-विरोधी व्यवहार को जन्म देने में अपना योगदान देता है। टी.वी. पर दिखाए जानेवाले भारी खून-खराबे के कारण कई बच्चे अवसादग्रस्त हो जाते हैं और उन्हें बुरे-बुरे सपने आते हैं। वह उन्हें वास्तविक हिंसा से उपजनेवाली पीड़ा एवं विनाश के प्रति भावशून्य बना देता है और उनमें एक विचित्र तटस्थता को जन्म देता है। वह उस व्याधि को बढ़ाने में योगदान देता है, जिसकी समाज-वैज्ञानिक जॉर्ज गेर्बनर ने 'द मीन वर्ल्ड सिंड्रोम' के रूप में पहचान की है, जिसमें बच्चे मीडिया में चित्रित जगत् की नकारात्मक बातों को आत्मसात् कर लेते हैं।

बच्चे टेलीविजन से यह भी सीखते हैं कि हम प्रसिद्धि को बहुत महत्त्व देते हैं, फिर वह कैसे भी प्राप्त की गई हो। इसके साथ ही टेलीविजन उनके मन पर यह छाप भी छोड़ सकता है कि लोग मुश्किल से ही कोई अच्छा या सही काम करते हैं और शायद ही कोई व्यक्ति आदर का पात्र होगा। हमें उन पादरियों, जो बच्चों का उत्पीड़न करते हैं, उन युवा गैंग्स जो बिना देखे-भाले तोड़-फोड़ व मारपीट करते घूमते रहते हैं और उन परिवारों, जो लड़ाई-झगड़े तथा उपेक्षा के अड्डे हैं—इन सबकी कहानियाँ दिखा-दिखाकर सराबोर कर दिया गया है। ये सनसनीखेज विवरण उन पादरियों तथा अन्य धार्मिक व्यक्तियों, जो लोगों को अपने दु:ख से उबरने और जीवन में एक नया अर्थ खोजने में मदद करते हैं; उन किशोरों, जो बेघर-बेसहारा लोगों को खाना खिलाते हैं, पार्कों की सफाई करते हैं और बुजुर्गों की मदद करते हैं तथा उन परिवारों, जो एकजुट होकर मुसीबत के दिनों का सामना करते हैं—इन सबकी कहानियों को पीछे धकेल देते हैं।

ताज्जुब नहीं कि कई बच्चे इस अविश्वास के साथ बड़े होते हैं कि संगठित धर्म उन्हें कोई मार्गदर्शन या नैतिक सहारा दे पाएगा, कि वे और उनके समकक्ष कोई सकारात्मक बल भी बन सकते हैं, कि परिवार शक्ति व स्थायित्व के अनंत स्रोत बन सकते हैं। अपराधों और पीड़ितों की निर्मम व सूक्ष्म छानबीन व्यक्तियों की असहायता पर जोर देते हुए उसे बढ़ा-चढ़ाकर पेश करती है, विशेष रूप से बच्चों के मन में, जिनको दुनिया में स्वयं अपनी निर्बलता का एहसास हमेशा रहता है। इससे भी अधिक घातक यह है कि संस्थाओ पर से उनका विश्वास उठ जाता है और इस बात पर भी कि लोग जिस तरह बुराई के लिए इकट्ठे हो सकते हैं, उसी तरह भलाई के लिए भी हो सकते हैं।

यूनिवर्सिटी ऑफ मिशिगन में मनोविज्ञान के प्रोफेसर और टी.वी. के प्रभावों के एक विशेषज्ञ लिओनार्ड एरोन चेतावनी देते हैं—"जिस तरह टेलीविजन हिंसा का पाठ

पढ़ाता है, अब वह युवाओं को यह सिखा रहा है कि···असमन्वित परिवार भी यही काम कर रहे हैं।'' यूनिवर्सिटी ऑफ शिकागो की प्रोफेसर फ्रोमा वॉल्श उनसे सहमति प्रकट करती हैं। अधिकांश टॉक शोज़ और कई प्राइम टाइम कार्यक्रमों में जिस सनसनीखेज तरीके से परिवार को पेश किया जाता है, उसे लगातार देखते रहना लोगों को 'स्वयं अपने परिवारों को काले चश्मे से देखने और उनका निदान खोजने' के लिए प्रोत्साहित करता है, जबकि परिवार 'अपनी ओर से स्थिति से निपटने का भरसक प्रयास' कर रहे हैं। यह शोध इस बात की ओर इशारा करता है कि दैनिक भोजन के रूप में टी.वी. पर जो कुछ भी परोसा जाता है, वह नियमित दर्शकों के लिए वास्तविकता बन जाता है। आजकल मेन्यू में जो व्यंजन हैं, उन्हें देखते हुए किसी भी परिवार के लिए यह अच्छी खबर नहीं है।

और मेन्यू में और नए व्यंजन आ रहे हैं। वीडियो गेम्स ने लाखों टी.वी. सेट्स को खून और हिंसा के दृश्यों में बदल दिया है, जिन्हें बच्चे न केवल देखते हैं बल्कि भाग भी लेते हैं। 'मॉर्टल कंबेट' और 'किलर इंस्टिंक्ट' जैसे लोकप्रिय कथानकों को आगे बढ़ाने के लिए उँगलियाँ नियंत्रण कुंजियों पर बेतहाशा काम करती हैं और स्क्रीन पर दिखाई दे रहे चरित्रों को अपने सबसे चहेते अंजाम—एक नृशंस हत्या—तक ले जाती हैं। गरदन-तोड़, 'कंकाल की पकड़', 'खोपड़ी-तोड़' एवं 'मरणांतक चीख' जैसे और भी कई व्यंजन पक रहे हैं। 'मॉर्टल कंबेट' में बिखरे हुए खून के दृश्य के साथ एक कंप्यूटर-जनित आवाज उकसाती है, ''उसे खत्म कर दो!''

हाल ही में मैरीलैंड उपनगर, जहाँ वास्तविक हिंसा शायद ही घटित होती है, के एक चौदह वर्षीय लड़के ने 'वाशिंगटन पोस्ट मैगज़ीन' के स्टाफ राइटर डेविड फिंकल को इलेक्ट्रॉनिक हिंसा के प्रति अपने आकर्षण के बारे में बताया। ''मैं हिंसा को पसंद करता हूँ।'' उसने कहा, ''मैं हिंसा को देखना पसंद करता हूँ। मैं सचमुच हिंसा ही देखना पसंद करता हूँ।'' इस लड़के के माता-पिता अपने बेटे के जीवन में पूरी रुचि लेते हैं। वे उसके साथ फिल्में देखने जाते हैं और पढ़ने में उसकी रुचि पैदा करना चाहते हैं। परंतु वे यह भी मानते हैं कि वह इतना बड़ा हो चुका है कि सिनेमा या टी.वी. पर वही देखेगा जो वह देखना चाहता है, वही सुनेगा जो वह सुनना चाहता है और वही गेम्स चलाएगा जो उसका मनोरंजन करते हैं। यह लड़का फिंकल को विश्वास दिलाता है कि यदि वह हिंसा से इतना परिचित न होता तो उसका जीवन बिलकुल अलग होता। ''मुझे किसी के साथ बैठने में भी डर लगता।'' वह स्पष्ट करता है, ''मैं किसी से बात न कर पाता, क्योंकि वे यह सब देख चुके होते।''

वीडियो गेम्स के प्रभावों के बारे में अभी कुछ कहना जल्दबाजी होगी। परंतु कुछ मनोवैज्ञानिक यह पहले ही बता चुके हैं कि वीडियो गेम्स में हिंसा की कमान बच्चों के हाथ में होना निष्क्रिय रूप से टी.वी. पर हिंसा को देखने से ज्यादा हानिकारक हो सकता है। यू.सी.एल.ए. मनोवैज्ञानिक तथा नेशनल कोलीशन ऑन टेलीविजन वायलेंस की पूर्व

अध्यक्ष डॉ. कैरोल लिबरमैन वीडियो गेम्स को एक 'नई ड्रग' का नाम देती हैं। ''मैं समझती हूँ कि यह टेलीविजन हिंसा से बदतर है क्योंकि इसमें बच्चे स्वयं बटन दबाते हैं।'' डॉ. लिबरमैन कहती हैं, ''गेम्स में लोगों का विनाश करने के लिए उन्हें इनाम दिया जा रहा है।''

यह हम पहले से जानते हैं कि टेलीविजन केवल हमारी सोच को ही नहीं बल्कि वह हमारे सोचने के तरीके को भी प्रभावित करता है। जैसा कि मार्शल मैक'लुहान ने बताया, माध्यम स्वयं ही एक संदेश है। टी.वी. पर जो कुछ भी प्रसारित किया जाता है, उसकी निरंतर तेज गति बच्चों को तेज गति से सोचने और कार्य करने के लिए प्रेरित करती है तथा उन गतिविधियों, जो समय की माँग करती हैं तथा वे उन समस्याओं, जिनके समाधान तत्काल नहीं मिलते, के लिए पर्याप्त ध्यान नहीं दे पाते।

बच्चों—और किशोरों—के लिए मनोरंजन आवश्यक है; परंतु कितना और किस प्रकार का, इसकी एक सीमा है। जरा एक पल के लिए सोचिए कि एक प्री-स्कूलर के हाथों में रिमोट कंट्रोल देने का अर्थ क्या है ? अपने मनोरंजन के लिए उसे कुछ विशेष प्रयास नहीं करना पड़ता, न अपनी कल्पना का उपयोग करना पड़ता है, जैसे कोई कहानी सुनते या बड़ों की नकल करते समय। वह जो कुछ देखती और सुनती है, उसका मूल्यांकन करना तो दूर, उसमें अनिच्छित दृश्यों को मन से हटाने की क्षमता नहीं होती। और नाचते-कूदते दृश्यों, चमकीले रंगों एवं धमाकेदार ध्वनि- संयोजन को छोड़कर चले जाने की क्षमता का तो सवाल ही नहीं।

टी.वी. के प्रति बच्चों में अदम्य आकर्षण होता है। अमेरिकी घर, जहाँ दिन-रात टी.वी. सेट्स शोर मचाते रहते हैं, उन राजमार्गों की तरह लगते हैं, जहाँ दुर्घटनाओं के कारण जाम लग गया हो। बस इस मामले में पीड़ित हैं तो टी.वी. के सामने आँख फाड़े बुद्धू की तरह देखते, अति उत्तेजित और चुनौती-रहित बच्चे।

□

मेरे माता-पिता उन टी.वी. शोज की सामग्री के बारे में उतने चिंतित नहीं रहते थे जितना उस समय के बारे में, जो मेरे भाई और मैं टी.वी. के सामने बिताते थे। वे चाहते थे कि हम पढ़े, घर के काम करें और बाहर जाकर खेलें, इसलिए वे हमारे टी.वी. देखने के समय को कठोरता से नियमित करते थे। जब चेल्सी छोटी थी तब बिल और मैं उसके टी.वी. देखने पर सामग्री व समय दोनों तरह के बंधन लगाते थे और अब भी हम समय-समय पर उसके टी.वी. एवं सिनेमा देखने पर नजर रखते हैं। टेलीविजन के अतिशय प्रभावों से स्वयं को और अपने बच्चों को बचाने के लिए माता-पिता अब दूसरे तरीके भी अपनाने लगे हैं। उन्हें अंततः टेक्नोलॉजी से कुछ मदद मिल सकती है, जैसे प्रस्तावित संचार कानूनों में शामिल की गई वी-चिप। यह एक ऐसी कंप्यूटर चिप है, जिसके जरिए माता-पिता उन कार्यक्रमों को बाधित कर सकेंगे, जो बच्चों के देखने लायक नहीं हैं। परंतु प्रौद्योगिकी उपलब्ध कराना केवल आधी लड़ाई जीतना है; उसे व्यवहार में लाने के

लिए हमें एक सशक्त, स्पष्ट रेटिंग सिस्टम की जरूरत होगी, जैसी कि सिनेमा के मामले में अभी हमारे पास है।

इस बीच, यह सुनिश्चित करने के लिए कि बच्चे अनुपयुक्त टी.वी. शोज या अधिक देर तक टी.वी. नहीं देख रहे हैं, माता-पिता अपनी ओर से भी कदम उठा रहे हैं। वे अनौपचारिक रूप से अपनी स्वयं की रेटिंग को जारी रख सकते हैं। जो समाचार-पत्र एवं पत्रिकाएँ माता-पिताओं की मदद के लिए फिल्मों और संगीत एलबमों की समीक्षाएँ प्रकाशित करते हैं, उन्हें वे टेलीविजन के बारे में भी यही करने के लिए प्रोत्साहित कर सकते हैं। जिस तरह से वे अपने बच्चों को सड़क पार करना सिखाते हैं वैसे ही उन्हें यह भी सिखा सकते हैं कि टी.वी. कैसे देखना चाहिए—सावधानी से।

नेशनल पैरेंट्स टीचर्स एसोसिएशन तथा केबल उद्योग द्वारा प्रायोजित एक पहल फैमिली एंड कम्युनिटी क्रिटिकल व्यूइंग प्रोजेक्ट में माता-पिताओं, शिक्षकों और बच्चों को टी.वी. देखने की कला सिखाने के लिए 'टेकिंग चार्ज ऑफ योर टी.वी.—ए गाइड टु क्रिटिकल व्यूइंग फॉर पैरेंट्स एंड चिल्ड्रन' नामक एक प्रकाशन उपलब्ध है। वह माता-पिताओं को इस विषय पर बच्चों से बात करने की सलाह देता है कि वे टी.वी. पर कौन-कौन से कार्यक्रम देखते हैं; इससे टी.वी. पर दिखाए जानेवाले चरित्र वैसा क्यों करते हैं, जैसा उन्हें करते हुए दिखाया जाता है तथा जिम्मेदारी व गैर-जिम्मेदारी से किए गए कार्यों के बीच अंतर समझने में उनकी मदद करनी चाहिए। हमें इस बिंदु पर बात करने के लिए उन्हें प्रेरित करना चाहिए कि टी.वी. पर दिखाए जानेवाले परिवार उनके और उनकी जानकारी में अन्य परिवारों से किस तरह अलग हैं। हम टी.वी. पर दिखाई जानेवाली घटनाओं का जीवन की वास्तविक स्थितियों से मिलान कर सकते हैं। उदाहरण के लिए, जब रोज़ेन और डैन के बीच खटपट हो जाती है, क्योंकि डैन का व्यवसाय ठीक नहीं चल रहा तो हम बच्चों को समझा सकते हैं कि यह सुनिश्चित करने के लिए कि वे अपनी सारी जिम्मेदारियाँ पूरी कर सकें, माता-पिताओं को कभी-कभी रास्ते निकालने पड़ते हैं।

समझदारी से उपयोग किया जाए तो टेलीविजन कल्पना और वास्तविकता में भेद समझने में बच्चों की सहायता कर सकता है; क्योंकि जिस कल्पनालोक की वह रचना करता है, वह उन्हें इतना सटीक महसूस होता है। 'टी.वी. की दुनिया' में विचरण करनेवाले चरित्रों की पहचान जितनी वयस्कों को स्पष्ट होती है उतनी एक बच्चे को नहीं हो सकती। उदाहरण के लिए, तीस मिनट का एक ड्रामा या सिटकॉम देखते हुए आप बच्चों को बताएँ कि केवल आधे घंटे में किसी समस्या का समाधान खोज पाना वास्तविकता से दूर है। यह भी समझाएँ कि एक लंबी अवधि में घटित होनेवाली घटनाओं को लेखक और निर्देशक को दी गई आधे या एक घंटे की छोटी सी अवधि में पैक करना होता है और इस बिंदु पर चर्चा करें कि अमुक घटना वास्तविक जीवन में कैसे घटती।

एक और भी विकल्प है, जिस पर माता-पिता विचार कर सकते हैं—किसी

संध्या, हफ्ते में किसी नियत दिन या किसी हफ्ते भर—सारे टी.वी. सेट्स, वीडियो गेम्स और वी.सी.आर. को बंद रखें। मैंने 'वुमन्स डे' पत्रिका को दिए साक्षात्कार में जब यह सुझाव दिया तो कई पाठकों ने उत्साहपूर्ण प्रतिक्रिया व्यक्त की। कुछ माता-पिताओं, जो टी.वी. पर न केवल हिंसा दिखाए जाने बल्कि सामान्य रूप से उसके अत्यधिक प्रभाव से तंग आ चुके थे, ने मुझे लिखा कि वे इस विचार को आजमा चुके हैं।

कल्पना कीजिए कि यदि हम सबने पूरे एक हफ्ते अपने टी.वी. बंद रखे तो क्या होगा। वह शांति—और अन्य गतिविधियाँ, जो हम हाथ में ले सकते हैं—हमारी आदत बन सकती हैं।

यहाँ-वहाँ माता-पिता एकजुट हो रहे हैं और अपनी संगठित शक्ति का अनुभव कर रहे हैं। द साउथ फ्लोरिडा प्री-स्कूल पी टी ए मियामी टी.वी. स्टेशनों से प्रसारित होनेवाले बच्चों के कार्यक्रमों की मॉनिटरिंग करती है। यह तय करने के लिए कि स्टेशन कानून का पालन कर रहे हैं या नहीं, अपनी बारी आने पर प्रत्येक सदस्य एक या हो हफ्तों तक उन कार्यक्रमों को ध्यान से देखता है।

द चिल्ड्रंस टेलीविजन ऐक्ट, 1990 बच्चों के कार्यक्रमों के दौरान नेटवर्क द्वारा दिखाए जानेवाले विज्ञापनों की समय-सीमा तय करता है। वह एफ.सी.सी. को निर्देश भी देता है कि लाइसेंसिंग प्रक्रिया के एक भाग के रूप में वह इस बात को देखे कि स्टेशन वे कार्यक्रम प्रसारित करते हैं या नहीं, जो ''बच्चों की शैक्षिक और सूचना संबंधी आवश्यकताओं की पूर्ति करते हों।'' तीन वर्षों के दौरान इस फ्लोरिडा ग्रुप ने पाया कि नेटवर्क कानून का पालन करने में असफल रहे थे। सन् 1995 की अपनी रिपोर्ट में उन्होंने बताया कि मियामी के व्यावसायिक टी.वी. स्टेशन अपने कुल कार्यक्रमों का केवल 1 प्रतिशत समय बच्चों के शैक्षिक कार्यक्रमों के प्रसारण में लगा रहे हैं।

मियामी का यह समूह माता-पिताओं और उपभोक्ताओं के उन कई समूहों में शामिल है, जो एफ.सी.सी. से यह आग्रह कर रहे हैं कि वह अपने निर्धारित नियमों का पालन करवाए तथा नेटवर्कों द्वारा और अधिक शैक्षिक कार्यक्रमों को अनिवार्य बनाकर उन नियमों को सशक्त करे। सन् 1951 में हर हफ्ते सत्ताईस घंटे बच्चों के स्तरीय कार्यक्रम प्रसारित होते थे। एफ.सी.सी. अध्यक्ष रीड हुंट चाहते हैं कि नेटवर्कों के लिए यह अनिवार्य बनाया जाए कि वे हफ्ते में कम-से-कम तीन ऐसे कार्यक्रम प्रसारित करें। यह लिखे जाने तक एफ.सी.सी. ने इस प्रस्ताव पर कोई कारवाई नहीं की थी। परंतु लोकहित याचिकाओं का संज्ञान लेते हुए वेस्टिंगहाउस, जिसने हाल ही में सी बी एस को खरीद लिया है, ने स्वेच्छा से इस संबंध में अपनी प्रतिबद्धता जाहिर की है। एफ.सी.सी. का निर्णय केबल स्टेशनों को प्रभावित नहीं करेगा, क्योंकि उनके द्वारा पब्लिक एयरवेव्स का इस्तेमाल न किए जाने के कारण वे सरकारी नियमनों से मुक्त होते हैं।

केबल टेलीविजन के आगमन से बच्चों के लिए प्रस्तुतियाँ नाटकीय रूप से बढ़ गई हैं, जिसके अच्छे और बुरे दोनों पहलू हैं। डिज्नी, डिस्कवरी, निकलोडियन तथा ए

एंड ई जैसे चैनल क्लिंटन परिवार की अनिवार्य व्यूइंग में आते हैं। परंतु अभी अमेरिका के केवल 65 प्रतिशत घरों तक केबल टी.वी. की पहुँच है और बचे हुए 35 प्रतिशत घरों में बच्चों की संख्या आनुपातिक रूप से अधिक है। पिछले पचास वर्षों में हुए कई सामाजिक परिवर्तनों की तरह मीडिया, विशेष रूप से टेलीविजन, के नकारात्मक प्रभावों के सबसे ज्यादा शिकार कम आयवाले परिवारों के बच्चे हुए हैं।

इसीलिए, सरकारी टी.वी., जिसने बच्चों के लिए लगातार शैक्षिक कार्यक्रम तैयार किए हैं, हमारे टैक्स डॉलरों और दानराशि के भी हकदार हैं। 'सेज्मी स्ट्रीट' जैसे कार्यक्रम गणित और रीडिंग सिखाने के साथ-साथ मनोरंजन भी करते हैं। 'व्हेयर इन द वर्ल्ड इज कार्मेन सैन डिएगो ?' भूगोल सीखना मनोरंजक और उत्साहजनक बना देता है। म्यूजिक वीडियो और स्पेशल इफेक्ट्स की मदद से 'बिल नाय, द साइंस गाय' विज्ञान को क्लास रूम से बाहर निकालकर यथार्थ दुनिया में ले जाता है। कई सफल शैक्षिक कार्यक्रमों का सृजन चिल्ड्रंस टेलीविजन वर्कशॉप ने किया है। इसका उद्देश्य एक शैक्षिक माध्यम के रूप में टेलीविजन की संभावनाओं का पता लगाना था। इसकी स्थापना वर्ष 1968 में की गई थी।

मई 1995 में यूनिवर्सिटी ऑफ कंसास में मानव विकास के दो प्रोफेसर जॉन राइट और अलेथा हूस्टन ने कम आयवाले परिवारों के बच्चों की शैक्षिक निपुणता, स्कूल जाने की तैयारी तथा स्कूली जीवन से समायोजन को टेलीविजन कैसे प्रभावित करता है, इस विषय पर अपने चार वर्षीय अध्ययन के परिणामों को जारी किया। उन्होंने पाया कि उन बच्चों की तुलना में, जो मुख्यत: गैर-शैक्षिक कार्टून और वयस्क कार्यक्रम देखते थे, उन स्कूल-पूर्व बच्चों, जो 'सेज्मी स्ट्रीट' जैसे शैक्षिक कार्यक्रमों को प्रतिदिन पच्चीस मिनट से भी कम समय तक देखते थे, ने स्कूल में प्रवेश लेते समय मानवीकृत मौखिक और गणित के परीक्षणों में कहीं बेहतर प्रदर्शन किया।

शिक्षाविद् समाज के अग्रणी व्यक्ति, चर्च समूह और अन्य लोग सरकारी प्रसारणों एवं बेहतर कमर्शियल प्रसारणों के लिए समर्थन जुटाने में एक मंच पर आ सकते हैं। वे अप्रासंगिक हिंसा, खुले यौन दृश्यों या किसी अन्य तरह से अरुचिकर दृश्यों से भरे कार्यक्रमों का संगठित रूप से बहिष्कार भी कर सकते हैं। एक घर के बहिष्कार से तो कोई फर्क नहीं पड़ेगा, परंतु एक या दो गाँव मिलकर टी.वी. चैनलों के निएल्सन रेटिंग पॉइंट घटा या बढ़ा सकते हैं और रेटिंग पॉइंट्स ही वह संवेदनशील बैरोमीटर है, जो चैनलों के कार्यक्रम निर्माण संबंधी निर्णयों को प्रभावित करता है।

शिक्षक भी प्रत्यक्ष और अप्रत्यक्ष दोनों रूपों में एक भूमिका निभा सकते हैं। सबसे पहले और सबसे महत्त्वपूर्ण तो यह कि वे पढ़ाई को रोचक बनाने के लिए अपना सबकुछ लगा सकते हैं। बच्चों को यह समझाने में वे माता-पिताओं की सहायता भी कर सकते हैं कि टेलीविजन उन्हें किस तरह से छलता है तथा संवेदना और दयालुता जैसे संस्कार वे अपने घरों, पूजास्थलों एवं स्कूलों से प्राप्त करते हैं, को किस तरह से दूषित करता है।

पत्रकारों और न्यूज एक्जीक्यूटिव्ज़ की भी जिम्मेदारियाँ हैं। जहाँ जरूरी हो, उन्हें हिंसा की रिपोर्टिंग करनी चाहिए; परंतु नकारात्मक रूढ़ छवियों से बचते हुए उन्हें उस समाचार को इस तरह संतुलित करना चाहिए कि बच्चे व बड़े स्वयं अपने और आसपास के लोगों के बारे में सकारात्मक रुख अपनाएँ। लिखित शब्द और टेलीवाइज्ड दृश्यों की शक्ति को ध्यान में रखते हुए सच्चाई को समझदारी से पेश करना न केवल एक अच्छे पत्रकार का गुण है बल्कि एक जिम्मेदार नागरिक का भी है।

यह सच होते हुए भी कि कमर्शियल टी.वी. मुनाफे के पहलू की अनदेखी नहीं कर सकते, उनके अधिकारी और कार्यक्रम निर्माता अपनी जिम्मेदारी से बच नहीं सकते। जैसा कि एक अग्रणी, निष्पक्ष, गैर-लाभकारी एक संस्था 'चिल्ड्रन नाउ' के सन् 1995 में हुए सम्मेलन में अपना अध्यक्षीय भाषण देते हुए न्यूटन मिनो ने कहा, "एक आदर्श जगत् में टेलीविजन में कार्य करनेवाले लोगों को चिकित्सा जगत् के लोगों की तरह एक शपथ लेना पड़ती, मैं किसी को हानि नहीं पहुँचाऊँगा।" वे उस शपथ का पालन कैसे कर पाते? इसकी शुरुआत वे स्वयं से ही यह पूछकर कर सकते थे कि क्या वे अपने स्वयं के बच्चों, नाती-पोतों, भतीजे-भतीजियों और पड़ोस के बच्चों को वे कार्यक्रम देखने देते, जो उन्होंने बनाए हैं? वे अपने स्वयं के सलाहकार पैनल बनाते, जिनमें माता-पिता प्रमुखता से शामिल किए जाते, जिन पर बच्चों के हितों को वित्तीय हितों से ऊपर रखने का भरोसा किया जा सकता था।

पत्रकार और प्रसारणकर्ता मुझसे कहते हैं कि वे स्वयं आपस में इन मुद्दों पर बात करते रहे हैं तथा अपनी पेशेगत व सार्वजनिक दोनों तरह की जिम्मेदारियों को पूरा करने के रास्ते खोज रहे हैं। अपने वार्षिक परिवार सम्मेलन, जो इस वर्ष नेशविले में आयोजित हुआ, में अल और टिपर गोर बच्चों और परिवारों पर मीडिया के प्रभावों पर चर्चा करने के लिए प्रसारणकर्ताओं, बच्चों के समर्थकों, विज्ञापनदाताओं, शोधकर्ताओं व माता-पिताओं को एक मंच पर ले आए। ओपरा विनफ्रे ने अपने शो को और सकारात्मक दिशा देने का फैसला किया है। एक टी.वी. स्टेशन ने अपने ज्यादा सनसनीखेज टॉक शोज़ को बंद करने का निर्णय लिया है और एक अन्य स्टेशन उन्हें बंद करने पर विचार कर रहा है। कुछ स्थानीय टी.वी. स्टेशनों ने टेबलॉइड एप्रोच छोड़कर गंभीर समाचार व्यवसाय में लौटने का फैसला किया है।

इस तरह के कदमों से नैतिक के साथ-साथ वित्तीय लाभ होने की भी संभावना है। जब जॉन लैंसिंग मिनिपॉलिस के डब्ल्यू.सी.सी.ओ.-टी.वी. में समाचार निदेशक थे तब उन्होंने महसूस किया कि उनके स्टेशन द्वारा स्थानीय न्यूज कवरेज जितना ही एक मनोरंजन कार्यक्रम से मेल खाता था उतना ही अपने समुदाय के साथ उसके संबंध कमजोर हो रहे थे। उन्होंने इस प्रश्न पर विचार करने के लिए तुरंत अधिकारियों की बैठक बुलाई कि दर्शकों की अपेक्षाओं से पुनः परिचित होने के लिए स्टेशन कौन से कदम उठाए। परिणामस्वरूप, समाचार विभाग ने अपनी टेबलॉइड स्टाइल छोड़कर

डब्ल्यू.सी.सी.ओ. को एक 'परिवार संवेदी' स्टेशन के रूप में स्थापित कर दिया, जो निर्धारित सांध्यकालीन प्रसारण के दौरान हिंसा के विवरणों और दृश्यों को बहुत कम कर देता या हटा ही देता था। फिर भी, डब्ल्यू.सी.सी.ओ. मार्केट शेयर में अपना पहला स्थान बनाए रखने में सफल रहा। बहुत से पत्रकारिता संगठन और कार्यक्रम संतुलित और खुले दिमाग से की गई रिपोर्टिंग को प्रोत्साहित करते हैं। ऐसा ही एक संगठन है यूनिवर्सिटी ऑफ मैरीलैंड का 'द केसी जर्नलिज्म सेंटर', जो रिपोर्टरों, संपादकों, निर्माताओं और समाचार निदेशकों को फेलोशिप प्रदान करता है। प्राप्तकर्ताओं को इन मुद्दों पर आयोजित सम्मेलनों में भाग लेने और विशेषज्ञों से मिलने का अवसर प्राप्त होता है। उद्देश्य है विचारपूर्ण, गहरे और पूरे दस्तावेजों के साथ रिपोर्टिंग को प्रोत्साहन देना।

टेलीविजन उन समाचार-पत्रों से प्रेरणा ले सकता है, जो नियमित रूप से बच्चों की गतिविधियों को कवर करते हैं और पारिवारिक मुद्दों पर केंद्रित दीर्घकालीन रिपोर्टिंग प्रोजेक्ट बनाते हैं। उदाहरण के लिए, क्लीवलैंड के 'प्लेन डीलर' ने हर शनिवार को एक 'फैमिली सेक्शन' का समावेश किया है। अब तक उसने बच्चों की टी.वी. देखने की आदतों (उन नुस्खों के साथ, जो टी.वी. देखने को एक अधिक रचनात्मक गतिविधि बना सकते हैं), उन उपायों के बारे में जिनसे बच्चे अपने दादा-नानाओं के साथ अधिक समय बिता सकें तथा परिवारों को और सुदृढ़ बनाने (क्षेत्र के अनुकरणीय लोगों की निजी कहानियों के साथ) पर लेख प्रकाशित किए हैं। यह सेक्शन पारिवारिक वित्त प्रबंधन पर भी नियमित रूप से एक स्तंभ प्रकाशित करता है, जिसमें परिवार के लिए एक पिल्ला खरीदने की लागत से लेकर कोई बैंक लूटे बिना सपरिवार छुट्टियाँ कैसे बिताई जाएँ, जैसी सूचनाएँ दी जाती हैं।

टेलीविजन, सिनेमा, वीडियो गेम्स एवं संगीत हमारे जीवन में बने रहेंगे और आनेवाले वर्षों में भी हमारे आचार-विचारों को प्रभावित करते रहेंगे। माता-पिताओं के रूप में हमारे घरों में क्या कुछ प्रवेश करता है, इसे तय करने के अधिकार को फिर से प्राप्त करने के लिए हमें तैयार रहना होगा। मीडिया उत्पादों के निर्माता और उपभोक्ता तथा गाँव के नागरिकों के रूप में हमारे बच्चे क्या देखते और सुनते हैं, उसमें सुधार के लिए दबाव बनाने के उद्देश्य से हमें एकजुट होने के लिए तैयार रहना चाहिए। एक अकेली काररवाई प्रभावशाली नहीं होती, परंतु लाखों निर्णय—टी.वी. बंद कर देने या कुछ निश्चित फिल्मों या सी.डी. या वीडियो गेम्स को अस्वीकार कर देने—विज्ञापनदाताओं और कार्यक्रम-निर्माताओं को ऐसा संदेश देने में हमें ऊर्जा प्रदान करते हैं, जो जोर से और साफ-साफ उन तक पहुँचे।

□

16

हर व्यवसाय पैतृक व्यवसाय है

> स्वर्णिम नियम का अर्थ यह नहीं कि स्वर्ण ही राज करेगा।
>
> *—बारबरा रेनॉल्ड्स*

मेरे पिता बड़ी कंपनियों और बड़ी सरकारों दोनों को संदेह की दृष्टि से देखते थे। मैं जब बड़ी हो रही थी, वे सैन्य-औद्योगिक परिसरों और किसी के भी हाथों में बिना जवाबदेही शक्ति के केंद्रीयकरण के खिलाफ राष्ट्रपति आइज़नहॉवर की चेतावनी को उद्‍धृत करते नहीं थकते थे। अक्तूबर 1995 में अपने दक्षिणी अमेरिका के प्रवास के दौरान जब एक और पूर्व राष्ट्रपति थियोडोर रूजवेल्ट द्वारा कहे गए शब्द मेरे कानों में पड़े तो मुझे मेरे पिता की याद आ गई। मुझे सैनटिएगो में यूनिवर्सिटी ऑफ चिली के विद्यार्थियों और फैकल्टी के समक्ष भाषण देना था। श्रोताओं को मेरा परिचय देते हुए यूनिवर्सिटी के रेक्टर ने उसी हॉल में बयासी वर्ष पहले राष्ट्रपति रूजवेल्ट द्वारा की गई टिप्पणियों का उल्लेख किया। उन्होंने कहा कि पूर्व राष्ट्रपति ने कंपनियों की अनियंत्रित शक्ति की ज्यादतियों के खिलाफ चेतावनी दी थी।

जिज्ञासावश मैंने रूजवेल्ट के उस भाषण की एक प्रति हासिल की और आज भी उनके संदेश की प्रासंगिकता पर मैं चकित रह गई—

> ''कुछ ही लोगों के हाथों में बिना किसी नियंत्रण के इतने अधिक उपक्रमों को केंद्रित होने से''''कई बुराइयाँ पैदा हुई हैं। हमें यह समझना चाहिए कि बड़े-बड़े निगमों ने स्वयं को स्थापित कर लिया है और हमें उन्हें नियंत्रित करना एवं

नियमों के अंतर्गत लाना चाहिए, ताकि बड़े व्यवसाय छोटों को निगलकर फल-फूल न सकें। इसके अतिरिक्त हमें सहकारिता और लाभों को नियोक्ता एवं कर्मी के बीच बाँटने के सिद्धांतों पर भी जोर देना चाहिए, ताकि इन विशाल निगमों की भावी समृद्धि को उन सब में न्यायोचित तरीके से बाँटा जा सके, जिन्होंने उसे पैदा करने में भाग लिया है।''

रूजवेल्ट के शब्द उस लोकप्रिय दृष्टिकोण को व्यक्त करते थे, जो बीसवीं सदी के अधिकांश भाग में छाया रहा था। जैसे-जैसे निजी क्षेत्र बढ़ता गया, लोगों का मानना था कि सरकार को अनियंत्रित प्रतियोगिता की ज्यादतियों पर अंकुश लगाना चाहिए। परिणामस्वरूप एंटीट्रस्ट कानूनों, शुद्ध आहार एवं दवाओं संबंधी कानूनों, लेबलिंग तथा उपभोक्ता संरक्षण के अन्य उपायों के द्वारा उपभोक्ताओं को संरक्षण दिया गया है; प्रतिभूतियों संबंधी कानूनों द्वारा निवेशकों को संरक्षण दिया गया है; बाल श्रमिकों, मजदूरी और काम के घंटों, पेंशन, श्रमिक क्षतिपूर्ति तथा कार्यस्थल पर सुरक्षा संबंधी कानून बनाकर श्रमिकों को संरक्षण दिया गया है; और स्वच्छ हवा व पानी के मानकों, सूचना का अधिकार तथा अन्य पर्यावरणीय सुरक्षा संबंधी कानूनों के जरिए व्यापक जन समुदाय को संरक्षण दिया गया है।

निस्संदेह इनमें से कुछ कानूनों का मसौदा बनाने तथा उन विनियमों के लिखने और लागू करने, जो उन्हें प्रभावशील बनाते हैं, में गलतियाँ हुई थीं। परंतु कुल मिलाकर उनके परिणामों से शिकायत करना कठिन है। इस शताब्दी के दौरान हमारा पर्यावरण स्वच्छतर हुआ है। हम पहले से अधिक स्वस्थ हुए हैं। हमारे श्रमिक अधिक सुरक्षित और हमारे वित्तीय बाजार अधिक सुदृढ़ हुए हैं। हमारी अर्थव्यवस्था जो अब भी दुनिया की सबसे अधिक शक्तिशाली और उत्पादक है, फिर से प्रगति की ओर अग्रसर है, जहाँ छोटे उद्योगों की स्थापना, निर्यात और स्टॉक मार्केट—सभी रिकॉर्ड स्तर पर हैं। तीन वर्षों से कम अवधि में 75 लाख से अधिक नौकरियों का सृजन हुआ है तथा बेरोजगारी और मुद्रा-स्फीति की संयुक्त दर पिछले सत्ताईस वर्षों में सबसे नीची है।

एक ऐसे युग में, जब राष्ट्र की कई बुराइयों का दोष सरकार को दिया जाना फैशन बन गया है, हमारी सार्वजनिक बहसों में, अमेरिकी परिवारों और बच्चों की समस्याओं के लिए आर्थिक कारणों को शायद ही जिम्मेदार ठहराया जाता है। जो लोग यह सवाल उठाते भी हैं, उन्हें मुक्त बाजार व्यवस्था में पर्याप्त निष्ठा न रखने वाले लोग करार दिए जाने की संभावना अधिक है। फिर भी, यदि हम पारिवारिक मूल्यों का आदर करते हैं तो हमें इस बात से सरोकार होना चाहिए कि बाजार इन मूल्यों के साथ क्या करता है।

अपने पिता की तरह मैं पूँजीवाद और मुक्त बाजार व्यवस्था की समर्थक हूँ। परंतु मैं यह भी जानती हूँ कि हर मानवीय प्रयास गलती, अक्षमता, भ्रष्टाचार और सत्ता के दुरुपयोग का शिकार हो सकता है। लोकतंत्र के बारे में विंस्टन चर्चिल की प्रसिद्ध सूक्ति

का भावानुवाद करें तो पूँजीवाद एक अर्थव्यवस्था का निकृष्ट स्वरूप है—सिवाय उसके सभी विकल्पों के। हमारी जैसी मुक्त बाजार व्यवस्था में तनाव अंतर्निहित हैं, क्योंकि वही शक्तियाँ जो एक अर्थव्यवस्था को मजबूत बना सकती हैं—उत्पादकता और लाभकारिता को अधिकतम करके उपभोक्ताओं को संतुष्ट करने का संकल्प—श्रमिकों और परिवारों को हानि पहुँचा सकती हैं। जहाँ हम प्रतियोगिता और नवाचार को प्रोत्साहित करना चाहते हैं, जो अमेरिकी पूँजीवाद की पहचान है, व्यावसायिक निर्णयों की जो कीमत हमें व्यक्तिगत व सामाजिक रूप से चुकानी पड़ती है, उसके बारे में भी सचेत रहने की जरूरत है। प्रत्येक युग में समाज को एक मार्केट शेयर के लिए प्रतियोगिता करने और लाभ कमाने के लिए व्यवसायों को जिस स्वतंत्रता की जरूरत होती है, उसमें तथा पारिवारिक व सामुदायिक मूल्यों की रक्षा करने के बीच संतुलन बनाकर चलना चाहिए। यदि दोनों में से किसी को भी क्षति पहुँचती है तो उसके परिणाम भौतिक और अन्य रूपों में तथा दीर्घकाल में हमें बहुत महँगे पड़ेंगे, चाहे अल्पकाल में हमें उनसे कुछ फायदा हो।

इस पुस्तक में मैंने अपने बच्चों और उन्हें विरासत में मिलनेवाले गाँव के भविष्य के प्रति व्यक्तियों और संस्थाओं की जिम्मेदारियों के बारे में बात की है। समाज का कोई भी भाग उस विरासत की प्रकृति पर उतना प्रभाव नहीं डाल सकता जितना व्यवसाय। हम एक ऐसे युग में रहते हैं, जिसे राजनीति-वैज्ञानिक एडवर्ड लुटवक 'टर्बो-चार्ज्ड' कहते हैं, जिसके लक्षण हैं—तीव्र प्रतियोगिता; विस्मयकारी प्रौद्योगिकीय परिवर्तन; वित्तीय, सूचना और मनोरंजन के बाजारों का वैश्विक स्वरूप; कंपनियों और निगमों का लगातार पुनर्गठन; और निजी क्षेत्र पर सरकार का अपेक्षाकृत कम नियंत्रण एवं प्रभाव।

बदली हुई परिस्थितियों का यह संयोजन परिवारों व समुदायों और उनमें बड़े होनेवाले बच्चों के लिए नई समस्याएँ पैदा करता है। उपभोक्ताओं, श्रमिकों, निवेशकों और अधिक व्यापक रूप से उस समाज, जिसे बनाने में उसका भी हाथ है, के नागरिकों तथा उस पर्यावरण में जीनेवाले लोगों के रूप में, जो मुख्यत: उसी की देन हैं, बिजनेस हमें सशक्त तरीके से प्रभावित करता है। इसलिए हमारी परिस्थितियाँ समाज के प्रत्येक वर्ग—विशेष रूप से व्यवसाय—द्वारा नई और विचारपूर्ण पहल को अनिवार्य बनाती हैं।

□

उपभोक्ताओं को प्रतियोगी दरों पर ज्यादा और बेहतर उत्पादों में से चुनाव की सुविधा देते हुए हमारी अर्थव्यवस्था आगे बढ़ रही है। कुल मिलाकर यह व्यवस्था, जिसने न केवल हमें एक आरामदायक जीवन दिया है बल्कि और अधिक अमेरिकियों को नौकरियाँ भी प्रदान की हैं, हमारे लिए वरदान साबित हुई हैं। परंतु उपभोक्ता संस्कृति की एक शर्त यह भी है कि वह लोगों के मन में उन आकांक्षाओं को जगाने के लिए मानवीय असुरक्षाओं का उपयोग करती है, जिन्हें कोई निश्चित उत्पाद या सेवा को

खरीदकर ही संतुष्ट किया जा सकता है। यदि हम सब आज कह दें कि "ठीक है, मेरे घर में बहुत कुछ है। अब से मैं केवल अपनी न्यूनतम आवश्यकताओं पर ही खर्च करूँगा," तो वह हमारी अर्थव्यवस्था के लिए विनाशकारी होगा। परंतु उन सांस्कृतिक संदेशों से संचालित होकर, जो हमारे पास जो कुछ है उससे असंतुष्ट रहने के लिए उकसाते हैं और जो अधिक उपभोग को सफलता का मापदंड बना देते—संदेश जो विज्ञापनों की अनवरत बमबारी से उत्पन्न होते हैं—हम उस संभावित खतरे से रूबरू होते हैं, जो हमारे आत्मसंयम और स्थायित्व, जो हमारी अल्पकालीन आवश्यकताओं पर पैसे उड़ाने के बजाय बचत और भविष्य के लिए निवेश से उत्पन्न होते हैं, पर लालच को तरजीह देने से पैदा होता है।

वह खतरा हमारे बच्चों के लिए ज्यादा है, जिन्हें वह भविष्य विरासत में मिलेगा और वे मूल्य जो उसे आकार देंगे। 'सेलिंग आउट अमेरिकाज चिल्ड्रन' में लेखक डेविड वॉल्श कहते हैं, बीसवीं सदी के अंत के हम अमेरिकी वित्तीय लाभों की वेदी पर और वॉल्श के ही मुहावरे 'एडवर-टीज़िंग' के आकर्षण पर अपने बच्चों को कुर्बान कर रहे हैं। हममें से उन लोगों को, जो मुक्त बाजार व्यवस्था में विश्वास रखते हैं, ऐसा होने के खतरे के प्रति चिंतित होना चाहिए—एक उड़ाऊ समाज जो अप्राप्य कल्पनाओं के आहार पर जीता है, एक ऐसा समाज जिसमें लोग—विशेष रूप से बच्चे—'आज उनके पास क्या है और वे कल क्या खरीद सकते हैं', इस भाषा में अपनी अहमियत को परिभाषित करते हैं।

वॉल्श दस्तावेजों के साथ उन विज्ञापन अभियानों के सूक्ष्मता से किए गए हिसाब-किताब और करोड़ों डॉलर के खर्च का ब्योरा देते हैं, जो बच्चों की ओर निर्देशित होते हैं, जिनकी तात्कालिक संतोष की इच्छा और परिपक्वता की कमी उन्हें एक आसान लक्ष्य बना देती है। जो बच्चे घंटों टी.वी. के सामने बैठे रहते हैं, वे विशेष रूप से प्रभावित होते हैं और विज्ञापन एजेंसियाँ यह जानती हैं। सन् 1984 में संघीय संचार आयोग द्वारा उन विनियमों को रद्द किए जाने के बाद, जो बच्चों के टी.वी. कार्यक्रमों के दौरान दिखाए जानेवाले विज्ञापनों की समय-सीमा तय करते थे, विज्ञापनों की संख्या फिर बढ़ गई तथा कार्यक्रम जितने लंबे विज्ञापनों—खिलौने-आधारित चरित्रों के इर्द-गिर्द बनाए गए शो—की बाढ़ आ गई।

कांग्रेस द्वारा सन् 1990 में पास किया गया चिल्ड्रंस टेलीविजन ऐक्ट बच्चों के कार्यक्रमों के दौरान दिखाए जानेवाले विज्ञापनों की समय सीमा फिर से तय करता है, परंतु उसका अनुपालन हमेशा सख्ती से सुनिश्चित नहीं किया गया है, यद्यपि एफ.सी.सी. इस दिशा में कदम उठा रही है। एफ.सी.सी. अध्यक्ष रीड हंट कहते हैं—"आज के बच्चे राष्ट्रपतियों से ज्यादा धारावाहिकों को जानते हैं।" न ही "खरीदो, खरीदो, खरीदो का शोर विज्ञापनों तक सीमित है; विज्ञापन बच्चों के जीवन में उतर गए हैं। यहाँ तक कि

उनके स्पोर्ट्स हीरो भी नाइकीज़, पेप्सीज़ से लेकर बिग मैक्स तक हर चीज के चलते-फिरते विज्ञापन बन गए हैं।''

व्यापक उपभोक्तावाद और 'एडवर-टीजिंग' ने माता-पिताओं को न केवल अपने बच्चों के मूल्यों और विश्वासों के, बल्कि उनके स्वास्थ्य के मामले में भी बहुराष्ट्रीय निगमों की प्रतियोगिता में खड़ा कर दिया है। एक अध्ययन के अनुसार, कैमल सिगरेट का कार्टून शुभंकर कैमल एक छह-वर्षीय बालक के लिए उतना ही परिचित है जितना कि मिकी माउस। फुटबॉल, स्कीइंग से लेकर सेलिंग तक लगभग सभी पेशेवर खेलों को सिगरेट ब्रांडनेम्स से जोड़ दिया गया है। यदि आपको इस बात में संदेह है कि तंबाकू कंपनियाँ संभावित उपभोक्ताओं के रूप में बच्चों को लक्ष्य बनाती हैं तो अपने आपसे पूछिए कि वह क्या चीज है, जो प्रतिदिन तीन हजार अमेरिकी बच्चों को सिगरेट पीना शुरू करने के लिए उकसाती है या अभिनेता डेव गोर्लिट्ज़ से बात करके देखिए, जो सात वर्षों तक विंस्टन सिगरेट के विज्ञापनों में भाग लेते रहे जब तक कि वह इन कंपनियों द्वारा बच्चों को लुभाने के प्रत्यक्ष प्रयासों से इतने तंग न आ गए कि वे यह व्यवसाय छोड़कर धूम्रपान-विरोधी आंदोलन में शामिल हो जाएँ। या फिलिप मॉरिस, जो उन तीन सिगरेटों में से दो के उत्पादक हैं, जो अमेरिकी बच्चे पीते हैं, के उन दस्तावेजों को देखिए जिन्हें पहले सीक्रेट बताया गया था और जिन्हें कैलिफोर्निया के प्रतिनिधि हेनरी वैक्समेन ने जुलाई 1995 में कांग्रेस में पढ़ा था और जो अब उसके रिकॉर्ड में शामिल है। जो बातें उजागर हुई थीं, उनमें से एक वैक्समेन के शब्दों में इस प्रकार थी—''यह पता लगाने के लिए कि क्या अतिक्रियाशील बच्चे सिगरेट के संभावित बाजार हैं, कंपनी तीसरी कक्षा के विद्यार्थियों पर अध्ययन कराती है।''

उन मामलों में, जहाँ बच्चे उत्पादों के कारण प्रत्यक्ष व गंभीर खतरों के शिकार होते हैं, सरकार काररवाई कर सकती है और उसे करनी चाहिए, जैसा कि राष्ट्रपति ने सिगरेट पीने तथा तंबाकू सेवन तक बच्चों की पहुँच को सीमित करने के लिए फूड एंड ड्रग एडमिनिस्ट्रेशन से दखल देने, सिगरेटों के उन विज्ञापनों पर रोक लगाने, जो बच्चों को अपील करते हों, 'सिगरेट पीना शांति पहुँचाता है'—इस संदेश के खिलाफ एक शिक्षा अभियान चलाने तथा कंपनियों को अंशदान देने के लिए बाध्य करने के मुद्दों को अपने प्रस्तावों में किया है। (अपेक्षा के अनुसार तंबाकू कंपनियाँ इस प्रस्ताव का मुकाबला करने के लिए अदालतों में कानूनी काररवाई और 'सरकारी दफ्तरशाहों' के खिलाफ प्रचार अभियान चलाने पर लाखों डॉलर खर्च कर रही हैं।)

परंतु सरकार वयस्कों के नेतृत्व और सजग नागरिकता की एक भागीदार है, न कि उसका विकल्प। माता-पिताओं को विज्ञापनदाताओं एवं उनके अपने बच्चों द्वारा डाले गए उपभोक्ता दबावों का सामना करने के लिए और अधिक तत्परता दिखानी होगी। उन्हें बच्चों के सामने अनावश्यक चीजों का अंबार लगाकर अपने प्यार को 'सिद्ध' करने

के अपने आवेग पर नियंत्रण रखना चाहिए उन उत्पादों की खरीदने से इनकार करके, जो बेमतलब की हिंसा, यौन विकृतियों या सुरुचिहीनता को बढ़ावा देती हों, वे अपने बच्चों और निर्माताओं के सामने एक नैतिक वक्तव्य दे सकते हैं। सन् 1995 की गरमियों में उपभोक्ताओं द्वारा एतराज जताए जाने पर वस्त्र डिजाइनर कैल्विन क्लेन ने किशोरों को लक्ष्य करके बनाए गए उस विज्ञापन अभियान को वापस ले लिया, जिसमें युवा मॉडल्स यौन उत्तेजक मुद्राओं में दिखाई गई थीं।

यदि माता-पिता इसका मुकाबला नहीं करते तो हम बच्चों से यह अपेक्षा कैसे कर सकते हैं कि वे उपभोक्ता संस्कृति के उस संदेश का विरोध करेंगे, जो स्टाइल को मूल भाव से अधिक महत्त्व देता है। हम उसकी विनाशक शक्ति का अंदाजा एक स्की जैकेट या नाभि-टोपी जैसी मामूली बातों पर हुई हत्याओं से लगा सकते हैं। प्रतिरोधी काररवाई करने और इस संदेश के पीछे छिपी शक्तियों को कमजोर करने के लिए माता-पिता को गाँव से मदद की जरूरत है। प्रसारणकर्ताओं और प्रकाशकों, जो विज्ञापनदाताओं को समय और स्थान उपलब्ध कराते हैं, को अधिक संयम व विवेक का प्रदर्शन करना चाहिए। उद्योगों के हितों और बच्चों के हितों में संतुलन बनाए रखने के लिए व्यावसायिक जगत् को सरकार और परिवारों के साथ मिल-जुलकर कार्य करना चाहिए।

□

मूल्यों पर उपभोक्ता संस्कृति के हमले ने आज की तेजी से बदलती अर्थव्यवस्था में परिवारों पर दबाव और बढ़ा दिया है। हममें से अधिकांश लोगों को उस समय की याद है, जब हमारे समुदायों में व्यवसाय एक एंकर की तरह होता था। द्वितीय विश्व युद्ध के बाद, जब अमेरिका के पास दुनिया की लगभग 40 प्रतिशत दौलत और केवल 6 प्रतिशत जनसंख्या थी, हमारे देश ने वह आर्थिक समृद्धि देखी, जिसमें व्यवसायों से यह आशा की जाती थी कि वे न केवल अपने शेयरधारकों को अच्छा मुनाफा कमा कर देने, बल्कि नौकरियों और उच्चतर आमदनियों का सृजन करने, ताकि एक मध्य वर्ग का उदय हो सके, उनके लिए उच्च गुणवत्ता की वस्तुओं और सेवाओं का उत्पादन करें। अंततः यदि लोगों के पास नौकरियाँ और आमदनियाँ नहीं होंगी, वे व्यवसायों द्वारा उत्पादित वस्तुएँ एवं सेवाएँ कौन खरीदेगा ?

परंतु आधुनिक अर्थव्यवस्था के दबावों के कारण व्यवसायों से एक लंबे समय से स्थापित अपेक्षाएँ दब गई हैं। यह सुनिश्चित करने के लिए कि उनके निवेशकों को अच्छी त्रैमासिक विवरणियाँ देखने को मिले और अपने अधिकारियों के ऊँचे वेतनों को उचित सिद्ध करने में कई कंपनियाँ, विशेष रूप से बड़ी कंपनियाँ, स्वयं को तंग कोनों में पा रही हैं। इसका अर्थ अकसर यह होता है कि वे अधिकांश कर्मचारियों को एक निवेश नहीं, लागत समझते हैं और यह कि वे काम के दौरान प्रशिक्षण देने, कर्मचारियों के साथ मुनाफा बाँटने, परिवार-हितैषी नीतियाँ बनाने, मिल-जुलकर निर्णय लेने या न्यायोचित

वेतन वृद्धि देने—जो बढ़ी हुई उत्पादकता और मुनाफे के कारण देय हैं—में कोई रुचि नहीं लेते। यहाँ तक कि मजदूरों की नौकरियाँ तक कुर्बान की जा सकती हैं, क्योंकि अधिकारी कंपनी का 'आकार कम करने' या आउटसोर्सिंग (वही काम स्वतंत्र ठेकेदारों से कराना, जो पहले कंपनी के नियमित कर्मचारी करते थे) या उत्पादन को उन देशों में ले जाने, जहाँ मजदूरी की दरें कम हैं और पर्यावरण संबंधी नियम उतने कड़े नहीं हैं, में अल्पकालीन लाभ देखते हैं। कंपनी के शीर्ष अधिकारियों से जो संदेश आता है, वह 'सब तरह की स्थितियों में हम सब साथ हैं' के बजाय 'आपका क्या होता है, यह आप जानो' है।

कई कंपनियों द्वारा रिकॉर्ड मुनाफा कमाने के बावजूद शीर्ष अधिकारियों और औसत श्रमिकों की आमदनियों के बीच अंतर नाटकीय रूप से बढ़ गया है। सन् 1974 में एक बड़े निगम का मुख्य कार्यपालक अधिकारी आमतौर पर एक औसत कारखाना मजदूर से पैंतीस गुना अधिक कमाता था। सन् 1993 में मु.का. अधिकारी एक औसत कारखाना मजदूर की मजदूरी—यदि सौभाग्य से वे अपनी नौकरी बचाने में सफल रहे हैं तो—से लगभग 150 गुना कमाते थे। इसके साथ ही जैसा मॉर्गन स्टैनली के मुख्य अर्थशास्त्री एवं वैश्विक आर्थिक विश्लेषण के निदेशक स्टीफन रोच ने हाल की एक रिपोर्ट में बताया, ''सन् 1991 और 1995 के बीच लगभग 25 लाख श्रमिक निगमों के पुनर्गठन का शिकार हुए हैं—अमेरिकी अर्थव्यवस्था, जो अब भी उबरने की प्रक्रिया में है, का एक अभूतपूर्व आर्थिक नर-संहार।'' वह कहते हैं कि ''अमेरिकी श्रमिकों के मन में नौकरियों और आमदनियों को लेकर गहरी असुरक्षा की भावना व्याप्त है।''

अर्थव्यवस्था में नई प्रौद्योगिकियों के आगमन और वाणिज्य के वैश्वीकरण जैसे बदलावों ने मिलकर पिछले दो दशकों में एक ऐसे समाज को जन्म दिया है, जिसे अर्थशास्त्री रॉबर्ट एच.फ्रेंक और फिलिप जे.कुक 'जीतनेवाला सबकुछ ले जाता है' के चलनवाला समाज कहते हैं। हमारे राष्ट्र की रीढ़ मध्यम वर्ग बँट रहा है, जिसमें अधिक-से-अधिक लोग उन ईमानदार परिश्रमी अमेरिकियों के एक 'चिंतित वर्ग' में शामिल हो रहे हैं। मध्य-स्तरीय प्रबंधक तथा सफेदपोश कर्मचारियों पर वह बनने का खतरा मँडरा रहा है, जिसे श्रम मंत्री रॉबर्ट रैक 'सोने का मुलम्मा चढ़े समय में उधड़ी हुई कॉलरों' वाला कर्मचारी कहते हैं। यह तसवीर मुश्किल से अमेरिकन सपने की तसवीर लगती है।

हमारे बच्चों के लिए आमदनियों में इस बढ़ती हुई असमानता के गंभीर निहितार्थ हैं। अमेरिका की टर्बो-चार्ज्ड अर्थव्यवस्था ने सस्ती और बेहतर वस्तुओं व सेवाओं का उत्पादन किया है तथा अधिक प्रतियोगी क्षमता का प्रदर्शन किया है; परंतु उसने उन सामाजिक अस्थिरताओं को भी जन्म दिया है, जो पारिवारिक और सामुदायिक मूल्यों को चोट पहुँचाते हैं। जैसा कि अपनी पुस्तक 'द लॉस्ट सिटी', जिसमें एलन एहरनहॉल्ट 1950 के दशक से हमारे सामुदायिक जीवन में आए ह्रास का परीक्षण करते हैं—

"अनियंत्रित मुक्त बाजार पिछली पीढ़ी में अमेरिकी जीवन का सबसे अधिक विघटनकारी तत्त्व रहा है, जिसने बस्तियों एवं समुदायों को हिलाकर रख दिया है तथा सामाजिक जीवन और व्यक्तिगत आचरण के पारंपरिक मानकों को ध्वस्त कर दिया है....।

"यह बाजार का आतंक ही है, जिसने समुदायों के प्रति निगमों की निष्ठा को समाप्त कर दिया है तथा ग्राहकों के प्रति पड़ोस के दुकानदार की, अपनी स्थानीय टीम के प्रति खिलाड़ियों की, अपने शहर के प्रति टीमों की....। राजनेताओं को इन बदलावों का समर्थन करने का पूरा अधिकार है। परंतु उनका समर्थन करना और फिर अगली ही साँस में अपने क्षेत्र व परिवार के पारंपरिक मूल्यों का ढोल पीटना समझ से परे है।"

मुनाफे में चल रही एक कंपनी द्वारा कॉरपोरेट कुशलता के नाम पर श्रमिकों की छँटनी करने का फैसला न केवल उन श्रमिकों को बल्कि उनके बच्चों, परिवारों और पूरे समुदाय को प्रभावित करता है। यही काम अंशकालिक कार्य-सप्ताह का उनका फैसला करता है, जिसका उद्देश्य है श्रमिकों को लाभों से वंचित रखना। और जब एक कंपनी कम श्रमिकों से कम चलाने का फैसला करती है, जिससे माता-पिता रात की या सप्ताहांत की अतिरिक्त शिफ्टों में काम करने के लिए विवश होते हैं। इन अवधियों में बच्चों की देखभाल करनेवाला कोई नहीं होता—तो इसका खामियाजा किसे भुगतना पड़ता है?

यह सच है कि जहाँ कॉरपोरेट पुनर्संरचना कई नौकरियाँ समाप्त कर रही है, वहीं अर्थव्यवस्था लाखों नए रोजगारों का सृजन भी कर रही है, क्योंकि छोटे व्यवसाय रिकॉर्ड गति से स्थापित हो रहे हैं। संक्षेप में, सफल उद्यमियों और उन शक्तिशाली कंपनियों, जो श्रमिक और परिवार-हितैषी हैं, के सुशिक्षित कर्मचारियों के लिए यह अर्थव्यवस्था उत्तम है। फिर भी, अभी हाल तक डाउनसाइजिंग ने उतनी नौकरियाँ कम कर दी हैं जितनी हमारी आर्थिक वृद्धि दर सामान्य तथा सृजित करती, परंतु नई नौकरियों में से बहुत कम में स्वास्थ्य और पेंशन सुविधाएँ थीं।

उन लोगों के लिए, जो ऐसे शहरी क्षेत्रों में रहते हैं जहाँ किसी भी प्रकार की व्यावसायिक गतिविधियाँ बहुत कम हैं, निजी क्षेत्र में हुए बदलाव प्रत्यक्ष और घातक हैं, जहाँ बेरोजगारी और अपराध, नशीली दवाओं के सेवन, अनुग्रह-राशि पर निर्भरता और स्कूल सिस्टम की असफलता की दर बहुत ऊँची है। परंतु अब हम जान गए हैं कि समस्याएँ कहीं भी हों, अंततः हम सबको प्रभावित करती हैं। उनका समाधान करने की बहुत बड़ी जिम्मेदारी सरकार की है। परंतु उसके संसाधन सीमित हैं, अंशतः इसलिए कि विकास को ध्यान में रखते हुए वह किसी भी अन्य विकसित अर्थव्यवस्था की तुलना में टैक्स के रूप में लोगों की आमदनी का कम हिस्सा लेती है।

हमारे कई कड़े औद्योगिक प्रतिद्वंद्वियों सहित कई विकसित देश सामाजिक स्थायित्व के प्रति हमसे अधिक प्रतिबद्ध रहे हैं और उसे बनाए रखने के लिए उन्होंने अपनी आर्थिक नीतियों को तदनुसार ढाल लिया है। उदाहरण के लिए, पिछले चार वर्षों में जापान की विकास दर धीमी रही है और इस समय वह युद्ध के बाद मंदी की सबसे लंबी अवधि झेल रहा है, फिर भी वहाँ की सरकार और निगम उस व्यवस्था को जारी रखे हुए हैं, जिसमें श्रमिकों को पूर्ण रोजगार सुरक्षा मिली हुई है। उनकी दृष्टि में यह फायदे का सौदा है।

जर्मनी में भी इस बात पर सर्वसम्मति है कि मुक्त बाजार व्यवस्था में निहित असमानताओं को दूर करने तथा जीवन में सफल होने के लिए सभी नागरिकों की क्षमता बढ़ाने में सरकार और व्यवसाय दोनों को भूमिका निभानी चाहिए। अमेरिकियों की तुलना में जर्मनीवासी अधिक न्यूनतम मजदूरी देते हैं, हर एक के स्वास्थ्य की देखभाल की ऐसी व्यवस्था जो अपनी अमेरिकी समकक्ष से सस्ती है तथा उन युवा श्रमिकों, जिन्होंने कॉलेज शिक्षा नहीं पाई थी, को ऐसे हुनर सिखाने की दुनिया की बेहतरतीन प्रणाली उपलब्ध कराते हैं जो रोजगार बाजार में प्रतिस्पर्द्धा करने के लिए आवश्यक हों। इस तरह के निवेशों के कारण जर्मन श्रमिक अपने अमेरिकी समकक्षों से ऊँची मजदूरी पाते हैं और वहाँ आमदनी का बँटवारा उतना असमान नहीं है जितना हमारा है।

अपने संसाधनों का अधिक भाग निजी क्षेत्र के हाथों में सौंपकर हमने एक भिन्न मार्ग चुना है। अपने प्रतिस्पर्द्धियों की तुलना में हमारे देश में रोजगार सृजन कहीं अधिक है और अधिक संख्या में नए व्यवसाय भी शुरू होते हैं, परंतु एक अधिक खुली अर्थव्यवस्था के दुष्परिणाम भी हम ज्यादा झेलते हैं। एक समाज के रूप में हमारे पास विकल्प हैं। हम अधिकांशत: बाजार को गाँव के मूल्य और खैरियत तय करने की अनुमति दे सकते हैं या जैसा कि हम भूतकाल में करते आए हैं, व्यवसाय से यह अपेक्षा करना जारी रख सकते हैं कि वह अपनी आर्थिक भूमिका के साथ सामाजिक भूमिका भी निभाए। इसका अर्थ है, हमें एक यथार्थवादी दृष्टिकोण से यह देखना चाहिए कि व्यवसाय द्वारा उठाए जानेवाले कौन से कदमों को सरकार अनिवार्य बना सकती है; मुख्य रूप से स्वास्थ्य सुरक्षा प्रतियोगिता, उचित व्यावसायिक आचरण और पर्यावरण के क्षेत्रों में; व्यवसायों द्वारा भागीदारी और कर्मचारियों के प्रोत्साहन के लिए उठाए जानेवाले कौन से कदमों के लिए सरकार उन्हें राजी कर सकती है; उपभोक्ता और श्रमिक स्वयं अपने लिए क्या कर सकते हैं तथा अपने ग्राहकों, कर्मचारियों, निवेशकों एवं उस बृहत्तर समुदाय वे स्वयं जिसका हिस्सा हैं, के लिए अग्रणी व्यवसायी स्वेच्छा से क्या करना चाहते हैं। इनमें से अंतिम दो श्रेणियाँ सबसे महत्त्वपूर्ण हो सकती हैं। हमें अपने बच्चों के लिए तीव्रता से एक ऐसी राष्ट्रीय और वैश्विक अर्थव्यवस्था की दरकार है, जिसमें लोग केवल उपभोक्ताओं

की तरह ही नहीं बल्कि जिम्मेदार नागरिकों की तरह व्यवहार करें, जिसमें श्रमिक अपने और अपनी कंपनियों की सफलता के लिए स्वयं अपनी जिम्मेदारी तय करें और जिसमें हमारे व्यवसाय अच्छे प्रदर्शन के साथ अच्छ कार्य भी करें।

□

भूतकाल में सरकार ने कानून बनाकर तथा परिवारों और बच्चों के कार्यक्रमों का वित्त-पोषण, जिनमें से उन्हें इन्कम टैक्स क्रेडिट जैसे कुछ का वर्णन मैंने अन्य अध्यायों में किया है, इनके जरिए मेहनतकश अमेरिकियों और उनके परिवारों के जीवन में सुधार लाने के लिए अपनी ओर से कदम उठाए हैं। सरकार ने परिवार और चिकित्सा अवकाश अधिनियम जैसे कानूनों के जरिए व्यवसाय द्वारा कुछ निश्चित कदम उठाया जाना भी अनिवार्य बना दिया है।

सभी के लिए अवसर पैदा करने के हमारे देश के वादे को पूरा करने के लिए हमारी सरकार के जरिए हम कुछ और कदम भी उठा सकते हैं। हम न्यूनतम मजदूरी की राशि बढ़ा सकते हैं, जो चालीस वर्षों में सबसे कम के आँकड़ों को छू रही है। न्यूनतम मजदूरी पानेवाले प्रत्येक पाँच व्यक्तियों में से दो अपने परिवारों में अकेले कमानेवाले हैं और हाल के कई अध्ययनों ने बताया है कि इस राशि में मामूली वृद्धि से नौकरियाँ खतरे में नहीं पड़तीं। हम मध्यवर्गीय परिवारों को उनके स्वयं की या उनके बच्चों की हाई स्कूल पश्चात् शिक्षा के लिए करों में छूट दे सकते हैं। कांग्रेस एक 'जी.आई.' बिल पास कर सकती है, जो बेरोजगार या अर्द्ध-रोजगार मजदूरों को स्थानीय सामुदायिक कॉलेजों में दो वर्ष तक के प्रशिक्षण की लागत के रूप में वाउचर्स उपलब्ध कराएगा। हम सस्ती स्वास्थ्य सेवाओं तक उनकी पहुँच बढ़ा सकते हैं और बीमा कानूनों में इस आशय का सुधार कर सकते हैं कि जब किसी मजदूर के परिवार का कोई सदस्य बीमार हो तो उसे बीमा सुरक्षा दिए जाने से इनकार न किया जा सके या नौकरी बदलने पर बीमा निरस्त न कर दिया जाए। हम छोटे व्यवसायियों द्वारा अपने कर्मचारियों के लिए रिटायरमेंट सेविंग्स प्लान स्थापित व संचालित करने की लागत और प्रशासनिक व्यय को कम करके उन्हें अधिक सरल एवं सस्ता बना सकते हैं।

अच्छे नागरिक बनने के लिए हम व्यवसायियों को प्रोत्साहन भी दे सकते हैं। इसका एक उदाहरण है आपदाग्रस्त क्षेत्रों में निजी निवेश को प्रोत्साहन देने के लिए मेरे पति के प्रशासन द्वारा सशक्तीकरण जोन्स का बनाया जाना। व्यवसाय जगत् के प्रति अधिक कार्यकुशल और कम वजनी बनकर सरकार अपनी विश्वसनीयता बढ़ा सकती है, जैसा कि उपराष्ट्रपति गोर की 'रीइन्वेंटिंग गवर्नमेंट' टीम द्वारा सोलह हजार पृष्ठों में फैले अनावश्यक संघीय विनियमों के निरस्त किए जाने की कवायद तथा व्यवसाय जगत् के साथ प्रशासन की भागीदारी से देखने को मिलता है।

एक 'स्वच्छ कार', जो बहुत कम ईंधन इस्तेमाल करती है, के विनिर्माण के

उद्‌देश्य से ऑटोमोबाइल निर्माताओं ने सरकार के साथ साझेदारी की है। पर्यावरण संरक्षण एजेंसी के प्रोजेक्ट 'एक्स एल' ने उन विनियमों, जो उन्हें यह निर्देश देते थे कि उन मानकों का अनुपालन 'कैसे' किया जाए, को वापस लेने की सरकार की रजामंदी के बदले विभिन्न उद्योगों से जुड़ी कंपनियों द्वारा उच्चतर पर्यावरणीय मानकों के अनुपालन संबंधी सहमति हासिल की गई है। हमारी सबसे शक्तिशाली कई दूरसंचार और कंप्यूटर कंपनियों ने अमेरिका के प्रत्येक स्कूल को इंटरनेट से जोड़ने और यह सुनिश्चित करने कि प्रत्येक क्लासरूम में पर्याप्त कंप्यूटरों, अच्छे सॉफ्टवेयर और सुप्रशिक्षित शिक्षकों की व्यवस्था हो, के उद्‌देश्य से इस आशय के एक प्रोजेक्ट में सरकार से हाथ मिलाया है। शीतयुद्धोत्तर काल में रक्षा मंत्रालय से जुड़े ठेकेदारों ने कमर्शियल उत्पाद तैयार करने के लिए साझेदारियाँ विकसित की हैं।

समुदाय हितैषी कंपनियों पहले से ही ऐसे कई कार्य कर रही हैं, जिनकी नागरिकों को प्रशंसा करनी चाहिए तथा सरकार को, जहाँ संभव हो, विधायी परिवर्तनों के द्वारा उन्हें और आकर्षक बनाकर उन्हें प्रोत्साहित करना चाहिए। कुछ कंपनियाँ श्रमिकों की मजदूरी को व्यवसाय के प्रदर्शन और अधिकारियों के वेतन से जोड़ देती हैं तथा अस्थायी छँटनी से बचने की नीति अपनाती हैं, जिसका अर्थ है, जब व्यवसाय ठीक न चल रहा हो तब श्रमिक और प्रबंधक दोनों आनुपातिक रूप से अपने वेतन में कटौती के लिए तैयार रहेंगे। कई अन्य कंपनियाँ अपने कर्मचारियों को स्टॉक ऑप्शंस, स्वास्थ्य और पेंशन संबंधी लाभ, काम के साथ शिक्षा और प्रशिक्षण के अवसर तथा ट्यूशन बोनस या बच्चों की पढ़ाई पर हुए खर्च की प्रतिपूर्ति जैसी कई सुविधाएँ प्रदान करती हैं। कई और कंपनियाँ बच्चों की देखभाल की सुविधा प्रदान करती हैं या कम-से-कम बच्चों की शिक्षा में गहरी दिलचस्पी लेने के लिए माता-पिताओं को जल्दी घर जाने या देर से काम पर आने की अनुमति देती हैं।

सन् 1989 में टेलीविजन निर्माता नॉर्मन लीअर तथा जॉनसन एंड जॉनसन के पूर्व मुख्य कार्यपालक अधिकारी जेम्स बर्क ने अन्य कई अग्रणी व्यवसायियों, पेशेवरों और शिक्षाविदों के साथ मिलकर बिजनेस एंटरप्राइज ट्रस्ट नामक गैर-लाभकारी एक राष्ट्रीय संगठन की स्थापना की। विचार यह था कि वर्तमान और भावी अग्रणी व्यवसायियों में एक नई उद्यमिता की भावना भर देना, जो 'कुशल प्रबंधन को सामाजिक चेतना' से जोड़ती हो। हर साल ट्रस्ट उन व्यवसायियों और फर्मों को पुरस्कार प्रदान करता है, जिनके क्रियाकलाप साहस, ईमानदारी और एक सामाजिक दूरदृष्टि प्रदर्शित करते हैं। पिछले कुछ वर्षों में जिन्होंने यह पुरस्कार जीता है, उनमें ऐसे व्यक्ति या कंपनियाँ शामिल हैं, जो प्रत्येक अमेरिकी समुदाय में सभी आकार के व्यवसायों के लिए आदर्श हैं—

- एक सुपर मार्केट चेन, फिनॅस्ट जिसने क्लीवलैंड के भीतरी भागों में स्टोरों

का निर्माण और उन्हें पुनर्सज्जित किया है, इस बात का सबूत है कि व्यवसाय अपेक्षाकृत निर्धन इलाकों में भी मुनाफे पर चलाया जा सकता है। कंपनी ने न केवल अपनी कार्यकुशलता और लाभप्रदता में वृद्धि की बल्कि एक ऐसे इलाके में आर्थिक विकास को गति दी, जिससे अन्य व्यवसायी दूर ही रहते थे।

- स्कोकी, इलिनॉइस आधारित एक ऑटोमोटिव उत्पाद निर्माता फेल-प्रो ने अपने कर्मचारियों के मनोरंजन के लिए दो सौ एकड़ जमीन खरीदी और उस स्थल पर एक समर डे कैंप बनाया, जो प्रतिवर्ष सैकड़ों कर्मचारियों के बच्चों को सेवाएँ प्रदान करता है। फेल-प्रो ने प्लांट के समीप एक डे-केयर सेंटर, कर्मचारियों के बीमार संबंधियों के लिए आपातकालीन देखभाल, कर्मचारियों के शिक्षण पर हुए खर्च की भरपाई तथा उनके बच्चों के लिए कॉलेज स्कॉलरशिप, प्रवेश संबंधी परामर्श तथा इमदादी कोचिंग सहित कई परिवार-हितैषी नीतियों को कार्यान्वित किया है।
- स्टारबक्स कॉफी कंपनी के मुख्य कार्यपालक अधिकारी हॉवर्ड शुल्ज़ ने कंपनी की सफलता में श्रमिकों के हित समाहित करने की दिशा में काम किया है। स्टारबक्स के सभी श्रमिकों, जो हफ्ते में बीस घंटे या इससे अधिक काम करते हैं, को स्वास्थ्य सुविधाएँ और स्टॉक ऑप्शंस मिलते हैं। कंपनी का कहना है कि बीमा प्रीमियमों की बढ़ी हुई राशि की भरपाई बहुत कम श्रमिकों द्वारा काम छोड़ने और तदनुसार नए श्रमिकों के प्रशिक्षण पर होनेवाले खर्च में कमी से हो जाती है।
- रशेले हुबका ने सन् 1989 में शिकागो शहर के भीतरी भाग में रशेल्स बस कंपनी की स्थापना की थी। उन्होंने कई ऐसे लोगों को काम पर रखा जिन्हें पहले नौकरी के लायक नहीं समझा गया था। उन्होंने उनमें आत्मगौरव और उद्यमिता की भावना भर दी तथा एक सफल कंपनी और दक्ष बस ड्राइवरों का एक विशाल समूह तैयार किया।

प्रबुद्ध व्यावसायिक व्यवहारों के उदाहरण इतने अधिक हैं कि मैं यहाँ उन सबका विवरण नहीं दे सकती परंतु वे अब भी बहुत कम हैं।

सामाजिक चेतना-युक्त कॉर्पोरेट जीवन-दर्शन भावी समृद्धि और सामाजिक स्थिरता का मार्ग हैं। हार्वर्ड बिजनेस स्कूल के प्रोफेसरों रोज़ाबेथ मॉस कैंटर और माइकल पोर्टर का कहना है कि भविष्य उन व्यवसायियों का है, जो अपने कर्मचारियों और समुदायों में निवेश करते हैं। उनकी पुस्तक 'वर्ल्ड क्लास' में कैंटर वैश्वीकरण तथा स्थानीय समुदायों की शक्ति के बीच संबंधों की पड़ताल करती है। पोर्टर का विश्वास है कि ''कंपनियाँ निगमों का पुनर्निर्माण करने और स्वयं में एक सामाजिक चेतना जगाने की आवश्यकता

को फिर से समझेंगी। जो ऐसा करेंगी वे प्रतियोगिता के अगले चरण में विजयी होंगी।'' मुझे इस बात की पूरी आशा है। अपने जीवन को सुखद बनाने और एक चिरस्थायी गाँव के निर्माण के लिए अमेरिका के बच्चे जिस भविष्य के अधिकारी हैं, उसे संभव बनाने के लिए व्यवसाय जगत् का योगदान जरूरी होगा।

□

17

बच्चे भी नागरिक हैं

हम संयुक्त प्रयासों से ही सफल हो सकते हैं। बात यह नहीं है कि 'हममें से कौन बेहतर कर सकता है', बल्कि यह है कि 'क्या हम सब बेहतर कर सकते हैं?'

—अब्राहम लिंकन

सन् 1995 के वसंत में चेल्सी और मैंने दक्षिण एशिया की यात्रा की थी। एक किशोरी की माँ होने के नाते मैंने स्वयं को सचमुच भाग्यशाली माना कि मेरी पंद्रह वर्षीया बेटी दस दिन मेरे साथ बिताने के लिए तैयार थी। हमने नई दिल्ली स्थित मदर टेरेसा के अनाथाश्रम का दौरा किया और लाहौर, पाकिस्तान में बिजनेस का अध्ययन कर रही नवयुवतियों से बात की। हमने अहमदाबाद, भारत में गरीब महिलाओं द्वारा स्थापित व संचालित एक ग्रामीण बैंक देखा और उस स्थान के बारे में जाना, जहाँ भारत का स्वतंत्रता आंदोलन शुरू करने से पहले महात्मा गांधी रहे थे। हमने जेसोर, बँगलादेश और कोलंबो, श्रीलंका में उन प्रयासों का मुआयना किया जिनके माध्यम से गर्भवती महिलाओं और उनके शिशुओं की देखभाल की जाती है तथा महिलाओं एवं गरीबों के लिए आर्थिक व राजनीतिक अवसरों का विस्तार किया जाता है। हम जहाँ कहीं भी गए, यह देखकर प्रभावित हुए कि व्यापक गरीबी और आंतरिक राजनीतिक उथल-पुथल के बावजूद लोग प्रगति कर रहे थे। प्रत्येक देश में हम लोकतांत्रिक तरीकों से चुने गए नेताओं से मिले, जिन्होंने पूर्व शासन कालों में भारी कठिनाइयों—कारावास, यातनाएँ,

देशनिकाला, पतियों, पिताओं, बेटों, माँओं, बेटियों की हत्याओं—का सामना किया था।

हमने अविस्मरणीय समय बिताया और हमें इस बात के काफी अवसर दिए गए कि हम सोच सकें कि एक अमेरिकी होने का अर्थ क्या है। हम जिन लोगों से मिले, उनमें से कई ने हमें बताया कि वे हमारे देश के प्रति कितना आदर भाव रखते थे। कुछ ने थॉमस जेफर्सन, अब्राहम लिंकन और फ्रेंकलिन डेलानो रूजवेल्ट की पंक्तियाँ उद्धृत कीं; अन्य लोगों ने हमारे विश्वविद्यालयों में पाई शिक्षा, हमारे निगमों के साथ उनकी भागीदारी तथा हमारी सरकार, चर्चों और निजी फाउंडेशनों द्वारा कई रूपों में प्रदान की गई सहायता के प्रति आभार व्यक्त किया।

परंतु सबसे अधिक यादगार टिप्पणी काठमांडू, नेपाल की एक युवा पीस कोर वालंटियर की थी। जिस बस में बैठकर वह मुझसे मिलने आई थी, उसे पकड़ने के लिए वह अपने दूर बसे गाँव के एक घर, जिसमें न तो रनिंग वाटर था और न बिजली, वह दस घंटे पैदल चली थी। उसने उस स्कूल में अपने काम के बारे में बताया, जिसके अधिकांश विद्यार्थी लड़के थे; क्योंकि अधिकांश लड़कियाँ स्कूली शिक्षा से वंचित थीं और उनके विवाह अकसर बारह या तेरह वर्ष की आयु में कर दिए जाते थे।

उस स्वयंसेवी को अपना नेपाल का अनुभव पसंद था, परंतु उसे अपने परिवार और दैनिक जीवन की उन सब सुविधाओं का अभाव खटकता था, जिन्हें वह अमेरिका में मानकर चलती थी। वह नलों से मिलनेवाले सुरक्षित पेयजल, ऐसे मांस और सब्जियाँ जिन्हें वह इस चिंता से मुक्त होकर खा सकती थी कि वे उसे बीमार न बना दें; पूरे साल के लिए पर्याप्त भोजन सामग्री, लड़के और लड़कियों दोनों के लिए सरकार की ओर से निःशुल्क शिक्षा, गरम पानी से स्नान और चौबीसों घंटे बिजली की उपलब्धता, पक्की सड़कें और उन पर दौड़ने के लिए कारों के बारे में वह हसरत से सोचती थी।

चेल्सी ने यह सब ध्यान से सुना और मैं चाहती थी कि काश, अमेरिका का प्रत्येक किशोर वहाँ हमारे साथ होता! अमेरिकियों को आज जो इतनी सुख-सुविधाएँ प्राप्त हैं, वे इसलिए कि हमारी पूर्व पीढ़ियों ने एक स्थिर, प्रजातांत्रिक सरकार, जो हमारे व्यक्तिगत अधिकारों को संरक्षण देती है और सभी के लिए लाभप्रद सार्वजनिक सेवाएँ उपलब्ध कराती है, की स्थापना और उसे बनाए रखने के लिए कीमत चुकाई है। हमारे बेटे-बेटियों में से अधिकांश भाग्यशाली हैं कि उन्होंने वह समय नहीं देखा, जब लाखों अमेरिकियों को बिजली या अच्छी सड़कें मयस्सर नहीं थीं। कभी-कभार होनेवाले प्रदूषण के सिवाय उन्हें अपने भोजन व पानी यानी खान-पान से कोई खतरा नहीं होता। अमेरिकी जीवन में सरकार द्वारा जो सुधार लाए गए—जिन्हें कोई व्यक्ति या निजी क्षेत्र अंजाम देने की स्थिति में नहीं थे—उससे पहले के हालात देखने के लिए उन्होंने जन्म भी नहीं लिया था। उन्हें याद नहीं है कि बहुत सारी प्रगतियों का जन्म विवादों में से हुआ है और उन्हें बड़ी कठिनाइयों से हासिल किया गया है।

हमारे बच्चों को चाहे याद न हो, परंतु बुजुर्ग अफ्रीकी अमेरिकियों, जो रेस्तराँओं में खा नहीं सकते थे, होटलों में सो नहीं सकते थे या चुनावों में वोट नहीं दे सकते थे, को अच्छी तरह याद है। महिलाओं को याद है, जिन्हें कुछ निश्चित पेशों में जाने की इजाजत नहीं थी; संघीय सरकार द्वारा टाइटल IX पास किए जाने, जो कॉलेज स्तर पर पढ़नेवाली उनकी बेटियों और छोटी बहनों को खेलकूद में भाग लेने का मार्ग खोलता था, से पहले जिन वरिष्ठ महिलाओं की सहज क्रियाएँ मंद पड़ जाती थीं, उन्हें भी याद है। एशियाई अमेरिकियों, जिनसे कहा गया था कि कुछ नौकरियों के लिए तो वे आवेदन तक न करें तथा यहूदी अमेरिकियों, जिन्हें कुछ खास इलाकों में घर खरीदने की मनाही थी, भी याद है। स्पेनिश मूल के अमेरिकियों जिन्हें नियोक्ताओं के शोषण के खिलाफ कानूनी कारखाई करने का अधिकार नहीं था, को याद है। इंडियन हेल्थ सर्विस का दायरा बढ़ाए जाने से पहले स्वास्थ्य-सेवाओं तक जिनकी पहुँच नहीं थी, अमेरिका के उन मूल निवासियों को भी याद है।

जो लोग द्वितीय विश्वयुद्ध में लड़ने के लिए गए और एक कृतज्ञ राष्ट्र तथा जी. आई. बिल ऑफ राइट्स द्वारा जिनका स्वागत किया गया, उन्हें याद है। वे पढ़ने के लिए कॉलेज गए, उन्होंने व्यवसाय शुरू किए, घर खरीदे, सेवानिवृत्त सैनिकों के अस्पतालों में इलाज कराया तथा दुनिया के इतिहास में सबसे बड़े और सबसे समृद्ध मध्यम वर्ग का निर्माण किया। आज उन अमेरिकियों में से कोई जीवित नहीं है, जो सामाजिक सुरक्षा के प्रावधानों से पहले रिटायर परंतु लाखों अमेरिकी उन्हीं चेकों पर पूरी तरह निर्भर हैं और याद करते हैं कि मेडिकेयर के पहले उनका जीवन कैसा था।

हमारे बच्चों ने चाहे इनमें से कोई परिवर्तन न देखे हों, परंतु उस मध्याह्न भोजन कार्यक्रम की बदौलत, जिसे द्वितीय विश्वयुद्ध के दौरान भरती किए गए सैनिकों के परिवारों मे व्यापक कुपोषण का पता चलने पर संघीय सरकार ने सन् 1946 में शुरू किया था, लाखों बच्चे प्रत्येक दोपहर बहुत कम पैसों में या बिलकुल मुफ्त लंच लेने के लिए अपने स्कूल के कैफेटेरियाओं में एकत्र होते हैं। स्वच्छ वायु अधिनियम के कारण बच्चे लॉस एंजिल्स, पिट्सबर्ग और डेट्रॉइट जैसे शहरों में स्वच्छ वायु में साँस लेते हैं। स्वच्छ जल अधिनियम के कारण वे किसी समय जोखिम-युक्त रही एरी झील तथा क्यूयाहोगा नदी में मछली पकड़ते, नौकायन करते या तैरते हैं। प्रति चार बच्चों में से एक स्वास्थ्य-सेवाओं के लिए मेडिकएड पर निर्भर रहते हैं।

जब हमें इन वरदानों और संरक्षणों की याद दिलाई जाती है तो शांतिवाहिनी की उस स्वयंसेवक की तरह हममें से अधिकांश लोग कृतज्ञता का अनुभव करते हैं। हमारी कृतज्ञता की जड़ें सरकार की उस दृष्टि में हैं, जो उस अतीत तक जारी है, जब धार्मिक और राजनीतिक आजादी तथा आर्थिक अवसरों का लाभ उठाने के उद्देश्य से तीर्थयात्रियों और उनके बाद अन्य आप्रवासियों के रेले लगातार इस देश में आते रहे। इस दृष्टि के

अनुसार सरकार सामूहिक हितों तथा व्यक्तियों के जीवन, उनकी आजादी और सुख-चैन से जीने के उनके अधिकारों का संरक्षण—दोनों लक्ष्यों को प्राप्त करने का एक साधन है।

इन लक्ष्यों को प्राप्त करने के लिए सरकार नामक साधन का उपयोग कैसे किया जाए, इस पर अमेरिकियों का रवैया देश की परिस्थितियों के अनुसार विकसित हुआ है। जैसे-जैसे हम एक ग्रामीण, कृषि-आधारित समाज से एक शहरी-औद्योगिक समाज में रूपांतरित होते गए, नागरिक सरकार से यह अपेक्षा करने लगे कि वह उन्हें उन आर्थिक संकटों से बचाएगी, जो उनके वंश से बाहर की स्थितियों के कारण पैदा हुए हैं और साथ ही कॉर्पोरेट जगत् की बेईमानी और लालच पर भी अंकुश लगाएगी। वे सरकार से आर्थिक विकास को गति देने और रोजगार पैदा करने की अपेक्षा भी रखते थे, ताकि जो भी व्यक्ति कड़ी मेहनत करने के लिए तैयार था, एक मध्यवर्गीय स्तर का जीवन उसकी पहुँच में हो। 1960 के दशक में हमारे अधिकांश नागरिकों ने सभी अमेरिकियों, चाहे उनकी नस्ल, लिंग, धर्म या राष्ट्रीय मूल कुछ भी हो, को नागरिक अधिकार देने; सारे देश में शैक्षिक अवसरों में सुधार करने; गरीबी की समस्या से निपटने के लिए और अधिक प्रभावी उपाय करने तथा वरिष्ठ नागरिकों को गुणवत्तापूर्ण स्वास्थ्य-सेवाएँ उपलब्ध कराने में सरकारी प्रयासों का समर्थन किया था। 1970 के दशक में अधिकांश अमेरिकियों ने पर्यावरण के संरक्षण तथा कार्यस्थलों पर अधिक सुरक्षा उपलब्ध कराने में संघीय सरकार द्वारा किए जा रहे प्रयासों का समर्थन किया था।

परंतु बढ़ती हुई आर्थिक व सामाजिक समस्याओं के चलते 1980 का दशक आते-आते अमेरिकियों को उनके समाधान में सरकार की क्षमता पर संदेह होने लगा। कई लोग तो स्वयं सरकार को ही एक समस्या मानने लगे। इन भावनाओं और राष्ट्र पर बढ़ते ऋणभार ने मिलकर संघीय सरकार की सक्रियता की गति धीमी कर दी। यहाँ तक कि हममें से वे लोग भी, जो अब तक हुई प्रगति में सरकार की भूमिका को स्वीकार करते हैं, यह मानने लगे हैं कि सरकार जो कुछ कर सकती है, उसकी भी सीमाएँ हैं। हम इस अव्यावहारिक दृष्टिकोण को अस्वीकार करते हैं कि लोगों के व्यक्तिगत निर्णयों के फलस्वरूप उपजे परिणामों से बचाने के लिए सरकार उन्हें संरक्षण दे सकती है या देना चाहिए या वह कानून बनाकर लोगों के बीच पूर्ण शांति सामंजस्य और सौहार्द स्थापित कर सकती है।

इस संदेहवाद की जड़ें भी हमारे इतिहास में हैं। अंशत: यह उन उपनिवेशवादियों की देन है, जो ब्रिटिश सरकार के निरंकुश तंत्र की ज्यादतियों से बचने के लिए अमेरिका आए थे। उन्होंने ही हमें संवैधानिक अवरोधों और संतुलनों की व्यवस्था तथा बिल ऑफ राइट्स दिए, जो सरकार की मनमानी पर प्रभावी अंकुश लगाते हैं। परंतु सरकार के प्रति अमेरिकियों की सतर्कता उन आरंभिक साहसियों, व्यापारियों और उद्यमियों की विरासत भी है, जो अमेरिका को ऐसे समृद्ध और प्राकृतिक संसाधनों से युक्त देश के रूप में देखते

थे, जो उनमें से सबसे समर्थ और सुयोग्य व्यक्तियों द्वारा अपना दोहन किए जाने की प्रतीक्षा में है।

यदि इस दृष्टिकोण को अपने अतिवाद स्वरूप में ले जाया जाए तो वह निजी पहल को सबसे सम्मानित स्थान दे देता है और यह मानता है कि जो ऐसी पहल करते हैं, वे ऐसे किसी आदेश से बाधित हुए बिना बुलंदियाँ छूने के अधिकारी हैं, जो उन्हें अपनी दौलत को बाँटने या सर्वसामान्य समस्याओं को सुलझाने या सामान्य अवसरों को पैदा करने के उद्देश्य से जारी किया गया हो। इस दृष्टिकोण के अनुसार सरकार की भूमिका राष्ट्रीय सुरक्षा तथा कानून और व्यवस्था बनाए रखने जैसे कार्यों तक सीमित है। इस तरह व्यक्तियों, परिवारों और समुदायों को सार्वजनिक एवं निजी कल्याण के लिए स्वयं पहल करनी चाहिए तथा अपने संसाधन जुटाने चाहिए। व्यक्तियों के अधिकारों तथा निजी उद्यम के संरक्षण के लिए न्यूनतम विनियमों तथा कम-से-कम सामाजिक सुरक्षा उपायों को भी फिजूल के कर-भार और एक ऐसी दफ्तरशाही के रूप में देखा जाता है, जो नागरिकों की गाढ़ी मेहनत की कमाई और उद्यमशीलता को नष्ट करती है तथा कड़ी मेहनत और पारिवारिक मूल्यों का हनन करती है।

सरकार की भूमिका और व्यक्तिगत अधिकारों से संबंधित ये प्रतियोगी दृष्टिकोण ही पूरे राजनीतिक इंद्रधनुष की रचना करते हैं। हममें से अधिकांश लोग एक ऐसे मत से सहमति रखते हैं, जो अतियों के बीच कहीं स्थित हो, चाहे प्रकट रूप में हम उसे इस तरह से व्यक्त न करें। करों का भुगतान करने में हम चाहे अप्रसन्नता व्यक्त करें, परंतु हम सामान्य तथा सार्वजनिक शिक्षा, पर्यावरण संरक्षण तथा गरीबों, विशेष रूप से गरीब बच्चों के लिए किसी प्रकार के सामाजिक सुरक्षा जाल के साथ-साथ पूर्व सैनिकों के कल्याण और मेडिकेयर जैसे कार्यक्रमों का समर्थन करते हैं। हम निजी प्रयासों और व्यक्तिगत विश्वासों में सरकारी दखलंदाजी तथा विशिष्ट सामाजिक हितों द्वारा राजनीतिक व्यवस्था पर डाले गए अत्यधिक प्रभावों के प्रति सतर्क रहते हैं। हममें से अधिकाश स्वयं को मध्य मार्गी बताना पसंद करेंगे—कुछ क्षेत्रों में उदार, कुछ में रूढ़िवादी, अधिकांश में संतुलित—न सरकार के अंध समर्थक, न उसके घोर विरोधी। हम कुछ सामाजिक आवश्यकताओं की पूर्ति में सरकार की विशिष्ट क्षमता और उसकी शक्तियों की सीमा बाँधने की आवश्यकता दोनों का आदर करते हैं।

परंतु आज जैसे बुनियादी और उथल-पुथलकारी सामाजिक परिवर्तनों के समय में अतिवादी दृष्टिकोण जल्दी अपील करते हैं। फिर भी, वे शीतयुद्ध काल से एक वैश्विक गाँव तक के संक्रमण से उपजी समस्याओं का हल बताने में असफल रहे हैं।

वर्तमान में सरकार-विरोधी आवाजें सबसे अधिक मुखर हैं—या कम-से-कम उन्हें मीडिया में सबसे अधिक स्थान मिलता है। और अधिक सरकारी सक्रियता चाहनेवाली आवाजें बहुत कम हैं। इसके बजाय बहस मुख्यत: उन लोगों, जो सदा से बहुत क्षीण

सरकार के पक्षधर रहे हैं तथा उन लोगों के बीच है, जो एक लघुत्तर कम दफ्तरशाही से युक्त परंतु फिर भी इस सूचना युग की माँगों को पूरा करने में सक्षम सरकार की वकालत करते हैं। सरकार-विरोधी वाक्पटुता, अधिक कार्यकुशलता, आत्मनिर्भरता और निजी आजादी की समर्थक प्रतीत होती है। (स्पष्ट तथा इस दृष्टिकोण को अधिक वित्तीय सहयोग और सुसंगठित प्रचार-तंत्र का लाभ मिलता है।) दुर्भाग्यवश यह विचारधारा उस तत्त्व की अनदेखी करती है, जो सरकार के प्रति हमारे संदेहवाद के पीछे सबसे महत्त्वपूर्ण रहा है—सभी नागरिकों द्वारा अपने निजी उत्तरदायित्व पूरे किए जाने की अपेक्षा। इसके बजाय वह सरकार की ज्यादतियों के खिलाफ तो तर्क देती है, परंतु बाजार व्यवस्था जिसके पास श्रमिकों, परिवारों और समुदायों का जीवन दूभर बनाने की भारी शक्ति है, की ज्यादतियों के खिलाफ कुछ नहीं कहती। वह बिना कोई वैकल्पिक उपाय बताए व्यक्तियों, परिवारों और समुदायों के कल्याण के लिए सरकार द्वारा दिए जा रहे बुनियादी संरक्षणों के खिलाफ भी तर्क देते हैं। वास्तव में सरकार के खिलाफ उनके इस अतिवादी रुख, जिसमें अकसर सरकारी अफसरों और राजनीतिक नेताओं पर निजी हमले भी शामिल होते हैं, का उद्देश्य केवल सरकार पर अंकुश लगाना ही नहीं है, बल्कि उनके अपने संकीर्ण धार्मिक, राजनीतिक और आर्थिक एजेंडा को आगे बढ़ाना भी है।

हमें स्वयं से पूछना चाहिए—उन संघीय विनियमों के रद्द किए जाने से किसे फायदा होगा, जो दूषित पेयजल या मांस के सेवन से हमें सुरक्षा प्रदान करते हैं? संघीय प्रदूषण मानकों में कमी करने या विनियमों को व्यापक रूप से वापस लेने जिससे कंपनियों को हमारे राष्ट्र के समुद्रों, नदियों और झीलों में अपने टॉक्सिनों को उड़ेलने की छूट मिल सकती है, से किसको फायदा होगा? निश्चित रूप से हमारे परिवारों या हमारे बच्चों को नहीं होगा।

सरकार-विरोधी इस अतिवाद के फिर से सिर उठाने के बावजूद यह स्पष्ट होता जा रहा है कि अधिकांश अमेरिकी सरकारी ढाँचे को ध्वस्त करने की हद तक जाने के पक्ष में नहीं हैं। इसके बजाय वे उसमें वास्तविक सुधार देखना चाहते हैं। और जिन मामलों में एक पुख्ता केस बनाया जाता है, वे अब भी सरकारी काररवाई का समर्थन करते हैं, जैसा कि उन्होंने हाल ही में परिवार और चिकित्सा अवकाश अधिनियम, द ब्राडी बिल और नए डायरेक्ट स्टूडेंट लोन प्रोग्राम जैसे उपायों को समर्थन देकर प्रदर्शित किया है।

इसके अतिरिक्त हमारा सारा इतिहास यह साबित करता है कि अतिवादी स्थितियों पर बहस सरकारी तंत्र में सुधार लाने या लोगों की दैनंदिन समस्याओं को सुलझाने में मददगार नहीं होती। इसका सबसे स्पष्ट उदाहरण सरकार जरूरतमंद बच्चों और परिवारों की सहायता उपलब्ध कराए या नहीं, इस पर हुई सार्वजनिक बहस में मिलता है। सन्

1991 के धर्मपत्र, 'बच्चों और परिवारों की प्राथमिकता देना' में यू.एस. कैथोलिक कॉन्फरेंस ने चेताया—''परिवारों की सहायता करने के सर्वोत्तम तरीके पर हुई बहस में एक दुर्भाग्यपूर्ण, अनावश्यक और अवास्तविक ध्रुवीकरण देखने को मिला।'' इस ध्रुवीकरण में प्रगति से अधिक शोर-शराबा था तथा उसने सरकारी काररवाइयों से परिवार और बच्चे किस तरह प्रभावित होते हैं, इसका एक अपूर्ण और अकसर गलत चित्र पेश किया है। उदाहरण के लिए—कल्याण राशि, जो 90 लाख अमेरिकी बच्चों की प्रभावित करती है, को अर्न्ड इन्कम टैक्स क्रेडिट के नाटकीय विस्तार, जो कम आयवाले माता-पिताओं के कर-भार में कमी करती है, ताकि उन्हें और जिन 2.5 करोड़ बच्चों को वे पाल रहे हैं, उन्हें गरीबी का जीवन न बिताना पड़े, से ज्यादा प्रेस कवरेज मिला है। परिवारों और बच्चों के कल्याण के प्रति हमारे उत्तरदायित्व से संबंधित बुनियादी सच्चाई का यह केवल एक उदाहरण है—यह एक अलग-थलग सरकार-समर्थक या सरकार-विरोधी मामला नहीं है। जैसा कि कैथोलिक कॉन्फरेंस ने बताया—

> ''बच्चों के लाभार्थ किया जानेवाला सबसे महत्त्वपूर्ण कार्य खामोशी से किया जाता है—हमारे घरों और बस्तियों तथा सामुदायिक संगठनों में। कोई सरकार एक बच्चे को प्यार नहीं दे सकती और कोई नीति पारिवारिक देखभाल का विकल्प नहीं बन सकती; परंतु स्पष्ट रूप से अपनी इस अद्वितीय भूमिका में परिवारों की सहायता की जा सकती है या बाधा पहुँचाई जा सकती है। बच्चों की देखभाल करने में परिवार जिन नैतिक, सामाजिक और आर्थिक तनावों से गुजरते हैं, सरकार उनकी कुछ सहायता कर सकती है या उन्हें निराश कर सकती है।...कुछ नैतिक मूल्यों और व्यक्तिगत जिम्मेदारियों पर जोर देते हैं—परिवार के लिए अपना क्या कुछ बलिदान करना है और किस तरह के व्यवहार हैं परंतु वे अकसर उन बृहत्तर शक्तियों की अनदेखी करते हैं या कम महत्त्व देते हैं, जो परिवारों को क्षति पहुँचाती हैं, उदाहरण के लिए अर्थशास्त्र भेदभाव और परिवार-विरोधी नीतियों के प्रभाव। कई अन्य परिवारों को क्षति पहुँचानेवाली सामाजिक और आर्थिक शक्तियों तथा मानवीय आवश्यकताओं की पूर्ति में सरकार के उत्तरदायित्व पर जोर देते हैं, परंतु वे अकसर बुनियादी मूल्यों और व्यक्तिगत जिम्मेदारियों के महत्त्व की उपेक्षा करते हैं... । असंदिग्ध तथ्य यह है कि हमारे बच्चों का भविष्य उनके माता-पिताओं के मूल्यों तथा राष्ट्र की नीतियों, दोनों से आकार लेता है।''

अपने बच्चों की खातिर हमें मूल्यों और नीतियों के बीच की झूठी बहस को समाप्त कर देना चाहिए। व्यक्तिगत और पारस्परिक दोनों तरह की जिम्मेदारियाँ उठाना जरूरी है और हमें समाज के सभी स्तरों पर उसे मजबूत बनाना चाहिए। हमें यह स्वीकार करना चाहिए कि कुछ सरकारी कार्यक्रम व कर्मचारी कार्य-कुशल हैं और कुछ नहीं हैं। हमें यह भी स्वीकार करना चाहिए कि जहाँ तक बच्चों से संबंधित सेवाओं का सवाल

है, कुछ लोग बुरे, लापरवाह और अकुशल हैं, परंतु अन्य ऐसे हैं जो सारी बाधाओं के बावजूद अपना सर्वोत्तम देने का प्रयास करते हैं और वे हमारी नफरत के नहीं बल्कि उस सहयोग के अधिकारी हैं, जो अपनी सरकार के जरिए केवल हम दे सकते हैं। हमें सरकार और व्यक्तियों को निरे खलनायक व निरे उद्धारक के रूप में देखना बंद कर देना चाहिए और प्रत्येक व्यक्ति को समाधान का एक भाग मानना चाहिए। हमें सरकार का उपयोग सामान्य हितों के लिए करना चाहिए, जैसा कि हम पहले करते थे।

हमारा प्रजातंत्र दो सौ से अधिक वर्षों से इसीलिए कायम है कि महत्त्वपूर्ण अवसरों पर हमारे अधिकांश लोगों और उनके प्रतिनिधियों ने स्वयं को अतिवाद के आकर्षण से दूर रखा है। वास्तव में संस्थापकों ने हमारा संविधान इस तरह से लिखा है कि प्रत्येक नए युग की चुनौतियों से निपटने के लिए वह हमें सिद्धांतनिष्ठ और व्यावहारिक दोनों बनाए रखता है। स्थायित्व बनाए रखने की खातिर समझौते के लिए तैयार रहने की हमारी प्रवृत्ति ने हमारे राष्ट्र को न केवल एक विश्व महाशक्ति बना दिया है बल्कि एक ऐसा बहुनस्लीय समाज भी बना दिया है, जो व्यक्तिगत अधिकारों और आजादियों के लिए अभूतपूर्व सहिष्णुता का प्रदर्शन करता है।

दूसरे शब्दों में, हमारी शक्ति सरल दिखाई देनेवाली अतिवादी धारणाओं से बचने, कालातीत समाधानों को त्यागकर अभिनव मार्ग तलाशने तथा एक उत्पादक मध्यम मार्ग को पुन:परिभाषित करने और उसे जीवंत बनाने के हमारे संकल्प में निहित है। जैसा कि तत्कालीन राष्ट्रपति लिंकन ने अपने समय में कहा था—

"इस तूफानी वर्तमान से निपटने के लिए अपेक्षाकृत शांत भूतकाल के सिद्धांत पर्याप्त नहीं हैं। यह समय कठिनाइयों से भरा है और उसका सामना करने के लिए हमें तैयार रहना चाहिए, क्योंकि हमारा लक्ष्य नया है, हमें नए ढंग से सोचना है और काररवाई करनी है।"

हमारे समय में, इस मध्यम मार्ग के पुनरुत्थान का मार्ग एक ऐसी दृष्टि से प्रशस्त होता है, जो सरकार को एक लघुत्तर कम दफ्तरशाहीवाले स्वरूप में देखती है, जो हमारी गहनतम समस्याओं के समाधान में निजी प्रयासों के विकल्प के रूप में नहीं बल्कि उनके साथ मिलकर कार्य करती हो। इसके पीछे सोच उसे निष्प्रभावी बनाने की हद तक कमजोर करने की नहीं बल्कि अपनी बुनियादी जिम्मेदारियाँ निभाने के लिए उसे और अधिक चुस्त-दुरुस्त बनाने की है—(1) एक ऐसी सशक्त वैश्विक स्तर पर प्रतिस्पर्द्धी अर्थव्यवस्था का निर्माण, जिसमें मध्यम वर्ग का आकार बढ़े और वंचित वर्गों का आकार घटे। (2) उन साझे मूल्यों को अपनाने के लिए अमेरिकियों को प्रेरित करना, जिनमें सभी के लिए अवसर और सभी के उत्तरदायित्व दोनों निहित हों; कार्यस्थलों और घरों में परिवारों की मदद करना तथा ऐसे समुदायों का निर्माण करना जो परिवारों, पर्यावरण और उन लोगों के प्रति अपनी जिम्मेदारी निभाते हों, जिन्हें सहायता की जरूरत

हो और वे उसके हकदार भी हों। (3) शांति, स्वतंत्रता, प्रजातंत्र और समृद्धि के मामलों में अमेरिका को विश्व की सबसे बड़ी शक्ति बनाए रखना। इस दृष्टि की सफलता को आर्थिक मोरचे पर हाल में हुई प्रगति तथा अपराध, कल्याण राशि, गरीबी और किशोरावस्था में गर्भधारण की घटती दरों और साथ ही पिछले तीस वर्षों में सरकार के लघुत्तम आकार के रूप में देखा जा सकता है।

सरकार को समझने के प्रयासों के पीछे की सच्चाई यह है कि सरकार कोई ऐसी चीज नहीं है जो हमसे बाहर हो—कोई असंगत या पराई चीज—बल्कि हम ही सरकार हैं। इसे स्वीकार करना यह स्वीकार करना भी है कि सरकार का उत्तरदायित्व केवल आवश्यक सुविधाएँ उपलब्ध कराना ही नहीं बल्कि व्यक्तियों और समुदायों को साथ लाना भी है। एक प्रजातंत्र में सरकार 'वे' नहीं बल्कि 'हम' हैं, एक ऐसा प्रयास जो हमारे बच्चों, परिवारों और समुदायों के प्रति हमारे सामूहिक दायित्व को निभाने के लिए स्वैच्छिक संस्थाओं और निजी क्षेत्र के साथ मिलकर किया जाता है।

क्या इसका अर्थ यह है कि हमें सरकार की कमियों और गलतियों की अनदेखी करनी चाहिए? कदापि नहीं। आलोचना और सार्वजनिक बहस प्रजातंत्र की जान हैं। वे सरकार द्वारा वर्तमान में दी जा रही सेवाओं की लागत को उनसे मिलने वाले लाभों से तौलने तथा उन सेवाओं की सुपुर्दगी पर बजट कटौतियों और सुधारों के व्यावहारिक परिणामों को समझने में हमारी मदद करते हैं। रचनात्मक आलोचना सभी निर्णयों को गड्डमड्ड या उनमें से एक को अलग कर उन पर अविचारित टिप्पणियाँ करने के बजाय एक निर्णय का दूसरे निर्णयों से संबंध दरशाती है। परंतु ऐसी बयानबाजी में, जो व्यक्तियों या संस्थाओं को राक्षसी या अमानवीय रूप में चित्रित करती है—कभी सीधे-सीधे और कभी सार्वजनिक बहस की आड़ में— इनमें से कोई लक्षण मौजूद नहीं होता।

इन दोनों में अंतर के बारे में यदि आपके मन में कोई भ्रम है तो जो शब्द व्यापक रूप से 'सरकारी कार्यक्रमों' के खिलाफ इस्तेमाल किए जाते हैं, उन्हें बच्चों पर लागू करके देखिए। वे ही मुख्य लाभग्राही हैं। जो बच्चे सरकारी अनुदानों पर चलनेवाले डे केयर केंद्रों की सुविधाएँ या मध्याह्न भोजन प्राप्त करते हैं 'हमारी आर्थिक स्वतंत्रता के लिए खतरा' हैं? या 'अपव्यय, धोखाधड़ी और दुरुपयोग' के दोषी हैं? क्या उनके टीकाकरण या शैक्षिक कार्यक्रमों से उनकी पहल शक्ति क्षीण होती है?

परिवारों के सामने आज जो वास्तविक समस्या है, वह उन चुनौतियों के रूप में सामने आती हैं, जिनका अपने जीवन-मूल्यों के अनुसार बच्चों के पालन-पोषण में वे सामना करते हैं। वही, आंशिक रूप से इस पुस्तक की विषय-वस्तु है—परिवारों के सशक्तीकरण तथा बाहरी संस्थाओं से सहायता प्राप्त करने में उन्हें सक्षम बनाने के लिए एक गाँव के रूप में मिल-जुलकर हम क्या कर सकते हैं? परंतु उनमें से कई लोग जो पारिवारिक मूल्यों का बैनर लिये घूमते हैं, सरकार, बिजनेस, बच्चों की देखभाल, स्कूल,

परोपकारी संस्थाएँ, मीडिया और धर्म सहित हमारी सभी संस्थाओं के योगदान पर गंभीरता से विचार करने के बजाय सरकार-विरोधी राजनीतिक आंदोलन को पुष्ट करते प्रतीत होते हैं।

इस पुस्तक के आरंभ में मैंने बताया था कि बच्चों के समुचित विकास के लिए उन्हें किन चीजों की जरूरत होती है, इस विषय पर बाल विकास विशेषज्ञ पहले की अपेक्षा आज उससे अधिक जानते हैं। परंतु उनके शोध के बारे में आम जनता को जानकारी नहीं है। शोध उन स्थितियों में और अल्पसंख्यक समुदायों के बच्चों—के स्वस्थ विकास के लिए जरूरी हैं। इसके बारे में जनसाधारण को और अधिक जानकारी दी जानी चाहिए।

कॉर्नेल यूनिवर्सिटी के मनोवैज्ञानिक यूरी ब्रॉन्फेन ब्रेनर बच्चों की खुशहाली का आकलन उनके जीवन में होनेवाली सभी क्रिया-प्रतिक्रियाओं का अध्ययन करके करते हैं—घर पर और स्कूल में, उनके परिवारों और हमजोलियों में समुदायों तथा स्वास्थ्य सेवा-प्रणाली, मीडिया और अर्थव्यवस्था जैसे बृहत्तर प्रभावों का भी। पारिस्थितिकीय या पर्यावरणीय स्तर पर किया जानेवाला यह शोध उसे प्रयोगशालाओं से निकालकर बच्चों के जीवन के वास्तविक संदर्भों से जोड़ देता है। इस शोध-प्रणाली को मानव विकास का 'चाइल्ड इन द विलेज' मॉडल भी कहा जा सकता है।

इस मॉडल का उपयोग करके ब्रॉन्फेन ब्रेनर वर्षों से यह भविष्यवाणी करते आ रहे हैं कि वह दिन दूर नहीं है जब जिन समस्याओं को हम 'वंचित वर्गों' के बच्चों तक ही सीमित समझते थे, उनका सामना हम सभी को करना पड़ेगा। समकालीन अमेरिकी समाज के भाग-दौड़ भरे जीवन और अन्य पहलुओं के साथ आर्थिक व वैवाहिक अस्थिरता ने उन्हें और अन्य विशेषज्ञों को इस नतीजे पर पहुँचाया है कि हम एक खामोश संकट का सामना कर रहे हैं—"अमेरिका में बच्चों और परिवारों की वर्तमान स्थिति हमारे गणतंत्र की स्थापना से लेकर अब तक की सबसे गंभीर घरेलू स्थिति की परिचायक है। वह हमारी जड़ों को खोखली कर रही है।"

अब तक यह संकट हम सबके लिए एक पीड़ादायक तरीके से स्पष्ट हो चुका है। परंतु इससे छुटकारा पाने के समाधानों की अकसर अनदेखी की जाती है तथा इन समाधानों को लागू करने के लिए उठाए गए कदम अकसर वापस खींच लिये जाते हैं। एक ऐसे समय में जब हमारे बच्चों की खुशहाली पर एक अभूतपूर्व खतरा मँडरा रहा है, शक्ति-संतुलन उनके सर्वथा विपरीत है।

हमारे बच्चों को प्रभावित करनेवाले इस संकट से निपटने के लिए सरकार को अपनी भूमिका निभानी चाहिए और ऐसा करने में वह गरीबों व कमजोर स्थिति के लोगों के प्रति अपनी ऐतिहासिक जिम्मेदारी निभाने से पीछे नहीं हट सकती है। यह ठीक है कि हमें राष्ट्रीय बजट को संतुलित करने के लिए प्रयास करने चाहिए, परंतु दीर्घावधि

में—या अल्पावधि में भी काफी देर तक—अपने बच्चों की पीठ पर यह बोझ डालना हमारे लिए अहितकर होगा। हमारे ऋणों का बोझ उन पर डाला जाए, यह तो उचित नहीं है, परंतु इसके साथ ही उन्हें उस जीवन स्तर से वंचित किया जाना भी ठीक नहीं है, जिसमें अच्छी स्वास्थ्य-सेवाएँ, अच्छी शिक्षा, सुरक्षित पर्यावरण, सुरक्षित सड़कें और भरपूर आर्थिक अवसर शामिल हैं। बच्चे भी आखिरकार, नागरिक हैं।

□

18

आइए, हम एक ऐसा विश्व बनाएँ, जो हमारे बच्चों के लायक हो

> एक सभ्यता तब पनपती है जब लोग ऐसे पेड़ लगाते हैं, जिनकी छाया में वे स्वयं कभी नहीं बैठ पाएँगे।
>
> *—एक यूनानी कहावत*

जब मैंने यह पुस्तक समाप्त की, मेरे पति और मैं उत्तरी आयरलैंड का दौरा करके घर आए ही थे। उत्तरी आयरलैंड में पच्चीस वर्षों से चल रहे हिंसक जातीय संघर्षों के बाद शांति लौट आई थी। वर्षों बाद बच्चे अपेक्षाकृत सुरक्षित व चैन का जीवन जी सकते थे और अपने दैनिक कार्य निपटा सकते थे। नौ वर्षीय कैथरीन हैमिल ने बेलफास्ट के एक कारखाने में कैथोलिक और प्रोटेस्टेंट श्रमिक अब भी अलग-अलग दरवाजों से प्रवेश करते हैं और काम साथ-साथ करते हैं, में मेरे पति का परिचय कराया। ''मेरे पहले पिता इन्हीं संघर्षों में मारे गए।'' उसने कहा, ''मेरे जीवन का वह सबसे दुःखद दिन था। मैं अब भी उनको याद करती हूँ। अब सबकुछ अच्छा और शांतिपूर्ण है। मुझे शांति पसंद है बजाय इसके कि लोग बंदूक लेकर एक-दूसरे को मारते फिरें। मेरी आकांक्षा है कि आयरलैंड में शांति और प्यार हमेशा बना रहे।''

अपने संक्षिप्त प्रवास के दौरान हम कैथोलिक और प्रोटेस्टेंट दोनों माता-पिताओं से भी मिले, जिन्होंने बमों और बंदूकों से किए गए हमलों में अपने बच्चे खोए थे। फिर भी पुराने वैमनस्य को दरकिनार करके बृहत्तर समुदाय के पुनर्निर्माण के लिए उन्होंने

अपने निजी दु:खों को भुला दिया था। वे अगली पीढ़ी के लिए भय, नफरत और अविश्वास के बजाय शांति की विरासत छोड़ जाने के लिए कृत-संकल्प थे।

अमेरिकी बच्चों की मासूमियत, भविष्य और उनके जीवन पर मँडरा रहे खतरे कम गंभीर नहीं हैं और न हमारे सामने खड़ी मुसीबतें कम भयानक। जैसा कि नेशनल पैरेंटिंग एसोसिएशन की संस्थापक सिल्विया एन हेवलेट कहती हैं, ''आज की दुनिया में यह एक कठोर अकेले लड़ी जानेवाली लड़ाई है, व्यक्तिगत और सामूहिक प्रयासों को बालोन्मुखी बनाने का यह आग्रह।''

मैं समझती हूँ कि हमारे सामने प्रयास करने के सिवाय कोई विकल्प नहीं है। बच्चे गुड़ियाघरों के केंद्र में स्थित उन नन्हीं आकृतियों की तरह हैं, जिनके लिए रशियन लोक कलाकार प्रसिद्ध हैं। उनके शैशवकाल से वयस्कता में प्रवेश कराने का उत्तरदायित्व मुख्यत: परिवार का है। परंतु परिवार के इर्द-गिर्द बस्ती, स्कूल, चर्च, कार्यस्थल, समुदाय, संस्कृति, अर्थव्यवस्था, समाज, राष्ट्र और विश्व का एक बृहत्तर परिवेश भी है, जो बच्चों को सीधे या उनके परिवारों की खुशहाली या बदहाली के जरिए प्रभावित करता है।

हममें से प्रत्येक, एक-दूसरे से बँधे गाँव के इन स्तरों में से कई में भाग लेता है। इसीलिए, हममें से प्रत्येक के पास बच्चों को संरक्षण देने और पोषित करने का अवसर और उत्तरदायित्व है। उनके जीवन को बेहतर बनाने के लिए हर दिन हम जो कुछ भी कर सकते हैं, वह करना हमारा दायित्व है—माता-पिताओं के रूप में तथा नियोक्ताओं, श्रमिकों, उपभोक्ताओं, स्वयंसेवकों एवं नागरिकों के अनगिनत रूपों में। यह हमारा दायित्व है कि हम उनसे उच्चतर अपेक्षाएँ रखें। हम इस बात की सफाई देना बंद करें कि स्वस्थ, सुशिक्षित, संवेदनशील और उत्पादक वयस्क बनने के लिए उन्हें घर में या बाहर जिन चीजों की आवश्यकता है, उन्हें हम क्यों उपलब्ध नहीं करा पाए।

मुझसे अकसर पूछा जाता है कि मैं अपने देश और विश्व में सबसे पहले क्या होते देखना पसंद करूँगी? ऐसी बहुत सी बातें हैं जिनके लिए प्रार्थना की जानी चाहिए तथा ऐसी कई चीजें हैं जिन पर काम किया जाना चाहिए। परंतु निश्चित रूप से मेरा उत्तरा होगा, ''एक ऐसा विश्व, जिसमें सभी बच्चों को प्यार और देखरेख मिले—पहले उस परिवार के द्वारा, जिसमें उन्होंने जन्म लिया है और फिर हम सभी के द्वारा, जो उनसे और एक-दूसरे से जुड़े हुए हैं।''

हमारे सामूहिक भविष्य के लिए बच्चों की खुशहाली से ज्यादा महत्त्वपूर्ण कुछ नहीं है। बच्चे हमारे मर्मस्थल हैं—न केवल एक असहाय अस्तित्व के रूप में, जिन्हें हमारे प्यार और देखभाल की आवश्यकता है, बल्कि आधुनिक जीवन की जटिलताओं और बिखराव के बीच एक नैतिक कसौटी के रूप में भी। जिस तरह बच्चों के पालन-पोषण के लिए पूरा गाँव चाहिए, उसी तरह एक गाँव को वह सब बनाने के लिए, जो उसे होना चाहिए, बच्चे जरूरी हैं। बच्चों को ध्यान में रखकर हम जिस गाँव का निर्माण करते हैं, वह हम सबके लिए एक बेहतर स्थान होगा। □

टिप्पणियाँ

पृष्ठ

48. **इसके अतिरिक्त, तलाक और विवाहेतर संबंधों**—सन् 1995 और 2000 के बीच गरीब बच्चों की संख्या में 20 प्रतिशत से अधिक की गिरावट आई, 14.7 मिलियन से 11.6 मिलियन बच्चे। परंतु पिछले पाँच वर्षों में गरीब बच्चों की संख्या में 1990 के दशक में आई गिरावट का लगभग आधा भाग फिर से बढ़ गया है। जनगणना ब्यूरो के अनुसार—वर्ष 2005 में 12.9 मिलियन बच्चे गरीबी का जीवन बिताते थे, जो प्रति छह बच्चों में एक से अधिक है। (यू.एस. सेंसस ब्यूरो, इन्कम पॉवर्टी एंड हेल्थ इंश्युरेंस कवरेज इन द यूनाइटेड स्टेट्स : 2005, अगस्त 2006।)

53. **एक दीर्घावधि में बच्चों पर किए गए अध्ययन**—सन् 2002 में वैज्ञानिकों के एक समूह ने एक ऐसी जीन का पता लगाया, जो संकट या सदमे के समय लोगों में अधिक धैर्य बनाए रखती है और प्रतिकूलताओं से उबरने में उनकी मदद करती है। उन्होंने पाया कि जिन लोगों में इस जीन का एलेली नामक भाग कम होता है, उनके अवसादग्रस्त होने की संभावना अधिक होती है और बचपन में झेले गए सदमों से उबरने की आशंका कम। (एवशालोम कैस्पी और अन्य, 'रोल ऑफ जीनोटाइप इन द साइकिल ऑफ वॉयलेंस इन मैल्ट्रीटेड चिल्ड्रन', 'साइंस', 2 अगस्त, 2002, वॉल्यूम 297, सं. 5582, पृ. 851-54)। वर्ष 2003 में, येल की एक मनोचिकित्सा प्रोफेसर जोन कॉफमैन ने कनेक्टिकट में बच्चों के एक समूह, जो दुर्व्यवहार या उपेक्षा के शिकार थे, की जेनेटिक और रिलेशनशिप हिस्ट्री का अध्ययन किया। उन्होंने पाया कि उन बच्चों, जिनकी 'पुनरुत्थान' जीन 'शॉर्ट' थी, परंतु उन्हें किसी विश्वसनीय वयस्क का संरक्षण प्राप्त था, में अवसाद-स्तर उतना ही नीचा था जितना संरक्षक जीन से युक्त एब्यूज्ड बच्चों का और लगभग उनके बराबर नीचा, जो दुर्व्यवहार के शिकार नहीं हुए

थे। (जोन कॉफमैन और अन्य, 'सोशल सपोर्ट्स एंड सिरेटोनिन ट्रांसपोर्टर जीन मॉडरेट डिप्रेशन इन मैलट्रीटेड चिल्ड्रन', प्रोसीडिंग्स ऑफ द नेशनल एकेडमी ऑफ साइंसेज, नवंबर 24, 2004)।

55. **गाँव इसे और आगे ले जा सकता है**—बच्चे के सर्वोत्तम हित में फॉस्टर केयर सिस्टम पर कैसे पुनः केंद्रित किया जाए, इन विषय पर इस पुस्तक के प्रथम संस्करण में दिए गए कई विचारों को बाद में दि एडॉप्शन एंड सेफ फैमिलीज़ ऐक्ट, 1997 में शामिल किया गया था जिस पर रोड आइलैंड के रिपब्लिकन सीनेटर स्वर्गीय जॉन चैफी और अन्य के साथ मैंने काम किया था। इस ऐक्ट के पास होने के बाद पूरे देश में फॉस्टर एडॉप्शन 64 प्रतिशत बढ़ गए, जिस वर्ष यह कानून पारित हुआ उसमें 31,030 से पिछले वर्ष 51,000 तक। (कॉनी मैबेन, 'फॉस्टर एडॉप्शन लॉ ब्रिंग्ज़ सक्सेस, चैलेंजेज़' एसोसिएटेड प्रेस जून 28, 2006)। राष्ट्र की प्रथम महिला के रूप में मैं कई युवाओं से मिली थी, जो फॉस्टर केयर इकाइयों में जवान हुए थे और जिन्हें परिवारों से मिलनेवाला भावनात्मक, सामाजिक और वित्तीय सहारा नसीब नहीं हुआ था। मैंने सीनेटर चैफी तथा पश्चिमी वर्जिनिया के डेमोक्रेटिक सीनेटर जे रॉकफेलर के साथ सन् 1999 के फॉस्टर केयर इंडिपेंडेंस ऐक्ट पर काम किया जो फॉस्टर केयर से निकलनेवाले युवाओं को स्वास्थ्य-सेवाओं, शैक्षिक अवसरों, रोजगार प्रशिक्षण, हाउसिंग असिस्टेंस और परामर्श सहित कई सेवाओं की व्यवस्था करता है। सीनेट में हमने एक कानून पास किया, जो उन लोगों को वित्तीय प्रोत्साहन देता है, जो युवा बच्चों को गोद लेते हैं और उनकी कठिनाइयाँ कम करते हैं।

63. **मस्तिष्क कोशिकाओं के संपर्क सूत्र**—विशेषज्ञ अब यह मानते हैं कि जीवन के पहले पाँच वर्षों, न कि पहले तीन, में मस्तिष्क नई सूचनाओं को ग्रहण करने में विशेष रूप से संवेदनशील होता है और बच्चे शून्य से पाँच वर्ष की आयु तक असाधारण गति से सीखते हैं। (संपादक—जैक पी. शॉनकॉफ और डेबरा ए. फिलिप्स, 'फ्रॉम न्यूरॉन्स टु नेबरहुड्स—द साइंस ऑफ अर्ली चाइल्डहुड डेवलपमेंट', नेशन एकेडमीज़ प्रेस, 2000, पृ. 5)।

65. **ऐसे ही एक अध्ययन, जिसे एबिसिडेरियन प्रोजेक्ट के नाम से जाना जाता है**—फेडरल रिजर्व अर्थशास्त्री रॉब ग्रुनेवाल्ड तथा नोबेल पुरस्कार विजेता अर्थशास्त्री जेम्स हेकमैन ने अनुमान लगाया है कि एबिसिडेरियन जैसे कार्यक्रमों पर खर्च किया गया प्रत्येक डॉलर समाज को 3 से लेकर 17 डॉलर तक का प्रतिफल देता है; पूरे जीवन का प्रतिफल प्रति विद्यार्थी 2,76,000 डॉलर तक बैठता है। इन निष्कर्षों को उन्होंने छोटे बच्चों की आवश्यकताओं पर केंद्रित जर्नल 'ज़ीरो टु थ्री' के जुलाई 2006 के अंक में

प्रकाशित किया। (जेम्स हेकमैन, रॉब ग्रुनेवाल्ड तथा ऑर्थर रेनॉल्ड्स 'द डॉलर्स एंड सेंट्स ऑफ इन्वेस्टिंग अर्ली—कॉस्ट बेनिफिट एनालिसिस इन अर्ली केयर एंड एजुकेशन', 'ज़ीरो टु थ्री', जुलाई 2006, वॉल्यूम 26, संख्या 6, पृ. 10-17)। इसीलिए एक सीनेटर के रूप में मैंने हेड स्टार्ट और अर्ली हेडस्टार्ट जैसे कार्यक्रमों को बंद करने या उन्हें कम प्रभावी बनाने के प्रयासों के खिलाफ उन्हें जारी रखने के लिए लड़ाइयाँ लड़ी हैं।

74. **यदि बच्चे को स्तनपान कराने में कोई समस्या हो**—दि अमेरिकन एकेडमी ऑफ पेडियाट्रिक्स नव-प्रसूताओं से अब आग्रह करती है कि वे जब तक ऐसा कर सकें, अपने बच्चे को स्तनपान कराएँ, आदर्श रूप में बारह महीनों तक। (अमेरिकन एकेडमी ऑफ पेडियाट्रिक्स वर्क ग्रुप ऑन 'ब्रेस्टफीडिंग एंड द यूज़ ऑफ ह्यूमन मिल्क', 'पेडियाट्रिक्स', 1997, वॉल्यूम 100, पृ. 1035-39)। स्तनपान रोग-प्रतिरोधक क्षमता में वृद्धि करता है, संक्रमण से लड़ने में बच्चों की मदद करता है तथा बाद के जीवन में चिरस्थायी बीमारियों को भी रोक सकता है। सेंटर फॉर डिसीज़ कंट्रोल एंड प्रिवेंशन के अनुसार, आज 73 प्रतिशत माताएँ अपने नवजात शिशुओं को स्तनपान कराती हैं। परंतु छह महीनों बाद यह संख्या घटकर 50 प्रतिशत से भी कम हो जाती है। यद्यपि इन बाद के महीनों में स्तनपान कराना बच्चों के स्वास्थ्य और विकास के लिए अत्यधिक महत्त्वपूर्ण है। (न्यूयॉर्क टाइम्स, 'ऑन द जॉब, नर्सिंग मदर्स ऑर फाइंडिंग ए टू-क्लास सिस्टम', सितंबर 1, 2006।)

76. **यह त्रासदी की बात है कि हम अपने परिवार**—पिछले कुछ वर्षों में हमने शोध और गर्भ-निरोधक पद्धतियों में अच्छी प्रगति देखी है। उदाहरण के लिए, प्लान बी एक ऐसा आपातकालीन गर्भ-निरोधक है, जो उस समय भी गर्भधारण करने से रोक सकता है, जब कोई दूसरा गर्भ-निरोधक असफल हो गया हो या असुरक्षित सहवास के बाद गर्भधारण का खतरा हो। प्लान बी को बाजार में लाने के लिए मुझे वर्षों तक लड़ना पड़ा, ताकि कम महिलाओं को गर्भपात से गुजरना पड़े। यह अब वयस्क महिलाओं को ओवर-द-काउंटर उपलब्ध है। मैंने प्रिवेंशन फर्स्ट नाम का एक बिल भी प्रस्तावित किया है, जो जिम्मेदारी से निर्णय लेने की आवश्यकता पर जोर देते हुए एक व्यापक शिक्षा अभियान और गर्भ-निरोधकों की आसान उपलब्धता के जरिए अवांछित गर्भधारण को रोकने पर केंद्रित है। इन प्रयासों के साथ मुझे आशा है कि गर्भपात की दरों में और कमी आएगी।

86. **इसका श्रेय अंशतः रजीरो की गवाही को जाता है**—सितंबर1996 को में कांग्रेस ने न्यूबॉर्न्स एंड मदर्स हेल्थ प्रोटेक्शन एक्ट, 1996 पास किया और जिसे मेरे पति ने साइन करके कानून बना दिया जिसे सामान्यता ड्राइव-बाय डिलीवरीज़ कानून कहा

जाता है और जो ऐसी मैटरनिटी योजनाओं को अनिवार्य बनाता है, जो बच्चे के जन्म के पश्चात् हॉस्पिटल में कम-से-कम अड़तालीस घंटे रहने के खर्च का भुगतान करता हो। (सीज़ेरियन ऑपरेशन के मामले में छियानबे घंटे)। यू. एस. श्रम विभाग (2006) फैक्ट शीट—न्यू बॉर्न्स एंड मदर्स हेल्थ प्रोटेक्शन ऐक्ट, (27 सितंबर, 2006)।

97. **विभिन्न परिवारों के बीच जो सबसे बड़ा अंतर था**—हमने यह समझा है कि घर के सदस्यों द्वारा एक-दूसरे से बात करने के अतिरिक्त यह भी महत्त्वपूर्ण है कि घर में पुस्तकें हों। वर्ष 2005 में हुए एक राष्ट्रव्यापी अध्ययन में यह पाया गया कि श्वेत बच्चों की तुलना में अल्पसंख्यक बच्चों में न केवल इस बात की संभावना कम थी कि उनके माता-पिता उन्हें पढ़कर सुनाएँ बल्कि उनके घरों में बाल पुस्तकें भी बहुत कम होती हैं और यह तथ्य पढ़ने, भाषाई निपुणता एवं स्कूली उपलब्धियों के मामले में अल्पसंख्यक बच्चों को एक हानिप्रद स्थिति में पहुँचा देता है। अश्वेत घरों के मुकाबले श्वेत घरों में दो गुनी पुस्तकें होती हैं। (जी. फ्लोरेंस, एस.सी. तोमानी-कॉर्मन और एल. ओल्सन, 'इज़ डिसएडवांटेज स्टार्ट एट होम? रेशियल एंड एथनिक डिस्पैरिटीज़ इन हेल्थ-रिलेटेड अर्ली चाइल्डहुड होम रुटींस एंड सेफ्टी प्रैक्टिसेज़', आर्काइव्ज़ ऑफ पेडियाट्रिक्स एंड एडोलेसेंट मेडिसिन, 2005, वॉल्यूम 159, पृ. 156-65)।

101. **परिवार के साथ बैठकर भोजन करने की**—हार्वर्ड की डायेन बील्स ने एक अध्ययन में पाया कि स्कूल-पूर्व वर्षों में भोजन के समय बात करना साक्षरता के विकास का एक अच्छा सूचक है तथा बच्चों में छोटी आयु में ही भाषाई निपुणता विकसित करने में एक महत्त्वपूर्ण तत्त्व है। (डेविड के. डिकिंसन, एड.डी. तथा पैटन ओ. टेबर्स, एड.डी., संपादक, 'यंग चिल्ड्रन लर्निंग एट होम एंड स्कूल' अध्याय 4—डायेन ई. बील्स 'ईटिंग एंड रीडिंग—लिंक्स बिटवीन फेमिली कन्वर्सेशंस विद प्री-स्कूलर्स एंड लेटर लेंग्वेज एंड लिटरेसी,' 2001)।

109. **सन् 1993 में कांग्रेस ने टीकाकरण दरों में सुधार हेतु**—सन् 1992 में तीन वर्षीय बच्चों में से केवल 55 प्रतिशत को सभी जरूरी टीके लगाए जाते थे 'वैक्सीन्स फॉर चिल्ड्रन' बिल के पास होने के तीन वर्ष बाद सन् 1996 में यह दर बढ़कर 78 प्रतिशत हो गई। (सी.डी.सी., 'स्टेटस रिपोर्ट ऑन द चाइल्डहुड इम्युनाइज़ेशन इनीशिएटिव—नेशनल, स्टेट एंड अर्बन एरिया वेक्सीनेशन कवरेज लेवल्स एमंग चिल्ड्रन एज्ड 19-35 मंथ्स-यूनाइटेड स्टेट्स 1996', जुलाई 25, 1997, वॉल्यूम 46, सं. 29, पृ. 657-64)। वर्ष 2004 में सभी बच्चों में से 95 प्रतिशत से अधिक को सदैव की भाँति अनुशंसित बाल्यकालीन टीकों के अधिक महत्त्वाकांक्षी शेड्यूल के अनुसार टीके लगाए गए। (सी.डी.सी., 'वेक्सीनेशन कवरेज एमंग चिल्ड्रग एंटरिंग स्कूल—यूनाइटेड स्टेट्स

2003-04 स्कूल इयर' मॉर्बिडिटी एंड मॉर्टेलिटी वीकली रिपोर्ट, नवंबर 12, 2004 वॉल्यूम 53, सं. 44, पृष्ठ 1041-44)। सन् 2003 में, द नेशनल इंस्टीट्यूट ऑफ मेडिसिन ने वेक्सीन्स फॉर चिल्ड्रन कार्यक्रम को वयस्कों के टीकाकरण के लिए एक मॉडल के रूप में उपयोग करने की अनुशंसा की। (इंस्टीट्यूट ऑफ मेडिसिन, 'फाइनेंसिंग वेक्सीन्स इन द ट्वेंटी फर्स्ट सेंचुरी—एश्युअरिंग एटसेस एंड अवेलेविलिटी' नेशनल एकेडमीज प्रेस, 2003)।

114. **बच्चों और किशोरों के वजन में नाटकीय वृद्धि के लिए केवल आहार ही जिम्मेदार नहीं**—वर्तमान में छह वर्ष से अधिक आयु के लगभग 90 लाख बच्चे मोटापे के शिकार माने जाते हैं। (इंस्टीट्यूट ऑफ मेडिसिन, 'चाइल्डहुड ओबेसिटी इन द यूनाइटेड स्टेट्स—फैक्ट्स एंड फिगर्स' सितंबर 2004)। सभी अमेरिकियों के लिए रोके जा सकने वाले मौत के सबसे बड़े कारण के रूप में मोटापा धूम्रपान को पीछे छोड़ने ही वाला है। (सी.डी.सी. 'एक्चुअल कॉज़ेज़ ऑफ डेथ इन द यूनाइटेड स्टेट्स, 2000' 9 मार्च, 2004) तथा एमरी यूनिवर्सिटी के एक अध्ययन में पाया गया कि सन् 1987 और 2001 के बीच स्वास्थ्य-सेवाओं की लागत में इसके कारण 27 प्रतिशत का इजाफा हुआ। (केनेथ ई. थोर्पे और अन्य, 'ट्रेंड्स—द इंपैक्ट ऑफ ओबेसिटी ऑन राइज़िंग मेडिकल स्पेंडिंग', 'हेल्थ अफेयर्स', अक्तूबर 20, 2004)।

117. **आज एक करोड़ से भी अधिक बच्चों**—राष्ट्र की प्रथम महिला के रूप में सन् 1997 की गरमियों में मैंने स्टेट चिल्ड्रंस हेल्थ इंश्युरेंस प्रोग्राम (एस.सी.एच.आई.पी.) शुरू करने के लिए कांग्रेस के सदस्यों के साथ मिलकर कार्य किया। बच्चों के स्वास्थ्य बीमा के विस्तार में यह एक बहुत बड़ा निवेश साबित हुआ और इसने जबर्दस्त सफलता प्राप्त की। आज, एस.सी.एच.आई.पी. के कारण जो बच्चे हेल्थ इंश्युरेंस कवर से वंचित थे, उनकी संख्या सन् 1995 में 1 करोड़ से घटकर सन् 2005 में 83 लाख रह गई। परंतु पिछले दस वर्षों में सामान्य जनसंख्या में बीमा सुरक्षा से वंचित लोगों की संख्या में वृद्धि हुई है। सन् 1996 में 4 करोड़ 17 लाख अमेरिकियों को स्वास्थ्य बीमा सुरक्षा प्राप्त नहीं थी; आज 4 करोड़ 66 लाख अमेरिकी इससे वंचित हैं। (नेशनल सेंटर फॉर हेल्थ स्टेस्टिक्स, जून 2006, कार्मेन डिनवास-वॉल्ट वर्नाडेट डी. प्रोक्टर और चेरिल हिलली, यू.एस. सेंसस ब्यूरो, करंट पॉपुलेशन रिपोर्ट्स पी 60-231 'इन्कम, पॉवर्टी एंड हेल्थ इंश्युरेंस कवरेज इन द यूनाइटेड स्टेट्स'—2005 यू.एस. गवर्नमेंट प्रिंटिंग ऑफिस, वॉशिंगटन डी.सी., 2006)।

127. **हत्याओं की तुलना में तीन गुना अधिक बच्चे घरेलू हादसों में मारे जाते हैं**—स्वचालित वाहनों द्वारा ट्रैफिक से अलग दुर्घटनाओं, अधिकांशतः गाड़ियों को बैक

करते समय, में प्रतिवर्ष 100 बच्चों की जान जाती है। इनके शिकार बच्चों की औसत आयु एक वर्ष है और 70 प्रतिशत मामलों में व्हील के पीछे बैठा व्यक्ति उन्हीं की माँ या पिता, रिश्तेदार या पारिवारिक मित्र होता है। (बाल सुरक्षा के हिमायती किड्स एंड कार्स कारों के अंदर और इर्द-गिर्द बच्चों की सुरक्षा के लिए और अधिक कड़े कानूनों की माँग को लेकर इन दुर्घटनाओं के शिकार बच्चों के परिवारों के साथ कैपिटल हिल पर किए जा रहे आंदोलन में शामिल हो गए। WWW. Kidsandcars org. मार्च 9, 2006) सन् 2005 में मैंने कॅमेरॉन गुलब्रेंसन किड्स एंड कार्स सेफ्टी ऐक्ट प्रस्तावित किया था, जो यह सुनिश्चित करने कि ड्राइवर कार के पीछे किसी वस्तु या बच्चे की उपस्थिति से अवगत हो सके, एक वार्निंग सिस्टम को अनिवार्य बनाता था, ताकि गाड़ी बैक करते समय होनेवाली दुर्घटनाओं से बचा जा सके। वह इस व्यवस्था को भी अनिवार्य बनाता था कि कार रिवर्स करते समय यदि पॉवर विंडोज कोई अवरोध देखें तो स्वत: ही कार की दिशा बदल दें, जिससे कोई बच्चा कार की चपेट में आकर घायल न हो या मारा न जाए।

131. **पच्चीस हजार नए पुलिस अधिकारियों को प्रशिक्षित किया जा रहा है**—मेरे पति का कार्यकाल समाप्त होने तक द कम्युनिटी ओरिएंटेड पुलिसिंग सर्विसेज़ (सी.ओ.पी.एस.) प्रोग्राम ने 1 लाख पुलिस अधिकारियों के वेतन का खर्च उठाया था। (यू.एस. डिपार्टमेंट ऑफ जस्टिस ऑफिस ऑफ सी.ओ.पी.एस. 'एटर्नी जनरल्स रिपोर्ट टु कांग्रेस', वॉशिंगटन डी.सी., 2006)। परंतु पिछले पाँच वर्षों में इस कार्यक्रम पर खर्च होनेवाली राशि 880 करोड़ डॉलर से घटकर 300 करोड़ डॉलर रह गई है तथा वर्ष 2001 और 2005 के बीच केवल 25,000 पुलिस अधिकारियों को हायर किया गया था। (डेमोक्रेटिक पॉलिसी कमिटी, 'बुश रिपब्लिकंस कट लॉ एन्फोर्समेंट फंडिंग, क्राइम रेट इन्क्रीजेज़ एट द फास्टेस्ट रेट इन फिफ्टीन इयर्स', यू.एस.न्याय विभाग, सी.ओ.पी.एस., 'सी.ओ.पी.एस. काउंट डाटा सर्वेज 2001-2005' वॉशिंगटन डी.सी., 2006)। संघीय आँकड़े दरशाते हैं कि वर्ष 2004 और 2005 के बीच हिंसक अपराध 2.3 प्रतिशत बढ़ गए। सन् 2001 के बाद यह पहली वृद्धि थी। जून 2006 में अपराधों पर एफ.बी.आई. की एक आरंभिक रिपोर्ट ने पुलिस को वर्ष 2005 में हत्याओं की संख्या में 4.8 प्रतिशत तथा डकैतियों की संख्या में 4.5 प्रतिशत वृद्धि की सूचना दी। (माइकल जे. स्निफन, 'नेशन क्राइम रेट हिट्स 32-इयर लो', एसोटिएटेड प्रेस, सितंबर 11, 2006)।

134. **बच्चों के शारीरिक उत्पीड़न और यौन शोषण के स्पष्ट कारण**—पिछले कई वर्षों में अगवा किए गए और दुर्व्यवहार के शिकार बच्चों के बारे में मीडिया रिपोर्टों में नाटकीय वृद्धि हुई है। जहाँ ऐसे मामलों की संख्या में कुल मिलाकर वृद्धि नहीं

हुई है, कई परिवार और बच्चे अधिक डरे हुए हैं। मैंने उस कानून को पास कराने का प्रयास किया है, जो एंबर एलर्ट्स— खोए हुए बच्चों के लिए एक एलर्ट सिस्टम—के लिए एक राष्ट्रीय समन्वयक नियुक्त करेगा, बच्चों को अतिरिक्त सुरक्षा उपलब्ध कराएगा तथा यौन उत्पीड़कों के लिए ज्यादा कड़ी सजा का प्रावधान करेगा। यह कानून सन् 2003 में कांग्रेस ने पास कर दिया।

159. **मानव-विज्ञानी मार्गरेट मीड का मत है कि बचपन में ही धर्म से परिचित हो जाना महत्त्वपूर्ण है**—टेलीविजन पर दिखाए गए यौन दृश्यों के बच्चों पर पड़नेवाले प्रभावों के सन् 2004 में किए गए एक अध्ययन में यह बात सामने आई कि प्रतिबद्ध और सजग माता-पिताओं की तरह बच्चों को धार्मिक विश्वासों के साथ बड़ा करना उनमें छोटी आयु में यौनाचार की संभावना को कम करता है। (रेबेका एल. कॉलिंस तथा अन्य, 'वॉचिंग सेक्स ऑन टेलीविजन प्रिडिक्ट्स एडोलेसेंट इनीशिएशन ऑफ सेक्सुअल बिहेवियर', 'पेडियाट्रिक्स', 2004, वॉल्यूम 114, पृ. 280-89)।

181. **समाज-सेवा का ढाँचा तैयार करना**—पिछले पाँच वर्षों में हमने स्वयंसेवी संस्थाओं में एक उछाल देखी है। सन् 2006 में 'टीच फॉर अमेरिका'—एक संस्था जो शहरी और ग्रामीण इलाकों में स्नातकों को नियुक्त करती है—में आवेदकों की संख्या लगभग 19,000 तक पहुँच गई, जो वर्ष 2000 की संख्या से लगभग तीन गुना अधिक है। सन् 2006 में पीस कोर ने 7,810 स्वयंसेवकों की भरती की—तीस वर्षों में सबसे अधिक—11,500 आवेदकों में से—वर्ष 2000 की तुलना में 20 प्रतिशत ज्यादा तथा अमेरिकोर विस्टा (वॉलंटियर्स इन सर्विस टु अमेरिका) जो युवाओं को गैर-लाभकारी संगठनों से मिलता है, में आवेदकों की संख्या में वर्ष 2004 की संख्या से 50 प्रतिशत का उछाल आया। (बेथ वॉल्टन, 'वॉलंटियर रेट्स हिट रिकॉर्ड नंबर्स', यू.एस.ए. टुडे, जुलाई 7, 2006)। इस वर्ष मैंने राष्ट्र की मिलिटरी सर्विस एकेडेमीज की तर्ज पर एक यू.एस. पब्लिक सर्विस एकेडमी का गठन और उसे वित्त-पोषित करनेवाले कानून का सूत्रपात किया। यह स्कूल 5,000 अंडरग्रेजुएट्स को शिक्षा प्रदान करेगा तथा ग्रेजुएट्स के लिए पाँच वर्ष की लोक सेवा अनिवार्य होगी।

193. **महिलाएँ पुरुषों के साथ आर्थिक और सामाजिक बराबरी का दर्जा तभी प्राप्त करेंगी**—वर्ष 2000 में किए गए रेडक्लिफ सर्वेक्षण में यह बात सामने आई कि चालीस वर्ष से कम आयु के 70 प्रतिशत पुरुष अपने परिवार के साथ अधिक समय बिताने के लिए अपने वेतन का एक भाग छोड़ने के लिए तैयार थे और 82 प्रतिशत ने कहा कि उनके लिए परिवार सर्वोपरि है। (रेडक्लिफ पब्लिक पॉलिसी सेंटर , 'लाइफ्स वर्क—जेनरेशनल एटीट्यूड टुवर्ड वर्क एंड लाइफ इंटीग्रेशन', 2000)। रसेल सेज फाउंडेशन

के लिए प्रोफेसर सुज़ेन बियांची को एक नए शोध के अनुसार विवाहित पिताओं द्वारा बच्चों की देखभाल पर बिताया गया समय सन् 1965 के 2.6 घंटे प्रति सप्ताह के मुकाबले दो गुने से भी अधिक बढ़कर 6.5 घंटे प्रति सप्ताह हो गया है। (रॉबर्ट पिअर, 'मेरिड एंड सिंगल पैरेंट्स स्पेंडिंग मोर टाइम विद चिल्ड्रन, स्टडी फाइंड्स', न्यूयॉर्क टाइम्स, अक्तूबर 17, 2006)

206. **शिशुओं और छोटे बच्चों के लिए उपलब्ध सुविधाओं को सामान्यतया निम्न स्तर का पाया गया**—क्यूबेक में बच्चों की व्यापक देखभाल संबंधी पद्धति पर वर्ष 2006 में किए गए एक अध्ययन में यह बात सामने आई कि पाँच वर्ष से कम आयु के बच्चों, जिनकी देखभाल पूर्णकालिक देखभाल केंद्रों में होती है, उनमें आक्रामकता, चिंता और देरी से विकास की दर अधिक पाई गई। (माइकल बैकर, जोनाथन ग्रूबर और केविन मिलिगन, 'यूनिवर्सल चाइल्ड केयर, मैटरनल लेबर सप्लाइ एंड फेमिली वेल वीइंग,' नेशनल ब्यूरो ऑफ इकोनॉमिक रिसर्च वर्किंग पेपर सं. 11832, जून 2006)। परंतु एबिसिडेरियन और अन्य उच्च गुणवत्तावाले छोटी आयु में सीखने के गहन कार्यक्रमों के अध्ययनों ने कम आयवाले परिवारों के बच्चों में नाटकीय सकारात्मक परिणाम दरशाए हैं। (दुर्भाग्यवश, उच्च गुणवत्तावाली डे केयर सबको उपलब्ध नहीं है—राष्ट्र के जाने-माने पेडियाट्रिक विशेषज्ञों टी. बेरी ब्रेज़ल्टन और स्टेनले ग्रीनस्पान का अनुमान है कि अमेरिका के केवल 10 प्रतिशत बच्चों को उच्च गुणवत्तावाली डे केयर सुविधा उपलब्ध है)—और बहुत सारे माँ-बाप अपने बच्चों की देखभाल करने के लिए घर पर रहना गवारा नहीं कर सकते। (टी. बेरी ब्रेजल्टन तथा स्टेनले ग्रीनस्पान, 'दि इर्रिड्यूसिबल नीड्स ऑफ चिल्ड्रन' 2000, पृ. xiii, 1995 के एक कॉलोरेडो यूनिवर्सिटी अध्ययन से।) मैंने चाइल्ड केयर ऐक्ट में ऐसे विकल्प प्रस्तावित किए थे, जो कम आयवाले उन माता-पिताओं और बच्चों की देखभाल के लिए सरकार से सहायता-राशि पाते हैं, को यह अनुमति देते थे कि वे इस सहायता राशि को बच्चों की देखभाल पर स्वयं खर्च कर सकें।

232. **हमारे देश के भविष्य और हमारे बच्चों के भविष्य के लिए शिक्षा एक मूलभूत तत्त्व है**—पिछले एक दशक में मानकों और जवाबदेही से संबंधित आंदोलन नाटकीय रूप से बढ़े हैं। 'द नो चाइल्ड लेफ्ट बिहाइंड' ऐक्ट कानून बन गया और उसने हमारे सर्वाधिक साधनहीन व निकम्मे स्कूलों की समस्याओं को उखाड़कर रख दिया। हम अब यह नहीं कह सकते कि हम नहीं जानते थे कि ये स्कूल हमारे सबसे असहाय बच्चों को हताश कर रहे हैं। शिक्षा की गुणवत्ता सुधारने के लिए हमें क्लासरूम में दिए जा रहे शिक्षण में सुधार लाने की जरूरत है। पूरे देश में अगले दशक में 20 लाख शिक्षक

शिक्षण-कार्य छोड़ देंगे। न्यूयॉर्क सिटी एक वर्ष में जितने शिक्षक तैयार करता है, उससे 30 प्रतिशत अधिक गणित शिक्षक तथा 22 प्रतिशत अधिक विज्ञान शिक्षकों को खो देता है। वर्ष 2001 में मैंने नेशनल टीचर्स कोर प्रस्तावित किया था, जो शिक्षकों को क्लासरूम तक ले आता है तथा एक नई पहल, जो अधिक स्कूलों को सशक्त प्रिंसिपल उपलब्ध कराएगी। दोनों ही कानून बन गए।

244. **बच्चे स्वयं बतलाते हैं**—द नेशनल इंस्टीट्यूट ऑफ चाइल्ड हेल्थ एंड ह्यूमन डेवलपमेंट के लिए वर्ष 2004 में किए गए एक अध्ययन में यह बात सामने आई कि किशोर वय के जो बच्चे यौन दृश्यों से युक्त टेलीविजन कार्यक्रम ज्यादा देखते हैं उनमें दूसरे बच्चों की तुलना में सहवास में लिप्त हो जाने की संभावना अधिक होती है। नस्लीय भिन्नताओं से बेअसर यह बात लड़के और लड़कियों दोनों के लिए सच है। टी.वी. पर उन्मुक्त यौन दृश्य लगातार देखने से बच्चे अपनी आयु से बड़ों की तरह आचरण करने लगते हैं। बारह वर्षीय बच्चे चौदह वर्षीय बन जाते हैं। (रेबेका एल. कॉलिस और अन्य, 'वॉचिंग सेक्स ऑन टेलीविजन प्रिडिक्ट्स एडोलेसेंट इनिशिएशन ऑफ सेक्सुअल बिहेवियर' 'पेडियाट्रिक्स', वॉल्यूम 114, 2004 पृ. 280-89)। 'पेडियाट्रिक्स' में प्रकाशित एक और अध्ययन ने बताया कि सभी नस्लों और आर्थिक वर्गों के लड़के व लड़कियाँ, जो अश्लील गाने ज्यादा सुनते हैं, उनमें यौन प्रयोगों में जल्द ही लिप्त हो जाने की संभावना अधिक होती है। (स्टीवन सी. मार्टिनो और अन्य एक्सपोज़र टु डिग्रेडिंग वर्सेस नॉनडिग्रेडिंग म्यूज़िक लिरिक्स एंड सेक्सुअल बिहेवियर 'पेडियाट्रिक्स', वॉल्यूम 118, 2006 पृ. 430-41)। जहाँ यह शोध महत्त्वपूर्ण है, मीडिया के हमारे बच्चों, विशेष रूप से छोटे बच्चों, पर पड़नेवाले प्रभावों के बारे में और भी कई सवाल हैं। मैंने कामरा—द चिल्ड्रन एंड मीडिया रिसर्च एडवांसमेंट ऐक्ट—का सूत्रपात किया है। यह बिल हाल ही में सीनेट ने पास किया है। इसमें इलेक्ट्रॉनिक मीडिया अर्थात् टेलीविजन, कंप्यूटर, वीडियो गेम्स और इंटरनेट शामिल हैं, को देखने और उपयोग करने से बच्चों के ज्ञानात्मक सामाजिक, शारीरिक व मानसिक विकास पर पड़नेवाले प्रभावों पर नए संघीय शोध का समन्वय और वित्त-पोषण करता है।

244. **क्या और किन परिस्थितियों में लोग जो हिंसा टेलीविजन पर या फिल्मों में देखते हैं**—इंडियाना यूनिवर्सिटी स्कूल ऑफ मेडिसिन के शोधकर्ताओं द्वारा वर्ष 2005 में किए गए एक अध्ययन ने बताया कि हिंसक वीडियो गेम्स चलाना बच्चों में असाधारण दिमागी हलचल का संचार कर देता है। इसलिए कि बच्चे आक्रामकता और उद्दंडता के जल्दी शिकार हो जाते हैं (विन्सेंट पी. मैथ्यू और अन्य, 'मीडिया वायलेंस एक्सपोज़र एंड फ्रंटल लोब एक्टिवेशन मेज़र्ड बाई फंक्शनल मैगनेटिक रेज़ोनेंस इमेजिंग

इन एग्रेसिव एंड नॉन एग्रेसिव एडोलेसेंट्स', जर्नल ऑफ कंप्यूटर असिस्टेड टोमोग्राफी, वॉल्यूम 29, सं. 9, 2005, पृ. 287–92)। हिंसक वीडियो गेम्स छोटी–से–छोटी आयु में हमारे बच्चों के हाथ लग रहे हैं। द नेशनल इंस्टीट्यूट ऑन मीडिया एंड द फैमिली के सन् 2003 में किए गए अध्ययन में यह पाया गया कि सात और चौदह वर्ष के बीच की आयु के लड़कों में से 50 प्रतिशत एम–रेटेड वीडियो गेम्स (जो सत्रह या अधिक आयु के लोगों के लिए ही उपयुक्त हैं) खरीदने में कामयाब हो जाते हैं और आश्चर्यजनक यह है कि 87 प्रतिशत लड़के एम–रेटेड विडियो गेम्स चलाते हैं। इसके अतिरिक्त अध्ययन में शामिल लगभग एक–चौथाई फुटकर विक्रेता उन रेटिंग्स का अर्थ भी नहीं जानते, जिन्हें उन्हें लागू करना है और केवल आधे स्टोर ही रेटिंग्स के बारे में अपने कर्मचारियों को प्रशिक्षित करते हैं। (डेविड वॉल्श और अन्य 'एट्थ एन्युअल मीडिया वाइज वीडियो गेम रिपोर्ट कार्ड', नेशनल इंस्टीट्यूट ऑन मीडिया एंड दे फैमिली, वॉल्यूम 8, दिसंबर 2003)। फिर भी वीडियो गेम्स निर्माता अपने कवर्स बाजार में झोंकते रहते हैं। एक साल पहले ग्रांड थेफ्ट ऑटो—सेन एंड्रियाज़ ने ग्राफिक पोर्नोग्राफी से युक्त एक ऐसा गेम बेच दिया, जिसे इंटरनेट पर निर्देशों को देखकर कोई भी अनलॉक कर सकता था। मैंने इस गेम्स की ओर लोगों का ध्यान आकर्षित किया और उससे उपजे जनाक्रोश के बाद वे गेम्स स्टोरों से वापस ले लिये गए।

258. **सांस्कृतिक संदेशों से संचालित होकर**—देश में बच्चों के मतलब की उपभोक्ता वस्तुओं की माँग के सबसे प्रभावशाली आकलनकर्ता जेम्स मेक्नील के अनुसार वर्ष 1983 और 2004 के बीच बच्चों की ओर निर्देशित एडवरटाइज़िंग और मार्केटिंग डॉलर सौ गुना से भी ज्यादा बढ़ गए। (जूलियट स्कोर, 'बॉर्न टु बाय—द कमर्शलाइज्ड चाइल्ड एंड द न्यू कंज्यूमर कल्चर', 2005 (पेपर बैक) पृ. 21)। अधिक–से–अधिक बच्चों तक यह संदेश जा रहा है कि हमारा महत्त्व इसी बात से मापा जाएगा कि हम क्या–क्या खरीद सकते हैं। हाल ही में किए गए एक राष्ट्रीय सर्वेक्षण में पाया गया कि नौ से चौदह वर्ष तक की आयु के सभी बच्चों में से एक- तिहाई से अधिक और कुछ भी करने के बजाय शॉपिंग करना पसंद करते हैं, एक- तिहाई से अधिक उन बच्चों को पसंद करते हैं, जिनके पास स्पेशल गेम्स या कपड़े हैं। आधे से अधिक इस बात से सहमत हैं कि 'जब आप बड़े होंगे तो आपके पास जितना पैसा होगा, उतने ही खुश रहेंगे' और 62 प्रतिशत बच्चे कहते हैं कि 'बड़ा होकर मैं एक ही प्रकार का जॉब करना चाहूँगा, जिसमें ढेर सारा पैसा हो।' (मार्विन ई. गोल्डबर्ग तथा अन्य, ''अंडरस्टैंडिंग मेटीरियलिज़्म एमंग यूथ', जर्नल ऑफ कंज्यूमर साइकोलॉजी, वॉल्यूम 13, सं. 3, पृ. 278–88)।

261. **मजदूरों की नौकरियाँ तक कुर्बान की जा सकती हैं**—आज की वैश्वीकृत अर्थव्यवस्था में दूसरे देशों से आउटसोर्स की गई नौकरियों की संख्या में वृद्धि देखी गई है। गोल्डमेन सैच ने अनुमान लगाया है कि इस दशक के आरंभिक वर्षों में 4 लाख से 6 लाख पेशेवर सेवाओं से संबंधित नौकरियाँ (या उस सेक्टर में रोजगार का 2-3 प्रतिशत) देश से बाहर चली गई हैं। (एंड्रयू टिल्टन 'द जायंट सकिंग साउंड इज़ फेडिंग', गोल्डमेन सैच यू.एस. इकोनॉमिक एनलिस्ट मार्च 19,2004)। गोल्डमेन का अनुमान है कि अगले दस वर्षों में 10 लाख अन्य नौकरियाँ भी खोनी पड़ सकती हैं। (एंड्रयू टिल्टन, 'ऑफशोरिंग—ह्वेयर हैव ऑल द जॉब्स गॉन?' गोल्डमेन सैच यू.एस. इकोनॉमिक एनलिस्ट सितंबर 19, 2003)। फेडरल रिजर्व के पूर्व उपाध्यक्ष एलेन ब्लिंडर का अनुमान है कि आने वाले कुछ दशकों में 4 करोड़ 20 लाख नौकरियाँ या सभी सेवाओं का 25-30 प्रतिशत आउटसोर्स किया जा सकता है। (एलेन एस. ब्लिंडर, 'ऑफशोरिंग—द नेक्स्ट इंडस्ट्रियल रिवोल्यूशन' फॉरेन अफेयर्स, मार्च-अप्रैल 2006)।

264. **हम कुछ और कदम भी उठा सकते हैं**—न्यूनतम मजदूरी सन् 1996 में आखिरी बार बढ़ाई गई थी, जब कांग्रेस और राष्ट्रपति ने उसे 5.15 डॉलर प्रति घंटा कर दिया था। परंतु मुद्रास्फीति के कारण वर्ष 1996-97 की इस वृद्धि का लाभ खत्म हो चुका है। (इकोनॉमिक पॉलिसी इंस्टीट्यूट, 'मिनिमम वेज, ई.पी.आई. इश्यू गाइड' अगस्त 2006)। मुद्रास्फीति के साथ समायोजित करके यह न्यूनतम मजदूरी पिछले पचास वर्षों में सबसे कम है। (सेंटर फॉर इकोनॉमिक एंड पॉलिसी रिसर्च, 'फेडरल मिनिमम वेज एट लोएस्ट पॉइंट इन फिफ्टी इयर्स' जून 19, 2006)। जहाँ न्यूनतम मजदूरी पानेवाले श्रमिकों को एक भी वृद्धि नहीं मिली है, कांग्रेस ने स्वयं को वेतन वृद्धि के रूप में 31, 600 डॉलर दिए हैं। सीनेट में मैंने प्रस्ताव रखा है कि जब तक वह न्यूनतम मजदूरी की दरें नहीं बढ़ाती, कांग्रेस को अपने आप को एक और वेतन-वृद्धि देने से रोका जाए।

278. **सरकार को अपनी भूमिका निभानी चाहिए**—इस पुस्तक के लिखे जाने के बाद मेरे पति और कांग्रेस ने पिछले दस वर्षों में पहली बार न केवल संघीय बजट को संतुलित किया बल्कि फेडरल बजट सरप्लसेज़ भी देना शुरू कर दिया। सन् 2000 में कांग्रेस बजट ऑफिस ने अनुमान लगाने योग्य भविष्य तक संघीय बजट सरप्लसेज़ बनाए रखने की आशा व्यक्त की थी। परंतु वर्ष 2000 के बाद हमारा संघीय बजट रिकॉर्ड सरप्लसेज़ की स्थिति से दोबारा रिकॉर्ड डेफिसिट्स की स्थिति में चला गया। सन् 1996 में हमारा राष्ट्रीय ऋण 5,20,000 करोड़ डॉलर था; सितंबर 2006 में हमारा राष्ट्रीय ऋण बढ़कर 8,40,000 करोड़ डॉलर तक पहुँच चुका था। (1996 यू.एस. ट्रेज़री 'हिस्टॉरिकल डेट आउस्टेंडिंग' 2006, यू.एस. ट्रेज़री, 'द डेट टु द पेनी एंड हू

होल्ड्स इट' 2006)। आज अमेरिका में जन्म लेनेवाला प्रत्येक बच्चा 28,000 डॉलर के राष्ट्रीय कर्ज से अपना जीवन शुरू करता है—एक ऐसा बर्थ टैक्स, जो हमारे राष्ट्र के इतिहास में सबसे ऊँचा है। (हाउस बजट कमेटी, 'योर शेयर ऑफ द नेशलन डेट, 2006', घरों की संख्या इन स्रोतों से ली गई हैं—कार्मन डि'नवास वॉल्ड बर्नडेट डी प्रॉक्टर और चेरिल हिल ली, यू.एस.सेंसस ब्यूरो, करंट पॉपुलेशन रिपोर्ट्स पी 60-231, 'इनकम, पॉवर्टी एंड हेल्थ इंश्युरेंस कवरेज इन द यूनाइटेड स्टेट्स', 2005, यू.एस. गवर्नमेंट प्रिंटिंग ऑफिस, वॉशिंगटन डी.सी. 2006; यू.एस. ट्रेज़री, 'द डेट टु द पेनी एंड हू होल्ड्स इट।')

□□□

फोटो साभार

पृष्ठ

8 राल्फ अलस्वांग

20 जूलियो मॅकेट

32 लेखिका के संग्रह से : वर्ष 1951 में हिलेरी क्लिंटन अपनी माँ डोरोथी; दादी हाना रोधम; भाई ह्यूज तथा दादा ह्यूज रोधम के साथ पार्क रिज, इलिनॉयस

42 लेखिका के संग्रह से : वर्ष 1960 में बिल क्लिंटन अपनी माँ वर्जिनिया तथा भाई रॉजर के साथ अर्कांसास स्थित अपने पार्क एवेन्यू हाउस में

58 © सूसान लेपिड्स/वुडफिन कैंप

72 © रिचर्ड कालवर/मैगनम फोटोज

90 ए.पी. इमेजिस

106 © बर्ट ग्लिन/मैगनम फोटोज

122 द मॉर्निंग कॉल इंक, © 1983/ऐलेन जैकॉबसन

138 © केन हेमैन/वुडफिन कैंप

156 ए.पी. इमेजिस/एडैम, राउंट्री

168 विलियम जे. क्लिंटन के राष्ट्रपति सचिवालय का पुस्तकालय

184 ए.पी. इमेजिस/लैरी मैककॉरमेक

200 ए.पी. इमेजिस

216 © जीन गॉमी/मैगनम फोटोज

240 दोनों चित्र : © रॉयल्टी-फ्री/कॉर्बिस

254 © रॉयल्टी-फ्री/कॉर्बिस

268 ए.पी. इमेजिस/डैनी जॉन्स्टन

280 © जीन गॉमी/मैगनम फोटोज